중국문학, 서사로 다시 읽기

중국문학, 서사로 다시 읽기

초판 1쇄 인쇄 2022년 11월 28일
초판 1쇄 발행 2022년 12월 5일

–

지은이 최용철
펴낸이 이방원
편 집 정우경 · 김명희 · 안효희 · 정조연 · 송원빈 · 박은창
디자인 박혜옥 · 손경화 · 양혜진 **마케팅** 최성수 · 김 준 · 조성규

–

펴낸곳 세창출판사
신고번호 제1990-000013호 **주소** 03736 서울특별시 서대문구 경기대로 58 경기빌딩 602호
전화 02-723-8660 **팩스** 02-720-4579 **이메일** edit@sechangpub.co.kr **홈페이지** http://www.sechangpub.co.kr
블로그 blog.naver.com/scpc1992 **페이스북** fb.me/Sechangofficial **인스타그램** @sechang_official

–

ISBN 979-11-6684-114-9 93820

중국문학, 서사로 다시 읽기

최용철 지음

세창출판사

책을 내며

중국문학의 역사를 어떻게 하면 가장 효과적으로 잘 전달할 수 있을까 오랫동안 많은 학자들이 다양한 고민을 해 왔지만 여태 뾰족한 수를 찾지는 못한 듯합니다. 19세기 말 중국문학사의 저술이 시작된 이래 지난 백여 년간 다양한 문학사가 출현하였지만 어떠한 문학사가 가장 올바른 저술방식이라고 공인된 것은 없습니다.

우리의 목표는 시대별, 장르별로 중국 고전문학 주요 작품의 일부를 직접 감상하고 작가의 에피소드와 작품에 얽힌 사연을 좀 더 구체적으로 살펴보아서 독자의 뇌리 속에 나름대로 강인한 이미지를 남기도록 하자는 데 있습니다. 바닷가 모래알같이 많은 중국문학의 작가와 작품 속에서 진주알처럼 빛나는 몇몇의 인물과 몇 편의 작품을 고르는 것도 어려운 일이지만, 독자로서 이들 작품에 대해 나름대로 자신의 감식력을 키우고 가슴속 빛나는 별로 만드는 것은 더욱 어려운 일입니다.

그러므로 기존의 중국문학사와는 서술 방향이나 방법을 달리 할 수밖에 없게 됩니다. 시대적 배경을 따로 장황하게 논하거나 시기 구분과 유파의 설명에 너무 구구하게 매달리지 않고자 하였습니다. 그러한 부차적인 설명과 친절한 안내가 독자에 따라서는 오히려 작품의 원작을 하얀 도화지 상태에서 순수하게 감상하는 데 작은 걸림돌이 되고 불필요한 선입견만 만들어 낼 수 있기 때문입니다. 따라서 최소한의 시간적, 공간적 배경을 제시한 후에 곧바로 작품의 실질적인 감상에 치중하고 이를 좀 더 알기 쉽게 설명하기 위해 필요한 정보를 덧붙이고자 하였습니다.

이러한 방식의 문학사를 구상하게 된 것은 필자의 성향이나 그동안 연구해 왔던 전공과도 일말의 관련이 있다고 생각됩니다. 중국문학은 서정의 전통과 서사의 전통이 있어서 거대한 산맥을 이루며 발전해 왔고 또한 양자강의 물결처럼 도도하게 흐르며 변천의 과정을 겪어 왔습니다. 문학은 기본적으로 인간의 감성을 드러낸 서정적인 것이지만 단순한 감성만으로는 문학의 실체를 드러내기 어렵습니다. 서정을 드러내기 위한 환경과 구조의 서사적 장치가 없으면 참다운 서정의 모습을 그려 내기 어렵기 때문입니다. 간혹 중국문학은 서정문학이라고 단언하기도 합니다. 혹은 아예 단정적으로 중국을 '시의 나라'라고도 합니다. 다른 한편으로는 구구절절한 사연을 담은 중국문학의 특징에 주목하여 중국을 '서사의 나라'로 보려고도 합니다. 그러나 은하수의 수많은 별처럼 빛나는 작품 속 아름답고 애절한 사연을 흥미로운 이야기로 엮어 내지 않는다면, 우리 독자에게는 중국문학이 하나의 이미지로 다가오기 어려울 것입니다. “구슬이 서 말이라도 꿰어야 보배”라고 하였듯이 중국의 서정 전통과 서사 전통을 고스란히 보여 주려고 노력하되 하나하나의 작품을 이야기로 풀어서 좀 더 가까이 다가가고자 하였습니다.

그리하여 서사적 작품은 말할 것도 없이 그 자체로서의 이야기를 꾸려 나가고 서정적 작품이라고 하더라도 가능한 한 그에 얽힌 사연을 찾아서 흥미롭게 서사화하고자 한 것입니다. 『시경』에서 시작된 중국시가의 주옥같은 작품들도 그렇게 서사로 읽어 볼 수 있도록 하였습니다.

아무쪼록 서사로 다시 읽는 중국문학 이야기가 독자 여러분에게 중국문학의 세계를 새롭게 이해하고 친근하게 감상할 수 있는 좋은 기회가 되기를 희망합니다.

2022년 11월

최용철

차례

일러두기

- 이 책에서는 일반 독자들이 중국문학의 흐름과 주요 작품을 쉽게 이해할 수 있도록 시대별, 장르별 주요 작가와 작품을 선별하여 평이한 문체로 일목요연하게 정리하였다.
- 전문적이고 학술적인 논쟁에 대해서는 가능한 한 생략하였고 주석은 꼭 필요한 곳에만 달았다. 관련 참고문헌은 책 끝에 소개하였다.
- 중국의 인명과 지명은 우리 한자음으로 표기하되 현대 인명은 중국표준음을 기준으로 표기하였다. 현대문학을 다룬 8장에서는 지명도 중국표준음을 기준으로 표기하였다.

들어가며

중국문학, 우리에게 무엇인가

문학이란 인간의 생각과 느낌, 사고와 감성을 문자로 옮겨 놓은 예술적 행위다. 글이란 마음의 흔적이다. 마음속에 담겨 있는 생각을 입으로 드러내면 그것은 말이 된다. 말은 그 순간 그 자리에 있는 사람만이 들을 수 있다. 시간과 공간의 제한을 받는다는 말이다. 현대에 이르러 기계문명이 발달하면서 말은 오래 담기고 멀리 전해질 수 있게 되었다. 굳이 글로 쓰지 않아도 오랫동안 보존하고 먼 곳으로 전달할 수 있으니 참으로 고마운 일이다. 하지만 고대에는 글로 남겨 두지 못한 생각들은 모두 사라졌다. 오늘날에도 담겨 있는 말과 쓰인 글은 각각 다른 자신의 고유 영역을 가지고 있다.

중국에서는 오래전에 문자가 발명되었다. 문자를 통해 사람들의 생각을 기록하였고 삶의 역사와 사회변천의 흔적을 남겼다. 문자는 머지않아 권력이 되었다. 문자를 해독하고 운용할 수 있는 계층은 최고의 권한을 부여받았고 이를 통해 민중을 통치하고 질서를 유지하였으며 문화인과 야만인을 구분하였다. 문자로 기록된 내용에는 개인의 감성과 통치의 역사와 자연을 분석하는 사상이 담겼다. 훗날 이들은 경전으로 추앙되어 시서역(詩書易)으로 자리 잡았다. 그중에서 『시경』이 오늘날 말하는 문학의 원조가 되었다.

중국에서 문학은 글로 쓰인 모든 것을 공부하는 학문으로 이해되었다. 서양학문의 분류체계가 들어온 20세기 이후에는 문사철(문학, 역사, 철학)의 구분이 분명해졌지만 그에 앞서 대부분의 지식인에게 문학은 학예, 경사, 시문 등의 모든 문헌을 지칭하는 것이었다. 『논어』에서는 "문학에는 자유와 자하가 뛰어나다[文學子游子夏]"라고 했는데 그들이 우수한 분야는 글로 이루어진 모든 문헌에 관한 것이다. 이에 병렬하는 말로 덕행이나 언어, 정사(政事)가 있는 것을 보면 문학이 포괄하는 넓은 범주를 알 수 있다.

초기 중국문학사 책에는 유교경전이나 제자백가의 글도 함께 들어 있었다. 중국의 중국문학과에서 고전강독에 사마천의 『사기』나 제자백가인 『장자』 등을 공부하고 있는 것도 그것을 역사 문헌이나 철학 문헌으로 보기보다는 중국 고전산문의 한 선례로 보기 때문이다. 오늘날의 중국문학 범주는 경전에서는 『시경』만 포함시키고, 이후 시사, 산문, 소설, 희곡 등의 분류에 의거하여 엄격한 의미의 문학 작품으로 한정시키고 있다.

중국문학은 인류의 오랜 문화유산 중에서 중요한 한 부분을 차지할 만큼 유구한 역사를 자랑하고 또한 어떤 문학보다도 풍부하고 다양한 내용을 담고 있어 세계문학의 한 축을 담당하고 있다. 주(周)나라 초기에 시작된 중국문학은 3천 년의 장구한 세월을 면면히 이어 오면서 한 번도 중단되거나 현장을 떠나지 않았고 동일한 언어와 문자 체계를 유지하면서 찬란한 고전문학을 탄생시켰다. 그 연속성과 동질성 및 현장성은 세계문학 중에서도 가히 독보적이므로 중국문학의 가치를 한층 높여 준다고 하겠다. 그러나 막상 문학의 역사를 시대적으로 조명하면서 체계적인 기록으로 정리하는 문학사의 저술은 서양에서 시작되었고, 중국에서는 20세기 초 신문학이 시작되는 시기에 문학사 저술이 시작되었으니 이제 백 년의 역사를 갖고 있는 셈이다.

중국문학을 굳이 시대적으로 양분하면 오사(五四)문학 이전까지의 고전문학과 이후의 신문학 혹은 현대문학으로 나눌 수 있다. 본서는 학문의 이해 시리즈에 포함된 '중국문학의 이해'로서, 전체적인 체제를 시대와 장르를 고려하여 모두 여덟 장으로 나누었다. 각 장은 세 단계의 핵심 분야로 나누어 설명하였으며 각 단계에 키워드를 제시하여 일목요연하게 작가와 작품의 성격을 이해할 수 있도록 하였다. 원시 상고사회로부터 형성되어 구비문학으로 면면히 흘러 내려온 신화와 전설의 이야기를 먼저 안배하였고, 문자로 기록된 가장 이른 시가집인 『시경』과 이름이 알려진 최초의 시인 굴원의 작품을 이어서 살펴보았다. 중국의 시는 시대별로 특징적으로 발전하였지만 당나라에 이르러 최고조에 달했으므로 『시경』에서 '당시'에 이르는 변천의 과정을 함께 살피게 되었다. 서사문학의 중심은 소설과 희곡에 있다. 지괴에서 전기로 발전한 문언소설은 명청대 소설집에 이르기까지 부단히 이어지며『전등신화』와『요재지이』에 와서 최고봉에 이른다. 송나라는 인문의 시대였으며 전통적으로 이어져 오던 시문과 새로 발흥한 사곡 및 화본이 동시에 발달하게 된다. 따라서 송사와 화본을 함께 다루게 되었으며 시사부에 모두 능한 소동파를 특별히 선정하여 그의『적벽부』를 살펴보았다. 화본소설의 경우는 실제 남아 있는 작품이 대부분 명대 '삼언이박'에 들어 있는데, 동시에 이 기회에 근년에 한국에서 새로 발굴된『형세언』도 소개하였다. 원대는 희곡의 시대다. 원명청으로 이어지는 희곡은 단편에서 장편으로 발전하였고 역사극과 애정극 혹은 사회극 등이 당시 민중의 감성을 잘 드러냈다. 명청대는 소설의 시대라고 한다. 육대(六大)장편소설이 이 시기의 대표작이다. 그중에서 오랜 세월 축적된 강사형 소설로부터 발전한 세 작품을 앞서 소개하고 개인 작가의 창작형 소설을 뒤에서 상세하게 다루었다. 그리고 20세기 이래 지난 백 년간 현대문학은 고전문학과는 전혀 다른 방식과 관점에서 형성되고 발전하였다. 이 시기를 셋으로 나누고 각각 대표 인물 두 사람을 선별하여 특징적 현상을 드러내고자 노력하였다. 새로운 백화문학의 틀이 만들어진 신문학운동 시기와 문혁 이후 신시기에 등장한 작가들 그리고 21세기에 세계적으로 각광받는 노벨상 수상자들의 작품세계를 살펴보았다. 비록 여덟 장의 단계와 선별된 작품만으로 바다와 같이 넓은 중국문학의 세계를 모두 조망하기는 어렵겠지만, 선정된 작품을 조금이라도 직접 감상하고 그 이면에 실린 이야기를 들어 보면 이들 작품이 중국문학사에서 어떤 위상에 있으며 어떤 영향을 끼쳤는지를 가늠할 수 있을 것이다.

본서의 제목 『중국문학, 서사로 다시 읽기』는 달리 표현하면 '서사로 읽는 중국문학의 세계'라고 할 수 있다. 본서는 각 장의 제목에서 '이야기'로 풀어쓴다는 점을 분명히 했다. 이야기의 생명은 줄거리를 이어 가는 것이고 드러내고자 하는 의도를 분명히 하는 것이다. 유구한 문학사의 흐름 속에서 명멸한 수많은 작가와 작품을 그 이름만 나열해서는 우리 타국인의 시각에서 별다른 감흥을 일으키기가 쉽지 않다. 따라서 핵심적인 흐름을 따라 가장 대표적인 작품과 작가에 주목하여 그에 얽힌 사연을 풀어서 전달하는 방식을 취하였다. 이러한 방식이 이 책이 바라는 목적을 가장 잘 달성할 수 있을 것이라 본다.

중국문학은 곧 중국의 문학인데 중국이란 범주가 워낙 광범위하다 보니 간단히 정의 내리기가 쉽지는 않다. 오늘날 중국의 범주 안에는 다양한 요소가 들어 있다. 역사적으로는 중원의 한족 이외에 주변의 이민족이 때로는 독립적으로 존재하였고 때로는 중국이라는 범주에 들어가기도 하였다. 몽골족이나 만주족의 중국에는 자신들의 문자로 기록한 문학이 있었다. 규모가 작은 소수민족의 경우에는 문자를 갖고 있지 못했지만 자신들의 구비문학이 면면히 전해 오기도 하였고 현대에 이르러 채록되어 한어로 기록되기도 하였다.

중국문학은 기본적으로 절대다수를 차지하는 한족(漢族)의 문학이다. 그러므로 한문학(漢文學)이라고 해야 마땅하겠지만 한국에서는 이미 고전한문학의 전통이 이어져 오고 있으며 특히 한국 한문학의 영역이 분명히 존재하므로 혼동되는 용어를 쓸 수는 없다. 여전히 막연하지만 중국문학이라고 부를 수밖에는 없다.

그렇다면 중국문학은 우리에게 무엇이며 왜 우리가 읽어야 하는가? 사실 문학을 읽는 것은 직접 지식을 쌓기 위해서도 아니고, 이해득실을 따지기 때문도 아니다. 문학을 읽고 익히는 것은 훨씬 더 멀리 있는 목적을 위해서다. 그것은 당장 눈앞에서 달성할 수 있는 것은 아니지만 세상을 살아가는 데 필요한 통찰력과 삶의 지혜를 얻기 위해서일 것이다. 그러한 목적을 위해 문학을 접하면서 동시에 우리는 그로부터 감동과 재미를 얻게 된다. 일석이조의 효과를 얻는 것이다. 당장 계량적으로 가늠할 수 없는 것이 재미와 감동이며 더 나아가 지혜와 통찰력이다. 딱히 언제 어디에서 어떻게 습득할 수 있는 것인지도 드러나지 않지만 많은 선배 경험자들에 의하면 분명 그러한 열매를 얻을 수 있다고 하니 믿어 볼 일이다. 세상은 불요불급한 일에는 매달리기 어려울 만큼 바쁘게 돌아가지만 그럴수록 문학에 조금 눈을 돌려 차분히 마음에 담고 천천히 음미하면 언젠가 어디에선가 우리에게 고마운 순간을 선사할 것이라고 한다. 역시 믿어 보는 수밖에 없다.

그렇다! 문학에 소질이 있는 사람과 소질이 없는 사람, 소질이 없더라도 좋아하는 사람과 전혀 관심 없는 사람의 차이가 있을 뿐이다. 인생을 오래 살아 보신 분들이 진솔한 경험으로 하신 말씀에 따르면 문학은 인간의 도리와 인생의 묘미를 깨우치는 데 적잖은 도움이 된다는 것이니 그쯤 하면 알아들을 것이다. 모든 충고는 들을 자세가 된 사람에게만 필요한 것이다. 묻는 말에 대답하게 하는 것이 가장 좋은 교육이다. 그래서 고대의 위대한 스승은 대부분 문답의 방식으로 지혜를 가르쳤다. 묻지 않거나 듣고 싶어 하지 않는 사람에게 억지로 주입식 교육을 하는 것은 하나의 폭력이며 또 하나의 인권침해다.

이제 이 책을 펼쳐 든 독자들에게는 할 말이 있다. 적어도 중국문학, 그것에 무언가 실낱같은 관심이나 호기심을 가지고 있기 때문이다. 가느다란 한 줄기 희망의 빛이 있다는 뜻이다. 그래서 일단 쉽게 쓰려고 했다. 어렵다고 하면 아예 책을 다시 내려놓기 때문이다. 그러나 독자는 언제나 한결같지 않다. 미안한 말씀이지만 변덕이 죽 끓듯 한다. 책을 안 보고자 하면 댈 핑계는 언제나 있다. 너무 어렵고 전문적이라고 책을 집어던지더니 이번에는 너무 쉽고 허접하다고 타박한다. 그래서 책 쓰기가 어렵다. 누구 장단에 맞추는 게 좋은 글쓰기일까. 오래 고민하고 심사숙고하다가 마침내 정답을 찾았다. 글 쓰는 자신의 수준에 맞추는 것이다. 그리고 딱 자신의 수준에 맞는 사람이 나타나기를 기다리는 것이다. 코드가 맞고 궁합이 맞으면 무엇이든 반갑고 무슨 말이든 귀에 담는다. 허허벌판이나 망망대해에서 홀연 지음(知音)을 만나는 기쁨이 생길 수 있을 것이다.

중국문학은 우리에게 그저 남의 나라 이야기일 수도 있다. 특히 오늘날 젊은이의 입장에서 중국은 중국이고 우리는 우리다. 세상에서는 현대 중국에 대한 경계와 의혹의 눈빛이 점점 짙어진다. 그렇지만 눈에 보이지 않는 척, 세상에 없는 척 살아도 될 만한 그런 규모의 문화가 아니다. 좀 더 높고 넓게 보면 중국문학의 장구한 세월이나 방대한 세계는 인류의 소중한 문화유산이기도 하다. 오랜 역사에 걸쳐 살아온 수많은 사람들의 이야기가 거기에 들어 있다. 우리가 일찍부터 터를 잡고 여러 천 년 동안 살아온 자리와 그리 멀지 않은 곳에서 유사한 생각과 느낌을 가진 사람들이 시시콜콜 살아가는 이야기의 편린을 꼼꼼하게 기록해 놓은 것이다. 우리에게도 고전문학이 면면히 흘러오지만 우리가 미처 적어 놓지 못한 이야기도 그들은 많이 남겨 두었다. 거의 우리—여기서 우리는 아주 큰 범주에서의 우리다—가 살아온 이야기의 한 부분을 남겨 놓은 듯한 것들도 있다. 신화와 전설에서는 비슷하게 남겨진 흔적도 많다. 당송시나 전기소설은 우리의 선조가 남긴 것들과 별반 차이도 보이지 않는다. 중국의 한족과 우리 배달민족은 서로 민족적 계통이나 언어의 유형은 전혀 다르지만 고대에 문자를 공유하였고 문화도 같은 권역이었으니 차이점보다는 유사성이 더 많다. 중국문학을 그저 아주 먼 남의 나라 것으로 보기에는 무언가 남다른 친연성이 있다. 어딘지 모르게 가까이 와닿는 정겨움도 있다. 설사 중국문학을 순전히 남의 나라 문학, 다른 민족의 문학이라고 치부한다 하더라도 인간이 만들어 낸 문학의 속성상 우리가 함께 감상하고 그 속내를 곰곰이 느껴 보며 공감하고 감탄할 만한 가치는 충분할 것이다. 문학에는 거짓이 없다. 문학은 진솔한 마음을 드러내기 때문이다. 그냥 한번 읽어 보는 것만으로도 우리의 거짓되고 오염된 마음을 씻어 내는 참된 힐링이 된다. 그만하면 책을 한번 펼쳐 볼 만하지 않겠는가.

중국문학의 시간과 공간의 축

전후 3천 년의 시간과, 아시아 중앙에 자리한 드넓은 대륙의 중원에서 동서남북으로 길고 넓게 펴진 공간을 가진 중국문학은 한마디로 유구하고 방대하며 거대하고 복잡하다. 문학에서 다루고 있는 내용만 보더라도 또한 친지를 오가는 우주로부터 마음속에 일어나는 미묘하고 솜털 같은 움직임에 이르기까지 다루지 않는 것이 거의 없을 만큼 풍부하고 다양하다. 중국문학의 좌표가 되는 시간의 축과 공간의 축을 구체적으로 논할 수 있는 기회는 안 되지만 적어도 그 중요성마저 소홀히 넘겨서는 아니 될 것이다.

'시간의 축'이란 시대의 흐름이다. 시간의 추이에 따라 시대는 바뀌고 문학의 환경과 사조도 따라서 변화한다. 시대에 따라 문학을 바라보는 시각도 바뀌고 전대의 작품을 해석하는 방향도 수시로 달라졌다. 주나라 초기 고대에 발생하여 자연스럽게 각 지역에서 민요의 일종으로 형성된 『시경』의 국풍은 훗날 유교의 핵심 경전이 되면서 작품 해석에 커다란 한계가 작용했다. 한(漢)나라의 유교 국교화 이후 개인의 감성과 생각보다는 좀 더 거대한 사상적 틀에 맞춰지게 되었다. 훗날 당송 이래 글 속에 도를 담아야 하고, 글로써 도를 밝혀야 한다[文以載道, 文以明道]는 생각은 주자사상이 극에 달하는 명청 시대까지도 간헐적으로 이어졌다.

위진남북조에서 유교적 굴레를 벗어나 불교나 도교에 심취하고 무풍(巫風)이 발달하자 기이한 이야기는 여기저기에서 다양한 모습으로 만들어졌다. 이때 "공자는 괴력난신을 말씀하지 않았다[子不語怪

力亂神]"와 같은 경고는 차츰 무시되었고 비로소 소설의 발달에 큰 바탕이 마련되었다. 소설은 환상과 기괴함에 대한 호기심에서 시작하는 것이었고 이 전통도 역시 명청대에 이르도록 또 하나의 큰 줄기가 되어 강물처럼 흘러내렸다.

당(唐)나라는 수나라에서 시작된 과거제도를 본격적으로 시행하여 전국 각지의 수재들을 발탁하였다. 학문을 통해 자신의 실력을 만천하에 과시하며 치열한 경쟁을 뚫고 천자의 발탁을 받아 나라를 경영하고 백성을 다스리는 일은 대장부로 태어났다면 필히 한번 해 볼 만한 일로 여겨졌다. 과거시험을 위해 많은 젊은이들이 시문의 창작에 힘을 기울였다. 자신의 작품을 미리 시험관에게 알려 주려는 노력도 지속되었으니 온권(溫卷)이라는 풍습이었다. 당시와 전기의 발전은 단순히 그 시대가 시를 좋아했기 때문이라기보다 과거시험으로 출세를 꿈꾸는 사람들이 부단히 노력하는 과정에서 얻어 낸 의외의 수확이었다. 이백은 오로지 시선(詩仙)이라는 명성으로 한림학사가 되어 황제의 곁에서 글을 지을 수 있었다. 두보도 황제에게 시를 바쳐 미관말직이라도 구하려고 무진 애를 썼으나, 그것이 모두 무위로 돌아가고 천하를 널리 유랑하면서 자연의 아름다움과 백성의 고통을 노래하는 명작을 남기게 된다.

송(宋)나라는 태조 조광윤이 군인신분으로 후주(後周)정권을 무너뜨리고 새로운 나라를 세우게 된 경험을 반면교사로 삼아 개국공신 장수들을 하향시키고 차후 무관이 문관의 위상을 넘지 못하도록 훈시를 내렸다. 이후 송나라의 문화예술은 극에 달하도록 발전하였다. 훗날 비록 금나라의 군사적 공격을 이겨 내지 못한 문약한 나라로 낙인찍히기는 했지만 송나라가 역사상 가장 찬란한 문화적 성취를 이룩했다는 점은 부인할 수 없는 사실이다. 자유로운 상업의 발달과 도시경제 활성화가 민간 연예활동을 북돋웠고 공연문화로 연극, 설창, 서커스 등이 발전했으며 각종 도서의 유통을 위해 출판문화도 급격히 진전되었다. 또한 도시 거리의 넘쳐 나는 문화예술인과 한가로운 관객들의 기호를 충족하기 위해 차(茶)문화가 발전하고 그에 따라 도자기 생산, 비단문화 등 산업 각 분야의 동반 성장이 이루어졌다. 문학만 가지고 본다면 제왕으로부터 기녀에 이르기까지 누구나 악기 반주에 노래를 부르고 곡조에 넣을 새로운 가사를 창작하는 풍조가 만연하게 되어 당말오대(唐末五代)에 생겨난 사는 북송과 남송에 걸쳐 수많은 사인을 양산했다. 연예활동 중에 노래를 부르며 동작을 함께 연출하는 연극이 많아지고 따라서 연극대본이 만들어졌다. 남송 때의 희문, 원나라의 잡극, 명청대의 전기 그리고 청대 중기 이후의 경극이 시대별로 새롭게 출현하였던 것이다. 설창예술을 연출하는 사람은 설화인이니 곧 이야기꾼이다. 이야기꾼은 혼자서 실감 나게 노래와 이야기를 섞어 가며 무대를 연출했다. 설화인들이 연출하는 내용에는 민간에 전하는 짧은 이야기도 있었고 고래로 내려오는 역사 이야기도 있었다. 전자는 단편화본소설이 되었고 후자는 후에 강사(講史)로 발전하여 원명교체기에는 장편소설로 정착되었다. 설화인들이 노래하던 대목은 작품 속에 들어 있는 시사(詩詞)였고 나머지 줄거리는 유창한 이야기로 풀어냈다. 그래서 설창 혹은 강창이라고 하는 것이다. 이러한 문학의 발전은 역시 송나라가 지닌 시대적 환경의 특징에서 연유한다.

원(元)나라에 이르면 몽골족이 최고의 지위를 차지하였고 서역의 색목인이 두 번째, 중원의 북쪽에서 요금(遼金)의 통치를 받았던 한족이 세 번째 지위에 있었다. 그리고 마지막 그룹이 끝까지 남송의 백성으로 남아 있던 남인들이었다. 이들에 대한 신분차별이 극심하였고 과거제도는 폐지되었으므로 문인들이 출세할 수 있는 길은 없었다. 오죽하면 개인적 신분을 열 단계로 나누었는데 처음과 둘째는 관원[官]과 아전[吏]이고 아홉 번째가 유생[儒], 열 번째가 거지[丐]였다. 유생은 곧 경전을 공부하고 글을 읽는 선비를 말하니 송나라에서 최고의 자리에 있던 그룹이 하루아침에 거지와 동급이 된 것이다. 사냥꾼이나 창기의 순위가 그보다 앞서 있었으니 문인들의 상실감이 어떠했을지 상상이 된다. 백 년의 세월을 어렵게 견디고 새로운 세상이 되었으니 바로 명(明)나라였다. 다시 3백 년이 지나 만주족의 청(淸)나라가 되었을 때는 원나라를 반면교사로 삼아서 유학을 존중하기로 하고 명나라의 제도를 거의 그대로 이어받아 전통을 계승했다. 물론 그래도 하늘이 움직이는 변화의 흐름을 막을 수는 없어서 역시 3백 년 만에 또 망하고 말았다.

새로운 시대가 새로운 문학을 낳는다. 원나라 때는 한마디로 군인세상이었을 것이다. 고상한 시사를 읊은들 알아들을 이도 없었고 오히려 잘난 체한다며 곤욕이나 치렀을 것이다. 싸움이나 하는 몽골 군사들과 권력을 잡고 있는 몽골 관리들을 즐겁게 해 줄 수 있는 오락은 노래와 춤과 시끄러운 음악이 혼합된 연극이었다. 소재도 주변에서 일어나는 사랑 이야기나 공안사건을 다룬 이야기들이었다. 차츰 소재가 달리자 옛날이야기에서도 가져왔다. 연극 대본을 써 줄 사람으로는 그래도 한족의 문인이 필요했다. 사실 이들은 전통적인 의미의 문인은 아니었지만, 연극을 연출하고 스스로 배우노릇을 하기도 하며 글솜씨를 부려 멋진 대본을 만들어 냈다. 원대 희곡은 이렇게 만들어졌다. 시간의 축이 만들어 낸 기형일 수도 있지만 문학사에서는 행운이었던 듯하다.

'공간의 축'이란 지리적 위치를 말한다. 중국문학의 공간은 역대 중국의 강역이었던 변방의 끝까지 모두 포함하겠지만 실제 문학작품의 생산이 모든 지역으로 확대될 수는 없었다. 그러나 지역별 특징이 문학에 남아 있게 되었다.

각 시대별 특징으로 자리 잡은 주요 문학장르와 공간적 배경을 함께 살펴보자. 『시경』과 『초사』는 각각 황하 유역의 북방과 양자강 유역의 남방을 대표한다. 남방 지역의 신비롭고 환상적이며 낭만적인 문학적 특징은 후대에 계속 이어지는데 『초사』의 「천문」에 신화적 내용이 상당수 기록되어 전해지고 있다. 반고 신화가 삼국 오나라의 서정(徐整)이 엮은 책에 흔적을 전하는 것도 환상적인 내용을 잘 보존하는 남방문학의 특성에 의한 결과로 보인다. 동진 이후 남조시대의 지괴소설이 주로 남방에서 양산되었고 화본소설과 희곡, 희문도 남송 때에 활성화되기 시작했다.

원나라 대도(大都, 지금의 북경)를 중심으로 하는 잡극(雜劇)이 북방의 음악에 따른 연극이었다면 명청시대에는 강소성 곤산(崑山) 지방에서 발원한 곤곡으로 희곡 전기(傳奇)의 명작이 만들어졌다. 희곡의 창법은 각 지역의 방언에 기초한 음악에 깊은 영향을 받기 때문이다. 원나라 이후 본래 남방의 희문은 완전히 자취를 감추었다. 그러나 원나라가 망하자 곧바로 희문의 전통을 되찾아 남방의 전기가 대세를 차지한다. 명나라가 남경에서 북경으로 천도하였지만 북경을 중심으로 새로운 희곡이 나오진 못했다. 결국 남방을 대표하는 한족의 문화가 핵심이었던 것이다. 명청시대에 고상한 아부희(雅部戲)로 곤곡이 남방 지역에서 홍행했지만 그래도 북경은 수도였다. 청나라 중기 이후 민간에서는 보다 활기차고 자유로운 창법의 경극이 유행하기 시작했다. 동작도 화려하고 북방 기질의 패기도 보여 주고 있어서 화부희(花部戲)라고 불렀다. 북경은 원나라 때 잡극의 중심으로 떨쳤던 명성을 청나라 경극으로 다시 되찾아 중국을 대표하여 세계적으로 이름을 날리게 되었다. 결국 수도의 지역적 자존심을 찾고자 한 것으로 이해할 수 있다. 명청시대를 지나면서 북방은 정치중심, 남방은 경제중심이라는 도식이 형성되는 듯했다. 당시 정치의 중심은 당연히 북경이었지만 권력을 장악한 실세의 출신지는 대부분 남방의 강소, 절강, 강서, 복건성이었다. 경제의 발달은 문화와 교육을 촉진시키고 우수한 인재를 배출하는 직접적 배경으로 작용했다. 통계에 의하면 명청시대 진사를 가장 많이 배출한 성은 강소성이지만, 구체적인 도시로만 보면 절강성의 항주(杭州)였다. 강소성에선 소주(蘇州), 상주(常州)에 많았고, 절강성에선 영파(寧波), 소흥(紹興), 복건성에선 복주(福州)와 천주(泉州) 등지에 많았다. 물론 수도인 북경도 도시별 순위에서 4위를 차지했다. 하지만 남방의 각 도시를 합친 수에 비하면 상대적으로 적었으니 결국 남방의 인재가 전국의 권력을 장악하고 있었다는 이야기가 된다. 당시 자기의 고향으로는 임명되지 못하는 상피제도가 있었으나 남방 각지의 명사들은 사제 간, 인척간으로 다양하게 얽혀 서로 돕고 이끌게 되었다. 곧 『홍루몽』에서 사대가문이 서로 흥망을 함께한다는 말이 허언이 아니었던 것이다. 따라서 이를 배경으로 형성된 문화는 남북의 차이를 극명하게 드러내는데 현대문학에서 이른바 경파(京派)와 해파(海派)의 대립이 형성된 배경이 아닐까 생각한다.

명청대의 시사나 고문의 유파를 보면 출신 지역을 명칭으로 삼는 경우가 많다. 명대에는 이동양을 중심으로 하는 다릉파(茶陵派, 호남), 원굉도를 중심으로 하는 공안파(公安派, 호북)가 있었을 뿐만 아니라 탕현조의 희곡 경향을 임천파(臨川派, 강서), 방포 등의 고문 경향을 동성파(桐城派, 안휘), 장혜언의 사 경향을 상주파(常州派, 강소) 등으로 불러 출신 지역을 당당히 문학사에 자리매김시킨다.

명대소설 '사대기서'의 공간적 특징을 설명할 때 늘 거론하는 것이 바로 공간적 스케일이다. 그 크기만 가지고 순서대로 말하면 『서유기』는 천상과 용궁에, 염라왕의 지옥까지 등장하고 있으니 가장 방대하다. 그 천상천하의 공간을 자유자재로 오가는 것은 손오공이다. 삼장법사가 제자들과 서역을 경유하여 천축의 영취산에 가서 불경을 구하는 내용이니 단순히 평면적 지리만을 보더라도 아시아 대륙의 중국, 중앙아시아, 인도 지역을 아우르는 방대한 배경이 된다. 『삼국지연의』는 중원의 남과 북으로 대치한 조조와 손권이 적벽에서 맞붙고, 동서로 촉한과 오나라가 전쟁을 벌이니 중국 전체가 공간배경이다. 유비와 장비는 하북의 탁현 사람이고 관우는 산서의 해현 사람이며 제갈량은 본래 산동 낭야 출신이다. 이들이 모여서 서촉에 들어가 촉한을 세웠으니 어찌 보면 무연고 땅을 점령한 꼴이 되는데 전혀 이질감이 없다. 그때부터 천하를 종횡무진으로 오갔던 중국인의 폭넓은 천하관을 인정하지 않을 수 없다. 『수호전』은 북송 말기에 산동의 송강이 일으킨 반란군의 사적을 근거로 확장시킨 영웅소설이다. 당연히 산동과 하북 일대를 무대로 하였고 당시의 수도인 개봉을 포함하며 좀 더 넓게는 강서나 절강 등지도 간혹 언급된다. 『금병매』는 수호인물인 무송의 이야기에서 파생하여 청하현에 자리 잡은 서문경 일가를 중심으로 집안의 처첩과 시녀들을 그린 작품이다. 공간의 범위는 대부분 서문경 자신의 집 안과 그가 출타하는 관청 및 기루 등지가 된다. 이렇게 공간을 중심으로 보면 『서유기』는 우주를, 『삼국지연의』는 천하를, 『수호전』은 지역사회를, 『금병매』는 한 가정을 그리는 작품으로 이해할 수 있게 된다.

역대 시인이나 문인들의 작품 창작과 공간도 긴밀하게 연결되어 있다. 이백과 두보는 정치적 포부를 이루지 못하고 널리 유랑을 다녔는데 그 과정에서 수많은 명승을 관람하고 시를 남기곤 했다. 이백은 사천과 장안을 오가면서 「촉도난」을 지었고 강서의 여산을 보고 「망여산폭포」라는 명시를 남겼다. 두보는 태산을 찾아가 「대종」을 지었고 악양루에 올라 「등악양루」도 남겼다. 소동파는 황주로 유배되어 「적벽부」를 남기고 유종원은 영주사마로 좌천되어 「영주팔기」를 기록했다. 당나라 때 유행한 변새시는 중원에서 멀리 떨어진 돈황이나 옥문관 등지의 서북 변방에서 지은 시로서 남다른 감동을 남겼다. 조설근은 남경에서 태어나 『홍루몽』의 배경에 금릉(金陵, 지금의 남경)을 노골적으로 그려 넣었고 오경재는 남경으로 이주하여 살았으므로 『유림외사』에 등장하는 인물 대부분이 남경의 선비들이었다. 이처럼 문학의 공간적 배경은 작가와 작품을 이해하는 중요한 키워드임을 잊지 않아야 한다.

문학을 이해하는 길은 여러 가지가 있다. 작가나 시인을 먼저 알아보는 것, 작품이 창작된 시대와 환경을 이해하는 것, 다른 작품과의 상대적 비교를 통해서 특징을 파악하는 것 등이다. 중국문학의 시간과 공간의 축은 그러한 의미에서 앞으로 작품을 이해하는 데 하나의 방도가 될 수 있을 것이다.

1장

신화와 전설:
신과 사람의 이야기

1. 천지창조 신화와 인류의 탄생: 반고와 여와

중국문학의 탄생은 기존에 대부분 『시경』과 『초사』를 그 원류로 하였지만, 엄밀하게 보면 그보다 훨씬 이전에 발생하여 다양하게 변천해 온 신화와 전설에서 시작되었다고 할 수 있다. 인류의 생활이 시작된 초기에 인간은 자연재해와의 투쟁 속에서 생존을 위한 몸부림으로 다양한 삶의 방식을 추구하였다. 이때 신적인 영웅이 탄생하였고 그들이 인간을 위해 자연과 대결한 모든 이야기는 곧 신화가 되었다.

중국 신화는 서양 신화와는 비교가 안 될 만큼 빈약하고 단편적이다. 중국문학사에서 신화에 관심을 갖게 된 것은 실상 20세기 이후의 일이다. 그것은 서양문학의 영향이라고 할 수 있다. 서양에서는 그리스 신화와 로마 신화가 모든 서양학문과 예술의 원천이 되고 있다. 그러므로 중국의 학자들도 고전 속에서 신화를 찾아보기 시작했다. 하지만 중국에는 '신화'라는 이름으로 모아진 책은 없다. 이미 "공자는 괴력난신을 말씀하지 않았다[子不語怪力亂神]"라고 했으니 유학이 독존의 상태로 등극한 한나라 이후에 더더욱 괴력난신의 책을 노골적으로 만들기는 어려웠을 것이다. 그렇다고 중국고전에 신화적인 이야기가 전혀 없는 것은 아니다. 그래서 학자들은 전국시대에 나온 『산해경』과 『초사』 등으로부터 신화적 이야기로 간주될 수 있는 단편고사를 추출하기 시작했다. 이 작업의 초기에 루쉰[魯迅]과 마오둔[茅盾] 등이 참여했고 나중에는 위안커[袁珂]의 노력에 의해 상당량의 신화가 모아졌다.

이렇게 모아진 중국 신화의 중요한 몇 가지 이야기를 여기에서 소개한다. 신화의 유형을 천지창조와 인류의 창조, 자연재해와의 싸움 등으로 나눌 수 있는데 각 유형을 반고 신화, 여와 신화, 서왕모 신화, 곤·우 신화 등을 들어 소개하고자 한다.

1) 천지창조의 반고 신화

중국의 천지창조 개벽신화는 반고(盤古)와 여와(女媧) 등에서 시작되었다. 여신의 모습이 나타나는 여와 신화가 모계사회의 흔적을 담고 있으므로 더욱 앞선 것으로 이해될 수 있지만 후에 나타난 반고 신화가 보다 명쾌하게 천지개벽의 모습을 형상화하고 있다. 여러 가지 정황으로 볼 때 반고의 개벽신화는 부계사회로 전환된 이후의 산물이라는 것이 전문가들의 견해다. 반고의 천지개벽 신화의 기록은 선진시대나 한나라 이전에는 전혀 없고 삼국시대 오나라의 도사인 서정이 기록했다고 하는 『삼오력기(三五歷記)』에 채록되어 비로소 전해지게 되었다.

> 천지의 혼돈이 달갈과 같았다. 반고가 그 가운데서 태어났다. 만 팔천 년이 지나서 마침내 하늘과 땅이 열리니 맑은 기운은 하늘이 되고 탁한 기운은 땅이 되었다. 반고가 그 가운데 살면서 하루에 아홉 번 변화하여 하늘에서 신인이 되고 땅에서 성인이 되었다. 하늘은 날마다 한 길씩 높아지고 땅은 한 길씩 두터워지며 반고는 날마다 한 길씩 자라났다. 그리하여 만 팔천 년이 되니 하늘은 지극히 높아지고 땅은 지극히 두터워지고 반고는 지극히 자라났다. 그리하여 하늘과 땅 사이는 구만 리의 거리로 떨어지게 되었다.

아쉽게도 서정의 『삼오력기』는 남아서 전하지 않지만 다행히 이 기록은 당나라 때 구양순 등이 엮은 『예문유취(藝文類聚)』에 인용되어 전한다. 한편 역시 서정이 편찬한 『오운역년기(五運歷年記)』에 채록된 기록은 후에 청나라 마숙(馬驌)의 『역사(繹史)』에 재인용되었는데 반고가 죽은 이후에 만물로 화생한 구체적인 내용을 나열하고 있다.

> 처음으로 반고가 태어났으며 죽으면서 여러 가지로 화생하였는데 입김은 바람과 구름이 되고 목소리는 천둥이 되고 좌우의

두 눈은 해와 달이 되었으며 사지와 오체는 사극과 오악이 되었고 피는 하천으로 근골은 지형으로 살은 전답으로 머리카락과 수염은 별로 변했고 피부의 털은 초목으로 이와 뼈는 금옥으로 골수는 보석으로 땀은 우택으로 변했다. 그리고 몸에 붙어살던 기생충은 바람에 감화되어 만백성의 인간이 되었다.

위진남북조 시기 양(梁)나라 사람 임방(任昉)의 『술이기(述異記)』에 또 다른 기록이 나온다. 역시 반고가 사후에 만물로 화생한 내용이지만 약간의 차이를 보이고 있다.

반고씨는 천지만물의 조상이다. 모든 생물은 반고로부터 비롯되었다. 옛날 반고가 죽어 머리는 사악(四岳)이 되고 두 눈은 일월이 되었으며 살과 기름은 강과 바다가 되고 머리카락은 초목이 되었다. 진한(秦漢)시대의 속설에 따르면 반고의 머리는 동악이 되고 배는 중악이 되고 왼팔은 북악이 되고 오른팔은 남악이 되고 발은 서악이 되었다고 했다. 앞선 유생들이 말하기를 반고의 눈물은 강과 하천이 되고 숨결은 바람이 되고 목소리는 우레가 되고 눈빛은 번개가 되었다고 한다. 또 옛말에 이르기를 반고가 기분이 좋으면 날씨가 맑고 화를 내면 날씨가 흐리다고 했다. 오초(吳楚) 지역에서는 반고 부부가 음양의 시작이라고 하였으며 지금 남해에는 반고의 무덤이 있는데 무려 삼백리에 달하며 속설에 의하면 후세 사람들이 반고의 혼을 거두어 장례 지냈다고 한다. 계림(桂林)에는 반고의 사당이 있어 지금도 제사를 지낸다고 하며 남해에 반고국이 있는데 모두 반고를 성씨로 삼고 있다고 한다. 내가[任昉] 생각건대 반고씨는 천지만물의 선조이므로 모든 생물은 반고로부터 시작되었다.

『술이기』에서는 당시에 전한 반고에 관한 여러 가지 내용을 모아 놓았다. 반고 신화가 여와 신화와는 달리 선진의 문헌에는 보이지 않고 진한 이후에 확산된 것을 근거로 남방 소수민족의 반호(盤瓠) 신화에서 유래하였고 중원에서 기록으로 만들어졌을 것으로 보기도 한다. 반고와 반호는 발음상 유사하다. 반고 부부의 이야기는 반고씨가 남매혼을 통해 부부가 되었다는 의미로 보이며 후에 복희씨의 남매혼, 복희여와의 남매혼으로 이어진다고 볼 수 있다.

명청대에 이르면 반고 신화를 소설 속에 활용하는 경우가 많아진다. 명나라 주유(周遊)의 『개벽연역통속지전(開闢衍繹通俗志傳)』 80회본에서는 반고의 천지개벽으로부터 이야기를 시작하여 주나라 무왕이 은나라 주왕을 멸하는 무왕벌주의 대목까지 다루는데 신화와 전설을 비롯하여 역사적 사실을 혼용한 강사소설이다. 제1회 「반고씨개천벽지(盤古氏開天闢地)」에 반고가 좌우 손에 도끼와 끌을 가지고 천지를 개벽하는 장면이 그려져 있다.

2) 인류탄생의 여와 신화

중국에서 가장 오래된 신은 여와라고 할 수 있다. 모계사회의 흔적을 담고 있는 여신으로서 진흙을 뭉쳐 인간을 창조하고 오색의 돌을 달구어 무너진 하늘을 때워서 고통받는 인류를 구원한 위대한 신이다. 훗날에는 남녀가 서로 사랑하여 스스로 인간을 창조하도록 하는 혼인의 신까지 폭넓은 역할을 한다. 그러나 초기의 기록은 여전히 매우 단편적이다. 여와의 이야기가 실린 『산해경』과 『회남자』 등의 기록을 살펴본다. 『산해경』에서 비교적 일찍 만들어진 「대황서경(大荒西經)」에는 이렇게 등장한다.

> 열 명의 신이 있는데 이름을 여와지장(女媧之腸)이라고 한다. 신으로 변화하여 율광지야(栗廣之野)에서 거처하는데 길을 가로질러 살고 있다.

굴원의 『초사』 「천문(天問)」에서는 또 "여와도 몸이 있는데 그것은 누가 만들었단 말입니까?[女媧有體, 孰制匠之]"라고 묻고 있다. 여기서 여와의 몸이라고 하는 것은 사람의 얼굴에 뱀의 몸을 가진 모습을 말한다. 곽박의 『산해경』 주석이나 왕일의 『초사』 주석에 모두 여와는 인면사신(人面蛇身)이라고 했다. 후세의 기록 중에는 사신우수(蛇身牛首)라는 말도 있다. 이는 토템의 시조라고도 볼 수 있다. 『풍속통의(風俗通義)』에는 여와가 진흙을 뭉쳐서 인간을 만들었다는 말을 기록하고 있다.

> 전하는 말에 따르면 천지가 개벽하고 아직 인간이 없었는데 여와가 황토를 뭉쳐서 사람을 만들었다고 한다. 힘써 만들었지만 미처 다 만들어 낼 수가 없었으므로 굵은 밧줄을 진흙탕에 넣

고 이를 휘둘러 인간을 만들었다. 고로 부귀하고 어질며 지혜로운 자들은 처음 진흙을 뭉쳐 만든 사람들이고 빈천하고 평범한 자들은 줄을 끌어 만들어 낸 사람들이었다.

여와는 후에 하늘이 무너져 인간들이 큰 고통을 당하게 되자 오색의 돌을 달구어 하늘을 때운다. 『회남자』「남명훈(覽冥訓)」의 기록이다.

옛날 사극(四極)이 무너지고 구주(九州)가 갈라져 하늘이 무너지고 땅이 흔들리고 불길이 치솟아 오르며 물이 끝없이 쏟아지고 맹수는 착한 백성을 잡아먹고 사나운 새들이 노약자에게 달려들었다. 이에 여와는 오색의 돌을 달구어 무너진 하늘을 때우고 거북의 다리를 잘라서 사방의 기둥으로 받쳤다. 흑룡을 죽여서 기주(冀州)를 구원하고 갈대를 태운 재로 넘치는 물을 막았다. 창천이 때워지고 사극이 바로 세워지며 넘치는 물이 마르고 기주가 평온을 되찾고 사나운 짐승이 죽고 나니 마침내 선량한 백성들이 살아갈 수 있게 되었다.

이러한 상황은 시간상으로 천지개벽과 인류창조 이후에 일어난 천재지변을 초인적인 힘으로 극복해 가는 과정이다. 이와 유사한 기록은 『열자』「탕문(湯問)」에도 보이는데 약간 다른 형태로 드러난다.

천지는 하나의 물체다. 물체에는 늘 부족함이 있다. 그러므로 옛날 여와씨가 오색의 돌을 달구어 그 모자란 바를 때우고 자라의 다리를 잘라서 사극의 기둥을 세웠던 것이다. 그 후에 공공씨(共工氏)가 전욱(顓頊)과 제위를 다투다가 패하여 화가 나자 부주산(不周山)을 들이받아 하늘을 받치는 기둥을 부러뜨리고 땅을 잡아매는 줄을 끊었다. 그리하여 하늘이 서북으로 기울어서 일월성신(日月星辰)이 그쪽으로 쏠리고 땅은 동남으로 기울어서 모든 강물이 그쪽으로 흘러가게 되었던 것이다.

원래는 하늘이 무너지고 땅의 기둥이 부러져서 여와가 이에 하늘을 때우고 땅을 바로 세운 것인데 여기서는 반대로 이야기하고 있다. 당시 전해 오던 여와 신화의 다양한 버전이 이렇게 기록된 것이다.

남북조시대에 만들어진 『형초세시기(荊楚歲時記)』에 이르면 여와는 문명을 창조한 신으로 탈바꿈된다. 고대의 중요한 악기인 생황의 발명이나 혼인제도의 시작을 모두 여와의 공으로 돌리고 있다. 더 나아가 개와 닭과 같은 가축이나 온갖 곡식의 창조도 여와에 의해 이루어진 것으로 추앙하였다.

『성경』의 천지창조에 따르면 여호와(야훼) 하느님은 첫째 날 빛을 만들고 둘째 날 하늘을 만들고 셋째 날 땅과 식물을 만들고 넷째 날 해와 달과 별을 만들고 다섯째 날 물고기와 새를 만들고 여섯째 날 다른 동물과 이를 지배하는 인간을 여호와의 형상을 따라 만들었다. 그리고 일곱째 날은 창조의 일이 완성됨에 이를 축복하여 휴식하고 성스러운 날로 지냈다고 한다.

여와의 만물창조도 그 발상은 아주 비슷하다. 정월 초하루에 닭을 만들고 이튿날 개를 만들고 사흗날 양을 만들고 나흗날 돼지를 만들고 닷샛날 소를 만들고 엿샛날 말을 만들고 이렛날에 인간을 만들었다. 『형초세시기』의 「안문예속(按問禮俗)」에 나오는 이야기다. 남녀의 혼인제도를 만들고 중매를 서는 것도 여와로부터 시작되었다고 하는 말은 『풍속통의』에 나온다.

여와는 창조의 여신이다. 인류를 창조한 것은 물론, 무너진 천지를 고치고 인간에게 해를 끼치는 괴물을 죽이며 홍수를 막아 내고 훗날에는 남녀의 사랑을 가르치고 혼인을 주재하여 인간 스스로 아이를 생산하도록 가르치기도 하는 다양한 공을 세운 신이다. 『설문해자』에서 여와는 고대의 신성한 여자로서 만물을 화생시킨 자[古之神聖女, 化萬物者也]로 자리매김되고 있다.

복희와 여와는 민간신화에서 남매혼인의 모습으로 드러나며 한나라 이후 하체로 교미를 하고 있는 인면사신의 그림으로 다양하게 전해지고 있다. 남매혼의 신화는 한족과 더불어 중국 서남 지역의 소수민족인 묘족(苗族)과 요족(瑤族) 등에도 전하고 있다. 『산해경』「해내경(海內經)」에 "남방의 묘민(苗民)에게 신이 있는데 인면사신으로 연유(延維)라고 했다"라는 대목이 있는데, 『장자』에 나오는 제환공이 늪에서 본 위사(委蛇)가 바로 그것이며 현대의 원이둬[聞一多]는 『복희고』에서 그것이 바로 복희와 여와의 형상과 같다고 여겼다. 묘족은 복희와 여와를 민간신앙의 대상으로 삼아서 나공(儺公), 나모(儺母)로 공경한다고 했다. 인면사신의 복희여와도는 한대 화상석으로 만들어져 내려온다.

중국 서역 투루판[吐魯番] 지역의 아스타나 고분에서 나온 비단 그림에는 복희가 직각자[曲尺]를 들고 여와가 컴퍼스[圓規]를 들고 있는 모습이 보인다. 그림의 위에는 까마귀가 들어 있는 해가, 아래에는 두꺼비가 들어 있는 달이 그려져 있다. 7세기경에 그려진 이 그림은 현재 우리나라 국립중앙박물관에 있다. 일본의 오타니[大谷] 탐험대에 의해 발굴되어 일본으로 옮겨 갔다가 우여곡절 끝에 조선총독부 박물관에 옮겨진 후 오늘날까지 전해지는 유물이다.

소수민족인 요족의 구전신화 중에 홍수 유민과 복희 남매의 혼인 이야기가 전해지고 있다.

옛날 하늘의 우레신이 땅 위의 대성(大聖)을 미워하여 늘 지붕 위에서 천둥소리를 냈다. 대성은 꾀를 내어 우레의 신을 잡아서 가두고 아들 복희와 딸 여와에게 잘 지키라고 하면서 절대로 물을 주어서는 안 된다고 단단히 일렀다. 대성은 우레신을 잡아서 젓을 담그려고 시장에 소금과 항아리를 사러 갔다. 우레신은 목이 말라 죽겠다고 통사정을 하였다. 복희와 여와는 그를 불쌍히 여겨 물 한 바가지를 주었다. 우레신은 물을 마시자 곧 창고를 부수고 튀어나와 하늘로 도망하면서 자신의 이를 뽑아 주고 얼른 땅에 심으라고 했다. 재앙이 일어나면 나무에 열리는 조롱박 속에 숨으라는 것이었다. 우레신은 하늘로 달아난 뒤에 곧바로 천둥소리를 요란하게 내며 홍수를 일으켰고 큰물이 세상의 모든 인간들을 휩쓸어 갔다. 복희와 여와 남매는 순식간에 자라난 커다란 조롱박 속으로 들어가 몸을 숨겼다. 이레 밤낮을 보내고 나와 보니 조롱박은 곤륜산에 닿아 있었다. 세상에는 인간이 모두 사라졌다. 자라와 대나무, 까마귀까지 그들 남매에게 부부로 맺어져 인간세상을 이어 가라고 했지만 모두 거절했다. 태백 선인이 나타나 시험을 하면서 맷돌을 굴려 보니 맷돌이 합쳐지고, 둘이 각사 산봉우리에서 머리카락을 빗도록 했더니 머리카락이 공중에서 휘날려 하나로 엉켰다. 두 사람은 더 이상 거절하지 못하고 혼인하여 부부가 되었다.

이상이 남매혼의 줄거리다. 이러한 이야기 구조는 여러 민족에게서 나타난다. 오빠와 여동생의 남매혼도 있지만 누나와 남동생 간의 남매혼도 나타나고 어떤 민족은 모자혼, 부녀혼도 있어서 훨씬 원시적인 근친혼의 모습을 보여 준다. 천재지변과 같은 특별한 비상 상황 속 인류의 멸종위기 앞에서 어쩔 수 없는 선택이라고 할 수 있으나, 유교적 도덕관념에서 용인할 수 없는 일이었으므로 한족의 신화에서는 별로 전하지 않게 된 것이다.

여와의 이야기는 명청대 소설에도 깊은 영향을 끼쳤다. 명대 소설 『봉신연의』에서는 여와가 은나라 멸망에 중요한 역할을 한다. 은나라 마지막 왕인 폭군 주왕(紂王)이 여와 사당에 왔다가 아름다운 여와낭랑에게 반하여 사당 벽에 음란한 시를 써 놓자 이에 깊은 모멸감을 느끼고 분노한 여와는 여우 요괴 호리정(狐狸精)을 보내서 주왕을 타락시키도록 명을 내린다. 여와는 또 은나라를 치는 주(周)나라를 돕기 위해 무기를 빌려주기도 하지만 은나라가 망하자 자신의 명을 어기고 필요 이상의 잔혹행위를 한 달기(妲己)를 잡아 처형한다.

조선시대 고전소설에 『여와전』이 있다. 『여와씨성회연록(女媧氏盛會宴錄)』이란 이명도 있지만 여와는 주인공이 아니다. 여와가 태을단에서 천도를 강연할 때 삼황오제가 함께 모여 연회를 열었다. 그때 지상에서 현부열녀들이 제왕의 이름을 칭하며 반란을 일으키자 문창제군이 내려와 평정하고 천상으로 복귀한 뒤 상제전에서 관음과 불교에 관해 설전을 벌인다는 내용이다. 불교를 배척하는 유생의 입장을 보여 준다.

청대 장편소설 『홍루몽』의 서두는 여와보천(女媧補天)에서 하늘을 때우다가 남은 돌 하나가 신령스런 기운을 얻어 대황산 무계애에 버려지는 이야기로 시작된다. 이른바 여와유석(女媧遺石)의 이야기가 전개되는 것이다. 여와는 남녀가 서로 사랑하도록 하였고 혼인과 중매의 여신으로도 역할을 하였으니 『홍루몽』의 작가는 그 점에 착안했을 것이다. 대황산의 돌은 영롱한 통령보옥으로 변하고 이후 인간세상으로 환생하여 대갓집 귀공자로 태어난다. 그는 부귀영화를 누리다가 사랑하는 임대옥이 죽은 이후 인생무상을 느끼고 다시 돌이 되어 대황산으로 돌아간다. 그래서 이 책의 본래 이름은 『석두기』였다.

3) 서왕모 신화의 변천

서왕모는 오늘날 중국에서 왕모낭랑으로 더 알려져 있는 인물이다. 도교의 체계 속에 들어가면서 다양한 명칭으로 불리기도 하는데 서쪽의 방위를 대표한다고 하여 오행에 따라 금모원군(金母元君), 요지금모(瑤池金母), 서령성모(西靈聖母)와 같은 이름도 있다. 신화에서 서왕모는 곤륜산의 요지에 살고 있으며 불사약을 장악하고 악행을 벌하며 재난을 방지하는 여신으로 등장한다. 일부 학자들은 서강(西羌)족의 조상이 신격화한 존재로 보기도 한다. 강족의 신화에서는 창세신으로 여겨지기도 한다. 도교 전진교파의 여신으로 추앙되며 민간에서는 혼인과 출산, 부녀자의 보호신으로 민간전설과 문학 작품에 반영되고 있다.

고대 문헌에서 서왕모는 본래 괴이한 형상의 흉포한 야만인으로 나타난다. 『산해경』「서차삼경(西次三經)」과 「해내북경(海內北經)」 및 「대황서경(大荒西經)」에 다음과 같이 묘사되어 있다.

> 옥산(玉山)은 서왕모가 사는 곳이다. 모습은 사람과 같지만 표범 꼬리에 호랑이 이빨을 하고 자주 포효하고 봉두난발(蓬頭亂髮)에 머리장식을 꽂고 있다. 하늘의 재앙과 다섯 가지 잔혹한 형벌을 주관한다.

> 서왕모는 궤에 기대어 머리장식을 꽂고 있는데 삼청조(三靑鳥)가 먹을 것을 가져온다. 곤륜허의 북쪽에 있다.

> 어떤 이가 머리장식을 꽂고 호랑이 이빨에 표범 꼬리를 하고 동굴 속에 사는데 이름은 서왕모라고 한다. 이 산에는 온갖 만물이 다 있다.

이상의 기록만으로도 일단 서왕모의 형상이 서쪽의 아름다운 여왕의 모습은 아니었음을 알 수 있다. 학자들은 초기 단계에서의 서왕모를 남자인지 여자인지 판단할 수 없다고 했다가 후에 남성 야만인이었을 것이라고 주장했다. 즉 『산해경』에서의 서왕모 묘사가 변화를 거치며 야만인의 모습에서 맹수를 사냥하는 거친 모습으로 이어지고 나중에 신격화하여 하늘의 재앙을 주관하는 괴력과 권위를 갖춘 신으로 변하였다고 보았다. 그러면서 왕모(王母)의 글자가 본래는 외부에서 전해진 외래어의 음역일 것이라고 조심스럽게 추정하였다. 서왕모는 서방 맥족(貊族)의 토템신으로 왕은 신을 뜻하고 모는 맥을 뜻한다고 풀이하기도 하였다. 그렇다면 서쪽 맥족의 신이란 의미로 쓰인 것인데 후세에 한자의 의미가 부연되고 머리장식 등의 요소가 강화되어 차츰 여성의 모습으로 정착되었을 것이라고 보았다.

주나라 목왕의 서쪽 지방 순수 기록인 『목천자전(穆天子傳)』에서 목왕이 곤륜산에 올라 서왕모를 만나는 내용이 추가됨으로써 서왕모의 이미지는 본격적으로 권위 있고 중후한 왕모의 모습으로 바뀌었다. 또 이러한 자료에 근거하여 『죽서기년(竹書紀年)』에도 기록되었다. 그리하여 이 두 가지 문헌에 의해 서왕모는 서방을 관장하는 절대적인 권위를 지닌 여신의 이미지로 확정되었다.

『회남자』「남명훈」에서도 “예(羿)가 서왕모에게 불사약을 청하여 왔으나 항아가 그것을 훔쳐 먹고 달로 달아났다”라고 하여 서왕모를 불사약을 가지고 있는 신선의 모습으로 그려 냈다. 항아의 불사약 이야기는 전국시대의 일실된 문헌인 『귀장(歸藏)』에도 나오는데 “항아가 불사약을 먹고 달로 도망가서 달의 정령이 되었다”라고 했다. 원서는 없어지고 『문선』의 주에서 인용하여 전해지고 있다.

후에 한무제 이야기를 중심으로 하는 『한무고사(漢武故事)』와 『한무제내전(漢武帝內傳)』 등에서는 서왕모의 새로운 이미지를 그대로 받아들여 삼십대의 온화하고 아름다운 절세미인 신선으로서의 모습을 신비롭게 가미시켰다. 『한무제내전』에서 서왕모와 그녀를 맞이하는 한무제의 묘사는 이러하다.

> 왕모는 전각에 올라 동쪽을 향해 앉았다. 황금색 저고리는 무늬가 아름답고 선명하였으며 빛나는 자태는 아름답고 위엄이 있었다. 신비로운 영비(靈飛)의 허리끈을 매고 허리엔 옛 명검인 분경(分景)을 찼다. 머리에는 화산처럼 높게 태화(太華)의 상투를 틀어 올리고 황금으로 만든 신선의 관 태진신영(太眞晨嬰)을 썼으며 검은 옥장식의 봉황무늬 신발을 신었다. 나이는 서른 살쯤 되었고 적당한 키에 온화한 자태로, 절세미인의 얼굴은 정말 사랑스러웠다. 수레에 내려 평상 위에 오르자 황제는 무릎을 꿇고 예를 올린 후 인사를 주고받고 서 있었다. 왕모가 황제를 불러 함께 앉도록 하였다. 황제는 남쪽을 보고 앉았다.

이어서 서왕모가 가져온 천상의 음식과 과일을 묘사하는데 특히 복숭아[仙桃]를 꺼내 와서 먹도록 하고 설명하는 대목이 있다. 한무제가 은밀히 씨앗을 남겨서 심고자 하는 것을 보고 서왕모가 이 복숭아는 3천 년에 한 번 열린다고 하면서, 천상에서나 열리므로 아무 소용 없는 일이라고 하였다. 그리고 신령스러운 천상의 음악을 들려주었다. 이로써 서왕모의 이미지는 거의 완성되었다.

왕모낭랑의 생일날 열리는 반도(蟠桃)대회는 많은 사람들에게 깊은 인상을 남겼다. 『서유기』에 등장하는 손오공의 천궁소동[大鬧天宮]이 바로 이 반도대회를 망치는 일로 시작된다. 『서유기』에서는 왕모낭랑이 옥황상제의 부인 역할로 나오지만 사실 서왕모의 짝은 일찌감치 동왕공(東王公)이었다. 서왕모에 비하면 수백 년 뒤에 나왔지만, 도교에서 서왕모의 짝으로 동화제군(東華帝君)이라고도 부르는 동왕공을 설정하여 신선의 체계를 만들었다.

『산해경』을 모방하여 만든 『신이경(神異經)』은 동방삭(東方朔)의 이름을 빌린 책이다. 이 책의 「동황경(東荒經)」에는 서왕모의 짝인 동왕공에 대한 묘사가 있다. 새로운 신화인물이 창조된 것이다.

> 동쪽 변방의 산속에 큰 석실이 있는데 동왕공이 그곳에 산다. 키는 한 길이고 머리카락은 백발이며 사람의 모습에 새의 얼굴, 호랑이 꼬리를 하고 있다. 검은 곰을 타고 항상 옥녀와 함께 투호 놀이를 한다.

그의 모습은 서왕모의 모습을 염두에 두고 모방한 것이다. 한나라 화상석(畫像石)이나 화상전(畫像磚)에는 이미 서왕모와 동왕공이 함께 그려진 그림이 있지만 새의 얼굴이나 호랑이 꼬리는 없다. 『신이경』「중황경(中荒經)」에서는 서왕모와 동왕공이 거대한 새의 날개 위에서 만난다고 밝혔다.

> 곤륜산에는 구리기둥이 있는데 하늘을 떠받치는 천주(天柱)라고 불린다. … 그 위에 희유(希有)라고 불리는 거대한 새가 남쪽을 향하여 왼쪽 날개를 펼쳐 동왕공을 덮고 오른쪽 날개를 펼쳐 서왕모를 덮는다. 등 위에 깃털이 없는 부분이 있는데 거리가 만 구천 리나 된다. 서왕모는 해마다 날개 위로 올라 동왕공을 만나러 간다.

『목천자전』에서 서왕모가 주나라의 목왕을 만난 일, 『한무고사』와 『한무제내전』에서 서왕모가 한나라의 무제를 만난 일 등이 점차 변하여 서왕모에 대응하는 새로운 인물 동왕공을 만나도록 설정된 것이다. 동서의 방향과 오행에 의거하여 금모(金母)와 목공(木公)으로 불리기도 한다. 모(母)와 공(公)은 동물의 암수를 말하며 서왕모와 동왕공이 부부가 됨을 의미한다.

4) 홍수를 물리친 곤과 우의 신화

홍수는 원시시대에 인간에게 고통을 주는 주된 자연재해였다. 홍수를 물리친 고대 영웅들의 이야기는 수많은 영웅신화를 탄생시켰다. 앞서 여와보천의 신화도 엄밀히 보면 홍수와 자연재해를 막기 위한 노력의 하나로, 신비로운 영웅적 업적에 속하는 것이다. 그러나 구체적인 사례로는 곤(鯀)과 우(禹)의 치수(治水)에 얽힌 신화가 가장 대표적이다. 『산해경』「해내경」에 다음의 기록이 있다.

홍수가 나서 하늘까지 흘러넘쳤다. 곤이 절로 불어나는 흙인 천제의 식양(息壤)을 훔쳐다 홍수를 막았다. 천제의 허락을 받지 않고 그렇게 했으므로 천제가 축융(祝融)에게 명하여 우(羽)의 들판에서 곤을 죽이게 했다. 곤의 배에서 우(禹)가 태어났다. 천제가 우에게 명하여 천하의 땅을 구주(九州)로 나누어 확정하게 했다.

하늘까지 넘쳐 나는 홍수로 인한 대재난을 그리며 곤과 우 부자, 천제와 축융신까지도 등장시키고 있다. 아버지 곤의 배에서 아들 우가 태어난 것은 부계사회의 남자들이 아이 낳기를 모방하던 풍습의 흔적이라고 한다. 장부국(丈夫國)의 남자들이 겨드랑이로 아이를 낳는다는 이야기도 이러한 풍습의 반영이었을 것이다.

굴원이 지은 『초사』의 「천문」에서는 곤과 우의 치수에 관련된 일련의 의문점을 상당히 긴 편폭에 걸쳐 제기하였다. 대홍수의 범람으로 요임금의 지시에 따라 곤이 치수하였지만 실패한 일, 처형당한 곤의 몸에서 우가 태어난 일, 그리고 우가 다른 방법으로 치수에 성공한 일 등에 대해 미심쩍은 부분을 노골적으로 묻고 있다. 일부를 발췌하여 소개한다.

우임금이 곤의 배를 가르고 나왔는데	伯禹愎鯤
어찌 변화하여 성군이 되었는가?	夫何以變化
우임금은 선왕의 업을 이어받아	纂就前緒
마침내 선친의 업을 이루었도다	遂成考功

어째서 선대의 업을 계승했는데	何續初繼業
일을 도모함이 이렇게 달랐는가?	而厥謀不同
홍수의 원천이 깊고 깊은데	洪泉極深
어떻게 그것을 메꾸었는가?	何以窴之
각지를 아홉으로 나누었는데	地方九則
어찌 흙을 부풀어 올렸는가?	何以墳之
응룡은 꼬리로 어찌 금을 그었고	河海應龍
어떻게 강과 바다는 소통되었나?	何盡何歷
곤은 과연 무엇을 다스렸고	鯀何所營
우는 과연 무엇을 이루었나?	禹何所成

「천문」의 작가인 굴원의 머릿속에는 당시에 전해 오던 신화의 모습이 완전하게 들어 있었을 것이다. 그는 그에 따른 수많은 의문을 하나하나 제시하면서 신화의 의미를 되새김하였다. 지금 우리는 반대로 굴원의 질문에 나타난 내용으로 당시 신화의 모습을 재구성하고자 한다. 다음은 재정리한 곤과 우의 치수신화 내용이다.

상고 전설시대에 홍수가 나서 백성의 삶이 곤경에 빠지자 사방의 신들은 곤이 홍수를 다스릴 수 있을 것이라고 여겨 상제인 요(堯)에게 그를 천거하였다. 곤은 중악의 신이었다. 우뚝 솟아 버티고 있는 산이 물길을 막으니 당연히 홍수도 막을 수 있을 것으로 믿었던 것이다. 요는 곤을 신뢰하지 않았지만 여러 사람의 추천을 받아들여 곤에게 치수의 임무를 맡겼다. 곤은 9년 동안이나 치수를 했지만 성공하지 못했다. 곤이 실패한 것은 물의 특성을 잘못 이해했기 때문이었다. 그는 오행의 '토극수(土克水)' 원리에 따라 흙으로 제방을 쌓는 방법을 고집하였다. 그러다 흙이 모자라자 저절로 자라는 흙인 식양을 달라고 했지만 상제는 허락하지 않았다. 곤은 부엉이와 거북이의 도움으로 몰래 식양을 훔쳐 냈지만 상제는 격노하여 결국 축융을 보내 곤을 우산(羽山)의 들판에서 처형하도록 했다. 곤의 시신은 썩지 않았고 죽은 지 3년이 지나 곤의 배를 가르자 우(禹)가 튀어나왔다. 요는 곤의 아들 우에게 치수 임무를 부여했다. 우는 다른 방법으로 치수를 했다. 아버지 곤이 치수에 실패한 원인을 찾아 과감하게 개혁했고, 물길을 터서 필요한 곳으로 흘려보내 소통하는 방식으로 마침내 치수에 성공하게 되었다. 우선 홍수의 근원을 막기 위해 식양과 같이 저절로 팽창하는 식토(息土)를 써서 9개의 원천을 막는 산을 만들었다. 다음에는 식양을 한 덩이씩 산포하여 가라앉은 땅을 부풀어 오르게 하여 마침내 구주를 평정했다. 끝으로 9개의 물길을 소통하여 땅 위에 고인 물을 흘려보내도록 하였다.

『서경』「요전(堯典)」의 기록에 의하면 요임금이 사방의 제후들에게 넘치는 홍수를 다스릴 수 있는 자를 물었을 때 모두 곤을 추천했지만 처음에 요는 곤을 탐탁지 않게 여기고 받아들이지 않았다. 사악(四岳)이 다시 적극 천거하며 한번 시험해 볼 것을 권하자 마지못해 쓰게 되었지만 9년 동안 성공하지 못했다고 했다. 또「홍범(洪範)」에서는 기자(箕子)의 말을 인용하여 곤이 오행을 어지럽혔다고 하고, 곤이 주살되고 우가 사업을 이어 흥기하자 홍범구주(洪範九疇)의 법을 내려 비로소 조리가 갖춰지게 되었다고 했다. 곤이 식양을 쓰려고 했을 때는 요가 거절하였는데『회남자』「지형훈(地形訓)」의 기록에 의하면 우가 치수를 할 때도 역시 식토(즉 식양)를 사용하여 홍수의 원천을 막고 산을 만들었다고 했다. 바로 이러한 배경을 바탕에 깔고 굴원은「천문」에서 이에 관한 모순을 질문한 것이었다.

곤이 죽고 바로 우로 화생하였다는 것은 탄생의 법통을 잇기 위한 신화적 발상이다. 우는 13년이나 되는 오랜 기간 동안 전력을 기울여 치수에 힘쓰며 노력했다. 그가 치수에만 몰두하여 자신의 집 앞을 "세 번이나 지나가면서도 들어가지 않았다[三過而不入門]"는 유명한 일화가 있다. 그로 인해 훗날 백성의 인심을 얻고 순임금에 이어서 마침내 제위에 오르게 되니 바로 하(夏)나라의 시조인 우임금이다. 그는 백성들과의 소통을 위해 오음(五音)을 창안하였으며 궁문 앞에 다섯 종류의 악기를 마련해 놓고 다양한 여론을 수렴했다고 한다.

중국의 신화에는 앞에서 살펴본 반고 신화, 여와 신화, 서왕모 신화, 곤·우 신화 이외에도 자연현상을 신격화한 태양신, 월신, 풍우운뇌의 신, 수신, 산신 등과 관련된 신화가 있으며 영웅신화로서 예와 공공, 축융 등이 등장하는 신화가 생생한 형상을 보여 주고 있다. 또한 후대에 새로 만들어지는 많은 신격 인물도 중국적인 특색을 드러낸다고 할 수 있을 것이다.

2. 사대전설의 유래와 연변 과정: 견우직녀 등

중국의 민간에서 전해지는 네 가지 보편적인 전설인 사대(四大) 전설이 어떻게 시작되고 어떻게 확대 재생산, 변형되어 지금까지 끈끈한 생명력을 유지하고 있는지 전모를 훑어보자.

중국에는 네 가지 핵심적인 요소를 묶어서 지칭하는 '사대 무엇'이 여러 가지 있다. 우선 불교에서 주로 네 가지를 묶어서 말하는 전통이 있었다. 사대는 사바세계를 구성하는 네 가지 요소인 지(地), 수(水), 화(火), 풍(風)이고 사대천왕은 대승불교의 동서남북 천문의 수호신이다. 또 사대보살은 지장보살, 보현보살, 문수보살, 관음보살을 말한다. 중국학술사에서는 남송의 주자가 사서(四書)를 선정한 이후 네 가지 책을 선정하는 풍조가 일어 사대기서나 사대명저 등이 만들어졌다. 역대 미녀의 경우에도 굳이 사대미녀로 한정하고 있으니 전설에서도 이와 같은 영향으로 굳이 네 가지를 선정한 것이 아닌가 생각된다.

가장 널리 알려진 네 가지 전설은 견우직녀(牽牛織女), 맹강녀(孟姜女), 양산백(梁山伯)과 축영대(祝英臺), 백사전(白蛇傳)이다. 이들의 유래를 따져 보면 오랜 세월 동안 폭넓게 중원 전역에 널리 퍼져 있었음을 알게 된다. 이들 네 가지 전설은 모두 남녀의 애정에 얽힌 사연이므로 '고대민간 사대애정고사'라고 지칭하기도 한다.

1) 견우직녀 전설

견우직녀는 오늘날 중국에서 '우랑과 직녀'라고 이르지만, 이미 『시경』에서 견우와 직녀란 말이 나오고 있고, 한나라 때 만들어진 '고시십구수(古詩十九首)'에서 견우와 직녀를 부부로 표현하였으니 우리말처럼 견우직녀의 전설로 써도 무방하리라 본다. 동한 때 『풍속통의(風俗通義)』의 일문(軼文)에 직녀가 칠월 칠석날 은하수를 건너갈 때 까치가 다리를 만들어 주었다고 했고, 칠석날 까치 머리가 희게 세었으니 그것은 직녀에게 다리를 만들어 줬기 때문이라고도 했다. 견우직녀의 전설은 선진양한시대에 이미 기본 줄거리가 완성되어 있었던 것이다.

견우직녀의 전설은 7월 7일 칠석날이라는 날짜에 고정되어 있다. 이날을 중국에서는 걸교절(乞巧節), 여아절(女兒節)이라고 한다. 직녀로부터 베 짜는 교묘한 솜씨를 배우겠다고 애걸하는 날이다. 여성은 바느질하는 침선솜씨가 좋아야 살림에 도움이 될 수 있으니 모든 여성들이 직녀의 솜씨를 이어받고 싶었던 것이다. 또한 견우와 직녀의 사랑을 확인하는 날이니 연인 사이의 애정을 상징하는 날이기도 하다. 칠석날 밤에 소원을 빌고 좋은 솜씨를 빌며 좋은 인연이 맺어지길 기원했다. 견우직녀의 전설은 위진남북조를 지나면서 제대로 줄거리를 갖춘 이야기로 발전하고 명청대의 서사문학에 이르러 다양하게 확장, 변형되기도 하였다.

『시경』 소아 「대동(大東)」편은 본래 부역에 시달리는 백성들의 고통을 노래하는 시이지만, 천상의 여러 별 이름을 거론하고 있는데 직녀와 견우에 대해서는 다음과 같이 읊었다.

세모난 직녀성은	跂彼織女
종일 일곱 번 자리 옮기네	終日七襄
일곱 번 자리 옮겨도	雖則七襄
무늬 비단 짜지 못하네	不成報章
반짝이는 견우성은	睆彼牽牛
수레를 끌려고 하지 않네	不以服箱

『태평어람』에 실린 『위서(緯書)』의 기록에는 견우가 직녀를 아내로 맞이할 때 천제로부터 돈을 빌렸지만 돌려주지 못하여 내쫓겼다고 했는데 견우와 직녀의 만남과 이별이라는 주제가 처음 제시된 것이다. 한나라 때 고시십구수의 「초초견우성(迢迢牽牛星)」 시는 견우와 직녀가 은하수를 사이에 두고 갈라져 서로 사모하는 슬픈 상황을 노래하고 있다.

은하수 건너편에 아득한 견우성	迢迢牽牛星
은하수 이편에는 빛나는 직녀성	皎皎河漢女
직녀는 섬섬옥수로 북을 놀리고	纖纖擢素手
철컥철컥 소리 내며 베를 짠다	札札弄機杼
하루 종일 베 짜도 완성 못 하고	終日不成章
눈물만 비 오듯이 흘리고 있다	泣涕零如雨
은하수는 맑고도 수심도 얕은데	河漢清且淺

서로 만나 본 지 얼마나 되었는지	相去復幾許
찰랑거리는 물길을 가운데 두고	盈盈一水間
말도 없이 서로를 바라만 본다	脈脈不得語

『회남자』와 『풍속통의』에서는 헤어진 두 사람이 만나도록 오작교를 만들어 준다는 발상이 추가되며 칠석날이라는 특정한 날짜가 지정된다. 부부인 견우와 직녀가 은하수를 사이에 두고 헤어져 서로를 그리워할 때 칠월 칠석만큼은 오작교를 건너가 만날 수 있게 한다는 기본 줄거리가 만들어진 것이다.

한나라 때 이미 특이한 이야기가 만들어졌다. 직녀가 하계에 내려와 인간세계의 동영(董永)이란 사람과 만나 부부가 된 이야기는 간보의 『수신기』「한동영(漢董永)」에 기록되어 있다.

> 동영은 어머니를 여의고 홀아버지를 모시며 가난하게 살았다. 그러다 아버지마저 돌아가시자 장례를 치를 돈이 없어 부잣집 종을 살기로 하고 돈 만 전을 빌렸다. 삼년상을 마치고 동영이 종살이를 하러 가는 도중에 아름다운 여인이 나타나 스스로 동영의 아내가 되기로 하여 둘은 부부가 되었다. 부자는 동영의 아내가 베를 짤 줄 안다고 하자 종살이 대신 옷감 백 필을 짜 달라고 요구했는데 아내는 열흘 만에 그 일을 끝내서 빚을 모두 갚았다. 아내는 자신이 천상의 직녀인데 동영의 효성에 감동하여 천제의 명을 받아 도와주러 왔었노라고 말하고 백 일 만에 하늘로 올라갔다.

후에 송나라 『태평광기』 「동영처(董永妻)」에도 『수신기』 내용을 전재하고 있는데, 효를 최고의 가치로 본 중국 고대의 사회 윤리가 직녀의 등장으로 반영된 것이지만 견우의 아내였던 직녀가 홀연 지상으로 내려와 동영의 아내 역할을 하다가 갔다는 사실에 조금은 의아한 느낌도 든다.

임방의 『술이기』나 은운(殷芸)의 『소설(小說)』에 기록된 견우직녀의 이야기는 대체로 다음과 같다.

> 은하수 동쪽에 아름다운 여인 직녀가 있었다. 직녀는 천제의 자손으로 길쌈에 능하였다. 그녀는 해마다 열심히 일하여 멋진 비단옷을 짜 냈는데 자신의 용모를 다듬을 겨를도 없이 고생하며 즐거움을 누릴 수 없었다. 천제는 그녀가 홀로 지내는 것이 불쌍하여 은하수 서쪽의 견우에게 시집을 보냈다. 결혼한 직녀는 길쌈하는 일을 팽개치고 오로지 즐거움을 탐하여 돌아오지 않았다. 천제가 화가 나서 그녀를 은하수 동쪽으로 다시 돌려보내고 일 년에 한 번만 견우를 만나게 했다.

『형초세시기』에서는 매년 7월 7일이 바로 그날이라고 덧붙이고 있다. 일 년 각 절기의 풍속을 기록한 것이니 구체적인 날짜가 들어간 것이다. 당송대 시인들은 견우와 직녀의 애타는 사랑의 감정을 시로 읊었다. 칠석에 단 한 차례 만나는 사연도 남북조시기에 형성된 줄거리를 거의 그대로 담고 있다.

그런데 견우와 직녀의 이별이 천제의 노여움 때문이 아니라 직녀가 스스로 갈라섰기 때문이라고 하는 특이한 이야기가 따로 전한다. 남송 때 곤산(崑山) 동쪽 황고(黃姑)라는 곳에 직녀성과 견우성이 내려왔는데 직녀가 금비녀로 강을 만들자 물이 넘쳐 견우가 건널 수 없었다는 이야기가 그것이다. 직녀가 견우와의 만남을 뒤로한 채 지상으로 내려와 인간세계의 다른 남자를 만나 부부가 되었다는 이야기는 당나라 장천(張薦)이 엮은 『영괴록(靈怪錄)』「곽한(郭翰)」에도 기록되어 있다.

> 태원(太原)의 곽한이 홀로 지내는데 어느 날 하늘에서 직녀가 내려왔다. 오랫동안 상대할 지아비가 없어서 호시절을 다 보내고 가슴속에 우울증이 생기자 상제의 명을 받고 인간세상을 유람하러 내려왔다는 것이었다. 그러면서 맑고 고상한 곽한의 풍모를 흠모하여 스스로 몸을 맡기겠다고 하였다. 두 사람은 그날 밤 부부가 되었다. 그 후 밤마다 내려와 깊은 정을 쌓았다. 곽한이 놀리면서 견우낭군은 어찌하느냐고 했지만 그와는 은하수가 가로놓여 있으니 상관없다고 대답했다. 칠월 칠석 무렵에 올라간 직녀는 며칠이 지나서야 돌아왔다. 곽한이 견우와 만나 즐거웠느냐고 물었지만 운명에 따르느라 그런 것이니 질투할 필요가 없다고 했다. 그리고 일 년이 지난 어느 날 직녀는 얼굴에 슬픈 빛을 띠고 눈물을 흘리며 천제의 명에 정해진 기한이 다 되어 다시는 돌아올 수 없다고 하면서 떠나갔다. 다음 해 그날에 시녀를 통해 서신을 보냈는데 애틋한 정이 절절히 묻어나는 시 두 수를 말미에 기

록하였다. 곽한도 회답시를 적어 보냈다.

소설은 천상의 직녀를 평범한 인간적 욕망을 가진 여성처럼 묘사하고 있다. 어쩌면 당시의 문인이 은연중 바라던 바를 환상적인 이야기로 풀어내었을 것이다. 직녀와 견우는 여전히 칠월 칠석에 의례적으로 한 번씩 만나고 있었다. 직녀가 따로 지상으로 내려와 다른 남자와 밤마다 부부관계를 맺으며 한 해를 살아간다는 설정은 유교적 정절관념이 투철한 시대였다면 만들어 내기 어려운 발상이다. 사실 「곽한」의 사연은 앞서 「한동영」과 동일한 발상이다.

직녀의 이야기는 후세의 소설에서도 심심찮게 나오는데 그중 명나라 구우의 『전등신화』 「감호야범기(鑑湖夜泛記)」는 처사 성영언(成令言)이 밤에 감호에서 배를 타고 노닐다가 문득 천상으로 올라가 직녀를 만난 이야기를 서술하고 있다. 성영언이 만난 직녀는 뜻밖에도 천제의 손녀로서 품성이 정숙하여 조용히 살고 있다고 하면서 세상에서 알고 있듯이 견우와 부부로 만난다는 소문은 사실이 아니며 인간세상의 어리석은 백성들이 황당한 이야기를 좋아하여 날조한 말이라고 단언하였다. 직녀는 그렇게 잘못 알려져 억울하게 치욕스러운 대접을 받고 있으므로 성영언에게 세상에 내려가면 바로잡아 달라고 특별히 부탁했다. 그리고 손수 짠 비단을 선물로 주었다. 직녀는 또 불사약을 훔쳐 달로 달아났다는 항아(姮娥, 嫦娥)의 이야기나 상수(湘水)의 신령인 아황(娥皇)과 여영(女英) 등에 대한 불경스런 이야기도 사실이 아니니 절대 믿지 말라고 당부하였다. 견우와 직녀의 전설에 대한 하나의 반론으로 만들어진 이야기라고 할 수 있다.

견우직녀의 전설을 거의 완전한 형태의 소설로 만들어 놓은 것은 명나라 만력 연간에 나온 주명세(朱名世)의 『우랑직녀전(牛郎織女傳)』이다. 이전까지 나온 모든 관련 자료를 참조하여 서사의 전승에 매듭을 지은 중요한 작품이라고 할 수 있다.

> 견우는 천신으로 하늘에서 소 치는 일을 맡았고 직녀는 옥황상제의 딸로 길쌈에 능했다. 견우는 소에게 물을 먹이러 은하에 갔다가 빨래하는 직녀를 만나 한눈에 반하여 사모하는 마음을 갖게 된다. 이때 월하노인과 태상노군이 중매하여 두 사람은 성혼한다. 견우와 직녀는 결혼한 후 음락에 탐닉하여 직무를 게을리했다. 이에 화가 난 옥황상제는 두 사람을 은하수의 양 끝으로 유배 보낸다. 유배당한 두 사람은 열심히 소 치고 베를 짜며 일을 하여 옥황상제의 용서를 받는다. 옥황상제는 특별히 매년 칠월 칠일 서로 만나도록 허락한다. 그러자 까마귀와 까치가 나서서 다리를 놓아 서로 만나도록 도와준다.

한편 구전으로 전해지는 견우직녀 전설의 자료에서는 지상에서 형수의 학대를 받으며 소를 치는 견우가 늙은 황소의 도움을 받아 직녀와의 만남을 성사시킨다.

> 천상에서 견우는 직녀를 사모하다가 죄를 받아 지상으로 귀양 온다. 가난한 농가에 태어난 견우는 부모를 여의고 형과

형수에게 학대받다가 늙은 황소 한 마리와 함께 쫓겨난다. 황소는 본래 천상의 금우성(金牛星)이었다. 황소의 말에 따라 견우는 일곱 선녀가 목욕할 때 한 선녀의 옷을 감추었다(이 대목은 우리나라의 '나무꾼과 선녀' 모티프와 같다). 하늘로 올라가지 못한 선녀는 견우와 결혼하여 아들딸 둘을 낳고 행복하게 살았다. 그때 왕모낭랑이 천군을 보내어 직녀를 데리고 올라갔다. 견우가 또 늙은 황소의 말대로 아이를 데리고 광주리에 들어가 황소 가죽을 덮으니 광주리는 하늘로 떠올랐다. 견우가 직녀를 따라잡으려는 순간 다급해진 왕모낭랑이 비녀를 뽑아 두 사람 사이를 길게 가로질러 금을 그으니 강물이 되었다. 이렇게 출렁이는 은하수는 두 사람을 갈라놓았다. 왕모낭랑은 부부와 아이가 떨어지게 된 것을 불쌍히 여겨 일 년에 한 번 칠월 칠석날에 만나도록 허락했다. 까마귀와 까치가 다리를 놓은 오작교에서 서로 만나게 되었다.

이 전설에는 인간세상으로 귀양 오는 적강(謫降) 모티프, 형수의 학대를 이겨 내는 시련(試鍊) 모티프, 선녀의 옷을 훔치는 장의(藏衣) 모티프, 칠석날 오작교를 건너 만나는 재회(再會) 모티프 등이 잘 혼합되어 있다. 견우직녀의 전설은 각 시대에 따라 여러 형태로 변천하였고 각 지역별로 분화되기도 하였으며 소수민족에 따라 조금씩 다른 이야기로 확산되어 폭넓은 분포를 가진 이야기가 되었다.

2) 맹강녀 전설

맹강녀는 중국에서 정절의 대명사로 불리는 인물이며 본래 『좌전(左傳)』에 기록된 역사적 인물에서 기원한다. 시간배경은 제나라 장공(莊公) 때(B.C. 550)로, 제나라 장군 기량(杞梁)이 전사하자 제 장공은 그의 처에게 교외에서 조문을 하려고 했다. 예의법도에 어긋나는 일이라고 그의 처가 거절하자 왕은 그 말을 옳게 여기고 친히 집으로 찾아가서 조문했다. 여기에서는 유교적 예의를 강조한 여성 이야기였다. 기량의 처는 남편의 죽음을 의연하게 받아들이고 떳떳한 죽음에 대한 응분의 대가로 집에서 조문을 받고자 하였다. 충성을 위해 전사한 남편에 걸맞게 기량의 처도 예를 바로 세우고자 한 것이었다. 이러한 여성 인물이 『열녀전』에 입전되는 것은 자연스러운 일이다. 한나라 유향(劉向)의 『열녀전(列女傳)』「제기량처(齊杞梁妻)」에서 기량의 처는 장공에게 정당한 이유를 내세워 집에서 조문을 받기를 청한다. 그리고 유향은 이야기를 확대시켜 "제나라 기량이 전사했는데 그 처가 성 아래에 이르러 열흘 동안 통곡을 하니 마침내 성곽이 무너졌다"라고 했다. 성 아래의 남편 시신에 기대어 통곡을 했는데 성곽이 무너졌다는 것은 진정한 슬픔에 천지가 함께 감동했다는 표현일 것이다. 그리고 의지할 곳이 없는지라 치수(淄水)의 물에 빠져 죽었다. 장성을 무너뜨리는 기량 처의 행위는 격정적이며 또한 신비한 힘을 보여 준다. 이때까지 아직 그 처의 이름은 나오지 않았다.

이야기는 수백 년 지나서 당나라로 이어진다. 당나라 초기 작자미상의 『조옥집(琱玉集)』에 있는 「기량(杞良)」에서 『춘추좌전』의 기록을 먼저 언급하고, 이어서 '일운(一云)'에 또 하나의 이야기를 옮겨 놓고 있는데 이야기의 시대배경을 진시황 때로 고치고 지역도 만리장성이 있는 연나라로 옮겼으며 기량의 이름 글자도 바꾸고 그 처의 이름도 새로 넣었다.

> 기량은 진시황 시대 북쪽에서 만리장성을 쌓을 때 괴로움을 이기지 못하고 도망쳐서 맹초(孟超)의 집 후원 나무 뒤에 숨었다가 목욕하던 맹초의 딸 중자(仲姿)를 보게 되었다. 그때 하녀에게 발각되어 맹초가 문초를 하니 자신은 연나라 사람 기량이며 축성의 부역이 힘들어 도망 나왔다고 하였다. 중자는 자신의 몸을 훔쳐본 그에게 시집가기로 하고 부모에게 청하여 허락을 받았다. 두 사람은 혼례를 올리고 부부가 되었지만 기량은 곧 장성 축조 공사장으로 돌아갔다. 감독관은 그가 도망쳤음을 괘씸하게 여겨 때려죽이고 성곽 속에 묻어 버렸다. 맹초는 하인을 보내 사위의 부역을 대리시키고자 했으나 기량은 이미 죽고 축성 속에 묻혔다고 했다. 중자가 이 사실을 알고 나서 오열을 하며 장성으로 가서 통곡했다. 통곡소리에 장성이 무너지고 죽은 이들의 백골이 드러났다. 중자는 피를 백골에 떨어뜨려 만약 기량의 백골이면 피가 스며들 것이라고 했다. 과연 그렇게 하여 기량의 백골을 찾아내 돌아와 장사 지냈다. 『동현기(同賢記)』에 나온다.

『조옥집』의 작자는 두 가지 설을 인용하면서 과연 어느 것이 진실인지 모르겠다고 했다. 『좌전』에서 『열녀전』을 거쳐 『조옥집』에 전해지는 장구한 세월 동안에 여러 가지 이야기로 만들어지고 확산되었던 것이다. 새 이야기에서는 연나라 만리장성, 연나라 사람 기량이라고 했으며 맹중자와의 결혼과 축성 중에 맞아 죽은 대목이 이어진다. 맹중자가 장성에 통곡을 한 이유는 남편의 유골을 찾기 위해서다. 훨씬 애달프고 간절한 사연이라고 할 수 있다. 장성이 무너진 것은 천인감응설(天人感應說)에 따른 결과다. 이러한 과정에서 처음 역사인물 기량의 처가 완전한 전설인물 맹강녀로 환생하는 경과를 확인할 수 있다.

『조옥집』은 중국에서는 목록으로만 전하고 있었지만 다행히 일본에서 그 일부가 발굴되었고 또 돈황사본도 출현하였다. 측천무후 때(700) 편찬되었는데 4년 후 일본의 견당사에 의해 일본으로 전해졌다.

당나라 때 만들어진 돈황사본 중에는 곡자사(曲子詞)인 「도련자(搗練子)·맹강녀」가 있었다. 맹강녀 전설이 기승전결의 생동적인 서사구조를 지니고 강창의 형식으로 전해졌음을 보여 준다. 뒤에 소개하는 「맹강녀변문」과의 상호관계를 살펴보면 당시 강창문학으로 연행되었을 동일한 소재의 이야기가 가사와 변문으로 나뉘어 기록된 자료로 볼 수도 있을 것이다. 여기에는 기량(杞梁)의 처 맹강녀가 남편에게 겨울옷을 가져다주려고 한겨울 눈이 쌓인 천 리 길을 멀다 않고 찾아가는 애틋한 사연이 들어 있고 사랑을 위해 온갖 고난을 무릅쓰는 강인한 여성의 모습이 선명하게 그려져 있다. 「도련자·맹강녀」 한 부분은 다음과 같다.[01]

맹강녀는 기량의 아내였다네　　孟姜女, 杞梁妻
연연산 가서 오지 않는 남편 위해　　一去燕山更不歸
겨울옷 만들어 보낼 인편 없으니　　造得寒衣無人送
자신이 직접 갖다주러 찾아가네　　不免自家送征衣
(…)
만리장성 찾아가는 험난한 길　　長城路, 實難行
기련산 아래에는 흰 눈만 펄펄　　乳酪山下雪紛紛
술 마시려면 병이 나지 않도록　　吃酒則爲隔飯病
원컨대 건강하게 어서 돌아오시길!　　願身强健早還歸

돈황변문에 보이는 「맹강녀변문(孟姜女變文)」에서는 부부의 이름이 바뀌고 아내의 이름을 앞세워서 맹강녀(孟姜女)와 범희량(范喜良)이라고 했다. 인명이 기량에서 희량으로 바뀌는 것은 동음이자를 쓰는 해음법에 의한 것으로 구전설화로 옮겨 가면서 흔하게 나타나는 현상이다. 이야기는 좀 더 진전되었다.

맹강녀는 자신의 집에 도망쳐 숨어들어 온 범희량과 만났다. 범희량은 백면서생으로 만리장성을 쌓는 강제노동에 차출되어 잡혀가던 중이었다. 한동안 집에 숨어 지내던 범희량은 맹강녀에게 마음을 두었고 맹강녀도 범희량이 마음에 들어 두 사람은 혼인하게 되었다. 성대한 잔치가 끝나고 화촉동방에

01 도련자(搗練子)는 사패(詞牌)명이다. 원문의 연산은 연연산(燕然山), 유락산은 기련산(祁連山)으로 추정된다. 반(飯)은 범(犯)의 오자다.

> 들어가는 순간 관군이 들이닥쳐 다짜고짜 범희량을 잡아갔다. 맹강녀는 집에서 그의 귀환을 기다렸으나 돌아오지 않았다. 그녀는 직접 겨울 솜옷을 바느질하여 만들어 싸 들고 만리장성을 쌓고 있는 북쪽 국경으로 찾아갔다. 그러나 남편의 이름을 대고 이리저리 찾아도 찾을 수가 없었다. 마침 한 일꾼이 말했다. “범희량이란 새로 온 사람이 있었죠. 그런데 벌써 죽었어요.” 맹강녀는 놀라서 물었다. “그럼 그이의 시신이라도 있을 게 아닌가요?” 그러나 장성을 쌓는 곳에서는 죽은 시신을 곧바로 성곽의 흙더미 속에 묻어 버린다고 했다. 어디서도 찾을 수 없다는 것이었다. 맹강녀는 절망하지 않을 수 없었다. 갖은 고생 끝에 그를 찾아서 춥고 황량한 북쪽 국경까지 왔건만 죽은 시신조차 찾을 수 없다는 게 무슨 말인가. “오! 천지신명이시여! 저희를 불쌍히 여겨 주시옵소서!” 맹강녀는 성곽 아래서 피눈물을 토하며 대성통곡을 했다. 그녀의 통곡은 사흘 밤 사흘 낮 동안 이어졌다. 마침내 하늘과 땅이 감동하였는지 홀연 천지가 어두워지고 산이 무너지는 굉음이 났다. 그리고 쌓았던 성곽이 수백 리나 무너지고 그 속에 묻혔던 범희량의 시신도 드러났다. 맹강녀의 뜨거운 눈물은 흙더미 속에서 드러난 범희량의 차디찬 얼굴에 떨어졌다.

맹강녀 전설과 관련된 텍스트는 강창이나 민간가요의 형태가 700여 종, 이야기 형태가 800여 종이나 발견되었다고 한다. 당나라 때 돈황의 곡자사와 변문에서 이미 그 전조를 보였다고 할 수 있다.

명청시대에 민간에서 만들어진 설창문학의 일종으로 보권(寶卷)이 있다. 본래 당나라 때 불교사원에서 속강(俗講)으로 시작되었지만 명청대에 크게 유행했다. 기본적으로 운문을 중심으로 산문을 섞어서 주로 불교 이야기를 연출하는 것인데 점차 다양한 주제로 확산되었고 유명한 전설이 그 속에 들어가게 되었다. 맹강녀를 주제로 하는 보권은 다수가 전하고 있다. 『소석맹강충렬정절현량보권(銷釋孟姜忠烈貞節賢良寶卷)』, 『장성보권(長城寶卷)』, 『맹강녀권(孟姜女卷)』, 『맹강선녀보권(孟姜仙女寶卷)』, 『남과보권(南瓜寶卷)』, 『곡장성보권(哭長城寶卷)』 등은 대부분 맹강녀 전설의 기초 위에서 유불도 삼가사상을 혼용한 민간종교의 색채를 띠고 있는 작품이다. 맹강녀를 주제로 하는 보권에서는 충효, 정절, 현량의 세 가지 덕목을 강조하여 유교적 가치관을 중시하는 사회적 현상을 반영하고 있다.

오늘날 다양하게 전하는 구비설화의 이야기에는 앞에도 뒤에도 덧붙인 사연이 있다. 맹(孟)씨와 강(姜)씨가 함께 심은 박에서 맹강녀가 태어났다는 이야기는 우리나라 홍부가 박타는 이야기를 닮아 있다. 맹강녀가 천상에서 쫓겨 온 선녀로서 박 속에 숨어 있다가 나왔다고 설정한다. 뒷부분에는 맹강녀가 진시황의 강압적인 요구를 슬기롭게 받아치며 남편 범희량을 번듯하게 장례 지내고서 자신은 정절을 지켜 바다에 빠지는 대목을 덧붙이기도 한다.

산해관 동쪽의 봉황산 위에는 맹강녀 사당인 강녀묘(姜女廟)가 있다. 정녀사(貞女祠)와 맹강녀원(孟姜女苑)으로 조성되어 있는데 송나라 때 처음 지어졌다고 하며 명나라 만력 연간(1594)에 중수했다고 전해진다. 사당 안에는 맹강녀의 소상 뒤에 "만고유방(萬古流芳)"의 편액이 있고 양편의 대련에 "진시황 어디 있는가, 만리장성 쌓아 올린 원망만 남겨 놓고[秦皇安在哉, 萬里長城築怨]", "맹강녀 죽지 않았네, 돌조각에 새겨 넣은 정절은 영원하리[姜女未亡也, 千秋片石銘貞]"라고 쓰여 있다. 맹강녀와 진시황에 대한 사람들의 동정과 미움의 감정을 드러낸다.

조선시대 연행사절단은 산해관을 지날 때 종종 맹강녀 사당을 들러서 참배하고 적지 않은 시문을 남기곤 했다. 성종 연간에 서남해안에서 절강성 태주까지 표류되었다가 운하를 따라 북상하여 북경을 경유하고 산해관을 지나 돌아온 최부(崔溥)가 망부대를 곧 진나라가 장성을 쌓을 때 맹강녀가 남편을 찾았던 곳이라고 언급한 것이 가장 이른 것이다. 이후 연행록에 거론된 기록은 250여 건에 달한다고 한다. 대부분 유교적 입장에서 끝까지 정절을 지킨 열녀로서의 모범을 강조할 뿐이며 남녀의 애틋한 사랑과 비극적 결말은 별로 언급하지 않았다.

3) 양산백과 축영대 전설

양산백과 축영대 전설은 당나라 양재언(梁載言)의 『십도사번지(十道四蕃志)』에 처음 보인다. 두 사람이 동학(同學, 동창)이었으며 동총(同塚, 합장)을 했다는 이야기를 싣고 있다. 만당 때 장독(張讀)의 『선실지(宣室志)』에 이르면 좀 더 상세하게 부연되고 명 말 풍몽룡의 『고금소설』 「이수경의결황정녀(李秀卿義結黃貞女)」에 소개된 이야기에서는 축영대가 허리띠를 풀지 않았다거나 양산백이 의심을 했다는 대목을 넣었고 두 사람이 죽은 후에 모두 호랑나비가 되었다는 사연까지 덧붙이고 있다. 풍몽룡은 남장여인의 이야기를 쓰면서 입화의 한 고사로 넣었지만 은은하고 모호한 전설이 아니라 이미 소설로 변모시켰다. 당초 전설의 시대적 배경은 동진(東晉) 때로 되어 있으니 1,700여 년을 이어 온 유구한 전설이다.

> 양산백은 공부를 하러 서당으로 가는 길에 남장하고 나선 축영대와 만나 의형제를 맺는다. 서당에 도착하여 함께 공부하고 같이 잠을 자면서도 축영대를 똑똑한 아우로만 생각하였고 여성임을 알아채지 못했다(여기서 서당은 숙식을 함께하는 기숙사형 학교라고 하는 게 좋겠다). 3년의 세월이 흘러 축영대가 귀향하게 되었을 때 양산백은 그저 아쉬워한다. 축영대는 자신이 여성임을 은연중 암시해도 양산백이 알아차리지 못하자 집에 있는 여동생을 소개할 테니 청혼하러 찾아오라고 말하고는 헤어졌다. 집이 가난했던 양산백은 청혼의 시기를 놓치고 한참 지나 축영대를 찾아가서 비로소 그가 여성임을 알았다. 하지만 축영대는 이미 부모의 강권에 세도가인 마씨 가문과 정혼한 상태였다. 양산백은 모든 사실을 알았지만 해결할 능력이 없음을 깨닫고 집에 돌아와 낙심 끝에 병들었다가 곧 죽고 말았다. 축영대는 마음에도 없이 억지로 시집가는 날, 꽃가마를 타고 양산백의 무덤을 지날 때 잠시 제사를 지내겠다고 한다. 축영대는 무덤에 올라 옛정을 잊지 못해 통곡하며 피눈물을 쏟았다. 이때 홀연 천지가 어두워지고 벼락이 치며 폭우가 내리고 무덤이 갈라지니 축영대는 무덤 속으로 빨려

들어가고 무덤은 곧 합쳐졌다. 사람들이 달려들어 치맛자락을 잡았으나 찢어진 조각만 남았을 뿐이었다. 그리고 하늘에 아름다운 무지개가 뜨고 무덤 위로 한 쌍의 나비가 날아와 서로 희롱하고 다녔다. 사람들은 양산백과 축영대가 살아서 이루지 못한 사랑을 죽어서 부부가 되어 영원히 이어 갈 것이라고 말했다.

이 감동적인 이야기는 각 지역별로 따로 전해지면서 지역적 특색에 맞게 새로 각색되기도 하였다. 그러한 까닭에 지역마다 연고를 주장하는지도 모른다. 전설에서는 절강 영파의 서생 양산백과 소흥의 여자 축영대가 만나 소흥에서 함께 공부했지만, 풍몽룡은 양산백은 소주, 축영대는 상주의 의흥(宜興)에서 왔고 함께 여항(餘杭)에서 공부한 것으로 기록했다.

양산백과 축영대의 전설은 한국에서도 일찍부터 전해져 온 모양이다. 당나라 시인 나업(羅鄴)의 칠언율시 「협접(蛺蝶, 호랑나비)」이 고려 때 편찬된 『십초시(十抄詩)』[02]에 수록되어 있고 심지어 주석에 「양산백축영대전」의 한 단락이 실려 있으니 이야기의 전파가 당시에 이미 시작되었다는 증거가 될 것이다. 또 조선시대 고전소설 중에 『양산백전』이 전해 오는데 작자와 연대가 미상이지만 국문 목판본과 활자본이 간행되었다. 기본적으로 양축(梁祝)설화를 수용하였으며 시대를 명

02 원제는 『협주명현십초시(夾注名賢十抄詩)』이다. 당나라 시인과 신라 시인 30명의 칠언율시를 10수씩 모았다고 하여 '십초시'라고 이름 지었는데 모두 300수다. 고려시대 문인이 편찬했고 어떤 노승이 주석을 달았다. 규장각본 목판본과 필사본 외에 지방관각본 등이 전하고 있다. 이 책에는 『전당시』에 누락된 시도 들어 있어 학계의 주목을 받았다.

나라로, 출신지를 각각 남양과 평강으로 만들어 새로운 소설로 창작한 작품이다. 축영대는 여기에서 추양대로 불리고 있다.

> 명나라 남양의 양산백이 수학하러 운향사로 들어갔다. 평강의 추양대도 남장을 하고 운향사로 갔다가 서로 만나 의형제를 맺는데 추양대가 여성임을 알고 가연을 맺고자 언약한다. 하지만 추양대의 부친은 딸을 심랑과 정혼시키고 이 사실을 안 양산백은 번민하다 죽음에 이르러 추양대의 왕래길 옆에 자신을 묻어 주기를 당부한다. 추양대가 심랑과 신혼례를 올리고 신방에 들었을 때 공중에서 선관이 내려와 추양대를 호위하고 심랑이 접촉하지 못하게 한다. 추양대가 신행길에 양산백의 묘 앞에 이르러 제를 올리니 무덤이 갈라지고 추양대는 그 속으로 뛰어 들어간다. 두 사람의 혼령은 태을선인을 통해 간청하여 옥황상제에게 후생연분을 허락받는다. 그들을 데리고 나오던 황건역사에 의해 자신들이 삼신산의 신선과 선녀였지만 둘이 사사로이 정을 통하여 인간세상에 적강되었음을 알게 된다. 두 사람은 무덤에서 부활하여 집으로 돌아와 부모의 허락을 받고 성대한 혼례를 올린다. 그리고 양산백은 곧 장원급제하여 병사를 이끌고 북방 오랑캐의 침략을 막아 내 큰 공을 세운 뒤에 북평후가 된다. 그리하여 두 사람은 부귀영화를 누리며 여든 살까지 잘 살다가 함께 승천한다.

한국 고전소설에서는 두 사람이 같은 무덤에 묻히는 대목까지 비슷하지만 한 쌍의 호랑나비가 되어 날아오르는 장면이 없이 환상적인 신선세계로 이야기가 전개되어 희극적 결말로 마무리된다. 등장인물 양산백의 이름은 그대로 쓰이고 또 제목으로 활용되었지만, 여자주인공 이름이 추양대(秋陽臺)인 것은 원전의 축영대(祝英臺)가 중국어 발음으로 바뀐 형태로 기록된 후 한자가 추가된 것으로 보인다. 황해도 서사 무가(巫歌)인 「문굿」이 양축설화를 바탕으로 삼았다고 하는데 역시 중국에서 유행한 전설의 영향을 받아 토착화한 것이라고 볼 수 있다.

4) 백사전 전설

백사전 이야기의 유래에 대해서는 당 전기 『백사기』에서 왔다는 설과 송대 화본 『서호삼탑기(西湖三塔記)』에서 왔다는 설이 있다. 그러나 모두 백사의 정령이 사람을 해친다는 주제다. 인간과 요물의 경계를 뛰어넘는 천고의 사랑 이야기로 변한 것은 후대의 일이다. 이야기는 남송 때 절강과 강소 일대에 널리 전파되었다. 이후 풍몽룡의 『경세통언(警世通言)』에 들어 있는 「백낭자영진뇌봉탑(白娘子永鎭雷峰塔)」에서 구체적으로 소설적 묘사가 이루어져 전설로서의 면모는 탈피하였다고 하겠다. 소설가는 희미한 전설을 근거로 상세한 백화소설을 만들어 냈지만, 민간에서는 전설과 소설을 그다지 명확하게 구분하려고 하지 않고 여전히 전설로서 감동적인 이야기를 이어 가고 있었다.

항주의 아름다운 호수 서호 가에 흰옷의 여인 백낭자와 푸른 옷의 시녀 소청이 즐겁게 노닐고 있었다. 그들은 사실 아미산에서 천 년간 수련하여 인간으로 변신할 수 있는 백사와 청사였다. 그들이 호숫가에서 놀던 그때 갑자기 소나기가 내리고 호수를 지나던 배 안 허선에게 태워 달라고 하여 남녀 주인공이 만나게 된다. 백낭자와 허선은 서로에게 호감을 갖고 곧 부부가 되어 함께 살게 된다. 백낭자는 허선에게 돈을 대 주어 약방을 열게 하였으나 그 돈은 관청의 돈이라 허선이 체포되었다. 백낭자는 허선을 구출하여 소주로 가서 다시 약방을 열었는데 이번에는 온역에 감염된 환자를 수없이 구하였다. 진강의 금산사 법해스님은 허선의 얼굴에서 요기를 발견하고 경고하면서 단옷날 밤에 웅황주를 마시도록 하라고 했다. 백낭자의 본모습을 보고 허선은 기절하여 숨이 넘어갔다. 백낭자는 곤륜산에서 신선초를 훔쳐 남편을 살려 냈다. 기사회생한 허선은 아내의 본성이 착하여 사람을 해치지 않을 것을 믿고 다시 행복한 부부가 되었다. 그러나 법해는 허선을 금산사로 유인하여 중으로 만들었다. 백낭자는 남편을 내놓으라고 요구하며 도술을 부려 강물을 끌어들이면서 법해와 싸웠다. 그사이 허선은 빠져나와 집으로 돌아왔다. 소청이 달려들어 배신을 책망했지만 백낭자가 막아서며 부부는 다시 화해하고 백낭자는 아이를 낳았다. 하지만 법해의 끈질긴 공격에 결국 백낭자는 잡혀서 뇌봉탑 아래에 눌리게 되었다. 백낭자의 아들 허세림이 장성하여 장원급제를 하였다. 그는 모친을 구하기 위해 뇌봉탑 앞에 간절히 제사를 지내며 천지신명에게 빌었다. 그의 효심에 감동한 옥황상제는 소청을 도와 법해를 무찔러 뇌봉탑을 무너뜨리고 마침내 온 가족을 상봉하게 했다.

앞서의 세 전설과는 달리 이 전설은 매우 특이하게 인간과 요정의 경계를 허물며 지고지순한 사랑의 힘을 보여 주고 있다. 세상의 법도와 윤리를 대변하는 법해의 행동은 정의를 위한 듯 보이지만 사실은 사랑의 완성을 방해하고 이간질하는 악한 행동이었음을 노골적으로 드러낸다. 사랑의 위대한 가치와 가족의 소중함을 강조한 이야기라고 하겠다.

사대전설의 인물을 살펴보면 모두 한 쌍의 남녀다. 견우와 직녀, 맹강녀와 범희량, 양산백과 축영대, 백낭자와 허선 등이다. 사랑하는 부부나 연인으로서 오래오래 함께 행복하게 지내고자 했으나 그러지 못한 안타까움을 가진 인물들의 이야기가 전설로 남았다.

사대전설의 유래를 따져 보면 중국에서 이야기가 생성되고 변화, 발전되어 온 오랜 전통을 가늠할 수 있다. 천 년 이상, 수천 년이 된 이야기를 갈고 다듬어서 오늘날까지 소중하게 아끼고 이어 왔다. 전설의 유래가 명확하지 않은 것은 어쩌면 전설이라는 장르의 특징이기도 할 것이므로 학자들이나 관심이 있을 뿐 그다지 문제 삼으려는 사람은 없다. 하지만 전설의 배경이 되는 실제 지역에서는 상황이 다르다. 유네스코 무형문화재 등재라는 현실적인 명예와 지역사회의 관광자원 확보라는 경제적인 고려를 감안하면 한편으로 이해도 된다.

견우와 직녀 전설은 하늘나라 별들의 이야기이니 땅 위의 어느 지역과 구체적인 인연이 있을까 하겠지만, 중국에서는 여러 곳이 연고지를 강조하고 있어 흥미롭다. 산서의 화순(和順), 하남의 남양(南陽)에서는 '우랑직녀문화의 고향'이란 칭호를 사용하고 있으며, 산동의 기원(沂源)에는 당나라 때 만들어진 우랑사당과 직녀동굴이 있어 현지인들은 강한 믿음을 갖고 있다. 우랑사당의 근처에는 천 년 이상 내려오는 우랑관장(牛郞官莊)이란 마을이 있는데 촌민들은 아직도 양잠을 하고 베를 짜며 칠석날 물 긷기 민속을 이어 온다고 한다. 또 기수(沂水) 물가의 절벽에 있는 직녀동굴은 서왕모에 의해 쫓겨난 직녀가 갇혀 지내던 곳이라고 전해진다. 이 밖에도 각지에 견우직녀와 관련된 유적지가 있어 민간전설의 애틋한 사연이 오랜 세월에 걸쳐 끊임없이 재생산되며 확산되고 있음을 알 수 있다.

맹강녀 전설은 이미 유래에서도 나왔지만 산동의 제나라 이야기가 하북의 연나라 지역으로 옮겨 간 것이다. 본래 이야기는 제나라에서 일어났다. 남편 기량을 잃은 아내의 통곡으로 무너진 성곽은 바로 제나라 장성이었다. 지금 제남 대봉산(大峰山)에 제장성(齊長城)의 유적이 있고 '맹강녀곡장성처(孟姜女哭長城處)'의 기념비도 세워져 있다. 근처 장성촌에는 맹강녀사당도 있었다고 한다. 산동 『임치현지(臨淄縣志)』에서는 기량의 묘가 실재했으며 비석도 있다고 했다. 당나라 이후 맹강녀 이야기의 시대배경은 진시황 때로 바뀌고 장성은 자연스럽게 연나라 북쪽의 만리장성으로 옮겨 가게 되었다. 그러나 동쪽 끝 바다에서 서쪽 끝 사막에 이르는 만리장성의 어느 지역을 잡을 것인지가 문제였다. 당나라 때는 서북의 국경지대였지만 명청대 이후 북경의 북쪽 팔달령(八達嶺) 장성과 산해관(山海關) 근처의 장성으로 관심이 집중되어 오늘날 맹강녀 전설의 문화 지역이 되었다.

양산백과 축영대 전설의 무대에 대해서는 더욱 혼란스런 면모를 보인다. 세계무형문화재로 등재하려는 과정에서 여러 지역이 연고권을 주장하고 나섰다. 일단 절강성의 영파로 잠정 합의하여 신청하게 되었다지만 절강의 항주와 소흥, 강소의 의흥(宜興), 산동의 제성(諸城)과 제령(濟寧), 하남의 여남(汝南) 등이 여전히 강력하게 관련성을 주장하고 있다. 하남 여남에는 양축의 무덤이 있고, 항주 서호 주변에는 양축이 공부하던 서원이 있으며 절강 영파에는 양산백의 사당, 강소 의흥에는 축영대가 공부하던 서원과 무덤 등이 있어 각각 현지의 주요 관광지로 내세우고 있다. 오랜 세월 중원 전역에 유전되던 전설은 이처럼 각 지역에 독특한 전설을 파생시키고 또한 관련 유적을 만들어 내곤 하였던 것이다. 양축의 나비 전설에 의거하여 의흥과 영파 등지에서는 축영대의 생일이라고 하는 삼월 초하루를 축제날로 삼기도 한다. 그야말로 전설의 현대화라고나 할까. 이쯤 되면 전설이란 이름이 오히려 어울리지 않는다. 이 전설은 그냥 중국 각지에서 일어난 일이라고 하는 게 나을지도 모르겠다. 동양의 '로미오와 줄리엣'인 애절한 사랑 이야기가 어디에선들 없을 수 있겠는가.

신화와 전설은 엄격한 사실적 인물과 사건을 다루는 역사에서는 허무맹랑한 허구로 치부하여 거의 다루려고 하지 않는다. 특히 유교적 입장에서는 공자가 괴력난신을 말하지 않았다고 하여 역사상 기이하고 신비스러운 현상에 대해서는 일정한 거리를 두고자 하였다. 중국 고대의 신화와 전설이 공식적으로 발달하지 못하고 다른 방식으로 전파되었거나 심지어 상당수 전해지지 못하고 사라지고 만 것은 그러한 원인에 따른 것이다.

신화와 전설을 다룬 책 가운데 전국시대에 나온 것으로는 『산해경』, 『초사』, 『열자』, 『장자』, 『회남자』 등이 있는데 그 서명을 다시 살펴보면 각각 지리서의 일부로, 초나라 지역 시가집의 형태로, 그리고 유교경전이 아닌 제자백가의 저술로 남아 있음을 알 수 있다. 그러므로 신화와 전설이라는 장르는 중국에서 고대부터 전혀 인정받지 못했던 분야로 보인다. 신화학이 시작된 것은 서양 문학의 영향을 받은 20세기 초였다. 현대 소설가로 유명한 마오둔[茅盾]은 『중국신화 ABC』를 써서 신화연구의 초기 역할을 수행하였다. 이후 위안커[袁珂]가 기존의 신화자료를 집대성하고 종합적으로 분석하여 현대 중국 신화연구의 기틀을 마련한 것으로 평가된다.

3. 신화의 역사화, 역사의 신격화: 관우와 마조

중국 신화가 서양 신화에 비하여 양적으로 적고 체계적이지 못하며 파편적으로 존재하는 이유에 대해 많은 사람들은 신화의 역사화를 그 원인으로 진단하고 있다. 은나라 때 귀신을 믿고 신비로운 점괘에 의지하던 풍조는 주나라에 이르러 합리적 인문주의를 강조하게 되면서 신비적, 비이성적인 괴이한 이야기에 대해서는 절제하는 쪽으로 바뀌었다. 춘추시대 공자가 괴력난신의 일을 말하지 않았다고 한 이래 유교적 입장에서는 더욱이 신화, 전설을 직접적으로 언급하지 않으려고 했다. 오히려 고래로부터 이어져 오던 신비롭고 신성한 이야기를 보다 구체화시켜 역사로 전환하려는 노력이 진행되어 삼황오제(三皇五帝)의 시기부터 상고사를 시작하게 되었고 거기에 유가적 사상을 덧씌우게 되었다.

삼황오제는 분명 신화적 이야기임에도 불구하고 역대 사서에서 이를 역사로 간주하여 신비롭고 비현실적인 내용은 삭감하고 현실적인 이야기를 첨가함으로써 역사적 사실로 추앙받도록 하였다. 춘추전국시대의 유세가들은 자신의 주장을 설득력 있게 전달하기 위하여 신화인물로 에피소드를 만들어 더욱 실감 나게 이야기를 전개시키기도 하였다. 사마천의 『사기』에서는 「오제본기」를 두어 황제, 전욱, 제곡, 요, 순의 사적을 중국역사의 초기단계로 기정사실화하였다. 이들의 사적을 불신하고 신비롭게 바라보는 의심의 시각은 후대에 금기되다시피 하였다. 물론 이들이 완전한 허구에서 창조된 것은 아니다. 역사의 그림자가 그 안에 남아 있기 때문이다. 황제는 염제나 치우와 전쟁을 치르기도 했는데 이것은 원시시대 부락연맹의 우두머리 모습이라고도 할 수 있다. 요임금과 순임금의 사적에 이르면 신성성은 거의 사라지고 인간적 면모가 더욱 두드러지게 나타난다. 이는 물론 역대 사가들의 노력으로 신화가 역사화된 결과라고 볼 수 있다.

1) 은나라 성탕

은나라(즉 상나라)의 창시자 성탕(成湯)은 이름을 이(履) 혹은 천을(天乙)이라고 했는데 상족의 시조인 설(契, 偰)의 14대손이다. 설은 제곡(帝嚳)과 간적(簡狄)의 아들이다. 간적이 목욕을 갔다가 제비가 떨어뜨린 알을 먹은 후에 설을 낳았다. 설은 우의 치수를 도왔고 순임금 때 공을 세워 상 땅의 제후로 봉해졌다. 신화의 신비로운 출생담이라 할 수 있다. 『사기』 「은본기(殷本紀)」에서는 탕왕의 에피소드를 곁들이며 기록했다. 성탕이 하나라 걸왕을 멸하는데 이때 불의 신 축융이 도왔다고 한다. 이렇게 성탕은 역사인물과 신화인물을 겸하게 된다. 간적은 제곡의 둘째 부인이다. 첫째 부인은 강원(姜嫄)인데 훗날 주나라의 시조가 되는 후직(后稷)을 낳았다. 제곡은 황제의 증손이다. 이처럼 은나라나 주나라는 모두 황제의 자손에 의해 만들어지므로 오늘날 중국인(한족)이 모두 황제의 자손이라고 말하는 이유가 된다.

2) 주나라 강태공

문왕을 도와 주나라를 세우는 데 공을 세운 강태공(姜太公)의 신화도 역사의 흔적과 혼재되어 있다. 그의 성은 강(姜), 씨는 여(呂), 이름은 상(尙), 자는 자아(子牙)이고 시호를 태공이라고 했다. 전국시대 이전에는 성은 혈통을 나타내고 씨는 사는 지역을 나타냈다. 그래서 강태공, 강자아, 여상 등으로 불렸다. 문왕이 강태공을 얻은 후에는 선조 태공이 간절히 바라던 인물이라고 하여 태공망이라고 했다. 위수에서 낚시하다가 서백 희창(姬昌, 문왕)의 눈에 띄어 발탁되었다. 이후 아들 무왕을 보좌하며 역성혁명에 성공하였고 제 땅에 봉해져서 제나라의 시조가 되었다. 하지만 전국시대의 제나라는 성씨가 전씨(田氏)로 바뀌었다.

강태공의 이름을 빌려 기록된 『육도(六韜)』와 『태공금궤(太公金匱)』 등에 은주교체기의 이야기가 기록되어 있는데 일찍이 한나라 때 만들어진 책으로 보인다. 『태공금궤』의 일문에는 은나라 주왕을 치려고 무왕이 준비하고 있을 때 사해의 신령과 하백, 우사, 풍백이 찾아왔는데 강태공이 한눈에 알아보고 잘 모셔서 신들의 전폭적인 지지를 받는 대목이 있다. 이에 앞서 『묵자』에는 세 명의 신이 무왕의 꿈에 찾아왔다는 기록이 있는데 이로부터 더욱 발전된 양상이다. 『육도』와 『태공금궤』에 모두 다음과 같은 대목이 들어 있다. 무왕벌주의 대사가 마무리되었지만 제후인 정후(丁侯)가 승복하지 않고 입조하지 않았다. 강태공은 정후를 벌주기 위해 그의 화상을 그려 놓고 활로 쏘았다. 정후가 병이 들자 곧 사신을 보내 승복하겠노라고 연락했다.

강태공은 그의 화상에 꽂힌 화살을 하나씩 뽑았다. 열흘에 걸쳐 화살을 다 뽑으니 마침내 정후의 병이 나았다. 서쪽 오랑캐가 그 말을 듣고 두려워했고 월상씨(越裳氏)는 흰 꿩을 바쳤다. 지금의 베트남 남쪽 나라에서 현지의 특산물을 공물로 바친 것이다.

신화적 서사에서는 신비스런 색채가 더욱 농후하다. 명대 소설 『봉신연의』에서는 강태공이 풍수지리에 능하고 음양을 분별할 줄 안다고 자처하는데 신마소설로서의 재미를 배가시키기 위해 더욱 복잡하고 신비로운 인물로 설정한 것이다. 이로 인해 강태공은 훗날 점술가의 신으로 떠받들어졌다.

상고시대 역사인물에 관한 기록은 매우 희귀하여 후세에 신화적 색채를 덧씌웠을 가능성이 많지만, 당초 분명한 기록이 있는 역사인물임에도 불구하고 민간의 추앙에 따라 종교적 의식이 덧붙여지고 신화인물로 변화하는 경우도 중국에는 허다하다. 이러한 현상은 중국 신화의 또 다른 면모라고 할 수 있다.

3) 삼국시대 관우

삼국시대 영웅 중에서 훗날 신으로 받들어진 대표적인 인물은 단연 관우(關羽, 160?-219)다. 관우의 신격화 과정은 여러 지역에서 오랜 시간에 걸쳐 이루어진다. 관우는 유비, 장비와 더불어 도원결의를 하고 촉한을 일으키기 위해 의리를 지키며 용맹스럽게 싸우지만 맥성에서 오군에 사로잡혀 손권에게 처형되었다. 그의 사적은 역사기록에 엄연한 사실로 존재하나 신격화 과정은 민간전설과 소설의 변천과 더불어 확산되었다.

관우의 죽음은 안타까움을 자아낸다. 정의의 화신이자 용맹한 장수였던 관우가 사로잡히고 의리를 배신할 수 없어 처형을 달게 받았다는 사실에 누구나 아쉬워할 수밖에 없었다. 그의 머리는 조조에게 보내져 낙양(洛陽)에 묻히고 남은 육신은 당양(當陽)에 묻혔는데 그의 혼백은 마땅히 고향인 산서 해주(解州, 지금의 운성)로 돌아갔다고 해야 할 것이다. 따라서 직접적인 유적은 낙양의 관림(關林), 당양의 관릉(關陵), 해주의 관묘(關廟)다. 『삼국지연의』 제77회에서는 관우의 죽음 이후 혼령이 옥천산의 보정화상에게 나타났다고 묘사했다. 손권의 축하연에서 여몽은 관우의 영혼에 씌어 죽었다. 조조는 일찍이 관우를 생포하여 포로로 데리고 있을 때 그를 설득하기 위하여 한수정후(漢壽亭侯)[03]의 직위를 내렸다. 물론 한 황제의 명으로 내려진 것이다. 관우 스스로 이 직위를 좋아했다. 조조는 관우의 장례를 지내면서 형왕(荊王)이란 직위를 덧붙여 주었다. 조조가 관우의 수급이 들어 있는 목함을 열어 보니 관우의 얼굴 모습이 평소와 다름없었다. 조조는 "운장공! 그간 별래무양(別來無恙)하시오?"라고 한마디 했다. 말이 끝나기도 전에 관우의 눈알이 움직이고 입술이 벌어지며 긴 수염이 뻗쳐 났다. 조조는 그만 놀라 기절하고 말았다. 잠시 후 깨어나서 "관 장군은 진정 천신(天神)이로다!"라고 말했다. 관우가 신이 된 또 하나의 계기이다.

옥천산 현성(顯聖)은 보정화상이 관우를 깨우치는 대목인데 민

03 소설에 의해 사람들은 한나라의 수정후라고 생각하였고 관우 자신도 한나라의 황제로부터 받았다는 것을 자랑스레 생각했지만 그게 아니다. 한수(漢壽)는 형주 무릉군의 한수현을 말하고, 열후 가운데 현후(縣侯), 향후(鄉侯) 다음의 세 번째가 정후(亭侯)다.

간에서는 이를 관우의 영험한 기운을 증명하는 것으로 이해했다. 관우가 여몽에게 자기 머리를 내놓으라고 외치자 보정화상은 그럼 당신에게 죽임을 당한 사람은 누구에게 머리를 내놓으라고 할 것이냐고 반문한다. 현지인들은 관우 현성의 일을 알고 옥천산에 사당을 세웠다. 위진남북조 이후 많은 곳에 관우사당이 만들어졌다. 당나라 때는 공자의 문묘에 대응하여 관우의 사당을 무묘(武廟)로 추앙했다.

북송의 휘종은 관우에게 도교적 작위를 주어 무안왕(武安王)과 숭녕진군(崇寧眞君)의 호를 봉했고 명나라 만력제는 관성제군(關聖帝君)으로 추증했다. 청나라 사람들은 만주에 있던 초기부터 『삼국지연의』를 번역하여 읽었고 특히 무신으로서 관우의 충성과 용맹을 흠모하여 관제묘를 짓고 열심히 참배했다. 청 말 광서제가 관우에게 내린 봉호가 성군(聖君)과 대제(大帝)를 포함하여 26자에 이르렀으니 최대의 찬사와 추앙의 뜻을 담은 것이었다. 우리나라에는 임진왜란 시기에 명나라 장수가 도입하여 전국 여러 곳에 관왕묘가 지어졌고 지금도 서울 동묘(東廟, 동관왕묘) 등이 남아 있다. 관우를 용맹한 전쟁의 신으로 모시며 승리를 기원하기 위한 조치였다.

한편 관우의 고향 산서 해주의 염상은 전국으로 장사를 다니면서 고향 출신의 관우를 수호신으로 모시며 각지에 이를 때마다 관우상을 숭배하고 현지에 관제묘를 짓기도 하였다. 이에 따라 민간에서도 재물을 지키고 돈을 벌 수 있게 해 주는 재신(財神)으로 관우를 모시게 되었다. 특히 복건, 광동의 동남 지역에서 해외로 진출한 화교사회에서는 더욱 소중한 숭배대상이 되었다.

4) 바다의 신 마조

중국 민간종교로 널리 전해지고 지금도 많은 사람들이 신봉하는 바다의 수호신 마조(媽祖)는 송나라 때 실존하던 평범한 여성이었지만 우여곡절 끝에 시내를 지나면서 천비(天妃) 혹은 천후(天后)의 최고 지위에까지 오른 신이 되었다. 중국의 역대 수많은 신들 중에서 현재 가장 많은 사람들의 사랑을 받는 신이기도 하다. 마조는 복건 말로 할머니[祖母] 혹은 존중받는 여성에 대한 칭호였다. 거친 바다로 나가는 어부, 선원, 상인 등은 모두 마조의 가호를 기원하면서 반드시 마조묘를 참배하곤 했다. 남송 이후 시작된 이러한 민간신앙은 천 년이 되도록 중국 해안 지역이나 대만 및 동남아시아 화교거주지에서 활발히 신봉되고 있다. 1980년대 이후 중국대륙과 대만의 교류가 시작되면서 마조는 평화의 여신으로 명명되었고 2009년에는 유네스코 세계무형문화재로 등록되었다.

복건성 보전현(莆田縣)의 미주(湄洲)섬에 살던 임묵낭(林默娘, 960-987)이란 여성은 본래 신기가 있는 무녀(巫女)로서 길흉화복을 잘 맞추었다. 고을 사람들은 그녀의 사후에 사당을 만들어 제사 지냈다. 북송 말(1123) 그 사당에 순제묘(順濟廟)의 묘액을 하사받았고 남송 때에는 영혜부인(靈惠夫人), 영혜비(靈惠妃) 등 여러 가지 명칭으로 봉해졌다. 남송 때(1150) 마조에 관한 첫 기록에는 단지 임씨 성에 미주섬 출생인 정도만 나왔지만 얼마 후에는 부친의 이름이 임원(林願)라고 덧붙여졌다. 원나라 세조 연간(1281)에 천비(天妃)로 봉해지고 또 「천비묘기」의 기록도 남았다. 명나라 때 『천비현성록』이 나왔고 청나라 강희 연간(1684)에 천비성모(天妃聖母)와 보제천후(普濟天后)로 봉해진 후 지금까지 천비, 천후, 천상성모(天上聖母) 등의 이름으로 더욱 추앙되고 있다. 각 시대를 지나면서 무녀에서 부인, 천비, 천후로 지위도 점점 격상되었으며 구체적인 가족관계와 신비로운 사적도 덧붙여졌다. 마조에게 최고의 영예를 부여하려고 좀 더 특이한 출생설화를 덧붙이고 남다른 초능력의 발현이 드러나도록 한 것이다. 오늘날의 신격은 불교와 도교의 혼합형인 민간종교의 하나로 독립적인 형태를 유지한다. 사람들은 주로 바닷길의 안전운행을 기원하고 상업이 흥하기를 바라며 재난을 피할 수 있기를 기원한다. 마조 신화의 핵심 줄거리를 간략히 소개한다.

임묵(林默)은 임원의 막내딸로 태어났다. 임묵낭으로도 불린다. 어머니 진씨는 태몽으로 관음보살을 보았고 아이를 출산할 때 집 안에 향기가 가득하였다. 태어나 며칠이 지나도 울지 않아서 묵이라고 이름 지었다. 어려서 길흉화복을 알아맞히기 시작했고 병을 치료하는 능력도 있었다. 어느 날 임묵낭이 출항을 만류했으나 아버지는 오빠와 언니를 데리고 바다에 나갔다. 임묵낭은 꿈에서 풍랑을 만난 아버지와 언니를 구출했으나 오빠를 구하지 못하고 깼다. 실제로 아버지는 오빠를 잃고 돌아왔다. 임묵은 산에 올라가 가족을 위해 기도하다가 그 자리에서 죽었다. 28살에 앉은 채 죽었는데 향기가 가득하였다. 고을 사람들은 사당을 짓고 마조로 추앙하기 시작했다. 그의 사후에 이적(異蹟)이 나타났다. 해적선을 붙잡도록 하였고 마조사당 앞의 샘물을 먹으면 돌림병을 막는 등 지역민의 수호신이 되었다. 마조신의 도움으로 고려에 다녀오던 사신이 구출되자 조정에서 부인 작위를 내리고 후에 천비, 천후로 격상되었다.

역사상으로는 북송 말 휘종 선화(宣和) 연간에 마조가 주목받기 시작한다. 노윤적(路允迪)이라는 사람이 고려에 사신으로 다녀오다가 동해바다에서 풍랑을 만나 위험에 빠졌다. 사신단의 나머지 7척 배가 모두 파선되었으나 오직 그의 배 위에서만 한 여신이 돛대에 올라 춤을 추며 무사평안을 기도하여 무사히 바다를 건널 수 있었다고 한다. 여신은 바다의 신 마조라고 했다. 그는 귀국하여 조정에 그 사실을 보고하고 마조는 순제라는 묘액을 하사받게 되었다. 원나라 때는 몽골족이 중원 전역을 점령하여 남방의 양곡을 대도로 이송하였다. 바다의 여신이며 후에 강물의 여신이 된 마조에게 안전항해를 기도할 필요가 있었으므로 민간의 마조신앙을 인정하고 적극 후원하고자 했다. 천비라는 파격적인 봉호를 내린 것도 그러한 까닭이었다. 명청시대에도 마조신앙은 그대로 유지되었고 근대 이후 동남의 해안 지역 주민들이 대거 해외로 이주할 때도 마조묘는 가족의 건강과 안전을 기원하는 신앙의 대상으로서 새로 이주한 동남아시아 각 지역 곳곳마다 건립되었다. 홍콩 옆의 마카오는 포르투갈 사람들이 와서 현지의 지명을 묻는 말에 마조묘 혹은 마각(媽閣)이라고 잘못 대답한 것이 외국에서 마카오라는 지명으로 정착되었다는 설도 널리 전해진다.

중국의 신화는 체계적이지도 않고 일정한 지역에 국한되지도 않지만 예로부터 무수하게 생겨나 변화하였으며 또 없어지고 새로 탄생하기도 했다. 전설의 경우도 마찬가지다. 그러나 그중에서 끈질긴 생명력을 가지고 오랜 세월을 전해 와 중원의 전역, 변방의 소수민족 지역에까지 폭넓게 전해진 신화와 전설이 있다. 여기서는 널리 알려진 몇 가지 신화와 전설을 살펴보았다. 이를 통해서 우리는 원시시대 이래 선주민들이 우주와 세계를 어떻게 인식했으며, 자연재해와 마주하면서 어떻게 생명을 지키고 살아왔는지 한 가닥의 단서를 찾아볼 수 있다.

2장

『시경』과 당시:
바람과 시의 이야기

1. 북방의 바람과 남방의 노래: 국풍과 「이소」

전통적인 중국문학사에서 처음으로 소개하는 것은 『시경』과 『초사』다. 진(秦)나라 이전 중국문학으로서 가장 두드러지는 것은 오늘날의 입장에서 보면 신화전설과 시가라고 할 수 있는데 유교의 창시자 공자의 추앙을 받아 후에 최고의 경전 대열에 등극한 『시경』의 위상은 아무리 강조해도 지나치지 않을 것이다. 그도 그럴 것이 전통적인 문학관에서 소설의 지위는 낮았으나 『시경』의 지위는 언제나 가장 높았고 경전 중에서도 '시서역(詩書易)'의 경우처럼 늘 『서경』과 『역경』의 앞에 자리했다. 시가의 발전 단계에서도 훗날의 한대 오언시나 당대 이후의 근체시와도 구분해 『시경』을 별도의 완전하고 독자적인 문학의 세계로 인정했다.

1) 『시경』의 체제와 분류

한나라 때 정해진 오경에 들어가기 전까지 『시경』은 그냥 '시(詩)'로 불렸고 공자가 "시(『시경』) 삼백을 한마디로 말하면 생각에 사악함이 없는 것이다[詩三百, 一言以蔽之, 曰思無邪也]"라고 말한 것처럼 선진시대의 '시'는 곧 『시경』을 의미했다.

『시경』이 어떻게 만들어지고 전파, 평가되었는가를 살피기에 앞서 우선 『시경』에는 어떤 시들이 들어 있는지 먼저 살펴보기로 한다. 문학사에서는 우선 문학의 본모습을 살펴서 마음에 느낌이 오고 머리에 개념이 만들어진 이후에 비로소 다른 부차적인 설명이 귀에 들어올 수 있기 때문이다.

현재 『시경』에는 총 305수의 시가 담겨 있으며 제목만 있고 내용이 없는 시도 6편이 된다. 서주 말기부터 동주에 걸쳐 전해 내려오는 3천여 수의 시에서 가려 뽑아 완성된 것으로 보인다. 예로부터 왕은 시를 채집하는 관리를 내보내 백성의 풍속을 살피고 이로써 정치의 득실을 알아 바로잡았다고 하는 기록이 『한서』 예문지에 보인다. 주나라에 시를 채집하는 채시와 시를 바치는 헌시제도가 있어 상당수의 각 지역 시가 수집되었다고 볼 수 있다. 사마천이 예전에 3천여 수의 시가 모였다고 했지만 그 수가 정확하다고 보기는 어렵다. 『시경』의 311수는 분명 선별하여 모은 것이다. 『시경』에 들어 있지 않은 시로서 다른 문헌에 전하는 것을 일시(逸詩)라고 하는데 『춘추좌전』과 『국어』 등에 총 22수가 있다고 한다. 『시경』을 가려 뽑은 사람을 사마천은 공자라고 했지만 위대한 인물에게 그 공을 기탁한 것으로 보아야 할 것이다. 그러나 공자가 『시경』을 특히 중시하고 다양하게 활용한 인물임에는 틀림없다. 그는 "시를 배우지 않으면 더불어 말할 것이 없다[不學詩, 無以言]"라고 했다. 이러한 영향으로 『시경』의 가치와 성가는 더욱 드높아졌다.

『시경』은 풍(風), 아(雅), 송(頌)의 세 가지 유형으로 나뉘어 있고, 풍은 15국풍에 걸쳐 총 160편, 아는 소아(小雅)와 대아(大雅)의 총 111편, 송은 주송(周頌), 노송(魯頌), 상송(商頌)의 총 40편으로 채워져 있다. 간략히 말하면 국풍은 각 지역의 민간음악, 아는 궁중의 연회음악, 송은 제사음악이다. 15국풍은 각 지역의 다양한 노래를 실은 것인데 남녀의 사랑을 노래한 연애시, 현실을 비판한 사회시 등 풍부하고 다양한 내용을 담고 있다. 따라서 문학적 가치와 예술성은 국풍의 시가 가장 뛰어나다고 평가된다.

『시경』의 문학적 기법으로 부(賦), 비(比), 흥(興)이 거론된다. 간단하게 말하면 부는 직설적으로 풀어내는 것이고, 비는 다른 사물을 들어서 직접 비유하는 것이며, 흥은 한 단계 더 나아가 어떤 다른 사물을 먼저 말하여 연상작용을 일으키도록 하는 것이다. 비와 흥의 경계가 약간 모호하고 대부분 부와 흥, 비와 흥을 겸용하여 명확하게 구별하기 어려운 점도 있다. 부비흥 이외에 가장 흔하게 보이는 형식적 특징은 중첩된 어구를 사용하여 같은 내용을 반복한다는 것이다. 이로써 노래 가락을 흥겹게 하고 쉽게 익힐 수 있게 하며 이른바 일창삼탄(一唱三嘆)의 예술적 효과를 거두고 있다.

2) 최초의 시「관저」

『시경』의 첫 작품은 국풍 주남(周南)의「관저(關雎)」편이다. 너무도 유명하고 널리 알려진 시다. '요조숙녀, 군자호구'의 구절이 나오는 이 시는 상징적인 중국 최초의 시로서 중요한 작품이니 지나칠 수 없다. 이를 통해『시경』의 다양한 특징을 함께 살펴볼 수도 있다. 주남은 15국풍의 첫째 지역으로 나오는데 서주 초기 주공(周公) 단(旦)이 통치하던 낙읍(洛邑, 지금의 낙양)의 남방 지역으로 이해된다. 남(南)이라는 악기를 썼다는 학설도 있다.「관저」는 첫 구절의 두 글자를 합하여 편명으로 삼았다.『시경』의 시제는 대부분 첫 구절에서 따왔다.

꽥꽥 우는 물수리는	關關雎鳩
황하의 모래톱에 노니는데	在河之洲
얌전하신 요조숙녀는	窈窕淑女
군자의 좋은 짝이 되지요	君子好逑

올망졸망 마름풀은	參差荇菜
이리저리 물길 따라 흐르는데	左右流之
얌전하신 요조숙녀를	窈窕淑女
자나 깨나 찾아보지요	寤寐求之

구하려 해도 구할 수 없어	求之不得
자나 깨나 그리워하면서	寤寐思服

그리움은 한이 없으니 悠哉悠哉
잠 못 이루고 뒤척이지요 輾轉反側

올망졸망 마름풀을 參差荇菜
이리저리 뜯어서 다듬는데 左右采之
얌전하신 요조숙녀를 窈窕淑女
금슬을 타면서 벗해 드리지요 琴瑟友之

올망졸망 마름풀을 參差荇菜
이리저리 가려 뽑는데 左右芼之
얌전하신 요조숙녀를 窈窕淑女
종 치고 북 치며 즐겨 드리지요 鐘鼓樂之

이 시는 젊은 남성이 짝을 찾는 구애의 노래다. 남녀의 사랑과 인간의 감성표현이 노골적으로 드러나고 있음에도 전통시기 유교적 문학관에서는 『시경』의 첫 작품으로서 이를 문왕(文王) 후비(后妃)의 내조의 덕을 칭송했다고 억지로 해석했다. 당시의 보통 독자들조차도 그런 말을 진정으로 신뢰하지는 않았을 것이다. 사랑에 빠진 젊은이가 어여쁜 요조숙녀를 보고 그리운 마음에 잠 못 이루고 전전반측하는 일이 어찌 오늘날에 와서야 비로소 생긴 인간적 감성일 수 있겠는가. 사랑의 마음은 고금이 다르지 않다. 군자는 물가의 풀 사이로 사이좋게 나들며 사랑을 듬뿍 담아 지저귀는 새들의 유희를 보면서 얌전하고 아리따운 요조숙녀를 그리워하는 마음이 더욱 강렬하게 솟구친 것이다.

『시경』의 시는 기본적으로 네 글자로 이루어진 사언시다. 후세에 다섯 글자의 오언시, 일곱 글자의 칠언시로 발전하였다. 대부분의 사자성어는 이러한 전통과 관련 있을 것이다. 「관저」는 중국 최초의 시집에 실린 첫 번째 시이므로 언제나 주목을 받았다. 전체 구성은 5장이고 각 4구로 되어 있다. 물새가 짝을 지어 노는 것을 보고 그리운 임을 떠올리는 연상의 수법은 바로 흥에 해당한다. 비와 흥이 연이어 활용되고 있다. 또 『시경』의 수사적 특징 중 하나인 중첩의 사용이 확연하게 보인다. 요조숙녀가 4차례 나오고, 참치행채가 3차례 나온다. 그리고 좌우유지에서 좌우채지, 좌우모지로 중첩을 기반으로 한 글자의 변화를 주어 운을 바꾼다. 첫 장에서 요조숙녀가 군자의 좋은 짝이라고 단언하고 이어서 그 요조숙녀를 자나 깨나 찾아보고 요조숙녀 때문에 잠 못 이루고 뒤척이며 그리고 요조숙녀에게 금슬을 타 주고 종과 북을 쳐 주겠다고 약속하는 단계적 진전이 자연스럽고 그 마음이 또한 간절하다.

관관(關關)은 새가 우는 소리를 담아낸 의성어다. 한자의 중첩을 통해서 의성어로서의 특징을 구현하고 있다. 『시경』에는 수많은 의성어와 의태어가 나온다. 한자는 뜻글자뿐만 아니라 소리글자의 역할도 상당히 광범위하게 했으므로 우리가 단순하게 모든 한자를 뜻으로만 이해하려고 하면 풀리지 않을 때도 많다. 저구(雎鳩)는 암수가 잘 어울려 정이 한결같아 모범적인 부부의 모습을 상징한다고 알려져 있는 물새다. 조선시대의 언문에서는 물수리 혹은 징경이 등으로 번역되는데 원앙과 비슷한 새로 이해된다. 다만 정확한 생김새는 조류도감에서도 찾기가 어렵다. 『시경』에는 수많은 동식물의 이름이 있다. 옛날에는 『시경』이 세상의 수많은 사물을 익히는 교과서로 활용되었다. 공자도 『시경』의 효능으로 "조수(鳥獸)와 초목(草木)의 이름을 많이 알 수 있다"[『논어』「양화(陽貨)」]라는 점을 강조했다. 정약용의 둘째 아들 정학유(丁學游)가 편찬한 『시명다식(詩名多識)』은 『시경』의 동식물을 고증한 책인데 풀, 곡식, 나무, 채소, 날짐승, 길짐승, 벌레, 물고기 등으로 항목을 분류했다. 이시진(李時珍)의 『본초강목』 등에서 인용하고 나름대로 검토하여 보충한 것이다.

이 시에서는 금슬과 종고라는 고대 악기도 보여 주고 있다. 금과 슬은 모두 현악기다. 금은 거문고라고 할 수 있는데 5현에서 7현으로 개량되었다. 슬은 25현이나 혹은 50현이라고도 하며 가야금에 비유할 수 있을 것이다. 두 악기가 어울려 화음을 내면 매우 듣기 좋으므로 화애로운 부부의 모습을 금슬이 좋다고 한다. 음이 변하여 금실 좋은 부부라고도 쓴다. 고는 가죽으로 만든 북이고 종은 우리말이 없어서 쇠북이라고 훈을 달고 있다. 고대에 음악은 예의범절과 더불어 중요한 덕목에 속했다. 사회질서를 유지하는 기초를 예악으로 표현하고 있으며 그 시대와 지역의 음악을 가지고 평화와 혼돈의 시대를 평가한다. 공자가 특히 이 점을 강조하여 "시로 시작하고 예로 서며, 악으로 완성한다"[『논어』「태백(泰伯)」]라고 하였으며, 시서악으로 인(仁)을 공부하고 실천하며 내면의 감성에 호소하여 최종 완성하는 삼위일체로 삼았다.

시의 전반적인 정경을 살펴보면 시 속에 그림이 있고 그림 속에 정(情)이 묻어나는 사연을 감지할 수 있다. 그야말로 정교하게 쓰인 애정시이며 가장 전형적인 서정시라고 할 수 있다. 이제 그 젊은 군자와 아리따운 요조숙녀의 이름은 잊혔지만 시 속에 숨겨진 애틋한 사연은 충분히 한 편의 절절한 서사로 풀어낼 수 있을 것이다.

3) 형제의 우애 「이자승주」

이번에는 더욱 구체적인 사연이 담긴 시를 찾아보자. 『시경』에는 주나라의 다양한 역사 에피소드가 담겨 있다. 『시경』 패풍(邶風)의 「이자승주(二子乘舟)」는 따뜻한 마음을 가진 형제의 우애를 노래한 시인데 당시 사회로서는 보기 드문 사연을 그렸다. 따뜻한 우애의 마음이 흐뭇하지만 비참한 결말을 보면 가슴이 미어진다. 춘추전국시대는 권력을 쟁취하기 위해서라면 부자지간에도 서로 속이고 죽이며 형제지간에도 서로 미워하고 등을 돌리는 시대였다. 춘추 말기 공자가 이러한 비인간적인 행태를 비판하면서 서로 사랑하고 동정하라는 인의를 강조하였고 사회질서의 올바른 정립을 위하여 각자의 위상을 제대로 지키라는 의미에서 군군신신(君君臣臣)과 부부자자(父父子子)를 제시하였지만 현실은 그와 반대로 치닫고 있었다.

이야기는 위나라 선공(宣公)이 제나라 희왕의 딸 선강(宣姜)을 맞이하면서 시작된다. 선공은 본래 자신의 서모였던 이강(夷姜)과의 관계에서 얻은 큰아들 급자(伋子, 急子)를 후계자로 정했다. 급자가 열여섯 살이 되었을 때 장가를 보내려고 제나라 희공에게 청하여 허락을 받았다. 제나라를 다녀온 사신은 신붓감이 기가 막힌 절색이라고 칭송했다. 딴생각을 품은 선왕은 아들을 갑자기 송나라로 출장 보내고 며느리로 데려온 신부를 자기가 차지했다. 훗날 당 현종이 며느리 양귀비를 차지한 일도 유명하지만 이와 같은 전례가 일찍부터 있었던 것이다. 그 선강이 두 아들을 낳았으니 수(壽)와 삭(朔)이다. 중국 역대 제왕의 후계자 문제는 새롭게 총애를 받는 후처가 아들을 낳았을 경우 거의 어김없이 발생한다. 서주 말기의 유왕도 포사를 총애하여 왕후와 태자를 폐위시키고 스스로 죽음에 이르렀으며 나라를 망쳤다. 동복형제인 수와 삭은 성격이 전혀 달랐다. 삭은 맏형인 급자의 사소한 잘못을 빌미로 사사건건 부모에게 고자질하였다. 없는 말도 만들어서 제 어미를 충동질하였다. 선강은 눈물로 선왕 앞에서 호소했다.

> 급자가 차마 입에 담기 어려운 말을 제 동생들에게 하였다고 합니다. "너희 모친은 본래 나의 아내가 될 여자였으니 너희는 나를 보고 마땅히 아버지라고 불러야 한다." 그뿐 아닙니다. "우리 어머니 이강은 본래 우리 부친의 서모였고 너희 모친은 본래 나의 아내였으니 이 나라 강산과 너희 모친은 모두 나에게로 돌아와야 한다"라고 했답니다.

생각해 보면 모두 선공의 호색으로 인해 벌어진 일이다. 총애를 잃은 이강이 목매어 자살한 후 선왕은 급자를 제나라에 사신으로 보내는 길에 자객을 시켜 처치하기로 하였다. 선강은 그 계획을 자기 소생의 두 아들에게 알려 주었다. 급자가 죽으면 자신의 아들이 후계자가 되기 때문이었다. 그러나 수는 이복형인 급자와 우애가 좋았다. 수는 몰래 아버지의 흉계를 알려 주면서 형에게 목숨을 부지하기 위하여 얼른 피신하라고 전했다. 급자는 자신의 운명을 원망했지만 자식으로서 부왕의 명에 따르는 것이 효를 다하는 것이라 생각하고 태연자약하게 배를 타고 떠났다. 형이 그대로 떠난 것을 안 이복동생 수는 마음으로 결심했다.

> 이번에 형이 죽고 나면 부친은 나에게 군위를 물려줄 것이다. 그때 내가 무슨 면목으로 세상에 얼굴을 드러내겠는가. 형님은 아비 없는 아들이 없다고 했지만 또한 형님 없는 동생도 있을 수 없으니 내가 형님을 대신하여 죽기로 하자. 그러면 부친도 깨닫는 바가 있으실 것이다. 그것만이 나의 유일한 효도의 길이며 내 이름을 만고에 더럽히지 않을 수 있는 길이다.

공자 수는 배를 타고 뒤를 따라갔다. 형의 배를 따라잡고 술잔을 올리며 이별의 아쉬움을 나누겠다고 했다. 형제는 마음껏 술을 마셨지만 사실 동생은 마시는 체하면서 몰래 술을 부어 버리기도 했다. 형은 동생과의 영원한 이별이라는 생각으로 더욱 마음이 아파서 사양 않고 술을 마시는 바람에 대취하여 곯아떨어졌다. 형이 곤히 잠들자 동생은 곧 배를 갈아타고 임금의 명을 늦출 수 없어 형을 대신하여 사신으로 간다며 배를 급히 몰도록 했다. 목적지에 도달했을 때 예상대로 자객들이 달려들어 공자 수의 머리를 베었다. 잠에서 깨어난 급자는 동생이 사라진 것을 보고 그가 대신 죽으러 갔음을 알았다. 급자는 "나 때문에 동생이 죽을 수는 없다!"라고 소리치며 배를 몰아 달려갔다. 목적지에 이르러 동생의 배 위에 올라가니 동생은 이미 죽어 있었다. 급자는 동생의 시신을 안고 통곡했다. 배에 남아 있던 자객들은 급자가 통곡을 하자 "그 아비가 그 아들을 죽인 것인데 무얼 원망하십니까?"라고 말했다. 급자는 자객들에게 말했다. "내가 바로 너희들이 죽이려고 했던 급자다. 나는 부친에게 죄를 지었으니 죽어 마땅하지만 내 동생은 무슨 죄가 있다고 죽였는가?" 자객들은 자신들이 죽인 사람이 급자인 줄 알았는데 지금 나타난 사내가 스스로 급자라고 말하자 그마저 죽이고 두 머리를 함께 담아서 서둘러 자리를 떠났다.

『시경』 패풍의 「이자승주」는 바로 그 상황을 노래한 것으로 여겨진다. 위 선공의 이복아들 형제가 함께 배를 타고 떠난 사실을 그리고 있다.

두 아들이 배를 타고 떠나네	二子乘舟
머나먼 길을 흔들리며 떠나갔네	汎汎其景
내 그대들을 생각하노라니	願言思子
가여운 마음에 가슴이 울렁이네	中心養養

두 아들이 배를 타고 떠나네	二子乘舟
못 올 길을 흔들리며 떠나갔네	汎汎其逝
내 그대들을 생각하노라니	願言思子
해치는 일이 나타나지 않겠는가	不瑕有害

시는 2장에 그치므로 그냥 단순하게 읽힐 수도 있지만 이처럼

처절한 역사적 사연이 배어 있었던 것이다. 두 아들은 바로 급과 수를 말한다. 배를 타고 제나라 쪽으로 간다는 것이다. 원문의 범(汎) 자는 물 위에 뜬다는 범(泛)의 이체자다. 물 위에 떠서 흔들리며 멀리 사라지는 그들의 모습뿐만 아니라 머지않아 비극이 닥쳐올 불안한 목숨을 비유하기도 한다. 경(景)은 원행(遠行)을 나타내는 경(憬) 자와 같다. 양양(養養)은 근심으로 마음이 흔들리는 양양(漾漾)의 뜻이다. 불하(不瑕)는 불무(不無)로 풀이된다고 한다. 『모시(毛詩)』의 서문에 이 시의 관련 배경이 기록되어 있고, 유향의 『신서(新序)』 절사(節士)에서도 언급하고 있다.

4) 남매의 사랑 「남산」

이번에는 선강의 누이인 제나라 문강(文姜) 이야기다. 그녀는 어려서부터 이복 오라비인 제아(諸兒, 후의 양공)와 좋아하는 사이였다. 이웃나라 노(魯) 환공에게 시집가서 아들을 낳았으나 이복남매간의 불륜을 완전히 끊지는 못했다. 문강은 노 환공이 제나라를 방문할 때 함께 와 내궁에서 따로 제 양공을 만났다. 환공이 두 사람의 관계를 눈치채고 돌아가겠다고 하자 양공은 불안한 심리를 감추지 못하고 팽생을 불러 밀명을 내렸다. 환공을 환송하겠다고 연회를 열어 술을 잔뜩 먹이고 돌아가는 수레에서 팽생이 환공을 죽였다. 노나라에서는 강력 항의했으나 결정적 증거가 없고 국력이 약하여 어쩔 도리가 없었다. 노나라에선 세자인 장공(莊公)이 즉위했다. 장공의 모친인 문강은 제와 노나라 국경에 머물러 있었다. 제 양공은 계속 문강과 왕래를 지속하였다. 문강은 춘추시대 유명한 '미인화근', 즉 홍안화수(紅顔禍水)의 대표적인 여자였다.

『시경』 제풍(齊風)에 관련된 시가 몇 편 전해져 온다. 그중 「남산(南山)」 시의 첫 두 장을 살펴본다. 제나라 남산을 소재로 삼았지만 제나라 양공과 문강의 문란한 관계를 그린 것이다.

저 남산은 높고도 높은데	南山崔崔
수놈 여우 어슬렁 짝을 찾네	雄狐綏綏
노나라 가는 길은 평탄한데	魯道有蕩
제나라 딸 그 길로 시집갔네	齊子由歸
기왕에 시집갔으면 그만이지	旣曰歸止
어이 또 돌아보며 그리워하나	曷又懷止

칡덩굴 신발도 한 켤레이고	葛屨五兩
어여쁜 갓끈도 한 쌍이라네	冠緌雙止
노나라 가는 길은 평탄한데	魯道有蕩
제나라 딸 그 길로 시집갔네	齊子庸止
기왕에 시집갔으면 그만이지	旣曰庸止
어이 또 돌아와서 어울리려나	曷又從止

이 노래는 모두 4장으로, 혼인을 한 이후에도 앞서의 연정을 잊지 못하고 불륜을 이어 가다 결국 두 나라의 관계를 파탄에 이르게 한 문강의 이야기를 경계의 대상으로 삼았다. 남산의 수놈 여우나 칡

덩굴 신발 등으로 먼저 비유를 하고, 노나라로 시집간 문강이 옛정을 버리지 못하고 귀국하여 제 양공과 연연하는 행위를 풍자하고 있다. 문강은 제자(齊子, 제나라의 딸)로 표현되었다. 오량(五兩)은 오량(伍兩)의 뜻으로 신발 한 켤레를 말하고, 갓끈도 좌우 한 쌍을 강조하는데 곧 부부 한 쌍을 비유한다. 수수(綏綏)는 천천히 걷는 모양이지만 짝을 찾으러 다니는 모양이라고도 한다. 기왈귀지(旣曰歸止)와 기왈용지(旣曰庸止)는 중첩에서 한 글자의 변화를 주고 있다. 귀(歸)는 시집가는 것이고 용(庸)은 용(用)과 같은데 역시 시집감을 지칭한다. 끝에 쓰인 지(止)는 의미 없이 어기사로 쓰인 글자다.

5) 천하를 흔든 스캔들 「주림」

『시경』에는 남녀의 애틋한 애정과 뜨거운 열정을 담고 있는 시가 적지 않다. 그러나 진풍(陳風)의 「주림(株林)」에 얽힌 이야기는 단순한 애정과 열정의 문제가 아니다. 이 시는 하희(夏姬)라는 희대의 음란한 여성으로 인하여 수많은 사람이 목숨을 잃고 여러 나라에 재앙이 닥친 중요한 역사적 사건을 다루어 주목받는 작품이다. 시는 짧게 기록되어 있지만 사건의 전모를 밝히기 위한 단서를 압축하여 제공하고 있다.

하희는 춘추시대의 치명적인 팜 파탈이었다. 정나라 목공(穆公)의 딸이었는데 진(陳)나라 대부인 하어숙(夏御叔)에게 시집가서 이름을 하희(하씨의 여인)라고 부르게 되었다. 아들 하징서(夏徵舒)를 낳아 열두 살이 되었을 때 남편이 죽어 혼자 살게 된다. 서른 살이 넘었지만 여전히 색이 쇠하지 않아 대부인 공녕(孔寧)과 의행보(儀行父)가 유혹을 느끼고 이 집을 드나들었다. 얼마 후 공녕은 임금인 진 영공(靈公)을 끌어들여 때로는 세 사람이 함께 하희와 노닥거리기도 했다. 영공은 하희의 아들 하징서에게 부친의 사마(司馬, 군사 담당) 직책을 이어받도록 하였다. 하징서는 감복하고 이들을 집으로 초대하여 연회를 열었다. 영공과 두 신하는 취중에 스스럼없이 농담을 했다. 그들이 "하징서가 누구를 닮은 것 같은가?" 하면서 서로 바라보고 웃는 소리를 장막 뒤에서 우연히 듣게 된 하징서는 심한 모멸감을 느끼고 군사를 일으켜 영공을 시해했다. 공녕과 의행보는 초나라로 달아나 영공이 시해당했다고 고변하고 도움을 청했다. 하징서는 대신들과 새로 성공(成公)을 세웠다. 초 장왕(莊王)은 군사를 이끌고 진나라로 쳐들어갔다. 진 성공은 하징서를 잡아 거열형으로 죽이고 초나라에 항복했다.

진 영공과 하징서가 모두 죽고 나라에는 전쟁이 일어났지만 이야기는 여기서 끝이 아니다. 초왕은 하희를 잡아 초나라로 압송하였는데 그 미모를 보고 자신이 차지하려고 하였다. 이때 초나라 대신 굴무(屈巫)는 불길한 여자라는 이유로 극력 반대하고 늙은 양로(襄老)에게 주도록 했다. 후에 양로는 출전해 전사하였고 그때 하희는 집에서 그의 아들 흑요(黑要)와 사통하고 있었다. 혼자서는 견디기 어려운 여자였다. 굴무는 양로의 시신을 찾도록 한다는 이유로 하희를 정나라 고향으로 돌아가게 하고 자신은 사신으로 나간다고 하면서 하희를 찾아갔다. 두 사람은 만나서 함께 진(晉)나라에 망명하고 굴무는 무신(巫臣)으로 개명하였다. 분노한 초왕이 굴무의 가족과 재산을 몰수하자 굴무는 원수를 갚겠다고 오나라를 지원하여 초나라를 공격하도록 했다. 오나라는 오자서(伍子胥)의 노력에 힘입어 초나라 공략에 성공하였다. 하희에 얽힌 사연이 해를 넘기고 나라를 넘나들며 이어지고 있었던 것이다. 명나라 소설 『열국지』에서 하희는 자신의 타고난 정력과 방중술이 꿈에 나타난 천인이 황제(黃帝)의 소녀채전(素女採戰)법을 가르쳐 준 결과라고 말한다. 명말청초에는 하희를 주인공으로 삼은 『주림야사(株林野史)』라는 음사소설도 나왔다.

하희와 진 영공 사이 떠들썩한 불륜의 행태는 급기야 많은 사람의 목숨을 떨어뜨렸으며 나라와 나라 사이의 전쟁을 야기하였다. 당시 사람들은 그 이야기의 조그만 단초를 짧은 시에 담아서 진풍 속에 남기게 되었다.

어이하여 주림에 가려는가	胡爲乎株林
하징서를 찾아간다네	從夏南
주림에 놀러 가는 게 아니고	匪適株林
하징서를 찾아간다네	從夏南

큰 수레 네 마리 말 타고 가네	駕我乘馬
교외의 주림에서 안장을 내리네	說於株野
가벼운 수레 네 망아지 타고 가네	乘我乘駒
주림으로 달려가 아침을 먹는다네	朝食於株

시는 2장으로 되어 있지만 전장은 사언시의 정규적인 형식을 따르지 않는다. 수식이나 비유 없이 있는 대로 그려 내니 부의 형식

이라고 하겠다. 주림은 주읍(株邑)의 숲이다. 하징서가 모친 하희와 함께 살고 있는 지역이다. 하남은 하징서의 자(字)다. 진나라 임금 영공이 수레를 타고 달려와 하희와 동침하고 조정 대부 공녕과 의행보도 찾아와서 하희와 아침을 먹는다. 하징서를 찾아 주림으로 간다고 하였지만 실상은 하희를 보러 가는 길이다. 아들 하징서로서는 모친이 자신의 즐거움을 위해 하는 일에는 할 말이 없었지만 군신이 모여 앉아 자신을 능멸하는 언행을 함부로 드러내는 경박함에는 도저히 참을 수가 없었던 것이다. 한 가지 특이한 점은 하희에 관련된 춘추시대 문헌에는 하희로 인해 발생하는 남성들의 사건만 거론될 뿐 정작 하희 자신의 목소리나 생각은 하나도 반영되어 있지 않다는 것이다. 사실 고대의 문헌기록은 남성들이 독점적으로 장악한 고유 권한이었다. 여자는 화근이라는 관점은 남성의 입장에서 자기 보호막이었다.

오늘날 많은 사람들은 『시경』의 사랑노래에 관심이 많지만 『시경』은 그 밖에도 여러 가지 내용을 풍부하게 담고 있다. 풍아송은 각각 다른 내용의 시를 분류하여 정리한 것이다. 풍은 각 지역의 민간 민요로서 농민들이 농사짓는 일이 펼쳐지고 백성들의 삶 속에 나타나는 수많은 원한과 비판의 내용도 들어 있다. 전쟁이나 부역에 나가는 고통을 노래한 시도 많은 부분을 차지하고 남녀의 애틋한 사랑을 그리는 시들이 적잖게 들어 있다. 아는 궁중 연회의 노래이므로 왕과 신하들이 모여 즐기는 다양한 잔치에서 부른 노래가 실려 있다. 송은 다양한 형식의 제사 노래로 조상을 제사 지내는 노래 속에 주나라 민족의 구체적인 역사를 담고 있다. 여기서는 아쉽게도 일일이 다루지 못하고 사연이 있는 시를 몇 편 골랐을 뿐이다.

공자는 "시 삼백을 한마디로 말하면 생각에 사악함이 없는 것"이라고 단언했다. 『시경』에는 사랑과 미움, 한탄과 소망을 노래한 시가 많다. 선한 일과 악한 일을 그려 내기도 하였다. 선한 일은 본받고 악한 일은 경계로 삼으라는 것으로 해석하기도 한다. 많은 수식어가 있겠으나 『시경』은 솔직하고 자연스러운 정감을 담고 있는 중국 최고(最古)의 시집이다. 공자는 공부의 첫걸음으로 시를 읽어야 한다고 했다. 당시로서는 더욱 그러했겠지만 오늘날에도 중국문학의 핵심적인 원류로 이해해야 할 것이다.

6) 굴원의 생애와 『초사』

『시경』과 더불어 반드시 함께 언급해야 하는 작품은 『초사』다. '초사'는 초나라의 노래라는 뜻이며 남방의 노래를 모은 것인데 오늘날 전하는 『초사』에는 굴원(屈原), 송옥(宋玉), 경차(景差) 등의 작품이 모아져 있다. 굴원이 살아 있을 때는 그의 문체를 지칭하는 말이 없었지만 한나라 유향이 굴원의 시가와 그와 유사한 형식의 작품을 한데 모아 처음으로 『초사』라는 제목의 책을 엮었다. 이때 굴원의 제자인 송옥을 비롯하여 가의(賈誼), 동방삭(東方朔), 유향(劉向), 왕포(王褒), 엄기(嚴忌) 등의 작품도 포함되었으며 이후 '초사'는 비로소 하나의 새로운 시가체로 인식되기 시작했다. 후한 때 왕일(王逸)이 『초사』에 주석을 달고, 자신의 글인 「구사(九思)」를 포함하여 『초사장구(楚辭章句)』를 엮어 냈다. 유향의 『초사』가 실전되고 지금은 왕일의 책이 가장 이른 시기의 텍스트로 전해 온다.

현전하는 『초사』에 실린 시가의 작가 중에서 가장 중요한 인물은 당연히 굴원이다. 굴원(B.C. 340?-B.C. 278?)은 중국 최초의 공식적으로 이름이 알려진 시인이다. 하늘의 별만큼이나 많은 중국 역대의 모든 시인을 대표하여 그를 시인의 첫손가락으로 꼽는 이유가 된다. 굴원은 비운의 인물이다. 그가 단오절인 5월 5일에 멱라강(汨羅江)에 빠져 죽었다고 하여 그날을 시인의 날로 기념하기도 한다. 멱라강은 호남성 상강(湘江)의 지류로서 동남에서 북으로 흘러 동정호로 들어가는 물줄기다. 멱라강의 기슭에는 굴원의 사당인 굴자사(屈子祠)가 있고 굴원의 무덤과 「이소」를 기념하기 위한 소단(騷壇)도 만들어져 있다.

굴원은 전국시대 말기 초나라 회왕(懷王) 때 긴박하게 돌아가는 정치 외교의 현장에서 나라와 민족의 장래를 걱정하며 노심초사하던 충신이었다. 당시 천하는 일곱 나라로 갈라져 있었다. 이미 주나라의 권위는 땅에 떨어지고 부국강병을 추구하는 강력한 제후들의 치열한 다툼이 이어지고 있었다. 초나라는 남방의 대국이었지만 서북의 진(秦)나라, 동쪽의 제(齊)나라와 더불어 때로는 긴밀한 협력관계를 갖고 때로는 심각한 대치상태를 이어 가는 중이었다. 당시 진나라에 인질로 가 있던 초나라 태자가 탈출하여 돌아오는 사건이 일어났다. 이로 인해 진나라와의 친교는 끊어졌다. 진나라가 제나라, 한나라, 위나라와 연합해 초나라를 공격하여 초나라는 대패하였다. 다음 해 진나라는 또 단독으로 초나라를 공격하였다. 초나라로서는 새롭게 친교를 맺고 태자를 인질로 보내 관계를 유지할 수밖에 없었다. 진나라는 거듭 초나라를 공격하여 땅을 빼앗고 국서를 보내 회왕과의 회동을 제안하였다. 회왕은 적국과의 회동에 갈 것인지 말 것인지를 놓고 고민에 빠졌다. 이때 친제파인 굴원은 극력 반대했다. 진나라는 호랑이와 같은 나라이니 믿을 수 없고 왕이 가지 않는 게 좋겠다고 간언했지만 회왕의 아들 자란(子蘭)은 친진파여서 달리 말했다. 진나라와 친교를 끊으면 안 되므로 회동에 나가는 게 좋겠다고 했던 것이다. 회왕은 굴원의 말을 듣지 않고 진나라와의 회맹에 나갔다. 그러나 진나라는 군사를 숨겨 두었다가 회왕을 억류하고 초나라의 땅을 베어 달라고 협박하였다. 회왕은 끝까지 거절하였다. 초나라에서는 왕이 진나라에 억류되니 전례 없는 국난을 당한 꼴이었다. 제나라에 인질로 가 있는 태자를 불러오기로 하였다. 태자가 돌아와 즉위하니 곧 경양왕(頃襄王)이었다. 통수권이 없어진 회왕은 고심 끝에 진나라를 탈출하여 조나라로 갔으나 받아 주지 않았다. 위나라로 도망했으나 쫓아온 진나라 군사에게 잡혀 다시 끌려가 3년 만에 죽고 말았다. 굴원의 말을 듣지 않았던 회왕의 비참한 결말이었다. 경양왕은 아우인 자란을 영윤으로 삼았다. 초나라 사람들은 회왕을 적지에 보내 죽게 만들었다고 자란을 미워하였지만 자란은 오히려 반대파인 굴원을 미워하여 경양왕에게 극력 참소한 끝에 먼 곳으로 추방시켜 버리고 말았다.

굴원은 본래 견문이 넓고 역대 치란의 이치에 대해 밝게 알아서 초 회왕의 신임을 받고 있었지만 반대파의 참소를 받아 왕으로부터 버림을 받았다. 그때 「이소」를 지어서 가슴속 울분을 토로하였다. 후에 회왕 곁으로 돌아와 잠시 정사에 참여하였지만 회왕의 죽음에 이어 또다시 참소를 받고 그 아들인 경양왕에 의해 멀리 추방되었다. 그는 상수의 물가를 방황하면서 웅혼한 「천문」을 써서 비통한 마음을 하늘에 대고 읍소하였다. 굴원이 상수 가에서 노닐면서 우울하게 배회하고 있을 때 어부가 그를 보고 무슨 까닭에 그 지경이 되었느냐고 물었다. 그는 어부에게 자신의 심경을 솔직하게 털어놓았다. 이것이 바로「어부」였다.

한편 경양왕은 앞서의 외교 정책을 바꾸어 제후들에게 사자를 보내 진나라에 반대하는 동맹을 맺고자 하였다. 그러나 진나라는 초나라를 공격하여 땅을 빼앗고 마침내 장수 백기(白起)를 보내 수도를 함락했으며 선왕의 무덤까지 불태웠다. 굴원은 조국이 멸망해 간다는 소식을 접하고 크게 실망하여 5월 5일에 멱라수에 몸을 던져 스스로 죽음을 택하였다. 애국시인 굴원이 죽은 날은 후에 단오절로 그를 추모하는 날이 되었고 물에 빠진 굴원을 구하고자 한 현지 사람들의 노력은 용선(龍船) 경기의 모습으로 지금까지 중국 각지에 남아 전하게 되었다. 굴원에 관한 기록으로 전국시대의 문헌은 없고 서한시대 사마천의 『사기』에서 따로「굴원가생(屈原賈生)열전」을 만들어 전문적으로 소개하고 있다.

지금 전하고 있는 가장 오래된 『초사』는 왕일의 『초사장구』다. 여기에는 굴원의 작품인「이소」,「구가」,「천문」,「구장」,「원유」,「복거」,「어부」 등이 들어 있다. 『사기』에서는 굴원의 작품 5편만 거론했지만 『한서』 예문지에서 25편이 있다고 했고, 그 숫자는 왕일 『초사장구』, 주자 『초사집주』의 기록과도 일치한다.

7)「이소」의 근심과 슬픔

「이소(離騷)」는 굴원이 한북(漢北) 지역으로 유배당했을 때 지은 작품이다. 『초사』에서 가장 중요한 작품이며 또한 가장 긴 장편이다. 굴원의 시가문학을 대표하며 초사체 문학을 이소체 혹은 소체라고도 부른다. 굴원 자신이 좋은 자질을 가지고 있으면서 오히려 초왕의 총애를 잃어 쫓겨나 타지를 떠도는 신세를 한탄하는 내용이다.

「이소」는 장중하고 거대한 서사시의 장면을 연출하고 있다. 굴원이 모함을 받고 억울하게 면직당한 후에 귀양을 가서 자신의 결백을 호소하는 뜻을 장편의 시로 담은 것이다. 옛사람들은 '이소'를 근심[騷]을 만난[離] 것이라고도 하였고 이별[離]의 근심[騷]이라고도 풀이하였다. 「이소」는 굴원의 작품 중에서 문학성이 가장 뛰어난 낭만주의 작품으로 평가되며 총 373구에 2,490자에 달하는 장편시가다. 형식적으로 『시경』의 고정된 사언체를 탈피하여 장단구의 자유로운 틀을 따르며 풍부한 감성과 기이한 상상력을 융합하여 대비와 과장의 기법으로 예술적 성과를 높였다. 그리하여 「이소」의 형식을 따르는 '소체시'가 생겨나며 후세에 영향을 끼쳤다. 구절마다 혜(兮) 자를 넣어 변화를 추구한 것이다.

우선 「이소」의 전체적인 내용을 종합하면 굴원 자신의 정치적 생애를 개술한 한 편의 전기라고 할 수 있다. 너무 긴 장편시가이므로 다섯 단락으로 나누어 간략하게 개술하여 전반적인 내용을 이해하려고 한다.

제1단락은 폄적의 과정을 그린다. 시인은 자신이 고양제(高陽帝, 전욱)의 후손이고 초나라 대신인 백용(伯庸)의 아들로서 고귀한 혈통임을 먼저 밝힌다. 그리고 호랑이의 해와 달과 날에 태어나 큰일을 할 비범한 출생임을 스스로 드러내고 자신의 이름과 자도 남다른 의미가 있음을 자랑스러워한다. 향초에 비유하여 자신은 결백과 고고함으로 덕을 갖추어 초나라를 이끌어 갈 인재임을 드러낸다. 세월이 유수와 같아 미인이 늙어 가듯 왕조가 시들고 있음을 강조하고 훌륭한 정치를 펼칠 시간이 많지 않으나 나라의 법도를 개혁하여 새로운 기운을 불어넣어야 하며 자신이 솔선수범으로 앞장서겠노라고 다짐한다. 요순의 훌륭한 정치를 본받고 걸주의 포악한 정치를 경계해야 하나 지금의 현실은 간신배들이 길을 잘못 가고 있어 걱정일 따름이다. 나라를 잃게 되면 피해는 곧 초왕에게 닥치는데 초왕은 깨닫지 못하고 자신을 불신하고 간신배의 중상모략을 들을 뿐이다. 직언으로 충간을 하니 초왕은 이해하지 못하고 곧 격노하여 자신을 내쳤다. 화초에 비유하며 자신이 펼치던 이상적 정치를 돌아본다. 훌륭한 성과가 곧 이루어질 무렵에 주변의 훼방으로 실패하고 만다. 이제는 늙었으니 명예와 절개를 지킬 뿐이다. 국화차를 마시며 열을 식히고 심성을 수양할 따름이다. 자신이 기초한 신법은 결연히 지켜야 할 것이지만 임금은 밝게 보지 못하고 간신 무리들은 모함과 중상을 한다. 시인은 비분에 가득 차 오로지 은인자중하면서 자신의 몸을 결백하게 하고 자신의 뜻을 굽히지 않으며 죽음으로 초왕의 천은에 보답하겠다는 굳은 의지를 보여 준다.

제2단락은 반성의 기회다. 자신의 정치적 노력이 실패한 근본 원인을 분석하고 깊이 반성한다. 지금 실패했지만 앞으로 다시 기회를 잡아 이상적인 정치를 펼칠 날이 있을 것으로 믿는다. 곰곰이 실패의 원인을 심사숙고하는데 신법의 추진과 방법이 완벽하지 못했다는 생각이 든다. 자신을 돌아보며 더욱 최선을 다할 것을 다짐하고 묵묵히 신법을 완벽하게 만들어 초왕을 찾아가 유세한다. 자신을 최대한 신뢰하였지만 신법의 추진은 실패하였고 자신을 가장 아껴 주는 누나조차도 수차에 걸쳐 강력한 충고와 노골적인 질책을 한다. 통곡을 하려 해도 눈물이 마를 지경이었다. 순임금 무덤 앞에 가서 읍소를 하며 심각하게 반성하고 옛일을 되돌아보며 재고한다. 상수의 남쪽으로 찾아가 순임금과 이치를 따진 것은 초왕과 이치를 따져 보고자 한 것이며 신화와 역사를 거론하여 정반의 논리로 사례를 든다. 후예(后羿)나 걸주의 일을 거울로 삼고, 하의 우왕, 은의 탕왕, 주의 문왕과 무왕의 사례로 나라를 다스리는 정도를 찾아본다. 이상적인 정치의 필요와 합리적 이유에 대해 논증하며 자신의 이상과 신념을 더욱 굳히게 된다.

제3단락은 재시도의 길을 그린다. 적극적으로 정치에 재도전할 단서를 찾아보지만 아무런 실질적 소득이 없다. 시인은 아무리 생각해 보아도 다시 조정에 나아가 이상적인 정치를 펼치는 일만이 유일한 희망이라고 여기고 적극적으로 진출할 생각을 굳히게 된다. 날이 어둡기 전에 앞길을 헤쳐 나가야 하며 선악을 분명히 가려 행해야 한다. 진리를 향한 길은 멀고 험하지만 백절불굴의 의지를 다지며 유감없이 노력하고자 힘쓴다. 그러나 큰 바람이 몰아치고 폭우가 쏟아지는 환경에서 하늘의 문을 두드리고 미인을 찾으려는 시도는 결국 실패하고 만다.

제4단락은 배회의 순간이다. 시인은 어렵사리 찾아본 단서도 모두 실패하자 심각한 고민에 빠져 결정을 못 하게 되며 마침내 점을 친다. 그의 물음은 계속된다. 나의 미인은 누구인가, 그리고 도대체

어디에 있는가. 무당은 강신을 통해 옛일을 들어 말한다. 무정(武丁)은 부열을 쓰며 의심하지 않았고, 문왕은 강태공을 발탁했고, 제 환공은 영척(寧戚)을 불러 보좌하게 했다. 점의 결과는 초왕이나 신하들이 배척하고 있으니 다른 길을 가서 명군을 찾으라는 것이었다. 난초, 지초가 향을 잃었고 난꽃도 아름다움을 잃었다. 언젠가 자신의 이상적인 정치를 알아줄 사람이 나타나리란 믿음이 있지만 점괘에서는 멀리 떠나가라고 한다. 그는 마침내 초나라를 멀리 떠나기로 한다.

제5단락은 순국의 결심을 그린다. 시인은 고뇌의 시간을 끝내고 점의 뜻을 받아들여 길일을 택해 멀리 떠나기로 하고 출발한다. 서쪽의 곤륜산으로 향한다. 나루터를 통해 적수(赤水)를 건넌다. 용을 불러 다리를 놓고 먼저 서왕모에게 통지한다. 물을 건너면 이번에는 험준한 산길이다. 머지않아 당도할 무렵 사람들은 흥분하여 갈채를 보내지만 서왕모의 도성에 이를 즈음 홀연 고향 초나라 생각에 다른 곳으로 찾아가는 일을 중단하고 포기한다. 동경에 가득 찬 여행이었지만 초나라 현실을 돌아보면서 중도에 포기하고 끝내 자신의 몸을 나라를 위해 바치겠다는 결단으로 순국의 결심을 한다. 선왕을 찾아가 나라를 다스리는 도리를 물어볼 생각이다.

「이소」는 전체가 1인칭 서사로 구성되었으며 자신의 의지를 밝히는 언지(言志)와 마음속 감정을 드러내는 서정(抒情)을 서사의 과정 속에 융합하여 비분강개의 심정을 강력하게 호소하는 효과를 보여주고 있다. 그러나 자신의 정치적 이상을 구현하고자 하는 의지를 신화와 전설을 원용하고 상상의 허구를 혼용하여 비유적으로 표현하는 과정에서 해석상 상당히 어려운 난제를 남기고 있는 것도 사실이다.

「이소」의 명구 몇 구절을 아래에서 직접 살펴본다.

네 마리 백룡의 봉황수레 타고	駟玉虯以乘鷖兮
바람에 티끌 날리면서 올라간다	溘埃風余上征
아침에 창오를 출발하여	朝發軔於蒼梧兮
저녁엔 현포에 다다른다	夕余至乎縣圃
잠시 천문의 영쇄에 머물고자 하나	欲少留此靈瑣兮
날은 벌써 저녁으로 기울어지고 있다	日忽忽其將暮
나는 희화에게 천천히 늦추라고 하고	吾令羲和弭節兮
엄자산으로 가까이 붙지 않게 한다	望崦嵫而勿迫
길은 까마득하고 멀고 멀어서	路曼曼其修遠兮
나는 오르락내리락 찾아다닌다	吾將上下而求索
말에게는 함지의 물 먹이고	飲余馬於咸池兮
말고삐는 부상에 매어 놓고	總余轡乎扶桑
약목을 꺾어서 해를 털어 내고	折若木以拂日兮
잠시 거닐면서 배회하노라	聊逍遙以相羊

「이소」는 하늘과 땅 사이를 자유롭게 오가는 환상적인 유람을 펼치면서 초현실적이고 변화무쌍한 장면을 그려 낸다. 신화와 역사적 인물과 사건을 자유자재로 구사하여 시인의 발상이 종횡무진으로 내달리고 있음을 알 수 있다. 「이소」의 마지막 대목에 "난왈(亂曰)"로 시작되는 구절이 있다. 세상에서 알아주지 않는 절망적인 굴원의 심정을 절절하게 보여 준다.

난사에 이른다	亂曰
이제 모든 것이 다 끝났다	已矣哉
나라 안에 나를 알아주는 사람 없는데	國無人莫我知兮
어찌 고향을 그리워하리오	又何懷乎故都
더불어 이상적인 정치할 만한 사람 없거늘	既莫足與爲美政兮
내 이제 팽함이 있는 곳을 찾아가리라	吾將從彭咸之所居

팽함은 은나라의 어진 대부였는데 임금에게 충간하다가 듣지 않자 물에 빠져 자살하였다. 결국 팽함과 같이 물에 빠지겠다는 생각을 오랫동안 했던 것으로 볼 수 있다. 「이소」의 마지막에서뿐만 아니라 「구장」에서도 "팽함이 있는 곳에 의탁하리라[託彭咸之所居]"라는 구절이 보인다. 팽함의 이미지는 세속에 휩쓸리지 않고 고고하게 독행한다는 것, 성격이 강인하고 절개가 굳다는 것, 세상에 오염되지 않고 청렴하다는 것인데 굴원이 이를 그대로 받아들이고 있음을 알 수 있다.

한나라 때에는 『시경』과 마찬가지로 「이소」를 경전의 위치에 올려 「이소경」으로 부르기도 하였다. 후세의 문인들은 굴원을 충성을 나 바치다가 참소를 당한[履忠被讒] 애국시인으로 추앙하였다. 그는 서정성의 수사를 성공적으로 활용한 시인으로서 중국문학에 폭넓은 영향을 끼치게 되었고 그 영향은 『시경』에 뒤지지 않는다고 할 수 있다.

8) 「구가」, 「천문」, 「구장」 등

「구가(九歌)」는 모두 11편으로 구성되어 있는데 제사 지내는 대상에 따라 천지인으로 나눠진다. 천신을 대상으로 하는 것은 「동황태일(東皇太一)」, 「운중군(雲中君)」, 「동군(東君)」, 「대사명(大司命)」, 「소사명(少司命)」이고, 지신을 대상으로 하는 것은 「상군(湘君)」, 「상부인(湘夫人)」, 「하백(河伯)」, 「산귀(山鬼)」이며, 인귀를 대상으로 하는 것은 「국상(國殤)」이다. 「예혼(禮魂)」은 신들에게 제사를 마치고 송신(送神)하는 곡이다.

여기서는 「소사명」의 유명한 구절을 한번 보자. 아름다운 서정시의 그윽한 분위기가 아련하다.

가을 난초 푸르름 녹아나니 秋蘭兮青青
푸른 잎에 자줏빛 줄기 綠葉兮紫莖
방 안 가득 미인들 滿堂兮美人
한 사람과 문득 눈이 맞았네 忽獨與余兮目成
올 때나 갈 때나 아무 말 없이 入不言兮出不辭
바람처럼 구름처럼 가 버렸다네 乘回風兮載雲旗
세상에 생이별보다 더한 슬픔은 없고 悲莫悲兮生別離
세상에 새 만남보다 더한 기쁨 없다네 樂莫樂兮新相知

「천문(天問)」은 천지의 창조와 일월성신의 운행을 비롯하여 중국 고대의 신화와 전설, 하은주 삼대의 흥망성쇠 및 초나라의 장래에 관해 하늘에 묻는 170여 개의 질문으로 이루어져 있다. 고대의 신화,

전설의 단편적인 내용을 풍부하게 담고 있어 주목을 받는다.

「구장(九章)」은 굴원의 단독 작품 9편을 모은 것으로 「석송(惜誦)」, 「섭강(涉江)」, 「애영(哀郢)」, 「추사(抽思)」, 「회사(懷沙)」, 「사미인(思美人)」, 「석왕일(惜往日)」, 「귤송(橘頌)」, 「비회풍(悲回風)」을 포함한다. 이 중에서 가장 오래된 것은 「석송」이고 「석왕일」은 굴원이 임종 전에 자신의 과거를 회고하고 자신의 죽음으로 초왕이 깨닫기를 바라며 쓴 최후의 절명시다.

「원유(遠遊)」는 굴원이 상상 속에서 천상의 세계로 멀리 여행하는 내용인데 현실세계에서 이상이 실현되기를 바라는 뜻을 담고 있다. 원유하게 된 동기를 밝히고 준비 과정을 보여 주며 끝으로 원유의 구체적인 내용을 담고 있는데 신선세계의 기이한 사물을 보여 주어 초나라의 환상적 문화 특색을 담고 있다.

「복거(卜居)」는 굴원이 태복을 찾아 점을 치는 대목으로 시작하여 대화형식을 이어 가다 자신의 번뇌를 털어놓으며 마지막에 태복 첨윤(詹尹)이 마무리하는 말로 끝을 낸다. 어떻게 살아야 하는지에 대한 심각한 고민을 상담하는 굴원에게 태복은 이렇게 말한다. "당신의 마음으로 당신의 뜻을 행하면 되느니라! 거북점이든 죽간점이든 그런 일을 다 알 수는 없는 법이니라[用君之心, 行君之意. 龜策誠不能知此]."

「어부(漁父)」는 굴원이 정치적 핍박을 받고 쫓겨나 인생의 쓰라린 맛을 보았을 때 쓴 작품이라고 전해진다. 「어부」는 「복거」와 함께 문답형식을 구사한 자매편으로 보며, 「복거」에서 어두운 현실을 많이 폭로했다면 「어부」에서는 자신의 고상한 품격을 강조하여 대비된다. 어부는 혼란한 세상을 떠나 강호에 은둔한 처사이며 굴원에게 너무

독불장군으로 버티지 말고 세속에 잘 어울려 지내라고 충고한다. 하지만 시인은 차라리 상수에 몸을 던져 물고기 밥이 될지언정 자신의 청백한 절개를 지키겠노라고 강조한다. 「이소」의 정신과도 일맥상통하는 정신적 경지라고 하겠다. 문답의 끝에 나온 어부의 말이 유명하다. "창랑의 물이 맑으면 내 갓끈을 씻고, 창랑의 물이 흐리면 내 발을 씻으리오[滄浪之水清兮, 可以濯吾纓. 滄浪之水濁兮, 可以濯吾足]."

『초사』의 초기작은 보통 6자 혹은 7자로 되어 있고 중간이나 끝에 글자 수나 박자를 맞추기 위해 어조사 혜(兮) 자를 넣었으며, 후기작은 8자로 쓰기도 하고 끝부분에 어조사 사(些) 자 등이 들어가기도 하였다. 『초사』의 문체는 사마상여에 이르러 한부(漢賦)로 변천되었다.

9) 『시경』과 『초사』의 비교

끝으로 『시경』과 『초사』의 간략한 비교를 통해서 각자의 독특한 개성과 특징을 더욱 명징하게 알아보기로 한다. 『시경』은 주나라 초기부터 수백 년의 장구한 세월에 걸쳐 각 지역에서 형성된 민간의 노래가 주를 이룬다. 춘추시대에 이미 3백여 편의 작품이 모여 '시'라는 이름하에 널리 퍼졌으며 지식인들이 읽어야 할 중요한 텍스트가 되었다. 시를 지은 사람이 누구인지는 밝혀져 있지 않고 공자가 산시(刪詩)하였다는 설이 내려오며 한나라에 이르러 『시경』으로 격상되었다. 『초사』는 전국시대 초나라 말기의 대부인 굴원이 직접 쓴 상당수 작품이 핵심을 이루고 한나라 때 유향이 이와 유사한 격조로 쓴 시가를 모아서 『초사』라고 이름했다.

『시경』이 현실주의적 특색을 갖고 있는 북방의 노래라고 한다면 『초사』는 낭만주의적 색채가 농후한 남방의 시가다. 『시경』에서는 북방의 척박한 자연환경 속 일반적이고 보편적인 소재를 다양하게 다루고 있다. 궁중음악이나 제례음악을 제외하면, 국풍의 경우 대체로 일반 서민들의 작품으로 소박하고 단순하게 글자의 중첩을 활용하여 사언시로 구성하였다. 이에 비하여 『초사』는 따뜻한 기후의 남방에서 신비롭고 환상적인 이야기를 다루며 화려한 문체로 아름답게 묘사하면서 대구를 많이 사용하고 있다. 또한 자구의 장단이 자유롭고 운율을 맞추기 위한 혜(兮) 자를 폭넓게 활용하였다. 『시경』에서 시작된 중국의 시는 『초사』를 거치면서 오언시와 칠언시로 발전하는 계기를 마련하여 한위육조시대와 당대에 이르러 최고 수준의 시를 양산하게 되었다.

10) 고시십구수

한대에 나온 고시십구수(古詩十九首)는 중국 오언시의 초기 작품으로서 구성과 내용이 솔직하고 소박하며 절절한 감성을 잘 드러내어 오언시의 으뜸이라고 할 만하다. 유협(劉勰)의 『문심조룡』에서 높이 평가했고 종영(鍾嶸)의 『시품』에서도 상품에 배치하면서 글자마다 천금의 가치가 있다고 칭송했다. 작가와 시기를 명확히 알 수 없어 동한시대의 민가를 무명시인이 옮겨 놓았을 것이라고 보기도 한다. 당시의 어지럽고 혼란한 사회를 배경으로 대부분 남녀 사이 애틋한 사랑의 그리움과 이별의 안타까움을 그리고 있다. 시의 제목이 따로 없고 첫 구의 글자를 따서 붙이고 있는데, 여기서는 19수 중에서 「행행중행행(行行重行行)」 한 수를 감상한다.

가고 가고 또 가고 가니	行行重行行
그대와 생이별하는구나	與君生別離
이제 만 리나 떨어졌으니	相去萬餘里
각각 하늘 양 끝에 있어라	各在天一涯
길은 험하고 아득히 멀어	道路阻且長
만날 날을 어찌 알겠으랴	會面安可知
호족의 말은 북녘 바람이 그립고	胡馬依北風
월나라 새는 남쪽 가지에 깃드네	越鳥巢南枝

서로 떨어진 날 오래되니	相去日已遠
몸은 점점 야위어 가고	衣帶日已緩
뜬구름은 해를 가리는데	浮雲蔽白日
내 임은 돌아올 줄 모르네	遊子不顧反
그대 생각에 늙어만 가고	思君令人老
어느새 또 한 해 저물었네	歲月忽已晩
하고픈 말은 그만둘 테니	棄捐勿復道
힘써 끼니 잘 챙겨 드시오	努力加餐飯

동란의 시대에 백성들의 생사이별은 부지기수로 빈번하게 일어났다. 이별의 아픔 속에서 집 떠난 이의 험난한 행로와 남겨진 여

인의 처절한 그리움, 애절한 원망을 노래한 작품이다. 민가보다는 잘 꾸며진 것으로서 세련되게 만들어진 오언시는 절실한 감성을 잘 표현하였다. 이러한 문학적 바탕 위에서 삼국시대 위나라 조조 삼부자 등의 오언시 창작이 본격적으로 전개된다. 동한 말기에 나온 이들 오언시는 가벼운 리듬과 청신한 문장으로 새로운 서정의 세계를 개척하여 개성적인 문학의 발전을 가능하게 하였다.

2. 통일과 분열 속의 문학예술: 조조와 도연명

1) 건안문학의 전개

한나라 황실의 권위가 땅에 떨어지고 새로운 제후들이 권력을 장악한 건안(建安) 연간에는 조조와 그의 아들 조비, 조식 즉 조씨 삼부자를 중심으로 건안칠자의 활약이 두드러졌다. 한 말의 영웅 조조(曹操, 155-220)는 정치가이자 군사 전략가이면서 동시에 뛰어난 문인이기도 했다. 그는 한 말 혼란기에 두각을 나타낸 새로운 영웅이었다. 그의 인물평은 "치세의 능신이며, 난세의 간웅"이라는 말로 압축된다. 그는 황제를 끼고 제후들을 호령하는 승상의 위치에 있으면서 유비와 손권을 잡으려고 애썼지만 적벽대전에서의 실패로 통일의 뜻을 이루지 못하고 말았다. 이후 위공으로 봉해지고 위왕에 올랐으며 그의 아들 조비가 헌제로부터 황제의 자리를 양위받아 위(魏)나라를 건국한 뒤 무제로 추증되었다.

2) 조조의 「단가행」

조조는 시와 산문으로 자신의 정치적 포부를 드러내곤 하였으며 민생의 고통을 반영하기도 하였다. 그의 시는 모두 악부시로서 지금 20여 수가 남아 전하고 있다. 그중에서 「단가행(短歌行)」, 「해로행(薤露行)」, 「호리행(蒿里行)」, 「관창해(觀滄海)」 등이 유명하다. 여기서는 널리 알려진 걸작 「단가행」(제1수)을 살펴보자.

술잔 앞에 노래 부르자　對酒當歌
인생은 얼마나 짧은가　人生幾何
아침 이슬 같은 인생　譬如朝露
지난 세월은 아쉬웁구나　去日苦多
호탕한 기개로 노래해도　慨當以慷
근심 걱정 잊기 어렵구나　憂思難忘
근심 걱정 무엇으로 푸나　何以解憂
오직 두강의 술이 있도다　唯有杜康
푸른 옷깃 젊은 학도　青青子衿
내 마음은 흔들린다　悠悠我心
다만 그대들로 인하여　但爲君故
아직도 조용히 읊조리네　沈吟至今
사슴은 우우 울면서　呦呦鹿鳴
들에서 풀 뜯고 있네　食野之苹
귀한 손님 내게 오시니　我有嘉賓
금을 타고 생황 불리라　鼓瑟吹笙
하늘에 떠오른 밝은 날　明明如月
언제나 따 낼 수 있으랴　何時可掇
가슴속 쌓인 오랜 근심　憂從中來
쏟아지니 막을 길 없네　不可斷絶
가빈은 논둑과 밭둑 넘어　越陌度阡
일부러 찾아와 주었으니　枉用相存
잔치 열고 나누는 이야기　契闊談讌

마음속 옛 인연 생각하네	心念舊恩
달이 밝아 별빛은 희미한데	月明星稀
까마귀 까치는 남으로 나네	烏鵲南飛
나무를 서너 차례 휘도는데	繞樹三匝
어느 가지에 머물려 하는지	何枝可依
산은 높아짐을 싫어하지 않고	山不厭高
바다는 깊어짐이 싫지 않은 법	海不厭深
주공은 입속의 밥을 뱉었으니	周公吐哺
천하 사람 마음을 얻었으리라	天下歸心

난세에 태어나 평생 전쟁의 와중에서 공명을 위해 싸우던 조조는 이 「단가행」에서 어질고 지혜로운 인재를 구하는 데 중점을 두고 있다. 마지막 구절에서 주공이 찾아오는 어진 인재를 시급히 맞이하기 위해 감던 머리를 그대로 잡고 먹던 밥을 뱉고 달려 나갔다[握髮吐哺得賢士]는 고사를 인용하여 스스로 천하의 사람들이 모두 떠받드는 인물이 되었음을 보여 주고 있다. 조조는 간웅으로 알려져 있지만 관용으로 인재를 받아들이고 적재적소에 잘 쓰는 전략가로 정평이 나 있기도 하다. 더불어 영웅이면서 여린 감성을 시적 표현으로 드러내는 감수성도 갖고 있는 천부적인 시인이다. 시의 첫 구절에서 짧은 인생을 안타까워하며 근심 걱정을 술로 달래야 한다는 자조적인 표현은 오히려 많은 독자의 공감을 얻어 내는 진솔한 모습이라고도 할 수 있다.

『삼국지연의』에서도 이 시를 소설의 한 대목에 그려 넣고 있다. 조조가 읊은 "달이 밝아 별빛은 희미한데, 까마귀 까치는 남으로 나네. 나무를 서너 차례 휘도는데, 어느 가지에 머물려 하는지"의 구절을 두고 불길하다는 의견을 제시한 양주자사 유복이 조조에게 죽임을 당한다. 적벽대전을 앞둔 연회 도중에 지은 시로 설정하여 적벽대전이 실패할 조짐을 미리 보여 주는 장치로 삼은 것이다.

3) 조조의 「호리행」

「호리행」은 「해로행」의 자매편과 같은 작품이다. 조조는 「호리행」에서 당시 군벌 간의 치열한 다툼을 여실하게 그려 내고 또한 전쟁 와중에 고통받는 백성의 괴로움을 진실하게 묘사하였다. 즉 이 시는 한 말의 정치현실을 그대로 반영한 한 편의 '시사(詩史)'라고 할 수 있을 것이다. 조조는 이 시에서 전고와 사례를 보여 주고 동시에 현실 자체를 묘사하여 독특한 시풍을 드러내고 있다.

서기 189년 한나라의 영제가 죽고 소제가 즉위하였으며 하태후가 섭정하고 오라비 하진이 대장군이 되었다. 하진이 정치를 어지럽힌 환관들을 죽이고자 하였으나 하태후가 우유부단하여 결정하지 못하자, 서량의 군벌 동탁에게 밀조를 내려 낙양으로 군사를 끌고 들어오도록 하였다. 그사이 비밀이 누설되어 하진은 환관들에게 주살되고 소제는 아우 진류왕과 함께 환관을 따라 탈출하였다가 환궁 길에서 동탁을 만났다. 동탁은 스스로 상국이 되어 제멋대로 소제를 폐위시키고 진류왕을 세웠다. 그가 바로 한나라의 마지막 황제인 헌제다. 동탁의 폭정이 시작되자 지방 각지에서 군벌이 의병을 일으켜 동탁을 토벌하고자 모였다. 190년의 일이었다. 동탁은 본래 농서 지방을 세력기반으로 하고 있었으므로 낙양에 있으면 고립되어 불리하다고 여겼다. 그는 장안으로 천도할 것을 결정하고 황제를 억지로 모시고 백성들을 이끌어 떠나면서 낙양의 궁궐과 연도의 민가에 모두 불을 질렀다. 마침내 낙양 주변 수백 리 땅이 개와 닭 소리도 나지 않는 인적이 드문 폐허가 되고 말았다. 이때 백성들은 도탄에 빠져 고통스럽게 동탁을 따라 장안으로 옮겨 가야 했다. 동탁 토벌군은 원소를 맹주로 삼았지만 낙양성을 맨 먼저 공략한 것은 사실 손견이었다. 폐허로 변한 낙양의 궁궐 우물에서 전국의 옥새를 얻은 손견은 강동으로 돌아갔다. 연합군은 해산되었고 이로부터 군벌들의 군웅할거시대가 되었다. 손견이 형주에서 죽자 아들 손책은 옥새를 원술에게 넘기고 군사를 구하여 강동으로 돌아가 자립하기 시작했다. 원술은 옥새를 빌미로 스스로 황제로 등극하였고 원소는 하북에서 황제의 꿈을 꾸며 세력을 키우고 있었다. 바로 이즈음의 상황을 조조는 「호리행」에서 생생하게 그려 내고 있다.

함곡관 동쪽의 의로운 영웅들	關東有義士
기병하여 동탁 토벌하려 했네	興兵討群凶
당초엔 무왕의 맹진 회맹처럼	初期會盟津
장안의 동탁을 치자고 하였네	乃心在咸陽
하지만 군사 협력은 잘 안되고	軍合力不齊
서로 주저하며 공격 미루었네	躊躇而雁行
세력 다투어 갈등만 일으키고	勢利使人爭

끝내는 서로 싸우게 되었다네　嗣還自相戕
회남의 원술은 자칭 황제 되었고　淮南弟稱號
하북의 원소도 따로 옥새 새겼네　刻璽於北方
병사들 갑옷엔 이가 득실거리고　鎧甲生蟣蝨
만백성은 참혹하게 죽어 나갔네　萬姓以死亡
백골은 들판에 너부러져 있고　白骨露於野
천 리의 땅엔 인적이 드물었네　千里無鷄鳴
백에 하나만 겨우 살아났다니　生民百遺一
생각하면 애끓는 고통만 이네　念之斷人腸

'호리행'은 악부(樂府)의 한 제목인데 본래는 장례 지내면서 부르는 일종의 만가(輓歌)였다. 호리(蒿里)는 우리말로 '쑥대풀 우거진 무덤'을 가리킨다. 첫머리의 관동의 의사는 동탁의 폭정에 항거하여 의거한 관동 지역의 군웅을 가리킨다. 이때 조조를 비롯하여 원소와 원술, 공손찬, 손견 등이 모였고 공손찬의 수하에 유비와 관우, 장비가 참가하여 군웅과 만나게 되었다. 처음 맹진의 의거를 기약했다는 것은 주 무왕(武王)이 은나라의 마지막 군수 주왕을 토벌할 때 모여들었던 팔백 제후와 같이 일치단결하여 동탁이 헌제에게 강요하여 도망친 장안을 공략하고자 했다는 것이다. 그러나 각지에서 의거에 참여한 군벌들은 각각 속셈이 달라서 막상 전투에는 적극적으로 참여하지 않았고 머지않아 내부의 갈등이 일어났다. 원술은 회남에서 스스로 황제에 오르고, 원소는 새로운 인물을 내세워 옥새를 새기고자 하였으니 동탁 토벌의 기치를 내걸고 일으킨 의거의 명분이 퇴색하고 군웅할거의 시대로 접어들었던 것이다. 따라서 끝없이 계속된 천하의 전란으로 병사들은 갑옷을 벗지 못하여 이가 들끓게 되고 무고한 백성이 수도 없이 죽게 되었다. 전사자의 백골이 들판에 널려 있고 천 리의 땅에 사는 사람이 없어져 닭 소리가 들리지 않으며 백에 하나만 겨우 살아남았으니 그러한 참혹한 현실을 생각하면 사람의 애간장이 끊어진다고 탄식하였다. 조조 자신이 평생 군웅할거의 전란을 직접 겪어 온 사람이니 시에서 노래한 대목이 너무나 현실적으로 느껴지는 것은 당연하다.

4) 조식의 「칠보시」

조조 삼부자 중에서 문학적 재주가 가장 뛰어난 인물은 조식(曹植, 192-232)이다. 그의 자는 자건(子建)이고 사후 시호를 덧붙여 진사왕(陳思王)으로 불렸다. 「낙신부(洛神賦)」와 「백마편(白馬篇)」 등을 지었고 「칠보시(七步詩)」로 더욱 유명하다. 그의 문학적 재주를 부친 조조가 크게 인정하여 생전에 형인 조비와 후계자 경쟁이 심했지만 조비가 위 문제로 등극하고 나서 조식은 더 이상 재주를 펼 기회가 없었다. 훗날 사령운(謝靈運)은 "천하의 재주를 한 섬[石]이라고 한다면, 조자건이 여덟 말[斗]을 차지했다"라고 했고, 종영의 『시품』에서도 최고 품계의 시인으로 평가했다. 청나라 왕사정(王士禎)은 한나라 이래 2천 년간의 시인 중에서 조식, 이백, 소식의 세 사람을 선재(仙才, 신선 같은 재주)라고 부를 만하다고 극찬한 바 있다.

조조의 총애를 받아 후계자의 희망을 갖고 있었던 조식은 형이 황제에 오르자 곧바로 박해를 받게 된다. 조비는 조식을 불러서 "네가 재주가 많다는데 일곱 걸음을 걷는 동안에 시를 지으면 내가 인정하겠다"라고 말하며 압박을 가한다. 조식은 곧바로 걸음을 옮기면서 유명한 「칠보시」를 지어 낸다. 형제간에 벌어진 가슴 아픈 이 이야기는 유의경(劉義慶)의 『세설신어』 문학편에 전하고 있는데 인용된 6구의 시는 다음과 같다.

콩을 삶아서 콩국을 끓이고	煮豆持作羹
콩물을 걸러 콩즙을 만든다	漉菽以爲汁
콩깍지는 솥 아래서 태워지고	萁在釜下燃
콩은 솥 안에서 눈물 흘린다	豆在釜中泣
본래 같은 뿌리서 태어났거늘	本是同根生
어찌 이리 급하게 닦달하시나	相煎何太急

지금 세간에 널리 전해진 4구 형태의 「칠보시」는 약간의 중복된 묘사를 생략하고 더 분명하게 요약하여 오언절구의 형식으로 바꾼 것이다. 앞의 구만 바꾸었고 뒤의 세 구절은 동일하다. 민간에 쉽게 전해지도록 개량되었다고 볼 수 있겠다.

콩을 삶는데 콩깍지를 태우니	煮豆燃豆萁
콩은 솥 안에서 눈물 흘린다	豆在釜中泣
본래 같은 뿌리서 태어났거늘	本是同根生
어찌 이리 급하게 닦달하시나	相煎何太急

조비는 본래 조식이 시를 짓지 못하면 죽이겠다고 협박했지만 이처럼 절묘한 시를 지어 보이자 속으로 감동하여 그만 살려 보내고 말았다.

사마염에 의해 통일왕국이 되었던 서진이 불과 50여 년 만에 몰락하고, 북방의 흉노 세력에 밀려 중원을 빼앗기고 건업(建業, 지금의 남경)을 수도로 삼아 재기한 동진이 시작되면서 중국은 북방과 남방의 왕조로 갈라진 형국이 되었다. 삼국시대 오부터 시작하여 동진에 이어 송, 제, 양, 진의 여섯 왕조가 모두 건업에 자리 잡았으므로 역사에서는 육조시대라고 일렀다. 남쪽 왕조와 북쪽 왕조를 함께 일러서 남북조라고 지칭했다. 그렇게 중국은 여전히 난세를 이어 갔다. 그러나 이러한 난세에 오히려 문학이 크게 발전하였으니 동진의 도연명과 송나라의 사령운 같은 대시인이 배출되었다. 도연명은 전원시인, 사령운은 산수시인으로 특징이 나누어진다.

5) 전원시인 도연명

도연명(陶淵明, 365-427)의 이름은 잠(潛)이고 연명은 그의 자다. 별호는 오류(五柳)선생, 시호는 정절(靖節)이며 심양(潯陽) 시상(柴桑)[지금의 강서 구강(九江)] 사람이다. 선조는 높은 관직을 지냈으나 가문이 몰락하여 그에 이르러서는 가난하게 되었다. 어려서 유가의 교육을 받았지만 성장하면서 노장사상에 몰입한다. 부귀영화를 한갓 뜬구름같이 여기고 전원으로 돌아가서 한가하게 살겠다는 생각을 하게 된 것이다. 30세 전후에 잠시 벼슬살이를 시작했으나 적성에 맞지 않아 곧 그만두고 돌아왔다. 생활이 어려워 몇 차례나 다시 낮은 벼슬을 맡기도 했다. 하지만 팽택령(彭澤令)이 되어서도 겨우 80여 일을 견디다 「귀거래사(歸去來辭)」를 부르며 고향으로 돌아오고 말았다. 이때가 41세였다. 그로부터 63세에 세상을 떠날 때까지 다시는 벼슬에 나아가지 않았다.

동진 말기의 사회는 극도로 혼란스러웠다. 그는 분연히 전원으로 돌아가 초연한 경지의 삶을 살 수 있었으므로 중국시 역사상 주옥같은 전원시 작품을 남길 수 있었던 것이다. 그의 「귀거래사」는 사부체로 쓰였고 「오류선생전(五柳先生傳)」과 「도화원기(桃花源記)」는 산문이다. 시로는 "동쪽 울타리 국화를 꺾어 들고, 멀리 남산을 그윽이 바라보네[采菊東籬下, 悠然見南山]"의 구절로 유명한 「음주(飮酒)」 20수가 있다. 담백하고 청정한 전원에서의 생활을 시로 표현한 「귀전원거(歸田園居)」가 또한 널리 알려져 있다. 아래 제1수에서 그 한가한 정경을 잠시 감상해 보자.

젊어서 속세에 못 어울리고	少無適俗韻
천성이 산언덕 참 좋아했네	性本愛邱山
티끌세상에 잘못 떨어져서	誤落塵網中
어언 삼십 년[04] 훌쩍 흘러갔네	一去三十年
새장의 새는 옛 숲을 그리고	羈鳥戀舊林
연못의 고기 옛 물을 그리지	池魚思故淵

04 원문에 삼십 년이지만, 십삼 년의 잘못으로 보기도 한다. 혹은 10년에 3년(3년과 10년)으로 쓰려던 것으로 보기도 한다. 그의 벼슬살이는 13년간이었다. 하지만 일반적으로 젊은 청춘을 다 보냈다는 의미로 30년이라고 했을 수도 있다.

남쪽 들판 새롭게 개간하고	開荒南野際
본뜻대로 전원에 돌아왔네	守拙歸園田
장원은 십여 무에 이르고	方宅十餘畝
초가집 여덟 아홉 칸짜리	草屋八九間
느릅나무 버드나무 그늘이 드리우고	楡柳蔭後簷
복숭아꽃 오얏꽃 앞마당에 늘어섰네	桃李羅堂前
마을은 아득하게 멀리 보이고	曖曖遠人村
연기는 가물가물 하늘 오르네	依依墟里煙
개 짖는 소리는 깊은 골목 안	狗吠深巷中
닭 우는 소리는 높은 뽕나무	鷄鳴桑樹顚
집 안엔 속되고 번잡함 없고	戶庭無塵雜
빈방엔 한가한 여유만 있네	虛室有餘閒
우리 속에 오래 갇혀 지내다	久在樊籠裏
자연으로 다시 돌아왔다네	復得返自然

「귀전원거」는 모두 6수다. 도연명은 29세에 벼슬살이를 시작했지만 천성에 맞지 않아 끝없이 들락날락거리며 무려 13년간이나 마음에도 없는 관직생활을 이어 갔다. 그는 부패한 현실에 불만을 품고, 팽택에 순시를 와서 따지는 독우에게 인수를 내던지며 "내 그까짓 오두미(五斗米)에 허리를 굽히지 않겠다"라고 소리치고 집으로 돌아왔다. 그는 전원에서 한가롭게 농사를 지으며 사는 삶이 스스로 만족스러워 연작시를 지었다.

도연명이 추구한 새로운 시의 경지와 진술한 시적 표현은 중국시의 수준을 한 단계 높여 놓았다. 남조 양(梁)나라 무제의 아들인 소통(蕭統)은 『문선(文選)』을 편찬한 인물이다. 그가 바로 『도연명집』도 편찬했는데, 모두 130여 수가 실려 있다. 도연명의 시는 사실 남북조 시대에는 그다지 인정받지 못했다. 아름다움을 최대한 추구하는 변려문이 유행하던 그 시기에 이처럼 질박하고 단순한 표현은 환영받지 못했던 것이다. 문학비평서인 『문심조룡』에는 아예 들어 있지 않고 시가전문서인 『시품』에서는 중품(中品)에 자리하였다. 유독 소통만이 그의 시를 모아 편찬하고 높게 평가했다. 도연명의 시는 당나라에 와서 비로소 인정받기 시작하여 이백과 두보, 백거이 등이 모두 칭송하였고 송나라의 소동파가 특별히 좋아하여 대서특필하는 바람에 훗날 동아시아 전역에 도연명의 시가 널리 전해졌으며 그의 시에 화운하여 짓는 '화도시(和陶詩)'가 유행하게 되었다.

3. 시를 완성한 당나라 시인들: 이백과 두보

중국의 각 시대별로 문학적 특징을 나누어 한나라의 문장[漢文], 당나라의 시[唐詩], 송나라의 사[宋詞], 원나라의 곡[元曲], 그리고 명청시대의 소설[明清小說]이라고 칭한다. 비록 너무 단순하게 개괄한 점은 있지만 당나라의 가장 대표적인 문체가 시라는 데는 이견이 없을 것이다. 당나라에서 시가 중심이 된 이유는 이때에 이르러 중국시가 최고의 문학적 성과를 이룩하였고 예술적 경지에 이르렀기 때문일 것이다. 송원명청대에도 시는 계속 지어졌고 또 부단히 확산되었지만 당시만큼의 열정과 순수를 간직하기는 어려웠기 때문에 당시를 중국시의 대표라고 지칭하게 되었다.

1) 성당의 왕유와 맹호연

당시는 시대의 변천에 따라 초당시, 성당시, 중당시, 만당시로 나뉜다. 순전히 당나라 역사의 변화에 따랐지만 시인의 작시 경향도 역시 약간씩 달라졌다.

초당사걸(初唐四傑)로 지칭되는 시인은 왕발(王勃), 양형(楊炯), 노조린(盧照隣), 낙빈왕(駱賓王)이다. 사실 이렇게 짝을 이룬 것은 시뿐 아니라 변문과 부까지 염두에 두고 평가한 것이지만 훗날 시인으로서 자리매김되었다. 왕발은 뛰어난 재주를 지녔지만 아쉽게도 28세에 요절했다. 노조린과 낙빈왕은 슬픈 분위기를 담은 가행체의 장편시를 지었는데, 노조린은 악질에 걸린 몸을 비관하여 투신자살하였고 낙빈왕은 측천무후에 대한 반란에 가담하여 「토무조격문(討武曌檄文)」을 썼다. 측천무후의 이름은 무조(武照)인데 제목의 조(曌) 자는 조(照)를 대체하여 따로 만들어 낸 글자다. 당 말에 신라 출신 최치원이 반란군 황소(黃巢)를 토벌하자며 쓴 「토황소격문」도 이와 비슷한 것이었다. 낙빈왕은 반군에 동참한 이후 행방불명되었다고 하는데 『구당서』에는 그가 피살되었다고 쓰여 있다. 자신의 위상을 흔들고자 했으니 무측천이 그냥 둘 리 없었을 것이다.

성당(盛唐)은 현종과 숙종 치세의 약 50년간을 이르는데 개원(開元)과 천보(天寶) 연간이 포함된다. 이때 당나라 제국은 극도의 번영을 누리고 있었으나 말년에는 양귀비로 인한 국정의 혼란과 안사의 난에 의한 파국이 일기도 했다. 성당시기의 왕유(王維)와 맹호연(孟浩然)은 후에 나온 위응물(韋應物)이나 유종원(柳宗元)까지 포함하여 당대 자연시파를 형성한다. 왕유의 시는 자연의 아름다움을 객관적으로 묘사하고 정적으로 그려 냈지만 맹호연은 자신의 감정을 뒤섞어서 주관적으로 바라보고 활발하게 그렸다.

당나라의 주옥같은 시가 너무 많은데 모두 소개할 수 없어 아쉽지만 우선 왕유의 「죽리관(竹裏館)」을 살펴보자.

나 홀로 그윽한 대밭에 앉아	獨坐幽篁裏
거문고 뜯으며 휘파람 부네	彈琴復長嘯
깊은 숲이라 남들은 몰라도	深林人不知
밝은 달빛만 내려와 비추네	明月來相照

왕유의 별장은 망천(輞川)에 있었다. 장안의 남쪽 종남산에서 발원하는 강이 망천이다. 그곳에 괜찮은 곳이 여러 군데 있는데 그중에 죽리관이 있다고 밝힌 바 있다. 자연에 묻혀 있는 시인의 모습이 아련하게 눈앞에 그려진다.

이번에는 당시의 대표작으로 널리 애송되는 맹호연의 「춘효(春曉)」를 잠시 살펴본다.

봄날의 늦잠으로 날 새는 줄 몰랐더니	春眠不覺曉
이곳저곳 새소리가 시끄럽게 들려오네	處處聞啼鳥
지난밤 비바람 요란했는데	夜來風雨聲
꽃잎은 얼마나 떨어졌을까	花落知多少

맹호연의 시는 평이한 글자로 일상의 소소함을 진솔하게 그려내고 있다. 그야말로 평담자연(平淡自然)의 경지가 그대로 절묘하게 드러난다.

2) 이백의 방랑과 「장진주」

이백(李白, 701-762)의 자는 태백(太白), 호는 청련거사(青蓮居士) 혹은 적선인(謫仙人)이다. 우리에게는 "달아 달아 밝은 달아, 이태백이 놀던 달아"의 노래가사로 더욱 익숙하다. 귀양 온 신선으로도 불린 것처럼 중국 최고의 천부적인 시인이라 하여 시선(詩仙)으로 불린다. 신선 같은 뛰어난 능력으로 시를 짓는다는 의미다. 그의 선조에 대해서는 여러 설이 전하여 일정치가 않다. 서역에서 태어나 모계가 서역의 혈통일 것이라고도 하고, 당의 황실과 관련 있는 인물의 후예로 보는 설도 있지만 확실히 알 수 없다. 어려서 이주하여 젊은 시절을 촉(蜀)에서 지냈고 25세 이후 촉을 떠나 삼협과 동정호를 거쳐 강남을 여행하며 귀족 자제들과 어울렸다. 42세에 현종의 부름으로 한림학사가 되었다고 하는데 실제로는 황제에게 시문을 지어 바치고 좌우에서 모시는 직무였다. 황제의 즐거움을 배가시키는 역할을 하며 근신해야 했는데 그는 이 기회에 원 없이 술을 마시고 호탕하게 놀았다. 현종이 양귀비와 함께 야외에서 연회를 가질 때면 필히 이백을 불러 그 상황을 시로 짓도록 했다. 이백의 천부적 재주로 멋진 구절을 남기고자 한 것이었다. 주변 사람들은 부러워했지만 또한 질시하는 이들도 생겼다. 이듬해 현종과 양귀비가 흥경지(興慶池)에 만개한 모란꽃을 감상할 때 침향정(沉香亭)에서 멋진 「청평조」를 지어 남기기도 했다. 이구년(李龜年)이 여기에 곡을 붙여 노래를 불렀다고 한다. 황제의 총애를 받던 이백은 호방하고 방탕한 생활을 했으며 술에 취하여 권세가 막강한 환관 고역사(高力士)에게 자신의 신발을 벗기도록 하고 양귀비에게 벼루를 들고 있게 했다는 일화도 있다. 그러나 그렇게 오만방자한 태도가 오래갈 수는 없었을 것이다. 곧 장안을 떠나 다시 10년간 유랑생활을 하게 되었다. 이 무렵 이백과 두보가 만났다. 중국 역사상 최고의 두 시인이 같은 시기에 태어나 활동한 것만도 기적 같은 일인데 두 사람이 서로 그리워하고 만나서 회포를 풀기까지 했다니 하늘이 그들에게 베푼 특별한 은혜라고밖에 볼 수 없다. 55세에 영왕(永王)의 군대에 참여했으나 후에 반군으로 지목되어 유배지로 가는 도중에 사면을 받아 강남으로 돌아왔다. 만년에 안휘성 당도(當塗) 현령을 지내던 종숙 이양빙(李陽氷)의 집에 머물다가 병으로 사망했는데 민간에는 채석강에서 취중에 강물에 비친 달을 잡으려다가 빠져 죽었다는 낭만적인 전설이 전해진다. 그처럼 술과 달과 시를 좋아하던 천재적인 시인은 그렇게 최후를 맞이하는 것이 가장 어울릴 것만 같기 때문에 민간에서 만들어 낸 이야기일 것이다.

그가 남긴 시는 1,000여 수가 되는데 그중 절반이 악부시이고, 고시와 칠언절구가 대부분이다. 격률이나 대구를 맞춰야 하는 율시는 그의 자유로운 시상을 표현하기에 적절치 않았을 것이다.

이백이 즐긴 소재는 술과 달이 특별히 많았고 여인과 소녀의 염원을 담은 시도 적잖게 썼다. 역대의 시인묵객들은 거의 모두 술을 즐겼다. 술과 시의 깊은 관계는 뗄 수 없는 인연이다. 조조의 "대주당가(對酒當歌)" 구절이나 도연명의 「음주」 시에서도 보인다. 하지만 이백처럼 노골적으로 술을 사랑하고 술을 노래하며 시의 제목으로 넣어 직접 표현한 사람은 많지 않았다.

「장진주(將進酒)」는 이백의 호주가적인 성격을 가장 잘 드러내는 작품이다. 그 첫대목이 호방하고 파격적이다. 짧은 인생을 한스럽게 여기며 술로 근심을 털어 버리자는 얘기다.

그대 보지 못하셨나요	君不見
황하의 물줄기 하늘에서 내려와	黃河之水天上來
바다로 흘러가 돌아오지 않음을	奔流到海不復回
그대 보지 못하셨나요	君不見

고대광실 명경 속에 백발이 슬프고 　　高堂明鏡悲白髮
아침에 검은 머리 저녁에 백발 됨을 　　朝如青絲暮成雪
(…)
오화마와 천금이나 하는 갖옷을 　　五花馬千金裘
아이 시켜 좋은 술로 바꾸어 와서 　　呼兒將出換美酒
그대 함께 만고 근심 풀어나 보세 　　與爾同銷萬古愁

오색의 얼룩말과 값비싼 밍크코트 저당 잡히고 맛있고 좋은 술을 사 오라는 다분히 술에 미친 호쾌한 모습을 그려 낸다. 「장진주」의 과감하고 통쾌한 권주가에 역대 얼마나 많은 호주가들이 두강의 술을 술잔에 가득 따라 원샷으로 목구멍에 털어 넣었을지 모른다.

「산중여유인대작(山中與幽人對酌)」은 이백이 세속을 탈피하여 도가적인 삶을 지향한 모습을 보여 준다. 그는 한편으로 검술과 무예를 좋아하였고 정치적 출세를 위해 적극 힘쓰기도 했지만 또 한편으로는 민산(岷山)에 은거하면서 도사들과 어울려 살기도 하였다. 어쩌면 모순적인, 이러한 양면성을 모두 함께 보아야 이백의 본모습이 드러날 것이다. 대작을 하였지만 역시 산중의 꽃 사이에서였고 취한 후에는 아랑곳하지 않았다. "한 잔 한 잔 또 한 잔[一杯一杯復一杯]"의 명구는 송강(松江) 정철(鄭澈)의 『장진주사』에서 "한 잔 먹세그려 또 한 잔 먹세그려, 꽃을 꺾어 산을 놓고 무진 무진 먹세그려"로 화려하게 재탄생한다.

이백은 술과 더불어 달을 좋아하였다. 오죽하면 그의 죽음에 얽힌 사연에서 술에 취하여 강물에 비친 달을 따려다가 물에 빠졌다고까지 하였겠는가. 술과 달을 함께 노래한 시로 「월하독작(月下獨酌)」과 「파주문월(把酒問月)」이 있다. 「월하독작」에서는 '혼술'을 즐기는 정경이 선연하다. 혼자 마시는 술이 누군가는 처량하다고 하겠지만 이백은 아랑곳하지 않고 꽃밭에서 혼자 술을 즐긴다. 그러나 사실 그는 혼자가 아니었다. 제1, 2수에서 첫 네 구씩 발췌하여 아래에 순서대로 소개한다.

꽃밭에 술병을 차려 놓고	花間一壺酒
친구도 없이 혼자 마신다	獨酌無相親
술잔 들어 명월을 청하고	擧杯邀明月
그림자 함께하니 세 사람	對影成三人

하늘이 술을 안 좋아하면	天若不愛酒
하늘에 주성이 없었을 테고	酒星不在天
땅이 술을 좋아하지 않으면	地若不愛酒
땅 위에 주천이 없었을 텐데	地應無酒泉

자연과 함께 더불어 마시니 그의 술자리는 전혀 외롭지 않다. 그냥 독작이 아니고 '월하독작'으로 쓴 이유가 분명해진다. 달과 그림자도 떨어질 수 없는 지근거리의 친구다.

천지가 모두 술을 사랑하니 술 좋아함이 마땅히 하늘에 부끄러울 일이 아니라고 강변하고 술 석 잔에 도를 통하고 술 한 말에 자연과 합일이 된다며 그야말로 술에 관하여 득도한 경지가 되어 말하고 있다.

제목 「파주문월」은 '술잔을 잡고 달에게 묻는다'는 뜻이다. "청천 하늘에 언제부터 달님이 계셨던가, 술잔 멈추고 그대에게 한번 물어보려오[青天有月來幾時, 我今停杯一問之]"의 첫 구절이 유명하다. 훗날 이백과 더불어 중국 최고의 시인이 된 소동파가 「수조가두(水調歌頭)」에서 이 구절을 다시 불러들여 "밝은 저 달님은 언제부터 있었을까? 술잔 들고 푸른 하늘에 물어본다[明月幾時有, 把酒問青天]"로 거듭난다. 중추절에 아우 소철을 생각하며 부르는 노래는 마지막 구절 "다만 바라노니 우리 모두 오래오래 살아서, 천 리 끝에 떨어져 있어도 아름다운 저 달빛 함께하기를[但願人長久, 千里共嬋娟]"에서 절창으로 남게 된다. 오래오래 살아서 천 리 밖에 떨어져 있더라도 달을 바라보며 마음을 함께하자는 간절한 소원이다. 선연(嬋娟)은 아름다운 여성의 자태를 의미하다가 달이나 꽃을 형용할 때도 쓰이게 되었다. 예쁜이 정도의 뜻으로 둥근 달을 지칭한 것이다.

이백이 노골적으로 달을 읊은 시는 가장 많이 회자되는 「정야사(靜夜思)」다. 가을밤의 달빛과 고향 생각을 연결시킨다. 오언절구로 길이는 짧지만 달밤에 객지에서 고향을 그리는 마음이 절절하게 녹아 있다.

침상 앞 비추는 밝은 달빛	牀前明月光
땅 위에 하얀 서리 내렸나	疑是地上霜
고개 들어 달님을 쳐다보고	擧頭望明月
고개 숙여 고향을 생각하네	低頭思故鄉

우리에게 상은 밥상이지만 중국에서 상은 기본적으로 침상을 말한다. 쉽고 평이하면서 꾸밈없이 진솔하게 나그네의 향수를 그대로 전한다.

자연과 더불어 은거하고자 한 이백은 「산중문답(山中問答)」에서 또 한 번 천의무봉과 같은 자연스러운 시구를 우리에게 선사해 주고 있다.

푸른 산에 왜 사냐고 물으시지만	問余何事棲碧山
빙그레 웃기만 하니 마음 편하네	笑而不答心自閑
복사꽃 물결 따라 아득히 흐르니	桃花流水杳然去
이곳은 세상에 없는 별천지라네	別有天地非人間

도연명이 별천지의 이상향을 찾아가는 「도화원기」가 자연스레 떠오르는 대목이다. 김상용(金尙鎔)의 시 「남으로 창을 내겠소」의 마지막 구절도 "왜 사냐건 웃지요"다. 「산중문답」의 발상과 유사하다.

판본에 따라 제목을 「산중답속인」이라고도 하는데 세속의 사람에게 굳이 대답할 말이 없어 빙그레 웃을 뿐이다. 벽산은 산 이름으로 호북의 안륙(安陸)에 있는 백조산(白兆山)이라고 하고 산 아래 도화동에 이백이 살았다고 한다. 하지만 그냥 푸르른 청산으로 옮긴다고 해서 안 될 것도 없다.

이백은 고달픈 일생의 험난한 길을 「행로난(行路難)」과 「촉도난(蜀道難)」 같은 시에서 보여 준다. '인생살이 어려워라'의 뜻을 지닌 「행로난」은 악부의 제목이지만 이백이 딱 부르고 싶었던 노래일 것이다.

이백은 「행로난」의 첫 수에서 "인생살이 어려워라, 인생살이 어려워라, 갈림길도 저리 많으니 지금은 어디인가[行路難行路難, 多岐路今安在]"라고 자문하고, 둘째 수의 끝에서 "인생살이 어려워라, 차라리 돌아갈거나[行路難, 歸去來]"로 자답하고 있다. 회재불우(懷才不遇)의 천재시인은 정치적 재기를 꿈꾸었지만 얻지 못하였고, 도연명의 귀거래를 말하였지만 역시 실천하지는 못하고 객지를 유랑하다가 최후를 맞이하였다. 「촉도난」에서도 "촉으로 가는 험난한 길은 청천을 오르기보다도 힘이 드는구나[蜀道之難, 難於上靑天]"의 구절을 처음과 끝에 반복하고 있어 시인의 험난한 인생행로를 보여 준다. 민가의 형식을 이어받아 엄격한 형식에서 탈피해 자유분방하게 지은 시이다.

이백의 시 속 비유의 기발한 상상은 우리에게 놀라움을 보여 준다. 「추포가(秋浦歌)」에서는 지치고 노쇠하여 근심 걱정으로 가득한 마음을 "백발삼천장(白髮三千丈)"으로 표현했고, 「망여산폭포(望廬山瀑布)」에서는 "휘날리며 쏟아지는 물 삼천 자는 되겠네, 구천으로 떨어지는 은하수가 아닐는지[飛流直下三千尺, 疑是銀河落九天]"라며 폭포의 모습을 은하수가 구중천으로 고꾸라짐에 비유했다. 멋진 상상과 도량의 과장은 시인으로서 누구나 꿈꾸는 낭만적 기법일 것이다.

이백의 시를 보면 사실 남조시기의 사령운이나 포조(鮑照)의 시를 충분히 사숙했음을 알 수 있다. 천재라고 해서 무작정 생각나는 대로 쓰는 건 아니다. 그만큼 시를 써내려면 고금을 관통하는 폭넓은 섭렵이 있어야 한다.

3) 두보의 고통과 「춘망」

두보(杜甫, 712-770)의 자는 자미(子美), 호는 소릉야로(少陵野老)이며 하남 공현(鞏縣, 낙양 근처)의 선비집안 출신이다. 초당 시인 두심언(杜審言)이 그의 조부다. 일찍이 오월과 산동 지역을 유랑하였고 낙양과 장안에서 치른 과거시험에 모두 실패하였다. 시를 지어 황제와 대신들에게 바치기도 했지만 관리가 되는 길은 순탄치 못하였다. 안사(安史)의 난이 일어나기 직전의 장안에서 10년간 곤궁하게 지내면서 백성들의 고통스러운 처지를 이해하고 애국애민의 사상을 더욱 굳혔으며 인정(仁政)이 펼쳐지기를 고대하였다. 장안이 반군에게 함락되었을 때 숨어 지내다 잠시 반군의 포로로 잡히기도 했지만 장안을 탈출하여 새로 등극한 숙종(肅宗)의 치하로 투신하였고 좌습유(左拾遺)의 벼슬을 받았다. 하지만 곧 우인의 죄를 변호하려다가 폄적되었고 다시는 황제의 관심을 끌지 못했다. 화주(華州)[지금의 섬서 화현(華縣)]의 사공참군의 직을 버리고 사천 성도(成都)로 들어가 완화계(浣花溪) 물가에 초당을 짓고 살았다. 이곳은 후에 두보초당 혹은 완화초당으로 불리는 유명한 명소가 되었다. 53세에 검교(檢校) 공부원외랑(工部員外郞)이 되어 엄무(嚴武)의 참모가 되었지만 머지않아 그만두었다. 훗날 두공부(杜工部)로 불리는 것은 이때의 직책 때문이다. 57세에 간절한 고향 생각으로 길을 떠났다. 배를 타고 삼협을 지나 강릉을 거쳐 악양루에 올라 「등악양루」 시를 지었다. 59세에 그는 유랑을 계속하다가 상수(湘水)의 상류를 향하는 배 위에서 음식을 잘못 먹고 사망하였다. 대시인의 죽음으로는 너무나 허망하여 다른 설이 나오기도 한다.

그의 시는 북송 때에 이르러 『두공부집』으로 엮였다. 두보의 시는 심각하고 진지하게 나라와 백성을 걱정하는 마음에서 현실적 사회문제를 거론하고 있으므로 '시사(詩史)'로도 불린다. 그의 시는 고체와 율시에서 가장 장점을 보인다. 일생 동안 시를 1,400여 수 지었는데 대부분 명편이며 유사한 작품을 모아 분류하여 '삼리(三吏)'와 '삼별(三別)' 등으로 부르기도 한다.

안녹산의 난군에 잡혀서 장안에 있는 동안에 지은 시들은 「춘망(春望)」, 「애왕손(哀王孫)」, 「애강두(哀江頭)」 등이다. 「춘망」은 폐허가 된 장안을 묘사하고 난리 통에 헤어진 처자식을 그리며 시국을 걱정하는 비통한 심정을 읊고 있다.

나라는 무너져도 산천은 의구하니	國破山河在
성에 봄이 왔으나 초목만 무성하네	城春草木深
시절을 생각하면 꽃을 봐도 눈물 나고	感時花濺淚
이별에 가슴 아파 새소리에 놀라네	恨別鳥驚心
봉화가 석 달을 연이어 타오르니	烽花連三月
가족의 편지는 만금처럼 소중해라	家書抵萬金
흰머리 긁으니 머리카락 짧아지고	白頭搔更短
상투 위에 꽂을 비녀마저 흔들리네	渾欲不勝簪

타향으로 떠도는 두보의 나그네 설움은 다음의 「절구(絶句)」에 잘 나타나 있다. 따로 제목이 없는 오언절구로, 봄날은 지나고 귀향의 기약이 없는 처지를 보여 준 것이다. 자연 풍경의 색채가 대비된다.

푸르른 강물 위에 더욱 하얀 새	江碧鳥逾白
청록의 산 위에 불타는 꽃나무	山青花欲然
올봄도 이대로 지나가는 듯하니	今春看又過
고향에 돌아갈 날 언제가 될까	何日是歸年

두보는 유랑 중에 유명한 정자에 오르거나 명산에 올라가 시를 짓기도 하였다. 「등고(登高)」, 「등악양루(登岳陽樓)」, 「망악(望岳)」 등이 그런 시다. 등고는 중양절에 높은 곳에 올라 답답한 마음을 풀고 호연지기를 기르는 행위인데 두보는 타향을 떠도는 나그네로서 설움만 넘치는 상황을 그리고 있다. 아래는 「등고」의 중간 구절이다.

만리타향 쓸쓸한 가을 늘 나그네 신세	萬里悲秋常作客
평생 병든 몸인데 홀로 누대에 오른다	百年多病獨登臺

「등악양루」에서도 악양루에 올라 조망하면서 "오나라 초나라가 동남으로 터져 있고, 천지 위에 밤낮으로 떠 있구나[吳楚東南拆, 乾坤日夜浮]"라고 위치와 형상을 풀어놓고 있지만 결국 전란 속에 가족과 친구의 서신도 받지 못하고 혼란에 빠진 세상을 걱정하여 눈물 흘리는 장면으로 마무리 짓는다. 그에게 경치는 모두 근심 걱정을 일으키는 촉경상정(觸景傷情)의 대상이 되는 것이다. 이 시는 그의 나이 57세경에 지어졌다. 아래에 뒷부분만 인용한다.

가족과 친구의 서신 한 장 없고	親朋無一字

늙고 병든 몸 외로운 배에 탔네　　老病有孤舟
전란은 관산의 북 장안에서 일고　　戎馬關山北
악양루 난간에 기대 눈물 흘린다　　憑軒涕泗流

「망악」은 유랑생활 초기인 24세 무렵 지은 오언고시로 바로 그 무렵 과거시험에는 실패했지만 여전히 패기만만한 자존심을 가지고 있는 호방한 기개를 보여 준다. 중국의 오악(五岳) 중에서 동악 태산(泰山), 남악 형산(衡山), 서악 화산(華山)을 읊은 세 수의 시인데 태산을 노래한 첫 수가 가장 유명하다. 그에 앞서 사령운과 이백도 태산을 노래했지만 두보의 이 시가 가장 사랑받고 있다. 실제 태산이 있는 산동 태안에서는 도처에 "태산의 형상은 과연 어떠한가, 제와 노에 걸쳐 가없이 푸르구나[岱宗夫如何, 齊魯青未了]"로 시작되는 이 시를 적어 두고 있다. 대종은 오악의 으뜸인 태산을 가리킨다. '태산은 어떠한가'로 시작하여 '정상에 오르면 모든 산들이 조그맣게 보일 것[一覽衆山小]'이라는 구절로 마무리 짓는다.

두보는 사회적 병폐와 모순을 예리한 필치로 비판한 사회시인이다. 지방 관리의 여러 가지 행태를 그리고 있는 '삼리(三吏)'는 「석호리(石壕吏)」, 「신안리(新安吏)」, 「동관리(潼關吏)」를 말한다. 「석호리」는 하남성 섬현(陝縣)의 한 마을 낮은 관리의 행태를 고발하는 시다. 두보는 낮은 벼슬마저 그만두고 유랑을 다니다가 날이 어두워져 석호촌을 찾아들었다. 가난한 농부의 집이었다. 밤이 깊어도 잠을 이루지 못하고 뒤척이는데 요란하게 문 두드리는 소리가 났다. 두보는 귀를 기울이고 바깥의 상황을 가만히 들었다. 옆방의 늙은 농부는 뒷담을 넘어 도망치고 이윽고 쳐들어온 관리들은 부인에게 남자를 찾아내라고 소리쳤다. 노부인은 하소연을 하였다. 세 아들이 모두 전쟁터에 끌려갔고 이미 두 아들은 죽었다고 했다. 집에는 며느리와 어린 손자만 있다고 했지만 매정한 관리는 이 집에서 누군가를 징집해야 한다고 막무가내였다. 노부인은 자기가 따라가 부엌일이라도 하겠다고 나섰다. 날이 밝자 두보는 이 처참한 현실을 시로 적었다.

날 저물어 석호촌에 묵게 되었다	暮投石壕村
한밤에 관리가 장정을 잡으러 온다	有吏夜捉人
늙은 농부는 담장 넘어 달아나고	老翁踰墻走
늙은 부인이 문밖에 대응을 한다	老婦出門看
관리의 호통은 노기를 잔뜩 띠었고	吏呼一何怒
부인의 울부짖음 고통스럽기만 하다	婦啼一何苦
부인은 앞으로 나아가 하소연한다	訴婦前致詞
내 아들 삼 형제 업성에 출정했고	三男鄴城戍
한 아들이 편지를 보내 말하길	一男附書至
두 아들이 얼마 전 죽었다 했소	二男新戰死
산 자식은 목숨을 건졌다지만	存者且偸生
죽은 자식 영원히 사라졌다오	死者長已矣
집 안에 잡아갈 사람 다시 없고	室中更無人
젖먹이 손자 하나 있을 뿐이오	唯有乳下孫
손자가 있으니 어미는 못 가고	有孫母未去
나들이 옷도 온전하지 못하다오	出入無完裙

내 늙은 할미라 비록 쇠약하지만	老嫗力雖衰
이 밤에 나리를 따라가겠소	請從吏夜歸
하양의 부역 일에 들어가면	急應河陽役
아직 새벽밥을 지을 순 있소	猶得備晨炊
밤 깊어지자 말소리 끊어지고	夜久語聲絶
흐느끼는 오열 소리만 들린다	如聞泣幽咽
날이 밝아 갈 길을 떠나는데	天明登前途
홀로 된 늙은 농부와 이별했다	獨與老翁別

석호촌에서 겪은 비극은 두보 자신이 절절하게 체험한 시대의 아픔이었다. 그의 슬픔은 이별의 순간을 그려 낸 곳곳에서 드러난다. 전란의 고통 속에 시달리는 백성의 여러 가지 모습을 실록처럼 기록한 것이다. 이별의 내용을 쓴 '삼별(三別)'은 「신혼별(新婚別)」, 「수로별(垂老別)」, 「무가별(無家別)」을 말한다. 「신혼별」은 혼인한 다음 날 신랑을 전쟁터로 내보내야 했던 신부의 애절한 감정을 형상화한 시다. 이별에 대한 원망과 더불어 훗날의 기다림을 그대로 표현하였다.

쑥대에 붙어 자라는 넝쿨은	菟絲附蓬麻
가지를 뻗어도 길지 못하니	引蔓故不長
출정하는 군인에게 시집가는 건	嫁女與征夫
길가에 버리는 것이나 같지요	不如棄路傍
머리 올려 님의 아내 되었지만	結髮爲君妻
남편자리 텅 비어 썰렁하네요	席不煖君牀

저녁에 혼인하고 새벽에 이별하니　暮婚晨告別
세상에 해도 너무한 거 아닌가요　無乃太忽忙
남편이 출정하는 길은 멀지 않아도　君行雖不遠
변방을 지키러 하양으로 떠났네요　守邊赴河陽
저의 신분 아직 분명치 않으니　妾身未分明
시부모께 어찌 인사해야 하나요　何以拜姑嫜
우리 부모 나를 낳아 기르실 제　父母養我時
밤낮으로 나를 감싸 지키셨지만　日夜令我藏
딸을 낳아 시집으로 보내셨으니　生女有所歸
닭이든 개든 따라야만 하겠지요　雞狗亦得將
남편이 지금 사지로 떠나시니　君今往死地
침통한 마음에 속 타들어 가요　沈痛迫中腸
(…)
세상사는 잘못되는 수가 많으니　人事多錯迕
그대와 오래 살기만 기다리지요　與君永相望

젊은 부부의 안타까운 이별도 가슴 아프지만 늘그막에 자식을 전쟁터에 내보내 그 목숨을 바치고 늙은 아내를 집에 남겨 두고 전선으로 향하는 늙은 남편의 뼈저린 아픔도 가슴 저린 일이다. 「수로별」은 바로 그러한 상황을 연출하고 있다. 당나라 조정의 군사가 반군에 패하자 당시 황제는 남녀노소를 가리지 않고 총동원령을 내린다. 이러한 상황에 늙은 남편이 징집되어 집을 떠나면서 이별하는 모습은 또한 눈 뜨고 보기 힘든 정경이 되고 말았다. 늙은 남편은 "이번 이별이 영영 이별임을 누가 알리오[孰知是死別]"라고 하면서 "이제 떠나면 필시 돌아오지 못하리라[此去必不歸]" 하고 집을 떠난다. 759년 두보의 나이 48세경에 지은 작품이다. 「무가별」도 난리 통에 가족이 흩어지고 마을이 쑥대밭이 된 상황에서 두보 자신의 가슴 아픈 처지를 읊어 낸 시다. 마지막 구절, "이별할 가족도 집도 없는 자신의 인생이, 어찌 사람다운 삶이라고 말할 수 있으랴[人生無家別, 何以爲烝黎]" 하는 대목에서 여실히 드러난다.

이상과 같이 두보는 당시의 시대상황을 역사의 실록처럼 기록하여 후세에 그의 시를 시사(詩史)라고 일컫게 되었다. 역사의 진실과 삶의 현실을 그대로 그려 놓음으로써 더욱 진한 감동을 보여 준다.

4) 이백과 두보의 비교

이백은 신선 같은 시인이라고 하여 시선, 두보는 시인 중의 성인이라고 하여 시성이라고 불린다. 이백이 천부적인 재주로 자연스러운 시를 순식간에 지어냈다면 두보는 철저하게 고뇌하고 격률과 형식을 갖추어 최고의 명작을 만들어 내려고 애썼다.

이백은 사천의 촉에 살면서 도교에 심취하여 훗날 시 속에도 도교사상이 들어 있는 데 반하여 두보는 낙양 사람으로 가난한 문사의 집안에서 태어나 유교적 애국애민의 정신에 투철하였다. 이백은 글 쓰는 시인이라고는 하지만 글자의 자구에 얽매이지 않았고 검술과 선도에 관심이 많은 사람이었는데 두보는 조용하고 사색하는 문인으로서 철저하게 시어를 절차탁마했다.

두 사람이 낙양에서 만났을 때 이백은 44세, 두보는 33세였다. 이백은 장안에서 한림학사를 지내다 고역사와의 갈등으로 쫓겨나서 유랑생활을 다시 시작하던 시점이었고 두보는 어려운 살림에 벼슬을 얻을 수 있을까 하면서 공부하고 있었던 때였다. 두 사람은 전혀 다른 환경에서 자랐고 서로 상반된 성격이었지만 오히려 서로를 인정하고 서로에게 끌렸던 듯싶다. 이백과 두보가 서로에게 보낸 시에서 서로를 그리는 정이 자못 절절하다. 이백의 시에는 「사구성하기두보(沙丘城下寄杜甫)」가 있는데 "그리운 마음 남으로 흐르는 문수 같아, 세차게 흐르는 그 물결에 마음 부치네[思君若汶水, 浩蕩寄南征]"의 구절에 두보를 그리워하는 마음을 담고 있다. 두보의 시에는 「춘일억이백(春日憶李白)」이 있는데 "언제나 술 한 잔을 마주 들고, 다시 문학을 논할 수 있을까[何時一樽酒, 重與細論文]"의 구절에서 이백과 함께한 즐거운 시간을 그리워하는 두보의 마음을 엿볼 수 있다.

두 사람은 함께 개봉(開封)과 상구(商丘) 일대를 유람 다니다가 섬서의 석문(石門)에서 헤어져 두보는 장안으로 들어가고 이백은 강남으로 내려오면서 만남이 끝난다. 각각 서쪽으로 동남쪽으로 그렇게 헤어진 이후 둘은 다시 만날 기회가 없었다고 한다. 중원 땅은 그렇게 넓고 세월은 또 그렇게 고달프고 각자의 운명 또한 그렇게 각박했으니 하늘이라도 다시 은덕을 베풀 수가 없었던 것이다.

중당의 시인으로는 원진, 백거이, 유종원, 유우석, 이하 등이 있다. 백거이는 예전 악부의 정신을 이어받아 사회의 모순을 비판하려는 신악부운동을 전개하며 민중의 입장에서 사회를 바라보고 평이한 시구를 쓰려고 노력했다. 그는 두보보다 더욱 깊이 사회문제에 천

착하고 민중의 생활에 근접하려는 경향이 있었다. 원진과 백거이는 시로써 가까운 친구였으며 원백(元白)으로 병칭되기도 하였다. 원진은 자신의 젊은 시절 경험을 토대로 전기소설 「앵앵전」을 지었고 백거이는 장편서사시 「장한가」를 지어 후에 전기소설 「장한가전」의 토대를 제공했다. 자연파 시인인 유종원은 영주(永州)와 유주(柳州)로 폄적된 이후 자연의 묘사와 함께 정치적 불행에 대한 불만의 감정 또한 담아내었다. 그는 한유(韓愈)와 더불어 고문운동을 제창하여 육조 이래 변려문 일색이던 산문을 평담한 고문으로 되돌리는 데 큰 역할을 하였다. 이하는 독특한 시풍을 지닌 낭만주의 시인으로 귀재(鬼才)로 불렸지만 27세에 요절했다. 그의 시는 기이하고 음산한 분위기를 띠며 독특한 표현이 특징인데 상징과 비유의 수법이 난해하게 전개되어 있다.

5) 만당의 두목과 이상은

만당의 유미주의적 시인은 두목(杜牧)과 이상은(李商隱)이다. 사람들은 두 사람을 성당시기의 두보와 이백에 비유하여 소이두(小李杜)라고 불렀다. 두목은 정치에서 뜻을 펴지 못하여 풍류재자로 주색을 즐겼으며, 시에서도 아름답고 멋진 표현을 추구하였다. 두목의 「산행(山行)」은 널리 애송되는 시였다.

저 멀리 가을 산 비스듬한 돌길	遠上寒山石徑斜
흰 구름 오르는 곳에 인가 있네	白雲生處有人家
단풍에 물든 저녁이 좋아 수레 멈추니	停車坐愛楓林晩

서리 내린 단풍 봄에 핀 꽃보다 붉어라　　霜葉紅於二月花

제3구의 좌(坐)는 '때문에[因爲]'라는 뜻이므로 수레를 멈춘 원인이 바로 해 저문 가을 숲이 좋아서라는 것이다. 마지막 구절은 인구에 회자하는 명구다. "~이 꽃보다 아름다워"라는 유행어의 원조라고도 볼 수 있겠다.

이상은도 당쟁의 피해자로서 제대로 뜻을 펴지 못하고 지방의 막부로 전전하였다. 시는 괴벽하고 난해한 전고를 많이 사용하고 염정을 노래한 것이 많았다. 제목을 붙이지 않은 무제시가 많은 것도 그의 특색이었다. 깊은 은유와 오묘한 상징으로 해석이 분분한 「금슬(錦瑟)」이 유명하지만 여기서는 애틋한 감성을 보여 주는 「야우기북(夜雨寄北)」을 감상한다.

언제 돌아오는지 물어도 나는 알 수 없어요　　君問歸期未有期
파산에는 연못이 넘치게 가을비가 내리는데　　巴山夜雨漲秋池
그 언젠가 둘이 함께 창가 촛불심지 자르며　　何當共剪西窗燭
파산의 밤비 오던 이 순간 말할 수 있을까요　　卻話巴山夜雨時

사랑하는 이는 그가 언제 돌아올지 손꼽아 기다린다. 그는 돌아갈 기약이 없음을 안타까워한다. 마치 가을비 주룩주룩 내리는 파촉의 산중처럼 마음은 답답하다. 임은 북쪽에 있다. 서울인 장안일 것이다. 임에게 보내는 편지는 비 오는 가을밤에 쓴다. 그리고 언젠가 임과 함께 창가에 촛불 켜고 마주 앉아 옛이야기 나누게 될 미래의 어느 순간을 즐겁게 상상한다. 적어도 그러한 희망이 있어야 오늘 이 추적거리는 가을밤 빗소리의 고통을 이겨 낼 수 있을 것이다. 그때 나누는 대화의 내용은 바로 지금 이 순간의 일이리라. 시인의 정교한 시공간 안배와 절제된 감정의 표현이 가슴에 와닿는다.

6) 청나라 황경인「별노모」

당시는 중국시의 경지를 최고봉으로 올려놓았다. 이어서 송나라에 이르면 더욱 많은 시인들이 출현했으며 시인별로 창작하는 시의 숫자도 급증하게 된다. 송나라 육유는 혼자 만 수에 이르는 시를 남겨 최다작의 시인이 되었다. 누구든 글을 읽고 시문을 지어야 비로소 문인으로 인정받았다. 원명청시대에도 시인은 계속 양산되었으며 중국은 명실공히 시의 나라가 되었다. 당대 이후에도 뛰어나고 감동적인 시가 적지 않지만 이곳에서 모두 다루지 못하는 것이 안타까울 뿐이다.

아쉬움을 달래기 위해 개인적으로 무척 좋아하는 청대 황경인(黃景仁)의「별노모(別老母)」한 수를 아래에 소개한다. 함께 읽고 진한 감동을 느껴 보자.

방문 열고 노모에게 떠난다고 인사하니	搴帷拜母河梁去
백발의 근심 어린 눈엔 눈물마저 말랐네	白髮愁看淚眼枯
눈보라 치는 이 밤에 사립문을 나서자니	慘慘柴門風雪夜
차라리 이런 아들 없었으면 나았을 것을	此時有子不如無

눈보라 치는 깊은 밤에 집을 나서는 아들이 어머니 방문 앞에 늘어뜨린 휘장을 들어서 올리며 '어머니 다녀오겠습니다' 하고 작별 인사를 한다. 첫 구의 하량(河梁)은 하천 위의 다리다. 한나라 이릉(李陵)이 소무(蘇武)와 하량에서 손을 맞잡고 헤어졌다는 시구로 인해 하량은 이별하는 곳의 상징으로 쓰였다. 그가 가려는 목적지가 어디라도 상관없다. 아들이 아주 멀리 간다는 것만 알 뿐이다. 늙은 어머니는 아들이 집을 떠나는 것이 걱정되고 근심스럽다. 이미 오래전부터 흘린 눈물은 벌써 말라 버렸다. 슬픔에 깊이 잠긴 상태다. 왜 하필이면 눈보라 치는 밤에 떠나야 했는지 시인은 밝히지 않았지만 그럴 만한 사정이 있었을 것이다. 어려서 아버지를 일찍 여의고 홀어머니와 함께 살아온 아들이다. 이제 늙은 노모를 집 안에 덩그러니 남겨 두고 내키지 않는 발걸음으로 사립문을 나서야 하는 아들의 가슴이 찢어진다. 괴로운 이 순간에는 차라리 이런 아들 따위는 없었으면 좋겠다는 생각을 한다. 어머니의 마음을 너무 아프게 해 드리기 때문이다. 아들의 효성스러운 마음이다.

3장

지괴와 전기:
귀신과 여우의 이야기

1. 소설의 발전과 지괴의 전통: 『수신기』와 『세설신어』

중국의 정통문학에서는 소설과 같은 허구의 작품을 높이 평가하지 않았다. 유교적 문학관에서는 개인의 독창적인 창작이나 상상력을 동원한 환상적인 작품을 비교적 경시했다. 술이부작(述而不作)의 원칙이 적용된 것이다. 앞선 현인의 말씀을 이어받아서 서술하되 잘 알지도 못하면서 새로운 것을 함부로 창작하지는 않는다는 것이 공자의 기본 생각이었다. 그가 엮은 여러 경전이 있지만 모두 전부터 내려오던 것을 잘 정리한 것일 뿐 그가 지어낸 것은 없다고 한다. 『논어』는 더구나 그가 지은 것이 아니다. 그와 제자들의 말씀을 후세에 모은 것이다. 공자는 철저히 '술이부작'의 원칙을 지켰다. 그러하니 후세에 함부로 제 생각을 한껏 드러내고 기상천외한 이야기를 꾸며 낸 사람은 절대로 공자와 같은 반열의 고상한 군자로 치켜세워질 수 없었다. 『논어』에 '자불어괴력난신'의 구절도 있으므로 괴이하고 힘쓰며 난잡하고 신비로운 이야기는 군자가 할 일이 아니었던 것이다.

1) 소설의 기원과 변천 과정

소설의 기원은 일반적으로 신화로부터 찾고 있다. 『산해경』 같은 책은 환상적이고 기이한 먼 지방의 이야기를 많이 포함하고 있다. 반고와 여와, 서왕모의 이야기는 흥미롭고 환상적이다. 소설의 기본 요소를 갖추고 있으니 후세에 변화되거나 새로 만들어진 신화에서는 소설적인 구성과 묘사가 더욱 가미되었다. 신화인물이 역사화되기도 했지만 또한 역사인물이 신의 존재로 변한 경우도 적지 않다. 관우신앙이나 마조신앙 등은 모두 후세에 만들어진 것이다. 신화가 특히 발달했던 서양에서 소설은 분명 신화로부터 유래되었다.

중국에서는 또한 전국시대 제자백가의 산문에서 소설의 유래를 찾기도 한다. 『장자』나 『열자』의 우언 중에는 기상천외한 발상의 흥미진진한 이야기가 많다. '포정해우(庖丁解牛)'나 '기인우천(杞人憂天)'의 이야기는 우언으로서 심오한 철학적 의미를 담고 있지만 이야기 자체로서도 분명 흥미로운 소재다. 유교경전이나 역사서에서도 인물과 사건의 기록에서 문학적 특색을 잘 살린 감동적 묘사는 모두 소설의 발전에 영향을 주었다. 『맹자』의 '일처일첩(一妻一妾)' 에피소드나 『사기』 「형가(荊軻)열전」의 핍진한 묘사는 충분히 소설적 구성을 가졌다.

소설이란 용어 자체는 『장자』에서 처음 사용했다. 하지만 문학적 가치를 생각하여 소설을 말한 것은 아니었다. 훨씬 더 위대하고 고차원적인 대도(大道) 혹은 대달(大達)에 상대적인 개념으로 자질구레하고 번지르르한 소인의 말을 소설이라고 명명한 것이었다. 대도와 소설은 마치 대인과 소인, 군자와 소인의 비유만큼이나 차이 나는 것이므로 소설에 힘쓴다는 것은 군자로서는 바람직하지 않았다. 그러나 "소도라고 하더라도 볼만한 것이 있다[雖小道, 必有可觀者]"라는 자하(子夏)의 말처럼 약간의 가능성은 열어 두었다. 다만 거기에 집착하여 빠지면 안 되기 때문에 군자는 하지 않는다고 했다. 여기의 소도를 소설로 대치시켜도 좋을 것이다. 순자는 "(대가가 못 되는) 소가의 진기한 이야기[小家珍說]"라고도 하였다. 이러한 말들은 소설의 발전에 숨통을 터놓는 효과가 있었다. 한나라 때에 소설이라고 불릴 만한 것들이 만들어졌다. 나름대로 분량이 있어서 『한서』에서는 소설가류를 제자십가(諸子十家)의 하나로 넣고 그 유래가 패관(稗官)에게서 나왔을 것이라고 추정했다. 패관은 임금이 민간의 풍속과 세상의 여론을 알아보기 위해 파견하여 정보를 수집하게 한 말단 관리다. 소설적 요소를 지닌 한대의 작품에는 지리박물류인 『신이경(神異經)』, 신선고사류인 『열선전(列仙傳)』, 역사고사류인 『열녀전(列女傳)』 등이 있었다.

유교의 시대가 지나가고, 도교와 불교를 신봉하며 사고의 일탈과 자유로운 상상을 허용하는 위진남북조 시대가 되자 비로소 괴이한 일을 정식으로 기록한 소설이 만들어지기 시작했다. 본격적인 지괴(志怪)소설이 등장한 것이다.

지괴소설은 중국소설의 첫머리를 장식하는 소설의 유형으로 괴이한 일을 기록한 것이다. 오늘날 이를 소설로 분류하고 있지만 당시의 기록자는 괴이한 일도 실제 일어난 사실로 여기고 있었다. 지괴와 전기의 차이점은 여기에 있다. 당대의 전기소설에 이르면 작가는 분명히 허구를 창작한다는 점을 자각하고 있었다. 그러나 일부 지괴소설의 작가도 지괴 속에 사실이 아닌 것이 들어 있음을 인정했다. 그것은 창작을 인정했다는 말이 된다. 『수신기』의 작자 간보가 서문에서 언급한 내용이다. 또 『습유기』의 편자 소기(蕭綺)는 서문에서 지괴의 글에 문채가 있어야 함을 요구했다. 소설적 묘사를 강조한 것이다. 소설이 완전히 사실에만 입각하여 쓴 글은 아니라는 점과, 소설의 문장이 아름다움을 추구해야 한다는 관점은 이전의 문학관을 뛰어넘는 것이었다. 이러한 소설관은 당나라 전기 작가에 이르러 좀 더 구체화되었다. 당대 전기소설은 대부분 작가가 알려져 있으며 신괴류, 풍자류, 애정류, 역사류 등의 종류로 나눠진다. 대부분의 작품이 송나라 초기에 엮인 『태평광기』에 수록되어 전해졌다. 당대 전기소설은 후대의 문언소설, 희곡, 백화소설의 창작에 광범위한 영향을 끼쳤다. 송대에도 문언소설이 창작되었으나 독창적인 것은 비교적 드물었고 역사인물을 재조명하는 작품이 많았다. 당송 문언소설의 창작 전통은 후대에 이어져 명나라 초기에 구우의 『전등신화』와 이정의 『전등여화』가 출현하여 동아시아 전역에 영향을 끼쳤고, 청나라 때는 포송령의 『요재지이』와 기윤(紀昀)의 『열미초당필기』, 원매(袁枚)의 『자불어』 등 방대한 작품집이 나와서 오랫동안 중국문학의 중요한 갈래로 이어졌다.

한편 송원에 이르러 문언소설과 전혀 다른 방향에서 백화소설이 나타났고 폭넓은 대중의 환영을 받으며 발전하여 명청 장편소설로 성장, 명대의 사대기서, 청대의 『홍루몽』을 탄생시켰다. 백화소설은 송대 설창예인인 이야기꾼(설화인)들의 화본으로부터 나온 것으로 알려져 있었다. 그러나 20세기 초 돈황(敦煌)의 장경동이 발굴되고, 수많은 돈황 유서(遺書) 중에서 백화로 된 이야기를 담고 있는 변문(變文)이 연구되면서 중국 백화문학의 기원을 몇백 년 앞당길 새로운 증거로 제시되었다. 당나라 백화로 쓰인 돈황변문의 일부 작품은 확실히 백화소설의 출현 후 가장 이른 시기의 것들이었다. 오늘날 중국통속소설의 목록 앞부분에는 돈황사본인 「여산원공화(廬山遠公話)」, 「한금호화본(韓擒虎話本)」, 「당태종입명기(唐太宗入冥記)」, 「엽정능화(葉淨能話)」, 「추호화본(秋胡話本)」을 먼저 배치하고 있다. 그리고 송원대 장편화본인 「대당삼장취경시화」, 「오대사평화」 등의 작품을 나열하고 있다.

송대 화본의 종류에는 설화사가(四家)로 알려진 소설, 강사, 담경(談經), 합생(合生) 등이 있었지만 단편고사를 이야기하는 소설과 장편역사연의를 연출하는 강사가 핵심이었다. 이 두 가지는 각각 백화단편과 백화장편의 기원이 되고 있다. 소설 중에는 인정세태를 그리거나 괴이한 사건을 다루는 은자아(銀字兒), 협객이나 공안사건을 다루는 설공안(說公案), 전쟁이나 강호의 영웅담을 다루는 철기아(鐵騎兒) 등이 포함되어 있었다. 이미 상당히 다양한 분야에서 소재를 채택하고 있었음을 알 수 있다.

송나라 때의 작품은 대부분 남아 있지 않지만 『경본통속소설』을 이른 시기의 단편화본 작품으로 보기도 한다. 또 명대 중엽 홍편(洪楩)의 『청평산당화본』, 명대 후기 풍몽룡이 묶은 삼언(『유세명언』, 『경세통언』, 『성세항언』), 능몽초의 이박(『초각박안경기』, 『이각박안경기』), 그리고 우리나라 규장각에서 그 원본이 발굴되어 주목받은 『형세언』 등이 화본소설집의 대표 작품이다. 본래 화본은 설화의 대본으로 남겨진 작품인데, 명대에 와서는 설창과는 상관없이 읽기 위한 화본을 창작했으므로 의화본이란 용어를 쓰기도 한다. 그러나 혼란을 줄이기 위하여 이러한 체제의 소설을 화본소설이라고 부르는 것이 좋을 것이다.

장편백화소설은 송원시대의 평화(平話)로부터 시작되었는데 원나라 지정(至正) 연간에 복건의 신안 우씨(新安虞氏)가 간행한 『전상평화오종(全相平話五種)』이 대표적이다. 『무왕벌주평화』, 『칠국춘추평화』, 『진병육국평화』, 『전한서평화』, 『삼국지평화』 등 다섯 종류의 역사연의를 엮었다. 원나라 때 희곡에도 삼국, 수호, 서유고사의 인물이나 사건을 단편으로 만들어 연출한 작품이 많았다. 이러한 과정을 거쳐서 원말명초에 나관중의 『삼국지연의』와 시내암의 『수호전』이 만들어졌고 명대 중기에 오승은의 『서유기』가 나왔으며 명 말에 필명 소소생의 『금병매』가 나왔다. 이로써 장편소설의 사대기서가 완성되었으며 청대 건륭 연간에는 중국소설의 최고 명작 『홍루몽』이 나왔다. 장편소설은 청 말까지 이어 나왔으나 점점 침체되었고 이상의 작품을 뛰어넘지 못하였다. 청 말 나라의 위기 앞에서 위정자와 관리를 책망하고 우국충정을 드러내는 견책소설이 나왔으나 문학적 예술성은 높지 않았고 곧이어 현대소설로 새로운 세계가 이어졌다.

2) 지괴소설집 『수신기』

위진남북조 때 지괴소설 창작의 배경으로는 무풍(巫風)이나 방

술(方術)의 성행, 불교의 전파와 불경의 번역을 들 수 있으며 당시의 문인, 방사, 승려 등이 지괴소설의 작가들이었다. 지괴소설에는 또 신선류, 귀신류, 지리류, 불교류 등의 분류가 있었다. 인간의 호기심은 본능적이다. 기이한 것을 찾아내고 만들고 환상의 세계를 상상해 내는 능력은 인간의 특별한 재능이다.

지괴소설집의 대표작인 『수신기(搜神記)』는 동진 때의 간보(干寶, ?-336)가 엮었다. 제목은 신기한 이야기를 수집하였다는 의미다. 원서는 없어졌지만 『태평어람』 등에서 집록하여 현재 20권본에 470편의 작품이 전해지고 있다. 기이한 이야기의 묘사가 치밀하고 인물의 개성적 묘사도 뚜렷하여 소설로서 상당한 경지에 올랐다고 할 수 있다. 「삼왕묘」와 「한빙부부」를 감상해 보자.

「삼왕묘(三王墓)」는 '간장막야(干將莫邪)'라고도 알려져 있는 유명한 이야기인데 이미 『오월춘추(吳越春秋)』나 『월절서(越絶書)』에도 그 이름이 나온다. 간보는 이러한 자료를 활용하여 흥미로운 지괴소설로 만들어 냈다. 줄거리를 요약하면 이러하다.

> 보검을 만드는 간장과 그의 아내 막야는 초나라 왕의 명을 받아 검을 만들었는데 삼 년이나 되어 겨우 완성했다. 검은 자웅검 두 자루였다. 남편은 자검 하나를 가지고 떠나면서 임신한 아내에게 뒷일을 당부하며 말했다. "내가 왕의 명을 받아 검을 만들었으나 기한이 지났으니 왕은 반드시 나를 죽이려고 할 것이오. 만일 당신이 아들을 낳는다면 아이가 장성한 후 일러 주시오. 대문을 나서며 남산을 바라보면 소나

무 밑에서 검을 찾을 수 있을 것이오." 남편은 궁으로 갔다가 과연 왕에게 죽임을 당했다. 아들이 태어났는데 미간이 넓어 미간척(眉間尺)이라 불렀다. 훗날 자라난 아들이 모친의 말을 전해 듣고 대문을 나서 찾아보았지만 산은 보이지 않았다. 마침내 대문의 소나무 기둥 밑에서 웅검을 찾아 원수를 갚고자 집을 떠났다. 한편 왕의 꿈에 자신을 죽이겠다고 달려오는, 미간의 길이가 한 자[尺]가량이나 되는 젊은이가 있어서 왕은 천금의 현상금을 걸고 방을 붙였다. 미간척은 몸을 숨기려고 산길로 걸어가다가 한 협객을 만났다. 협객은 그가 간장과 막야의 아들임을 알고 선뜻 나서며 말했다. "그대의 원수를 내가 갚아 주겠소. 대신 그대의 목과 검을 나에게 내놓으시오." 미간척은 그의 말을 믿고 자신의 목을 베어 검과 함께 바치고 선 채로 버티고 있었다. 협객이 기필코 원수를 갚아 주겠노라고 다시 한번 굳게 약속을 하자 그제야 시신이 땅으로 쓰러졌다. 협객은 궁으로 가서 초왕을 찾았다. 미간척의 머리와 보검을 내놓자 왕은 그를 믿고 나와서 만났다. 협객은 용사의 머리를 큰 가마솥에 넣어 끓여야 한다고 했다. 그러나 사흘 밤낮이 지나도 녹지 않았다. 협객은 또 왕이 몸소 쳐다보아야 용사의 머리가 녹을 것이라고 청했다. 왕이 가마솥을 들여다보는 순간 협객은 왕의 목을 쳐서 떨어뜨렸다. 왕과 미간척의 머리는 치열하게 다투었지만 좀체 승부가 나지 않았다. 협객은 자신의 머리마저 베어서 솥 안에 떨어뜨리고 둘의 싸움에 끼어들었다. 협객과 미간척 두 사람이 이기게 되자 비로소 솥 안의 머리가 푹 삶아져서 뒤섞였다. 신하들은 왕의 머리를 따로 구분할 수 없어서 셋으로 나누어 땅에 묻고 이름하여 삼왕묘라고 칭했다.

정말 괴이하고 소름 끼치는 사연이 아닐 수 없다. 간보가 이 이야기를 수집하여 『수신기』에 담으면서 적절하게 가공한 결과 훗날 더욱 널리 전해지게 되었다. 예로부터 보검에 얽힌 신비로운 이야기나 보검을 만드는 장인 이야기가 많이 전해진다. 한나라 유향의 『열사전(列士傳, 烈士傳)』에 처음 기록되었다고 한다. 원서는 없어졌지만 일문이 전해 온다. 『월절서』 「기보검(記寶劍)」편에는 월왕 구천(句踐)의 보검 감정과 보검의 장인 간장, 풍호자(風胡子), 구야자(歐冶子) 등의 일화가 담겨 있다. 여기서 간장은 오나라 사람, 풍호자는 초나라 사람, 구야자는 월나라 사람으로 모두 유명한 보검 장인으로 나온다. 이들이 만든 보검은 그 이름을 용연(龍淵), 태아(太阿), 공포(工布)라고 했다.

『수신기』의 간장막야 이야기는 왕명으로 자웅검을 만드는 장인의 죽음 예측과 복수를 위한 복선, 아들의 보검 발굴과 복수를 향한 일념, 협객의 살신성인의 참여와 실천 등의 구성과 묘사가 돋보이는 지괴소설이다. 장인은 보검의 완성기한이 지났다는 이유로 처형을 당할 것을 알고 자웅검에서 웅검을 숨기고 바치지 않는다. 왕은 과연 기한의 문제와 웅검을 바치지 않았다는 이유로 그를 처형한다. 그러자 아들은 보검을 찾아서 부친의 복수를 하러 나선다. 도중에 왕의 꿈에 자신의 얼굴이 나오자 산길로 숨어든다. 협객은 그가 간장, 막야의 아들임을 알고 자신의 목숨을 걸고 개입한다. 아들은 협객의 의로움을 믿고 자신의 목과 검을 선뜻 내준다. 스스로 죽어서라도 복수의 목적이 달성되기를 바란 것이다. 협객은 그의 죽음이 헛되지 않도록 궁에 들어가 왕의 목을 치고 또 자신의 목까지 바쳐서 복수극을 최종 완성한다. 관련자 모두가 죽어 비극으로 끝났지만 왕에게 복수한다는 목표는 완수했다. 비장미가 돋보인다. 잔혹한 왕의 전횡에 대항하는 백성의 굳은 의지와, 의로운 일에 앞장서는 의기 있는 무사의 행동에 오랜 여운이 남는 소설이다. 문헌에서는 간장막야란 이름이 한 사람을 가리키는지 두 사람을 가리키는지 불분명한 상태이지만 대개 간장과 막야가 부부의 이름이라 여기고 또 자웅검을 일컫는 것으로도 이해한다.

우리나라에도 『삼국사기』 고구려 「동명성왕본기」에 아버지 주몽을 찾으러 떠나는 아들 유리왕이 주춧돌 아래 남겨진 부러진 칼을 찾았다는 유사한 이야기가 전해 온다.

「한빙부부(韓憑夫婦)」 이야기는 권력의 힘에 희생된 안타까운 부부의 사연이다. 원전을 풀어 보면 대략 다음과 같다.

> 송나라 강왕(康王)의 사인(舍人, 문객)인 한빙이 하씨 아내를 맞이하였는데 매우 아름다웠다. 강왕은 그녀의 미모가 눈에 들어 빼앗았다. 한빙이 원망하자 왕은 그를 옥에 가두고 낮에는 성을 쌓는 형벌에 처했다. 부인이 은밀히 편지를 보냈는데 그 뜻은 이해하기 어려웠다. "비는 추적추적 내리고 강물은 넓고도 깊으니 해가 뜨면 이 가슴에 비추리![其雨淫淫, 河大水深, 日出當心]" 왕이 편지를 찾아내 좌우 신하에게 물었으나 무슨

뜻인지 몰랐다. 신하인 소하(蘇賀)가 풀이해 보았다. "비가 추적추적 내린다는 것은 근심하고 그리워한다는 뜻이고, 강물이 넓고 깊다는 것은 서로 오갈 수가 없다는 뜻이며, 해가 뜨면 가슴에 비친다는 것은 하늘에 맹세하여 죽을 마음이 있다는 뜻입니다." 얼마 뒤에 한빙은 자살하고 말았다. 부인은 은밀히 자신의 옷자락을 썩도록 하여 왕과 함께 누각에 올랐을 때 투신하였다. 좌우에서 그 옷자락을 당겼으나 썩은 옷자락이 찢어지면서 잡지 못하고 죽고 말았다. 그녀의 허리춤에서 유서가 나왔다. "왕은 제가 살아 있기를 바라시지만 저는 죽기를 바라옵니다. 원컨대 시신이나마 한빙과 합장하도록 해주시옵소서!" 왕은 괘씸하게 여겨 그 말을 들어주지 않고 사람을 시켜 서로 바라보도록 매장하였다. 왕은 "너희 부부가 사랑해 마지않는다니 무덤을 합칠 수 있다면 더 이상 막지는 않겠노라"라고 했다. 그러자 밤사이에 가래나무 두 그루가 무덤의 끝에서 자라나 열흘 만에 아름드리로 커지며 뿌리와 가지가 위아래에서 서로 얽히고설켰다. 또 자웅의 원앙 한 쌍이 나뭇가지에서 살면서 서로 목을 비비며 슬피 울었다. 송나라 사람들이 감동하여 그 나무를 상사수(相思樹)라고 불렀다. 남방 사람들은 이 새들이 곧 한빙 부부의 정령이라고 여겼다. 지금 수양(睢陽) 땅에 한빙성이 있고 그 노래도 지금까지 전해진다고 한다.

여기서 송나라 강왕은 전국시대 송나라의 마지막 왕으로 이름난 폭군인데 친형을 죽이고 왕위에 오른 인물이었다. 한빙 부부의 비극이 탄생하는 원인이 된 인물로서도 폭군의 이미지는 동일하다. 수양은 하남의 상구(商丘)에 속한 은나라의 옛 지역이며 주나라 때 은나라 후예 미자계(微子啓)를 봉하여 송나라가 되었다. 기원전 286년 송나라는 제(齊), 초(楚), 위(魏)에 멸망당했고 수양은 위나라 지역으로 편입되었다. 수양의 이름은 이때 개명된 것이다.

한빙의 이야기는 후세에 널리 전해져서 당나라 때 이백의 시 「백두음(白頭吟)」에서도 전고로 활용되었고 돈황변문 「한붕부(韓朋賦)」로도 만들어졌다. 한빙이 한붕으로 쓰인 것은 발음의 변천 때문이다. 원나라 때는 이를 소재로 잡극 「열녀청릉대(烈女青綾臺)」가 나오기도 했다. 한빙 부부의 결말은 「공작동남비」나 양산백과 축영대의 결말과 유사하지만 포악한 군주에 항거하는 의미가 더욱 강조되었다고 본다.

지괴소설집에는 『수신기』 이외에도 도연명이 엮었다고 알려진 『수신후기』가 있고, 『공씨지괴(孔氏志怪)』, 『조씨지괴(祖氏志怪)』, 『견이전(甄異傳)』, 『영귀지(靈鬼志)』, 『제해기(齊諧記)』, 『집이기(集異記)』, 『술이기(述異記)』 등 여러 종류의 지괴가 있었다. 모두 기이하고 신령스러운 이야기를 모았다는 뜻으로 제목을 지었다. 20세기 초에 루쉰[魯迅]이 각종 문헌 속에 전해 오던 이들 일부 작품을 모아서 『고소설구침(古小說鉤沉)』을 엮어 당시 지괴소설의 상황을 보다 구체적으로 알 수 있도록 하였다.

3) 지인소설집 『세설신어』

위진남북조의 소설에는 지괴와 더불어 지인소설이 있으며 대표적인 작품으로 유의경(劉義慶, 403-444)의 『세설신어(世說新語)』가 있다. 지인(志人)소설이라는 이름은 루쉰이 『중국소설사략』에서 처음 명명했다. 명사들의 숨겨진 뒷이야기를 기록했다고 하여 일사(逸事, 軼事)소설이라고도 칭한다. 당시 명사들은 청담(淸談)을 즐겼고 이름 있는 저명인사에 대한 인물 품평이 대유행이었다. 이러한 글을 천 편 이상 모아서 33종의 유형별로 나누어 편찬한 것이 『세설신어』였다. 세상에 전하는 참신한 이야기라는 의미다. 역사기술이나 우언고사는 아니고, 특정 인물의 언행을 실제 생활 속에서 묘사하여 생동감 넘치고 현실성이 강하게 드러난다. 등장하는 인물은 동한 말기부터 위진을 거쳐 동진 말기까지의 6백여 명인데 인물의 유형은 광범위하다. 죽림칠현(竹林七賢) 등 다양한 인물의 독특한 성품과 에피소드가 흥미롭게 묘사되었다. 수많은 인물들의 자세한 행동과 대화 또는 오묘한 심리를 그려 내고 있는데, 어떤 면에서는 숨겨진 역사의 일부일 수도 있으나 또한 흥미로운 소설로서의 요소도 갖추고 있다. 괴이한 일을 기록한 것을 지괴소설이라고 한 것처럼 인물 품평이나 인물의 에피소드를 주로 다루고 있다는 점에서 지인소설이라고 명명하였다. 그중 「임탄(任誕)」편에는 예교에 얽매이지 않는 자유분방한 인물의 뒷이야기가 많다. 술꾼으로 유명한 유령(劉伶)의 이야기를 보자.

유령은 술을 못 마시면 병이 났다. 기갈이 심해지자 그의 처에게 술을 가져오라 하니 아내는 술을 쏟아 그릇을 깨 버리고 울면서 간곡히 애원했다. "당신은 술을 지나치게 마십니다. 이는 섭생의 도리가 아니니 반드시 술을 끊어야 합니다." "알았소. 하지만 스스로 술을 끊을 수 없으니 신령님께 기도하여 맹세하고 끊겠소. 술과 고기를 준비하시오." 유령의 말에 아내는 술과 고기를 준비하고 신령 앞에서 맹세를 하라고 청했다. 유령은 무릎을 꿇고 기도했다. "하늘이 유령을 내신 것은 술로써 이름을 내도록 하신 것이오니 한번 마시면 열 말이요, 해장술로 닷 말이니 아녀자의 말은 삼가 듣지 마시옵소서!" 그리고 곧바로 술과 고기를 가져다 실컷 먹고 마셔 거나하게 취해 버렸다.

유령은 항상 맘껏 술을 마시고 자유분방하게 행동했다. 간혹 옷을 홀랑 벗고 집 안에 있기도 했다. 사람들이 집 안에 들어왔다가 보고는 뒷말을 했다. 유령이 한마디 대꾸했다. "나는 천지를 거처로 삼고 집을 속옷으로 삼는 사람인데 어찌 내 속옷 안으로 들어와서 무엇을 엿보고 있단 말인가?"

『세설신어』의 이야기는 이런 식이다. 등장인물의 성격과 특징을 촌철살인의 몇 마디 말로 간결하게 개괄하여 강렬한 인상을 준다. 고도의 정련된 언어와 함축적 문장은 후대의 모범이 되어 세설체 문학이 형성되기도 했다. 명나라 때 왕세정(王世貞)의 『세설신어보』가 나와 유행하였고 조선에도 널리 알려졌다.

2. 당나라 전기소설의 세계: 풍자와 협의와 역사류

당나라에서도 기이하고 환상적인 이야기가 만들어졌으나 전 시대의 지괴와는 창작방식이 달라졌다. 전기가 지괴와 다른 점은 작가의 등장이며 의식적으로 소설을 창작했다는 것이다. 이는 중국소설사에서 매우 중요한 전환점이다. 당대 전기소설은 우수한 문인에 의해 창작된 산문 작품이라는 점에서 문학사에서도 중시되며 이후 송원대와 명청대에 이르기까지 그 전통이 면면히 이어지므로 문언소설의 핵심이라고 할 수 있다. 그뿐만 아니라 당대 전기소설의 다양한 이야기 소재는 원대 희곡에 커다란 원동력을 제공하여 이를 활용해 재창작한 작품이 쏟아져 나왔으며 명대 백화단편소설도 다양한 소재를 당 전기로부터 채용하였다.

1) 당대 전기의 유형분류

전기라는 명칭은 당나라 후기 배형(裴鉶)의 소설집 『전기(傳奇)』에서 유래한다. 소설사에서는 『전기』에 실린 유형의 소설을 전기로 통칭하게 되었고, 이에 당나라 때 나온 소설을 당대 전기라고 부르게 된 것이다. 전기소설을 전기문(傳奇文)으로 지칭하기도 하는데 일반적으로 당송대의 문언단편소설을 지칭한다. 명청대에 이르면 희곡을 전기라고도 부르게 되기 때문이다. 즉 전기라는 것은 기이한 이야기라는 의미에서 사용된 것이고 그것이 소설이든 희곡이든 장르로서는 구별하지 않았다.

당대 전기소설은 명칭상 기이한 것을 다룬 것이라고 하였지만 실제로는 신괴류와 같은 일부 작품이 그러할 뿐 대부분은 현실생활의 다양한 인정백태를 모두 포함하고 있으며 위로는 제왕과 귀비, 아래로는 기녀와 걸인에 이르기까지 다양한 인물을 그리고 있어 삶의 현장을 생생하게 보여 준다. 내용에 따라서 다음의 몇 가지 유형으로 나눈다. 신기하고 괴이한 사건을 그려 낸 신괴류, 남녀의 사랑을 주제로 하는 애정류, 협객의 의협심을 보여 주는 협의류, 그리고 역사적 사실을 근거로 부연한 역사류 등이 그것이다.

신괴류는 육조 지괴소설의 흔적이 남아 있는 당대 초기의 작품이다. 신비롭고 기이한 이야기를 소재로 하여 흥미를 자아낸다. 왕도(王度)의 「고경기」와 무명씨의 「보강총백원전」이 대표적이다. 또한 인생여몽(人生如夢)의 주제를 가진 심기제(沈既濟)의 「침중기」와 이공좌(李公佐)의 「남가태수전」도 신비롭고 기이한 이야기에 속한다.

애정류는 전기소설의 상당 부분을 차지하는데 원진(元稹)의 「앵앵전」이 가장 널리 알려진 작품이며 「곽소옥전」과 「이와전」도 애정소설의 대표 작품이다. 한편 심기제의 「임씨전」은 여우에서 사람으로 변신한 여인의 이야기이고, 진현우(陳玄祐)의 「이혼기」는 육체에서 떠난 혼령이 돌아와 다시 합쳐진다는 신비로운 설정이므로 신괴류와 애정류를 겸한다고 볼 수 있다. 「앵앵전」은 희곡 『서상기』를 다룰 때 함께 상세하게 논의할 기회가 있으니 여기서는 소개를 줄인다.

협의류는 의협적인 행위를 하는 인물을 다룬 소설이다. 의협의 전통은 선진시대부터 면면히 내려왔으나 차츰 유가와 법가의 사이에서 자취를 감추게 되고 소설로 남아 그 흔적을 전하게 되었다.

남성 협객을 다룬 「규염객전」, 「곤륜노」, 여성 협객을 다룬 「사소아전」 등이 대표작이다. 이러한 작품들의 영향으로 청대에 이르러 다시 한번 협의소설이 유행하기도 한다.

역사류로는 당 현종과 양귀비를 주인공으로 하는 진홍(陳鴻)의 「장한가전」이 대표적이다. 이 작품은 백거이의 장편서사시 「장한가」와 더불어 시문으로 쌍을 이루는 작품이다. 「동성노부전」은 투계(鬪鷄)에 능숙하여 당 현종의 총애를 받은 가창(賈昌)이란 독특한 개인의 흥망성쇠를 다루고 있지만 역시 황제의 황음무도한 생활을 반영한다고 할 수 있다.

당대의 문학을 시대별로 분류하여 초당, 성당, 중당, 만당으로 나누기도 하는데, 주로 당시의 분류에서 많이 활용된다. 전기소설에서는 초당과 성당의 초기, 중당의 중기, 만당의 말기로 삼분하는 경우가 많다.

초기에는 아직 지괴소설의 흔적이 남아 있기도 하여 전기소설의 완전한 발전은 이루지 못한 상태인데 「고경기」, 「유선굴」 그리고 「보강총백원전」이 대표적이다. 중기는 전기소설의 극성기다. 중요하고 유명한 작품이 대부분 이때 나타났다. 「침중기」, 「남가태수전」, 「곽소옥전」, 「이와전」, 「앵앵전」, 「임씨전」, 「유의전」 등이 대표적이다. 말기는 전기소설의 쇠퇴기로서 개별 작품보다는 작품모음집이 많이 나왔다. 우승유(牛僧儒)의 『현괴록』, 이복언(李復言)의 『속현괴록』, 원교(袁郊)의 『감택요(甘澤謠)』, 배형의 『전기』 등이 대표적이다.

그러면 왜 당대에 전기소설이 유행하게 된 것일까? 대체로 다음 몇 가지 원인이 거론된다. 정치적, 사회적 변화를 제외하면 구체적으로 당대 고문운동을 주된 원인으로 본다. 육조시대를 풍미하던 변려문은 한유, 유종원 등의 고문운동으로 질박하고 평이한 산문 문체에 밀려났고 이러한 산문 문체는 전기소설의 양산에 큰 도움이 되었다. 소설가들은 자신이 겪고 들었던 기이한 사연을 평이하고 질박한 문체의 전기소설로 써냈다. 당대 과거제도의 온권(溫卷)이란 관습이 소설창작을 부추겼다는 주장도 있다. 수나라에서 시작된 과거제도는 당나라에서 온전하게 자리 잡게 되었는데 진사과는 입신출세의 첩경이 되었다. 과거시험을 준비하는 선비들은 자신이 쓴 글을 미리 고관대작이나 고위층 문인 등에게 보여 줌으로써 좋은 인상을 남겨 시험합격에 도움을 받고자 했다. 조정의 시험관인 고관들의 집에는 수험생들의 글이 쌓이게 되었고 좀 더 주목을 받기 위해 기이한 글을 쓰는 것이 유행처럼 되었다는 것이다. 따라서 대부분의 전기소설 작가는 당시 어느 정도 이름을 얻은 문인으로, 명확하게 이름이 드러나 있는 상태다. 작가의 이름 없이 전해 오는 이야기를 수록한 지괴소설과의 차이점이라고 할 수 있다. 이 밖에도 유교를 국교로 삼던 한나라 때를 지나 위진남북조와 당나라 때는 도교와 불교의 영향이 사회 전반으로 보편화되었고 신비롭고 기이한 환상체험의 기록이 이상하게 여겨지지 않던 때였으므로 전기소설이 발달했다고 보고 있다. 특히 풍부한 상상력을 담고 있는 인도 불교설화가 다양한 방식으로 중국문학의 발달에 영향을 주었는데 전기소설 또한 그 영향을 받았다고 할 수 있다. 실제로 도교나 불교 이야기 자체를 기록한 전기소설도 적지 않다.

당대 문학은 후세에 막대한 영향을 끼쳤다. 당시는 중국시의 최고봉에 이르러 시의 전형을 이루었고 산문 또한 송나라 고문운동의 선구가 되었다. 전기소설도 이들에 결코 뒤지지 않는다. 문언단편소설의 명작은 대부분 당대 전기소설에서 나왔으며 이후 송원명청 문언소설의 발전에 기초를 제공했다. 전기소설의 전통을 이어받아 명대 『전등신화』와 청대 『요재지이』 등의 전기소설집이 나올 수 있었으며 근대에 이르도록 문언소설의 명맥을 면면히 이어 갈 수 있었다.

원대의 잡극과 명대의 전기(희곡)에 영향을 끼친 당대 전기소설을 보다 구체적으로 다음처럼 확인할 수 있다.

- 「장한가전」(진홍) → 원 『오동우』(백박)
- 「앵앵전」(원진) → 원 『서상기』(왕실보)
- 「유의전」(이조위) → 원 「유의전서」(상중현), 명 「귤포기」(허자창)
- 「이와전」(백행간) → 원 「곡강지」(석군보), 명 「수유기」(설근곤)
- 「이혼기」(진현우) → 원 「천녀이혼」(정광조)
- 「침중기」(심기제) → 원 「황량몽」(마치원)
- 「남가태수전」(이공좌) → 명 「남가기」(탕현조)
- 「곽소옥전」(장방) → 명 「자차기」(탕현조)
- 「침중기」(심기제) → 명 「한단기」(탕현조)
- 「규염객전」(두광정) → 명 「홍불기」(장봉익)

2) 인생여몽을 풍자한 「침중기」

풍자류 전기 작품인 「침중기(枕中記)」의 제목은 말 그대로 베개 속의 이야기라는 뜻이다. 주인공이 한단(邯鄲, 옛 조나라의 수도)의 주막집에서 잠들고 꿈을 꾸었으므로 「한단몽」이라고도 불리고, 꿈꾼 시간은 기장밥, 즉 황량(黃粱)밥이 되는 짧은 시간이었기에 「황량몽」이라고도 하며, 주인공이 노생(盧生)이므로 「노생지몽」, 여옹(呂翁)이 준 베개를 베고 꿈을 꾸었으므로 「여옹침」이라 불리기도 한다. 인생은 한바탕 허망한 꿈이라는 풍자적 주제를 보여 준다. 구체적인 줄거리는 다음과 같다.

> 당나라 개원 7년(719)에 신선술을 터득한 도사 여옹이 한단으로 가는 길의 주막집에서 노생을 만났다. 노생은 산동의 젊은이인데 아무리 노력해도 성공하지 못하는 현실에 불만을 품고 신세한탄을 했다. 선비로 태어났으면 출장입상(出將入相, 외지에서는 장수가 되고 조정에서는 재상이 됨)하고 열정이식(列鼎而食, 솥을 벌여 놓고 식사하는 대가족의 가문이 됨)해야 비로소 출세했다고 믿었기 때문이다. 이윽고 노생이 졸기 시작하자 여옹은 청자 사각 베개를 내주며 소원대로 해 주겠노라고 한다. 노생의 긴 꿈은 베개의 구멍으로 들어가면서 시작된다. 그는 마침내 당대 최고의 명문가인 청하 최씨(淸河崔氏)의 아내를 얻고 과거에 급제하여 승승장구 출세의 길에 올랐다. 교서랑이 되고 현위가 되고 감찰어사가 되고 지방의 목사가 되고 수도의 경조윤(京兆

尹)이 되었다. 하서의 절도사(節度使)가 되어 오랑캐를 격파하고 영토를 개척하였으며 조정에 들어와 이부시랑, 호부상서 겸 어사대부로 승진했다. 시기하는 사람의 중상을 받아 잠시 좌천되었다가 돌아와 마침내 중서령(中書令)이 되었는데 곧 재상의 자리였다. 이른바 출장입상의 꿈이 그렇게 이뤄진 것이었다. 사람들은 그를 어질고 현명한 재상이라고 평하였지만 또한 무고하는 자들도 생겼다. 황제도 문득 그 말을 믿고 그를 하옥시키라고 명했다. 목숨이 경각에 달리게 되자 그제서야 노생은 크게 놀라 "내 고향 산동에 좋은 밭 몇 마지기 있어 추위와 굶주림을 면할 수 있었거늘 어쩌다 벼슬길에 올라서 결국 이 지경이 되었는가" 하고 한탄하며 칼을 빼어 자결하려 했다. 아내가 말려 죽음을 면할 수 있었다. 연루된 사람들은 모두 죽임을 당하였으나 노생만은 겨우 감형을 받아 유배되었다. 수년 후에 억울함이 밝혀져 다시 중서령으로 복직하였고 또 연국공(燕國公)에 책봉되니 황제의 총애가 더욱 깊었다. 아들 다섯이 모두 훌륭하게 성장하여 벼슬을 살았고 손자가 열이었다. 노생은 파란만장한 오십 년의 벼슬살이에서 두 번 쫓겨나고 두 번 재상이 되었으며 외직과 내직에서 공을 세우고 명성이 높았다. 노생은 성품이 사치스럽고 방탕하였고 후원의 처첩들은 모두 미인들이었으며 하사받은 전답과 명마 등이 부지기수였다. 노년에 점점 쇠락하여 사직을 요청했으나 황제는 허락하지 않았다. 병이 들자 환관이 문병 오고 명의와 명약이 줄을 이었다. 죽음을 앞두고 상소를 올려 자신의 벼슬살이 과정을 다시 밝히며 이제 여든이 넘은 나이에 삼공의 자리를 다 거치며 입은 황은에 감사하고 태평성대를 송축한다고 했다. 황제의 조서가 내려졌다. 고역사를 보내 치료에 힘쓰도록 할 테니 희망을 품고 쾌차하기를 바란다는 내용이었다. 그날 밤 노생은 죽었다. 그리고 기지개를 켜고 꿈을 깨고 보니 여옹은 옆에 앉아 있었고 주막집 주인은 여전히 기장밥을 짓고 있었다. 모든 것이 그대로였다. 노생은 벌떡 일어나며 자신의 파란만장한 일생이 꿈이었던가 하고 놀랐다. 여옹은 인생이란 다 그런 것이라고 말했다. 노생은 잠시 멍해 있다가 마침내 인생여몽의 도리를 깨닫고 여옹의 가르침에 머리 숙여 절을 하고는 떠나갔다.

여기서 여옹은 팔선의 한 사람인 여동빈(呂洞賓)일 것으로 여겨지지만 또한 구멍이 뚫린 사각 베개 양쪽의 모양에서 유래한 단순한 명명이라는 설도 있다. 노생의 신세한탄은 오늘날의 젊은이 심정과 다르지 않다. 큰 뜻을 품은 대장부가 고달픈 현실을 타개하기는 그때도 쉽지 않았던 것이다. 그의 일생은 비록 벼슬살이에서 좌천과 유배의 쓰라림이 있었지만 결과적으로 매우 평탄하게 출세를 거듭한 이상적인 유형이었다. 어떤 노력을 기울이고 어떤 고민을 거쳤는지는 기록되지 않았다. 다만 그 모든 인생역정이 단 한 순간의 꿈이었다는 사실이 주제를 잘 나타낸다. 목숨이 경각에 달린 순간 산동의 고향 땅으로 돌아가 평범한 서민으로 살고 싶어도 그렇게 할 수 없다는 안타까움은 부귀영화를 누리며 승승장구하다가 끝내 패가망신의 순간에 후회해도 소용없음을 잘 드러낸다. 『장자』의 다음 내용이 연상된다.

> 장자가 어느 날 강가에서 낚시를 하는데 주나라 사자가 와서 재상으로 모시겠다고 했다. 장자는 재상의 자리를 마다하면서 구중궁궐의 장롱 속에서 사람들의 절을 받는 죽은 거북이 되느니 차라리 진흙탕에서 꼬리를 흔들며 여유롭게 살아가는 산 거북이 되고 싶다고 했다.

노생도 자결을 결심하면서 바로 그런 생각을 했을 것이다. 그러나 「침중기」의 핵심은 인생의 앞길이 순순히 풀려서 부귀영화를 한몸에 얻고 길고 긴 팔십 평생을 살고 유언까지 마치고 죽었는데 그것이 한바탕 꿈이었다는 데에 있다. 게다가 그 시간은 기장밥이 미처 다 뜸이 들기도 전의 짧은 순간이다. 물론 꿈은 시간과 공간을 초월하는 현상이지만 이를 통해 부귀영화의 헛된 욕망을 버리고 안분지족하면서 살아가는 도교적 인생관을 담았다고 볼 수 있다. 이러한 꿈 이야기는 특정한 시간이 배경으로 필요한 것은 아니다. 그러나 「침중기」는 당 현종의 시대를 배경으로 하고 구체적인 연도까지 넣는 디테일을 구비하고 있어 소설의 효과가 극대화되고 있다.

3) 협객을 묘사한 「규염객전」

협의류인 「규염객전(虯髯客傳)」에는 세 명의 인물이 개성적으로 그려져 있다. 우선 제목의 인물부터 심상치가 않은데 규염객은 귀 아래로 길게 늘어진 구레나룻의 모습이 이무기의 형상과 닮았다고 하여 붙여진 이름이다. 수나라 말기 장중견(張仲堅)이란 사람으로 웅대한 포부와 지략을 갖고 있었다. 이정(李靖)은 이세민을 도와 당나라를 건국하는 데 공을 세운 특이한 재주와 지략을 지닌 인물이다. 홍불녀(紅拂女) 장씨는 양소(楊素)의 가기(家妓)로, 홍불녀란 붉은 먼지떨이를 잡고 있는 시녀의 뜻이다. 그녀는 이정을 먼발치에서 보고 몸을 의탁하기로 마음먹고 밤중에 찾아간다. 규염객과는 동성이라 오누이로 지냈다. 이 세 사람을 풍진삼협(風塵三俠)이라 부른다. 줄거리는 다음과 같다.

> 수나라 말기 수양제가 강도(江都, 지금의 양주)에 머물고 있을 때 전권을 받아 장안을 다스리며 권세를 부리던 양소에게 평민 서생이었던 이정이 찾아갔지만 아무 소득 없이 돌아왔다. 한편 이정의 사람됨을 한눈에 알아본 가기 홍불(장씨)은 그날 밤 이정의 처소를 찾아와 스스로 몸을 의탁했다. 이정과 홍불이 객점에 투숙해 있을 때 규염객이 나타나 가죽 주머니를 베개 삼아 베고 누워, 긴 머리를 빗고 있는 홍불녀를 뚫어지게 바라보았다. 말을 씻기고 있던 이정이 그 모습을 보고 곧 화를 내려고 했지만 홍불녀는 그 인물이 비범함을 알고 스스로 누이로 칭하면서 남편 이정을 불러서 인사하도록 했다. 규염객은 가죽 주머니에 세인의 질시를 받는 배신자를 처단한 머리와 간을 담아 넣고 있었다. 그는 간을 꺼내서 술안주로 삼았다. 규염객은 세상을 경륜하고 도탄에 빠진 백성을 구하려

는 큰 포부를 갖고 있었다. 이정과 규염객은 진명천자(眞命天子)의 운수를 타고난 이세민에 대해 얘기를 나누었다. 세 사람은 태원에서 다시 회동하여 이세민을 만나 보기로 약조하고 헤어졌다. 태원에서 이정은 관상을 잘 보는 사람을 데려왔다고 말하고 유문정(劉文靜)을 통해서 규염객을 이세민에게 보이도록 했다. 규염객은 이세민의 비범한 재주와 능력을 한눈에 알아보고 그가 황제가 될 것임을 간파하여 그와 천하를 다투는 것을 포기한다. 이정이 홍불녀와 함께 규염객의 집에 갔을 때 그는 전 재산과 노비를 모두 이정에게 내어놓고 이세민을 도와 천하를 쟁취하라고 이른 뒤에 처자를 이끌고 떠난다. 정관 10년(636)이 되었을 때 남만 지역 사람이 입조하여 보고하기를 천 척의 선박에 십만의 병사가 부여국에 쳐들어와 군왕을 죽이고 왕위에 올랐노라고 했다. 이정은 그가 바로 규염객이라 여기고 동남방으로 술을 뿌리며 축하했다. 훗날 사람들은 위국공 이정의 뛰어난 병법의 태반은 규염객으로부터 전수받은 것이라고들 했다.

등장인물 세 사람이 삼협으로 불리는 이 작품은 중국 무협소설의 원조로 알려져 있다. 현대 무협소설의 대가인 진융[金庸]도 그렇게 여겼다. 현대 무협소설의 다양한 요소를 「규염객전」에서 이미 다루고 있다는 것이다. 젊은 남녀의 자유로운 만남과 사랑, 호걸 남성과 미모의 여성, 심야의 도주와 추적, 작은 객점에서의 하룻밤과 의외의 만남, 한눈에 영웅을 알아보는 탁월한 안목과 넓은 마음, 천하를 경륜할 지략과 과감한 양보, 새로운 세계의 개척정신 등 다양한 요소들이 짧은 문장 안에서 절제 있게 그려진다.

한국에서는 「규염객전」을 고구려의 연개소문과 관련지어 보려는 설이 있다. 『삼국유사』에서는 『고려고기(高麗古記)』의 설화를 인용하여 수나라의 비장이었던 양명(羊明)이란 자가 고구려의 총신으로 환생하여 결국 고구려를 멸망시켰다고 했다. 이를 근거로 규염객이 연개소문이 아닌가 생각하게 된 것이다. 조선 후기 이덕무(李德懋)와 홍대용(洪大容)은 규염객을 바로 연개소문이라고 지적하였고 이익(李瀷)은 규염객이 발해 대씨(大氏)의 시조인 걸걸중상(乞乞仲象)을 소재로 한 것이라고 했다. 근대에 신채호는 『규염객전』과 『갓쉰동전』이라는 한국 고소설(현재는 실전)이 모두 연개소문이 중원대륙을 경략하고자 살펴본 흔적이라고 제기한 바 있다. 이 모든 것은 소설의 말미에 있는 규염객이 부여국을 쳐서 군주를 죽이고 스스로 왕위에 올랐다는 기록을 근거로 한 것이지만 소설의 묘사와 실제 역사가 완전히 부합한다고 보기는 어려울 것이다.

4) 역사를 담은 「동성노부전」

역사류에서는 「동성노부전(東城老父傳)」을 살펴본다. 당 현종이 즐기는 투계에 영합하여 벼락출세하였다가 황제가 바뀐 이후 쇠락하여 출가한 가창(賈昌)이란 인물을 그리고 있다. 이 작품은 주인공의 이름을 따서 「가창전」이라고도 한다. 줄거리는 다음과 같다.

가창은 장안 사람으로 개원 원년(713) 태생인데 원화 경인년(810)에 이미 98세가 되었지만 귀가 밝고 말도 잘하고 정신도 또렷하여 젊은 시절의 사연을 역력히 밝혀 실로 들을 만했다. 그의 부친 가충(賈忠)은 현종의 공신으로 친위대 사관이 되었다. 가창은 7세에 이미 민첩하였고 특히 새가 지저귀는 소리를 알아들었다. 현종은 닭싸움을 즐겨 보았으므로 뛰어난 닭을 뽑아 궁중에서 기르도록 했다. 그 여파로 시중에도 투계를 일삼는 자가 늘었다. 현종이 행차를 나갔다가 어린 가창이 나무 닭을 갖고 놀고 있는 것을 보고 궁으로 불러들여 계방(鷄坊)을 지키게 했다. 가창이 닭의 무리에 들어가면 마치 동무들과 어울려 노는 것같이 자연스럽게 어울렸다. 그는 닭 중에서 힘센 놈, 약한 놈, 용감한 놈, 겁먹은 놈을 구분할 줄 알고 물이나 먹이를 찾거나 병에 걸렸는지를 모두 알 수 있었다. 현종이 그를 불러서 확인하고 매우 흡족하게 여겨 총애하기 시작했다. 13세에 투계복장을 입은 채로 온천에서 현종을 알현하였으니 사람들은 그를 신계동(神鷄童)이라 불렀다. 당시 시중에 전해진 시의 앞부분만 보면 이러했다.

"아들 낳으면 글을 가르칠 필요가 없네, 닭싸움과 말달리기가 공부보다 낫다네[生兒不用識文字, 鬪鷄走馬勝讀書]. 가씨 집 아이는 이제 겨우 열세 살인데, 부귀와 영화는 당대에 견줄 이가 없다네[賈家小兒年十三, 富貴榮華代不如]."

황실의 연회에 가창은 독수리 깃으로 장식한 금빛 관을 쓰고 닭 무리를 이끌고 가장 먼저 출현했다. 그는 닭 무리를 지휘하여 절도 있게 춤추게 하였다. 투계의 승부가 끝난 뒤엔 승자와 패자가 앞뒤로 서서 가창을 따라 계방으로 들어갔다. 묘기를 준비한 다른 대원들은 모두 기가 죽었다. 현종은 연극배우 반대동(潘大同)의 딸을 가창에게 아내 삼도록 했고 패옥과 혼례복장을 하사하여 성대히 혼례를 올리게 했다. 아내 반씨도 양귀비의 총애를 받아 두 사람은 40년간이나 변함없이 황제와 귀비의 은혜를 입었다. 그들은 두 아들을 두었다.

안녹산의 난이 일어나고 현종이 사천으로 몽진할 때 가창은 호위로 따라갔다. 중도에 말 사고로 다치자 지팡이를 짚고 남산으로 은신했다. 안녹산이 수색하자 그는 성명을 바꾸고 절에 들어가 일을 했다. 난이 평정되고 새 황제 숙종이 즉위(756)하자 그는 집으로 돌아왔다. 그러나 집은 약탈되었고 흩어진 가족은 보이지 않았다. 길거리를 방황하다가 거지꼴이 된 처자식을 만나 끌어안고 통곡했다. 가창은 마침내 처자와 작별하고 속세를 버리고 장안의 불사로 들어가 대사의 불법을 배웠다. 대력 원년(766) 이후 운평(運平)스님에게 의지하여 불법을 익히고 심오한 이치를 깨우쳐 갔다. 다라니경 석주를 세우고 승방이나 불사를 짓기도 하며 수목을 심고 대나무를 키웠다. 스승인 운평스님이 입적하자 동문 밖에 사리탑을 세우고 송백을 심고 조석으로 분향했다. 후에 동궁이 거금을 희사하여 영당과 불사를 건립하였고 바깥채에 유민을 수용하였다. 가창은 죽과 물로 연명하고 초석에서 잠자며 검소하게 지냈다. 아내 반씨는 간 곳을 알 수 없었고 후에 큰아들이 찾아왔으나 만나기를 거절하고 돌려보냈다. 작은아들이 비단장사를 하여 간혹 돈이나 비단을 보냈지만 모두 받지 않았다. 끝내 자식과도 인연을 끊고 말았다.
영천의 진홍조는 친구와 더불어 춘명문을 나갔다가 사리탑 아래에서 가창을 만나 그 이야기를 듣느라 날이 저무는 것도 모르고 있었다. 가창은 홍조를 절에 묵게 하고 자신의 내력을 상세히 말해 주었다. 홍조는 이야기 끝에 세상의 변화와 정치의 이치에 대해서 물었다. 가창은 자신이 닭싸움의 기술로 황제의 총애를 받았고 궁중의 광대로서 외궁에 기거했으니 어찌 조정의 일을 알 수 있었겠는가라고 했다. 그러면서도 직접 절도사와 어사대부의 일을 보았고 변방을 평정하고 먼 나라와 교류하는 상황이나 천자가 오악을 순행하던 일도 보았지만 세상의 기풍과 인심이 지금은 너무 많이 변했다고 한탄했다. 현종 시절에는 해외 각국의 사신이 장안에 머물지 않고 천자를 알현하면 곧 떠났지만 지금은 북방 호인이 대거 장안에 머물며 혼인하여 뒤섞여 살고 있으니 젊은이들의 두발이나 의복, 신발이 호풍으로 변했다고 역시 안타까워했다.
진홍조는 그 말을 묵묵히 듣고 아무 대꾸도 하지 못하였다.

당시의 문인 진홍은 98세의 고령이 된 가창을 직접 만나 보고 그의 파란만장한 일대기에 감동하여 마침내 붓을 놀려 「동성노부전」을 써낸 것이다. 이 글이 후에 『태평광기』에 실리게 됨으로써 가창의 이야기가 지금까지 전해 오게 되었다. 이 작품은 역사의 뒤안길에서 찾아낸 한 인물의 극적인 일대기를 그리면서 사회적 현상과 시대적 아픔을 담아낸 소설이라고 할 수 있다. 진홍은 정원(貞元) 연간에 진사가 되었고 후에 태상박사(太常博士)를 지냈으며 상서주객낭중(尙書主客郎中)에 올랐던 문인이었다. 역사의 편찬에 특히 관심이 많아서 7년간의 노력으로 『대통기(大統記)』 30권을 지었다고 하나 전해지지 않는다. 그가 역사소설 「장한가전」이나 「동성노부전」을 지은 것도 그러한 연유라고 생각된다. 「동성노부전」의 원문에서 자칭 진홍조(陳鴻祖)라고 하였고 후대의 선집에서는 작가를 진홍이라 하였는데, 진홍 본인을 진홍조로 썼다는 견해와 서로 다른 인물이라는 견해가 있어서 작자문제는 여전히 해결되지 않은 의문이다.

당대 전기소설은 중국소설에서 본격적인 문인창작의 문언소설시대를 열었다. 당시 문인들은 뛰어난 문장을 쓰기 위해 다양한 기법을 활용하였으며 자신의 이름을 드러내고 문필을 뽐내기 위하여 다양한 소재를 활용하기도 하였다. 당대 전기소설의 성공은 명청대 문언소설의 질적 향상을 도출하게 된다.

3. 명청시대 문언전기소설: 『전등신화』와 『요재지이』

당송 전기소설에 이어 문언단편소설의 맥을 이은 것은 명 초에 나온 구우의 『전등신화』와 이정의 『전등여화』, 그리고 청 초에 나온 포송령의 『요재지이』, 기윤의 『열미초당필기』, 원매의 『자불어』 등의 문언소설집이다. 송원 이래 백화소설의 대세 속에서도 문언소설이 그 명맥을 면면히 이어 간 것은 바로 앞서 언급한 명청대의 대표적 작품집이 나름대로 훌륭한 발전을 이룩하였고 소설사적으로 중요한 의미를 지니게 되었기 때문이다. 백화소설은 대중적 인기를 얻고 널리 전해졌지만 문인계층에서는 여전히 문언소설의 전통을 지키며 이를 즐겨 감상하고 있었다.

송나라의 전기소설은 당나라에 비해 독창성이 떨어지고 역사적 고사를 서술하는 데 치중하였으며 시대적 풍조의 영향을 받아서 사변적이고 유교적인 설교를 삽입하기도 했다. 남송에서 원대에 걸쳐 화본소설이 양산되기 시작하면서 문언소설의 맥이 자칫하면 끊어질 위기에 이르렀다. 이러한 위기에 직면하여 문언소설의 풍조를 다시 일으킨 사람이 명 초의 구우였다.

1) 『전등신화』와 『전등여화』의 출현

구우(瞿佑, 1347-1427)는 어려서 총명하여 기대를 모았으나 과거에는 낙방하고 항주 근처에서 서당의 훈장으로 있었다. 1378년 구우는 32세의 나이에 『전등신화』 20편을 지었고 자서전이라고 할 수 있는

「추향정기」 1편을 부록으로 덧붙여 4권본을 만들었다. 당시 그와 교유하던 유명인사들이 서문과 발문을 써 주었다. 이 책은 전국 각지로 퍼져 큰 반향을 일으켰다. 40여 년이 지난 1419년 진사 출신으로 한림원 서길사(庶吉士)를 지낸 이정(李禎)이 이 책을 보고 감동을 받아 자신도 그와 유사한 작품 20편을 지어 『전등여화』로 이름 지었고 이에 앞서 1412년 중편소설인 「가운화환혼기」도 따로 지었으므로 이를 합권하여 5권본으로 만들었다. 당시 한림원의 동료들이 서문과 발문을 써 주어 책의 성가를 한층 높여 주었다. 1421년 하남 주헌왕부의 우장사(右長史)를 지내다가 죄를 얻어 만리장성 너머 보안(保安)에 십수 년째 유배 살고 있던 75세의 구우는 자신의 옛 작품집을 다시 대하고 수정과 교정을 가해 중교본(重校本)을 만들었다. 곧이어 『전등신화』와 『전등여화』는 함께 유행하기 시작하고 합각본도 나왔다. 이들 소설집은 문인의 구미에 맞는 화려한 고문 문체와 젊은이들의 시선을 끄는 기이하고 환상적인 구성, 애틋하고 절절한 사랑의 사연으로 수많은 독자를 확보할 수 있었다. 문언소설의 이러한 특징은 분명 설화인의 입을 통해 전해지고 만들어지던 백화소설의 성격과는 판이한, 문언소설 특유의 흡인력이라고 할 수 있을 것이다. 당시 독자들이 충분히 체감할 수 있도록 시공간을 현실성 있게 설정하였으며, 시사와 소설을 적절하게 조합한 시문소설로서의 특징을 구비하여 문인층의 관심을 끌도록 했다. 이 두 작품집은 '전등이종(剪燈二種)'으로 불리며 중국 전역으로 퍼져 나갔고 조선과 일본, 베트남 등지로도 전파되었다. 명대의 문언소설로 『효빈집(效顰集)』, 『화영집(花影集)』 등도 나왔는데, 만력 연간에 소경첨(邵景詹)의 『멱등인화(覓燈因話)』가 나오면서 '전등삼화(剪燈三

話)' 혹은 '전등삼종(剪燈三種)'으로 불리기도 했다. 조선에서는 김시습이 창작한 『금오신화』(1465-1471년경)가 출현했고, 베트남에서는 응우옌 즈[阮嶼]의 『쭈엔끼만룩[傳奇漫錄]』(1530-1547년경)이 나왔으며, 일본에서는 아사이 료이[淺井了意]의 번안소설로 『오토기보코[伽婢子]』(1666)가 나왔다.

『전등신화』의 이름은 밤이 이슥하도록 등불의 심지를 자르면서 들어도 싫증 나지 않는 참신한 이야기란 의미다. 내용은 청춘남녀들의 위태롭고 비밀스러운 사랑의 숨바꼭질, 말만 들어도 모골이 송연한 여자 귀신과 변신한 여우의 이야기 등이다. 등불과 이야기는 이상은의 시 「야우기북」에서 유래한 이미지라고 할 수 있다.

『전등신화』에는 부록인 「추향정기」를 포함하여 단편 21편이 들어 있고 『전등여화』에는 단편 20편에 중편 1편과 장편서사시 1편이 들어 있다. 남녀의 애정을 다루는 연분(煙粉)류와 신령스럽고 괴이한 일을 다루는 영괴(靈怪)류가 대부분을 차지한다. 연분류에서는 단순한 애정관계뿐만 아니라 주인공을 둘러싼 역사적 배경이나 사회적 현실도 충분히 반영하고 있다. 또한 애정고사로서 현실 속의 남녀뿐만 아니라 인간과 신선, 인간과 귀신의 사랑 등도 다양하게 포함하고 있다.

영괴류의 소재는 천상의 신선과 저승의 귀신, 수중의 용궁 혹은 꿈속의 몽환세계까지 포함하고 있으며 영괴인물을 통해 작가의 의중을 대변한다. 「수궁경회록」이나 「용당영회록」에서의 용왕, 「동천화촉기」에서의 화양장인 등은 모두 선비를 제대로 대접하고 문예를 숭상하는 이상적인 지도자의 상징이다. 「영주야묘기」의 구렁이, 「신양동기」의 원숭이, 「태허사법전」의 요괴 등은 선량한 백성을 해치는 사악한 무리를 대변한다. 또한 「화정봉고인기」에서 죽은 영혼이나 「부귀발적사지」의 판관, 「감호야범기」의 천상의 직녀, 「수문사인전」의 하안, 「하사명유풍도록」의 하사명, 「청성무검록」의 두 인물 등은 모두 작자를 대신하여 세상을 향해 가슴에 맺혔던 말을 쏟아 내고 있다. 작자는 그들의 형태나 신분에 상관하지 않고 다만 작자의 생각이나 이념을 전달하는 도구로서 활용하고 있을 뿐이다. 전등이종에서 혼령의 세계나 몽환의 세계는 주로 스토리 전개나 의식의 심화과정에서 활용되며 왕왕 두 가지가 함께 진행되기도 한다. 「금봉차기」와 「가운화환혼기」에서의 환혼 모티프는 일맥상통하며 사랑이란 죽음을 초월하므로 진실한 사랑 때문에 죽을 수도 있고 또한 죽은 영혼을 살려 낼 수도 있다는 것이다. 영혼이 꿈을 통해서도 교류할 수 있다는 생각은 「위당기우기」에서 나타난다. 왕생은 위당의 한 주점에서 주인집 딸과 우연히 눈이 마주친 이후에 곧 사랑에 빠져 밤낮으로 잊지 못하다가, 밤이 되면 꿈속에서 서로 만나 사랑을 나누고 선물을 주고받는다. 모든 과정이 꿈에서만 이루어졌는데 결국 현실에서도 증명되고 실현된다. 작가는 신선이나 영괴를 통해 시공간의 제한을 타파하여 고금의 시간거리를 없애고 유명의 간극을 뛰어넘는다. 「용당영회록」 같은 작품이 대표적이다. 용왕의 초청을 받은 주인공이 용궁에서 춘추시대의 오자서, 진(晉)나라의 장한(張翰), 당나라의 육구몽을 동시에 만나게 되기 때문이다. 이들은 오나라의 흥망을 함께 논하면서도 전혀 시공간의 격차를 느끼지 못하고 있어 독자들도 어느새 빨려 들어가는 듯한 착각을 일으키게 된다.

애정류에서는 대부분 인간과 신선, 인간과 귀신이 관계를 맺는데 윤리적 모순이나 충돌과는 상관없이 원말명초 격동의 사회사를 배경으로 하여 더욱 현실감을 높이고 있다. 전체 작품의 삼분의 일 정도가 애정류에 속하는데, 여기에도 비정상적인 관계로 인한 파멸과 지고지순한 사랑의 추구라는 두 가지 유형이 들어 있다. 비정상적인 성애의 추구로 남성이 여성으로부터 화를 입는 파국의 유형은 역대 소설에 자주 등장하는 '미녀가 화근(禍根)'이라는 논리에서 비롯된다. 역대 제왕이 몰락할 때 함께 등장하는 여성에게서 망국의 원인을 찾는 방식이라고 할 수 있다. 은나라 주왕과 포사, 주나라 유왕과 달기 등이 대표적이다. 「모란등기」에서 교생은 여귀와 사랑을 나누다가 세상에 알려져 사랑의 종말에 이르자 관 속으로 여귀에게 끌려 들어가 죽음을 맞는다. 그것으로 끝난 것이 아니라 악귀가 된 두 사람을 도사가 나타나 제압한다는 결말이 이어진다. 「호미랑전」의 여인은 변신한 여우인데 그녀를 사들인 남자는 결국 파국을 맞이한다. 그러나 남녀의 순수한 사랑을 노래한 작품이 가장 감동적이다. 지고지순한 사랑을 추구하는 유형에는 전통적인 방식대로 어려서 부모의 허락으로 맺어진 사랑을 온갖 환난을 겪으면서도 끝내 지키려는 남녀의 이야기가 있고, 성인이 된 이후 만난 두 사람이 스스로 사랑을 만들어 가는 연애형 이야기가 있다. 전자로는 「금봉차기」와 「가운화환혼기」 등이 생사를 넘나드는 지고의 사랑을 펼치고 있고, 후자로는 「연방루기」나 「위당기우기」 등이 한눈에 반하여 지극정성으로 애정을 쟁취하려는 모습을 보여 준다. 동갑내기 동창으로서 은은한 정을 느끼고 있다가 후에 부모의 허락을 받아 내는 「취취전」의 이야기는 예와 정을 대립시키지 않고 적절하게 상호보완하려는 의도를 나타낸다. 물론 예와 정이 극렬하게 대립하는 경우도 적지 않다. 그러나 당시에는 전란과 같은 사회적 혼란으로 사랑의 결합이 어려웠던 경우는 많지만 예와 정의 불일치로 끝끝내 사랑이 결합하지 못하는 경우는 많지 않았다. 전통예교에 의한 난관을 소설에서 잠시 만들었을 뿐이다. 물론 궁극적으로 소설은 사회현실의 반영이기 때문에 어느 정도는 실제 상황이라고 할 수 있을 것이다.

2) 구우의 「모란등기」

여기서 잠시 『전등신화』의 「모란등기(牡丹燈記)」를 감상하자. 「모란등기」란 제목은 등불을 거는 손잡이 끝에 모란꽃 모양을 조각한 것에서 유래한다.

> 남자주인공 교생(喬生)은 상처한 후에 혼자서 적적하게 지내며 문간에 기대어 오가는 사람이나 구경하고 있었다. 정월 대보름날 밤 사람들이 거의 돌아간 자정 무렵에 쌍두 모란등을 든 시녀와 뒤를 따르는 여인이 집 앞을 지나고 있었다. 교생은 달빛에 비치는 경국지색의 여인을 보고 정신이 아득해져 저도 모르게 여인의 뒤를 따르다가 서로 말을 섞게 되었다. 교생이 여인을 집으로 청하자 그녀는 거절하지 않고 따라왔다. 둘은 그날 밤 운우지정을 나누고 통성명을 했다. 여인은 부씨(符氏)이며 자를 여경(麗卿)이라 했고 봉화주판(奉化州判)의 딸이었지만 부친이 작고한 후에 가세가 영락하여 일가친척도 없이 시녀 금련(金蓮)과 함께 외롭게 지내고 있다고 했다.

교생은 여인과 원앙금침을 함께하며 즐거움을 다했다. 여인은 새벽이면 돌아갔고 밤이 되면 찾아왔다. 그렇게 보름가량을 지냈다. 이웃집 노인이 이상한 낌새를 채고 담벼락 구멍으로 들여다보니 얼굴에 분을 바른 해골이 교생과 마주 앉아 있었다. 이튿날 교생을 만나 물어보았지만 말하지 않으려 했다. 노인은 음양이 서로 다르니 몸 안의 정기를 소진하면 재앙이 닥칠 것이라고 탄식했다. 교생은 사실을 털어놓고 노인의 말에 따라 호수 서쪽에 가서 주민들에게 물어보았지만 그런 사람을 모른다고 했다. 잠시 쉴 겸 호수 가운데 호심사에 들어갔다가 긴 낭하의 끝 방에서 객사한 사람의 관을 발견했다. 관의 겉에는 '고 봉화주판의 딸 여경'이라고 적혀 있었다. 관의 앞에는 쌍두 모란등이 걸려 있고 종이로 만든 시녀에 금련이란 이름까지 쓰여 있었다. 교생은 경악을 하고 도망치듯 돌아와서 그날 밤은 노인의 집에서 묵었다. 노인은 현묘관의 위 법사를 찾아보라고 했다. 법사는 부적을 써 주며 대문과 침상에 붙이라고 하고 호심사 근처에는 가지 말라고 했다. 그 후로 여인은 나타나지 않았다. 한 달쯤 지나 교생은 친구를 만나 취하도록 술을 마시고 돌아오는 길에 무심코 호심사 길로 들어섰다. 절 입구에서 금련이 인사를 하며 억지로 끌고 낭하의 끝 방으로 데려갔다. 여인은 단정히 앉아 교생의 배신을 꾸짖었다. 그리고 교생을 끌고 관 속으로 들어갔다. 이웃집 노인은 교생이 돌아오지 않자 수소문하여 절의 낭하 끝 방의 관 속에서 죽은 교생을 찾아냈다. 절의 주지는 여인과 교생을 서문 밖에 매장했다. 그 후 구름이 낮게 깔리거나 달빛이 흐린 날이면 교생과 여인이 손을 잡고 거니는 모습이 보이곤 했다. 그때마다 시녀가 쌍두 모란등을 들고 앞에서 인도했다. 그들과 마주치는 사람들은 중병에 걸려 발작을 일으키곤 했고 스님을 불러 불경을 외었는데도 병이 낫지 않는 사람도 있었다. 주민들이 현묘관의 위 법사에게 하소연했다. 위 법사는 자신의 힘으로는 다스릴 수 없으니 철관도인을 모셔야 한다고 했다. 사람들은 철관도인을 찾아가 통사정을 했다. 철관도인은 마지못해 하산하여 제단을 쌓고 부적을 써서 신장을 불러내 귀신을 잡아 오라고 엄명을 내렸다. 악귀가 된 교생과 여경, 금련이 곧바로 잡혀 와서 부복하여 자백을 했다. 철관도인은 이들을 구천으로 압송하라는 판결을 내리고 산으로 돌아갔다.

조선시대 성임(成任, 1421-1484)이 『태평광기』의 체제를 본받아 엮은 『태평통재(太平通載)』는 중국과 한국의 고사를 수집하여 수록했는데 그중에 『전등신화』와 『전등여화』의 여러 작품이 실려 있다. 하지만 제목은 따로 명명했는데 「모란등기」를 「철관도인」으로 바꾸었다. 아마도 교생과 여경의 비정상적인 만남보다도 철관도인이 악귀로 변한 그들을 처치한 것에 주안점을 두었기 때문이 아닌가 한다. 자백에서 교생은 상처하여 홀아비가 된 후에 색계에 빠진 것이 후회막급이라고 했고, 여경은 청춘의 나이에 세상을 떠나 쓸쓸하게 지내다가 오백년 전의 인연을 만나 사랑을 나누게 되었다고 변명하였으며, 금련은 인형으로 만든 몸에 정령이 생긴 것이니 어찌 요망한 짓을 하고자 했겠느냐고 강변하였다. 각각의 항변에 이유가 있었던 것인데 어찌 되었든 악귀로 변하여 사람들에게 해를 끼치니 도인으로 하여금 잡아서 저승으로 보내도록 한 것이다.

3) 이정의 「가운화환혼기」

이번에는 『전등여화』의 「가운화환혼기(賈雲華還魂記)」를 알아보자. 이 작품은 엄밀히 말해서 『전등여화』보다 앞서 지어진 중편소설이다. 작자의 서문에 장간사에서 동역으로 일하고 있을 때 계형(桂衡)의 「유유전(柔柔傳)」을 읽고 그를 모방하여 「환혼기」를 지었다고 스스로 고백했다. 『전등여화』 20편은 그 후 하북의 방산(房山)으로 좌천되어 있던 시기에 지은 것이다. 지금 「유유전」은 남아 있지 않지만 내용은 「환혼기」와 유사할 것으로 추정된다.

> 가운화의 이름은 빙빙이다. 서생 위붕은 배 속의 태아일 때 이미 부모가 맺어 준 지복위혼(指腹爲婚)의 약혼자다. 양가의 부친이 모두 사망한 후 양양에 살던 위붕의 모친은 편지를 써 위붕에게 주면서 항주의 빙빙네 집을 찾아가 보라고 한다. 빙빙의 모친은 반가워하면서 빙빙을 불러 인사를 시키면서도 약혼의 문제는 꺼내지 않고 오누이로 잘 지내라고만 한다. 위붕은 답답한 마음을 풀지 못해 우울했지만 어쩔 수 없었고 빙빙과의 사적인 자리가 만들어지기를 고대한다. 시녀

를 통해 시를 보내 마음을 전하기도 하였는데 몇 차례 함께 할 기회가 있었지만 그때마다 빗나간다. 빙빙도 은연중 위붕을 그리워하게 된다. 그러다 빙빙의 모친이 남편의 제사를 지내고 불공을 드리러 사흘간 절에 간 사이 빙빙은 위붕을 자신의 방으로 오라 하여 마침내 운우의 정을 나눈다. 두 사람은 이때부터 남몰래 오가며 정을 나누는 사이가 되었다. 그러나 머지않아 위붕이 향시를 보기 위해 떠나야 했기에 둘은 눈물을 머금고 헤어진다. 위붕은 향시를 거쳐 전시에도 합격해 한림학사가 되었고 강절의 유학부제거가 되어 다시 항주에 이르렀다. 빙빙의 모친은 반갑게 맞아 주었으나 끝내 빙빙과의 혼인은 허락하지 않았다. 딸을 멀리 시집보낼 수 없기 때문이라고 했다. 하지만 위붕과 빙빙은 뜨거운 밀회를 계속하였다. 마침 위붕이 모친상을 당하여 고향으로 돌아가게 되었다. 위붕은 변 노파에게 정식으로 중매를 부탁하여 좋은 말로 설득하였지만 빙빙의 모친은 딸이 멀리 떠나는 것을 꺼려 혼인을 허락하지 않았다. 빙빙은 위붕과 전별하면서 술잔을 올리고 노래를 부르다가 슬픔에 겨워 혼절하였다. 위붕이 떠난 이후 빙빙의 남동생이 섬서 함녕현윤이 되어 세 식구가 함께 가게 되었다. 빙빙은 더 이상 위붕을 만날 희망이 없음을 알고 음식을 끊어 빈사의 지경이 되었다. 모친과 동생에게 유언을 남기고 위붕에게 전하는 시를 적은 편지를 시녀에게 맡긴 채 숨을 거두었다. 한편 모친의 삼년상을 치르던 위붕은 시를 지어 빙빙을 그리워하는 마음을 담았다.

곧이어 빙빙의 사망소식과 편지를 받아 보고 위붕은 기절했다가 겨우 깨어났다. 그는 빙빙이 헤어질 때 건네준 깨진 거울과 끊어진 거문고 줄을 다시 보면서 제문을 지어 빙빙의 영혼을 위로하고 종신토록 장가들지 않겠노라고 맹세했다. 삼년상이 끝나고 섬서 유학정제거로 승진하고 봉의대부가 되었다. 위붕은 빙빙의 모친을 찾아 인사를 하고 빙빙의 시신이 안치된 승방으로 찾아가 통곡했다. 그날 밤 공관에서 자고 있을 때 빙빙의 혼령이 찾아왔다. 명부에서 두 사람의 안타까운 사연에 감동하여 자신의 혼령을 돌려보내기로 했으며 다른 사람의 몸에 의탁하여 환생하게 될 것이라고 했다. 그해 섣달그믐에 장안승의 열다섯 살 된 딸 송월아가 갑자기 죽었다가 깨어났는데 부모를 몰라보고 자신은 곧 가운화라고 했다. 월아의 몸을 빌려 빙빙이 환생한 것이었다. 빙빙의 모친은 위붕을 불러 정식 중매를 세워 두 사람의 혼례를 올리도록 했다. 본래 빙빙의 시녀들도 신부를 따라 함께 오고 위붕은 관사의 후당에서 잔치를 열어 양가 친지를 불러 함께 축하하였으며 또한 월아의 부모도 초청하였다. 위붕과 월아는 세 아들을 낳았는데 후에 모두 벼슬에 올랐고 노부부는 함께 해로하였다.

환혼의 모티프는 전기소설의 중요한 주제로 당송 이래로 면면히 이어져 왔다. 당대 전기 「이혼기(離魂記)」에서는 여주인공 천랑(倩娘)이 제 몸을 그대로 두고 혼령이 빠져나가 남주인공 왕주(王宙)와 함께 타향으로 떠나 아이를 낳고 산다. 이후 고향으로 돌아와 와병으로 누워 있던 본래의 몸과 합쳐진다는 설정이다. 명대 탕현조의 희곡 작품 『모란정환혼기』에서는 여주인공 두려낭(杜麗娘)이 사랑에 사무쳐 죽은 후에 다시 환생하는데 본래의 시신으로 다시 살아나는 것으로 설정하고 있다. 죽은 후에 몸을 빌려서 환생하는 빙의의 이야기도 많이 전한다.

「가운화환혼기」는 우리나라에서 『전등여화』와 별도로 번안되어 한글필사본이 「빙빙전(聘聘傳)」이란 이름으로 낙선재문고에 있다. 완산 이씨(完山李氏, 사도세자)의 『중국소설회모본』 서문에 「빙빙전」의 서목이 보이니 18세기 후반에 이미 번안이 되어 전해지고 있었던 것으로 보인다. 「가운화환혼기」는 주인공 위붕과 빙빙의 애정을 중심으로 하지만 조선소설 「빙빙전」에서는 처첩 간의 쟁총담으로 확장시키고 있다. 또 원전에서 빙빙은 죽었다가 혼령이 돌아와 다른 여자(월아)의 몸에 의탁하여 환생하였지만 번안 작품에서는 빙빙이 죽지 않는다. 그러하니 자연히 「환혼기」의 제목도 쓸 수 없는 상황이었다. 더불어 원전에서의 노골적인 염정묘사는 대부분 삭제하고 열녀로서의 빙빙의 모습을 강조하고 있다. 「가운화환혼기」는 권필(權韠)이 지은 한국고소설 「주생전」에도 많은 영향을 끼쳤다. 동일한 화소가 상당수 나오며 삽입 시가의 형식이나 문체 등에서도 유사성을 보이고 있다.

4) 전등이종의 후세 영향

생사를 초월하는 사랑의 위대한 힘을 묘사한 작품들은 당시 중국의 독자들에게 감동을 주었고 동아시아 각국 문인들의 심금을 울렸다. 전등이종의 소재가 후대의 화본소설이나 희곡 작품에 끼친 영향은 지대했다. 간략하게 살펴보면 다음과 같다.

〈『전등신화』·『전등여화』의 명대 화본에 대한 영향〉

- 『전등신화』「삼산복지지(三山福地志)」

→ 『이각박안경기』「암내간악신선신, 정중담전인후과(庵內看惡神善神, 井中談前因後果)」

- 『전등신화』「금봉차기(金鳳釵記)」

→ 『초각박안경기』「대저혼유완숙원, 소매병기속전연(大姐魂遊完宿願, 小妹病起續前緣)」

- 『전등신화』「취취전(翠翠傳)」

→ 『이각박안경기』「이장군착인구, 유씨녀궤종부(李將軍錯認舅, 劉氏女詭從夫)」

- 『전등여화』「전수우설도연구기(田洙遇薛濤聯句記)」

→ 『이각박안경기』「동창우인가작진, 여수재이화접목(同窓友認假作眞, 女秀才移花接木)」 입화(入話)

- 『전등여화』「부용병기(芙蓉屛記)」

→ 『초각박안경기』「고아수희사단나물, 최준신교회부용병(顧阿秀喜捨檀那物, 崔俊臣巧會芙蓉屛)」

- 『전등여화』「추천회기(鞦韆會記)」

→ 『초각박안경기』「선휘원사녀추천회, 청안사부부소제연(宣徽院仕女鞦韆會, 淸安寺夫婦笑啼緣)」

• 『전등여화』 「가운화환혼기(賈雲華還魂記)」

→ 『서호이집』 「쇄설당교결양연(灑雪堂巧結良緣)」

〈『전등신화』·『전등여화』의 명청 희곡에 대한 영향〉

• 『전등신화』 「금봉차기(金鳳釵記)」

→ 명 『추차기(墜釵記)』(심경), 명 『금봉차(金鳳釵)』(범문약), 명 『인귀부처(人鬼夫妻)』(부일신)

• 『전등신화』 「연방루기(聯芳樓記)」

→ 『난혜연방루(蘭蕙聯芳樓)』(일명)

• 『전등신화』 「위당기우기(渭塘奇遇記)」

→ 명 『위당몽(渭塘夢)』(섭헌조)

• 『전등신화』 「취취전(翠翠傳)」

→ 명 『금취한의기(金翠寒衣記)』(섭헌조)

• 『전등신화』 「녹의인전(綠衣人傳)」

→ 명 『홍매기(紅梅記)』(주조준)

• 『전등여화』 「청경원기(聽經猿記)」

→ 『용제산야원청경(龍濟山野猿聽經)』(일명)

• 『전등여화』 「난란전(鸞鸞傳)」

→ 『유영(劉穎)』(일명)

• 『전등여화』 「추천회기(鞦韆會記)」

→ 청 『옥루춘(玉樓春)』(사종석)

• 『전등여화』 「가운화환혼기(賈雲華還魂記)」

→ 명 『쇄설당전기(灑雪堂傳奇)』(매효기)

동아시아에서 가장 먼저 전파가 된 곳은 조선이었다. 세종 때 집현전 학사들이 만든 『용비어천가(龍飛御天歌)』의 주석에는 『전등여화』「청성무검록」의 한 단락이 인용되어 있다. 그 무렵 전등이종의 합각본이 전해지고 있었으므로 『전등신화』도 함께 전해졌을 것이다. 머지않아 김시습(金時習)이 이 책을 탐독하고 쓴 「제전등신화후」가 나왔고 또 그 영감을 받아서 조선의 이야기로 새로 창작한 『금오신화』가 만들어졌다. 구우와 김시습은 나이 30대에 각각 『전등신화』와 『금오신화』를 지었는데 가장 감수성이 예민한 시기, 인생행로가 잘 풀리지 않아 세상에 대해 날카로운 안목을 갖고 있었을 것이다. 용궁의 이야기를 다룬 「수궁경회록」과 「용궁부연록」, 천상의 선녀를 만나는 「감호야범기」와 「취유부벽정기」, 저승세계를 찾아보는 「영호생명몽록」과 「남염부주지」, 청춘남녀의 애절한 사랑을 그린 「취취전」과 「이생규장전」 등이 서로 소재의 유사성을 보이고 있지만 우리나라의 여러 지역과 역사를 배경 삼아 기발한 아이디어로 변별력을 드높인 것은 김시습의 뛰어난 독창적 감각이라고 할 수 있다. 이후에도 조선에서는 『전등신화구해』가 만들어지고 또 전국적으로 수많은 간행본이 나와서 한문교육의 교재 역할도 하였다. 『전등여화』도 임진란 이전에 이미 간행본이 나왔으나 아쉽게도 국내에서는 판본이 사라졌다. 『금오신화』의 조선간본과 『전등신화구해』, 『전등여화』 등의 판본이 일본에 전해져 일본판으로 재간행되고 근대에 이르러 다시 중국이나 한국으로 전해진 것은 동아시아 문헌의 환류(環流)라는 문화현상의 좋은 사례가 된다.

5) 최고의 소설집 『요재지이』

청대의 문언소설은 더욱 방대한 작품집으로 나타나는데 가장 대표적인 것이 포송령의 『요재지이』다. 포송령(蒲松齡, 1640-1715)은 산동 치박(淄博) 사람으로 어려서 총명하다고 찬사를 받았으나 막상 과거시험에는 연거푸 낙방하여 남의 집 가숙에서 아이들을 가르치며 기이한 이야기를 수집하고 정리하여 근 500편에 이르는 『요재지이』를 엮었다. 한가로운 서재[聊齋]에서 기록한 기이한 이야기[志異]라는 의미다. 전하는 말에 의하면 매일 끓인 차를 담은 찻주전자와 담배 한 봉지를 준비하여 사람들이 오가는 길목에 자리 잡고 앉아 재미있는 이야기를 들으면 차와 담배를 대접하고 돌아와서 곧바로 글로 지었다고도 한다. 또한 고서의 이야기 중에서 골라 새롭게 창작하기도 하였다. 귀신과 여우가 많이 나온다고 하여 속명 『귀호전(鬼狐傳)』으로 불리기도 한다. 작품의 말미에는 '이사씨왈(異史氏曰)'로 시작하는 비평문을 달았다. 그는 22세 때부터 창작을 시작하여 40세에 처음 수고본을 엮으면서 『요재지이』라고 명명했고 이후 지속적으로 증보하여 40여 년간 꾸준히 작품의 창작에 힘썼다. 책은 그의 사후인 1766년 처음 간행되었고 역대 문언소설의 최고봉이라는 평가를 받게 되었다. 비록 귀신이나 요괴, 여우 등의 비현실적이고 기이한 사연을 기록한 것이지만 실제 당시 사회현실을 비판적으로 반영하였다. 또 인간의 심리를 꿰뚫는 통찰력을 가지고 세상의 염량세태를 여실하게 드러내어 문언소설이면서도 많은 독자의 심금을 울렸다. 사람 사는 도리를 딱딱한 경전의 말이나 엄숙한 설교가 아닌 해학적이고 풍자적인 이야기를 통해서 일깨워 주고 있는 것이 장점이다.

6) 귀신과 선녀 「섭소천」, 「화벽」

귀신이나 요괴의 본성이 사악하게 묘사되지 않고 풍부한 감성을 지닌 것으로 묘사되어서 특히 사랑받는 캐릭터로 유명해진 경우도 많다. 섭소천이 바로 그러한 인물이다. 「섭소천(聶小倩)」의 줄거리를 보자.

> 죽은 여자 귀신인 섭소천이 금화의 빈 절에 묵고 있는 영채신을 유혹했지만 의롭게 지키고 있자 오히려 그를 사모하게 된다. 섭소천은 야차를 막기 위해서는 다른 승방의 연적하와 방을 함께 써야 한다고 알려 주며 자신의 처지를 하소연했다. 영채신은 섭소천의 유골을 수습하여 고향에 장사 지내고 돌아가려는데 소천이 나타나 고마워하며 굳이 따라와서 부모님께 인사드리고 첩이라도 되어 받들겠다고 했다. 영채신은 소천을 데리고 돌아와 서재에 두고 안채로 가서 모친에게 이실직고했다. 모친은 대경실색하면서 오래 병석에 누워 있는 본처를 놀라게 하지 말라고 일렀다. 하지만 그사이에 소천은 방 안으로 따라 들어와 모친에게 절을 하며 하늘 같은 은혜에 보답할 수 있도록 해 달라고 사정했다. 모친은 외아들을 귀신과 혼인시키기 어렵다고 했지만 소천이 부엌에서 시중이라도 들고 오라비와 누이로서 모시겠다고 청하자 정

성에 감동하여 허락했다. 소천은 황량한 무덤으로 돌아가기 무섭다고 했지만 영채신은 밤이 되자 그녀를 내보냈다. 그녀는 아침이 되자 다시 나타나 정성으로 문안을 드리고 집안일을 거들었다. 그렇게 여러 날이 되자 모친도 마음이 흡족해져 친자식처럼 사랑하는 마음이 들게 되었다. 귀신이란 생각조차 하지 않게 되었고 주변 사람들도 그녀가 귀신이란 사실을 몰랐다. 영채신은 병든 아내가 사망한 이후에 자연히 소천을 맞아들여 밤이 되어도 보내지 않고 한방에 기거하게 하였다. 그리고 마침내 사람들을 불러 모아 결혼잔치를 했다. 사람들은 그녀가 선녀 같다고 칭송했다. 하루는 소천이 검선(劍仙)이 인두를 담았던 가죽 주머니를 다시 찾아 침대 끝에 놓아 달라고 부탁했다. 그 주머니는 금화의 절에서 채신이 연적하에게 선물받은 것이었다. 소천은 자신이 금화에서 도망쳤으니 야차가 잡으러 오리라고 했다. 다만 이제는 자신이 산 사람과 오래 교제하여 더 이상 무섭지 않다고 덧붙였다. 어느 날 밤에 요괴가 나타나 한바탕 다투더니 가죽 자루 속으로 끌려 들어가 조용해졌다. 나중에 열어 보니 맑은 물이 고여 있을 뿐이었다. 그 후로는 다른 일이 일어나지 않았다. 영채신은 진사에 합격하였고 소천은 아들을 낳았는데 후에 모두 벼슬을 했다.

이어서 벽에 그린 그림 속으로 들어가 산화천녀(散花天女)와 사랑을 나누고 돌아온 신비로운 이야기, 「화벽(畵壁)」의 줄거리를 살펴보자.

주인공 주 효렴은 불당의 벽에 그려진 산화천녀의 아름다운 모습에 넋을 잃고 뚫어지게 바라보다가 문득 몸이 떠오르는 느낌이 들더니 순식간에 그림 속으로 빨려 들어갔다. 새로운 풍경이 펼쳐졌고 거기에서 그림 속의 여자를 만났다. 두 사람은 어느 조용한 건물로 들어가 사랑을 나누었다. 여자는 주 효렴을 숨어 있도록 하고 사라졌다가 밤이 되면 나타났다. 그러던 어느 날 한 무리의 여인들이 몰려와서 주 효렴을 찾아내고 여자를 불러 늘어뜨린 머리를 틀어 올리며 더 이상 처녀행세를 하지 말라고 했다. 주 효렴은 머리를 올린 그녀의 모습이 더욱 요염하게 느껴졌다. 두 사람의 행복한 시간은 그리 길게 이어지지 못했다. 갑옷을 입은 신장(神將)이 나타나 인간을 숨기고 있으면 절대 안 된다고 경고했다. 여자는 주 효렴을 침대 밑에 숨어 있도록 하고 나간 후에 다시는 돌아오지 않았다. 초조하고 불안한 마음에 떨면서 숨어 있던 주 효렴은 문을 두드리는 소리를 듣다가 홀연 몸이 가벼워지는가 싶더니 어느새 그림 밖으로 빠져나왔다. 노승은 은근한 미소를 짓고 있었고 함께 절 구경을 갔던 친구는 놀라서 어디를 다녀왔느냐고 물었다. 노승은 환상이란 사람의 마음이 만들어 낸 것이라고만 말했다. 주 효렴이 다시 그림을 보니 머리를 늘어뜨리고 있던 산화천녀는 어느새 머리를 틀어 올린 모습으로 그곳에 있었다.

이 이야기는 환상적인 신비체험이라고 할 수 있다. 그림 속의 여인을 그리워하는 마음이 그를 그림 속의 세계로 인도한 것이며 그림 속의 여자와 사랑을 나눌 수 있도록 한 것이다. 노승의 말대로 그곳은 환상일 뿐이지만 이야기는 환상을 현실로 바꾸어 내는 신비로운 힘이 있다. 그것을 증명하기 위한 장치로 그림 속 여자의 처녀 머리모양을 결혼한 여자의 틀어 올린 모양으로 바꾼다. 그가 그림 속에 들어가 그녀의 머리를 얹어 주고 돌아온 것이다.

『요재지이』의 여러 작품은 영화, 드라마로 만들어져 대중적인 인기를 얻기도 했다. 영화 〈천녀유혼(倩女幽魂)〉은 「섭소천」에서 모티프를 취한 것이며 〈화벽(畵壁)〉, 〈화피(畵皮)〉도 마찬가지다. 〈화피〉는 사람을 그린 가죽을 뒤집어쓴 요괴를 끌어들여 사랑을 나눈다는 설정이다. 도사에게 경고를 받은 남자가 의심을 갖고 돌아와 몰래 요괴의 본모습을 보게 되고, 여자는 요괴의 본성을 드러내어 남자를 처참하게 죽이고 도망친다. 죽은 남편을 살리기 위해 아내는 도사의 자문을 받는다. 걸인으로부터 갖은 수모를 당하지만 끝내 남편을 살려 내는 결말에 이르게 된다. 함부로 예쁜 여자에게 빠지지 말라는 경고라고 할 수 있다. 이사씨(異史氏)도 요괴에게 미혹되는 어리석은 세인들을 비판하고, 사랑하는 남편을 살리기 위해 수모를 겪는 아내와 선한 보응을 강조하고 있다.

7) 무모함을 깨우치는 「노산도사」

「노산도사(勞山道士)」는 한 편의 우언고사다. 높은 경지의 도를 닦아야 신비로운 도술이 나오는 법인데 성급하게 도술을 배우려고 하는 왕생의 헛된 노력에 헛웃음이 나오는 이야기다.

왕생은 어려서부터 도술을 좋아하여 신선들이 많이 사는 노산으로 떠났다. 스승은 왕생에게 산에 가서 나무를 해 오는 일만 시키고 아무것도 가르쳐 주지 않았다. 어느 날 손님 둘이 찾아왔다. 스승이 벽에 오려 붙인 종이는 달이 되어 밝은 빛을 비추어 주고 젓가락을 던지니 그곳에서 항아가 걸어 나와 춤을 추고 노래를 불러 주었다. 제자들까지 다 마셔도 술병에서는 끊임없이 술이 나왔다. 왕생은 도술의 실체를 보고 더욱 흠모하게 되었지만 스승은 여전히 왕생에게 나무만 해 오라고 시켰다. 왕생은 더 이상 견디지 못하고 집으로 가겠다고 하면서 돌아가기 전에 단 한 가지 도술이라도 가르쳐 달라고 했다. 그는 담벼락을 뚫고 지나가는 도술을 배우고 싶다고 했다. 스승은 주문을 외우고 왕생에게 머뭇거리지 말고 담벼락을 지나가라고 했다. 몇 번 망설이다가 숨을 크게 들이쉬고 담벼락으로 돌진하니 어느새 담벼락 저편에 가 있었다. 왕생은 기뻐하면서 스승에게 감사를 표하고 집으로 달려와 아내에게 자랑을 했다. 아내가 믿지 못하겠다는 표정을 짓자 왕생은 맹렬한 속도로 담벼락을 향해 달려갔다. 그러나 머리통이 담벼락에 부딪치며 꽈당 뒤로 나자빠졌다. 아내가 달려와 일으켜 세우니 왕생의 머리통엔 주먹만 한 혹이 솟아올라 있었다.

왕생이 도술에 실패할 것은 자명한 일이다. 그는 제대로 된 도술을 배우지 못하고 성급하게 따라 하려고만 했다. 또 남들에게 보여주고자 한 가지의 도술이라도 익혀서 집에 돌아가고자 했는데 그 동기 자체가 불순했다. 그에게는 힘들고 어려운 배움의 과정을 견디지 못하는 약점이 있었다. 당초 스승은 어려움을 이기지 못할 것이라고 했는데 그게 사실이었다. 산에 나무나 하러 다니는 것도 실은 배움의 긴 과정에서 하나의 단계임을 그는 간과했다. 그가 도술을 배우려고 한 것은 그의 허영심과 자만심을 채우기 위해서였다. 스승은 그가 잠시 담벼락을 뚫고 지나가는 도술에 성공하게 했지만, 집으로 돌아와서 자랑으로 내보이려고 할 때 그 도술은 통하지 않았다.

8) 여장부의 기개 「임사낭」

임사낭(林四娘)은 청대의 여러 문헌에 그 이름이 나오는 여성이다. 포송령의 글에 앞서 왕사정(王士禎)의 『지북우담(池北偶談)』에 「임사낭」이 있고, 임서중(林西仲)이 쓴 「임사낭기」도 있었으며 진유숭(陳維崧)의 『부인집(婦人集)』에도 기록이 있다. 임사낭은 금릉 사람으로 청주(青州) 형왕부(衡王府)의 궁녀였는데 일찍 죽었다. 관련된 이야기가 다음처럼 전한다.

청주안찰사인 진보약(陳寶鑰)의 서재에 어여쁜 여자가 한밤중에 찾아 들어왔다. 여자는 스스로 임사낭이라고 했다. 두 사람은 곧 관계를 맺었고 이후 밤마다 와서 술을 마시며 음률을 논하고 슬픈 노래도 불렀다. 두 사람의 만남은 차츰 주변에도 알려지게 되었다. 진보약의 아내가 훔쳐본 후에 그녀가 필시 귀신이나 여우일 것이니 조심하라고 남편에게 경고했다. 진보약은 임사낭의 정체를 캐물었다. 임사낭은 슬픈 얼굴로 자신은 형왕부의 궁녀였으며 난리 통에 죽은 지 17년이 되었는데 다만 흠모하는 마음으로 가까이한 것이지 해칠 마음은 아니었다고 했다. 그녀는 궁중에 있을 때의 일과 명나라가 망할 때의 일을 슬픈 얼굴로 회상했다. 또 밤마다 잠을 못 이루면 불경을 읽곤 했다. 그녀는 구천에서도 참회하여 내세에 태어나고 싶다고 했다. 그렇게 3년이 지난 어느 날 임사낭은 떠날 때가 되었다고 하면서 슬프게 노래를 불렀다. 그녀는 생전에 지은 죄가 없었고 죽어서도 불경 읽기를 멈추지 않아 염라대왕이 기특하게 여기고 다시 왕가에 태어나도록 하였다. 그녀가 떠난 후 진보약은 그녀가 남긴 시를 읽었다.

명나라 성화제는 그의 다섯째 아들을 형왕으로 봉했다. 형왕부는 당시 황궁에 버금가는 규모로 방대하고 화려하게 조성되었다. 명말 숭정 연간에 6대 형왕 주상서(朱常庶)가 임사낭을 궁빈으로 거두었다. 그 유적인 석조 패방(牌坊)이 현재 산동 청주시(青州市)에 남아 있다.

임사낭은 본래 금릉 진회(秦淮)의 이름난 가기(歌妓)였다. 형왕이 총애하는 궁빈이 되었다가 적군을 막으려고 참전하였는데 젊은 나이에 전사하고 말았다. 아름다운 여성으로 전장에 나갔으므로 궤획(姽婳)장군이란 별명을 남겼다. 그녀는 일찍 죽었으나 그녀에 관한 신비로운 이야기는 명말청초에 다양한 형태로 세상에 전해지게 되었다. 명 말 숭정 연간에 세상에 이름난 명기가 즐비한 진회하 물가에 새로운 가기가 나타났다. 그녀는 결코 몸 파는 기생이 아니었고 예술적 재능을 한껏 뽐내 사람들의 관심을 끌었다. 노래를 끝내면 칼과 창을 들고나와 뛰어난 검무를 추기도 하였다. 눈같이 하얀 피부에 선명한 눈썹과 빛나는 눈동자를 가진 여자이면서도 뛰어난 무공을 자랑하여 손님들의 더욱 큰 사랑을 받았다. 그녀의 집안은 금릉의 무관 가문이었으므로 그녀는 어려서부터 창검이나 무술에 익숙하였다. 16세에 부친이 하옥되고 모친이 사망하며 가산은 몰수된 탓에 그녀는 하루아침에 의지할 곳을 잃고 청루의 가기가 되었다. 얼마 후 청주 형왕이 금릉에 왔다가 아리땁고 귀여운 임사낭이 무술에도 능한 것을 보고 놀랍고 반가워 그녀를 속량시켜서 궁빈으로 데리고 갔다. 형왕은 궁녀로 조직된 일 개 부대를 창설하고 임사낭에게 이 낭자군(娘子軍)의 지휘를 맡겼다. 3년 후 각지에 병란이 일어났다. 그중 반군의 한 부대가 청주성을 포위하였다. 형왕은 과도한 자만심으로 적을 과소평가했다가 대패하여 사로잡힐 지경이 되었다. 이때 임사낭은 형왕을 구출하고자 낭자군을 소집하여 결연히 나섰다. 여자인 것을 알고 적군은 크게 웃으며 깔보다가 낭자군에 일격을 당하였지만 머지않아 중과부적으로 낭자군은 적을 이기지 못하고 쓰러지기 시작했다. 임사낭은 마지막 순간까지 있는 힘을 다해 적과 싸우다 장렬하게 최후를 맞이했다. 얼마 후 원군이 달려와 형왕을 구출하기는 했지만 이미 낭자군은 전멸하고 임사낭도 쓰러진 후였다. 형왕은 통곡하며 임사낭을 궁내 후원에 성대하게 장례 지냈다.

이상이 임사낭의 사적이었다. 『요재지이』의 이야기는 그 후 청나라 강희 연간에 청주안찰사로 파견된 진보약과의 사연으로 그려진다. 여기서는 약간 다른 버전이다.

> 20여 년이 지난 후 청주안찰사를 제수받은 진보약은 이미 황폐해진 명나라 형왕부를 깨끗하게 보수하여 옛 모습을 어느 정도 회복시켰다. 어느 날 밤 진보약이 서재에서 책을 보려는데 시전지(詩箋紙) 한 장이 놓여 있었다. 형왕부에 밤이면 나타난다는 여귀가 바로 후원에 묻혔다는 임사낭의 혼백이 아닌가 생각되었는데 그 임사낭의 시였다. 귀신을 생각하니 머리끝이 쭈뼛했지만 그는 담대한 사람이라 여전히 진정하고 책을 읽었다. 한밤이 되자 홀연 대청에서 떠들썩하게 궁중 연회를 여는 소리가 들렸다. 틀림없이 귀신의 장난이라 생각한 진보약은 부중의 군사를 불러 대청을 에워싸고 활을 쏘아댔지만 귀신들의 잔치는 계속되었고 날이 밝아서야 조용해졌다. 며칠 후 마침 찾아온 지인에게 상의했더니 음양이 서로 다른 세계이니 굳이 상관 말고 그대로 두면 별일 없을 것이라고 말했다. 진보약도 그렇게 관대하게 생각하게 되었다. 이때 아름다운 여자가 나타나 자칭 임사낭이라고 하면서 왕부가 황폐하여 머물기가 어려웠는데 공께서 깨끗하게 보수해 주어 감사하다고 하고, 기쁜 마음에 잔치를 열어 함께 축하했던 것인데 뜻밖에 공에게 폐를 끼치게 되어서 죄송하다고 했다. 그 후 밤이면 임사낭이 진보약의 서재를 찾아와 고

금의 이야기를 나누고 함께 술잔을 들기도 했다. 그녀는 형왕부의 일이나 명나라 망국의 일을 이야기할 때면 슬픈 목소리로 노래를 불렀고 눈물을 흘리기도 했다. 진보약은 귀신과 만난다고 해서 해를 입은 것은 없고 오히려 임사낭의 도움으로 해결하기 어려운 난제를 풀어내기도 하였다. 그렇게 일년 반쯤 지났을 때 임사낭은 종남산에 가야 한다며 헤어지자고 말하고 시를 남기고 떠났다.

임사낭의 이름은 『홍루몽』(제78회)에서도 거론된다. 가정이 문객들에게 소개하는 내용에는 형왕을 항왕(恒王)으로 쓰고 있지만 고의로 동음이자를 쓴 것으로 보인다. 임씨네 넷째 딸 임사낭이 자색이 뛰어나고 무예에도 출중하여 그녀로 하여금 미녀부대를 통솔하게 하고 궤획장군으로 불렀다고 했다. 또 반란군이 청주성을 쳐들어와 항왕이 도적들에게 살해당했을 때 임사낭이 미녀부대를 이끌고 밤중에 적진으로 돌진하여 적의 두목을 여럿 죽였지만 끝내 도적들의 반격으로 부대가 몰살당하고 임사낭도 장렬하게 전장에서 죽었다고 했다. 후에 조정에 알려지자 문무백관이 모두 경탄해 마지않았다고 덧붙였다. 가정은 두 아들과 손자에게 각각 「궤획사(姽嫿詞)」의 제목으로 시를 지어 보게 하였다. 손자 가란은 칠언절구 한 수를 지었고, 서자 가환은 오언절구 한 수를 지었으며 마지막으로 가보옥은 장편의 가행(歌行) 한 수를 지어 올렸다. 가정이 아이들의 재주를 문객들 앞에서 드러내 보이고자 하는 장면이지만, 가보옥에게는 뒤에 나오는 청문의 죽음에 제문 「부용여아뢰(芙蓉女兒誄)」를 짓는 것과 대응되는 장면으로 안배된 것이기도 하다.

9) 기막힌 현실풍자 「촉직」

촉직(促織)은 귀뚜라미다. 소설은 귀뚜라미 싸움이라는 놀이에 대해 말하는데 명나라 선덕 연간에 일어난 기막힌 이야기다. 사건은 황당하면서도 가만히 생각하면 정말 가슴 아픈 이야기가 아닐 수 없다. 황제의 한갓 놀이 때문에 온 나라의 관리들이 귀뚜라미를 공출하라고 닦달을 하고 만백성이 귀뚜라미를 잡아 올리느라 생업을 팽개친다. 그러다가 가족이 죽고 집안이 무너지는 사태에 이르게 되는데 이를 생각하면 가슴속에서 치미는 분노를 억누를 길이 없다. 작가는 사회적으로 큰 병폐를 야기하는 황실과 고관대작의 놀이문화에 강력한 비판을 가하기 위해 끔찍한 현장을 보여 준다.

> 명나라 선덕 연간에 궁중에서 귀뚜라미 싸움 내기가 유행했다. 관리들은 매년 민간에서 귀뚜라미를 징발하도록 전국적으로 독려했다. 섬서성 화음(華陰)현의 현령은 마을의 이장에게 닦달을 했다. 시정잡배들은 튼튼한 귀뚜라미를 잡아 조롱에서 키우다가 공출 때가 되면 값을 올려 팔았다. 아전들은 이 명목으로 주민들에게 돈을 뜯어 갔다. 이장이 된 성명(成名)은 어쩔 수 없이 주민들의 돈을 대신 물어 주는 데 재산을 탕진했지만 매년 귀뚜라미 공출 명령은 어김없이 내려왔다. 물어 줄 돈도 없게 되자 직접 귀뚜라미를 잡으러 나섰다. 조롱

을 하나 들고 풀숲과 들판을 돌아다녀도 제대로 된 귀뚜라미는 잡을 수 없었다. 답답한 마음에 용한 점쟁이한테 점을 치고 점괘의 그림에 따라 마을 동쪽의 대불각 뒤쪽으로 올라가 풀숲을 뒤졌다. 그러다가 귀뚜라미 한 마리를 겨우 잡았다. 그날 온 식구가 기뻐했다. 화분 속에 담아 놓고 애지중지 키우며 정해진 날짜가 오면 관청에 바치려고 했다. 집의 아홉 살 난 아들이 호기심에 화분 뚜껑을 열어 보았다. 그사이 귀뚜라미는 재빨리 튀어나와 달아났다. 다급하여 그냥 잡을 수가 없었기에 손바닥으로 덮쳐눌렀더니 다리가 부러지고 내장이 터져 죽고 말았다. 아이가 울면서 제 엄마에게 실토를 하니 엄마는 얼굴이 새파랗게 질려서 소리쳤다. "큰일났다. 네 아버지가 돌아오면 난리가 나게 생겼다!" 아이는 울면서 밖으로 뛰쳐나갔다. 성명이 돌아와 아내의 말을 듣고는 얼음물을 뒤집어쓴 듯이 부들부들 떨었다. 천신만고 끝에 잡아 온 귀뚜라미가 죽은 것은 큰일이었다. 그러나 집을 나간 아이도 어딜 갔는지 오리무중이었다. 사방으로 나서서 찾다가 마침내 우물에 빠진 아이의 시신을 발견하고 부부는 비탄에 빠져 넋을 놓고 말았다. 그런데 거적에 말아 묻을 생각으로 두었던 아이의 몸에 실낱같은 숨이 붙어 있었다. 밤새 아이는 겨우 숨만 붙은 채 누워 있었다. 성명은 그나마 아이가 소생하는 듯하여 조금 마음을 놓았지만 귀뚜라미를 생각하면 여전히 가슴이 답답했다. 아침이 되니 홀연 귀뚜라미 울음소리가 들렸다. 원래 있었던 곳에 그대로 있기에 놀랍고 기쁜 마음에 얼른 몸을 날려 잡으려고 했지만 그놈은 번개처럼 손바닥을 빠져나가 도망을 쳤다. 담장 모퉁이까지 쫓아갔지만 놓치고 말았다. 그때 마침 벽 위에 엎드려 있는 귀뚜라미를 발견했다. 작고 검붉은 빛깔이었다. 그놈은 스스로 성명의 옷깃 사이로 뛰어들었다. 작지만 당차 보였다. 혹시 기준에 미치지 못할까 하여 우선 다른 귀뚜라미와 싸움을 붙여 보았다. 마을의 한 젊은이가 가진 큰 귀뚜라미는 항상 싸움에서 이겼다. 그와 한번 겨루게 되었는데 작은 귀뚜라미가 이겼다. 한번은 수탉이 달려들어 귀뚜라미를 쪼려고 했는데 결과는 작은 귀뚜라미가 수탉의 벼슬을 물고 늘어져 닭을 꼼짝 못 하게 했다. 성명은 기쁜 마음에 이 특이한 귀뚜라미를 현령에게 바쳤다. 현령은 작은 몸체를 보고 오히려 꾸지람을 했다. 그래서 싸움을 붙여 보자고 했다. 수탉에게조차 지지 않는 당찬 작은 귀뚜라미는 섬서성 순무에게 바쳐지고 다시 황제에게 진상되었다. 귀뚜라미는 궁중으로 들어간 후에 호접(호랑나비), 당랑(사마귀) 등의 이름을 가진 최강의 귀뚜라미를 모두 이겼다. 거문고와 비파의 악기소리에 맞춰 춤도 출 줄 알았다. 황제는 기뻐하며 순무에게 명마와 비단옷을 하사하였고 순무는 현령을 치하하며 높은 평가점수를 주었다. 현령은 이장인 성명의 부역을 면제해 주고 그를 현학에 입학시켜 생원이 되도록 주선했다. 그리고 일 년 후 그동안 혼수상태에 빠져 있던 아이가 마침내 깨어났다. 자신이 귀뚜라미가 되어 싸움을 잘하다가 이제 겨우 정신이 돌아왔노라고 말했다. 섬서성 순무가 그에게 후한 상을 내려 보답했다. 그는 몇 년 사이에 만 마지기의 땅을 소유하고 대궐 같은 집에서 이백 마리가 넘는 소와 양을 치며 부자로 살게 되었다.

이야기는 어렵사리 구한 귀뚜라미를 죽이고 물에 빠진 아이의 영혼이 강인한 귀뚜라미로 환생하여 황제에게 바쳐지고, 그 보답으로 큰 부자가 되었다는 해피엔딩으로 끝난다. 당초 주인공이 귀뚜라미를 구하지 못해 극심한 고초를 당하고, 아이가 물에 빠져 가슴이 무너지는 낙담으로 넋을 놓고 있을 때는 미처 상상조차 할 수 없었던 결말이다. 이 이야기는 황제의 심심풀이 놀이 때문에 고통받는 민초들이 꿈꾸는, 이루어질 수 없는 한 가닥 희망을 환상적으로 구성해 본 것이다. 작품 끝에서 작자는 이사씨의 말을 빌려서 모든 책임이 황제와 관리들에게 있음을 강조한다.

천자가 어쩌다 한번 관심을 둔 물건은 때가 지나면 곧 잊히게 마련이다. 그러나 황제를 모시는 이들은 꼭 상례로 정해 놓아야만 직성이 풀린다. 거기에 탐욕무도한 관리들이 가세하면 백성들은 날마다 처자식을 내다 파는 지경이 되며 숨 돌릴 틈조차 없게 된다. 이처럼 천자의 일거수일투족은 하나같이 백성들의 명줄과 직결되니 절대 소홀히 여겨서는 아니 될 것이다.

『요재지이』의 작품 수가 근 500편에 이르니만치 다루고 있는 내용도 아주 다양하다. 환상적이고 낭만적인 이야기로 점철되어 있으며 귀신이나 여우를 그리는 괴담 이외에도 특이한 이야기는 거의 모았다. 그러나 작자는 언제나 인간적인 시선을 견지하고 있다. 귀신이나 여우도 사람에게 해롭지 않고 오히려 더욱 인간적인 감성으로 진정을 나누는 관계가 된다. 사람 사는 도리와 세상의 윤리를 고스란히 다루고 있으면서도 소재는 언제나 신비롭고 환상적인 것이다. 명청시대는 백화소설이 극성한 시대임에도 불구하고 『전등신화』에 이어 『요재지이』가 등장함으로써 또 하나의 거대한 문언소설 산맥을 형성하게 된다. 문학사, 소설사적으로 중요한 위치를 점하고 있음을 기억해야 할 것이다.

4장

송사와 화본:
풍류와 기녀의 이야기

1. 송나라의 다채로운 노래들: 제왕에서 기녀까지

송나라의 문학은 다채롭다. 송 태조 조광윤(趙匡胤)은 자신과 같은 무장이 황실의 권위를 흔들 것을 염려하여 문(文)을 숭상하도록 하고 무(武)를 경시하였다. 이에 문신이 크게 득세하게 되었고 황제를 비롯하여 일반 문인과 평민 및 기녀에 이르기까지 온갖 문학과 예술을 향유할 수 있었다. 신흥 사대부계층의 대두와 도시경제의 발달로 인한 시민계층의 형성, 인쇄술의 발달에 따른 다양한 서적의 광범위한 유통, 수많은 서원의 설립과 교육열의 증대 등이 송나라 문학을 최고의 경지에 이르도록 이끌었다.

송나라에서도 당나라에 이어서 시문이 지속적으로 발전하였다. 송시는 철학성이 가미되고 산문성이 강화되었다. 시인이나 시 창작의 숫자도 급증하였으니 육유 같은 시인은 혼자서 만 수에 이르는 방대한 양의 시를 짓기도 했다. 당말오대에 나온 사(詞)는 송대문학의 대표적 장르라고 할 만한 것이었다. 사는 본래 노래의 가사인데 제왕에서 평민에 이르기까지 누구나 즐기는 새로운 문예장르로 부상하였다. 송나라를 대표하는 문인으로는 시사문부에 모두 뛰어난 업적을 낸 천재시인 소동파를 들 수 있다. 뒤에서 소동파의 작품에 얽힌 다양한 에피소드와 고금에 빛나는 「적벽부」를 집중적으로 살펴보도록 한다. 송대에도 당대에 이어 전기소설이 나왔지만 창의적인 작품은 많지 않았고 민간 연예인들에 의해 구연된 설화의 대본으로서 시작된 화본소설이 새로운 주류로 발전하여 백화소설의 거대한 물결을 일으키기 시작하였다. 송대 이후 원명으로 이어지는 단편화본소설은 명대 풍몽룡에 의해 집대성되었다.

1) 제왕의 사인 이욱

송나라의 사문학은 만당 온정균(溫庭筠)의 사를 비롯한 『화간집(花間集)』의 전통을 이어받아 발전되었다. 온정균은 시와 사에 모두 뛰어났는데 특히 사는 화간파의 비조라고 평가되었다. 『화간집』에는 온정균의 사가 가장 많이 수록되었다. 낭만적이고 유미적인 감성을 표현한 작품들로 꽃밭 사이를 오가는 여성의 자태, 애틋한 사랑과 절절한 그리움, 안타까운 이별과 사무치는 원망 등을 주제로 삼았다.

오대시기 남당의 후주인 이욱(李煜, 937-978) 또한 뛰어난 사인이었다. 정치적으로는 실패한 망국의 군주였지만 예술적 감수성이 뛰어나서 훌륭한 사를 많이 남겼다. 송 태조의 군대에 포위된 망국의 순간에도 사의 구절을 고르느라 고민하고 있었다는 일화가 전해진다. 천성적인 예술가라고 할 수 있다. 『화간집』에 그의 사가 실려 있다. 이욱의 짧은 사 「망강해(望江海)」를 한 수 살펴본다.

한가로운 꿈은 아득한데	閑夢遠
남국은 지금 해맑은 가을	南國正清秋
천리강산에 차가운 노을 지면	千里江山寒色暮
갈대꽃 사이에 나룻배 매 놓고	蘆花深處泊孤舟
달 밝은 누각에서 피리 불었지	笛在明月樓

꿈에서만 그릴 수 있는 아득한 정경을 떠올리며 회한에 찬 심정을 담담하게 그리고 있다. 분위기는 서늘하고 쓸쓸하며 애절하고 외로움이 묻어난다. 그는 나라가 망한 이후 송나라 수도 변경(汴京, 지금의 개봉)에 잡혀 와 있는 상태였다. 망국의 한을 그의 여린 감수성으로 풀어낸 것이다. 그는 불과 3년 후 독살되었다. 이욱에 이르러 사의 경계가 확장되고 감성이 깊어졌다는 청 말 왕궈웨이[王國維]의 평가가 있다. 제왕에서 기녀에 이르기까지 지어서 노래 부르던 사, 여기서 제왕은 바로 남당 후주 이욱을 말하는 것이다. 최고의 지위에 이른 인물로서 민간의 속악에 맞춰 노래 부르는 통속적인 사를 지었다는 사실이 특징적이다.

송 초의 완약파 사인들은 화간파의 사풍을 잇고 있다. 완약(婉約)은 부드럽고 연약한 아름다움이라는 뜻으로 남녀의 사랑이나 이별을 주된 소재로 한다. 안수(晏殊)와 안기도(晏幾道) 등이 대표적인 완약파 사인이다. 북송문단의 영수라고 할 수 있는 구양수(歐陽修)도 완약풍의 사를 지었다. 대부분 단편으로 지은 소령(小令)이다.

2) 기녀들의 지기 유영

유영(柳永, 984?-1053?)에 이르러 길이가 긴 만사(慢詞)가 나왔다. 유영의 자는 기경(耆卿)으로 유학자 집안 출신이었으나 벼슬이 여의치 않자 실의하여 거리를 방황하였고 가기와 교분이 깊었다. 그가 통속적이고 생동적인 언어로 사를 짓자 일시에 널리 유행하게 되었다. "우물이 있는 곳에서는 모두 유영의 사를 읊을 줄 알았다"라는 말이 전할 정도로 민간에 퍼졌으니, 문학사적으로는 사의 저변확대에 그의 공로가 지대하다. 유영의 「접련화(蝶戀花)」 한 수를 감상하자.

누각에 기대서니 바람은 솔솔	佇倚危樓風細細
지평선 바라보니 봄날의 우수	望極春愁
하늘 끝에서 모락모락 자라네	黯黯生天際
풀빛과 안개빛 석양에 비치네	草色煙光殘照裏
난간에 기댄 마음 누가 알리오	無言誰會憑闌意
한바탕 술에나 취해 버릴까	擬把疏狂圖一醉
술잔을 들고 노래를 불러도	對酒當歌
억지 즐거움은 재미없다네	強樂還無味

허리띠 헐렁해도 후회 없느니　　　　　　衣帶漸寬終不悔
그대 위해 초췌해져도 좋으리　　　　　　爲伊消得人憔悴

그리움과 슬픔을 여실하게 노래한 작품이다. 난간에 기대어 기다리는 간절한 마음, 하늘 끝자락에서 일어나는 봄날의 깊은 우수…. 파릇파릇 피어나는 봄날의 푸른 새싹이 어찌 희망과 기쁨으로 보이지 않고 잊을 수 없는 깊은 슬픔으로 비쳐지는지 그만이 알리라. 사랑을 떠나보내거나 그리움으로 눈물 적신 그 사람만이 알 수 있으리라. 술에 취해서 억지로 즐긴다고 한들 슬픔과 그리움이 사라질 리 없으리니 차라리 그대 위해 몸이 말라 가는 것이 좋겠다고 담담하게 선언한다. 사랑 때문에 제 몸 버리는 줄 모르는 바보 같은 남자, 유영의 모습이 거기에 있다. 유영이 우울한 세월을 살다가 죽은 후에 남은 재산이 없어서 그와 교분이 깊었던 기녀들이 돈을 거두어 장례를 치러 주었다는 슬픈 일화가 전해지고 있다. 그는 불우한 지식인의 평범하지 않은 내적 면모를 문학적으로 잘 승화시켜 표현하였다.

3) 완약사의 대표 주방언

주방언(周邦彦, 1057-1121)은 전당(錢塘, 지금의 항주) 출신 북송시대의 대표적인 사인으로 완약사의 창작에서 큰 성과를 거두었다. 청진거사(淸眞居士)의 호를 갖고 있다. 그는 태학생으로 「변도부(汴都賦)」를 지어 신법을 칭송함으로써 신종(神宗)황제의 신임을 받았다. 그러나 후에 밖으로 돌아다니며 여주(廬州)교수, 율수(溧水)현령 등을 지냈다. 철종 때는 변경으로 돌아와 국자감주부, 교서랑 등을 맡았고 휘종 때는 음악을 관장하는 대성부(大晟府)제거가 되어 조정에서 악보와 사곡을 제작하는 책임을 맡았다. 그는 음률에 정통하여 새로운 곡조를 많이 만들어 격률파 사인의 대표가 되었다. 주방언은 앞서 유영의 사 창작방법을 적극 배워서 경물의 묘사에 정교함을 다하고 조탁을 하지 않았다. 유영에게서 시작된 만사는 주방언에 이르러 흥하게 되었다. 「난릉왕(蘭陵王)·유(柳)」의 첫 단락만 감상해 본다.

버드나무 그늘이 가지런하게 뻗어 있고	柳陰直
연무 속에 버들가지 파릇파릇 돋아나네	煙裏絲絲弄碧
수나라 때 제방에서	隋堤上
몇 번인가 만났다 헤어졌지	曾見幾番
버들가지 물에 스치고 버들솜 흩날릴 제	拂水飄綿送行色
제방에 올라 고향 땅 바라보니	登臨望故国
서울의 나그네를 그 누가 알랴	誰識京華倦客
정자 세워진 그 길목엔	長亭路
해가 가고 새해 오는데	年去歲來
꺾었던 버들가지 수도 없이 많으리	應折柔條過千尺

이 사는 송별사로 알려진 작품이지만 전당 사람인 주방언이 서울인 변경에 머물면서 정인을 만났던 옛일을 회상하고 헤어짐을 아쉬워하는 심정을 담은 것으로 보기도 한다. 당시 개봉의 명기인 이사사(李師師)와 주방언이 서로 좋아하였다가 휘종의 미움을 받아 도성

밖으로 쫓겨났다는 기록도 있다. 이사사가 술상을 차려 놓고 전별할 때 주방언이 이 작품을 썼다는 설이 전한다.

4) 여성 사인 이청조

이청조(李淸照, 1084-1155)는 여성 사인으로 이안거사(易安居士)라는 호를 썼다. 북송 때 산동 제남(濟南)의 학자 가문에서 태어나 남편 조명성(趙明誠)과 함께 행복한 생활을 했다. 이때의 사는 낭만적이고 긍정적인 풍격을 보인다. 그러나 남편과 사별한 이후 금나라의 침공으로 가문이 몰락하면서 그녀의 불행도 시작되었다. 남으로 이주한 이청조는 슬픔과 애상이 묻어나는 작품을 쓰는데 파란만장한 그녀의 인생역정이 반영된 것이다. 그러나 또한 그로 인해 이청조는 문학사에서 불후의 명성을 얻게 되었다. 유명한 구절이 나오는「여몽령(如夢令)」을 보자.

지난밤 비바람 몰아쳤는데	昨夜雨疏風驟
깊은 잠에도 술기운 남았네	濃睡不消殘酒
주렴 걷는 시녀에게 물으니	試問卷簾人
해당화 여전히 활짝 폈다네	却道海棠依舊
네가 그걸 아는가 모르는가	知否知否
푸른 잎 무성하고 붉은 꽃 떨어졌겠지	應是綠肥紅瘦

모진 비바람에 지나가는 청춘의 아쉬움을 탄식한 것이다. '봄

날은 간다'와 같은 애잔한 슬픔이 담담하게 그려진다. 이청조의 후반 생애는 비탄과 슬픔으로 점철된 나날이었다. 나라가 망하면서 자신의 가문도 몰락하고 개인적으로 남편과 사별하였으며 피란 중에 겪은 인간적 불신이 더욱 그녀를 쓸쓸하고 외롭게 만들었다. 항주나 금화 등지를 떠돌다가 72세에 사망한 것으로 알려져 있다. 「여몽령」의 마지막 구절에 나오는 '녹비홍수'는 천고의 멋진 구절로 인정받아 인구에 회자된다. 늦은 봄 붉은 꽃잎이 떨어진 자리에서 푸르른 잎이 무성해지는 모습을 그렇게 표현했다. 드라마의 제목으로도 쓰일 만큼 오늘날에도 많은 사람들이 인상적으로 느끼고 있는 구절이다.

5) 애국충정의 아이콘 악비

남송 초기 애국의 아이콘인 악비(岳飛, 1103-1142)에 얽힌 이야기가 많다. 그가 지은 사 작품도 있다. 남송 초기에는 북쪽의 금나라에 대항하여 애국충정의 열정을 호방한 기개로 나타내는 사인들이 있었다. 북송 말기에 이르러 황제는 무능하고 조정대신들은 부패한 데다 군사력은 허약하여 강력한 금나라의 침공을 막아 낼 수 없었다. 그러한 상황에서 국내 각지의 반란이 일어났다. 『수호전』에도 묘사된 산동 양산박의 송강과 절강 목주의 방랍이 일으킨 대규모 반란은 국력을 더욱 약화시켰다. 『수호전』의 후반부에서는 조정에 귀순한 송강의 양산군이 방랍을 토벌하다가 거의 함께 해체되는 것으로 나오지만 실제로는 각각 조정에 의해 토벌되었다.

본래 금나라와 맹약을 맺고 요나라를 치려고 하던 북송은 비밀리에 요나라와도 밀약을 맺었다가 발각되는 바람에 금나라가 이를 빌미로 개봉을 공략했다. 휘종은 황위를 양위하고 급히 도망쳤다. 태자가 흠종에 오른 뒤에 사태를 진정시키자 휘종이 잠시 개봉으로 돌아왔다. 그러나 재침한 금나라에 두 황제가 한꺼번에 잡혀 금나라의 오국성(五國城, 지금의 하얼빈 의란)으로 끌려갔다. 이것이 정강(靖康)의 난이다. 이렇게 북송이 멸망하자 신하들이 흠종의 동생을 황제로 옹립하여 남경 응천부(應天府, 지금의 하남 상구)에서 남송을 세우니 이가 곧 고종이다. 곧이어 임안(臨安, 지금의 항주)으로 옮겨 수도를 삼은 황제와 신하들은 금나라에 빼앗긴 국토를 회복할 생각은 않고 무사안일과 향락만을 일삼았다. 이때 남송군의 주전파 악비와 한세충(韓世忠) 등은 강인한 투지를 불태우며 금군을 물리쳤다. 금나라와 남송의 강화 교섭에서 악비의 존재는 큰 골칫거리였다. 고종과 진회(秦檜)는 모반죄를 뒤집어씌워서 악비를 투옥하고 결국 옥사시켰다. 악비가 죽고 강화는 성립되었다. 휘종은 오국성에서 병사하였고 고종의 처 형씨도 그곳에서 죽었다. 흠종은 여전히 잡혀서 돌아오지 못하였고 고종의 생모 위씨만 돌아왔다. 흠종은 그로부터 19년간 눈이 빠지게 생환을 기다렸으나 남송에서는 감감무소식이었다. 새 황제의 입장에서는 그의 생환이 반가울 수 없었던 것이다. 개봉과 장안은 금나라의 땅으로 굳어졌고 남송은 한동안 전쟁 없는 일시적인 평화를 누렸다.

억울하게 죽은 악비는 20여 년이 지나서야 누명이 벗겨지고 유골이 발굴되어 항주의 서호변 서하령(棲霞嶺) 기슭에 사당이 만들어졌다. 악비의 애국충정에 크게 감명받은 옥리는 악비가 옥중에서 극비리에 죽음을 당하자 그의 유골을 몰래 옮겨 북산의 기슭에 묻어 두고 자식에게도 잘 관리하라고 유언을 남겨서 훗날 찾을 수 있도록 했다고 전한다. 지금 악비의 사당 악왕묘(岳王廟) 앞에는 그를 모함하여 죽게 만든 간신 진회 등이 무릎 꿇은 동상이 있어 사람들의 손가락질을 받고 있다. 오랫동안 한족의 애국영웅으로 추앙받아 왔지만 최근 소수민족을 포함한 중화민족의 대동단결을 강조하면서 민족 간의 화합을 위해 더 이상 악비를 내세우지 말아야 한다는 주장도 나오고 있다. 악비가 남긴 사 「만강홍(滿江紅)·사회(寫懷)」를 감상해 보자. 부제 '사회'는 가슴속에 품은 뜻을 써낸다는 의미이다.

노기충천 머리카락 관을 찌르고	怒髮衝冠
난간 위에 높이 서니	憑欄處
세찬 비가 멈추었네	瀟瀟雨歇
눈을 들어 멀리 바라보고	擡望眼
하늘 향해 길게 탄식하니	仰天長嘯
장하고 격렬한 마음 솟네	壯懷激烈
서른에 얻은 공명 흙먼지로 변해 버리고	三十功名塵與土
팔천 리 전선은 구름에 달 가듯 흘러가네	八千里路雲和月
사내대장부 한가할 수 없으니	莫等閒
젊은 청춘 백발노인이 되도록	白了少年頭
공연히 절절한 슬픔만 남았네	空悲切

정강의 부끄러움 씻을 수 없으니	靖康恥, 猶未雪
신하의 원한 언제나 풀 수 있으랴	臣子恨, 何時滅

전차를 몰고 달려 나가	駕長車踏破
하란산 쓸어버리리라	賀蘭山缺
배가 주리면 오랑캐의 살 뜯어먹고	壯志飢餐胡虜肉
목이 마르면 흉노의 피 마시겠노라	笑談渴飮匈奴血
이제 다시 진두에 서서	待從頭
빼앗긴 산하를 수복하고	收拾舊山河
황궁에 승전보 알리리라	朝天闕

이 시는 금나라에 대한 제1차 북벌에 승리한 악비가 절도사로 승진하여 1134년 악주(鄂州, 지금의 무한)에서 금나라와 싸울 때 지은 것으로 알려져 있다. 청춘이 백발로 되었다고 했지만 이때 악비의 나이는 31세였고 진회 등의 모함으로 죽은 것이 39세였다. 정강의 변란이 있을 때 군에 입대하였는데 그의 모친이 등에 '정충보국(精忠報國)'이라고 문신을 새겨 주었다. 금나라에서는 악비와의 전투에서 매번 패하자 "산을 옮기기는 쉬워도 악비군을 이기기는 힘들다"라는 말까지 나왔다고 한다. 악비의 「만강홍」은 그의 아들과 손자가 엮은 『악왕가집(岳王家集)』에 들어 있지 않다는 이유로 진위여부가 문제 되기도 했다. 그러나 당시 상당기간 진회의 권력 장악으로 작품 전파가 금지되었고 후에 원나라의 억압이 있었으므로 명대에 이르러서 비로소 은밀히 전해 오던 작품이 드러날 수 있었다는 전제하에 여전히 그의 명작으로 일컬어지고 있다. 악비는 억울한 죽음이 밝혀진 후에 악왕(鄂王)으로 추증되었다.

명대 이후 악비의 애국충절을 그린 소설이 많이 나왔다. 악비의 역사적 자료를 충실하게 담은 『무목왕정충록(武穆王精忠錄)』은 상업 출판에 의해 『대송중흥통속연의』로 발전하여 널리 전해졌다. 우리나라에서는 조선시대에 『무목왕정충록』을 동활자로 인쇄하여 널리 읽었고 언해본 『무목왕정충록』도 낙선재본으로 남아 전한다.

6) 평생 임을 그리워한 육유

육유(陸遊, 1125-1210)는 절강 소흥 사람으로 남송 초기의 애국시인이다. 호를 방옹(放翁)이라고 했다. 중원의 땅을 금나라에 내주고 굴욕적인 화친을 통해 겨우 안주하는 현실에 적극 반발하면서 실지 회복을 위한 북벌을 주장하였다. 그는 불굴의 기상과 강인한 의지를 우국시를 통해 표현하였고 또한 중국 역대 시인 중에서 가장 많은 만 수 이상의 작품을 남겼다. 그의 격정적인 우국시는 사천 지역에 있을 때 가장 많이 표출되었다. 말년에는 고향에 한거하며 평이하고 질박한 필치로 전원의 일상을 노래하였는데 작품의 양도 급증했다. 육유와 당완(唐琬)의 사랑과 이별의 사연을 애절하게 그린 「차두봉(釵頭鳳)」은 육유의 또 다른 일면을 보여 주는 애틋한 시이다. 육유가 기본적으로 서정시인이었음을 보여 주는 작품이다.

청년 육유는 20세에 외사촌누이 당완과 결혼하여 금슬 좋게 잘 살고 있었다. 그러나 육유의 모친은 당완의 집안이 가난하다는 이유로 처음부터 마음에 들지 않아 하더니 끝내 며느리를 구박하고 빌미를 잡아 이혼을 강요하였다. 당시 사회적 관습으로 부모의 명을 거역할 수 없었던 육유는 어쩔 수 없이 이혼하였다. 육유는 왕씨녀와 재혼하였고 당완도 새로 시집을 갔다. 객지를 떠돌다가 고향 땅 소흥으로 돌아온 육유는 31세에 우연히 절의 남쪽에 있는 심원(沈園)이라는 심씨 댁 정원에서 새 남편 조사정(趙士程)과 함께 소풍 나온 당완을 만나게 된다. 먼발치에서 서로를 알아보았지만 직접 말 한마디 나눌 수도 없었다. 남편에게 사실을 말하고 양해를 얻은 당완은 육유에게 술과 안주를 보내 인사를 했다. 육유가 이에 사무치는 감정을 주체하지 못하고 사 한 수를 지어 보내니 바로 유명한 「차두봉」이다.

곱고 부드러운 손	紅酥手
술잔을 올릴 적에	黃藤酒
봄빛이 한창인데 그대는 담장 안 버들	滿城春色宮牆柳
고약한 봄바람이	東風惡
즐거움 앗아 가니	歡情薄
수심 가득 찬 얼굴	一懷愁緒
떨어져 살아온 지 몇 년이던가	幾年離索
틀렸다, 틀렸어! 틀려 버렸어!	錯錯錯
봄은 예나 다름없고	春如舊
사람은 말라만 가네	人空瘦
눈물은 붉은 연지 지우고 손수건에 배었네	淚痕紅浥鮫綃透
복사꽃 떨어지는	桃花落
연못가 누각에서	閒池閣
태산같이 굳은 약속 했건만	山盟雖在

편지마저 전할 수 없게 되었네　　錦書難托

됐다, 됐어! 생각을 말자!　　莫莫莫

고부간의 갈등은 고금에 이어진다. 고부갈등에는 아들노릇과 남편노릇 하기가 모두 어려워지는 법이다. 육유는 모친의 명을 어길 수 없어 이혼하였고 그로부터 10년이 지난 어느 봄날 소흥의 남쪽 심원에서 새 남편과 함께 나온 당완을 만난 것이다. 또 당완이 보내온 술과 안주를 받고 격정을 이기지 못하여 이 사를 지어 정원의 벽에 써 내려갔다.

육유의 마음을 전달받은 당완은 자신의 속마음을 담아서 회답으로 같은 제목의 사를 지어 보냈다. 자연히 사의 형식도 같다.

세상은 야박하고　　世情薄

인정은 사나워서　　人情惡

황혼 녘 내린 비에 꽃잎이 지네　　雨送黃昏花易落

새벽바람에야 말린　　曉風乾

밤새 흘린 눈물자국　　淚痕殘

내 마음 풀어내 보려고　　欲箋心事

난간에 기대 독백을 하였네　　獨語斜闌

어렵다, 어려워! 너무나도 어려워!　　難難難

우리 각자 헤어져　　人成各

오늘은 이제 남남　　今非昨

아픈 마음은 그넷줄처럼 흔들리네	病魂常似鞦韆索
호각소리는 싸늘하고	角聲寒
밤은 또 깊어 가는데	夜闌珊
내 마음 누가 알까 봐	怕人尋問
눈물을 삼키며 겉으론 숨기네	咽淚裝歡
속였다, 속였어! 나 자신도 속였어!	瞞瞞瞞

당완은 시어머니의 압력에 굴복하여 헤어진 후 아픈 마음을 진정치 못한다. 이별 이후의 처지와 심정을 노래하며 자신의 마음조차 겉으로 드러내지 않고 숨기려는 모습을 그려 냈다. 안타까운 사연은 아직 끝나지 않았다. 당완은 그 이듬해 시름시름 앓다가 죽고 말았다. 정신적 갈등과 우울증이 원인이었을 것이다. 평생을 우국충정으로 보내던 육유에게도 안타까운 당완의 죽음을 만회할 수 있는 길은 없었다. 육유는 만년의 나이 68세에 다시 심원을 찾아서 칠언율시 한 수를 남긴다. 이 시 「우적사남유심씨소원(禹跡寺南有沈氏小園)」의 서문에서는 "우적사의 남쪽에 심씨의 작은 정원이 있는데 40년 전에 짧은 사를 지어 벽에 기록한 적이 있다. 지금 우연히 다시 와 보니 정원의 주인은 이미 바뀌었고 새겨 놓은 사를 다시 읽어 보니 무한한 감회가 어린다"[05]라고 했다. 「차두봉」 사를 지은 것이 31세이므로 실제로는 38년 전이라고 할 수 있다. 시인은 대략적으로 40년 전이라고 말한

05 서문을 포함하는 이 시의 전체 제목은 다음과 같다. 「우적사남유심씨소원사십년전상제(소사일결)소결벽간우복일도이원이(삼)역주각소결우석독지창연[禹跡寺南有沈氏小園四十年前嘗題(小詞一闋)小闋壁間偶復一到而園已(三)易主刻小闋于石讀之悵然]」.

것이다. 시를 소개한다.

단풍잎 붉어지고 떡갈나무 누렇게 되는데	楓葉初丹槲葉黃
하양령 반악처럼 귀밑의 흰머리 한스럽네	河陽愁鬢怯新霜
숲속 정자에서 헛되이 지난 일 회상하며	林亭感舊空回首
저승에선 누구에게 애끓는 마음 전하는지	泉路憑誰說斷腸
토담 벽 빛바랜 글 먼지 쌓여 희미하고	坏壁醉題塵漠漠
고운 꿈 사라지고 지난 일은 아득하네	斷雲幽夢事茫茫
해마다 드는 허망한 생각들 지워 버리고	年來妄念消除盡
불감의 부처님 향해 향을 올려 태우리라	回向禪龕一炷香

이 시의 제목은 사실 서문을 모두 포함하여 일컬어진다. 제목에 작시의 유래를 적어 넣었기 때문이다. 시에서는 우선 단풍 지는 가을의 쓸쓸한 정경을 그리고 자신의 만년 모습도 담고 있다. 육유는 죽은 아내를 위해 도망시를 썼던 반악(潘岳)의 하양수빈(河陽愁鬢) 전고를 사용하여 만년에 접어든 모습과 동시에 아내를 잃은 슬픔을 함축적으로 표현하였다. 지난날 고운 꿈이 사라져 무산의 구름이 흩어지고 고당의 꿈이 깨어진 지금, 다시 찾을 수 없는 행복의 순간을 추억한다.

그리고 다시 7년이 지나 육유는 만년 75세에 마지막으로 심원을 찾아 칠언절구 두 수를 남긴다. 그의 일생에서 심원은 당완과 재회한 곳으로서 강렬한 인상을 남긴 마지막 추억의 장소였던 것이다. 육유는 40년간 당완을 위해 많은 애도의 시를 썼으나 이 시는 그녀를 위한 마지막 애도시가 되었다. 「심원이수(沈園二首)」다.

해 저무는 성곽 위 피리소리 애잔한데	城上斜陽畵角哀
심씨 정원은 옛날의 그 누대가 아니네	沈園非復舊池臺
봄날 다리 아래 푸른 물결 가슴만 저미는데	傷心橋下春波綠
놀란 기러기 그림자 비추며 날아갔었지	曾是驚鴻照影來

꿈과 향기 사라지고 흩어진 지 사십 년	夢斷香銷四十年
심원의 버들도 늙어 솜도 날지 않네	沈園柳老不飛綿
이 몸이 죽어 가서 회계산의 흙이 되어	此身行作稽山土
그대 남긴 자취에 눈물 흘리며 애도하리	猶弔遺蹤一泫然

당완의 죽음은 이미 40년 전의 일이었지만 육유는 여전히 심원에 이르러 당시의 사연을 되짚으며 애절한 마음으로 추억을 곱씹는다. 세월이 그렇게 흘렀지만 그의 감성은 변치 않았고 정경을 대하여 젊은 시절의 기억을 다시 떠올리고 있다. 애국시인으로 이름난 육유의 서정시인으로서의 또 다른 면모와, 그의 일생 동안 지워지지 않았던 애틋한 사랑과 이별의 사연이 절절하게 와닿는다.

7) 북벌의 꿈 간직한 신기질

신기질(辛棄疾, 1140-1207)은 남송의 시인이며 또한 소동파의 전통을 계승한 호방파 사인이기도 하다. 노년에 호를 가헌거사(稼軒居士)로

칭하였고 『가헌장단구』에 애국충정이 넘치는 비장한 작품을 많이 남기고 있다. 그는 북송 말기 산동의 역성(歷城)에서 태어나 금나라의 침공에 의병으로 대항하다가 결국 남으로 내려와 남송 조정에 북벌을 누차 주장하였으나 받아들여지지 않았다. 남송 정권은 주화파인 진회의 주도하에 금나라와의 전쟁을 중지하고 강남 지역에 안주하여 일시적 안락을 취하고 있었다. 신기질은 자신의 마음을 이해하는 사람이 없는 상황에서 풍우 속에 흔들리는 조국의 현실에 가슴 아파할 수밖에 없었다. 그는 자신이 할 수 있는 일이 없다는 현실에 절망하여 영웅의 눈물을 흘렸다. 우국충정의 마음을 끝내 펼치지 못했던 신기질과 육유는 만년에야 항주에서 만나 서로의 회포를 풀 수 있었다. 신기질은 65세의 나이에 진강지부(鎭江知府)가 되었고 북벌의 일을 회상하며 다음의 「영우락(永遇樂)·경구북고정회고(京口北固亭懷古)」를 지었다.

천고의 세월 산천은 의구한데	千古江山
흘러간 영웅 찾아볼 길 없으니	英雄無覓
동오의 손권 있던 그곳이던가	孫仲謀處
춤추고 노래하던 그 무대에	舞榭歌臺
풍류로 넘쳤던 화려한 모습	風流
끝내는 비바람에 사라지고	總被雨打風吹去
기우는 석양에 초목 시들고	斜陽草樹
여느 백성의 깊숙한 골목에	尋常巷陌
송 무제의 옛집 있었다던데	人道寄奴曾住
그때 무제 이끌던 북벌의 정예병	想當年金戈鐵馬

만 리에 걸쳐 호랑이 기세 같았지	氣呑萬里如虎

원가년 송 문제 때에 이르러서는	元嘉草草
너무 서둘러 단숨에 업 이루려다	封狼居胥
북위에 대패하여 북쪽을 돌아보았네	贏得倉皇北顧
강남으로 온 지 어언 사십삼 년	四十三年
정자에 올라 북녘을 바라보니	望中猶記
봉화 오르던 양주 길의 전쟁 생각나네	烽火揚州路
고개 돌려 차마 돌아보기 어렵나니	可堪回首
북위 황제의 행궁 사당 아래에	佛貍祠下
까마귀는 젯밥 먹고 백성은 북을 치니	一片神鴉社鼓
그 누군가 물을 것인가	憑誰問
염파장군은 늙으셨지만	廉頗老矣
식사는 잘 하고 계신지	尙能飯否

제목의 경구(京口)는 진강(鎭江)의 고칭이다. 진강은 당시 금나라와 대치하고 있던 최전선이었다. 북고산에 북고정이 있었다. 신기질이 이곳에 올라 옛 생각을 한 것이 이 사의 부제 '경구의 북고정에서의 회고'다. 신기질은 진강에서 벼슬하면서 그 지역과 관련이 깊은, 역사상 저명한 삼국 오나라의 손권(孫權)과 남조 송나라의 무제를 생각했던 것이다. 시에서 손권은 자 중모(仲謀), 무제는 아명 기노(寄奴)로 되어 있다. 동오의 용감무쌍한 북벌 정예군을 떠올리며 나약하고 패배주의적인 남송의 조정을 한탄하고, 또 서두르다 북벌에 실패한 송

문제의 일도 들어서 경고하고 있다. 낭거서산(狼居胥山)은 본래 곽거병이 흉노를 물리치고 전공을 세운 일을 가리킨다. 남조 송 문제는 실력이 안 되는데도 공을 세우려고 서둘다가 오히려 크게 패하는 지경에 이르러 역사상 풍자의 대상이 되었으므로 신기질은 이 전고를 바로 역설적으로 쓴 것이다. 또 자신이 이민족의 치하를 벗어나 강남으로 건너와 산 43년의 세월을 회상하고 북방 한족들에게 이미 민족적 기개가 사라지고 있음을 안타깝게 생각한다. 불리사(佛貍祠)는 북위의 태무제(太武帝) 탁발도(拓拔燾)가 양자강까지 침공하여 세운 행궁인데 후에 그의 자를 따서 명명한 것이다. 그 유적지는 남경 과보산(瓜步山)에 있다. 자신은 늙었지만 여전히 전국시대 조나라 장수 염파처럼 노익장을 과시할 것이라고 자부하고 있으니 그의 애국적 기상을 드러내고자 한 것이다. 전고가 많아 현대인이 감상하기에는 좀 까다로운 내용이지만 적재적소에 관련 전고를 활용하는 것은 그의 뛰어난 기법이기도 하다. 이 작품을 신기질 사의 최고 작품으로 평가하는 학자도 있다.

2. 천재문인 소동파의 시사문부: 고금의 「적벽부」

북송의 대문호인 소동파(蘇東坡, 1037-1101)의 이름은 식(軾)이다. 그의 아버지 소순(蘇洵), 동생 소철(蘇轍)과 함께 삼소로 불리며, 당송팔대가의 한 사람으로 문학사에 빛나는 인물이다. 그는 일찍이 과거에 급제하여 이름을 날렸지만 벼슬길에서는 당쟁에 휘말려 20여 년간이나 지방으로 폄적되거나 유배되었다. 그러나 그는 낙천적인 성격으로 오히려 그 기회를 이용하여 수많은 명작을 만들어 냈다. 중년의 좌절이 그의 만년에 인생을 달관하는 여유와 담백한 기풍의 작품을 남기도록 한 좋은 기회가 되었다.

1) 소동파의 폄적과 「적벽회고」

소식은 신당파에 대적하다가 어사대에 투옥되었고 사마광과 구양수 등의 상소로 겨우 죽음을 면한 후 미관말직인 황주단련사로 폄적되었다. 호북성 황주(黃州, 지금의 황강)에 부임하여 동파설당(東坡雪堂)을 짓고 이때부터 동파로 호를 삼았다. 근처에 양자강의 깎아지른 절벽이 있어 현지 사람들은 삼국시대의 적벽이라고 불렀다. 마침 그곳을 둘러보고 뱃놀이를 하다가 고금의 인생사를 회고하며 감회에 젖어 유명한 「적벽부」를 짓게 된다. 석 달 후에 다시 「후적벽부」를 지어 널리 인구에 회자하게 되었다. 이곳의 적벽은 역사상 조조(曹操)와 주유(周瑜)의 군사가 전쟁을 한 실제 적벽은 아니었지만 소동파의 문학적 성취로 인해 훗날 동파적벽으로 유명한 명소가 되었다.

소동파의 호방한 사풍이 잘 담겨 있는 「염노교(念奴嬌)·적벽회고(赤壁懷古)」는 바로 「적벽부」를 압축해 놓은 명작이다.

큰 강물 동으로 흘러 물거품 사라지듯　　大江東去浪淘盡
옛날 풍류 인물도 더불어 사라졌네　　千古風流人物
사람들 말에 보루의 서쪽은　　故壘西邊人道是
삼국시대 주유의 적벽이라네　　三國周郎赤壁
어지러운 바위는 하늘로 솟아 있고　　亂石穿空
강기슭을 부숴 버릴 듯한 파도가　　驚濤拍岸
천 겹의 물보라를 휘감아 올리네　　捲起千堆雪
강산은 언제나 그림 같은데　　江山如畫
한때의 호걸 얼마나 많았나　　一時多少豪傑
아득히 그때의 주유 생각하면　　遙想公瑾當年
어여쁜 소교가 갓 시집오고　　小喬初嫁了
영웅다운 풍채는 참 장했지　　雄姿英發
깃털 부채에 제갈량과 담소하는 사이　　羽扇綸巾談笑間
조조의 군대는 재가 되어 사라졌네　　强虜灰飛煙滅
옛 땅 거닐며 옛일을 회상하니　　故國神游
다정한 이들은 나를 비웃으리　　多情應笑我
머리는 하얗게 세어 버렸고　　早生華髮
인생은 언제나 꿈만 같으니　　人生如夢
강물 속 달님에게 한 잔 술 바치노라　　一尊還酹江月

사패(詞牌) 염노교는 도합 100자로 구성된 노랫가락이다. 염노교의 유래는 당 현종 천보 연간에 기녀인 염노(念奴)의 노랫소리가 해맑은 아침노을 위에서 들리는 듯하여 아리따울 교(嬌)를 붙였다는 기록이 있고 백자요(百字謠)라고도 했다.

2) 꿈에서 본 죽은 아내「기몽」

소동파는 일생 세 차례 결혼을 하였는데 공교롭게도 모두 왕씨였다. 첫째는 어질고 슬기로운 왕불(王弗)이었는데 27세에 죽었고 둘째는 아량이 넓었던 왕불의 사촌동생 왕윤지(王潤之)였는데 언니가 남긴 아들을 친자식처럼 훌륭하게 키우고 나서 먼저 세상을 떠났다. 셋째 왕조운(王朝雲)은 어린 가기 출신이었는데 벽지로 유배 다니는 만년의 소동파를 극진하게 보살피다가 소동파가 환갑을 맞던 해에 역시 먼저 세상을 떠났다.

소동파는 자신의 일생을 통해 함께했던 세 명의 왕씨 부인을 기리는 사 작품을 남겼다. 첫째 부인을 잃고 십 년이 지난 어느 날 밤 꿈에서 그녀를 만난 소동파는 슬픔을 이기지 못하고「강성자(江城子)·기몽(記夢)」을 지었다. 둘째 부인을 위해 지은 작품은 유명한「접련화(蝶戀花)」이고 셋째 부인이 죽은 후에 그녀의 무덤 앞에서「서강월(西江月)·매(梅)」를 지었다.

소동파는 18세 되던 해 사천에서 이웃마을 진사댁 딸 왕불을 아내로 맞아 결혼하였다. 아내는 남편이 늦은 밤 책을 읽을 때면 늘 옆에서 지켜 주었고 친구를 만나고 손님을 접대하는 데도 사람의 됨

뒤이를 정확하게 보고 늘 조언을 하였다. 하지만 그녀는 6살 난 아들을 남기고 27세에 눈을 감았다. 혼인한 지 11년이나 되었지만 실제로 함께 지낸 시간은 4년여에 불과했다. 그는 아내를 고향인 사천 미주(眉州)로 옮겨 안장하고 둘레에 소나무를 많이 심었다.

소동파는 세월의 부침 속에서 권세를 잃고 멀리 밀려나 있었다. 그러던 어느 날 아련한 꿈을 꾸었다. 꿈속에서는 갓 시집온 왕씨가 아리따운 모습으로 창가에서 화장을 하고 있었다. 가까이 만나 보았지만 이미 10년이나 지나 얼굴에 주름이 가득하고 귀밑머리에 하얀 서리가 내린 자신의 모습을 말없이 바라볼 뿐이었다. 해마다 먼 길 떠난 낭군이 언제나 돌아올까 기다리며 애태우던 왕씨의 모습을 이제는 소나무 숲속의 외로운 무덤 속에서나 찾아야 했던 것이니 꿈속에서도 소동파는 가슴이 미어질 수밖에 없었다.

소동파는 잠에서 깨어나 꿈속에 생생하게 나타났던 아내 왕씨와의 짧은 해후의 순간을 기록했다. 사패는 강성자이고, 부제는 '을묘년 1월 20일 밤의 꿈을 기록함'이라고 적었다. 을묘년(1075)은 소동파 39세로 밀주(密州, 지금의 산동 제성)의 지주(知州)로 재임하고 있을 때였다. 아래는 「강성자·기몽」이다.

생사를 달리한 지 아득한 십 년 세월	十年生死, 兩茫茫
생각을 말자 해도 잊을 수가 있으랴	不思量, 自難忘
천 리 밖 무덤이	千里孤墳
어디에 하소연하랴	無處話凄涼
서로 마주 본들 알아보기 어려울 터	縱使相逢應不識

주름살 얼굴에 귀밑머리 서리 하얀데	塵滿面, 鬢如霜
지난밤 깊은 꿈에 홀연 고향집 이르니	夜來幽夢, 忽還鄉
작은 창가에 그대는 곱게 화장 중이네	小軒窓, 正梳粧
말없이 서로 보며	相顧無言
눈물만 주룩주룩	唯有淚千行
해마다 해마다 애끓는 마음으로	料得年年腸斷處
밝은 달밤 솔밭에서 얼마나 그렸을까	明月夜, 短松崗

꿈속 고향집 창가에서 만난 아내의 고운 모습과 소나무 아래 무덤에 묻혀서도 낭군을 그리고 있을 그 넋을 절절하게 그려 냈다. 소동파의 사는 호방파로 분류되지만 가족을 노래한 감성 어린 작품도 많이 있다.

3) 천고의 명작이 된 「적벽부」

소동파는 황주에 폄적되어 한적하게 지내고 있을 때 삼국시대 적벽대전의 유적지로 알려진 적벽을 자주 찾았다. 그는 앞서 본 「적벽회고」의 사를 짓기도 했지만 또한 「적벽부(赤壁賦)」를 두 번이나 지었다. 「전적벽부」와 「후적벽부」로 이름 붙이고 있는데 천하의 명문으로 후대 문인들의 필수적인 암송대상이었다. 고려 말에 『고문진보』가 들어온 이래 조선의 문인들도 즐겨 읽었다. 아래에서 「전적벽부」를 살펴보자. 통상 「적벽부」는 「전적벽부」를 지칭한다.

임술 가을 칠월 보름 다음 날	壬戌之秋七月旣望
나 소동파는 친구와 더불어	蘇子與客
적벽의 아래에 배를 띄운다	泛舟遊於赤壁之下
맑은 바람 조용히 불어오고	淸風徐來
물결은 크게 일지 않는구나	水波不興
술잔 들어 친구에게 권하며	擧酒屬客
『시경』의 명월편을 읊어 보고	誦明月之詩
『시경』의 요조편을 노래한다	歌窈窕之章
잠시 후 동쪽 산 위로 달 떠올라	少焉月出於東山之上
북두와 견우성 사이를 배회한다	徘徊於斗牛之間
이슬은 강물 위로 비껴 내리고	白露橫江
물빛은 하늘가에 닿아 있구나	水光接天
조각배 가는 대로 몸을 맡기고	縱一葦之所如
망망한 만경창파 흘러서 간다	凌萬頃之茫然
텅 빈 허공에 바람 타고 가는 듯	浩浩乎如憑虛御風
머무는 곳을 알지 못하겠구나	而不知其所止
세상 떠나 홀로 우뚝 서 있는 듯	飄飄乎如遺世獨立
날개 돋아 신선 되어 오르는 듯	羽化而登仙
이때 술 마시니 즐거움 더해	於是飮酒樂甚
뱃전을 두드리며 노래를 한다	扣舷而歌之
계수나무 노와 목련 상앗대 저으며	歌曰桂棹兮蘭槳
달그림자 치고 강빛 거슬러 가노라	擊空明兮泝流光
내 마음은 문득 아득해지며	渺渺兮余懷

하늘 끝의 미인 바라본다	望美人兮天一方
퉁소 부는 친구가 있으니	客有吹洞簫者
노래에 맞춰 반주를 하고	倚歌而和之
소리는 멀리 울려 퍼진다	其聲嗚嗚然
원망하는 듯, 사모하는 듯	如怨如慕
흐느끼는 듯, 호소하는 듯	如泣如訴
여운은 가냘프게 이어지고	餘音嫋嫋
실처럼 끊어지지 않는구나	不絶如縷
깊은 계곡 물속의 용 춤추는 듯	舞幽壑之潛蛟
조각배 탄 과부를 눈물짓게 한다	泣孤舟之嫠婦
나 소동파 슬피 옷깃을 여미고	蘇子愀然正襟
반듯이 앉아 친구에게 물어본다	危坐而問客曰
어찌하여 그리 슬픈 곡조이신가	何爲其然也
친구는 이렇게 말을 한다	客曰
달빛 밝으니 별빛은 성기고	月明星稀
까막까치 남으로 날아간다	烏鵲南飛
이는 맹덕 조조의 시가 아닌가	此非曹孟德之詩乎
서쪽으로 하구를 바라보고	西望夏口
동쪽으로 무창을 바라보니	東望武昌
산천은 서로 뒤엉켜서	山川相繆
울울하고 창창하도다	鬱乎蒼蒼
이곳이 바로 조조가	此非孟德之
주유에게 곤욕당한 적벽이 아닌가	困於周郎者乎

형주를 쳐부수고 강릉으로 내려와	方其破荊州下江陵
강물 따라 동으로 내려갈 때	順流而東也
뱃머리는 천 리에 이어지고	舳艫千里
군사 깃발은 하늘을 가렸지	旌旗蔽空
흐르는 강물에 술을 따르며	釃酒臨江
창을 비껴들고 시를 지었지	橫槊賦詩
진실로 일세의 영웅호걸이었던	固一世之雄也
그는 지금 어디에 있단 말인가	而今安在哉
하물며 나와 그대는	況吾與子
강가에서 물고기 잡고 땔나무하며	漁樵於江渚之上
고기 새우와 짝하고 사슴과 벗하며	侶魚鰕而友麋鹿
일엽편주 배를 타고	駕一葉之扁舟
쪽박 술잔을 들어 서로 권하며	擧匏樽以相屬
하루살이처럼 천지에 붙어사니	寄蜉蝣於天地
망망한 창해에 좁쌀 같은 신세	渺滄海之一粟
우리의 삶이 순간임을 슬퍼하고	哀吾生之須臾
장강의 물이 무궁함이 부러웁네	羨長江之無窮
신선을 끼고 즐겁게 놀아 보고	挾飛仙以遨遊
명월을 안고 오래 살고자 하나	抱明月而長終
그것을 금세 얻을 수는 없으리	知不可乎驟得
슬픈 바람 따라 피리를 불었노라	託遺響於悲風
나 소동파는 또 이렇게 말했다	蘇子曰
그대도 저 물과 달을 알고 있는가	客亦知夫水與月乎

흘러가는 세월은 저 물과 같으니	逝者如斯
일찍이 가 버리지 않는 법 없으며	而未嘗往也
차고 이지러지는 것 달과 같으니	盈虛者如彼
끝내는 자라거나 멸하지도 않으리	而卒莫消長也
무릇 변한다는 입장에서 보면	蓋將自其變者而觀之
천지는 일순간도 변치 않을 수 없고	則天地曾不能以一瞬
무릇 불변한다는 입장에서 보면	自其不變者而觀之
만물과 나는 모두 무궁무진하거늘	則物與我皆無盡也
또 무엇을 부러워할 것인가	而又何羨乎
무릇 하늘과 땅 사이에서	且夫天地之間
모든 사물은 각기 임자 있는지라	物各有主
진실로 나의 것이 아니라면	苟非吾之所有
비록 털끝 하나라도 취하지 마라	雖一毫而莫取
강 위에 불어오는 맑은 바람과	惟江上之清風
산 위로 떠오르는 밝은 달만이	與山間之明月
귀로 들으면 소리가 되고	耳得之而爲聲
눈에 담으면 모양이 되어	目寓之而成色
한없이 취하여도 금하지 아니하고	取之無禁
한없이 사용해도 다하지 않는지라	用之不竭
이것이 조물주가 주신 무진장이요	是造物者之無盡藏也
나와 그대 함께 즐기는 것이니라	而吾與子之所共樂
친구가 비로소 기뻐하고 웃으며	客喜而笑
술잔을 씻어서 다시 술을 따르니	洗盞更酌

안주는 이미 다하였고	肴核既盡
술잔과 쟁반 어지럽다	盃盤狼藉
서로 베개 삼아 배 안에 누워 잠드니	相與枕藉乎舟中
동녘이 밝아 오는 줄도 알지 못했노라	不知東方之既白

사부(辭賦)는 본래 초사(楚辭)와 한부(漢賦)를 아울러 총괄하는 장르용어다. 『시경』의 육의(六義)에서 부는 비교적 자세히 진술하는 창작 기법으로 제시되고 있다. 송대에 이르면 문부가 유행하였는데 글 속의 일부만 압운을 하였고 비교적 자유롭게 자신의 뜻을 개진하였다. 「적벽부」가 바로 문부의 전형이자 대표적인 작품이다. 이 글은 소동파가 호북성 황주에 폄적되어 지내고 있을 때 성 밖의 적벽을 유람하고 쓴 것이다. 「전적벽부」는 7월 16일, 「후적벽부」는 10월 15일에 지었다. 이곳의 적벽, 즉 적비기(赤鼻磯)는 현지 사람들이 삼국시대의 적벽대전이 일어났던 곳으로 잘못 알던 곳이다. 사실 당나라 때 두목도 이곳으로 잘못 알았다. 실제 적벽대전의 현장은 여러 가지 출토유물 등을 감안하여 호북 포기현(蒲圻縣, 지금의 적벽)으로 비정하고 있다. 그리하여 두목과 소동파가 시와 사부를 지었던 곳을 문(文)적벽, 실제 전투가 있었던 곳을 무(武)적벽 혹은 주랑(周郎)적벽이라고 구분하여 칭한다. 진실과 거짓이 이처럼 뒤엉켜 결국 스토리가 또 하나의 역사를 만들어 내었음을 알 수 있다. 소동파는 「적벽부」에서 적벽의 진실성을 밝히기보다는 적벽이라는 지명에 얽힌 역사적 사실과 눈앞에 펼쳐지는 구체적인 경물을 묘사하고, 더불어 그로 인해 강하게 느껴지는 인생에 대한 폭넓은 관조를 정교한 필치로 그려 내고 있다. 작자

의 역사적 통찰과 사물에 대한 세밀한 관찰력, 그리고 풍부한 감수성이 잘 드러난다.

「전적벽부」의 구성은 네 단락으로 나눌 수 있다. 첫 단락에서는 친구와 함께 적벽 아래의 강물에 배를 띄우고 유람하는데 눈앞에 펼쳐지는 강과 풍월의 아름다운 경치를 감상하면서 신선이 된 듯한 기분을 그려 낸다. 둘째 단락에서는 친구의 구슬픈 퉁소소리를 듣고 그 까닭을 물으며 일세 영웅의 짧은 인생과 천지 강산의 무궁함을 비교하며 서글퍼한다. 셋째 단락에서는 인간의 유한한 삶을 안타까워하는 친구에게 강물과 달의 예를 들며 우주만물의 존재가치가 변화와 불변의 관점에 따라 크게 다름을 갈파한다. 넷째 단락에서는 친구가 소동파의 논리적 설명을 듣고 크게 기뻐하여 다시 밤새 함께 술을 마시다 새벽녘 동이 트는 것도 모르고 깊은 잠에 빠져 있는 낭만적 장면을 그린다. 소동파는 유불도의 영향을 고루 받아 벼슬살이에서 실패를 맛보면서도 초월적인 정신으로 담담하고 여유롭게 삶을 대하는 인생관을 작품에 드러내고 있다.

4) 자연을 묘사한 「후적벽부」

「후적벽부」에서는 「전적벽부」와는 달리 인생의 철리 같은 말은 없이 자연의 모습을 여실히 묘사하고 자신의 신비체험을 잔잔하게 소개한다.

그해 시월 보름	是歲十月之望

설당에서 나와	步自雪堂
임고정으로 가는데	將歸於臨皐
두 친구 따라나서	二客從予
황니 고개 지났다	過黃泥之坂
서리와 이슬 내려	霜露旣降
나뭇잎 모두 지고	木葉盡脫
그림자 비치기에	人影在地
고개 들어 달을 보고	仰見明月
돌아보며 즐거워하고	顧而樂之
걸어가며 노래 불렀다	行歌相答
내가 탄식하기를	已而歎曰
친구 있어도 술이 없고	有客無酒
술 있어도 안주 없으니	有酒無肴
달이 밝고 바람 시원한	月白風淸
이 멋진 밤을 어이하리	如此良夜何
친구가 대답했다	客曰
해 질 녘 그물로 고기 잡았소	今者薄暮擧網得魚
입이 크고 가는 비늘이	巨口細鱗
송강의 농어 같은 놈이오	狀似松江之鱸
그런데 술은 어디서 얻을까나	顧安所得酒乎
집에 가 아내에게 물어보니	歸而謀諸婦
아내가 말했다	婦曰
술 한 말 있는데 담아 둔 지 오래요	我有斗酒藏之久矣

불시에 찾으실까 준비해 두었지요	以待子不時之須
술통과 물고기 가지고	於是攜酒與魚
다시 적벽 아래로 갔다	復遊於赤壁之下
강물은 흐르며 소리를 내고	江流有聲
절벽은 깎아지른 낭떠러지	斷岸千尺
산이 높아 달은 작고	山高月小
강물 줄어 돌이 드러나네	水落石出
세월이 겨우 얼마나 지났다고	曾日月之幾何
강산을 다시 알아보지 못하나	而江山不可復識矣
옷을 걷어 올리고 올라갔다	予乃攝衣而上
험준한 바위 밟고 무성한 풀숲 헤치고	履巉巖披蒙茸
범이나 용과 같은 바위와 나무에 올라	踞虎豹登虯龍
송골매 높은 둥지 잡아도 보고	攀棲鶻之危巢
하백의 궁 물속도 굽어보았다	俯馮夷之幽宮
친구 둘은 따라오지 못하였다	蓋二客不能從焉
문득 길게 휘파람소리	劃然長嘯
초목이 진동하여 흔들리고	草木震動
산이 울리고 메아리치며	山鳴谷應
바람이 일고 강물 솟구쳤다	風起水涌
나도 은근히 슬퍼지고	予亦悄然而悲
숙연하여 두려워지면서	肅然而恐
몸이 오싹하여 머무를 수 없었다	凜乎其不可留也
산을 내려와 배 위에 올라	反而登舟

흐르는 강물에 맡겨	放乎中流
배가 멈추는 대로 섰다	聽其所止而休焉
때는 거의 한밤중	時夜將半
사방은 적막강산인데	四顧寂寥
외로운 두루미 한 마리	適有孤鶴
강을 가로질러 날아온다	橫江東來
날개는 수레바퀴 같고	翅如車輪
검정치마에 흰 저고리 입은 듯	玄裳縞衣
끼룩끼룩 소리 내어 울며	戛然長鳴
배를 스쳐 서쪽으로 날아갔다	掠予舟而西也
곧이어 친구는 돌아가고	須臾客去
나도 곧 잠이 들었다	予亦就睡
꿈속에서 한 도사가	夢一道士
깃털 도포자락 날리며	羽衣翩僊
임고정 아래를 지나와	過臨皐之下
내게 읍을 하고 말했다	揖予而言曰
적벽의 놀이가 즐거웠소?	赤壁之遊樂乎
그의 성명 물으니	問其姓名
머리 숙이고 답이 없다	俯而不答
아! 아! 이제 나는 알겠다	嗚呼噫嘻我知之矣
지나간 밤에	疇昔之夜
길게 울며 스쳐 간 분이	飛鳴而過我者
바로 그대 아니시오?	非子也耶

도사는 고개를 돌리며 웃었다	道士顧笑
나 또한 잠에서 놀라 깨어나	予亦驚寤
문 열고 내다보았으나	開戶視之
그곳을 찾을 수 없었다	不見其處

시월 보름날, 늦가을의 청량한 달밤에 두 친구와 함께 술과 안주를 구하여 적벽 아래로 놀러 갔으나 잠시 혼자 떨어져 적벽의 벼랑으로 올라갔다. 험준한 바위 사이에서 계곡의 울림소리를 듣고 송연히 슬픔과 두려움을 느끼고 내려왔다. 사방이 고요한 강중에서 홀연 커다란 두루미 한 마리가 길게 울음을 남기며 배를 스쳐 지나갔다. 친구가 떠나고 잠이 들었을 때 깃털 도포자락을 휘날리는 도사 하나가 내려와 인사를 나눈다. 성명을 물어도 대답을 않자 길게 울음소리 남기고 날아서 지나간 분이 아니냐고 하니 도사는 돌아보며 웃기만 한다. 잠이 깨어 문을 열고 살펴보았지만 아무것도 보이지 않았다. "친구 있어도 술이 없고, 술 있어도 안주 없으니"의 구절이나 "산이 높아 달은 작고, 강물 줄어 돌이 드러나네"의 구절은 훗날에 많이 회자된다. 서울 근교의 수락산 이름도 바로 여기에서 유래한다. 물이 적고 바위가 많아서 생긴 이름일 것이다. 상해 지역의 송강 농어회는 이름난 미식으로, 유명한 전고가 전한다. 진(晉)나라 때 장한이 낙양에서 벼슬을 살 때 고향의 순챗국[蓴菜羹]과 농어회[鱸魚膾]를 그리워하며 「사오강가(思吳江歌)」를 지은 이후 순노지사(蓴鱸之思)는 고향을 그리는 대명사가 되었다. 당나라 때 이백과 이하도 시구에 농어회와 술을 빠뜨리지 않았다. 이러한 전통을 이어 소동파도 자연스럽게 송강의 농

어를 언급한 것이다. 양만리(楊萬里)의 시에서 언급한 송강노어(松江鱸魚)는 이미 소동파의 전고를 쓴 것이었다.

3. 명나라 풍몽룡의 통속문예: 송원명 화본소설

송나라는 중국 역사상 전환기였다. 한당의 전성기를 지나서 오대의 혼란기를 겪은 후에 어렵사리 세워진 송나라는 태조 조광윤의 유훈에 의하여 문치주의를 표방하게 된다. 문화예술의 분위기는 한껏 고조되어 북송의 수도인 변경과 남송의 수도인 임안에는 일시적으로 도시문화가 발전한다. 상인을 비롯한 시민계급이 활약하면서 각종 기예와 설화를 공연하는 와사(瓦舍, 瓦肆)나 구란(勾欄)에서 다양한 활동이 전개되었다. 이러한 연예활동과 오락에 따라 차(茶)문화와 도자기문화도 급속도로 발전하게 되었다.

1) 당대 변문과 송대 화본

송나라 문학의 대표는 이러한 사회적 분위기에서 발전한 사곡과 화본이다. 화본은 강창문학의 설화에서 유래하였다. 화(話)는 곧 이야기다. 설화는 과거의 유명한 역사이야기인 강사(講史)와 민간의 새로운 사건이야기인 소설(小說)이 중심을 이루었는데 전자는 장편소설로, 후자는 단편소설로 발전하였다. 강사는 각 시대별 역사이야기를 핵심으로 하며, 송원 이래의 것으로 지금 남아 전하는 것은 『대송선화유사(大宋宣和遺事)』, 『대당삼장취경시화(大唐三藏取經詩話)』, 『무왕벌주평화(武王伐紂平話)』, 『칠국춘추평화(七國春秋平話)』, 『진병육국평화(秦併六國平話)』, 『전한서평화(前漢書平話)』, 『삼국지평화(三國志平話)』 등이다. 명대에 이르러 장편역사연의가 되고 사대기서의 기초가 되었다.

사실 강창문학의 기원은 당나라 변문이다. 돈황에서 발굴된 「한장왕릉변(漢將王陵變)」, 「추호변문(秋胡變文)」, 「오자서변문(伍子胥變文)」, 「소군변문(昭君變文)」 등이 그것이다. 송나라의 소설은 직접 남아 전하는 것이 없고, 20세기 초에 발굴된 『경본통속소설(京本通俗小說)』에 9편이 전하고 있다. 「연옥관음(碾玉觀音)」, 「보살만(菩薩蠻)」, 「서산일굴귀(西山一窟鬼)」, 「지성장주관(至誠張主管)」, 「요상공(拗相公)」, 「착참최녕(錯斬崔寧)」, 「풍옥매단원(馮玉梅團圓)」, 「정주삼괴(定州三怪)」, 「금주량황음(金主亮荒淫)」이다.

「연옥관음」은 옥장이 최녕과 표구장이 딸 거수수 부부의 생사를 초월한 사랑과 불행한 운명을 그렸고, 「보살만」은 과거시험에 떨어진 진가상이 군왕 앞에서 보살만을 지어 재주를 인정받았지만 누명으로 고초를 겪은 일생을 그렸으며, 「서산일굴귀」는 서당 훈장 오홍이 야외로 놀이를 갔다가 묘지에서 나온 원귀를 만나 놀라 밤새 도망치다 세속을 떠나 도사를 따라간다는 내용이다. 또 「지성장주관」은 부잣집에 새로 시집온 젊은 여인이 장승을 유혹하지만 그는 끝내 거절한다는 내용으로, 자유연애를 추구하는 젊은 여성의 고통과 좌절의 모습을 보여 준다. 「요상공」은 신법을 강력하게 시행하던 고집불통의 재상 왕안석이 실패하는 과정을 그렸고, 「착참최녕」은 우연히 살인사건에 연루된 최녕의 억울한 처형과 이후 진범을 잡게 된 과정을 담았다. 「풍옥매단원」은 풍옥매가 남편 범희주와 이별할 때 나눠 가진 원앙보경으로 훗날 다시 만나 재결합하는 과정을 그리고 있다. 「정주삼괴」는 요괴를 그린 괴이한 내용이고, 「금주량황음」은 금나라 해릉왕(海陵王)으로 불리는 완안량(完顏亮)의 노골적인 음란행위를 그린 작품으로 알려져 있다. 그중 보존상태가 안 좋은 「정주삼괴」와 외설적인 「금주량황음」을 제외한 7편이 출판되어 오늘날 전해지고 있다. 한편 이들 작품의 수정된 내용이 모두 명 말 풍몽룡이 편찬한 삼언소설에 들어 있으므로 과연 송나라 작품인지 의심하는 학자도 있다. 그러나 또한 중국학계에서는 송대 화본의 흔적이 남아 있다고 여겨 대체로 인정하는 분위기다.

2) 「연옥관음」과 「착참최녕」

여기에서 송나라 때의 화본소설로 간주할 수 있는 「연옥관음」과 「착참최녕」 두 작품을 구체적으로 살펴본다. 「연옥관음」은 애정류 화본소설로, 임안에서 옥을 세공하여 관음보살을 만드는 최녕(崔寧)과 표구장이의 딸 거수수(璩秀秀) 부부의 불행한 운명을 그린 작품이다. 옥을 세공하는 것을 연옥(碾玉)이라고 하는데 제목이 여기서 유래되었다.

> 함안군왕의 명으로 수수는 왕부에 오게 되었다. 군왕은 잠시 기분이 좋았을 때 옥을 잘 다듬어 준 최녕에게 수수를 그와 부부로 맺어 주겠다고 짐짓 약속을 했다. 얼마 후 갑자기 왕부에 불이 나자 그 틈에 수수는 왕부를 탈출하면서 마침 성문을 들어오던 최녕의 손을 잡고 함께 천 리 밖 담주로 도망갔다. 그들은 옥세공 가게를 열어 생계를 이어 갔다. 왕부의 곽배군이 우연히 그곳에서 두 사람을 보고 밀고하여 그들은

왕부로 압송되었다. 수수가 군왕에게 처참하게 맞아 죽자 수수의 부모도 강물에 투신해 자살하였다. 군왕은 최녕을 따로 멀리 유배 보냈다. 죽은 수수의 혼령이 최녕을 따라와서 둘이 생시처럼 오순도순 살아가게 되었다. 그러다가 곽배군에게 다시 발각되었다. 수수는 귀신 신분을 그대로 숨길 수 없었고 또 사랑하는 이와도 헤어지기 싫어서 최녕을 데리고 함께 저승으로 갔다.

평범한 시민사회의 일원이었던 남녀주인공은 자유로운 사랑과 혼인을 간절히 바라지만 당시 지배층에서는 이를 용납하지 않았고 그들을 압박하며 심지어 죽음에 이르게 하였다. 그러나 죽음으로도 두 사람의 사랑의 염원을 갈라 놓을 수 없었는지 환혼의 이야기로 전개시키고 있다. 당대 전기소설 이래로 환혼의 이야기는 매우 많다. 여기에서 그려진 수공업자의 사연은 송대 화본소설이 일반 소시민의 이야기로 구성되고 있음을 보여 준다.

「착참최녕」은 공안류 화본소설이다. 공안은 형사사건을 의미한다. 취중 농담 한마디가 생각지 않게 심각하게 전개되어 엉뚱한 살인사건이 일어나는 전말과, 잘못 잡은 범인의 처형 및 후일담으로 이루어져 있다.

이야기의 시작에서 시를 한 수 보여 주고 세상 사람의 마음을 헤아리기 어려움을 말하고 있다. 엉뚱한 사건으로 억울하게 처형되는 불행한 이야기를 진행하기 위해서 미리 서두를 풀어 가는 것이다. 이를 입화(入話)라고 한다. 입화라는 말이 없이 그냥 옛사람의 시구를 인용하는 수도 있다. 그리고 입화와 정화(正話) 사이에 또 본소설의 주제와 유사하거나 정반대가 되는 짧은 이야기를 넣기도 하는데 이를 두회(頭回), 또는 득승두회(得勝頭回)라고 한다. 줄거리를 위주로 하여 길이가 짧지만 분명 한 편의 이야기다. 결국 한 편의 화본에는 두 가지 이야기가 있게 된다. 「착참최녕」의 두회에서는 위붕(魏鵬)의 이야기를 줄거리 위주로 제시하고 있다. 부부간에 주고받은 농담 한마디가 창창한 남편의 벼슬자리 앞날을 망치고 마는 이야기다.

> 위붕이란 젊은이가 꽃다운 아내를 집에 두고 서울로 떠나 과거시험에 응시하여 당당히 진사에 급제하였다. 그는 하인을 시켜 집으로 보낸 편지에서 급제소식을 알리고 살림을 꾸려 상경하라는 말을 전한 후 끝에다 하지 않아도 될 쓸데없는 농담 하나를 덧붙였다. "경성에서 조석으로 살펴 줄 사람이 없어 작은마누라를 얻어 두었으니 당신이 상경하면 함께 누리고 잘 살아 봅시다."
> 아내가 낭군의 배은망덕을 원망하며 어찌하여 급제하자마자 둘째 부인을 얻었는지 하인에게 물었다. 하인은 절대로 그런 일이 없다고 장담하며 그 말은 나리의 농담일 것이라고 했다. 아내는 알았다고 하고 짐을 챙겨 떠나기 전에 먼저 편지를 써서 하인을 시켜 올려 보냈다. 위붕이 받아 보니 다른 말은 일체 없고 다만 이렇게 썼다. "당신이 경성에서 소실을 얻은 사이 나는 집에서 샛서방에게 시집을 갔다오. 이제 함께 상경할 것이니 그리 아시오."

위붕은 자신의 농담에 대한 회답으로 알고 전혀 개의치 않으며 편지를 옆으로 치워 놓았다. 마침 그때 동년급제자가 찾아왔다. 경성의 숙소는 좁아서 따로 응접실이 있는 것도 아닌 데다 서로 막역한 사이인 동기생은 위붕네 안식구가 없는 줄 알기에 곧장 안으로 들어와 마주 앉아 얘기를 나누었다. 위붕이 잠시 화장실에 간 사이에 동기생은 우연히 책상 위에 펼쳐져 있던 편지를 읽어 보게 되었다. 내용이 너무 우스워서 크게 낭송을 하니 위붕은 부끄러워 얼굴을 붉히며 자신이 농을 보냈더니 그녀가 역시 농으로 화답한 것이라고 변명했다. 동기생은 웃으면서 그런 것은 농을 주고받아서는 안 되는 일이라고 말하고 갔다. 말하기 좋아했던 동기생은 그 일을 주변에 전하게 되었고 순식간에 경성의 뜨거운 화제가 되었다. 위붕은 소년등과로 훌륭한 재주를 인정받았으나 그 소문을 누군가 황제에게도 상주하게 되었고 고위 요직에 앉힐 수는 없다고 여겨 지방의 한직으로 떨어지게 되었다. 위붕은 후회막급이었으나 어쩔 수 없었다. 결국 평생의 덜미를 잡혀 제대로 출세하지 못하고 한직에 머물다 그만두었다. 한마디 농담으로 그렇게 출셋길이 막히게 되었던 것이다.

위붕의 이야기는 부부간의 농담이 지나쳐서 결국 출세에 장애로 작용하게 된 구체적인 예를 찾아서 든 것이다. 요즘의 부부는 친구처럼 스스럼없이 대하여 한편으로 보기 좋은 면도 있지만 도가 지나치면 서로의 마음을 상하게 하는 경우가 많다. 예로부터 부부상경

(夫婦相敬)이라 했고 상경여빈(相敬如賓)이라고 했다. 결국 부부의 격조를 지키기 위해서 조금은 신중하고 조심하라는 의미일 것이다. 특히 부부간의 농담이 소실이나 샛서방으로 발전한다면 당사자 간에 아무리 서로 용인이 된다고 해도 객관적으로 이해하기 어렵게 된다. 이 이야기에서도 편지를 제대로 간수하지 못했다는 일차적인 실수에 앞서 그 같은 농담을 주고받았다는 것만으로도 경박하고 망령된 인물로 평가됨을 볼 수 있다.

여기서 핵심은 농담의 위력이다. 분위기를 바꾸고 관계를 개선할 수 있다는 좋은 입장에서가 아니라, 그 한마디로 생각지도 못한 재앙과 불행이 닥칠 수 있는 농담의 힘 말이다. 입화를 지나서 본편의 내용은 유귀(劉貴)의 취중농담으로 야기된 사건이다.

유귀는 장인에게 15관의 돈을 장사밑천으로 빌려서 돌아오다 친구를 만나 술을 한잔하게 된다. 부인 왕씨는 처가에 가고, 집에 있던 소첩 진이저(陳二姐)는 유귀가 난데없이 돈을 들고 들어오자 궁금하여 물어본다. 술에 취해 장난기가 발동한 유귀는 가난 때문에 어쩔 수 없이 첩을 팔았노라고 하고 그만 잠에 곯아떨어졌다. 진이저는 자신이 이미 팔렸다고 굳게 믿고 속상하여 집을 나가 이웃집 할멈 집에서 자고 이튿날 새벽 일찍 친정집을 향해 떠났다. 할멈은 진이저가 친정에 갔다는 사실을 알려 주러 유귀를 찾아갔다가 그가 부엌에서 살해된 현장을 보고 관청에 신고했다. 사실 밤사이에 열린 대문으로 들어온 좀도둑이 15관의 돈을 챙기려다 잠에서 깬 유귀가 달려드는 바람에 엎치락뒤치락하였고 결국 도적이 휘두른 도끼에 맞아 유귀가 죽게 된 것이었다. 한편 진이저는 새벽길을 가다가 마침 길 가던 남자가 같은 방향이니 동행하자고 하여 함께 걷게 되었다. 최녕(崔寧)이란 이 남자는 마침 전날 시장에서 물건을 판 돈 15관을 메고 돌아가는 중이었는데 뒤쫓아 온 사람에 의해 남녀 둘이 모두 붙잡히게 되었다. 최녕은 여자네 집안에 살인사건이 생겼다는 말을 듣고 자신은 상관없는 일이라며 그냥 가려 했지만 용납되지 않고 꼼짝없이 함께 압송되고 말았다. 하필 최녕에게서 15관의 돈이 나왔고 유귀의 아내 왕씨는 그 돈이 바로 친정아버지가 빌려준 돈이며, 진이저가 들었다고 하는 말은 전혀 사실무근이라고 증언했다. 최녕과 진이저는 억울함을 호소했지만 고문 끝에 둘이 사사롭게 모의하여 유귀를 죽이고 돈을 갈취했다는 죄를 뒤집어쓰고 처형되고 말았다. 일 년 후에 왕씨는 친정집 가는 산길을 지나다가 산적 두목에게 잡혀서 억지로 그의 아내가 되고 말았다. 산적 두목은 후에 왕씨의 설득에 감화를 받아 더 이상 나쁜 짓을 하지 않고 착하게 살려고 한다면서 자신 때문에 죽은 세 사람이 있었다고 고백했다. 왕씨는 그가 바로 전남편 유귀의 살인범이었으며 최녕과 진이저가 억울하게 처형되었음을 알고 관청에 그를 고발했다. 새로 부임한 임안부윤은 사건을 재조사하여 진범을 처형하고 죽은 이의 억울함을 풀어 주었다.

최녕과 진이저의 억울한 죽음이 공교롭게 진행된 우연의 일치처럼 보이지만 사실 중요한 것은 사건의 진상을 제대로 밝혀서 단 한 명의 억울한 죄인도 없도록 해야 한다는 재판의 원칙이다. 이야기의 목적은 이를 무시하고 함부로 판결을 내린 임안부윤의 어리석음을 드러내려는 것이다. 선량한 백성의 입장에서는 이러한 억울함을 풀 길이 없으므로 다른 작품에서는 원혼이 등장하여 호소하거나 협객의 도움을 받기도 한다.

앞 두 작품의 남자주인공 이름인 최녕은 당시 설화인들이 민간의 이야기를 꾸며 만들면서 상투적으로 활용하던 작중인물의 명칭이다. 강사화본에서는 역사적 인물의 이름을 마음대로 고칠 수 없었지만 소설화본에서는 설화인들이 자유롭게 이름을 지을 수 있었기 때문에 이렇게 중복현상이 나오기도 했다.

문치주의를 표방한 송나라는 국방력이 약하여 주변의 강대한 요나라(거란족), 서하(탕구트족), 훗날에는 금나라(여진족)에 군사적으로 시달리다 끝내 원나라(몽골족)에 멸망당하게 된다. 그러나 화본소설의 전통은 그대로 이어져 원 말에 장편강사화본의 간행이 이루어졌고 명대 말기에는 풍몽룡과 능몽초 등에 의해 방대한 화본소설집이 만들어져 널리 전해졌다.

3) 풍몽룡의 삼언

풍몽룡(馮夢龍, 1574-1646)은 소주 지역의 사대부 가문에서 태어나 형제와 함께 오하삼풍(吳下三馮)으로 이름을 날렸다. 스스로 오인(吳人)

이라 하였고 자는 유룡(猶龍), 자유(子猶), 호는 묵감재(墨憨齋) 등 여러 가지를 썼다. 젊어서 경사에 전력을 기울여 과거시험을 준비했으나 수재가 된 이후 끝내 거인으로 급제하지 못했다. 과거에는 실패하였으나 통속문학의 편찬과 출판에 힘을 기울여 유명인이 되었고 많은 업적을 남겼다. 오십 대가 넘어서 비로소 공생이 되고 세공생(歲貢生) 자격으로 강소성 단도(丹徒, 지금의 진강)의 훈도가 되었으며 이어서 복건성의 수녕현(壽寧縣) 지현이 되었지만 수년 후 소주로 귀향했다. 만년에 반청활동을 하다가 73세에 울분 속에서 죽었다. 명나라가 망한 지 삼 년째였다. '삼언(三言)'은 그가 편찬한 『유세명언』, 『경세통언』, 『성세항언』의 세 작품집을 아울러 통칭하는 용어다. 『유세명언』의 초명은 『고금소설』이었지만 뒤에 나온 책과 균형을 맞추기 위해 고쳤다. 언(言)은 역시 이야기란 의미로 쓰인 것이다.

그는 저술과 출판사업에서 크게 활약했으며 특히 다양한 통속문학의 편찬에 힘써 많은 작품을 남겼다. 장편소설로 『삼수평요전(三遂平妖傳)』, 『신열국지』 등을 간행했고 문언단편소설집으로 『정사유략(情史類略)』을 엮어 냈으며, 단편화본소설집으로 삼언을 편찬했다. 민간의 민요를 모은 『산가(山歌)』, 산곡을 엮은 『태하신주(太霞新奏)』, 소화집으로는 『소부(笑府)』, 일사를 모은 『고금담개(古今譚概)』와 『지낭(智囊)』 등도 편찬했다. 그는 전통적인 예교에 통렬한 비판을 가하면서 통속문학의 가치를 재발굴하고 그 위상을 크게 높였다. 송원 이래로 발전해 오던 통속문학은 명대 말기에 이르러 그의 손을 거치면서 집대성되었다고 할 수 있다. 풍몽룡은 중국소설사의 혁신과 발전에 크게 공헌했다. 특히 화본소설집 삼언의 편찬으로 화본소설사의 핵심적 성과를 이룩했다.

그는 통속문학을 통한 교화를 강조했고 특히 정(情)이 곧 이(理)의 가르침이라는 관점을 견지했다. 남녀의 진솔한 사랑으로써 명교(名教)의 허울 좋은 구호를 파헤쳐야 한다고 주장했다. 진정한 사랑의 위대함을 강조하여 명말청초의 재자가인소설이나 청 중엽의 『홍루몽』과 같은 인정소설이 나오게 되는 바탕을 깔았다고 할 수 있다. 이른바 정교(情教)인데 정으로 교화한다는 개념이다. 『정사유략』의 서문에서 그는 「정게(情偈)」를 지어 "천지에 정이 없으면, 일체의 사물이 생겨나지 않았을 것이요, 일체의 사물에 정이 없으면 서로 상생하지 못했으리라. 거듭 태어나고 멸하지 않는 것은 오직 정이 없어지지 않는 까닭이다. … 나는 이제 정교를 내세워 세상의 중생을 교화하려고 한다"라고 대담하게 선언했다.

삼언에 수록된 작품은 각각 40편씩, 총 120편에 달한다. 그중에는 송원 이래로 전해지던 작품을 수정, 보완한 것도 있고 풍몽룡 자신이 창작하여 새로 추가한 작품도 있다. 그는 편집상 이러한 차이를 구분하지 않고 함께 수록했다. 앞서 언급한 『경본통속소설』의 7편이 모두 삼언에 들어 있는데 송대 화본을 수록한 경우이다. 풍몽룡의 소설은 송원대 화본에 비해 크게 발전했다. 사건의 구성에 우여곡절을 가미하여 흥미를 배가시켰고 수식과 내용을 추가하여 편폭을 늘렸으며 인정세태의 세밀한 정경묘사와 심리적, 감성적 묘사에도 치밀하였다. 다만 언어는 정련되고 유려하지만 문언과 백화를 뒤섞어 넣었고 실제로 구연하는 화본에 비해 이미 읽히는 소설로 전환되었으므로 생동감은 떨어진다고도 할 수 있다. 이러한 이유로 소설사에서는 본래의 화본과 구분하여 의화본(擬話本)이라는 용어를 쓰기도 한다.

삼언에서 다루고 있는 작품의 핵심 내용으로는 감동적인 애정이 주류를 이룬다. 사랑을 추구하는 젊은 여인의 행복에 대한 갈망, 사랑을 이루지 못하게 하는 봉건제도의 불합리성 등이 다루어진다. 그리고 권력을 장악한 통치자의 추악한 죄상을 드러내는 내용, 우정과 배신을 다루는 내용 등은 당시 혼란스럽고 불안한 사회상황을 폭로하고 비판한다. 동시에 상업이 발달한 도시문화의 다양한 현상과, 사회적 역량이 부상한 시민계층의 구체적인 모습도 그리고 있다.

삼언의 작품을 읽고 드는 총체적인 생각은 『논어』「팔일(八佾)」에 나오는 "즐거워하되 음란하지 않고, 슬퍼하되 지나치지 않는다[樂而不淫, 哀而不傷]"의 조화를 적절하게 유지하고 있다는 것이다. 그만큼 감정의 절제가 돋보인다. 이 소설집에 실린 작품은 크게 비극적인 작품과 희극적인 작품으로 나눠 볼 수 있다.

4)「김옥노봉타박정랑」

삼언의 작품 중에서 인구에 회자하는 『유세명언』 제27권의 「김옥노봉타박정랑(金玉奴棒打薄情郎)」을 살펴본다. 「두십낭노침백보상(杜十娘怒沈百寶箱)」의 두십낭이 비극에 이른 데 반하여 여기서 김옥노의 이야기는 희극적 해피엔딩으로 마무리되고 있다.

김옥노는 거지왕초 김노대(金老大)의 딸이다. 김노대는 어느 정도 재산을 모아 딸을 잘 키웠으나 제대로 시집보내기 어렵자 가난한 서생인 막계(莫稽)를 데릴사위로 들였다. 현숙한 아내 김옥노는 남편을 지극정성으로 받들었고 남편의 출세로 남들로부터 업신여김을 받지 않기를 기대했다. 막계는 부모를 여의고 태평교 다리 밑에서 어렵게 살던 터였다. 그는 장가들어 예쁜 아내를 두고 처가 덕에 의식주 걱정 없이 마음껏 서책을 사들여 공부를 하더니 마침내 과거에 급제했다. 황궁의 연회를 마치고 사모관대에 말을 타고 귀향하니 사람들이 모두 부러워하였다. 그러나 철모르는 아이들이 "거지왕초 사위가 벼슬자리에 올랐다네"라고 소리치는 것을 듣고 언짢은 마음이 가시지 않았다. 진즉에 출세할 줄 알았다면 거지왕초의 데릴사위로 들어가지 않았을 것이라고 후회하는 마음도 생겼다. 장가들기 전 지지리 가난했던 시절을 까맣게 잊고 과거공부를 뒷바라지한 아내의 은공을 완전히 저버린 것이었다. 처가에서 축하연을 열었지만 막계는 마음이 유쾌하지 않았다. 머지않아 조정에서 임명장이 내려와 무위군(無爲軍, 군은 주현의 하급 행정단위)의 사호(司戶, 호적담당관)로 부임하게 되었다. 아내와 함께 배를 타고 강을 따라 현지로 출발했다. 채석강 변에 이르렀을 때 달이 밝아 잠을 이루지 못한 막계는 홀연 못된 마음을 먹었다. 그는 잠자는 아내를 깨워 억지로 달구경을 시킨다면서 뱃전으로 데리고 가서는 두 눈 딱 감고 매정하게 그녀를 물속으로 밀어 넣어 버렸다. 뱃사공을 불러 급히 배를 몰도록 하고 십여 리쯤 지나자 자신의 처가 달구경을 하다가 물에 빠졌으나 이미 구할 수 없었노라고 말하고는 돈을 몇 푼 쥐여 주었다. 뱃사공은 대충 짐작하고 입을 다물었다. 세상에 우연하고 교묘한 일이 없으면 이야기가 되지 않는 법이라고 했다. 막계의 배가 지나가고 얼마 후에 또 하나의 관선이 이곳을 지나다 밤중에 물 가운데서 여자의 울음소리가 들려 사공을 보내 구해 오도록 했다. 이 배에 탄 사람은 마침 회서(淮西)의 전운사(轉運使)로 부임하던 허덕후(許德厚)였다. 김옥노는 졸지에 물에 빠졌다가 우연히 떠오른 널빤지를 잡고 목숨을 건졌지만 생각해 보니 남편이 귀하게 되었다고 자신을 버린 것이 분명하여 억울한 마음에 통곡하고 있었던 것이다. 김옥노를 구출하여 사정을 알게 된 허덕후 부부는 그녀를 수양딸로 삼고 부임지에 데려갔다. 마침 무위군은 회서로(淮西路)의 관할 지역이었다. 허덕후는 부하 관원인 막계를 염두에 두고 중매를 넣어 자신의 딸을 시집보내고 싶다는 뜻을 전했다. 그리고 자신은 외동딸을 멀리 보낼 수 없어서 데릴사위로 맞이하고 싶다고 했다. 중매는 곧 젊은 나이에 상처한 막 사호를 추천했고, 막계는 그렇게 되기를 바라 마지않던 바였으므로 폐백을 보내고 정식으로 청혼을 하여 성대한 혼례를 치르게 되었다. 혼례식을 마치고 신혼방에 들기 전까지는 신부의 얼굴을 볼 수 없으므로 막계는 상관인 허덕후의 사위가 된다는 생각으로 한껏 들떠 있었다. 축하주를 여러 잔 마셔서 정신이 몽롱한 상태로 기분 좋게 신혼방으로 들어서던 막계는 일고여덟 명의 할멈과 시녀들이 제각각 몽둥이를 들고 마구 휘둘러 머리부터 내려 때리는 통에 기겁을 하고 놀랐다. 장인어른에게 살려 달라고 소리치며 침상에 앉아 있는 신부의 얼굴을 바라보니 붉은 등불 아래 앉아 있는 여인은 완연히 자신이 물에 빠뜨린 바로 그 김옥노였다. 막계는 다시 한번 혼백이 나갈 정도로 놀라서 "귀신이야!" 소리치며 달아나려고 했다. 그때 장인인 허덕후가 들어오면서 "놀라지 마시게나, 저 여인은 채석강에서 얻은 나의 수양딸이라네"라고 말했다. 막계는 그제서야 사태를 파악하고 머리를 조아려 땅바닥을 찧으면서 잘못했노라고 빌었다. 장인은 자신은 상관없으니 딸이 용서하면 되는 일이라고 물러섰다. 그제야 김옥노는 "이 박정한 사내야! 당신은 '빈천지교는 잊을 수 없고 조강지처는 버릴 수 없다'는 송홍(宋弘, 한나라 때 대신)의 말도 들어 보지 못했나요? 당초 당신이 알거지로 우리 집에 장가왔을 때 내가 먹을 것 입을 것 걱정 없이 공부에만 전념하도록 뒷바라지를 다해 주지 않았나요? 남편 덕에 호강한다[夫榮妻貴]고 기대하며 열심히 모셨건만 뜻밖에 그렇게 박정하게 은혜를 원수로 갚을 줄 어찌 알았겠어요? 천행으로 의부께서 구출해 주시지 않았다면 나는 지금 물고기 밥이 되었을 것이고 당신은 뻔뻔스럽게 새장가를 들었을 테니 어찌 그럴 수 있단 말인가요? 당신이 지금 무슨 낯으로 나와 다시 만나 살 수 있나요?" 김옥노는 말을 마치고 대성통곡을 했다. 막계는 그 순간 입이 열 개라도 할 말이 없었고 고개를 들 수 없어서 얼굴에 부끄러움이 가득한 채 오로지 용서만을 빌고 또 빌었다. 그제야 허덕후가 나서서 여러 가지 좋은 말로 달래고 허부인이 또 위로하며 다독이니 자정 무렵이 되어서 김옥노는 속 시원히 욕을 다 퍼부었고 울음도 실컷 울었는지라 차츰 마음이 안정되었다. 허덕후는 "비록 예전의 부부라고 하나 오늘 밤은 그래도 신혼의 화촉동방이고 또 사위도 진심으로 후회하여 마지않으니 앞으로는 결코 함부로 대하는 일이 없을 것이로다"라고 말했다. 마침내 부부가 옛정을 찾아서 이 신혼의 밤을 잘 보냈다. 허덕후 부부와 김옥노는 비록 양부모와 양딸의 관계지만 친부모, 친딸보다 더 가깝게 여겼고, 막계는 본래의 장인 김노대를 관아로 모셔 와서 종신토록 모시고 살았다.

이 작품은 특수한 경우라고는 하지만 사람의 마음과 상황의 변화에 따른 미묘한 심리적 움직임을 잘 포착하여 그려 낸 작품이다. 요즘에도 사랑하는 사람 사이에 숱하게 일어나는 배신의 상황을 다룬 소설이 적지 않다. 오늘날의 소설비평에서는 해피엔딩이 하나의 실패라고 하지만 고전소설의 작자들은 비극으로 마무리 짓는 것에 대한 심리적 부담이 있었을 것이다. 여기서도 여러 가지 곡절을 덧붙여서 여성의 정조와 부덕을 강조하며 배신한 남자에게 몽둥이찜질 정도의 징벌을 가하는 것으로 면죄부를 주고, 헤어진 부부가 다시 만나도록 설정하였다.

「김옥노봉타박정랑」과 「두십낭노침백보상」은 모두 젊은 남녀의 애정과 남자의 배신으로 인한 파탄을 묘사한 것이지만 결말은 전혀 다르다. 사랑을 약속한 남자로부터 배신당한 두십낭은 보물상자를 물에 던지고 자신도 투신자살하여 비극적으로 죽는다. 지극정성으로 출세를 도와준 남편으로부터 오히려 배신당한 김옥노는 우여곡절 끝에 몽둥이찜질이라는 분풀이를 하지만 그래도 부부로 다시 맺어지며 해피엔딩을 얻는다. 당시처럼 여성의 정조를 강조하는 시대에 김옥노가 새로운 혼처로 시집을 간다는 것은 쉽지 않은 결말이었을 것이다. 한편 막계는 살인미수의 중대 범죄를 저질렀음에도 상관 허덕후의 관대한 처분으로 오히려 다시 고관의 딸과 결혼하게 되는데 이러한 마무리는 지나치게 남성위주인 편향된 구성이라고도 비판할 수 있을 것이다.

5) 능몽초의 『박안경기』

능몽초(凌濛初, 1580-1644)는 절강성 호주(湖州)의 오흥(吳興) 사람으로 자를 현방(玄房), 호를 초성(初成), 별호를 즉공관주인(卽空觀主人)이라 했다. 29세에 자신이 지은 희곡 5편을 탕현조에게 보내 칭찬을 받기도 했고 30세에는 남경에서 원중도(袁中道)와 만나기도 했다. 그는 남경 진회하에서 종성(鍾惺) 등과 시모임[詩社]을 결성하여 시를 읊기도 했다. 48세에 남경 응천부 향시에 실패하자 소설 창작에 힘써 이듬해 소주에서 『박안경기(拍案驚奇)』를 간행했고 53세에 『이각박안경기』를 완성했다. 60세에 이르러서도 과거에 실패하다가 숭정 연간에 부공(副貢)의 자격으로 상해현승(上海縣丞)이 되어 염장(鹽場)의 적폐청산에 공을 세웠다. 서주통판(徐州通判)으로 있다가 반군에 저항하던 중 향년 65세로 죽어 고향 호주에 묻혔다. 소설과 희곡의 창작 이외에 정교한 출판가로서 『서상기』, 『비파기』, 『홍불전』, 『맹호연집』 등의 컬러인쇄본을 낸 것도 능몽초의 공헌 중 하나다.

그가 편찬한 『박안경기』는 두 번에 걸쳐 간행되었는데 판본의 구분을 위해 두 번째 간본에는 이각(二刻)을 덧붙였으므로 전후 간본을 통칭하여 '이박(二拍)'이라고 부른다. 각각 40편씩 모았으므로 총 80편이 될 것이라고 여겨지지만 사실 출판사의 시급한 독촉으로 능몽초가 서둘러 대충대충 40편을 맞춰 제출하면서 『이각박안경기』의 제23편이 『박안경기』의 제23편과 중복되었고, 또 마지막 작품은 미처 창작하지 못하고 희곡 한 편을 섞어 넣었다. 그러므로 실제로 순수한 작품은 총 78편이다.

이박의 내용은 복잡하고 사상도 다양하다. 소설의 소재는 대부분 전대의 문언 작품으로부터 가져왔다. 당송 전기소설이나 명 초 전등 계열의 문언 작품을 새롭게 백화소설로 꾸며 낸 것이다. 재창작 과정에서 자신이 처해 있는 명 말의 사회적 분위기나 세상의 인정세태를 그렸으며 이를 자신의 눈으로 바라본 생각을 담았다. 상인들의 상업행위나 피할 수 없는 운명을 그린 작품이 많은데 「전운한우교동정홍, 파사호지파타룡각(轉運漢遇巧洞庭紅, 波斯胡指破鼉龍殼)」, 「이공좌교해몽중언, 사소아지금선상도(李公佐巧解夢中言, 謝小娥智擒船上盜)」 등이 그것이다. 명대 후기 자본주의 홍성에 따라 상업활동이 활발하게 전개된 상황과 무관하지 않다.

능몽초는 사실주의 소설이론을 강조했다. "개나 말을 그리기는 어렵고, 귀신이나 도깨비를 그리기는 쉽다[畵犬馬難, 畵鬼魅易]"라는 말이 있다. 현실적인 소재가 중시받지 못하는 것은 누구에게나 익숙한 사물을 구체적이고 감동적으로 그려 내기 어렵기 때문이다. 능몽초는 보통 사람의 일상생활 묘사에 치중했다. 그는 일상생활에서 나타난 상식적으로 이해할 수 없는 특이한 현상이야말로 진정으로 기이한 소재라고 여겼던 것이다. 기이함을 일상에서 찾으려고 한 그는 당시 시민계층에서 일어나는 다양한 사건들을 신선한 소재로 여기고 세밀하게 그려 냈다. 비록 전대의 문언소설에서 소재를 가져오는 경우라도 모두 현실감 있는 새로운 이야기로 재구성하여 흥미를 배가시켰다. 삼언과 비교하면 이박에서는 논리적 설교나 교화를 드러내지 않았고 노골적인 묘사도 거리낌 없이 사용하여 현실감을 높였다. 간혹 과도한 폭력성이나 음란성으로 독자층의 인기를 얻는 데만 치중했다는 비판을 받기도 하였다.

6) 「전운한우교동정홍, 파사호지파타룡각」

『박안경기』의 첫 작품 「전운한우교동정홍, 파사호지파타룡각」의 내용은 하는 일마다 잘 안되어 재수 옴 붙은 사내라고 불렸던 이가 우연히 동정홍이라는 태호 동정산의 귤을 샀다가 운수 대통하고 또 무인도에서 타룡이라는 거대한 거북의 껍데기를 주워 왔다가 페르시아 상인의 눈에 들어 큰돈을 벌게 된 기이한 사연을 서술한 작품이다. 먼저 입화의 이야기를 살펴보자.

송나라 변경(汴京)의 김유후(金維厚) 노인은 한평생 부지런히 벌어들인 은전을 녹여서 여덟 개의 은덩어리로 만들었다. 그리고 그것을 붉은 줄에 엮어 매달아 놓고 밤마다 어루만지며 잠이 들곤 하였다. 칠순이 된 그는 잔칫상을 받으면서 그동안 잘 살아왔으니 이제 아들 넷에게 은덩어리 두 개씩을 나눠 주겠노라고 공언했다. 그날 밤도 희미한 등불에 반짝이는 은덩이를 바라보며 흐뭇한 마음으로 잠자리에 들었다. 아직 몽롱한 중에 홀연 침상머리에서 발걸음소리가 들리는 듯했다. 도둑이 든 모양이라고 여기면서 눈을 반쯤 뜨고 휘장을 열어 보니 흰옷을 입고 허리에 붉은 허리띠를 두른 여덟 사내가 허리를 굽혀 인사를 올리면서 말했다. "저희 여덟 형제는 하늘의 명으로 내려와 어르신의 도움으로 성인이 되어 큰 은혜를 입었나이다. 이제 기한이 차서 어르신이 돌아가시면 새로운 곳으로 가려고 했나이다. 어르신께서 곧 저희를 아드님들께 나눠 주신다는 말씀을 들었사온데 저희는 본래 아드님들과는 전생의 인연이 없사오니 이에 고별을 아뢰옵고 어느 마을 왕씨네 댁으로 의탁하러 떠나가고자 하오니 그리 아시옵소서." 그리고 여덟 사내는 곧 사라졌다. 김 노인은 무슨 영문인지 몰라 급히 맨발로 뒤를 쫓아갔으나 그들은 이미 멀리 대문을 나서고 있었다. 그는 성급하게 달려 나가다 문지방에 걸려 바닥에 엎어졌다. 놀라 깨어나니 한바탕 남가일몽의 꿈이었다. 부랴부랴 등불을 켜들고 밝혀 보니 침상머리의 은괴 여덟 덩이는 이미 보이지 않았다. 꿈이 사실로 나타나자 한숨을 쉬면서 중얼거렸다. "내가 온갖 고생을 하며 한평생 모은 돈을 아들들한테는 단 한 푼도 줄 수 없게 되고 멀쩡하게 남의 재산이 되었다니 정녕 믿을 수가 없구나." 다음 날 아들 넷을 불러 전말을 얘기했더니 누군가는 놀라서 탄식을 하고 누군가는 자못 의심을 하며 "아버님이 기분 좋으실 때는 나눠 주시겠다고 하고 돌이켜 생각하니 차마 내줄 수가 없어서 이런 괴이한 말씀을 하시는지도 몰라"라고 말했다. 김 노인이 꿈에 들은 마을을 찾아가 왕씨네 집안을 수소문하니 과연 그런 집이 있었다. 마침 그 집에서는 대청에 등불을 밝히고 제물을 차려 놓고서 신령님께 제사를 지내고 있었다. 까닭을 물으니 주인 왕씨가 나와서 말했다. "저희 집사람이 병이 나서 점을 쳐 봤더니 침상을 옮기면 좋아질 거라고 하였습니다. 마침 지난밤 아내의 꿈에 백의 대한(大漢) 여덟이 허리에 붉은 띠를 매고 찾아와 자신들은 본래 김씨네 집에 있었지만 이제 인연이 다하여 귀댁으로 의탁하러 왔노라고 하고 침상 아래로 들어왔다고 합니다. 아내는 밤새 땀을 흠뻑 흘리고 아침에 몸이 쾌차했습니다. 침상을 옮기고 보니 먼지더미에서 붉은 줄로 묶은 은덩이 여덟 개가 나왔습니다. 그래서 천지신명의 보우에 감사드리는 제를 지내는 중이올시다." 김 노인은 자신이 꾼 꿈을 이야기하고 은덩이를 좀 보자고 하였다. 쟁반에 받쳐 온 여덟 개 은덩이는 자신의 것이 분명했지만 별도리가 없는 그는 다만 눈물을 흘릴 뿐이었다. 왕씨는 돌아가는 김 노인의 주머니에 은 석 냥을 억지로 넣어 주며 인사치레를 했지만 그마저 주머니 밑에 구멍이 뚫려 있던 까닭에 왕씨네 대문간에 떨어뜨리고 돌아왔다. 왕씨네 돈은 단 한 푼도 자신과는 인연이 없었던 것이다.

인연이 없으니 자신이 평생 벌어 모은 돈도 직접 써 보지 못하고 또 자식에게도 물려주지 못하게 되었다는 이야기다. 돈이란 인연 따라 가는 것이고 팔자소관이라는 운명론적 사고라고 할 수 있다. 이 작품의 본이야기[正話]는 명나라 성화 연간에 소주 사람 문약허(文若虛)가 운수가 일변하여 크게 횡재를 하였다는 독특한 사연이다.

문약허는 본래 재주가 있어 금기서화에 능했고 노래와 가무도 남보다 잘했다. 어려서 누군가 그의 관상을 보면서 나중에 거부가 될 것이라고 했다. 그 자신도 재주만 믿고 별로 힘쓰는 일이 없이 놀고먹다 보니 조상이 물려준 재산을 다 털어먹게 되었다. 집안이 기울어지자 집을 나가 온갖 장사를 해 보았지만 하는 일마다 실패하고 손해를 보았다. 북경에 가서 부채 장사를 할 때는 하필 여름 내내 흐리고 비가 내렸고 또 긴 장마에 상자에 넣어 둔 부채의 접은 면이 모두 붙어 버리고 곰팡이가 슬어 못 쓰게 되었다. 매사가 이런 식이었다. 그는 장가조차 들지 못하고 말았다. 사람들은 그를 재수옴 붙은 사내[倒運漢]라고 불렀다. 도대체 제대로 되는 일이 없는데 어느 날 해외로 장사를 다니는 친구 장승운(張乘運)이 그에게 같이 가기를 권하여 바람이나 쐬고 기분전환도 할 겸 그와 동행하기로 했다. 다른 사람들은 해외에 나가 장사를 하기 위해 온갖 고급 물품을 사들였지만 문약허는 돈도 없고 장사할 생각도 없었으므로 갖고 가다가 먹기도 할 겸 태호(太湖)의 동정산에서 나는 동정귤을 백여 근 사 가지고 배를 탔다. 이 귤은 붉은 색을 띠고 있어서 동정홍으로 불렸다. 그가 탄 배는 여러 날 만에 남해의 길령국(吉零國, 지금의 벵골만 지역) 항구에 도착하였다. 배가 정박하고 닻을 내리자 사람들은 각자 가져온 물품을 갖고 나가 열심히 교역을 하였다. 중국에서 가져온 물품은 그곳에서 서너 배의 가격을 받았다. 또 그 나라 물품으로 교환하거나 구입하여 가져오면 중국에서 다시 그만큼 이득이 있었으니 한 번 왕복에 여덟 배 이상의 이득을 본다는 것이었다. 하지만 문약허는 할 일이 없는 데다 선창의 귤이 어떠한지 궁금하여 광주리 채 들고 갑판 위로 가져와 펴 보았다. 붉은 황금색 귤이 번쩍번쩍 빛나며 펼쳐지니 사람들이 호기심을 갖고 몰려들었다. 하나를 까서 맛보더니 너도나도 달려들어 한 개에 한 푼씩 사 갔다. 그곳의 돈은 모두 은화였다. 물건이 얼마 남지 않았다고 하니 사람들이 더욱 아우성을 치며 산다고 달려들어 모두 팔아 은전 천 개를 벌게 되었다. 앞서 부채를 팔려고 해도 보관이 문제였는데 하물며 과일을 가지고 해외로 갔으니 며칠 더 지나면 물러 터져 전혀 쓸모없게 될 것이었다. 순전히 문약허에게 행운이 왔기 때문에 이런 일이 일어날 수 있었다. 사람들은 그에게 귤을 판 돈으로 현지의 특산물을 사라고 했지만 그는 그냥 은화를 갖고 있기로 했다. 배는 돌아오는 길에 폭풍을 만나 홀연 무인도에 정박하게 되었다. 문약허는 바람이나 쐴

양으로 나가서 다니다가 침상만 한 바다거북의 껍데기를 주워서 끌고 돌아왔다. 사람들이 쓸데없는 일이라고 핀잔을 주었지만 그는 기념으로 가져가겠다며 선창에 담아 두었다. 날씨가 풀리고 배는 다시 출항하여 며칠 후 복건에 도착했다. 이곳에서 큰 장사를 벌이고 있던 페르시아 상인 마보합(瑪寶哈)은 해외를 다녀온 상선이 들어왔다는 소식을 듣고 손님으로 불러 접대하면서 그들이 가져온 물품을 두루 살펴보았다. 그는 귀중한 물품을 가져온 손님을 상석에 앉히고 특별 대접을 했는데 내세울 만한 물품이 없었던 문약허는 말석에 앉아 묵묵히 있었다. 이튿날 바다거북 껍데기를 발견한 마보합이 놀라 물주인 문약허를 특별 대접하면서 천하의 귀한 보물을 가져왔다며 극찬을 했다. 그는 보물을 거금에 사겠다고 하면서 일시에 돈을 소주로 옮겨 가기도 쉽지 않으니 그곳의 비단 점포에 주인으로 머물 것을 제안하고 집과 물품을 모두 셈하면 오만 냥은 될 것이라고 했다. 점포의 일꾼들도 모두 문약허를 새 주인으로 맞게 되었다. 함께 배를 타고 온 사람들이 아무 쓸모없어 보이는 거북 껍데기의 가치가 왜 그렇게 높은 것인가 묻자 상인은 만 년이나 묵은 거북의 스물 네 개 갈비뼈 속에 야광주가 박혀 있으며 이는 무가지보(無價之寶)라고 말했다. 문약허는 이로써 일약 복건의 거부가 되어 가정을 이루고 잘 살았다.

『박안경기』의 첫 작품은 명나라 후기의 상업현장을 잘 보여 주고 있다. 동정홍은 소주의 태호가에서 나는 귤이다. 복건산이나 광동산 귤과 비슷하지만 처음 땄을 때는 신맛이 조금 있고 나중에 익으면 달콤한데 가격은 복건 귤의 십분의 일도 안 된다고 한다. 문약허는 은자 한 냥에 백여 근(약 50킬로그램)을 사서 광주리에 담아 일꾼을 시켜 장대로 맨 후 배의 선창에 실었다. 길령국의 은화는 문양에 따라 용봉무늬가 가장 비싸고 다음이 인물, 그다음이 금수, 수목이며 최하등품이 수초였다. 문약허로부터 귤을 산 사람들은 수초무늬의 은화를 냈다. 가장 싼 은화를 지불한 것이다. 그러나 중국에서는 은화의 중량만 따질 뿐 무늬는 상관하지 않기 때문에 큰 이윤이 남게 된 것이다. 은화는 8전 7푼의 무게였으므로 800냥의 돈이 된다. 그가 귀국할 때 무인도에서 거대한 바다거북의 껍데기를 주워 온 것은 그것을 톱으로 켜서 큰 침상의 판을 만들 수 있겠다고 생각한 때문이었다. 사람들은 비웃었으나 그는 아랑곳하지 않고 끌고 올라와서 배의 선창에 담아 두었다. 페르시아 상인은 문약허가 가져온 것은 보통 거북의 껍데기가 아니고 타룡(鼉龍)의 것인데 타룡은 용의 새끼 아홉 중의 하나로 그 껍질로 만든 북이 백 리까지 소리가 번지는 타고이며, 만 년을 사는데 껍데기를 벗어던지면 용이 되어 승천한다고 했다. 그리고 바로 이 빈 껍데기에만 갈비뼈 스물네 개에 각각 야광주가 들어 있으며 이는 페르시아에서 최고의 보물이라 단 하나만 가져가도 수만 냥을 호가한다고 실토했다.

이 작품에서 인용한 유명한 속담은 "팔자가 곤궁할 운수면 황금을 파내도 구리로 변하고, 팔자가 부귀할 운수면 백지를 주어도 옷감으로 변한다[命若窮, 掘得黃金化作銅. 命若富, 拾着白紙變成布]"이다. 전통시기에는 돈을 벌어 부자가 되거나 돈을 잃고 거지가 되는 것이 모두 인력으로는 어쩔 수 없는 일이며 팔자소관이라고 했다. 팔자를 좋게 하기 위해서는 선행을 많이 쌓아야 했으며 따라서 고전소설에는 선유선보(善有善報), 악유악보(惡有惡報)라는 인과응보의 사상을 적극 드러내는 작품이 많다.

7) 소설의 제목과 회목

여기서 잠시 작품의 제목을 살펴보자. 『박안경기』의 각 소설 제목은 두 구절로 되어 있다. 삼언에서는 매 편의 제목이 한 구절이었는데 이를 대구로 맞추어 두 구절로 한 것이다. 송대 화본소설의 흔적을 가지고 있는 『경본통속소설』의 작품 제목은 더 짧은 한 구절이다. 이로써 제명도 점차 진화하고 있음을 알 수 있다. 예를 들면 「착참최녕」에서 「십오관희언성교화(十五貫戲言成巧禍)」로 발전하였고, 「전운한우교동정홍, 파사호지파타룡각」과 같이 변천되었던 것이다. 사실 제목 중의 '우교(遇巧)'는 약간 이상하여 『금고기관』에서 이를 다시 수록할 때 어순을 바꾸어 「전운한교우동정홍, 파사호지파타룡각」으로 바꾸었다. 이러한 변천은 장편소설의 회목에서도 동일하게 드러난다. 『삼국지연의』의 경우를 보자. 초기에 형성된 『삼국지평화』에서는 「도원결의(桃園結義)」, 「운장천리독행(雲長千里獨行)」, 「삼고공명(三顧孔明)」 등과 같이 불규칙적인 단구 회목이었다가, 명대 가정본 『삼국지통속연의』에서는 「제천지도원결의(祭天地桃園結義)」, 「관운장천리독행(關雲長千里獨行)」, 「유현덕삼고모려(劉玄德三顧茅廬)」처럼 7자로 통일된 단구를 240장의 회목으로 썼고, 청대 모종강(毛宗崗)본 『삼국연의』에서는 「연도원호걸삼결의, 참황건영웅수립공(宴桃園豪傑三結義, 斬黃巾英雄樹立功)」, 「미염공천리단기, 한수후오관참육장(美髥公千里單騎, 漢壽侯五關斬六將)」, 「사마휘재천명사, 유현덕삼고초려(司馬徽再薦名士, 劉玄德三顧草廬)」와 같이 쌍구를 넣어 120회의 회목으로 사용하고 있다. 단편화본소설의 제목 변천사와 같은 패턴이라고 하겠다.

이박에 활용된 작품소재의 유래를 다시 한번 검토해 보면 「이공좌교해몽중언, 사소아지금선상도」는 당대 이공좌의 「사소아전」에서 왔고, 「고아수희사단나물, 최준신교회부용병(顧阿秀喜舍檀那物, 崔俊臣巧會芙蓉屏)」은 『전등여화』의 「부용병기(芙蓉屏記)」에서 왔으며, 「교태환호자선음, 현보시와사입정(喬兌換胡子宣淫, 顯報施臥師入定)」은 『멱등인화』의 「와법사입정록」에서 나왔다. 「정원옥점사대상전, 십일낭운강종담협(程元玉店肆代償錢, 十一娘雲崗縱談俠)」은 한국에 전해 오는 『산보문원사귤(刪補文苑楂橘)』의 「위십일낭전(韋十一娘傳)」에서 유래한 것이다. 『산보문원사귤』은 조선에서 필사본과 교서관 인서체 간행본이 널리 퍼지고 일본에까시 전해졌는데 숙종 때 재상을 지낸 김석주(金錫胄, 1634-1684)가 편찬한 것으로 당송명대의 문언소설 20편을 수록하고 있다. 『이각박안경기』의 제39편 「신투기홍일지매, 협도관행삼매희(神偸寄興一枝梅, 俠盜慣行三昧戲)」에서는 나룡이라는 인물이 일지매로서 협도(의적)의 역할을 하는데, 우리나라에서 유행한 『의적일지매』의 원전에 속하는 작품이어서 흥미를 끈다. 조선 후기 조수삼(趙秀三)의 『추재기이(秋齋紀異)』는 당시 한양에서 활동한 다양한 시정인물을 그리고 있는데 그중 한양의 의적으로 일지매가 등장한 이후 근현대 한국에서는 다양한 일지매

이야기가 생성되고 전파되었다. 고우영의 만화 『일지매』가 가장 대표적이라고 할 수 있다.

'삼언이박'이 독자의 인기를 한 몸에 받았으나 분량이 총 200편으로 워낙 방대하여 일시에 유통하기 어렵게 되자 포옹노인(抱甕老人)이란 자가 이들 작품 중에서 뛰어난 작품 40편을 골라 한 권으로 만들었는데 『금고기관』이라고 이름하였다. 삼언의 120편 중에서 29편을 뽑았고, 이박의 80편(실제 78편) 중에서 11편을 뽑았다. 편찬자는 독자의 취향을 고려하고 작품성이나 주제의식을 두루 고려하여 각 작품집에서 비교적 골고루 선발하고자 노력하였다. 내용은 평범하지만 우여곡절이 있고 참신한 작품을 위주로 하고 있다. 이 책은 곧 화본소설의 정수로 인식되어 널리 전파되었고 오히려 원전은 점차 흩어지고 사라져 근대에 와서야 일본에서 찾아내 온전하게 복원하게 되었다. 한국에서도 『금고기관』의 수용과 번역이 적극적으로 진행되어 근대 이전에 이미 언해본이 나왔고 근대 이후에는 신문 연재소설의 저본으로 활용되기도 했다. 이른바 재미있고 기발한 이야기의 소재로서 다양하게 활용되었던 것이다. 한국 근대의 신소설 창작과정에도 영향을 끼쳐 고소설과 신소설 양면에 걸쳐 여러 가지 형태로 반영되었다. 일례를 들어 본다. 19세기 말 일본인 통역관 나카무라 쇼지로[中村庄次郎]는 한국어 교재로 활용하기 위하여 『금고기관』의 몇 작품을 한국어로 번역, 출간했다. 그중에 앞서 소개한 작품이 「동정홍(洞庭紅)」이란 이름으로 축약 번역되어 있다. 그는 부산 초량에 머물면서 한국 작품 『최충전』, 『별춘향』, 『임경업전』도 번역 소개하였고 한국어와 일본어의 소통에 힘쓰다가 부산에서 사망했다. 이 책은 작품을 초록하고 번역한 연도가 1876년으로 되어 있고 한국학 전공자 오구라 신페이[小倉進平]에게 기증한 연도가 1932년으로 나와 있는 등 명확한 기록으로 중요한 가치를 지니고 있으며 현재 일본 도쿄대학에 소장되어 있다.

8) 육인룡의 『형세언』 발굴

삼언이박에 이어서 명 말에 나타난 또 하나의 작품이 『형세언(型世言)』인데 20세기 후반에서야 우리나라 규장각에서 원본이 발굴되었다. 그리하여 새로운 중국문학사나 중국소설사에서 화본소설집의 대표작으로 『형세언』까지 포함한 '삼언이박일형(三言二拍一型)'이란 명칭이 나오게 되었다.

육인룡(陸人龍)은 생애가 알려지지 않은 항주 출신의 소설가다. 형 육운룡(陸雲龍)과 더불어 1630년 『요해단충록(遼海丹忠錄)』, 1632년경 『형세언』을 편찬했다. 『요해단충록』은 명 말 요동에서 일어난 명나라와 후금(청) 사이의 전쟁에서 애국을 표방하며 피도(皮島), 즉 가도(椵島)를 점거하고 만주족 누르하치에게 대항하던 모문룡(毛文龍)의 사적을 그리고 있는 작품이다. 만주족에 대한 부정적인 서술로 청 초에 금서가 되었고 따라서 『형세언』도 함께 자취를 감추게 된 것으로 보고 있다. 이들 책은 모두 육운룡이 운영하는 '쟁소관(崢霄館)'에서 간행되었다. 『형세언』의 완전한 제목이 『쟁소관평정통속연의형세언』인 것도 그러한 까닭이다. 육운룡이 지은 소설도 역시 같은 방식으로 표기하여 『쟁소관평정출상통속연의위충현소설척간서(崢霄館評定出像通俗演義魏

忠賢小說斥奸書)』라고 했다. 육운룡은 자를 우후(雨侯), 호를 취오각주인(翠娛閣主人), 오월초망신(吳越草莽臣) 등으로 썼는데 『형세언』의 서문에서 활용하였고 각 회의 평자로서 더욱 많은 필명을 썼다. 육인룡은 군익(君翼)을 자로, 평원고분생(平原孤憤生) 등을 호로 사용하였다.

육인룡이 지은 『형세언』은 중국에서 원본이 없어지고 한국에 원본이 전하고 있는 명대 말의 화본소설집이다. 제목은 '세상의 틀이 될 만한 이야기'라는 의미인데 앞서 풍몽룡의 삼언, 즉 '세상을 비유하는 이름난 이야기(『유세명언』)', '세상에 경고를 보내는 통용되는 이야기(『경세통언』)', 세상을 깨우치는 항구적인 이야기(『성세항언』)'와 거의 궤를 같이하는 명명법이라고 하겠다. 『형세언』은 명말청초 중국에서 사라졌지만 이를 계승한 불완전한 작품집인 『환영(幻影)』, 『삼각박안경기(三刻拍案驚奇)』 등에 남아 다른 제목으로 전해지고 있었다. 근년에 『형세언』이 발굴됨에 따라 온전하게 당시의 원전 형태로 복원할 수 있게 되었다.

전 40편 중에서 첫 번째 작품 「열사는 임금을 저버리지 않고, 정녀는 아비를 욕되게 하지 않네[烈士不背君, 貞女不辱父]」를 살펴본다. 망국의 시기에 무너지는 사회적 도덕성을 경고하고 효자와 열부와 충신을 묘사하며 적극 권장하려는 『형세언』의 특징을 잘 드러내는 작품이다. 이야기는 명대 초기 홍무 연간에서 영락 연간까지 이어지며 산동과 남경을 무대로 철현과 고현녕이 충성과 의리를 중시하며 철현의 딸들이 절개를 지키는 모습을 그리고 있다. 입화에서는 강개한 충의와 곧은 절개를 가진 사람의 아내나 딸들이 절개를 지키지 못하여 그 이름이 빛나지 못했던 예를 들어 철현의 충성심과 그의 딸들이 정조를 지킨 일이 더욱 빛나는 일임을 드러내고 있다.

하남 등주(鄧州) 사람 철현은 홍무 연간에 국자감생으로 벼슬을 시작하여 병부상서에까지 올랐다. 사람이 강직하여 산동에 참정(參政)으로 부임했는데 곧 정난(靖難)의 변이 일어나자 연왕(燕王, 후의 영락제)의 군대와 맞서 싸운다. 치열하게 싸워 한때 연왕의 군사를 물리쳐서 조정에서는 그에게 산동좌포정사의 벼슬을 내리기도 했다. 그러나 오랜 항전 끝에 천하는 연왕에게 돌아가고 철현은 잡혀서 경사로 압송되었다. 연왕은 남경에서 즉위하여 영락제가 되었다. 이때 제남 사람으로 철현을 믿고 따르던 고현녕은 철현의 혈맥이라도 잇도록 하려고 위험을 무릅쓰고 나선다. 압송되는 철현의 가족 중에서 열두 살 난 작은아들을 구출하여 산양(山陽, 지금의 회안)의 시골집 노인 김현(金賢)에게 맡긴다. 철현은 남경에서 처형되고 그의 부모는 해남으로 귀양 갔으며 큰아들은 충군당하고 두 딸은 기원(妓院)에 보내졌다. 그러나 두 딸은 난관에 굴하지 않고 정조를 굳게 지킨다. 고현녕도 체포되어 영락제의 심문을 받았다. 그는 굴하지 않았지만 영락제는 그가 「주공보성왕론(周公輔成王論)」을 지은 수재임을 알고 아까워하며 급사중의 벼슬을 주려고 했다. 고현녕은 병을 핑계로 벼슬을 받지 않았는데 마침 동창생인 기강(紀綱)이 황제를 설득하여 풀어 주도록 했다. 기원에 들어간 철현의 두 딸은 아버지의 위패를 세우고 조석으로 울면서 제사를 지냈다. 충신의 딸을 욕보이려는 의

도를 결단코 막으며 절개를 지킨 것이었다. 상중에는 풍악을 울리지 않는다고 하면서 악기를 연주하지도 않고 가무를 배우려고도 하지 않았다. 수년이 지난 뒤 영락제는 철현의 두 딸이 기원에서 정조를 지키고 있다는 말을 전해 듣고 기특하게 여겨 두 딸을 풀어 주었다. 기강은 고현녕이 아직 결혼하지 않았다는 사실을 알고 중매를 서며 철현의 딸을 고현녕과 결혼시킨다. 언니와 동생은 떨어질 수 없다며 함께 고현녕의 아내가 되기로 했다. 옛날 아황과 여영이 순임금을 받들던 전례에 따르자는 것이었다. 의로운 선비와 절개 높은 두 딸이 부부가 되었다. 고현녕은 그제야 아내의 어린 동생이 따로 산양에서 살게 된 사연을 말했다. 동생은 해남에 가서 조부모의 유해를 모시고 돌아와 남경에서 두 누나를 만났다. 그리고 처형된 철현의 유해도 거두어 산양으로 돌아가 함께 안장하였고 김 노인의 딸과 혼인하였다. 얼마 후 충군된 큰 아들이 사면을 받고 산양을 지나다가 형제자매가 만나게 되었다. 죽은 줄 알았던 동생과 기원에 보내진 누이들을 함께 만나 마침내 풍비박산이 되었던 철현의 집안은 다시 모일 수 있게 되었다. 충신이 있고 열녀가 있고 다시 의로운 선비[義士]가 있으니 이들이 삼위일체가 되었던 것이다.

이야기는 역사적 사실을 옮기느라 복잡한 편이지만 세부적인 심리묘사 등은 단순하게 처리되고 있다. 소설의 소재는 실존인물 철현(鐵鉉, 1365-1402)의 사적에서 가져왔다. 『황명표충기(皇明表忠記)』 「순난

열전(殉難列傳)」에 그와 그 가족의 충성과 절개가 묘사되고 있다. 철현은 정난 때 연왕에게 끝까지 항거하였지만 대세가 기울어 마침내 잡혔고, 경사에 압송되었음에도 종내 굴복하지 않았다. 그는 37세에 처형되었고 그의 처와 두 딸은 교방사로 보내졌는데 처는 병사하고 두 딸은 끝까지 욕을 당하지 않고 정조를 지켰다고 했다. 철현의 충의를 기념하여 남명 조정에서 충양(忠襄)의 시호를 올렸고 청 건륭 때는 충정(忠定)의 시호를 더했다. 산동 각지에는 그를 제사 지내는 철공(鐵公) 사당이 있고 제남에서는 성황당의 신으로 모셔지기도 했다.

철현을 도와준 의로운 사람 고현녕(高賢寧)도 역사인물이다. 『명사』와 이탁오(李卓吾)의 『속장서(續藏書)』에 그의 사적이 보인다. 고현녕은 연왕에게 항거의 뜻으로 「주공보성왕론」을 지어 보냈다. 무왕의 동생 주공이 성왕을 보좌하였다는 역사적 사실을 담았는데, 황권을 빼앗으려 하지 말고 조카를 잘 보좌하여 나라를 안정시키라는 뜻이었다. 연왕은 글을 보고 그의 재주를 아껴 벼슬을 주려고 했지만 고현녕은 거절했다. 마침 금의위에 있던 동창생 기강의 도움으로 풀려났다. 고현녕은 97세로 장수했다. 다만 고현녕이 철현의 두 딸과 결혼했다는 이야기는 역사에 나오지 않으므로 소설적 설정일 것이다.

연왕 주체(朱棣)는 명 태조 주원장의 넷째 아들이며 연왕으로 봉해져서 북경 지역에 자리 잡고 있었다. 명 태조의 장자인 황태자 주표(朱標)가 황위를 잇지 못하고 급사하자 그의 어린 아들 건문제(建文帝)가 황위에 오른다. 이윽고 번왕의 세력을 삭감하려 들자 이에 연왕이 반발하여 정난을 일으켜 남경을 점령하고 황제 자리를 차지했다. 이 과정에서 반군에 항거한 지방관 중의 하나가 철현이다. 연왕의 정난이 일어난 지 50년쯤 후에 조선에서는 수양대군이 정권을 장악하고 이어서 어린 조카 단종을 몰아낸다. 이렇게 왕위를 찬탈한 계유정난이 일어났고 이에 반발한 사육신, 생육신의 항거가 이어졌다. 불사이군(不事二君)의 유교적 교훈을 실천하려는 충의지사의 유사한 역사가 재현된 것이다.

소설에서는 철현의 충정을 보여 주는 사건의 배경으로 연왕의 정난시기를 다루고 있다. 국가의 혼란기에 충의를 실천하는 관리와 의리를 지키려는 의로운 인물, 그리고 절개를 잃지 않는 여성의 강인한 정신을 보여 주고자 한 것이다. 농민반란군에 의한 극심한 혼란과 이민족의 침공으로 닥친 망국의 위기 앞에서 작가는 충의 도덕의 해이에 대해 강력하게 경고하고 있다. 『형세언』의 첫 작품으로 배치한 의도가 잘 드러난다고 하겠다.

『형세언』이 한국에서 발굴된 것은 1987년이었고 1990년대 이후 한국과 대만, 중국대륙에서 영인본, 교감본, 주석본이 연이어 간행되어 학계에 널리 알려지게 되었다. 1762년 완산 이씨의 『중국소설회모본』 서문에서도 『형세언』의 서명이 전하고 있다. 서문을 쓴 완산 이씨는 최근 사도세자(思悼世子, 1735-1762)로 밝혀졌다. 『형세언』 원본에는 홍두원(紅豆園)에서 평점을 가한 담헌(淡軒)이란 서명이 보이는데 이는 순조의 아들 효명세자(孝明世子, 1809-1830)임이 확인되었다. 중국에서는 청 초에 책 속에 언급된 누르하치 등 만주족의 침략 기록 때문에 금서가 되었지만 조선에선 대대로 왕실과 깊은 관련을 맺으며 소중하게 보전되었던 것이다. 『형세언』 언해본은 궁중에서 번역되고 필사된 낙선재본의 하나로 한국학중앙연구원의 장서각에 소장 중인데 총

6권 중 권1, 2가 없어지고 나머지 4권에 15편의 작품이 전하고 있다. 작품을 의사(義士), 의녀(義女), 패행(悖行), 명장(名將) 등으로 분류하고 회목 대신에 주인공의 이름에 전(傳) 자를 붙여서 명명하고 있는데, 중국소설의 제목이 점차 시적인 수식어로 변화하면서 내용 전달에 어려움이 있었기 때문에 번역에서는 주인공을 드러내는 방식으로 고친 것이다. 별도로 전해지는 한국고소설 「주선전(朱仙傳)」과 그와 함께 묶여 있는 「하유철전(夏維喆傳)」도 사실 『형세언』 언해본에서 나와 단독으로 유통된 번역 작품이다. 「주선전」은 「기전청속루, 선술동조정(奇顚淸俗累, 仙術動朝廷)」의 번역인데 본래 주인공 주전(周顚)의 이름을 따서 「주전선인전(周顚仙人傳)」이라 칭했을 것이, 이를 압축하여 한글음으로 적는 과정에서 「주선전」으로 오기되고 다시 한자 제목을 달게 된 것으로 보인다. 「하유철전」은 「방주교걸호신부, 요교경찬주사격(蚌珠巧乞護身符, 妖蛟竟餐誅邪檄)」의 주인공 하유철의 이름으로 제목을 바꾸어 쓴 것이다. 이렇게 주인공의 이름으로 작품 제목을 바꾸는 것은 조선시대 중국소설의 언해본 번역에서 통상적으로 사용된 방법이기도 하며, 한글표기와 한자표기의 과정에서 와전되거나 오기되는 경우도 적지 않았다.

5장

원명청의 희곡:
연극과 공연의 이야기

중국의 각 시대별 문학을 논할 때면, 한문, 당시, 송사에 이어서 원곡을 들곤 한다. 몽골족 통치하의 원나라에서 일체의 문화가 부정되고 있던 그 시대에 곡이 발달할 수 있었던 것은 중국문학사의 흐름에서 보면 천만다행이었다. 원나라에서 지식인들은 곡의 창작에 몰두할 수 있을 뿐이었다. 곡에는 산곡과 잡극이 있었다. 산곡은 사로부터 변천된 것이고 곡은 이야기를 담고 있는 연극의 대본이었다. 중국의 희곡 발전사를 보면 세 차례의 전성기가 있는데 그 첫 번째 단계가 바로 원대 잡극의 시대였다. 둘째는 명청 전기의 시대였고 셋째는 청대 경극의 시대였다. 여기서는 그 대표적인 작가와 작품에 얽힌 사연을 소개하면서 살펴본다.

1. 원대의 관한경과 왕실보: 「두아원」과 『서상기』

통일제국 당나라가 멸망하고 혼란의 오대시기부터 중국은 남북으로 크게 갈라져서 북방에는 거란족의 요(遼)나라가 세워졌다. 이어서 여진족의 금(金)나라가 중원에 진입하였고 다시 원(元)나라로 통일되면서 북방민족의 정권이 수백 년간 이 지역을 지배하게 되었다. 중원에서는 오대에 이어 송나라가 건국되어 요나라와 남북으로 대치하였고 금나라에 의해 북송이 멸망한 후에는 남송으로 밀려나 강남지역을 지키다가 결국 몽골군에 침공당한다. 원나라 제국에 영토를 빼앗긴 한족의 정권은 몰락하게 되었다.

1) 원대의 희곡작가

몽골 치하의 북방에서 문인의 지위는 매우 낮았다. 원대 사회는 출신에 따라 계층의 차등이 있었는데 몽골인, 색목인(아랍계통), 북방 지역의 한인(漢人), 남방출신의 남인(南人) 순이었다. 남송 때 부귀와 번영을 누리며 최고의 문화생활을 영위했던 남방의 한족 지식인들은 몽골족의 치하에서 자괴감을 느끼며 비참하게 살아야 했다. 또한 직업에 따른 열 가지 차등에서 유생은 아홉 번째의 낮은 자리였다. 여덟 번째인 창기와 열 번째인 거지 사이에 위치했으니 유교를 숭상하는 지식인들이 느껴야 했던 비참함은 짐작이 간다. 아마 중국역사상 지식인에 대한 이와 같은 천시는 몽골지배 시기와 현대 중국의 문화대혁명 때 단 두 번에 불과했을 것이다.

부패한 원나라 통치자들은 잔혹하게 통치하여 과거제도 또한 80여 년간 중단되었다. 문인들은 출세의 가도가 막혔으므로 또한 유교경전이나 주자학에 매달려 있을 필요가 없었다. 그들에게 주어진 사회적 역할이 없었으므로 억지로 체면 차리고 구구한 예의범절을 따질 필요도 없었을 것이니 정신적으로 차라리 자유로웠다고 하는 게 맞을 것이다. 이처럼 사회적으로 손가락질을 받는 낮은 지위와 가난 속에서 호구지책으로 통속적인 희곡을 짓고 연극공연의 일에 매달리는 것을 막을 수는 없었다. 정주이학(程朱理學)으로 철저하게 무장되었던 송나라시대와는 달라서 문인들은 희곡 작품을 통해 오히려 마음껏 자신의 다양한 기량을 발휘할 수 있었다. 그들은 일반 백성들과 어울려 생활 속으로 파고들어 생생한 삶의 모습을 수많은 희곡 작품 속에 녹여 넣었다.

중국희곡의 변천사를 일별하면, 송원 이전의 전 단계로서 원시시대의 가무희(歌舞戲)로부터 시작하여 제왕들을 위한 궁중희로 발전하였고, 인형으로 연출하는 괴뢰희(傀儡戲)도 면면히 이어져 오고 있었다. 송대에 민간연예로서 발전한 설화와 강창에서 점점 분화되어 소설과 희곡의 두 갈래로 갈라지게 되었다. 줄거리가 있는 이야기를 말과 노래를 혼합하여 전달하는데, 무대에서 동작이 곁들여지면서 차츰 연극의 형태가 이루어지게 된 것이다. 연극의 대본이 희곡이고 설화의 대본이 화본소설이었다. 금나라에서는 원본이라 칭하였고 원나라에서는 잡극이라 칭했다. 잡극은 북방 노래로 공연하는 연극으로 대도를 중심으로 수많은 작품이 양산되었다.

잡극의 삼대 요소는 창(唱), 과(科), 백(白)이다. 중국희곡의 핵심은 노래를 부르는 창이다. 그러므로 서양의 오페라와 같이 노래로 이어지는 이야기인 셈이다. 그것은 연희와 강창의 전통에서 형성된 것이며 무대 위에서 창을 하면서 동작을 보이는 사이사이에 이야기 전개를 보충하는 대화나 독백이 들어가서 전체적인 연극의 모습이 완성된다. 여기서 동작을 과라고 하고, 백화로 된 대화 혹은 독백을 백이라고 한다. 희곡의 초기단계에서는 곡사(曲詞)의 창작을 중시하였을 뿐, 동작이나 대화의 구체적 내용은 무대 위에서 배우가 임시변통으로 추가하는 경우가 많았다. 경험이 많고 뛰어난 배우라면 극의 전개를 감안하고 기발한 아이디어를 매 순간마다 드러낼 수 있었기 때문이다.

잡극에서는 제목의 형식도 일정하게 유지되었는데, 작품의 끝머리에 제목(題目), 정명(正名)이라고 하여 팔구(八句)의 구절을 대구로 넣어서 표시했다. 제목은 전체 내용을 요약한 것이고 정명은 극의 정식 명칭인데 일반적으로 그중에서도 핵심이 되는 3, 4구를 뽑아서 작품의 간략한 제명(題名)으로 삼았다. 마치원(馬致遠)의 『한궁추』에서 제목은 "흑수에 빠진 명비 푸른 무덤에 한 서리고[沈黑江明妃青塚恨]"이고, 정명은 "꿈 깨운 외기러기 한나라 궁궐은 가을이네[破幽夢孤雁漢宮秋]"이다. 백박(白樸)의 『오동우』는 제목이 "안녹산은 반란으로 군사 일으키고, 진현례는 봉황의 짝을 갈라놓았네[安綠山反叛兵戈擧, 陳玄禮拆散鸞鳳侶]"이고, 정명은 "양귀비는 아침에 향기로운 여지 마주하고, 당명황은 가을밤 오동나무 빗소리 듣네[楊貴妃曉日荔枝香, 唐明皇秋夜梧桐雨]"이다.

원대에는 송사의 전통을 이어받은 산곡이 여전히 지어졌고, 강창문학에서 발전한 잡극의 창작이 활발하게 진행되었다. 당시의 희곡작가는 다른 시대의 지식인 문인들과는 달랐다. 시정에서 생활하고 청루를 들락거리며 거리낄 것이 없는, 풍류남아의 자유로운 영혼이었다. 북방의 잡극은 희곡 제목만도 600여 종이 알려져 있으며 현재 남아서 전하는 것만도 170종에 이르니 방대한 양의 작품이 양산되었음을 알 수 있다.

원곡 사대가(四大家)는 관한경, 왕실보, 마치원(馬致遠), 백박(白樸)이다. 당시 희곡의 창작 경향은 관한경을 중심으로 하는 일파와 왕실보를 중심으로 하는 일파로 나뉘어 있었다. 전자는 잡극의 무대효과와 청중들의 반응을 중시하여 등장인물의 성격에 부합하는 토속적인 어휘나 방언도 거리낌 없이 활용하면서 사실적이고 생동적인 작품을 남겼다. 작품의 내용에서도 현실사회에서 일어나는 여러 가지 형사사건이나 사회적 에피소드, 혹은 역사적인 사건 중에서도 대중과 밀접한 관계가 있는 소재를 선택하여 통속적이고 해학적인 풍격을 드러냈다. 한편 후자인 왕실보파는 공연보다는 작품으로서 희곡의 문사에 신경을 써서 문학성과 예술성이 뛰어난 작품을 남기는 데 힘썼다. 고전문학에 대한 풍부한 소양을 담고 전고를 활용하였으며 문장은 우아하고 고상하게 써서 문인취향의 작품으로 만들었다. 재자가인의 만남과 이별을 다루거나 궁중의 염문, 혹은 옛 문인의 낭만적인 에피소드를 발굴하여 아름다운 문장의 희곡으로 각색했다. 당시 무대공연에서는 그다지 환영받지 못했으나 후세 문인들의 극찬이 이어졌고 문학사에서도 크게 주목하게 되었다.

2) 관한경의 「구풍진」

관한경(關漢卿, 1241?-1320?)은 산서 해주(解州) 혹은 기주(祁州) 사람이라고도 하며, 금 말(金末)에 의원(醫員) 가문에서 태어나 비교적 충분한 교육을 받고 민중들에게 행의(行醫)하면서 호구지책으로 희곡창작과 연극연출에 종사하였다. 그는 원나라 수도이며 당시 세계적인 상업도시였던 대도(大都, 지금의 북경)에서 연예활동에 종사하면서 수많은 작품을 완성했다. 그뿐만 아니라 당시 여전히 상업이 발달했던 남방의 도시, 양주와 소주, 항주 등지를 방문하여 아름다운 경치와 풍물에 매료되기도 했다. 관한경의 작품은 총 60여 종이라고 하나 현존 작품은 18종 정도이며 그중 12종이 여자주인공이 창을 하는 단본(旦本)이다. 이들 단본은 몽골 지배하 한족 여성들의 억압의 고통을 여실히 드러내고 있다. 다양한 주제를 다루었으나 대체로 공안극, 애정극, 역사극 등으로 대별할 수 있다. 형사사건을 다룬 공안극으로는 억울한 누명을 쓰고 죽은 두아의 원한을 푸는 「두아원(竇娥寃)」, 포청천이 억울한 범인을 석방하는 「호접몽(蝴蝶夢)」, 포청천이 횡포를 부리는 악한 노재랑을 처단하는 「노재랑(魯齋郎)」 등이 있고, 사랑과 혼인의 문제를 다룬 애정극으로는 선비와 기녀의 사랑을 그린 「구풍진(救風塵)」과 「금선지(金線池)」, 피난 중에 만난 남녀의 혼인을 그린 「배월정(拜月亭)」 등이 있다. 역사적 사실에서 소재를 가져온 역사극으로는 관우의 사연을 그린 「단도회(單刀會)」, 유비가 꿈에 관우와 장비의 혼령을 만난 「서촉몽(西蜀夢)」[혹은 「쌍부몽(雙赴夢)」] 등이 있다. 왕실보의 『서상기』는 관한경과 함께 합작하였다는 설도 전한다.

관한경의 대표작 2편을 꼽으라면 희극으로 「구풍진」, 비극으로 「두아원」이라고 할 수 있다. 두 작품 모두 단본으로서 당시 대중들의 인기를 독차지했던 인기 작품이었다. 「구풍진」은 기녀 송인장(宋引章)과 선비 안수실(安秀實)의 사랑에 건달인 주사(周舍)가 훼방을 놓으면서 일어나는 파란을 그린다. 송인장의 친구인 의협적인 기녀 조반아(趙盼兒)가 나서서 주사를 농락하고 송인장을 구출하여 다시 본래 사랑하는 안 수재와 맺어 준다는 내용이다.

> 송인장은 안 수재를 좋아하여 구두로 약혼을 하였지만 부자 상인으로 건달인 주사의 감언이설에 빠져 의자매를 맺은 조반아의 강력한 충고도 듣지 않고 주사에게 시집을 갔다. 그러나 결혼 후에 송인장은 곧 주사로부터 학대를 당하고 이를 이기지 못하자 방물장수 편에 몰래 어머니에게 편지를 보내 조반아에게 전하여 자신을 구해 달라고 사정했다. 주사는 쉽사리 송인장을 내놓을 생각이 없었다. 조반아는 송인장을 구출해 낼 계략을 정교하게 짜고 농염한 화장을 한 다음 거짓으로 주사에게 시집가겠노라고 하면서 술과 양고기와 붉은 비단을 준비하여 주사를 찾아갔다. 조반아는 주사에게 먼저 송인장과 이혼장을 써야 자기가 정식으로 시집가겠노라고 선제 조건을 내걸었다. 조반아를 맞이할 생각에 마음이 들뜬 데다 또 난리법석을 피우며 달려드는 송인장을 번거롭고 짜증스럽게 생각한 주사는 얼떨결에 이혼장을 써 주고 내쫓았다. 그사이에 조반아는 송인장과 함께 현장을 탈출하여 도망

치면서 이혼장을 바꿔치기했다. 속은 것을 깨달은 주사가 쫓아와서 송인장을 잡고 그녀의 손에서 이혼장을 빼앗아 찢어버렸다. 주사는 조반아가 남편 있는 여자를 유괴했다고 고소했다. 조반아는 오히려 주사가 유부녀를 강제로 억류하고 있었다고 맞고소를 하면서 안 수재를 증인으로 데려오고 주사의 이혼장을 증거로 제시했다. 주사는 결국 소송에서 지고 형벌로 곤장을 맞았다. 송인장은 조반아의 헌신적인 도움으로 마침내 안 수재와 부부로 맺어졌다.

조반아: (창) 당신 마음의 근심을 거두세요. 당신 미간의 주름을 펴세요. 저는 꽃잎도 상하지 않고 가을로 갈 길 찾는 것처럼 잘 갔다 오겠습니다. 그 녀석의 여색 좋아하는 마음 마치 당나귀나 개와 같고, 잘생김과 총명함도 으스대는 것처럼 보이네요.
(백) 제가 거기 가서 몇 마디만 하여 그놈이 이혼장을 쓰도록 하면 모든 일은 끝납니다. 만약 이혼장을 쓰지 않겠다고 하면, 저는 그놈을 꼬집고, 비틀고, 할퀴고, 붙잡아 그놈을 노곤하고 나른하게 하여 온몸이 마비되도록 하렵니다. 그놈의 코 아래 인중에 사탕을 발라 핥으려고 해도 안 되고 먹으려고 해도 못 하도록 할 겁니다. 그놈을 속여서 이혼장을 쓰도록 하고 송인장이 이혼장을 가져오면 재빨리 바꿔치기할 겁니다. 나는 이제 문을 나섭니다.
(창) 단 한 번의 계략으로 그놈이 단번에 이혼장을 쓰도록 하겠습니다.

이 대목은 조반아가 주사를 만나 펼치게 될 계략을 미리 송인장의 어머니 앞에서 밝히는 내용이다. 이 내용대로 주사는 조반아의 아양과 속임수에 넘어가서 이혼장을 써 주게 된다.

작품에서는 선비와 기녀와 상인이라는 사회적 신분 간의 상호관계를 그리고 있다. 상인계급이 득세하고 선비들이 천시받던 원나라 때의 사회적 현상을 반영하면서 궁극적으로 선비인 안수실과 송인장을 부부로 맺어 주는 대단원으로 마무리 지은 것은 작자 자신의 회재불우함을 은연중 드러낸 것이 아닌가 한다. 대부분의 잡극이 구성상 졸렬하지만 「구풍진」의 구성은 지극히 치밀하고 정교한 것으로 정평이 나 있다.

3) 관한경의 「두아원」

「두아원」은 관한경 잡극의 비극류 대표작이다. 당시 시정에서 충분히 일어날 수 있는 경제적, 사회적 문제와 허술한 범죄 관리, 처형의 악습 등을 그려 낸 수작으로, 처절한 반항의 표징이라 할 수 있다. 젊은 과부 두아(竇娥)가 역시 일찍 과부가 된 시어머니 채(蔡) 노파와 함께 살다가 음흉한 장씨 부자를 만나면서 살인사건의 범인으로 누명을 쓰고 억울하게 사형을 당한다는 비극적 내용이다.

두아는 어려서 단운(端雲)이라 불렸다. 아버지 두천장(竇天章)은 채 노파에게 빚진 돈을 대신하여 두아를 민며느리로 시집보내고 자신은 과거시험을 보러 떠난다. 시집온 두아는 불과

2년도 안 되어 남편을 여의고 청상과부가 되었지만 불행한 삶을 숙명적으로 받아들이며 열심히 살아간다. 그러나 곧 문제가 발생한다. 채 노파가 빚을 받기 위해 새노의(賽盧醫)를 찾아갔지만 되레 새노의는 채 노파를 죽이려고 한다. 마침 지나던 장씨 부자가 나서서 채 노파의 목숨을 살려 준다. 그것을 미끼로 장씨 부자는 집으로 들어와 함께 지내게 되었는데 과부만 있는 것을 알고는 두 고부를 능멸하였다. 장 노인은 채 노파를 아내로 삼고, 아들 장려아(張驢兒)는 두아를 억지로 차지하려고 했다. 두아가 결단코 따르지 않자 아들은 병든 채 노파를 독살할 생각을 한다. 아들이 새노의를 협박하여 구한 독약을 탕에 섞어 병든 채 노파를 먹이려고 했지만 잘못하여 자신의 아버지가 죽게 되었다. 장려아는 여전히 두아를 협박하였지만 따르지 않자 재빨리 두아에게 살인죄를 뒤집어씌워 관가에 고발한다. 옥에 갇힌 두아는 결백을 주장했지만 무능하고 부패한 태수는 억지로 매를 치고 고문을 한다. 시어머니인 채 노파에게도 곤장을 치려고 하니 병든 몸으로 견딜 수 없으리라 여겨 두아는 거짓으로 자백을 한다. 태수는 마침내 공개처형을 시행한다. 두아는 형장에서 여전히 자신의 결백을 주장하면서 이변이 일어날 것을 공언한다. 그녀가 처형되자 피는 뿜어 올라 열두 자 높이의 흰 비단 깃대에 뿌려지고, 하늘은 갑자기 어두워지며 삼복더위에 온 천지에 하얀 눈이 내려 시신을 가렸으며, 초주 지역에 삼 년간 가뭄이 든다는 천재(天災)의 예언이 그대로 실현되었다. 두아의 죽음 후에 그녀의 아버지 두천장은 양회(兩淮) 지방에 염방사(廉訪使)가 되어 부임하였고 죽은 두아의 혼령이 꿈에 나타나 자신의 억울한 죽음을 알린다. 두천장은 재판기록을 다시 검토하고 곧바로 산양현에 내려가 장려아, 새노의, 채 노파를 잡아들이도록 하였다. 범행을 자백하려 하지 않자 두아의 혼령이 직접 나타나 증언을 하였고 두천장의 새로운 판결로 두아의 원한을 풀게 되었다.

「두아원」 마지막 대목의 제목은 "거울 받쳐 들고 저울 집어 든 염방사의 법도[秉鑑持衡廉訪使]"이고, 정명은 "하늘 감응시키고 땅을 감동시킨 두아의 원한[感天動地竇娥冤]"이다.

「두아원」은 "여자가 한을 품으면 오뉴월에도 서리가 내린다[一婦含怨, 五月飛霜]"라는 우리 속담을 만들어 준 하나의 유래가 되기도 했다. 작품에서 두아는 "어찌 억울했던 추연(鄒衍)만이 서리를 내리게 하겠습니까"라고 말한다. 본래 전국시대 제나라의 추연은 연나라 혜왕(惠王)에게 중용되어 충성을 바쳤는데 후에 주변의 참소를 들은 혜왕은 추연을 하옥시켰다. 추연이 하늘을 우러러 크게 통곡하자 한여름인데도 하늘에서 서리가 내렸다고 한다. 『몽구(蒙求)』에 들어 있는 「추연강상(鄒衍降霜)」 이야기다. 추연의 원한에 따른 비상은 두아도 알고 있었던 것이지만 여자의 한이라는 점에서 유월비상(六月飛霜)은 결국 「두아원」의 이야기가 가장 전형적인 유래라고 하겠다.

또 두천장의 입을 통하여 "옛날 한나라 때 수절하는 효부가 있었는데 시어머니가 스스로 목을 매어 죽었는데도 시누이는 효부를 범인으로 고발하여 동해태수는 그 효부를 참수하였다"라고 밝히고 있다. 이는 작자가 분명히 민간에서 오랫동안 전해 오던 동해효부(東海孝婦) 이야기를 기본 소재로 하였음을 나타낸다. 이 이야기는 『한서』 「우정국전(于定國傳)」에 처음 나오고 유향의 『설원(說苑)』과 간보의 『수신기』에도 전해지고 있어 비교적 널리 알려진 전설이다. 이로 보면 관한경의 「두아원」 창작에 동해효부의 전설이 활용되었음은 자명할 것이다.

「두아원」 이야기는 명대에 이르러 전기 「금쇄기(金鎖記)」로 나왔는데 비극적 결말을 고쳐서 부부와 부녀가 다시 만나는 대단원으로 마무리 짓고 있다. 근대 이후의 경극 〈유월설(六月雪)〉도 이 작품을 개편한 것이다. 작가는 두아의 일을 묘사하여 당시 억울하게 고통받았던 하층 여성을 동정하고 부패하고 무능한 관리의 실상을 밝히고 있다. 작품은 사회문제를 야기하는 수많은 요소를 동시에 드러낸다. 서민들의 피를 말리는 고리대금업이나 귀한 생명을 함부로 다루는 돌팔이 의사, 위험한 극약을 함부로 다루는 일, 살인과 누명을 예사로 알고 작은 은혜로 더 큰 협박을 일삼는 무뢰한, 사건의 진상을 정확히 따지지 않고 무고한 백성의 생명을 함부로 빼앗는 무능하고 부패한 관리 등이 드러나는 것이다.

4) 왕실보의 『서상기』

왕실보(王實甫, 1260?-1336?)의 본명은 왕덕신(王德信)이고 실보는 그의 자다. 원나라 대도 사람으로 극장이나 기루를 직접 드나들며 배우나 기녀들과 교류하고 하층민의 생활을 체험하면서 자신의 재능을 발휘하였다. 그가 죽은 후에 가중명(賈仲明)이 쓴 추도사에서 '풍월영(風月營)'이나 '앵화채(鶯花寨)', '취홍향(翠紅鄕)'에서 활약하였다고 했는데 모두 기루를 지칭하는 용어다. 원대에는 과거제도가 중단되어 문인들의 미래는 암담하였다. 문인들은 서회(書會)를 조직하여 배우나 기녀들에게 극본을 제공하면서 공생관계를 유지하고 호구지책으로 삼았다. 왕실보의 삶도 바로 그러한 것이었다. 그가 쓴 작품은 13종에 이르는데 완전하게 전하는 것은 『최앵앵대월서상기(崔鶯鶯待月西廂記)』(줄여서 『서상기』), 『여몽정풍설파요기(呂蒙正風雪破窯記)』, 『사대왕가무려춘당(四大王歌舞麗春堂)』 등 3편 정도에 그친다. 그는 원대 잡극에서 문사파의 대표적 작가다. 아름다운 문사를 구사하여 작품성을 드높였고 특히 후세의 많은 문인들이 추앙하는 작품을 남겼다. 『서상기(西廂記)』가 바로 그 대표작이다. 『서상기』를 왕실보와 관한경의 합작품으로 보는 설도 있지만 왕실보의 작품으로 보는 것이 가장 일반적인 견해다.

『서상기』는 중국문학사상 가장 유명한 희곡 작품이다. 전체 5본으로 총 20절에 이르는 장편이다. 원대 잡극이 대부분 4절짜리 1본으로 이뤄진 것에 비하면 특별히 예외적인 작품이라고 할 수 있다. 작품의 유래는 당대 전기소설인 원진의 「앵앵전」에서 왔다. 이야기의 구조를 확인하기 위해 먼저 「앵앵전」을 살펴본다.

최 상국의 딸 앵앵(鶯鶯)은 일찍 아버지를 여의고 어머니 정씨(鄭氏)와 함께 포주(蒲州) 땅 보구사(普救寺)에 잠시 머문다. 마침 이곳에서 과거시험을 준비하던 장생(張生)의 어머니도 정씨여서 이모뻘이 되어 인사를 나누었다. 이때 근방에서 병란이 일어나고, 보구사를 포위한 반군의 적장은 앵앵을 내주면 화를 면하게 해 주겠다고 협박했다. 장생은 곧 친구인 관군 장교에게 편지를 보내 신속히 개입하여 난적을 물리치도록 요청했다. 천자의 칙명을 받은 두확 장군이 파견되어 난을 평정했다. 앵앵 일가가 안전하게 구원을 받자 정씨는 연회를 열어 장생에게 감사의 뜻을 전하고 앵앵을 불러 남매의 예로 인사를 하게 한다. 그러나 앵앵을 보고 한눈에 반한 장생은 그녀의 시녀 홍랑(紅娘)의 도움을 받아 은밀하게 사랑의 시를 전한다. 앵앵이 보내온 답시는「명월삼오야(明月三五夜)」였다. 보름달 뜨는 밤에 찾아오라는 암시를 준 것이었다. 그러나 앵앵과의 밀회에 가슴이 잔뜩 부풀어 찾아간 장생에게 앵앵은 오히려 근엄한 표정만 지어 보였다. 그녀는 장생이 점잖지 않게 시녀를 통해 예의 없는 행동을 한다고 힐책하고 그를 내보낸다. 절망한 장생은 돌아와 앓아눕는다. 하지만 며칠 후 저녁 문득 앵앵이 홍랑을 앞세워 장생의 처소에 나타나고 아무 말 없이 밤을 지새우고 돌아갔다. 그 후 열흘간 소식이 없었다. 장생은 진짜 선녀 같은 사람을 만났다는 의미로「회진시(會眞詩)」를 지어서 보냈다. 그 후 저녁에 찾아오고 새벽이면 돌아가는 한 달간의 은밀한 밀회가 계속되었다. 장생이 정씨의 의사를 물어보니 그렇게 된 이상 어찌할 도리가 없다고 인정했다. 장생은 정씨를 직접 찾아가 성혼하려고 했지만 얼마 후 장안으로 떠나게 되었다. 장생은 앵앵에게 먼저 그 일을 말하였다. 앵앵은 말없이 눈물을 머금고 듣기만 했다. 장생은 몇 달 후 다시 포주에 와서 앵앵을 만났다. 앵앵은 서예에도 뛰어나고 문장도 잘 지었으며 거문고에도 솜씨가 있었다. 장생이 과거시험 볼 기일이 닥쳐 장안으로 가게 되었을 때 앵앵은 이별을 앞두고 「예상우의곡(霓裳羽衣曲)」을 타서 들려주면서 "사사롭게 맺어지고 버림받아 끝나는 사랑[始亂終棄]에 감히 한스러움은 없으며 이별 또한 가슴 아파하지 않는다"라고 하였다. 비록 말은 담담히 했지만 결국 곡을 끝내지 못하고 눈물을 흘리면서 뛰어 들어가 다시는 나오지 않았다. 장생은 그해 시험에 낙방하였고 장안에 머물며 앵앵에게 위로의 편지를 보냈다. 앵앵은 슬픔과 한탄의 나날을 보내는 사정을 절절하게 담아 장문의 답장을 보내면서 기념으로 옥환과 실타래, 찻잎 빻는 작은 절구도 함께 보내왔다. 장생은 이 편지를 친구들에게 보여 주었다. 친구들은 이를 보고 「최낭시(崔娘詩)」와 「회진시」에 화운하는 시를 지었다. 장생은 그녀와의 관계를 끊어 버리고, 미인은 화근이니 스스로 요망한 짓을 하거나 남에게 요사스러운 짓을 할 것[不妖其身, 必妖於人]이라고 부정적으로 말하며 자신은 이겨 낼 자신이 없으니 흔들리는 감정을 굳이 참는다고 말했다. 공명을 위해 박정한 남자임을 스스로 천명한 것이다. 얼마 후 두 사람은 각각 혼인하였고 장생이 마침 앵앵이 사는 곳을 지나갈 기회에 먼 친척 오라버니 자격으로 만나 보려 청했지만 나타나지 않았다. 장생에게 원망스러운 기색이 역력했음이 전해지자 앵앵은 시를 보내 이미 담담해진 자신의 마음을 전했다. 그 후 두 사람은 소식이 끊어지고 다시는 알지 못했다. 친구들은 장생이 허물을 잘 수습한 사람이라고 말했다.

「앵앵전」은 작가 원진의 젊은 시절 실제 경험에서 나온 것이라고 한다. 이루어지지 못한 사랑의 아쉬움을 굳이 수식하려고 하지 않고 또한 아련한 추억을 간직하려는 의도도 없는 듯이 마무리된다. 결말 부분 장생의 생각은 일반적인 청춘남녀의 감정이라기보다 유교적으로 제한된 예교의 흔적으로 보인다. 사사롭게 맺어졌다가 결론 없이 헤어진 한때의 연인에 대하여 굳이 잊을 수 없는 사랑이라기보다는 한때의 일탈이며 지울 수 없는 하나의 허물이라고 여긴 것이다. 따라서 끝난 인연을 더 이상 진행시키지 않은 장생을 허물을 잘 수습한 사람[善補過者]이라고 표현하였다.

하지만 훗날 문인들은 장생과 앵앵의 남다른 만남과 사랑을 재조명하게 된다. 금나라의 동 해원(董解元)이 새로 쓴 『서상기』 제궁조(諸宮調)에서 전기소설의 틀을 완전히 벗어나 앵앵과 장생을 이상적인 사랑의 화신으로 바꾸어 놓고 있다. 줄여서 『동서상(董西廂)』이라고 한다. 해원은 본래 향시에 수석으로 급제한 사람에게 붙이는 것이지만 점차 선비의 뜻으로 확대되어 동 해원은 그저 동씨 성을 가진 문사 정도의 의미다. 제궁조는 여러 궁조(16개)의 곡조를 이어 붙인 강창의 한 형식이다. 강(講)의 부분도 대화의 색채가 짙어져 후에 잡극의 빈백(賓白)과 같은 효과와 느낌을 보여 준다. 아직 완전한 극본은 아니지만, 줄거리를 추적할 수 있는 희곡의 전 단계에 해당하는 장르이다.

『동서상』의 가장 큰 공헌은 「앵앵전」의 제목을 '서상기'로 바꾼 것이다. 전기소설에서는 주로 주인공을 중심으로 제목을 짓는 경향이 있는데 여기서는 「명월삼오야」 첫 구절 '대월서상하'에 착안하여 장소를 지칭하는 서상(西廂, 서쪽 행랑채)을 키워드로 뽑아낸 것이다. 장생도 유교적 예교사상에 얽매인 사람이 아니라 사랑의 화신으로서 정열적인 인물로 바꾸었고 줄거리도 비교적 자연스럽게 보충하여 사건의 맥락을 합리적으로 연결시켰다. 전기소설이 원진의 체험을 거의 그대로 담았다고 한다면, 여기에서는 독자의 의심을 해소할 수 있도록 최대한 합리적이고 긍정적인 방향에서 극의 발전을 이끌어 간 것이다.

『동서상』에서는 장생과 앵앵이 반군의 포위라는 위기에 봉착하기 이전에 이미 서로 마음을 주고받은 연인으로 발전한 상태이다. 그들의 첫 만남은 장생이 달밤에 가인의 얼굴을 그리며 시를 짓자, 꽃가지를 꺾어 들고 나타난 앵앵이 장생의 시운을 받아서 답시를 지으며 시작된다. 여기에서는 청춘남녀가 사랑과 혼인의 자주권을 쟁취해야 함을 강조하면서 봉건적인 가정의 핍박에서 벗어난 자유롭고 주체적인 사랑을 집중적으로 보여 준다. 결말에서도 남녀주인공 두 사람의 아쉬운 결말을 재조정하여 해피엔딩으로 마무리 짓고 있다. 이러한 변화는 곧 왕실보의 『서상기』에서 그대로 채택되어 더욱 완벽한 작품으로 승화시키는 효과를 얻게 된다.

왕실보의 『서상기』는 「앵앵전」 전기소설에서 변천한 『서상기』 제궁조가 다시 잡극으로 발전한 것이며 상대적으로 분량이 늘어나고 내용도 일부 수정되었다. 기본적으로 『동서상』의 내용을 따르고 있지만 한층 완숙하고 높은 예술성을 확보하여 천고의 명작으로 자리매김하였다. 「앵앵전」과의 큰 차이점을 염두에 두고 『서상기』의 핵심 줄거리를 다시 확인해 본다.

당나라 정원 17년 2월 상순경에 최 상국의 부인 정씨와 그의 딸 앵앵이 최 상국의 영구를 모시고 장지인 박릉(博陵)으로 가는 도중에 보구사에 잠시 기거하고 있었다. 한편 장생은 과거를 보러 경사로 가는 도중에 포주 지역을 지나다가 보구사를 구경하기 위해 잠시 찾아온다. 여기서 장생은 산책하던 앵앵을 처음 보고 넋을 잃도록 한눈에 반한다. 장생은 앵앵의 시녀 홍랑에게 자신을 소개하였고 자연스레 앵앵도 그를 알게 되었다. 앵앵이 매일 밤 정원에서 분향한다는 말을 주지스님에게 들은 장생은 담 가까이 다가가 시를 읊어 앵앵이 듣도록 하였고 앵앵이 화답하여 두 사람은 서로 마음을 확인하게 된다. 노부인과 앵앵은 최 상국의 넋을 위로하기 위해 법당에서 재(齋)를 올리고 장생도 돌아가신 양친의 넋을 위해 이에 동참한다. 이때 손비호(孫飛虎)가 오천 군사로 반란을 일으키고 앵앵의 미모에 대해 소문으로 듣고서 그녀를 내주지 않으면 절을 훼손하겠다고 협박한다. 앵앵이 나서서 난군을 막아 주는 자에게 출가하겠노라고 조건을 제시한다. 장생은 친구 사이인 두확 장군에게 구원을 요청하고 난군은 항복하고 물러난다. 노부인은 사례로 연회를 열어 앵앵을 불러내 장생과 의남매로 맺어 주며 앞서의 허혼을 번복한다. 어려서 정항(鄭恒)과 이미 정혼한 사이라는 것이 이유였다. 장생은 크게 낙망하지만 홍랑의 제의에 따라 탄금으로 앵앵을 감동시킨다. 장생이 시를 보내자 앵앵은 화를 내며 홍랑을 꾸짖고 장생에게 「대월서상하」 시를 보낸다. 장생이 시 속의 구절에서 달이 뜨면 찾아오라는 암시를 읽어 내고 담을 넘어 찾아갔지만 앵앵은 되레 정색을 하고 예의 없음을 힐난한다. 낙심하여 돌아온 장생은 상사병이 심해지고 홍랑이 병문안을 간다. 소식을 전해 들은 앵앵은 홍랑을 앞세우고 장생을 찾아가 밀회를 시작하고 이후 밀회는 계속 이어진다. 두 사람의 관계가 노부인에게 발각되었으나 홍랑의 설득으로 허혼을 하고, 먼저 과거에 급제할 것을 요구하여 장생은 경사로 떠나게 된다. 십리장정에서 두 사람은 안타까운 이별을 한다. 장생은 앵앵이 찾아오는 꿈을 꾸며 그리워한다. 장생은 마침내 과거에 급제하지만 정항이 먼저 찾아와 장생이 이미 혼인했다고 모함하여 노부인은 이를 곧이듣고 앵앵을 정항에게 출가시키려 한다. 뒤늦게 돌아온 장생이 낙담하였으나 태수가 된 두확이 축하차 찾아와 정항의 모함을 들추어내어 호통을 친다. 마침내 앵앵과 장생은 혼인하여 행복한 삶을 이어 간다.

『서상기』에서는 『동서상』에서 창조한 상당한 내용을 그대로 답습하였으나 손비호가 보구사를 포위하고 식량을 요구하여 승군과 격전을 벌이고 끝내 승군이 참패하는 대목은 장생과 앵앵의 애정 발전과 별 상관이 없다고 여겨져 삭제되었다. 소설에서 조정에서 파견된 두확 장군은 여기에서 장생의 친구로 설정되어 결정적인 순간에 도움을 준다. 태수가 된 두확이 과거에 급제한 장생을 찾아와 축하하고, 간교한 모함을 저지른 정항을 호통쳐서 물러나게 한다. 부끄러움을 이기지 못한 정항은 나무에 부딪쳐 자살한다. 소설에는 없었던 정항이란 부정적 인물을 등장시켜 애정의 진행에 위기를 조성하고 다시 대단원으로 마무리하는 극적인 효과를 만들어 낸 것이다. 『동서상』에서 우연으로 이어지던 사건들을 왕실보의 잡극 『서상기』에서는 모두 필연으로 이어지도록 정교한 복선을 깔아 두었다. 오랫동안 장르를 바꿔 가면서 변천을 거듭하던 앵앵과 장생의 이야기는 마침내 가장 완벽한 희곡 작품으로 최후의 완성품을 만들어 냈다. 작품의 기본 주제도 전기소설에서는 젊은 남성이 저지르고 책임지지 않은 한때의 불장난이었던 것이 희곡에서는 천고의 진정한 사랑 이야기로 탈바꿈되어 감동적인 이야기로 승화하였다.

『서상기』는 명청대 문인들에게 필독서가 되었다. 진계유(陳繼儒)는 "고금의 가장 뛰어난 문학 작품"이라고 극찬하였고 김성탄(金聖嘆)은 육재자서(六才子書)의 하나로 선정했다. 사랑의 성서(聖書)로 일컬어지는 『홍루몽』에서 주인공 남녀가 꽃잎 흐드러진 봄날의 대관원에서 함께 이 책을 읽으면서 가슴 깊이 사랑의 싹을 틔우는 장면은 유명하다. "세상 모든 연인들이 행복한 결실을 맺기 바란다[願天下有情的都成了眷屬]"라는 구절은 천고의 명구가 되어 널리 전해지고 있다.

『서상기』는 희곡이지만 조선에 전해져서는 문인들에게 소설처럼 읽히는 작품으로 거듭 필사되었다. 연극으로 공연되기 어려웠으므로 음악적 요소를 무시하고 곡사와 빈백의 내용으로 이야기 전개를 감상했던 것이다. 원나라 당시에도 『서상기』는 문사를 중시하던 왕실보파의 대표작이었는데 조선에 와서 바로 그 문사의 아름다움으로 더욱 빛을 보았다. 김성탄본 『서상기』가 널리 전해졌으며 이를 읽고 감상하기 위한 사전으로 『염몽반석(艶夢謾釋)』이란 책도 나와 유행한 바 있으니 당시 독자가 상당히 많았음을 알 수 있다. 일찍이 추사(秋史) 선생도 『서상기』를 언해한 적이 있고 서두에 상세한 서문까지 실었다. 물론 희곡의 체제가 아니라 소설의 체제로 개편하여 번역한 것이다. 이에 앞서 자유분방한 문인이었던 이옥(李玉)은 『서상기』에 빗대어 한문희곡 『동상기』를 만들기도 했다. 정조 때 김신(金申) 부부의 고사를 소재로 했다. 『서상기』의 영향이 다양하게 펼쳐졌음을 알 수 있다.

2. 명대의 『비파기』와 『모란정』: 조오랑, 두여랑

원나라 때는 정치적 중심지인 북경을 중심으로 연극공연이 활성화되었고 잡극의 형식으로 희곡 작품도 양산되었지만 명대에 이르러 다시 남방 희곡이 환영받기 시작했다. 남방 희곡은 남송 이래 일찍부터 시작되어 면면히 전통을 이어 왔고 아름다운 자연환경의 항주를 중심으로 우수한 극작가가 집중되어 이곳에서 다양한 작품이 양산되었다. 몽골족의 원나라가 물러가고 명나라 초기 홍무 연간에 남경을 수도로 정하였으므로 문화의 중심은 다시 남방으로 집중되었다. 영락제가 후에 북경으로 수도를 옮겨 갔지만 정치적 중심과 경제 문화적 중심은 남북으로 양분되어 여전히 남방 지역의 문화적 역량이 강세였다.

1) 남방의 희문과 전기

남송의 희곡은 희문(戲文)이라고 불리며 절(折)이나 척(齣)[06]의 구분이 없이 비교적 장편이었다. 『영락대전』에 실려 있던 작품 3종이 바로 남희로 알려졌는데 그중에서 가장 이른 남송의 작품이 바로 부심랑(負心郎)의 이야기인 『장협장원(張協狀元)』이다. 이야기는 곤궁할 때 도와주던 조강지처 아내를 저버리고 심지어 죽이려고까지 한 배은망

06 척(齣, chū)은 고전에서나 간체자에서 출(出, chū)로 표기하는데 한 번 무대에 등장한다는 의미로 한 막 정도의 뜻이 된다. 한국 한자음으로는 척 혹은 착으로 혼용된다. 오늘날 그냥 출로 표기하는 경우도 있다. 본래의 뜻을 반영하고 있기 때문일 것이다.

덕한 선비 장협과, 그로 인해 곤경을 겪는 아내 빈녀(貧女)의 고달픈 사연을 그린 것이다. 당시 과거시험을 통해서 벼슬길에 나아간 선비들이 어렵사리 출세를 한 후에는 새로운 부귀영화를 꿈꾸며 권세가의 사위로 들어가면서 어려운 시절을 함께 보낸 조강지처를 헌신짝처럼 버린 사건이 민간에 수도 없이 일어나 비극적 가정사를 연출하고 급기야 사회문제가 되기도 하였다. 이러한 현실을 반영한 이야기는 소설과 희곡을 막론하고 다양하게 전해졌다. 본래 이야기는 영달한 남편이 곤궁할 때 함께 고생한 아내를 버리는 비극적 사연이지만 현재 전하는 『장협장원』은 뒷부분이 개작되어 빈녀가 장협 상관의 수양딸로 들어가 다시 장협과 재결합을 하는 해피엔딩으로 마무리되고 있다. 아마도 일반 선비들과 청중들의 안타까운 마음을 조금이라도 위로하기 위하여 이상적인 대단원으로 만들었을 것이다. 이는 또한 중국 고전서사의 일반적인 구성과도 일치한다.

원나라 때 북방극인 잡극이 성행하다가 원말명초가 되어 문화의 중심이 남방으로 돌아오면서 남송 이래 전해 오던 남희의 전통이 다시 부흥하기 시작했다. 명나라 초기의 오대전기는 『형차기(荊釵記)』, 『백토기(白兎記)』, 『배월정(拜月亭)』, 『살구기(殺狗記)』 그리고 『비파기(琵琶記)』를 이른다.

2) 고명의 『비파기』

오대전기 중에서 가장 유명한 것은 바로 고명(高明, 1305?-1371?)의 『비파기』다. 채백개(蔡伯喈)와 조정녀(趙貞女)의 이야기는 이미 송나라 때부터 고자사의 강창형식으로 전해지고 있었다. 송원대에 희문 「조정녀채이랑(趙貞女蔡二郎)」이 있었는데 조강지처를 버린 남자가 찾아온 아내를 말발굽으로 짓밟아 죽이고 자신은 하늘의 노여움으로 벼락을 맞아 죽게 되는 비극적 결말이다. 훗날 『비파기』의 대단원과는 달랐음을 알 수 있다. 전설에 의하면 고명이 『비파기』를 지을 때 초고에서는 채이랑이 불충하고 불효한 인물이었지만 꿈에 나타나 자신의 행적을 고쳐 주면 은혜를 갚겠다고 하여 전충전효(全忠全孝)의 인물로 고쳤다는 말도 있다. 동일한 인물을 소재로 한 이야기의 주제와 관점이 상반되게 달라지는 경우는 고전문학의 재창작 과정에서 흔히 보인다. 여기서 주인공 채백개는 후한시대 채옹(蔡邕)의 이름을 차용하고 있으나 실제로는 아무런 상관도 없는 순수하게 창작된 허구의 인물이다. 역사상 채옹은 학문과 글씨에 뛰어나 영자팔법(永字八法)의 고안자로 알려져 있으며 동탁의 시신 앞에 통곡했다가 왕윤에 의해 투옥, 처형되었다고 『삼국지연의』에서 전하고 있다. 그의 아내에 대한 내용은 나오지 않는다. 그의 딸이 바로 「호가십팔박(胡笳十八拍)」을 지었다고 하는 채문희(蔡文姬)다. 전체 42척으로 이루어진 『비파기』의 간략한 줄거리는 다음과 같다.

> 가난한 선비 채백개는 조오랑과 신혼의 달콤한 나날을 보내고 있었지만 아버지의 강력한 충고에 따라 과거시험을 보러 아내와 이별하고 서울로 갔다. 단번에 장원급제한 채백개는 억지로 조정 우 승상(牛丞相)의 사위가 되었다. 그의 마음은 늘 고향에 가 있었지만 귀향할 기회가 없이 세월만 흘러갔다.

대기근이 닥친 고향에서 조오랑은 술지게미와 쌀겨[糟糠]로 끼니를 때우면서도 시부모는 자신의 패물을 팔아서 지극정성으로 봉양하였다. 시부모가 모두 작고하자 명주치마에 흙을 날라 봉분을 만들고 시부모를 장사 지냈다. 조오랑은 시부모의 영정을 등에 걸고 남편을 찾기 위해 서울로 떠난다. 여도사의 차림을 하고 비파를 타 구걸하면서 힘들게 서울에 도착한 그녀는 미타사(彌陀寺)의 법회에 참가하여 시부모의 영정을 불전에 바친다. 우연히 미타사를 찾았던 채백개는 자신의 부모 영정을 보고 이를 가져다 집 서재에 걸어 둔다. 한편 거리를 헤매고 다니다 우 승상의 집에 들어가 비파를 타던 조오랑이 우씨 부인의 현숙함을 보고 자신의 신세를 하소연한다. 채백개의 둘째 부인이었던 우씨는 사정을 알고 두 사람의 재회를 위해 신중하게 준비하며 조오랑에게 영정 위에 시를 지어 적도록 한다. 채백개는 집에 돌아와 시를 보고 마침내 조오랑과 다시 만나게 된다. 조오랑의 전후 사정을 들은 채백개는 모든 관직을 버리고 고향으로 돌아갈 것을 간청하여 우 승상의 허락을 받아 낸다. 두 부인을 대동하고 고향에 돌아온 채백개는 부모의 묘소 옆을 지키고 후에 황제는 채씨 가문에 표창을 내린다.

「조정녀채이랑」에서 『비파기』로 변천되면서 고사의 인물과 주제가 많이 변경되었다. 조오랑은 여기서도 말 그대로 조강지처이다. 남편이 없는 집에서 자신의 머리카락을 잘라 팔아서 시부모를 봉양하기까지 하였으니 오늘날 입장에서 보면 지나친 느낌마저 있을 것이다. 채백개의 변화는 크다. 부귀영화를 누리고자 어려운 시절을 이겨 낸 조강지처를 배신한 부심랑(負心郎)의 이미지에서 탈피하려고 억지를 쓴 느낌이다. 우 승상의 사위가 되는 것도 처음에는 절대로 안 된다고 하였지만 황제와 승상의 권고에 못 이기는 척 우 소저를 아내로 맞이한다. 결혼한 이후에도 고향의 부모를 잊지 못하고 조강지처를 그리워하는 아들이자 남편으로 묘사되고 있다. 김만중의 『구운몽』에도 똑같은 상황이 나오는데 양소유의 고집스런 주장으로 결국 정경패를 공주로 만들어 두 공주를 함께 맞이하는 방식으로 이처(二妻)를 두게 되었으니 고금에 없던 새로운 특례가 되었던 것이다. 우 승상의 딸인 우씨 부인의 형상은 너무 남성 시각에서의 이상형이다. 귀족집안에서 하늘 높은 줄 모르고 곱게 자란 승상의 딸이 데릴사위로 들어온 시골 출신 남편을 그다지 곱상하게 모시고 살 것 같지 않다. 어쩐지 가식적 분위기가 엿보인다. 본부인인 조오랑이 나타났을 때 자기 스스로 둘째 부인을 자처하고 더구나 남편이 서울의 관직을 내려놓고 조강지처를 따라 고향으로 간다고 했을 때 우씨 부인으로서는 자신의 익숙한 터전을 버리고 물설고 낯설은 시골마을로 가야 하는 것인데 어찌 그리 쉽게 갈등 없이 이루어질 수 있는지 역시 이상적인 발상으로 보인다. 『구운몽』을 남성들이 꿈에서나 바라는 일이라고 하여 이상소설이라고 하는 것과 같다.

조오랑이 제20척 「오랑흘강(五娘吃糠)」에서 부르는 쌀과 쌀겨의 노래는 조강지처로서의 정체성을 살리면서 시효적절하게 비유한 내용이라서 재치 있고 또한 의미심장하게 들린다.

쌀과 쌀겨는 본래 서로 의지하고 살았는데
누가 키로 까불어 두 갈래 흩어지게 하였나.
하나는 천해지고 하나는 귀해지니
나와 당신처럼 끝내 다시 볼 날 없으려나. (그대는 쌀)
쌀은 멀리 다른 곳으로 떠나고 찾을 길이 없네. (나는 쌀겨)
어찌 쌀겨로 굶주림을 채우랴.
그대 아주 집을 떠난 듯하니
내 혼자 어찌 시부모 제대로 봉양할 수 있으리오.

명대 후기에 이르면 희곡으로서 뛰어난 전기 작품이 많이 나온다. 그중에서 심경(沈璟)과 탕현조의 작품이 양대 산맥을 이룬다. 심경은 악곡을 중시하여 격률파 혹은 그의 출신 지역을 따라 오강파(吳江派)라고 불리고, 탕현조는 곡사를 중시하여 문사파 혹은 임천파(臨川派)라고 불린다. 탕현조는 아호를 따서 옥명당파(玉茗堂派)라고도 한다. 원대와 마찬가지로 유파의 구분은 무대 위의 연출을 위한 음악성이냐, 독서와 감상을 위한 문장력이냐로 나눠지지만 문인들의 애호나 문학사의 비중을 보면 문학성이 더 중시된다.

3) 탕현조의 임천사몽

탕현조(湯顯祖, 1550-1616)는 강서 임천 출신으로 호를 옥명당이라 했으며 동양의 셰익스피어라고도 불린다. 남경에서 태상시박사(太常寺博士) 등의 관직을 지내고 후에 절강의 지현(知縣)을 지내기도 했으며 강직한 성품이었다. 당시 성리학에 반대하던 이탁오 사상에 동조하며 개혁적인 문학관으로 희곡창작에 전념하였다. 그는 양명학을 수용하여 개성과 욕망을 인정하고 자신의 생각을 작품 속에 반영하였는데 바로 자유로운 사랑의 쟁취와 여성의 권리를 강조하는 주제의식을 불어넣었던 것이다. 그의 작품으로 임천사몽(臨川四夢)이라 불리는 『자차기(紫釵記)』, 『남가기(南柯記)』, 『한단기(邯鄲記)』, 『환혼기(還魂記)』가 높이 평가받고 널리 전해졌다. 앞의 세 작품은 당대 전기인 「곽소옥전」, 「남가태수전」, 「침중기」를 곤곡의 전기로 개편한 것이고 마지막 『환혼기』는 덜 알려졌지만 역시 앞 시대의 소설인 「두여랑모색환혼(杜麗娘慕色還魂)」을 다시 희곡으로 개편한 것이다. 그러나 오히려 이 『환혼기』가 사람들의 주목을 받고 아름다운 곡사와 더불어 감동적인 사랑의 이야기로서 천고의 명작으로 자리매김되었다.

지난 2016년은 탕현조 서거 400주년이었다. 마침 셰익스피어, 세르반테스와 같은 해 사망하였기에 중국에서는 동서양 희곡대가의 만남이라고 강조하며 기념활동을 벌이기도 했다.

4) 탕현조의 『모란정』

『환혼기』의 온전한 제목은 『모란정환혼기(牡丹亭還魂記)』다. 그러나 '환혼기'로는 혼란을 일으킬 만한 다른 이야기가 많으므로 오히려 '모란정'으로 약칭하는 경우가 많다. 이야기는 두여랑(杜麗娘)과 유몽매(柳夢梅)의 생과 사를 초월한 사랑의 추구와 그 완성의 과정을 그리고 있다.

남송 초기, 강서 남안(南安)태수 두보(杜寶)의 딸 여랑은 늦은 봄날 정원의 꽃밭에 백화가 만발하자 회춘의 정을 이기지 못하고 깊이 탄식한다. 그녀는 모란정 아래에서 잠시 쉬다가 문득 잠이 들었는데 꿈속에서 버들가지를 든 젊은 서생을 만나 깊은 정을 나누게 되었다. 한창 사랑의 기쁨을 만끽하는 순간 홀연 깨어나니 일장춘몽이었다. 다음 날 꽃밭에서 꿈속 남자와 닮은 매화나무를 보고 그리움에 사무쳐 눈물을 흘린다. 이후 점점 상사병에 빠진 두여랑은 끝내 마음속 번뇌를 이기지 못하고 숨을 거둔다. 그녀는 유언에 따라 매화나무 아래 매장되고, 곧이어 두 태수는 양주(揚州) 지방으로 옮겨가게 된다. 그는 떠나기 전 정원의 두여랑 묘지 옆에 매화관을 세우고 여도사를 청하여 지키게 한다. 한편 광동의 서생 유몽매는 과거시험을 보러 가는 도중 병으로 남안에서 지체할 때 매화관에 잠시 머물게 된다. 우연히 화원을 거닐다 두여랑의 자화상을 거둔 그는 날마다 화상 속의 미인을 바라보다가 마침내 두여랑의 혼령을 만나 사연을 듣는다. 유몽매는 몰래 매화나무 아래를 파서 두여랑의 시신을 찾아 방 안으로 옮겨 오고, 온전한 시신에 차츰 온기가 돌아와 마침내 살아난다. 두 사람은 서로 꿈속에서 첫 만남을 가졌던 연인이었음을 확인하고 부부가 되어 함께 서울인 임안(臨安)으로 간다. 한편 두여랑 생전의 훈장선생은 두여랑의 묘가 파헤쳐진 것을 알고 회안(淮安)에서 금나라 군사와 대치하고 있던 안무사(按撫使) 두보에게 알린다. 이때 유몽매는 임안에서 과거시험에 응시했으나 금나라의 침공으로 합격자 발표가 늦춰지고, 두여랑의 부탁으로 그녀의 화상을 들고 회안으로 두보를 찾아간다. 그는 두여랑이 환생했다는 기쁜 소식을 알리지만 두보는 유생이 도굴범이라 여기면서 자세한 경위를 알아보지도 않고 심한 곤장을 가한다. 그러다 새로 장원급제한 사람이 바로 유몽매라는 황제의 조서가 당도하자 형을 멈춘다. 두보는 계략으로 적병을 물리쳐 승진하지만 여전히 딸의 혼사를 허락하지 않다가 황제가 나서서 설득하고 사혼(賜婚)으로 비로소 정식 혼인이 이루어진다.

『모란정』은 총 55척으로 되어 있다. 가장 유명한 대목은 제10척의 「유원경몽(遊園驚夢)」인데 단독으로 공연되고 현대에는 영화로도 개편되었다. 생사를 초월한 사랑 이야기는 동서고금에 항상 있어 왔고 그 형태도 다양하지만 『모란정』의 경우와 같이 천 리 밖 전혀 모르는 남녀가 오로지 꿈속에서 단 한 번 만나 한눈에 반하고 또 그 상사병으로 죽음에 이르며, 다시 화상을 통해 영혼의 대화를 하고 시신을 다시 살려 온전한 몸으로 사랑을 나눈다는 발상은 그야말로 기상천외하다고 할 수 있다. 그러한 황당한 이야기를 천연스럽게 끌고 가는 것은 순수하고 진정한 사랑의 결합이라는 전제에 희곡의 작가나 청중 혹은 독자들이 다 같이 충분히 동조하였기 때문이다. 전기 역시 소설이나 희곡과 마찬가지로 기이하고 신비로운 이야기로서 존재가치를 가지는 것이다.

작자 탕현조는 사랑은 생사를 초월하는 그 무엇이며 생사를 초월하지 못하는 사랑이란 참사랑이라 하기 어렵다고 단언한다. 그는 작품의 머리말에서 정(情)의 위대함과 불가사의함을 이렇게 표현한다.

> 두여랑은 유정한 사람이라고 할 수 있다. 정이란 어디에서 생겼는지 알 수 없으나 한번 생기면 곧 깊어진다. 산 자는 죽을 수 있고 또 죽은 자를 살릴 수도 있다. 산 자가 죽지 않고 죽은 자를 살릴 수 없다는 것은 진정한 정이라고 할 수 없다.

송명이학의 극성시대에 유교의 예교원칙은 '천리를 보존하고 인욕을 멸함[存天理滅人欲]'의 구호가 핵심이었다. 여기에 당당히 대항하여 참된 인성을 중시하고 자연스러운 남녀의 사랑을 인정하는 새로운 주장을 희곡으로 드러낸 것이 바로 『모란정』이었다.

5) 곤곡과 세계유산

중국희곡은 지역별 방언으로 인해 각각 독특한 창법으로 분화하여 북곡과 남곡이 다양하게 발전하였다. 곤곡(崑曲)은 명나라 중기에 남곡 중에서 익양강(弋陽腔)과 해염강(海鹽腔)의 장점을 취하여 소주 곤산현(崑山縣)의 위양보(魏良輔)가 감미로운 관악기를 중심으로 개편한 새로운 곡조인데 곤산강(崑山腔)이라고도 한다. 강은 구강(口腔)의 뜻이니 즉 말투나 창법을 이르는 것이다. 대표적인 곤곡 작품은 바로 『모란정』과 청대의 『장생전』 등이다. 곤곡은 명대 후기부터 청 초까지 중국 전역으로 전파되어 극성하였으나 청대 중기 이후 경극이 발전함에 따라 점점 쇠락하여 소주, 상해, 항주 등지의 남방에서 명맥을 유지하였다. 곤곡은 아름다운 복식, 정교한 얼굴 화장, 세심한 동작, 부드러운 곡조, 우아한 곡사 등이 어우러져 많은 애호가들의 사랑을 받아 왔다. 반주에는 피리와 퉁소, 생황, 비파 등의 악기가 사용되었다. 현재까지 약 600여 년을 지속해 온 가장 오래된 전통 연극임을 인정받아 2006년에는 세계무형문화유산에 곤곡(Kunqu opera)으로 등록되었다. 현대 작가 바이셴용[白先勇]은 〈청춘판 모란정〉으로 개편하여 홍콩과 상해, 북경 등지에서 공연하여 선풍적인 인기를 얻었다. 특히 뜨거운 사랑에 목말라하는 젊은 관객들의 큰 호응을 받았다.

3. 청대의 『장생전』과 『도화선』: 양귀비, 이향군

청대에 이르면 역시 남북으로 희곡의 양대 산맥을 이루는 인물이 나온다. 남에서는 『장생전』을 지은 홍승이고, 북에서는 『도화선』을 지은 공상임이다. 이를 합칭하여 '남홍북공(南洪北孔)'으로 부르기도 한다.

1) 홍승의 『장생전』

홍승(洪昇, 1645-1704)은 절강 전당 사람으로 자는 방사(昉思), 호는 패휴(稗畦)라고 했다. 명문가 출신으로 북경 국자감 감생(監生)으로 공부하였으나 과거에 급제하지 못하고 평생 백의 선비로 지냈다. 강희 27년(1688)에 전에 지었던 『무예상(舞霓裳)』을 『장생전(長生殿)』으로 개편하여 완성함으로써 세인의 주목을 받았으나 이듬해 황후의 장례 기일(忌日) 중에 공연하여 불경죄를 범했다는 이유로 탄핵을 받아 하옥되었고 국자감에서도 제명되었다. 이때 많은 인사들이 함께 연루되어 사회적으로 큰 물의를 일으켰는데 시독학사 주전(朱典), 찬선 조집신(趙執信), 대만지부 옹세용(翁世庸) 등이 "안타깝게 하룻밤 『장생전』으로 백발까지 공명을 날려 버린[可憐一夜長生殿, 斷送功名到白頭]" 인물들이다.

만년에 전당으로 돌아와 서호의 호반에서 시사를 읊조리며 어렵게 지내고 있었는데 강녕직조(江寧織造) 조인(曹寅, 『홍루몽』 작자 조설근의 조부)이 특별한 관심을 가지고 그를 강녕(지금의 남경)으로 불러 명사들 모임에서 상석에 앉히고 『장생전』 전 곡을 사흘 밤낮으로 공연하도록 안배했다. 남경에서 항주로 귀가하던 홍승은 6월 1일 배에서 취중에 실족사로 안타까운 죽음을 맞이했다. 향년 60세였다. 그런데 6월 1일은 『장생전』의 주인공인 양귀비의 생일이기 때문에 양귀비가 자신을 잘 묘사해 준 홍승을 아끼는 나머지 그날 하늘나라로 데려갔다는 전설이 생기게 되었다.

『장생전』은 총 50척의 곤곡 작품으로 당명황과 양귀비의 안타까운 사랑과 운명이라는 오래된 주제를 다루고 있다. 양귀비의 사연은 당대 백거이의 서사시 「장한가(長恨歌)」와 진홍의 전기소설 「장한가전」, 원대 백박의 희곡 『오동우(梧桐雨)』에 이어 청대에 다시 그 내용을 다루게 되었다. 기존의 작품에서는 미모를 앞세워 정권을 뒤흔든 비난의 대상으로 양귀비를 그렸지만 『장생전』에서는 단순히 순수한 사랑을 위해 희생하는 여성으로 그려서 그녀의 죽음에 동정심을 불러일으키고 죽은 양귀비를 천상에까지 찾아가 만나려고 하는 황제의 진정을 이해하게 한다.

작자는 이 작품을 10여 년에 걸쳐 3차례나 고쳐서 완성했다. 처음 33세 때는 『침향정(沉香亭)』이라고 했는데 이태백의 이야기를 빼고 35세에 『무예상』으로 고쳤다가 결국 마지막 44세 때 『장생전』으로 확정하여 발표하였다. 이 작품은 탈고 즉시 당시 사대부들의 비상한 주목을 받았다. 『장생전』은 기존에 전해 오던 황제와 귀비의 사랑이라는 다소 진부한 소재에 직녀와 항아의 신화를 결부시켜 삶과 죽음을 초월하는 신비롭고 아름다운 사랑의 세계를 참신하게 그려 냈다.

당나라 현종은 양옥환(楊玉環)을 맞아들여 귀비로 삼고 환락의 시간을 이어 간다. 그리고 그녀의 오라비 양국충을 발탁하여 승상을 삼고 세 자매도 불러들여 부인으로 책봉한다. 그 중 괵국부인(虢國夫人)이 특별히 총애를 받았다. 그러나 현종은 또 매비(梅妃)를 따로 불러들여 급기야 양귀비의 질투를 자아내고 양귀비는 말을 함부로 하며 황제에게 달려든다. 화가 치민 황제는 고역사에게 귀비를 집으로 데려가게 했지만 곧 후회하고 그 말을 전해 들은 양귀비는 머리카락을 잘라 황제에게 보낸다. 이에 감동하여 황제는 곧 귀비를 궁으로 불러들이고 칠월 칠석날 밤에 장생전에서 앞으로는 영원히 헤어지지 않겠노라고 맹세한다. 그의 총애는 극도에 달하여 양귀비가 좋아하는 여지(荔枝)를 천 리 밖의 해남으로부터 파발마로 운송하여 먹여 주기도 하였다. 그러나 호사다마(好事多魔)인지라 그들의 행복한 사랑은 오래오래 이어지지 못했다. 안녹산은 양국충에게 뇌물을 주고 범양(范陽)절도사로 부임해서는 병마를 모집하고 은근히 힘을 길러 결국 거병하여 반란을 일으켰다. 안녹산의 반군이 파죽지세로 쳐들어와 장안이 함락될 위기에 처하자 현종은 촉(蜀)으로 몽진을 하며 양귀비를 대동한다. 그러나 국가적 혼란을 자초한 것이 양국충과 양귀비라고 여기던 호위 군사들은 마외역에서 행진을 멈추고 두 사람의 처형을 강력하게 요청하였다. 황제는 군사들의 성화에 어쩔 수 없이 양국충을 처형하고 양귀비도 보호하지 못하게 되었다. 양귀비는 마침내 스스로 목을 매어 자결하고 만다. 다행히 곽자의에 의해 안녹산의 반란이 진압되고, 상황이 안정되어 장안으로 돌아온 현종은 죽은 양귀비를 추모하는 마음을 억제하지 못하고 도사의 힘을 빌려 혼령과 재회를 시도한다. 마침내 그 정성에 하늘도 감동하여 현종은 선계에서 귀비와 재회하고 못다 한 사랑을 다시 나누게 된다.

양귀비가 자결하는 부분까지는 비교적 사실적으로 묘사했지만 후반부에서는 환상적이고 낭만적인 묘사가 진행된다. 작자는 당명황과 양귀비의 사랑과 죽음에 대해 기존의 정치적 관점을 모두 걷어 내고 순수한 입장에서 접근한다. 즉 일개 남녀의 이루지 못한 사랑이라는 안타까운 사연으로 보고, 동정의 눈길을 보내며 이를 미화하고 정화하고 있다. 역대로 제왕들은 수많은 귀비와 후궁이 있었지만 실제로 당명황과 양귀비와 같이 온 마음을 다 기울여 정성과 사랑을 실천한 경우는 드물었다. 작자는 특히 마외역에서 양귀비가 핍박으로 자결한 이후 당명황이 그리움에 빠진 일을 무엇보다 가슴 아픈 안타까운 사연이라고 생각하고 그들이 천상에서 다시 재회하기를 바라며 대단원을 마무리했던 것이다.

『장생전』은 낭만적인 애정극이지만 역사적 사실을 어느 정도 담고 있는 역사극이라고도 할 수 있다. 안녹산의 난과 그에 얽힌 사회적 상황을 비교적 상세히 묘사하였고 정치적 교훈과 역사적 비애도 함께 담고 있다. 여지의 운송 때문에 연도의 백성들이 당하는 고통을 실감 나게 그리고 있기도 하여 작가의 현실적 풍자의식도 보여준다고 하겠다.

『장생전』의 마지막 제50척 「중원(重圓)」의 한 대목을 살펴보자.

당명황과 양귀비가 항아와 직녀의 적극적인 도움으로 선계에서 다시 만나 천상의 부부로 영원히 맺어지는 내용이다.

당명황: 저기 좀 보게. 선교(仙橋) 하나가 공중에 나타났구나. 선사(仙師)가 갑자기 사라졌으니, 혼사서 다리를 건널 수밖에.
【가경자(嘉慶子)】 한 줄기 무지개가 / 발걸음 움직일 때마다 나타나 / 푸른 하늘 은하수로 곧장 이어지는데 / 향무(香霧)가 몽롱하여 / 어디가 어디인지 분간할 수 없구나. / (안에서 악기를 연주하는 소리가 들린다.) 어디선가 균천(鈞天)의 연주가 들려오니 / 계수나무 숲 근방에 가까워졌나 보구나. (당명황이 퇴장한다. 항아가 부채를 든 선녀를 데리고 등장한다.)

항아: 【침취동풍(沈醉東風)】 가을 경치 밝히며 / 옥륜이 둥글게 차올랐으니 / 예상(霓裳)을 연주하며 / 청연(清宴)을 시작해 보세.
나는 월주 항아예요. 예로부터 달나라엔 「예상우의곡」이란 천상의 음악이 있었지요. 당나라 귀비 양태진(楊太眞)이 꿈속에서 이 노래를 듣고 악보로 만들어 인간세상에 선보였는데 그 노래가 천상의 것보다 더 훌륭했어요. 최근에 귀비는 이미 신선이 되었고 나는 일전에 봉래산에서 그 악보를 가져와 선악에 수록해 두었어요. 그리고 오늘 밤 원래 이 노래를 연주할 예정이었지요. 그런데 천손(天孫)이 그들의 깊은 정을 가련히 여겨 좋은 인연을 다시 이어 주고 싶다고 하지 않겠어요? 천손은 두 사람을 만나게 해 주려고 나에게 월부(月府)를 빌려 달라고 했어요. 태진은 도사 양통유(楊通幽)에게 부탁해서 당나라 황제를 이곳으

로 인도해 달라고 했다죠. 참으로 천추의 미담이 아닌가요.

【침취동풍】 그들의 사랑 영원하고 / 그들의 마음 굳건하여 / 신선과 인간이 재회함이 마땅하니 / 그들로 인해 감동받은 천손(직녀)이 / 그들을 도와주려 하누나.

(…)

양귀비: 【윤령(尹令)】 옥산 선원을 떠나 / 두꺼비가 사는 달나라 궁궐에 온 것은 / 폐하의 얼굴 보려 함이라네. / 삼생의 소원 이룰 수만 있다면 / 오늘 밤의 만남이 예전보다 좋으리라.

(…)

당명황: 【품령(品令)】 걷고 걸어 다리를 건너서 / 다리를 건너 잠시 한숨 돌리네. / 몸이 꿈속을 헤매는 듯 / 바람 타고 표표히 돌아보다가 / 마침 밝은 빛이 나타나기에 / 들어와 보니 오히려 보이지 않고 / 아스라이 보이는 누대에서 / 꽃향기 날아와 얼굴을 스치누나. / '광한(廣寒) 청허(清虛)의 궁궐'이라, 아아, 이곳은 월궁이 아니던가? / 이곳에서 만나자고 일찍이 약속하였거늘 / 어찌 봉래(蓬萊)별원의 선녀는 보이지 않는고?

선녀: 혹시 상황 폐하가 아니신지요?

당명황: 그렇소이다마는.

선녀: 옥비님도 한참 전에 이곳에 오셨답니다. 들어가서 만나보셔요.

당명황: 귀비여, 어디 계시오?

양귀비: 상황 폐하, 어디에 계시옵니까?

(당명황이 양귀비를 보고 통곡을 한다.)

당명황: 나의 귀비여!

양귀비: 나의 폐하여!

(두 사람이 얼싸안고 통곡을 한다.)

(…)

양귀비: 【오공양(五供養)】 선가의 아름다운 부부 / 비익조(比翼鳥)와 연리지(連理枝) 되어 / 예전처럼 하나가 되었다네. / 하늘이 이별의 한을 갚아 주시고 / 바다가 원한과 근심을 메워 주셨네.

당명황·양귀비: 고마우신 하느님이 / 우리를 불쌍히 여기시어 / 몹쓸 사랑을 새로 되살려 / 원앙첩에 우리 이름을 넣어 주시고 / 하늘 궁전 곁에서 / 천추만고의 기이한 인연을 이루게 하시었네.

(…)

직녀: 옥제 폐하께서 당 황제 이융기(李隆基)와 귀비 양옥환에게 다음과 같은 칙지를 내리셨습니다. "그대 두 사람은 본래 원시공승진인(元始孔昇眞人)과 봉래선자(蓬萊仙子)였도다. 우연히 소소한 벌을 받아 잠시 인간세상에 머물게 하였으나 이제 유배의 기한이 다 찼도다. 천손의 상주를 받아들여 그대들의 깊은 사랑을 굽어살펴 도리천궁(忉利天宮)에 거하면서 영원한 부부로 함께 살 것을 명하는 바이니 이를 받들어 시행토록 하라!" (당명황과 양귀비가 함께 절을 한다.)

『장생전』은 역대 수많은 이양(李楊) 고사의 종지부를 찍은 결정판이 된 작품이다. 양귀비에 대한 평가는 대체로 부정적이었지만 『장생전』에서는 두 사람의 사랑이 진정으로 애절하였음을 강조하고, 정치적 압력으로 사랑하는 사람을 잃어야 했던 인간 당명황의 깊은 속내도 잘 보여 주고 있다. 제16척에서 당명황은 양귀비의 생일을 맞이하여 여산(驪山)에 행차하여 신곡 「예상우의곡」을 감상하고 서로 축하하며 즐긴다. 함께 따라간 고역사 등 환관과 시종들은 "장생전에서 두 분의 장생을 경축하나이다"라고 축하하고 해남 등지에서 진상한 맛있는 과일 여지도 바친다. 그 행복한 순간을 함께했던 곳이 바로 장생전이다. 그러나 그들의 행복은 너무나 짧았고 생사이별의 순간은 너무나 빨리 들이닥쳤다. 하늘에서 비익조가 되고 땅 위에서 연리지가 되자고 한 맹세의 말이 여전히 귀에 쟁쟁하게 울리고 있는데도 안타깝게 죽음과 삶으로 서로를 갈라놓은 운명이 야속하기만 했을 것이다. 백거이의 「장한가」에 나오는 "칠월 칠석날 장생전에서, 깊은 밤 은밀히 주고받은 말[七月七日長生殿, 夜半無人私語時]. 하늘에서는 비익조 되고, 땅에서는 연리지 되자 했지[在天願作比翼鳥, 在地願爲連理枝]"의 구절에서 이 작품의 제목이 유래했으며 또한 마지막 대목의 묘사에서도 역시 두 사람의 관계를 비익조와 연리지에 비유하고 있다.

작가는 당명황과 양귀비의 만남 이전의 내력이나 현격한 나이 차이 등은 고려하지 않았다. 63세와 27세의 연인이란 어울리지 않을 수도 있으나 황혼 녘에 빠진 사랑은 당명황으로 하여금 인생의 모든 것을 걸고 몰입하도록 했을 것이다. 작가는 그들 사이에 진실된 사랑만이 존재했다는 전제 속에서 이상적인 연인의 모습을 그려 내고자 했다. 결국 『장생전』으로 두 사람의 사랑에 많은 사람들이 동정과 연민을 나타내게 되었다. 문학과 예술의 위대한 힘은 사람의 마음을 파고들기 때문이다.

2) 공상임의 『도화선』

『도화선(桃花扇)』의 작가 공상임(孔尙任, 1648-1718)은 공자의 64대손으로 산동 곡부(曲阜) 출신이다. 호는 안당(岸堂) 혹은 운정산인(雲亭山人)이다. 유가사상의 전통과 학술을 계승하였으며 어려서부터 예악에 깊은 관심을 기울이고 특히 악률(樂律)을 고증하여 희곡창작의 음악적 기초를 다진 것으로 알려졌다. 명나라의 유로(遺老)들은 수시로 만나 망국의 슬픔을 나누고 허무한 인생에 대해 개탄하곤 했는데 공상임의 부친 공정번(孔貞璠)도 그중 한 사람이었다. 공상임은 31세에 향시에 낙방하고 곡부 근처의 석문산(石門山)에 들어가 은거하면서 『도화선』의 초고를 썼다. 37세 때 마침 강희제가 강남에서 귀환하다 공묘(孔廟)를 찾아와 참배할 때 공상임이 안내를 하고 어전에서 유교경전을 강의했다. 이러한 기회로 국자감 박사로 발탁되어 상경하였고 곧 공부시랑의 수행원으로 회안과 양주 일대의 치수사업을 맡았다. 그때 백성들의 힘겨운 고통을 체험하고 명의 유민들과 교류하면서 명나라 흥망에 관한 에피소드를 모아 40세 때 『도화선』을 수정했다. 북경으로 돌아온 후 한직을 전전하다가 52세 때인 강희 38년(1699)에 『도화선』을 개정하여 최종판을 냈다. 9년이 지난 후(1708)에 초간본이 간행되었다. 20여 년에 걸쳐 완성된 『도화선』은 당시 극단에 큰 반향을 일으키며 공연되었다. 공상임은 청나라의 극성시기인 강희 연간에 살았지만 부친의 영향으로 명나라에 대한 회한과 애도의 정을 여전히 가지고 있었다. 그러한 생각이 작품에 드러났고 또한 그가 관직에서 물러나는 원인도 되었다. 공상임은 71세에 생을 마감하였다.

『도화선』의 배경은 명 말 숭정제의 죽음과 이어서 남경에 세워진 남명(南明) 복왕(福王)정권의 흥망이다. 역사인물 후방역(侯方域)과 이향군(李香君) 사이 사랑의 우여곡절이 중심 이야기다. 당시 동림당(東林黨)은 강남 사대부들이 조직한 정치 붕당이었는데 만력제나 천계제와 같은 암군들이 정치를 팽개치고 환관의 정치개입이 강화되자 이러한 정치적 문란과 사회적 혼란을 바로잡고자 시작된 학파였다. 이에 대항하는 반동림당인 엄당(閹黨)이 일어나 환관 일파와 결탁하자 동림당은 환관 위충현(魏忠賢)의 탄압을 받았다. 숭정제 즉위 후 위충현이 체포되자 박해는 끝났다. 동림당의 경세치욕의 주장은 명말청초의 황종희, 고염무 등에게 계승되었다. 명 말의 간신 완대성(阮大鋮)은 만력 연간 진사 출신인데 엄당의 일원이었다. 그는 사실 시인이자 희곡작가이기도 했으며 작품으로 『연자전(燕子箋)』이 유명하다. 완대성은 위충현이 잡힌 후에 세력을 잃었고 이자성(李自成)의 난 때 남경으로 도주한 후 다시 기용되기를 학수고대하며 사방으로 연줄을 찾아다녔다. 그는 마사영(馬士英)이 복왕을 옹립하여 남명정권을 구성하자 다시 조정에 기용되었다. 홍광제(弘光帝) 때는 병부상서까지 되었지만 실제로 군사적 전략을 알지는 못했다. 모벽강(冒辟疆), 후방역, 진정혜(陳貞慧), 방밀지(方密之) 등은 복사(復社)의 사공자(四公子)로 알려졌는데 공상임은 치수사업차 양주 등지에 있을 때 그들을 만나 관련 이야기를 많이 들었다. 모벽강은 엄당의 완대성과 직접 갈등을 겪었고 이향군이나 양용우(楊龍友)[양문총(楊文驄)], 유경정(柳敬亭) 등과도 잘 아는 사이였다.

또한 공상임은 실제로 명 말의 유적지를 찾아 명 유민과의 공감대를 넓혀 갔으며 이로써 『도화선』의 현장감을 높였다. 양주 매화령의 사가법(史可法) 의관총과 남경의 진회하, 명 고궁, 명 효릉, 서하산 백운암 등을 찾았다고 한다.

『도화선』은 이처럼 사회적 부패상을 여실히 드러내며 명나라의 몰락 과정과 명나라 유민의 가슴에 새겨진 망국의 한을 담고 있는 작품이다. 남녀의 애정을 중심으로 하지만 실제로는 국가의 흥망을 다룬 역사극의 성격을 띠고 있다고 하겠다. 갑신년(1644) 음력 3월 19일 이자성의 반군이 북경 자금성을 점령하고 대신들이 모두 흩어지자 명나라 마지막 황제 숭정제는 궁의 북문을 나가 만세산(萬歲山)[지금의 경산(景山)]에 올라가 자진하였다. 향년 33세였다. 그로 인해 276년의 명나라 왕조는 공식적으로 망하고 말았다. 머지않아 만력제의 후손인 복왕이 남경에서 남명의 홍광제로 즉위했다. 왕조의 부활운동은 중국역사상 여러 사례가 있었다. 동진(104년 지속)과 남송(153년 지속)이 성공적인 예였다. 따라서 명나라 유신들도 남명의 명맥이 그리 쉽게 무너지지는 않을 것이라고 예상하였으나, 처참하게도 남명은 기대를 저버리고 황제가 난립했으며 수도를 지키지 못하고 각지를 전전하다가 결국 모두 몰락했다. 숭정제의 아들 중에서 후계자를 찾을 수 없었고 그 조부인 만력제의 후계에서 복왕 주유숭(朱由崧)이 가장 정통 있는 후계자였기에 그를 옹립했다. 그러나 청나라의 공격은 양자강 변의 양주까지 들이닥쳤고 사가법이 양주성을 사수하며 최후의 결전을 벌였으나 후원군은 오지 않았다. 조정에서는 좌량옥(左良玉)과 마사영의 권력 다툼이 극한으로 치달았고 끝내 좌량옥의 반란이 발발하여 자중지란에 빠진다. 양주에 이어 남경성이 함락되자 홍광제가 북경으로 압송되면서 단 1년 만에 남경의 남명정권은 무너지고 말았다. 『도화선』은 바로 이 시기의 남경을 중심으로 전개된다. 이후 융무제와 영력제 등이 복건, 귀주 혹은 미얀마 등지로 옮겨 가며 남명의 이름을 지속했으나 1662년에 모두 망하고 만다. 대만으로 옮겨 간 정성공(鄭成功)이 일시적으로 청나라에 저항하였으나 역시 오래가지 못하고 모두 복속되었다.

'도화선'이란 제목은 복숭아꽃이 그려진 부채를 뜻한다. 이향군이 사랑의 정표로 후방역에게서 받은 것인데, 다른 이에게 저항하다가 흘린 피가 부채에 점점이 떨어져 물이 들었다. 서화의 대가인 양용우가 이 부채의 핏자국을 그대로 살려서 아름다운 복숭아꽃을 그려 넣었다. 이 부채는 이야기의 핵심 상징이면서 극의 제목이 되었다. 『도화선』은 총 44척의 장편인데 본문 40척이 전후 20척으로 나뉘어 있고 전반 20척의 앞뒤로 각각 1척씩, 후반 20척의 앞뒤로 각각 1척씩 덧붙어 있는 특이한 형식이다. 후방역, 이향군, 양용우, 소곤생 등 전체 30명의 등장인물이 나온다.

『도화선』의 이야기는 숭정 연간 사공자의 한 사람으로 알려진 후방역이 남경에 과거시험을 치르러 왔다가 낙제한 후 잠시 막수호의 호반에 기거하는 것으로부터 시작된다.

후방역은 양용우(양문총)의 소개로 진회하의 기루에 있는 이향군을 만나 그녀에게 부채를 선물하면서 시를 써 주었다. 이때 탄핵당한 뒤 재기를 노리던 완대성은 후방역의 명성에 기대고자 혼수품을 바치는데 이향군이 완대성의 저열한 인품을 알아채고 혼수를 거절한다. 체면을 한껏 손상당한 완대성이 모략을 꾸며 후방역을 공격하자 그는 양주의 사가법에게 피신하고, 홍광제 조정에 득세한 완대성은 계략을 짜서 이향군을 다른 이에게 시집보내려고 한다. 그녀는 끝내 거절하며 필사적으로 항거하다가 혼절하여 쓰러진다. 이때 머리를 부딪쳐 이마에 상처가 나고, 흘린 피가 부채를 물들인다. 후에 양용우가 부채에 점점이 물든 붉은 핏자국을 보고 그것을 복숭아꽃으로 삼고 가지와 잎을 그려 넣어 훌륭한 도화선을 완성한다. 정신이 돌아온 이향군은 스승 소곤생에게 부탁하여 부채를 후방역에게 전해 주도록 했다. 잠시 피신하였던 후방역이 남경으로 돌아왔으나 이향군은 강요에 의해 남명 황제의 궁중으로 들어간 상태였다. 후방역은 체포되어 하옥된다. 얼마 후 청나라 군사에 의해 남경이 함락되었고 후방역은 옥에서 탈출하여 산중으로 피신한다. 공교롭게 도교의 사원에서 이향군과 재회하지만 그녀는 이미 도교에 귀의한 상태였다. 두 사람은 절절한 사연이 깃든 도화선 부채를 함께 보며 서로 그리워하던 옛이야기를 나누었다. 좌량옥과 사가법이 죽음을 맞고 나라가 망한 뒤에 선조에게 제사를 올리던 장 도사가 마침 두 사람의 모습을 보게 된다. 그는 부채를 빼앗아 찢어 버리며 나라가 위태로운 이런 엄중한 때에 아직도 아녀지정에서 벗어나지 못하고 사랑과 욕망의 근원을 잊지 못하느냐고 일갈한다. 그 말에 크게 깨닫고 후방역도 출가하여 도교에 입교한다.

작가 공상임은 제1척에서 등장인물의 입을 빌려 이 이야기는 이합비환의 정을 통해 흥망성쇠의 감회를 풀어내고자 한 것이라고 밝히고 있다. 작가는 책의 서두에 있는 「소인(小引)」에서 더욱 직접적으로 나라의 흥망에 관해 언급하였다.

> 『도화선』 극은 모두 남방의 최근 일이다. 당시의 부로(父老)들 가운데에는 아직 살아 계신 이도 있다. 무대 위의 가무와 무대 밖의 가리키는 바를 보면 삼백 년 왕조의 기틀이 누구 때문에 무너졌는지, 무슨 일 때문에 무너졌는지, 어느 해에 망했는지, 어디에서 망했는지를 알 수 있을 것이다. 보는 이로 하여금 감개하여 눈물을 떨구게 할 수 있을 뿐 아니라 인심을 깨우쳐서 이 말세에 한 가닥 희망을 줄 수 있을 것이다.

작가는 청나라 강희 연간에 살았기 때문에 노골적으로 만주족의 청나라가 침공하여 명나라가 망하게 되었다고 말하지 않았다. 작가는 자신이 찾아낸 망국의 원인을 서술하는데, 권력을 가지고 사리사욕을 채우며 반대파와 백성들을 탄압한 위충현, 완대성, 마사영 등의 간신들이 일차적인 책임자라고 강조하면서도 동시에 양용우나 주인공인 후방역조차도 책임에서 자유로울 수 없는 인물이라고 했다. 그들은 모두 나라를 위해 헌신해야 할 책임이 있었음에도 불구하고 기울어져 가는 나라의 위태로운 정세에 아랑곳하지 않고 개인적인 보신에 급급했기 때문이다. 오히려 일개 기생이었던 이향군이나 소리꾼이었던 유경정, 노래 선생 소곤생 등은 자신의 몸을 돌보기보다 정의를 위하고 다른 사람의 안전을 위해 위험을 무릅쓴 사람들이었다. 이들에게 유일한 희망이 있었지만 또한 이들에게는 아무런 힘이 없었다. 제23척 도화선의 탄생[寄扇] 대목을 보도록 한다.

양문총: (이향군을 가리키며) 저기 향군이 힘들고 병약한 모습으로 화장대에서 잠들어 있군요. 우선 깨우지 맙시다.

소곤생: (부채를 보더니) 향군의 얼굴 앞에 부채가 있는데 무슨 일인지 핏자국이 많이 보이는군요.

양문총: 이 부채는 후방역 형이 정표로 준 것인데 향군이는 이것을 깊이 간직해 두고 좀처럼 남에게 보여 주려고 하지 않았습니다. 아마도 부채에 피가 묻어서 여기에 두고 말리려는 모양입니다. (부채를 들어서 본다.) 핏자국이 너무 선명한데 여기에다가 가지와 잎새를 그려 넣어 꾸며 주면 어떨까요? (생각하며) 녹색이 없는데 어찌하면 좋을까?

소곤생: 제가 화분에서 화초를 좀 따 올 테니 짓이겨서 즙을 내면 아쉬운 대로 풀색을 쓸 수 있을 것입니다.

양문총: 훌륭하신 생각입니다.

(소곤생이 퇴장했다가 녹즙을 가지고 입장한다.)

양문총: (그림을 그리며 노래 부른다.)

푸른 잎새 향초의 녹색 즙을 쓰고

붉은 꽃은 미인의 붉은 피를 썼구나.

(그림을 완성한다.)

소곤생: (보면서 기뻐하며) 정말 훌륭하십니다. 금세 복숭아꽃에 가지가 달렸군요.

양문총: (크게 웃으며 부채를 가리킨다.) 그야말로 '도화선(桃花扇)'이 되었군요.

이향군: (놀라 깨어나서 인사한다.) 양 선생님, 소 사부님께서 오셨습니까? 미처 인사드리지 못해 송구합니다. (두 사람에게 자리에 앉도록 권한다.)

양문총: 며칠 못 본 사이에 얼굴에 있던 상처가 많이 나았구나. (웃으며) 내가 부채 하나를 화장대 위에 놓아두었네. (이향군에게 부채를 건네준다.)

이향군: (부채를 받으며) 이것은 제 부채입니다. 핏자국에 더럽혀져 있는데 무엇 하러 보셨습니까. (소매 속에 넣으려 한다.)

소곤생: 부채에 손을 좀 댔는데 한번 보시게나.

이향군: 언제 그리셨다는 말씀이신가요?

양문총: 미안하네, 방금 전에 조금 망쳐 놓았네그려.

이향군: (부채를 보고 탄식한다.) 아! 복숭아꽃이 가냘프게도 부채 속에서 흩날리고 있네요. 양 선생님, 그림을 그려 주셔서 감사합니다.

(…)

양문총: 자네의 마음을 내가 어떻게 써낼 수 있단 말인가.

이향군: (생각하다가) 할 수 없지요! 저의 근심걱정이 모두 이 부채에 잘 나타나 있으니 이 부채를 전해 주시지요!

소곤생: (기뻐하며) 이것이야말로 참신한 편지다.

『도화선』은 중국전통극의 마지막 명작으로 자리매김된 작품이다. 명청교체기를 지나면서 역사의 교훈을 되새겨 보려는 수많은 지식인들의 논의가 있었다. 한족의 왕조인 명나라의 몰락은 한족 지식인들에게 큰 충격이었으며 이는 조선의 유생들에게도 같은 충격으로 다가왔다. 조선에서는 소중화라는, 현실을 외면한 이상적 관념으로 청나라를 바라보려는 시각이 존재했다. 청 초의 지식인에게 『도화선』은 명 말의 혼란한 정세와 망국의 과정을 세심하게 살필 수 있었기에 더욱 진한 감회로 다가왔을 것이다.

3) 잡극과 전기의 비교

여기서 잠시 원대에 유행한 잡극과 명청시대의 주류 희곡인 전기의 차이를 간략하게 살펴본다. 잡극과 전기의 가장 큰 차이는 음악이지만 체제상의 차이도 뚜렷하다. 각색(배역)에서 보면 잡극은 남자주인공을 말(末), 여자주인공을 단(旦)이라고 하는데 이들만이 창(唱)을 할 수 있다. 남자주인공이 창을 하면 말본, 여자주인공이 창을 하면 단본이라고 한다. 조연의 각색은 정(淨), 광대 역은 축(丑)이라고 한다. 남성 역으로 나오는 등장인물은 성격에 따라 정말(正末), 부말(副末), 외말(外末), 충말(沖末), 소말(小末) 등으로 불렸고, 여성 역으로는 정단(正旦), 부단(副旦), 외단(外旦), 첩단(貼旦), 노단(老旦), 화단(花旦) 등이 있었다. 전기의 각색도 대동소이하지만 남자주인공을 생(生)이라 바꾸었고 몇 가지 각색이 추가되었다. 구성에서 보면 잡극은 절(折)로 나눠지며 보통 4절로 이루어져 있다. 이는 내용의 발단, 전개, 위기, 대단원의 과정을 보여 준다. 4절의 사이 혹은 맨 앞에 설자(楔子, 쐐기)라고 하는 작품 해제 혹은 설명을 곁들인다. 대체로 단편이지만 예외적으로 『조씨고아(趙氏孤兒)』는 5절이고, 『서상기』는 5본(本)으로 되어 있어 총 21절에 이르니 장편에 가깝다. 전기는 단락을 척(齣)으로 나누는데 길이가 일정하지 않고 40척이나 50척에 이르기도 하며 대부분 장편이다. 장편 희곡은 전체를 모두 공연하기 어렵기 때문에 그중의 일부를 무대에 올리는데 이를 절자희(折子戲)라고 부른다.

궁조를 쓰는 방법에서 잡극은 같은 궁조의 곡패(曲牌)를 사용하고 하나의 운(韻)자를 끝까지 쓰지만, 전기는 일정한 궁조 없이 자유로우며 운을 바꿀 수도 있다. 창의 경우, 전기는 잡극과 달리 누구나 창을 할 수 있으며 독창과 합창이 모두 가능하다. 비교적 편폭이 길기 때문에 혼자서 끝까지 창을 하기는 무리이므로 등장인물 모두에게 노래를 부를 수 있는 기회를 준 것이다.

4) 경극의 발달과 전파

끝으로 청대 중기 이후 발전된 경극(京劇)에 대해 간략히 말하지 않을 수 없다. 오늘날 세계적으로 이름난 중국의 연극은 바로 북경의 오페라(Peking opera)로 불리는 경극이다. 영화 〈패왕별희(霸王別姬)〉는 유명한 경극배우들의 삶과 현대사의 굴곡을 그려 내어 널리 주목을 받은 작품이다. 경극은 경희(京戲)라고도 불리고 민국 시절에는 평극(平劇) 또는 국극(國劇)으로 중시되었다. 명청대의 잡극과 전기는 청대 중엽에 이르자 차츰 쇠퇴하였는데 민중과의 거리가 점점 벌어졌기 때문이다. 전기의 극성기는 곤곡이 주목받을 때였지만 전아하고 고상한 곡사와 정교한 음악성이 일반 민중으로서는 부담스러운 것이었다. 곤곡을 아부희(雅部戲)라고 불렀는데 이에 대비하여 북경에서 새로 민중의 환영을 받는 연극을 화부희(花部戲)라고 칭했다. 18세기 후반 건륭(乾隆) 연간부터 화부희가 홍행하기 시작했는데 일반 민중은 물론 황실의 귀족까지 좋아하여 더욱 널리 확산되고 발전하게 되었다. 경극은 서피(西皮)와 이황(二簧, 二黃)의 두 가지 음악적 특징을 기초로 하였기 때문에 피황조(皮簧調, 皮黃調)라고 한다. 피황조는 호북 지역에서 시작되었고 안휘의 곡조가 섞였으며 안휘의 극단인 휘반(徽班)에 의해 북경으로 들어와 공연이 시작되었다. 말하자면 여러 지역의 곡조와 다양한 연극의 요소가 융합되어 민중들이 좋아하는 새로운 북경식 연극으로 창출되었다고 할 수 있다. 공연시간도 길지 않고 무대장식이 거의 없이 상징적인 연기형식으로 상황을 묘사한다. 무용과 노래를 중요시하고 격렬한 동작을 아름답게 활용할 뿐만 아니라 호금과 징과 북을 중심으로 반주를 하고 명랑하고 쉬운 동작으로 연출하니 대중들이 환호하였다. 배우들의 의상은 명나라 때의 복장을 기초로 하고 있으며 색깔과 무늬에 따라 인물의 신분과 직업을 구분한다. 조선 후기에 연행사절단은 만주족의 지배를 받는 청나라에서 오직 연극무대에서만 명나라 전통복식을 볼 수 있고 현실의 한족 문인들은 오랑캐의 복식과 변발을 하고 있는 것을 은근히 풍자하는 글을 쓰곤 하였다. 중화의 전통을 조선에서 유지하고 있다는 소중화 의식의 발로였다. 배역으로는 남자주인공 생과 여자주인공 단, 극 중의 호걸이나 악한으로 나오는 정, 어릿광대 역인 축, 단역으로 잠시 나오는 말 등이 있는데 각각 문무(文武) 두 계통으로 세분화된다. 배우의 얼굴에 여러 가지 디자인으로 색칠을 하여 배역과 성격 등을 표시하는데 상세한 구분이 검보(臉譜)로 잘 정리되어 있다. 관중들은 등장인물의 복식과 얼굴의 색깔과 무늬, 들고 나오는 소품을 보고 곧바로 그의 인물 됨됨이를 알아차릴 수 있게 된다.

경극은 모든 배우가 남성이다. 따라서 여자주인공 역의 단은 남자배우가 여장을 해야 한다. 청대 후기 북경을 중심으로 여장한 남자배우를 동성애의 대상으로 삼는 악습이 만연했었다. 당시 남녀혼성의 연극반을 운영할 수 없다는 관청의 엄격한 규정이 있었는데, 어떤 이들은 연극에 등장하는 아리따운 여성주인공이 남자배우였음에도 아랑곳하지 않고 뜨거운 연정을 기울였던 것이다. 청대 소설 『품화보감(品花寶鑑)』에서 북경의 경극배우를 주인공으로 남풍(男風)의 내용을 노골적으로 다룬 바 있다. 영화 〈패왕별희〉 속 동성애 묘사도 그러한 배경 속에서 나타난 것이다. 이에 비해 남방의 일부 연극에서는 모든 배우가 여성이었다. 남자주인공 역의 생은 남장한 여자였다. 『홍루몽』의 대관원은 소주에서 사들여 온 12명의 남쪽 소녀 극단을 운영하고 있었는데 우관(藕官)은 오랫동안 부부의 역할로 공연하다 깊은 정이 들었던 아내 역의 적관(菂官)이 죽자 깊이 슬퍼하며 원내에서 몰래 지전을 태운다. 이후 발각되어 혼이 나는 장면이 나오는데 가보옥의 도움으로 죄를 면하게 된다.

경극 작품은 대부분 작자를 알 수 없으며 고전에서 소재를 취한 것이 많다. 사대기서인 『수호전』이나 『삼국지연의』, 『서유기』의 여러 대목을 각색하기도 하고 역사 사건이나 민간 전설 등에서 가져온 이야기도 많다.

유명한 경극배우로는 근대 이후 메이란팡[梅蘭芳](본명 메이란[梅瀾], 1894-1961)이 잘 알려져 있다. 그의 가문은 경극계의 유명한 배우를 배출한 전통이 있어 그는 어려서부터 무대에 올랐다. 그는 여성 역인 화단을 연기하였으며 중국 국내는 물론 해외에도 진출하여 일본 공연에서 크게 성공하였고, 최초로 뉴욕의 브로드웨이에서 경극의 아름다움을 세계에 알린 바 있다. 부단한 노력으로 경극의 현대화를 선도했으며 경극의 예술적 경지를 높은 수준으로 끌어올렸다. 그가 공연한 작품으로 양귀비와 당명황의 이야기를 그린 〈귀비취주(貴妃醉酒)〉, 초패왕과 우희의 사연을 그린 〈패왕별희〉, 항주의 백사 전설을 그린 〈백사전〉, 그리고 홍루인물 임대옥이 봄날에 꽃잎을 묻는 〈대옥장화(黛玉葬花)〉 등이 유명하다.

경극 〈패왕별희〉는 서초패왕 항우(項羽)와 그의 연인 우희(虞姬)의 애절한 사랑 이야기를 그린 것으로 경극 작품 중에서 가장 대표적이다. 대본은 청일거사(淸逸居士, 溥緖)가 사마천의 『사기』 가운데 「항우본기」의 내용을 주요 근간으로 하고 곤곡 작품 『천금기(千金記)』를 참조하여 만든 것이다. 진나라 말기 진시황의 폭정에 대항하여 거사를 일으킨 항우와 유방의 역사적 대결을 배경으로 삼고 있다. 전체는 '구리산(九里山)', '초한쟁(楚漢爭)', '망오강(亡烏江)', '십리매복(十里埋伏)'의 4본으로 되어 있다. 1918년 양샤오러우[楊小樓]와 상샤오윈[尙小雲]이 초연을 했으며 1922년 양샤오러우와 메이란팡이 합작하여 공연함으로써 더욱 이름을 날렸다.

> 진시황 말년에 초한이 일어나 서로 천하를 다투게 되었다. 한신(韓信)은 이좌거(李左車)에게 명하여 항우에게 거짓 투항하도록 하고 항우를 속여 진군하게 한다. 구리산의 십리매복으로 항우는 해하(垓下)에서 곤경에 빠진다. 포위되어 탈출하지 못하고 있을 때 사방에서 초나라 노래가 들려오니 초나라 병사들이 이미 한나라 진영에 항복한 것이라고 여기고 군영에서 우희와 술을 마시며 마지막 작별을 고한다. 우희는 스스로 자결하고 항우는 포위망을 뚫고 혈로를 찾아 탈출했으나 길을 잃고 오강에 이른다. 항우는 강을 건너 강동으로 돌아가 고향의 어른들을 만나 볼 체면이 서지 않음을 절감하고 강가에서 자신의 목을 찔러 자결하고 만다.

우희의 자결은 역사에 기록이 없다. 천하를 차지하기 위한 초한의 흥미진진한 결전의 역사가 민간에서 이야기로 전해지면서, 항우와 우희의 결말을 더욱 극적으로 묘사하기 위해 차츰 새로운 해석이 덧붙여졌다. 대체로 명대에 나온 역사소설 『서한연의』(『초한지』) 등에 이러한 장면이 들어가기 시작했고 급기야 경극에 이르면 이 대목을 극 중의 클라이맥스로 삼았다.

영화 〈패왕별희〉는 홍콩작가 리비화[李碧華]에 의해 1985년 발표된 장편소설을 개편한 것이다. 민국시대(1924)부터 신중국의 문화대혁명이 끝나는 때(1977)까지 50여 년의 현대사를 관통하면서, 북경의 경극단 단원이었던 두 소년이 〈패왕별희〉의 배우로 오랜 시간 함께 공연하면서 갖게 된 격변하는 감정과 파란 많은 곡절을 그리고 있다. 홍등가 여인의 아이로 경극학교에 맡겨진 어린 소년 더우즈[豆子]는 새로운 환경에 적응하지 못하고 힘들어하지만 사형인 스터우[石頭]의 살가운 보살핌 속에서 안정적으로 연극공연에 몰입하게 되고 부단한 노력 끝에 최고의 경극배우로 성장한다. 이후 더우즈는 청뎨이[程蝶衣], 스터우는 돤샤오러우[段曉樓]라는 예명을 받는다. 이들은 각각 〈패왕별희〉의 우희와 패왕으로 분장하여 크게 성공하고 널리 이름을 떨친다. 중일전쟁이 발발(1937)한 뒤 일본군 치하에서도 경극공연을 계속하지만 샤오러우를 사랑하는 기녀 출신 쥐셴[菊仙]의 등장으로 동생인 뎨이는 마음속 깊은 사랑에 큰 상처를 받는다. 두 사람은 의절하고 갈라서지만 일본군에 잡힌 형을 찾기 위해 동생은 일본군 앞에서 경극 노래를 부른다. 그러나 풀려난 형은 오히려 일본군에게 아부한 동생에게 침을 뱉는다. 동생은 낙담하여 경극 애호가로서 자신을 알아주는 동성애자 위안스칭[袁世卿]에게 의지하고 아편에도 손을 댄다. 진 사부의 부름을 받아 다시 만난 두 사람은 화해하지만 일본의 패망 이후 일본군에 부역행위를 한 죄로 동생이 잡혀간다. 이번에는 형이 나서서 구명운동을 한다. 중국이 공산화된 이후 전통적인 경극을 고집하던 동생은 낙오자처럼 뒤처지고, 문화대혁명이 시작되자 그들은 모두 낡은 문화의 관습에 얽매인 사람으로 낙인찍혀 타도의 대상이 된다. 두 사람은 격정 끝에 마음에도 없는 말로 서로를 비난하였고 형은 동생이 권세가의 노리개였다고 공개적으로 망신을 준다. 또 쥐셴이 창녀라고 밝혀지자 샤오러우는 그녀를 보호하기 위해 짐짓 그녀를 사랑하지 않는다고 선언하였고 이에 큰 충격을 받은 쥐셴은 돌아와 결국 자살하고 만다.

소설 원작에서는 문혁이 끝난 후에 노인이 된 두 사람이 다시 만나 경극단을 조직하지만 영화에서는 더욱 극적으로 바꾸어 비극적 마무리를 짓는다. 문혁이 끝나고 다시 무대에 선 두 사람은 〈패왕별희〉를 함께 공연하는데, 무대에서 우희가 된 청뎨이는 패왕의 검을 받아 진짜로 자신의 목을 찔러 죽음을 맞이한다. 가장 극적인 대목에서 연기가 아닌 실제로 일을 저지른 것이다.

극 중에서 우희가 죽음으로 자신의 깊은 사랑을 패왕에게 바치는 것과 같이 청뎨이도 사형인 돤샤오러우와의 평생 이루어질 수 없는 사랑을 죽음으로 완성하고자 한다. 그는 무대 위에서 정말로 부부가 된 것 같은 느낌을 갖고 연극에 몰입했다. 인생은 연극 같고 연극도 인생 같다[人生如戲, 戲如人生]는 말처럼, 경극배우의 파란만장한 삶은 그야말로 한 편의 숨 막히는 드라마가 되어 마음속에 아련하게 스며든다.

소설에서는 경극단의 남성 배우 사이에 형성된 동성애라는 주제를 강하게 그려 나갔지만 영화에서는 이를 민감한 이슈로 여겨 특별히 조심하는 태도를 보인다. 감독 천카이거[陳凱歌]는 이 영화로 칸영화제에서 최우수상인 황금종려상을 받고 일약 세계 영화계에 이름을 날리게 된다. 대만과 한국에서도 영화상을 수상했지만 정작 중국대륙에서는 정치적으로 민감한 주제로 인해 오히려 당시 상영금지가 되었다. 홍콩배우 장궈룽[張國榮]의 열연으로 작품이 빛났으며 명배우 궁리[鞏俐]와 거유[葛優] 등도 함께 등장하여 장면을 화려하게 수놓았다.

중국의 오랜 역사와 고전문학의 전통이 현대에 이르러 재조명되고 새로운 장르로 거듭 탄생하는 과정을 여기에서도 여실히 볼 수 있다. 고전은 늘 현재에 살아 있는 것이고 그것을 새롭게 바라보는 것은 현대인의 몫이다.

6장

장편의 형성:
역사와 영웅의 이야기

중국소설은 원대에 이르러 장편으로 만들어지기 시작한다. 이러한 경향은 송원 이래로 널리 보편화된, 민간의 설창 연예인들에 의해 구연되었던 장편 설화의 대본이 이때부터 대량으로 형성되기 때문이다. 장편 설화는 처음에 대부분 역사고사로부터 소재를 가져왔다. 설화의 유형으로 장편은 강사(講史)라고 불렀고 단편은 소설(小說)이라고 했다. 역사 이야기를 위주로 하는 강사는 순수하게 역사 자체를 중심으로 하는 역사연의류, 강호의 영웅인물을 중심으로 하는 영웅전기류, 신비롭고 괴이한 소재를 많이 다루는 신마류로 나눌 수가 있는데 세 유형의 대표 작품이 각각 『삼국지연의』와 『수호전』, 『서유기』이다.

1. 『삼국지』의 소설화 과정: 정통의 혈통주의

1) 『삼국지』와 『삼국지연의』의 변천

우리나라에서는 그냥 『삼국지』라고 해도 모두 소설이라고 이해하지만 본래 삼국시대의 역사를 기록한 진수(陳壽, 233-297)의 『삼국지』는 전사사(前四史)의 하나인 정사다. 전근대시기의 지식인들에게는 고전 공부의 필독서로서 사마천의 『사기』, 반고의 『한서』, 범엽의 『후한서』와 더불어 함께 읽힌 고전이다. 춘추전국시대의 혼란을 수습하고 통일을 이룩한 것은 진시황의 진나라다. 그리고 잠시 초한전이 있었지만 곧 한나라로 이어지고 400여 년의 통일제국을 지속했다. 중국의 거의 모든 전통이 이때 마련되었다. 언어와 문자와 민족을 모두 한어, 한자, 한족이라고 하는 것이 대표적인 예이다. 그리고 이어서 나타난 혼란의 시대가 바로 삼국시대다. 위촉오의 삼국에서 시작된 백 년간의 경쟁과 대결의 국면은 잠시 통일되었지만, 곧바로 이어진 남북조시대에 대혼란의 시기가 200년간 지속되었다. 대통일시대에서 대분열시대로 넘어가는 과정이었다. 그러나 정치적, 사회적 혼란 속에서 오히려 문학과 예술의 자유로운 발전을 기대할 수 있었다는 것도 부인할 수 없다.

진수는 촉한 지역인 익주 파서군(巴西郡)에서 성장하였고, 촉의 위장군(衛將軍) 주부를 지낸 적이 있었지만 환관 황호(黃皓)의 전횡에 맞서다가 수차례 쫓겨나기도 했다. 촉한이 망한 후 진나라가 되자 저작랑(著作郎)과 태수, 어사 등의 직책을 지냈다. 촉한이 위나라에 망한 후에 『제갈량집』을 편찬하여 조정에 제출함으로써 저작랑이 되었던 것이다. 위나라는 진나라에 선양하고 또 진나라가 마지막으로 오나라를 멸망시켜 공식적으로 삼국시대가 끝나자 그는 10년간의 노력으로 역사서 『삼국지』 65권을 완성했다. 진수는 진나라 치하에서 저술하였고 진나라는 또 위나라의 정통을 이어받았으므로 『삼국지』에서는 위나라를 정통으로 삼았다. 삼국의 분량도 『위서』 30권, 『촉서』 15권, 『오서』 20권으로 배분하였다. 시기로 보면 위나라 건국의 220년부터 진나라가 오나라를 멸망시킨 280년까지 60년간의 역사를 기록하였다. 진수가 촉한 출신이었음에도 촉한의 분량이 가장 적은 것은 의도적이라기보다는 결국 역사적 사건이나 인물, 사료의 양에 따른 자연스러운 현상으로 보아야 할 것이다. 진수의 『삼국지』도 역시 『사기』 등과 마찬가지로 개인의 저술이었지만 후에 사가에 의하여 정사로 편입되었다.

통일에서 삼국으로 분열되는 과정이나, 시대를 풍미했던 영웅들의 의리와 충정에 대한 이야기는 시간이 흐를수록 점점 확대되었고 흥미진진한 이야기로 발전되었다. 진수의 『삼국지』는 여느 역사서와 마찬가지로 무미건조할 뿐이었지만, 남조의 송나라 사람 배송지(裴松之, 372-451)에 의해 추가된 상세하고 다양한 주에서 많은 에피소드가 덧붙여졌다. 그는 2백 권이 넘는 당시의 사료를 인용하여 보충하고 고증하면서 훗날 소설화의 과정에 풍부한 이야깃거리와 상상력을 제공하였다. 학술적 통계에 따르면 『삼국지』 속 진수의 본문이 36만 자가량이고 배송지의 주석이 32만 자 이상이라고 하니 책을 거의 두 배로 늘린 셈이었다. 배송지는 사실 송 문제(文帝)의 어명을 받아서 주석작업을 시작하였다. 당시 황제는 『삼국지』의 내용이 충분치 못하고 소략하여 상세한 주석이 필요하다고 보았던 것이다. 국가적 성원과 지지를 얻어 대량의 자료수집과 정리작업이 가능하였던 것은 배송지의 행운일 수 있지만 그만큼 당시 제왕의 안목이나 결정이 역사상 위대한 업적을 낳게 한 것이다. 배송지와 함께 그 아들과 증손이 모두 유명한 역사가여서 가문의 전통을 이어 갔다.

삼국의 이야기는 이처럼 배송지 주를 토대로 남북조시대에 널리 퍼져 나갔고 『세설신어』 등에도 상당수 에피소드를 담고 있다. 이상은 시에서 증명되는 바와 같이 아이들은 이미 조조와 유비의 행위에 선악의 구분을 하며 울고 웃었다. 그러나 본격적인 이야기는 송나라 장편 화본으로 탄생된 『삼국지평화』부터라고 보아야 한다. 이에 앞서 지원(至元) 연간에 『삼분사략(三分事略)』이란 책이 있었는데 당시의 관습대로 상도하문의 형식으로 출판되었다. 일반 독자들이 상단의 그림만으로도 이야기의 줄거리를 이해할 수 있도록 했던 것이다. 곧 이어 지치(至治) 연간에 『전상평화삼국지(全相平話三國志)』란 이름으로 바뀌어서 새로 간행되었다. 삼국시대의 영웅들이 나라를 세우기 위해 서로 경쟁하고 다투었던 파란만장한 이야기가 장편소설로 완성되는 과정에서 중요한 길목에 이르게 된 것이다.

여기에 또 하나의 축인 원나라 희곡에서 다양하게 다루고 있는 삼국희(三國戲)를 통해서 다양하고 구체적으로 형성된 이야기의 그룹을 볼 수 있다. 삼국희 중에는 제목으로만 살펴봐도 금방 그 내용을 알 수 있는 「관대왕단도회(關大王單刀會)」, 「관장쌍부서촉몽(關張雙赴西蜀夢)」, 「와룡강(臥龍岡)」, 「오장원(五丈原)」 등이 있었다. 「관대왕단도회」

(약칭 「단도회」)는 관우와 노숙이 형주의 득실을 놓고 첨예하게 겨루던 일을 그린 작품이다. 노숙이 형주를 돌려받기 위해 관우를 연회로 초청한다. 관우는 대담하게 혼자서 청룡도 한 자루만 차고 당당히 참석하여 노숙과의 설전에서 지지 않고 위기를 모면하고 돌아온다. 이 이야기는 『삼국지』 「노숙전」에 근거하였으나 희곡에서 이 대목을 구체적으로 묘사하였고 다시 『삼국지연의』(제66회)에서 이를 삽입하여 장편소설로서 풍부한 내용을 덧붙였던 것이다. 「관장쌍부서촉몽」(약칭 「쌍부몽」 혹은 「서촉몽」)은 유비가 서촉에 들어가 칭제한 이후에 문득 도원결의를 맺은 의형제 관우와 장비를 몹시 그리워하는 내용으로 시작된다. 제갈량이 천문을 보니 적성이 빛나고 장성이 빛을 잃어 마음속으로 관우와 장비가 이미 죽은 것으로 여겼지만 감히 직접 말할 수가 없어서 유비에게는 거짓으로 말했다. 그러던 어느 날 관우와 장비의 혼백이 함께 유비의 꿈에 나타나서 비통한 심정을 전하자 유비는 두 사람을 위해서 원수를 갚고야 말겠다고 다짐하게 된다. 「와룡강」은 유비가 관우와 장비를 데리고 와룡강에 있는 제갈량의 초려를 세 번 찾아가는 일을 묘사한 것이고, 「오장원」은 제갈량이 다섯 번째 북벌에서 사마의와 마지막 사투를 벌이다가 오장원에서 사망하는 장면을 그린 작품이다. 이들 삼국 이야기의 희곡은 모두 장편소설의 형성에 깊은 영향을 끼친 선행 작품이라고 할 수 있다.

진수의 정사 『삼국지』와 배송지의 상세한 주석, 훗날 더해진 수많은 에피소드와 시가, 그리고 구체적인 장면과 대화의 묘사를 첨가하여 생생한 현장을 재현한 희곡에 이르기까지 모두 장편소설 『삼국지연의』의 탄생을 위한 기초로서 활용되었다고 할 수 있을 것이다.

『삼국지연의』의 작자는 나관중(羅貫中)이다. 원말명초의 인물로 본명은 나본(羅本)이고 관중은 그의 자다. 호는 호해산인(湖海散人)이라고 했다. 그는 산서 태원(太原) 사람으로 비단장사를 하는 부친을 따라 당시 경제가 발달했던 남방으로 옮겨 와 소주와 항주 일대에서 생활하였다. 특히 설창예술이 성행했던 항주에서 뜻이 맞는 동지들과 어울려 민간문학의 창작에 힘썼다. 그는 한때 원나라에 반기를 들고 거사한 장사성(張士誠)의 부대에 참여하였으나 머지않아 고향으로 돌아갔다가 다시 항주로 와서 『삼국지연의』의 편찬에 전력을 기울였다. 명나라 홍무 연간이 되어서야 비로소 후반부를 완성하였다. 그는 또 시내암(施耐庵)을 사부로 모시고 있었는데 그의 사후에 미완성으로 남은 『수호전』을 최종적으로 완성시킨 것으로도 알려져 있다. 그의 소설 작품은 전해 오던 이야기를 종합적으로 정리하고 첨삭을 가하여 편찬한 것이지만 그 자신의 예술 기법과 철학적 관점이 들어간 일종의 정밀한 창작품이었다. 나관중은 『삼국지연의』뿐만 아니라 『수당지전(隋唐志傳)』, 『잔당오대사연의(殘唐五代史演義)』, 『삼수평요전(三遂平妖傳)』 등의 역사소설을 편찬하기도 하였고 또 희곡 작품에도 손을 대서 잡극 『송태조용호풍운회(宋太祖龍虎風雲會)』를 쓰기도 했으니 통속문학에 다재다능하였음을 보여 준다.

나관중은 역사적 사실을 완벽하게 익히고 인물에 대한 깊은 통찰과 이해를 통해 최고 역사소설로서의 『삼국지연의』를 완성하였다. 그는 앞서 나온 『삼국지평화』의 신비롭고 비이성적인 부분을 완전히 일소하고 백여 군데에 달하는 전쟁장면을 중복되는 표현 없이 흥미진진하게 묘사하였으며 정사에서 찾아볼 수 없는 인간적인 감성과 인간관계의 미묘한 심리를 정교하게 그려 냈다. 따라서 나관중의 『삼국지연의』는 역사소설로서의 전범을 보여 준 작품이 되었다.

2) 『삼국지연의』의 전개

『삼국지연의』의 열렬한 독자가 아니라고 하더라도 누구나 한 번쯤 들어 봤음 직한 멋진 구절이 있다. 바로 『삼국지연의』의 첫머리에 나오는 「서시」의 한 대목이다. 대부분 '서시'라고 부르지만 사실은 명나라 양신(楊愼, 1488-1559)의 「임강선(臨江仙)」이라는 사(詞) 작품이다. 그래서 간혹 '서사'로도 불리는데 아무래도 '서시'라는 이름이 어울리기는 한다. 윤동주의 「서시」 영향 때문일 것이다.

드넓은 장강은 도도히 동으로 흐르고	滾滾長江東逝水
수많은 영웅은 물거품으로 사라져 갔네	浪花淘盡英雄
시비와 성패는 돌아보면 허무할 뿐이라	是非成敗轉頭空
청산은 예전같이 변함이 없고	青山依舊在
석양은 몇 차례나 붉게 물들었나	幾度夕陽紅
강가에서 백발의 어옹과 초부는	白髮漁樵江渚上
봄가을로 바람과 달을 맞았겠지	慣看秋月春風
막걸리 한 병 마주하고 즐기며	一壺濁酒喜相逢
고금의 수도 없이 많은 사연들	古今多少事
한바탕 웃음 속에 부쳐 버리네	都付笑談中

한마디로 인생무상을 느끼게 하는 구절이다. 나라의 흥망성쇠를 이끌어 갔던 영웅호걸들의 파란만장한 이야기도 한낱 초옹과 어부들의 소일거리 얘기가 되었을 따름이다. 『삼국지연의』 마지막 제120회의 끝에 장편시를 통해 삼국 이야기 전체를 개괄하고 있는데 그 마지막 구절에서도 "정족삼분이성몽, 후인빙조공뢰소(鼎足三分已成夢, 後人憑弔空牢騷)"라고 하여 꿈같이 흘러간 역사는 허망할 뿐인데 후세 사람들은 공연히 이러쿵저러쿵 말만 많다고 갈파하고 있다. 이야기를 끝맺으면서 작가 또한 허망한 생각을 감출 길이 없었을 것이다.

양신은 명나라 중기의 문인이다. 그러니 원나라 때의 『삼국지평화』 등에는 그의 작품이 실릴 수가 없는 것이고, 나관중의 『삼국지연의』에도 없었다. 청나라 강희 연간의 모종강 평본에 실려서 널리 전하게 되었는데 우리나라에도 널리 퍼졌다.

『삼국지연의』 제1회의 첫머리에는 역사의 흐름을 단적으로 표현한 한 대목이 있는데 오래오래 가슴에 남는 인상적인 구절이다. 그것은 또한 오랜 통일제국의 몰락과 더불어 새로운 혼란시기의 시작인 삼국의 분열과도 맞아떨어지는 명언이기 때문이다.

> 무릇 천하의 대세는 나뉘어진 지 오래되면 반드시 합쳐지고 합쳐진 지 오래되면 반드시 나누어지는 법이다[天下大勢, 分久必合, 合久必分]. 주나라 말기에 칠국이 갈라져 싸우다가 진(秦)나라로 통일되고 진나라가 멸망한 뒤에는 초나라와 한나라로 갈라져 싸우다가 한(漢)나라로 통합되었다.

훗날의 역사까지 알고 있는 오늘날의 독자로서는 이 구절의 뒤에 곧바로 다음과 같이 덧붙이고 싶을 것이다.

한나라가 망하자 위(魏), 촉(蜀), 오(吳)의 삼국으로 분열되고 이어서 진(晉)나라로 통일되었다. 진나라가 망하자 이번에는 남북으로 갈라져 남에는 동진, 북에는 오호십육국으로 대혼란을 거듭하였다. 다시 남북조로 이어져 남에 송(宋), 제(齊), 양(梁), 진(陳)으로 이어질 때, 북에서는 북위, 서위, 북주, 북제 등으로 이어지다가 마침내 수(隋)나라로 통일되었고 당(唐)나라가 한동안 통일제국을 이어 갔다. 그러나 당이 망하자 곧 오대십국의 분열과 혼란의 시대가 이어졌고 송(宋)나라가 통일하여 안정되었다. 북송이 망하자 남북으로 갈라져 남쪽에는 한족의 남송, 북쪽에는 북방민족의 요(遼), 금(金), 원(元)으로 이어졌다. 원나라가 망하고 한족의 명나라가 흥기하였고 또 만주족이 발흥하면서 청나라가 세워지고 명나라는 멸망하였다.

이렇게 중국의 전체 역사를 개관하면 『삼국지연의』 제1회에서 “천하의 대세는 나뉘어진 지 오래되면 반드시 합쳐지고 합쳐진 지 오래되면 반드시 나누어지는 법”이라고 한 역사관은 과연 중국 전체의 역사를 살펴보고 터득한 지혜가 분명하다. 하지만 지금 소설에서는 한나라 말기 혼란의 단초를 이야기하려는 순간이므로 이러한 화두만 밝히고 실제 역사는 주나라 말기 전국칠웅의 분열, 진시황의 통일, 항우와 유방의 초한전, 그리고 통일된 한나라까지만 말을 한 것이다. 이후 이어지는 내용에서 한나라의 역사가 어떻게 전개되었는지 살피고 후한의 말기에 이른 헌제 때 어떤 일이 일어나서 삼국으로 분열하게 되었는지 원인을 추적하며 후한 환제와 영제로부터 그 단초가 시작되었음을 갈파하고 있다. 환관의 득세로 인해 나타난 십상시의 난과 궁중에서 나타난 이변, 돌연한 천재지변의 발생 등을 거론하고 이어서 난세를 틈타 일어난 장각 형제들의 황건적의 난을 지적한다. 황건적이 천하를 횡행하여 각지에서 이를 토벌하는 의용군을 모집함에 따라 자연스럽게 세 명의 영웅인물을 등장시키고 있다.

역사소설은 역사를 소재로 다루지만 기본적으로 소설이다. 소설은 이야기를 흥미진진하게 이끌어 가야 하는 책무를 가진 장르다. 정사 『삼국지』와 소설 『삼국지연의』의 차이가 바로 여기에 있다. 거창하게 역사의 흐름과 흥망성쇠의 원인과 변화의 조짐을 찾아내는 듯하였지만 결국에는 소설의 주인공을 소개하려는 것이 작자의 주된 목적이었던 것이다. 그렇게 등장한 것이 유비, 관우, 장비다. 제1회의 회목도 「연도원호걸삼결의(宴桃園豪傑三結義)」였으니 바로 유관장의 도원결의 대목이다. 도원결의를 소설의 첫머리에 안배한 것은 『삼국지연의』가 유비를 핵심으로 하는 촉한의 인물과 사건에 중심을 두고 있음을 보여 준다. 진수의 정사 『삼국지』에서는 비록 정치적으로 조조를 핵심으로 하는 위나라를 중심에 두고 그 연호를 쓰고 있지만, 남북조 이래 민간의 정서는 어느새 옹유폄조(擁劉貶曹)의 경향으로 기울어졌다고 볼 수 있다. 당나라 때의 아이들도 삼국의 이야기를 듣다가 유비가 졌다고 하면 눈물을 흘린다고 했으니 민간의 정서는 분명 유비를 옹호하고 조조를 폄하하여 미워하고 있었던 것이다. 『삼국지연의』는 이러한 민간의 정서를 놓치지 않고 담아냈다고 할 수 있다. 통속소설로서 독자의 환영을 받고자 한다면 민간의 정서를 위배할 수는 없었을 것이다.

도원결의는 소설의 첫머리를 장식할 뿐만 아니라 소설의 전체를 관통하는 하나의 키워드가 되고 있다. 『삼국지연의』의 기본사상은 충의라고 할 수 있는데 이러한 유교적 핵심사상을 단적으로 실천하고 있는 인물이 바로 의(義)의 관우와 충(忠)의 제갈량이기 때문이다. 그리고 그 대상은 바로 유비였다. 유비는 소설 속에서 다양한 방식으로 유교적 인의군자의 면모를 갖추고 있는 것으로 묘사되었고 가장 이상적인 제왕의 덕목을 여실하게 보여 주었다. 관우의 의는 분명 도원결의에서 연유하였고, 관우의 죽음으로 인해 장비의 죽음이 이어지고 두 의형제의 죽음은 곧 유비에게까지 연결된다. 주변의 만류에도 불구하고 무리하게 오나라와의 전쟁을 일으키고 이릉대전에서 실패함에 따라 백제성에서 죽음을 맞는 결과에 이르게 되었던 것이다. 그것은 유비가 촉한을 건국한 지 불과 2년이 지난 시점이었다. 멸망한 후한의 뒤를 이어서 또 하나의 한나라를 만들어 그 혈통을 이어 가려던 유비로서는 참으로 허망한 죽음이라고 할 수 있다. 그러나 도원에서 결의한 바와 같이 세 사람이 각각 2년의 시간을 격하여 연이어 죽음을 맞이했다는 사실, 그것도 의형제의 앞선 죽음을 직접적인 원인으로 장렬하게 죽게 된다는 점을 보면 『삼국지연의』의 중요한 핵심이 도원결의의 시작과 끝을 그리고자 한 데 있었음을 간파하게 된다. 나머지는 그 핵심을 수식하기 위한 부차적인 것에 지나지 않는다고도 볼 수 있을 것이다. 분명 역사가의 시선이 아닌 소설가의 시선이 강하게 투영되고 있음을 확인할 수 있다. 도원결의는 지극히 개인적인 한 사건, 역사적으로 확인할 수 없는 지극히 소소한 한 사건이지만 해당 개인에게는 천지만큼의 무게로 전 인생을 걸고 지켜야 했던 신의이며 단 한 순간도 가슴에서 지울 수 없었던 뜨거운 우애라고 할 수 있다.

유관장 삼 형제의 도원결의는 황건적 평정에 의용군으로 참전하기 위해 맺어졌다. 그러나 뒤이어 조정을 장악하여 전횡을 일삼는 동탁을 치기 위한 제후들의 연합군에 이들이 공손찬의 수하로 참가하면서 소설의 핵심적인 주인공들과의 만남이 시작된다. 반동탁 연합군에는 『삼국지연의』 전반부의 중요한 영웅인물들이 대거 참가하였고 이들에 대한 각각의 묘사가 이어진다. 조조, 원소, 원술, 도겸, 손견 등이 포함되어 있으니 한 말의 대혼란시기를 휘저어 갈 인물들이었다. 유비는 가장 미약한 신분으로 말석을 차지하였지만 훗날 삼국분열의 판세에 비추어 보면 이때 벌써 조조, 유비, 손견으로 대표되는 위촉오의 삼파전이 예견되었다고 할 수 있다. 이들의 살아남기 위한 장대한 투쟁과 혈전의 역사가 삼국으로 정립되기 이전까지의 역사다.

조조는 분명 『삼국지연의』의 주인공이다. 정사에서도 소설에서도 조조의 존재를 무시할 수는 없다. 다만 정사에서는 조조의 위업을 긍정적으로 기록한 반면, 소설에서는 그의 포부와 기지, 더불어 간교하고 교활한 면까지 더욱 노골적으로 드러내어 간웅으로서의 위상을 한껏 드높이고 있다. 이는 분명 주인공으로서의 역할과 더불어 유비와는 대비되는 인물형상을 부각시키기 위한 작가의 의도라고 할 수 있다. 또한 민간에서 오랫동안 형성된 인물의 평가를 반영하기 위한 것이기도 하다. 조조는 부단한 노력으로 수많은 장수와 참모를 확보하였다. 그는 동탁의 사후에 혼란에 빠진 장안을 떠나 낙양으로 돌아오는 황제를 남보다 빨리 달려가 옹립하여 자신의 근거지인 허창으로 영입함으로써 일인지하 만인지상의 승상이 되어 제후들에게 수시로 어명을 내릴 수 있게 되었다. 그는 군사적 열세에도 불구하고 기지를 발휘하여 하북의 원소와 대결한 관도대전을 승리로 이끌면서 명실공히 북반부의 실질적인 지배자로 군림할 수 있게 되었다. 그는 생전에 여전히 한나라의 신하였지만 이미 실질적인 권세를 장악하고 있었으므로 그의 사후에 아들 조비는 자연스럽게 헌제의 선양을 받아 위나라 문제로 등극할 수 있었다. 조조는 위나라 건국 이후 무제로 추증되었다.

『삼국지연의』의 삼절은 관우의 의절(義絶), 조조의 간절(奸絶), 제갈량의 지절(智絶)을 말한다. 주인공 셋을 선정한 셈이다. 유비가 들어있지 않지만 관우는 유비의 의형제이고 제갈량은 유비의 참모이니 모두 유비의 인물이라고 할 수 있다. 한편 세 나라를 대표하는 지도자를 뽑는다면 위의 조조, 촉한의 유비, 오의 손권이라고 할 수 있으니 역시 소설의 주인공이다. 이것을 합하면 다섯 사람이 주인공이 된다. 후반부의 주인공으로 추가 등장하는 인물은 사마의다. 제갈량의 북벌을 끝내 막아 냄으로써 위나라의 권력을 장악하고 훗날 그의 손자 사마염에 의한 진나라 건국을 이끌어 낸다.

그러나 엄밀히 말하면 역사소설은 시간의 흐름에 따라서 당대에 활약한 인물을 중심으로 묘사하는 것이니 100년에 가까운 기간 동안 각지에서 활약한 주인공은 당연히 더욱 많은 수가 될 것이며 그중에서 비교적 인상적이고 상징적인 인물이 위와 같다는 말이 된다.

정사 『삼국지』와 소설 『삼국지연의』는 다루고 있는 시기에서 큰 차이가 난다. 정사에서는 당연한 이야기지만 위나라가 건국되는 220년부터 오나라가 멸망하는 280년까지 60년간을 다루고 있는 데 반하여 소설에서는 184년 황건적의 난부터 시작하여 오나라가 망하는 280년까지 96년간의 이야기를 풀어 나간다. 삼국의 형성 과정을 소상하게 밝혀 독자들의 이해를 돕기 위하여 한 말의 혼란스런 형세와 제후들의 각축과정을 살핀 것이다. 백 년 가까운 『삼국지연의』의 시기를 사건에 따라 구분하면 다음의 몇 단계로 나눌 수 있다.

1. 도원결의와 황건적의 난
2. 십상시 난과 동탁의 전횡
3. 반동탁 연합과 군웅할거
4. 동승의 조조암살 미수사건
5. 조조와 원소의 관도대전
6. 유비의 삼고초려와 제갈량 영입
7. 조조의 남하와 적벽대전
8. 유비의 서촉 입성과 한중 쟁탈전
9. 형주 공방전과 관우의 죽음
10. 조조의 죽음과 위나라 건국
11. 촉한의 건국과 촉오의 이릉대전
12. 제갈량의 서남 경략과 칠종칠금
13. 제갈량의 북벌과 오장원에서의 죽음
14. 사마의의 권력 장악과 강유의 북벌
15. 유선의 항복과 촉한의 멸망

16. 사마염의 진나라 건국과 오의 멸망

도원결의는 유관장 삼 인의 끈끈한 의리로 뭉쳐져 그들이 죽음에 이르도록 지속되었다. 조정의 혼란을 틈타 정권을 잡은 동탁의 전횡은 여포를 끌어들여 이간계를 쓴 사도 왕윤의 계략에 의해 마침표를 찍었지만 이어서 본격적인 군웅의 할거가 시작되었다. 황제를 끼고 어명을 내리는 조조가 원소와의 싸움에서 승리함으로써 하북 지역 전체를 장악하여 제일 먼저 기틀을 잡았다. 중원의 판도를 바꾼 전쟁으로 관도대전, 적벽대전, 이릉대전 등 세 가지 전쟁이 거론된다. 서주에서 공방전을 벌이던 유비는 조조에게 쫓겨 원소에게 의탁하고 이때 관우는 포로가 되어 조조에게 잡히며 장비는 따로 도망쳐 살아남는다. 이들이 다시 합쳐지고 조운까지 합세한 집단이 형주의 유표에게 의탁하여 얼마간 지내지만 결국 조조군의 추격으로 다시 쫓기게 된다. 이때 남양의 와룡강에 있던 제갈량을 삼고초려 끝에 영입함으로써 유비는 본격적인 진용을 갖추고 제갈량이 장기적인 전략으로 제시한 삼분지계를 목표로 매진하게 된다. 조조의 남하로 인하여 오나라와의 일전이 불가피하게 되었음을 적극 설득한 제갈량의 노력으로 손권은 주유를 파견하여 적벽에서 조조군을 맞이하게 된다. 제갈량은 신출귀몰하는 재주를 보이고 동남풍을 불러오는 능력으로 전쟁의 승리를 돕는다. 또한 화용도로 도주하는 조조를 사로잡도록 조운과 장비와 관우를 보내 매복하게 한다. 그러나 관우는 일찍이 조조로부터 받은 은혜를 저버릴 수 없어 측은지심이 일어나 슬그머니 그를 살려 보낸다. 유비는 손권과 연합하여 조조를 물리쳐 승자가 됨으로써 마침내 형주 남부의 사군을 차지하여 세력의 기반을 마련하고 손권의 여동생 손 부인을 맞아들이기도 한다. 주유는 유비와 제갈량의 야심을 간파하고 지략싸움을 벌였지만 제갈량의 수를 이기지 못하고 화병으로 젊은 나이에 요절하게 된다. 노숙이 뒤를 이어 유비와의 동맹을 이어 가게 되었다.

유비는 형주 땅을 관우에게 지키도록 하고 자신과 제갈량은 서촉에 들어가서 본거지를 만든다. 그리고 장로가 있던 한중 땅을 차지하여 한중왕에 오른다. 조조는 북방을 제패한 이후 남하를 시작하여 형주로 밀고 들어오고 관우가 효과적으로 이를 막아 낸다. 한편 오나라에서도 형주 땅의 반환을 적극 요청하여 사신을 보내는데 관우가 도도한 태도로 거절하는 바람에 결국 관우와의 일전을 불사하기로 하고 은밀히 공격준비를 한다. 여몽과 육손의 계략에 의해 사로잡힌 관우가 처형되고 형주를 빼앗기자 장비는 부하들을 독려하여 오나라와의 전쟁을 준비하다가 오히려 부하의 손에 죽임을 당한다. 관우와 장비의 죽음을 들은 유비는 격분하여 친히 대군을 이끌고 오나라와의 전쟁에 나선다. 이때는 조조가 죽고 그의 아들 조비에 의해 위나라가 건국되었으며 소식을 들은 유비도 한나라(촉한) 황제로 등극한 이후였다. 다만 손권은 아직 오왕의 지위에 머물고 있었으며 촉한과의 전면전을 크게 두려워했다. 그러나 육손은 계략을 써서 유비와의 이릉대전을 승리로 이끌었다. 유비는 백제성에 머물다 병사하면서 임종 때 제갈량을 불러 어린 아들(유선)의 후사를 부탁하고 한나라의 부흥을 소원하는 유언을 남겼다. 유관장 세 사람이 모두 사망함에 따라 도원결의의 종말이 온 것이다. 유비는 황제 등극 2년 만에 죽고 후주 유선이 지위를 이어받았으며 제갈량이 승상으로서 보필했다. 삼국의 영웅들은 삼국이 건국된 이 시점에서 거의 사라진다. 조조는 위나라 건국 직전에 죽어 후에 무제로 추증되었고 유비는 2년간 황제의 자리에 있었으며 손권만이 30여 년 더 황제노릇을 했다. 후손의 경우는 조비가 위나라를 건국하여 개국황제가 되었지만 점점 허약한 후손이 나와 결국 사마씨에게 권력을 빼앗기고 말았으며 손권의 후손들도 허약하여 겨우 나라를 유지할 정도였다. 유비의 아들 유선은 운이 좋아 40여 년간 자리를 지켰고 항복한 이후에 낙양에서 유유자적 살았다고 했다. 제갈량은 선주 유비와 함께 촉한의 건국 전후에 큰 활약을 하였고 후주를 보필하면서 서남의 이민족을 정복했으며 중원으로 진출하기 위하여 수차례 북벌을 수행했다. 다만 북벌의 가시적인 결과는 얻지 못하고 헛된 노력에 그치게 되어 안타까울 뿐이다. 촉한의 북벌을 결사적으로 막은 사마의를 끝내 죽이지 못하게 되자 제갈량은 "일을 꾀함은 사람에게 달렸으나 일을 이룸은 하늘에 달렸다[謀事在人, 成事在天]"라고 한탄하였다. 진인사대천명(盡人事待天命)과 같이 사람이 할 수 있는 일을 최선을 다하면 그것으로 족할 뿐이며 인간의 운명과 역사의 물줄기를 내 마음대로 바꿀 수는 없다는 인식이라고 하겠다. 역사를 보면서 우리가 알아야 하는 것이란 누구누구의 성공이나 실패라기보다는 바로 이러한 자연과 인생의 도리가 아닐까 한다.

3) 『삼국지연의』의 의의

『삼국지연의』는 동아시아의 고전이 되어 중국은 물론 한국과 일본, 동남아시아 국가들에서도 수많은 독자를 확보하였고 다양한 마니아층이 형성되어 있는 상태다. 『삼국지연의』는 중국 고전장편소설 중에서 역사연의소설의 대표 작품이다.

『삼국지연의』는 고전장편 중에서 유교적 이상을 충실히 재현하고자 만들어진 작품이다. 역사적 사실을 기초로 만들었지만 소설 창작의 자유로운 운필의 역량으로 유비에게는 더욱 인의군자의 모습을 덧씌우고 조조는 더욱 간교한 영웅의 흔적을 강조하는 방식으로 그려 냈던 것이다. 『삼국지연의』의 사실과 허구의 비율은 대체로 7대 3으로 일컬어진다. 이 정도가 역사소설에서 허구를 삽입하는 황금비율이라는 얘기다. 오로지 사실로만 점철한다면 무미건조한 작품이 되어 소설로서는 실패할 확률이 높고 허구가 너무 많다면 역사소설로서의 위치를 잃을 가능성도 있다. 『서유기』도 당나라 때 현장법사의 인도 구법여행을 기초로 만들었지만 손오공이 요마와 대결하는 등 대부분의 장면을 허구로 처리하였기 때문에 신마소설로 간주하게 된 것이다. 일부 독자들은 정사와 소설이 얼마나 차이 나는가에 깊은 관심을 기울이고, 역사기록을 참조하여 소설에서의 변형을 일일이 교정하는 진실게임 같은 저술에 환호하지만 그것은 헛된 작업이다. 소설은 소설로서 읽어야 함을 잊었기 때문이다. 물론 독자들은 소설의 허구성을 인정하면서도 그 배경에 깔려 있는 진실, 실제적 사실을 추궁하고자 하는 강렬한 호기심이 있는 것이 사실이다. 하지만 역사

기록이라고 해서 그것이 반드시 정확한 진실은 아니며, 역사기록자의 위치와 관점에 따라서 얼마든지 다른 각도의 서술과 평가가 비일비재하다는 사실을 염두에 둔다면 오히려 역사적 사실의 문제에 집착하느니 인정과 이치에 맞는 소설적 진실을 중시하는 것이 좋은 독서방법이 아닐까 생각한다. 진실과 허구의 게임은 대체로 승패 없이 끝나는 경우가 많기 때문이다.

『삼국지연의』의 유비는 유약하고 인의를 강조하는 후덕한 인물이지만 역사에서는 꺾일지언정 굽히지는 않는 강직한 인물이라고 하였다. 독우를 채찍질한 것도 유비라고 하는데 소설에서는 우락부락하고 한 성질 하는 장비에게 그 역할을 맡기고 있다. 관우의 용맹과 뛰어난 전술을 그려 내기 위하여 본래 손견이 이룩한 전과를 바꾸어 관우가 조조가 주는 술잔이 식기 전에 달려 나가 화웅의 머리를 베도록 했다. 또 유비의 두 부인을 호위하면서 오관을 돌파하고 육장을 참수하는 것으로 유비에 대한 일편단심의 충의를 드러내도록 했다. 관우가 독화살을 맞았을 때 바둑을 두면서 화타로 하여금 뼈를 깎아 독을 치료하도록 했다는 것도 다른 의원이 한 일이지만 이를 화타로 둔갑시켰다. 제갈량의 신출귀몰한 책략과 동남풍을 불러오는 신비로운 능력은 대체로 소설의 작가가 만들었으며 역사에서는 기발한 모략이 모자랐다고 평하기도 한다. 초선차전 등의 기발한 아이디어는 나관중의 순수한 창작이라고 본다. 그러나 바로 이러한 소설적 허구의 창작이 소설을 소설답게 만드는 일이다. 그렇게 해서 인물의 성격이나 능력을 더욱 일관되게 드러내고 독자의 흥미를 배가시켜 기라성 같은 문학의 세계에서 작품을 온전하게 살아남게 할 수 있다면 그것은 오롯이 작가의 능력과 상상력 덕분이다.

유교는 춘추시대에 공자와 그를 추종하는 인물들이 창시한 학파이다. 공자는 주나라 초기부터 내려온 다양한 전적을 정리하면서 당시 혼란으로 치닫는 사회에 경종을 울리고 정의로운 사회로의 변화를 이끌고자 했다. 유교는 인간으로서의 도리를 지키고 국가와 사회의 질서를 지키며 평화를 유지하고 불의한 전쟁을 사전에 막을 것을 주장했다. 또한 의롭지 못한 해악을 비난하여 사회로부터 격리하고 인의와 덕망 있는 지도자로 하여금 다중의 인민을 다스리도록 하고자 했다. 공자 자신이 직접 노나라의 정치에 참여하여 자신의 생각을 실행하고 이웃나라에도 널리 그 사상을 펼치고자 하였지만 공리주의에 빠진 위정자들은 유교의 가르침이 현실적으로 도움이 되지 않는 우활한 학문이라고 여기고 받아들이지 않았다. 천하주유를 마치고 실망하여 돌아온 공자는 제자들을 가르치고 저술을 남기는 일에 전념하였다. 언젠가 그의 희망이 실천될 날을 기다렸지만 상황은 더욱 악화되어 전국시대는 오로지 약육강식의 전란으로 백성들을 도탄에 빠뜨렸다. 진시황의 통일 이후 더더욱 유교 등의 사상은 말만 앞세워 혹세무민한다고 여기게 되었고 책은 불살라지고 유생들은 생매장되었다.

진나라가 법가를 앞세워 폭정을 진행하다가 불과 30여 년 만에 멸망하고 초한의 대결을 거쳐 한나라가 세워졌다. 그리하여 다시 제자백가의 사상이 빛을 보게 되었고 한나라 초기에는 진나라의 실패가 모든 것을 너무 인위적으로 하려고 했던 데서 기인하였다는 판단 아래 오히려 아무것도 인위적으로 시행하지 않으려는 무위자연의 황로사상이 유행하게 되었다. 그러나 한무제 이후 왕권을 확립하고 대외정벌을 적극 추진하면서 군주의 강력한 권력이 요청되었고 통치의 이념을 정립해야 할 필요가 있었다. 유교는 이러한 시대적 필요에 의하여 다시 주목받았고 동중서의 건의에 따라 한무제가 관학으로 선정하고 오경박사를 두어 교육하도록 했다. 사실상 유교는 이제 나라의 국교가 된 것이다. 유교의 경전은 교양교육의 핵심이 되었고 유생의 위상은 높아졌다. 유교경전에 대한 해석의 문제로 고문파와 금문파의 갈등과 논쟁이 이어졌지만 유교는 점점 중국 지식인의 기본으로 자리 잡게 되었다.

삼국시대는 다시 혼란이 거듭되던 시기였으므로 유교의 세력은 크게 약화되었고 위진남북조에 걸쳐 노장사상이나 불교사상 등이 크게 번성하게 되었으므로 유교경전이나 성인에 대한 갈망은 그다지 크지 않았다. 그러나 소설 『삼국지연의』가 쓰일 무렵인 원말명초는 유교에 대한 한족 지식인의 갈망이 그 어느 때보다도 높아졌을 때였다.

따라서 『삼국지연의』의 주인공으로 가장 유교적인 인물을 창조해야 할 필요성이 있었다. 한족의 송나라는 북방 거란족의 요나라로부터 온갖 수난을 당했으며 결국 여진족의 금나라에게 수도 개봉을 점령당하고 황제 부자와 황실인물, 고관대작들이 모두 포로가 되어 멀리 동토의 땅으로 끌려가서 돌아오지 못했다. 남으로 도망쳐서 명맥을 이어 가던 남송마저 끝내는 몽골족의 원나라에 망하고 말았다. 원나라 치하의 한족 문인들에게서 화하족과 오랑캐를 구분 짓는 화이관(華夷觀)은 더욱 분명하게 드러날 수밖에 없었다. 원대 초기에 남송 출신의 남인 한족들은 지위가 가장 낮았고 폐지된 과거제도로 인해 어떤 방법으로라도 출세할 수 있는 기회는 없었다. 대부분의 지식인들은 통속문예 작품인 희곡이나 소설을 창작하며 호구지책을 꾸리게 되었다.

중국에서 화이관이 발생한 것은 서주 말기 서역 오랑캐 견융(犬戎)의 침공으로 유왕이 죽고 수도 호경이 함락되자 왕을 이어받은 평왕이 호경(지금의 서안)을 떠나 낙읍(지금의 낙양)으로 이전하여 동주를 만들게 된 역사적 사건이 계기가 되었다. 춘추시대 제후국들은 다투어 패권을 차지하려고 했는데 표면상 내세운 구호는 항상 존왕양이(尊王攘夷)였다. 최초의 패자인 제환공은 안으로 존주대의(尊周大義)를 앞세워 왕을 보위하고 밖으로는 연나라를 공격한 오랑캐 산융(山戎)을 내쳐서 제후들의 신망을 얻었다. 결국 춘추시대의 목표는 중원의 안정을 도모한 힘 있는 제후가 되어 중원의 질서를 장악하고 영향력을 확대한다는 것이었다.

중국역사상 통일에 이어 분열이 거듭되는 한족의 위기상황에서 주나라의 화이관은 재현되었다. 남북조에 이르러 초기부터 촉한을 정통으로 삼는 경향이 나타났으니 이는 분명 영토는 잃었지만 혈통을 이어받은 문화의 주역은 남쪽의 한족이라는 점을 강조한 것이었다. 사실 이러한 경향은 동진 때 습착치(習鑿齒)에 의해 쓰인 『한진춘추(漢晉春秋)』에서 가장 이른 단초를 보여 주었다. 얼마 후 배송지의 주에서도 이 책을 상당수 인용하였다. 이 책은 일실되었지만 청대에 일문을 수집한 바 있다. 내용은 책의 이름에서도 밝힌 바와 같이 한나라에서 진나라로 이어지는 역사를 담은 것이다. 후한과 촉한 그리고 서진까지 300년간의 역사다. 위나라와 오나라는 촉한의 시대에 함께 기술하였으므로 이때 이미 촉한정통론을 공식적으로 제기했던 것이다. 통일제국 당나라나 북송 때까지는 이 문제가 그다지 첨예하게 다루어지지 않았다. 굳이 그럴 만한 이유가 없었던 것이다. 촉한정통론이 다시 극명하게 드러난 때는 남송이었으며 주자(朱子)는 그 중심에 있었다. 남송은 북방 이민족의 확대에 의하여 회하 이북의 땅을 빼앗기고 동남쪽의 임안(지금의 항주)을 수도로 삼아 겨우 명맥을 유지하고 있을 때였다. 주자는 공자의 선진유학을 신유학으로 발전시키고 춘추의리의 존왕양이를 계승하여 천하를 바로잡는 것은 곧 존주양이에서 온다고 했다. 그리고 동시에 존천리멸인욕(存天理滅人欲)이라는 문제로 확산시켰다. 그는 당시 금나라와 대적하고 있는 현실을 직시하고 화하문명을 지키기 위해 전통적 개념을 재활용하였다. 주자의 철저한 화이관은 역사기술의 관점에서 적극 수용되어 나타났다. 북송의 사마광이 엮은 『자치통감』에서는 기존의 정사 『삼국지』의 관점과 마찬가지로 조조의 위나라를 정통으로 삼고 있었지만 주자는 이를 고쳐서 유비의 촉한을 정통으로 삼았다. 한나라의 혈통을 이어 간 것은 바로 촉한이기 때문에 마땅히 혈통주의를 따라야 한다는 것이었다. 이러한 관점은 곧 중원의 땅을 잃은 남송도 비록 동남방에 줄어든 좁은 땅을 차지하고 있지만 한족의 혈통과 화하문명의 전통을 이어받은 적자로 당당한 위상을 가져야 한다고 주장하는 것과 같았다. 역사에서는 영토주의의 입장에서 중원을 차지한 조조의 위나라에게 정통을 부여하였지만 그렇게 되면 새로 중원을 차지한 금나라가 역사의 중심에 서게 되기 때문에 주자로서는 이를 용납하기 힘들었다.

『삼국지연의』의 유비정통론은 이렇게 점점 강화되었고 유비는 이제 소설의 주인공으로서, 한족의 혈통과 화하의 문화 전통까지 이끌어 가야 하는 중책을 맡게 된 것이다. 그는 역사적 사실과는 상관없이 오랜 세월 동안 중국 지식인들이 꿈꾸어 왔던 인군(仁君)의 상징이 되어야 했고 이상적인 지도자로서 백성을 사랑하고 인민들과 더불어 고통과 행복을 함께 나눌 수 있어야 했다. 또 자신을 따르는 참모와 장수를 아끼고 최대한 그들을 존중하며 한번 맺은 의리를 끝까지 지켜 가는 참된 의리를 보여 주어야 했다. 소설에서 그는 도겸이 서주를 대신 다스려 달라고 했지만 세 번이나 양보하다가 수용하였고, 조조 앞에서는 속마음을 숨기고 천둥소리에도 놀라는 겁쟁이처럼 젓가락을 떨어뜨려 눈속임을 하였다. 그는 백성을 끔찍이 여겨서 조조군의 추격이 급하게 따라붙어도 십만의 피난민을 버릴 수 없었고, 죽음을 무릅쓰고 아두를 구하여 온 조자룡 앞에서 하마터면 소중한 장수를 잃을 뻔했다고 하면서 아두를 내팽개쳤다. 처자식을 지나치게 드러내면 팔불출이 된다고 하지만 이건 너무 비인간적이다. 그는 한나라의 중흥이라는 대의명분을 늘 앞세웠으며 그로써 제갈량의 적극적인 동참을 이끌어 낸다. 오늘날 유비의 위선과 가면으로 평가받는 이러한 대목은 모두 그를 유교의 이상적 지도자로 만들어 내려는 작가의 노력, 민간의 평가가 반영된 것이었다.

관우는 의리의 화신이다. 삼국삼절 중에서 의절은 관우의 차지였다. 그는 분명 용맹한 장수였으며 의리에 투철한 충신이었지만 소설에는 그의 이미지를 부각시키기 위해 좀 더 애쓴 흔적이 있다. 정사에서 보이는 일부 실수나 실책은 소설에서 주인공의 이미지를 손상시킬 소지가 있으므로 대부분 고치거나 없앴다. 관우는 춘추대의를 밤낮으로 익히는 인물로서 늦은 밤에도 『춘추대전』을 읽도록 안배되었다. 조조의 포로가 되었을 때도 투항의 조건으로 유비의 행방이 알려지면 즉각 떠나도록 허락할 것을 조조에게 요구한다. 조조의 참모들은 그럴 바에야 무엇 하러 살려 두는가 하고 반대했지만 중간에서 교섭을 맡은 장료는 유비가 관우에게 베풀어 주었던 은혜보다 더 관대한 은혜를 베풀면 관우의 마음도 돌아설 수 있지 않겠느냐고 설득하여 조건을 받아들이도록 한다. 조조의 욕심은 관우 같은 인물을 자신의 수하 장수로 두고 싶은 것이었다. 사실 관우에 대한 조조의 관심은 반동탁 연합군에서 관우가 유비의 뒤에 서서 당당하게 호위하는 모습과, 술잔을 건넸을 때 술이 식기 전에 화웅의 머리를 베고 돌아온 용맹무쌍한 장면을 보면서 시작되었다고 할 수 있다. 그러나 유비와 조조의 대결에서 항상 관우는 조조와 대적하여 싸웠고 마침내 그를 사로잡을 수 있게 된 것이었다. 관우는 산정에 포위되어서도 결코 순순히 투항할 생각은 아니었다. 죽음으로 도원결의를 지키려는 결기까지 보였지만, "그렇게 허망하게 죽고 나면 아직 행방을 알 수 없는 유비와 장비가 나중에 살아남아서 찾아왔을 때 오히려 불의와 불충을 저지르는 것이 아닌가? 잠시 생각을 바꾸어 유비의 두 부인을 온전하게 모시고 있다가 유비의 행방을 알게 되면 그때 찾아가도 되지 않겠느냐?"라는 장료의 설득에 역시 수긍하게 된다.

관우는 조조의 진영에 잡혀 있는 형국이었지만 조조가 내려주는 일체 선물을 사양하였고 다만 전리품으로 획득한 여포의 적토마를 내어 주자 그제야 기뻐하면서 하루에 천 리 간다는 적토마가 있으면 유비의 행방을 알았을 때 즉시 달려갈 수 있다고 하여 선물을 내린 조조의 마음을 썰렁하게 만들었다. 관우는 조조를 위해서도 무언가 의리를 지켜 보답을 해야겠다는 생각에 원소 진영과의 싸움에 자진해서 나가고자 했다. 조조는 처음에 관우가 공을 세우고 떠날 것이라고 생각하여 거절했지만 안량과 문추의 기세를 꺾기 위해 관우를 투입하여 마침내 두 장수를 베도록 하였다. 관우로서는 조조에게 의리를 지킨 셈이 되었다. 그럼에도 불구하고 훗날 적벽대전에 패전한 조조가 화용도로 달아날 때 관우는 길목을 지키고 있다가 또 조조를 놓아주게 되니 역시 관우를 의리의 화신으로 만들기 위한 장치였을 것이다. 조조는 관우를 붙잡아 두기 위해 황제에게 주청하여 한수정후(漢壽亭侯)에 봉한다. 관우는 조조가 아닌 한나라의 황제로부터 수정후의 작위를 받은 것으로 대만족하였고 훗날 관우의 사당에서도 곳곳에 이 글자를 적고 있지만 사실 한수라는 호남성의 지명에 정후라는 하위 등급을 받은 것이다. 그러나 소설은 어차피 진실만 추구하는 학술고증의 문헌이 아니므로 독자들은 그냥 그렇게 믿고 싶은 것이었고 그것이 다시 사회적으로 널리 통용하게 되었다.

의리의 화신 관우가 도원결의의 의리를 지키기 위하여 유비에게 고집스러울 만큼 충직하게 대하는 대목은 독자들에게 큰 감동을 준다. 조조의 진영에 매여 있을 때에도 유비를 향해 의리를 지키는 마음이 한결같았고, 천신만고 끝에 유비와 재회한 이후 유비에게 정치적 어려움이 닥칠 때마다 한결같은 마음으로 그를 보필하며 전장을 누볐다. 조조가 유비를 부러워하며 관우 같은 장수를 자신의 수하에 두고 싶어 하였던 것도 충분히 이해될 만했다. 그러나 아이러니하게도 적벽대전에서 운명을 뒤바꾸게 될 결정적인 순간에 관우는 화용도의 외길에서 만난 조조를 살려서 보내 준다. 제갈량은 조조의 운수가 아직은 죽을 때가 되지 않았음을 미리 짐작하고 관우를 화용도에 안배했다고 한다. 관우는 국가대사를 앞에 두고서도 조조와의 의리를 생각하여 그를 살려 보냈으니 군법을 어긴 막중한 책임을 모면할 수 없게 되었다. 지난날 조조의 진영에 잡혀서 온갖 특혜를 받은 것은 사실이지만 또한 원소와의 싸움에 나서서 안량과 문추를 참하였으니 그 공을 갚은 셈이었다. 그럼에도 여전히 조조의 특별한 대우에 대한 고마운 마음을 지울 수는 없었던 것이다.

> 관우는 누구보다도 의리를 태산같이 여기는 사람이다. 지난날 조조로부터 받은 두터운 은혜와 다섯 관문을 지나며 여섯 장수의 목을 벤 일을 회상하면서 어찌 마음이 움직이지 않을 수 있었겠는가? 더욱이 조조의 군사들이 겁을 집어먹고 저마다 눈물을 글썽이는 모습을 보니 불현듯 마음속에서 측은한 생각이 일어났다.

소설의 이 대목 묘사에서는 당시 깊은 갈등에 휩싸인 관우의 모습을 더욱 핍진하게 그리고 있다. 그것은 공과 사의 갈등이요, 군법과 인정 사이에서 고민하는 인간적 갈등이다. 끝내 그는 사적으로 조조를 풀어 준다. 사실 따지고 보면 관우의 의리는 기본적으로 사적인 의리다. 유비와 관련된 것이라면 무조건 정의였고, 유비의 이념이나 행동이 어떤 정의에 부합하는지에 대한 고려는 없다. 조조에게 행한 의리는 더구나 사사로운 의리로, 관우 자신이 받은 특별한 대우에 대한 보답으로서의 의리다. 어쨌든 소설의 작가는 관우를 의리를 위해 살고 의리를 위해 죽는 인물로 그려 가고 있다. 관우의 죽음도 개인적인 고집에서 연유했다고 보는 이도 있다. 당시의 형세를 파악하면 촉한으로서는 필연코 동오와의 우호관계를 유지하여 연합전선을 펼쳐서 북방의 조조세력에 대항해야 했지만 관우는 그러한 국제정세에 무관하게 동오의 사신을 냉대했고 적절한 제안도 일언지하에 거절했으며 제갈량의 충고조차도 무시했다. 마침내 고립무원의 상태에서 손권에게 사로잡혀서도 절대로 타협할 생각은 없었다. 손권은 아까운 인재를 죽이느니 호걸을 살려 보려는 마음을 갖고 있었다. 그러나 참모들은 관우의 전날 행위를 들이대며 결코 살릴 수 없다고 강조했다. 조조가 그렇게도 잘해 주었지만 결국 조조의 사람이 되지는 못했다는 점을 확인한 것이었다. 결국 관우의 고집과 의리는 그 자신의 모순되는 양면성이라고 해야 옳을 것이다. 그를 그답게 만든 것이 바로 이 양면성이었다.

제갈량은 지절로 불리지만 사실 충의 대표자라고 할 수 있다. 유비의 삼고초려에 감동한 제갈량은 유비를 도와서 한실을 부흥시키고자 평생을 노력한다. 관우와 조조의 출현이 소설 초반부라면 제갈량의 출현은 중반 가까이 이르러서다. 제38회에 등장하여 제103회에서 사라지게 되니 『삼국지』의 주인공이 확실하지만 초반 영웅들의 각축장면에는 아직 등장하지 않는다. 제갈량은 와룡강에 은둔하여 있었지만 천하의 대세를 분명하게 파악하고 있었다. 어쩌면 그는 자신의 주공(主公)이 나타나 주기를 오랫동안 기다리고 있었는지 모른다.

유비가 여러 사람들로부터 와룡선생의 존재를 듣고 흠모하여 마지않으며 급기야 세 차례나 초려로 찾아가서야 만나게 되지만 사실은 제갈량이 유비의 인품과 장래성을 보고서 선택한 것이라고 보는 사람도 있다. 유비로서는 단순히 싸움만 잘하는 용맹스런 장수만 필요한 것이 아니었다. 관우와 장비 그리고 조운은 천하의 명장이었지만 전쟁의 규모가 커 가고 형세가 변화무쌍하게 움직이고 있을 때 필요한 것은 유능한 참모였다. 유비는 제갈량으로부터 천하삼분지계의 장기적인 전략 방안을 들었다. 제갈량은 아직은 제후들이 난립하고 있지만 앞으로 살아남을 세력은 천자를 끼고 제후들에게 호령하는 조조사단과 강동의 풍부한 자원과 인재를 장악하고 있는 손권사단이 있는데 이들과 직접 전쟁을 벌일 수는 없다고 판단했다. 손권사단과 연합하고 그 도움을 받아서 조조사단의 남하 정책을 막아 내야 한다는 것이었다. 당시 유비에게는 실상 아무것도 없었지만 제갈량은 한실을 부흥하겠다는 유비의 포부와 어질고 인자한 인품에서 희망을 보았다.

제갈량의 언변과 기발한 책략은 동오와 더불어 조조의 추격을 따돌리고 적벽대전에서 승리를 쟁취할 수 있게 하였다. 그리고 곧 형주를 빌려서 근거지를 확보하고 서천으로 진출하여 마침내 삼국의 형세로 정립할 수 있었으니 제갈량의 장기 전략이 맞아떨어진 셈이다. 그러나 제갈량으로서도 관우의 패전과 죽음은 예상하지 못했던 것이었다. 곧이어 장비도 죽고 이로 인해 격분한 유비가 자신의 충고를 무시한 채 동오와 전면전을 일으켜 최악의 상황으로 치닫게 됨으로써 제갈량의 외교 전략은 위기에 봉착하게 되었다. 제갈량은 동오와의 연합으로 조조의 군사를 막아 내려 했는데 관우가 이를 뒤틀었고, 관우의 죽음을 초래한 동오와 전쟁을 불사한다는 유비의 사사로운 격분으로 인해 제갈량의 설 자리는 줄어들었다. 유비로서는 촉한의 황제로 등극한 이후 얼마 안 된 때라 국내의 치적에 집중해야 했지만 사사로운 의리를 지키고자 하는 격정에 휩싸여 냉정을 잃었고 객관적인 형세 분석의 여유도 거의 없었다. 이릉대전은 황제인 유비가 직접 군사를 이끌고 출전하였으며 제갈량은 후방에 남아 조언을 전할 뿐이었다. 마침내 패전한 유비는 백제성으로 물러나 죽음에 이르렀을 때 제갈량을 침전으로 불러 탁고를 했다. 제갈량은 하루아침에 촉한을 이끌어 가야 하는 막중한 책무가 자신의 어깨에 얹혔음을 감지했다. 도원결의 삼 형제의 퇴진은 삼국의 역사를 후반부로 끌어가는 계기가 된다. 제갈량은 그 연결고리였으며 후반부의 상당 부분은 촉한의 북벌전쟁과 사마의와의 대결장면으로 채워지게 된다.

4) 아시아의 『삼국지연의』 열기

『삼국지연의』는 중국에서 만들어졌으나 전근대시기에 동아시아 전역으로 널리 전파되어 각국의 고전으로 자리 잡았다. 우리나라는 삼국시대 이래로 중국의 문물제도와 시문 등의 작품을 적극적으로 받아들여 향유하였으며 소설의 경우에는 일찍이 『태평광기』와 『전등신화』의 수용이 특히 두드러졌는데 『삼국지연의』는 받아들인 이후 가장 널리 퍼진 작품이 되었다.

『삼국지연의』의 초기 판본인 명 가정본 『삼국지통속연의』가 조선 명종 연간에 입수되어 국가의 출판국이라고 할 수 있는 교서관에서 금속활자로 간행되었다. 그 시기는 대체로 1560년대로 추정되며 그중 일부가 근년에 발굴되어 크게 주목을 받았다. 유교적 문학관을 신봉하는 일부 조정대신은 소설의 허구성을 들어서 극력 배척하기도 하였지만 소설적 문체의 신선함과 역사적 사건의 이해에 도움이 된다는 점에 점점 매료되어 국왕이나 사대부들도 즐겨 읽었고 재야의 문인들도 널리 읽었다. 급기야 궁중의 비빈이나 사대부가의 여성들을 위한 번역이 진행되었고 이에 따라 민간에서는 다양한 번안 작품도 나오게 되었으니 「관운장실기」, 「적벽대전」, 「대담강유실기」 등이 그것이다. 각지의 이야기꾼들은 삼국의 영웅 이야기를 한 대목씩 흥미진진하게 연출하였다. 우리나라 고유의 설창예술로 전해지는 판소리 다섯 마당에 〈적벽가〉가 들어 있는 것도 『삼국지연의』의 영향이다.

청나라 건국 초기, 아직 심양을 수도로 삼고 있을 때 『삼국지연의』의 만주어 번역이 시작되었다. 그들은 삼국의 전쟁 방법이나 전략의 기법을 배우기 위해서 열심히 학습하였다. 명나라와의 전쟁에서 다양한 방법으로 기습전과 전면전을 자유자재로 구사하였고 이간계도 활용하여 산해관을 철통같이 지키고 있는 원숭환을 숭정황제로 하여금 처형하도록 하였다. 이자성의 난으로 북경이 함락되자 오삼계는 청나라에 투항하여 청군을 이끌고 북경으로 진주하였다. 북경을 점령한 청은 곧 수도를 옮기고 중원대륙의 주인이 되었다. 만주어 번역본 『삼국지연의』는 순치 연간에 만한(滿漢)합벽본으로 간행되었다. 조선에서는 이를 근거로 만주어 학습서 『삼역총해』를 만들기도 했다.

몽골어 『삼국지연의』도 나와서 널리 읽히고 특히 이에 자극을 받은 몽골 작가는 자신들의 위대한 징기스칸의 역사를 그린 소설 『청사연의(青史演義)』를 지었다고 한다. 일본에서의 전파와 영향도 지대하였다. 17세기 초에 여러 편의 중국 장편소설과 함께 저록되었으며 17세기 말에는 번역본도 출현하였고 19세기에는 그 영향으로 『팔견전(八犬傳)』이란 소설도 나왔다. 근대 이후 일본의 다양한 번역은 직접 한국의 독서계에 영향을 끼쳤으며 그중에서 요시카와 에이지[吉川英治]의 평역본은 대중적 인기를 얻어 수차례 번역 소개되었다.

2. 『수호전』의 영웅인물전: 민중의 저항활동

『수호전』은 영웅전기소설이다. 도적 송강(宋江)은 송나라 휘종 연간에 산동의 양산박이라는 거대한 호수 가운데 진을 치고 조정의 압박에 저항하며 독자적인 세력을 이루었던 인물이다. 이 작품은 송강의 반역사건을 기본적인 배경으로 만들어 낸 장편소설이다.

1) 체천행도의 양산박 건설

『수호전』도 역사적 사실에서 기인하고 있다. 송나라 역사를 기록한 『송사』의 「휘종본기」에서는 회남의 도적 송강이 수도인 동경(지금의 개봉)과 하북을 범하였다고 했고 장숙야를 보내 초안(招安)하여 항복을 받아 냈다고 했다. 「장숙야전」에서도 계략으로 격파하여 항복을 받아 냈다고 했고, 「후몽전」에는 송강 일당 서른여섯 명이 횡행하니 차라리 사면하여 방랍의 토벌에 투입하여 속죄하도록 하는 것이 어떠하냐는 말도 나온다. 역사기록에는 이 정도의 단편적인 구절만 남아 있을 뿐이며 주동자인 송강 이외의 다른 인물에 대해서는 상세하게 나타나지 않는다. 이를 근거하여 장편의 소설을 부연하여 냈으니 이를 『삼국지연의』처럼 역사소설이라고 부르기는 어렵다. 구체적으로 활용된 역사적 사실이 너무 적기 때문이다. 『삼국지연의』나 『서유기』의 역사적 배경이 각각 삼국시대, 당나라시대임을 감안한다면 『수호전』의 역사적 배경은 북송 말기였으므로 이야기가 아주 빠른 시간 내에 설화인들의 화제가 되었음을 알 수 있다. 남송 때의 화본 중에는 설공안과 같은 강력사건을 다루는 소설의 분야가 있었다. 주먹을 휘두르는 박권(搏拳)이나 칼을 휘두르는 제도(提刀), 몽둥이를 들고 달려드는 간봉(趕棒) 등의 소제목은 『수호전』에 나오는 양산박 호걸들이 활약하는 모습에서 왔다고 할 수 있다. 남송 말기에는 송강의 이야기가 삼국의 이야기와 마찬가지로 환영받는 주제였다. 당시 청면수, 화화상, 무행자 등을 제목으로 한 설화가 이미 만들어져 있었다. 남송 말에 나온 『대송선화유사』에는 『수호전』의 기본적인 이야기 틀이 거의 짜여 있었다. 청면수 양지가 보도를 팔고, 탁탑천왕 조개가 생신강의 보물을 탈취하며, 흑삼랑 송강이 염파석을 살해하는 사건 등에서 시작하여 양산박의 송강 일당이 장숙야의 초안으로 조정에 귀순하여 방랍을 토벌하고 송강이 절도사에 봉해지는 내용까지 대체로 갖추고 있기 때문이다.

원나라 때 유행한 희곡 중에는 수호희도 적지 않았다. 잡극의 범주에 녹림잡극이 따로 있었으니 이러한 유형을 아우르는 호칭이었다. 원잡극에서는 본래 36명으로 전해지던 호걸들 외에 72명이 더 만들어지고 후에 나온 『수호전』에서 이를 온전하게 기술하여 108명의 명단으로 정착시킨다. 양산박에 모두 합류한 이후 하늘에서 받은 석갈에 백팔 영웅들의 이름이 좌석배치에 따라 새겨져 있었으니 하늘의 뜻이라고 여기게 된다.

이 소설은 재야의 협객을 하나하나 묘사하고 그들을 모두 양산박으로 모여들게 하는 것을 전반부의 핵심으로 그린 작품이다. 인물의 전기를 모은 형태를 취하였으므로 역사 열전과 같은 전(傳)을 작품의 제명으로 삼게 된 것이다. 우리나라에서는 '수호지'로 널리 불리고 있지만 실제 판본에서는 근거를 찾을 수 없다. 『삼국지연의』나 『열국지』의 경우를 빗대어 습관적으로 그렇게 부른 것이 아닐까 생각한다. 판본에는 여러 종류가 있는데 100회본과 120회본이 주류를 이루고 청 초 김성탄이 후반부를 삭제한 70회본도 널리 유행한 바 있다. 전반부에서는 불의를 보면 참지 못하는 재야의 호걸들이 관리의 부패와 악덕 업주들의 행악에 저항하며 각지에서 활약하다가 차츰 양산박으로 모여든다. 제70회까지의 내용이다. 후반부에서는 송강을 중심으로 모여든 양산박 영웅들이 체천행도(替天行道)의 기치를 내걸고 관군에 대항하다가 황제의 초안을 받고 조정에 귀순하여 요나라의 침략을 막아 내고 방랍의 반란을 진압한다. 이상 100회본의 내용에 전호와 왕경의 반란을 무찌르는 대목이 추가되어 120회본을 이루고 있다. 논자들은 삽입된 이야기가 나관중에 의해 보충된 것이라고 여기기도 한다.

『수호전』의 구성은 고리연결식으로 이루어져 있다. 중요한 인물의 사연과 활약상이 전개되다가 연결고리를 따라 새로운 인물이 등장하고 초점을 바꾸어 다시 이야기를 전개하는 모양새다. 주인공이라고 할 수 있는 송강도 처음에는 여러 등장인물 중 한 사람처럼 보이는데 제20회가 되어서야 서서히 등장한다. 다른 장편소설에서 주인공이 처음부터 끝까지 일관되게 등장하는 방식과는 다르게 처리했다. 처음 40회 부분은 등장인물의 개별적인 활약상이다. 동경의 팔십만 금군교두인 왕진(王進)이 고 태위에게 핍박을 받다가 피신하던 중 사가촌에서 사진(史進)을 만나는 것으로 시작된다. 이어서 노지심(魯智深)을 만나게 되고 그의 이야기로 전환된다. 그는 살인을 하고 오대산에서 출가하였으나 술에 취해 난동을 피우자 주지스님은 더 이상 견디지 못하고 동경의 대상국사로 보낸다. 여기서 만난 표자두 임충(林沖)의 이야기가 새롭게 전개된다. 임충도 역시 고 태위의 핍박을 받아 귀양을 갔다가 초료장의 불길에서 살아남아 부득이 양산박에 오른다. 핍상양산(逼上梁山)은 여기서 유래한다. 막다른 골목에 몰려 다른 선택의 여지가 없자 어쩔 수 없이 양산박에 올라 반역의 길을 택하게 되었다는 의미다. 양산박의 108두령이 모두 이와 같은 처지였다. 당시 양산박의 두령인 왕륜의 명으로 임충은 노상강도로 나서 양지(楊志)와 대결하게 된다. 양지의 사연이 시작되고 대명부에서 양 중서가 채 태사에게 보내는 생신강(생일선물 호송단)의 책임을 맡는다. 마침내 생신강을 탈취하려는 조개(晁蓋)와 오용(吳用) 일당이 등장한다. 여기까지 개별적으로 등장한 인물들은 개인의 열전을 써도 좋을 만큼의 독특하고 풍부한 사연을 지니고 있다.

송강이 조개 일당을 살려 보낸 일은 관리로서는 불법적인 행위였으나 민간의 정서에서는 의로운 일이었다. 송강이 호보의(呼保義)나 급시우(及時雨) 등의 별명을 갖고 있는 것은 이러한 행위로 인해서일 것이다. 또한 그의 명성이 산동과 하북 일대에 자자하고 강호의 인물들이 모두 급시우 송강이란 이름에 익숙한 것도 같은 이유 때문이라고 하겠다. 하지만 그 별명의 내력은 따로 보여 주지 않고 다만 조개 일당을 살려 보낸 일만 기술할 뿐이다. 양산박에 안착한 조개 일당은 감사의 표시로 편지와 황금덩이를 보내는데 송강은 편지만 받고 황금은 돌려보낸다. 이것이 염파석을 살해하는 계기가 되고 쫓기는 몸이 되어 시대관인의 저택으로 갔다가 무송을 만나게 된다.

주인공 송강이 등장했지만 아직 그를 중심으로 내세울 때는 안 되었기 때문에 계속 다른 인물이 등장한다. 바로 무송타호로 시작되는 10회의 흥미진진한 이야기가 연결되는 것이다. 무송살수(武松殺嫂)는 훗날 『금병매』의 기본 틀로 활용되기도 한다. 이어서 무송은 쾌활림의 탈환과 원앙루의 참극까지 벌인다. 그가 다시 송강을 만났을 때 초점은 송강에게로 옮겨지고 송강은 청풍채의 화영을 만나며 산적사건에 연루되어 결국 양산박행을 결정한다. 하지만 주인공의 양산박 진입이 그리 쉽사리 이루어지지는 않는다. 거짓 편지로 운성현 고향집으로 돌아갔다가 체포되어 강주로 귀양 간 송강은 대종(戴宗)이 특별히 예우하고 흑선풍 이규(李逵)가 남달리 추앙하면서 잘 지내지만 취중에 심양루에 반시(反詩)를 휘갈겨 놓은 것이 발각되자 처형위기에 몰린다. 조개가 이끄는 양산박의 대군이 형장을 습격하여 구출함으로써 마침내 송강은 양산박에 영입된다.

이제 소설의 제2단계로 접어든다. 제41회에서 제70회까지는 송강이 조개의 수하에 있으면서 양산박의 지도자로 성장하는 과정이다. 축가장과 고당주, 청주성의 공략을 성공리에 완수하고 두령인 조개가 전투 중에 맞은 화살독으로 사망하자 대명부의 노준의(盧俊義)를 끌어들이고 증두시를 공략하여 사문공을 잡아 원수를 갚는다. 노준의와 서로 두령 자리를 양보하다가 동창부와 동평부를 치고 돌아와 천지신명에게 제사를 지낸다. 하늘에서 내려온 석갈에 체천행도와 충의쌍전(忠義雙全)이 새겨져 있고 108명의 명단이 순서대로 적혀 있어 비로소 양산박의 통치 체제를 완전하게 보여 준다. 비록 신비롭게 처리했지만 수많은 인물의 등장을 단숨에 조금은 질서정연하게 만드는 효과가 있다. 조개의 체제하에서 취의청(聚義廳)이라고 했던 곳은 송강의 체제하에서 충의당(忠義堂)으로 고쳤다. "길을 가다가 공평하지 못한 일을 보면 곧 칼을 빼 들어 도와준다[路見不平, 拔刀相助]"라는 말처럼, 재야의 협객들이 단순히 정의를 위해 모인 곳이 이제는 나라를 위한 충성과 의로움을 실천하는 곳으로 바뀐다는 의미를 담고 있다. 송강의 걱정은 산적이나 강도와 다름없는 양산박 의거 집단의 최종 종착지였다. 그는 나라의 안위를 걱정하였고 부정부패를 일삼는 조정의 간신배들을 일소하여 황제에게 진정한 충성을 바치고자 하는 일편단심으로 무장되어 있었다. 양산 호걸 중에는 국가와 황실의 권위조차도 무시하고 모두 싹 쓸어없어 버리자고 주장하는 이규 같은 급진파도 있었으나 송강은 매번 그의 경거망동을 책망하고 한편으로는 달래면서 황제의 초안을 받아 조정에 귀순하는 수순을 밟게 된다. 제71회 이후의 후반부는 그렇게 전개된다. 정사구(征四寇)는 요나라, 전호, 왕경, 방랍을 정벌하는 내용이다.

『수호전』의 작자는 시내암(施耐庵, 1296?-1372?)이다. 본명은 시언단(施彦端), 혹은 시자안(施子安)이고 내암은 그의 호다. 본적이나 출생지에 대한 설은 문헌에 따라 약간씩 다르지만 대체로 본적은 강소 소주인데 태주(泰州) 흥화(興化)에서 태어났다고 하며 전란을 피해 양자강의 북쪽 인적이 드문 흥화의 백구장(白駒場)에 은거하고 있을 때 『수호전』을 썼다고 한다. 또 다른 설도 있다. 홍무 연간에 서기(徐麒, 서하객의 고조)가 시내암을 무석(無錫) 축당진(祝塘鎭)의 사숙으로 청하여 가정교사로 삼았을 때 조용한 환경에서 아이들을 가르치며 『수호전』을 지었다고도 한다. 시내암은 수재와 거인을 거쳐 36세에 진사가 되었는데 명

초의 유명한 유백온(劉伯溫)과 동년이었다. 잠시 항주에서 관직에 있었으나 권세가들에게 영합하기 싫어하는 성격이라 곧 사직하고 고향으로 돌아왔다. 한때 장사성의 반군에 참여하여 원 말의 폭정을 실감하고 참모의 일을 했으나 곧 떠났다고 한다. 혹자는 시내암이 항주 사람이며 본래 설창예인들을 위해 창작해 주는 서회재인(書會才人)이었을 것으로 보기도 한다. 『수호전』은 시내암과 나관중이 합작으로 편찬했다는 설과 제자인 나관중이 뒷부분을 마저 써냈다는 설도 있다.

2) 양산박의 다양한 인물

『수호전』은 양산박의 108명 두령을 중심으로 전개되며 그들이 대결하는 탐관오리와 조정간신들도 등장한다. 108명이라는 숫자는 소설 첫 회의 신비로운 현상을 통해서 보여 준다. 독자들은 '왜 그런가'라고 묻지 말고 '그러한 사건이 있었음'을 전제로 받아들여서 기정사실로 이해하면 된다는 것이 고전소설의 전개방식이었다. 소설은 언제나 판타지와 현실이 만났을 때 비로소 신비로운 사연으로 승화할 수 있는 것이다.

제1회에서 홍 태위는 역병을 물리치는 제를 지내라는 황제의 명을 받들고 용호산 장 천사를 찾아간다. 장 천사가 출타 중일 때 홍 태위는 임의로 복마전의 봉인을 뜯어내고 36천강성과 72지살성을 사방으로 달아나게 하여 108마성은 세상 곳곳으로 흩어졌다. 회목에서는 "홍 태위가 잘못하여 요마가 달아났다[洪太尉誤走妖魔]"라고 했지만, 홍 태위가 문득 복마전을 열게 된 것도 어쩌면 정해진 운명이었다는 뜻에서 비석의 뒷면에 "홍가를 만나면 열리리라[遇洪而開]"라는 구절이 나온다. 홍 태위는 "수백 년 전에 만든 비석에 어찌 내 성씨가 있는가" 하면서 자신의 복마전 개봉을 당연시했다. 제2회의 첫머리에는 주지인 진인의 대답이 나온다. 복마전의 마왕 숫자를 언급한 것이다.

> 태위께서는 모르시겠지만 우리 선대 천사(天師) 동현(洞玄) 진인께서 법부(法符)를 전하시면서 "이 전각 안에는 36원(員)의 천강성(天罡星)과 72원의 지살성(地煞星)을 합하여 108마왕을 가두어 놓고 그 위에 용장봉전의 상고문자로 쓴 천부를 새긴 비석을 세워 그들을 눌러 놓았는데 만일 그것들을 놓아주어 세상에 나가게 하면 반드시 하계의 생령들을 못살게 굴 것이다"라고 하셨습니다. 지금 태위께서 그것들을 놓아주셨으니 이 일을 장차 어찌하면 좋겠습니까?

물론 기고만장하던 홍 태위도 이 말을 듣고는 두려움에 식은땀을 흘리고 와들와들 떨었다고 한다. 이 부분은 독자들에게 『수호전』의 양산박 두령 108명의 내력이 복마전의 요마들이었음을 노골적으로 밝혀 주는 대목이다. 소설에서는 이들을 정의에 편에 서 있고 하늘을 대신하여 도를 행하는 인물이라고 긍정적으로 칭송하고 있지만 사실은 요마로서 '하계의 생령들을 못살게 굴 것이다'라고 했으니 이들에 대한 평가는 시각에 따라 다를 수 있음을 드러낸 것이다.

108명의 두령 중에서 중심인물은 36명의 천강성이며 그중에서도 핵심은 다음에 소개하는 송강을 비롯한 몇 명 정도로 압축할 수 있을 것이다.

송강은 역사상의 인물이다. 한때 산동과 하북 일대를 횡행하여 관군도 대항하기 어려웠던 반란 집단의 일원이었다. 소설 속에서 송강은 제20회에야 본격적으로 나오지만 일단 출현하자마자 당시 산동과 하북 일대 누구나 알고 있는 명사로 설정된다. 그의 직위는 현청의 말단 아전인 압사(押司)였지만 그의 의로운 행위는 사람들이 늘 기다리고 흠모하던 것이었다. 그런 의미에서 별명을 호보의, 급시우라고도 불렀고 또 성품과 얼굴과 항렬을 종합하여 효의흑삼랑으로 부르기도 했다. 그중 산동 급시우는 가장 널리 퍼져서 산중의 산적 두목들도 그 이름만 듣고는 넙죽 엎드려 절을 할 정도였다. 때마침 내리는 비처럼 농사짓는 백성들에게 고마운 일은 없으니, 사람들의 희망과 바람이 담긴 명명이다. 그러나 송강의 공식적인 별호는 호보의다. 석갈의 108명 석차에도 천괴성호보의송강(天魁星呼保義宋江)으로 썼고, 양산박 충의당 앞 행황기에도 노준의의 별호와 함께 산동호보의(山東呼保義), 하북옥기린(河北玉麒麟)이라고 했다. 그런데 호보의에 대해서는 좀 더 복잡한 해석이 가능하다. 단순히 한자의 뜻만으로 보면 정의를 지키는 인물[保持忠義]이라고 지은 이름 같은데 부를 호(呼) 자를 왜 붙였는지 설명이 안 된다. 또 다른 해석은 다음의 근거에 따른 것이다. 송나라 하급관직 중에 보의랑(保義郎)이란 직책이 있었다. 남송 때 공개(龔開)가 지은 『송강삼십육인찬(宋江三十六人贊)』에서는 송강에 대해 "불칭가왕, 이호보의(不稱假王, 而呼保義)"라고 했는데 전후의 칭(稱)과 호(呼)로 해석한다면 호보의는 '보의랑으로 불리는 (송강)'이란 뜻이 될 것이다. 송강은 현청의 압사였는데 왜 보의랑이라고 부른단 말인

가. 이는 당시 전해 오던 전고가 있는 듯하다. 휘종이 황제 자리를 아들에게 물려주고 미복 차림으로 저잣거리에 나가서 생선을 사는데 장사꾼들은 그를 그저 '보의'라고 불렀다고 한다. 당시 보의랑으로 부르는 것은 나름대로 존중의 뜻이 있었다. 일본에서는 말단관리 보의랑이 부자들이 돈 주고 사는 벼슬이어서 보의로 부르는 것은 '부자 나리'라고 부르는 것과 같다는 해석도 내놓고 있지만 송강에게는 어울리지 않는다. 송강 본인은 이 호칭을 좋아했다. 결코 조정에 반역할 뜻이 없고 송나라의 말단관리로 불리기를 원한다는 의미일 것이다. 글자대로 보면 충의를 보위한다는 점에서 송강의 본뜻과 맞아떨어진다고도 할 수 있다.

송강은 지방 아전이지만 봉술에 뛰어났다고 알려져 있다. 그러나 직접 무예를 드러내서 활약한 적은 거의 없다. 그는 시를 지을 수 있는 정도의 지식인이었고 유교적 덕목을 강조하는 유생처럼 느껴지는데, 소설에서는 사람들의 존경을 한 몸에 받는 모습으로 그려진다. 문무를 겸비하는 것이 전통적으로 이상적인 인간형이지만 대체로 그래도 무보다는 문을 더욱 중시했다. 붓이 칼을 이긴다는 원칙을 세운 것이다. 따라서 창업의 전쟁이나 요마와의 싸움을 마주해야 하는 『삼국지연의』, 『서유기』의 주인공도 비록 연약하지만 인의와 덕망이 있는 백면서생 같은 인물로 그려 냈다. 유비나 삼장법사가 바로 그러한 이미지다. 이렇게 된 것은 송나라의 문치주의 인문정신에 기인한다고 볼 수 있다. 송 태조 조광윤은 후주의 장군 출신이었다. 자신의 세력이 커지고 덕망이 높아지자 선양을 받아 송나라를 세웠다. 그러나 그는 다시 무장들의 세력이 강해지면 자신과 똑같이 왕권을 찬탈할 수 있다는 우려를 떨치지 못했다. 결국 그는 군벌들의 직무를 해임시키고 군웅할거의 국면을 종식시켜 황제 중심의 중앙집권에 성공하였고 문관에 의한 문치주의를 확립하였다. 물론 이러한 까닭에 훗날 유약한 송나라는 북방 거란족의 요나라, 만주족의 금나라로부터 시달림을 받다가 남으로 쫓겨 갔으며 결국 몽골족의 원나라에 완전히 멸망하게 되었던 것이다. 명 태조 주원장도 홍건적의 반란군에 참가하여 무공을 세우면서 세력을 얻게 되었지만 나라의 기틀을 세우고 온전한 정치를 펼치기 위해서는 유기(劉基, 유백온)와 같은 문신의 역할이 중요함을 알고 온갖 노력을 들여 그를 모셔 온다. 그의 영입 이후 대국의 기틀이 본격적으로 마련되었다.

송강은 황니강의 생신강 탈취사건 이후에야 비로소 출현한다. 조개 일당의 강탈사건이 성공하자 이들을 잡으려는 관군의 수색이 시작되고 그 정보를 입수한 운성현 압사 송강은 시간을 끌며 은밀히 조개 일당에게 피신하라고 귀띔한다. 압사는 지방 행정단위인 현의 아전으로서 문서를 관리하거나 비서 역할을 하는 낮은 관리였다. 아전들은 세금을 걷거나 옥사를 처리하는 일도 전담했다. 엄밀히 말하면, 백주에 생신강 탈취라는 엄중한 사건이 발생하였고 그 범인이 관내에 있다고 하면 관리로서 현장 수색과 범인 체포를 적극 도와 성사시켜야 하는 것이 그의 임무였다. 그러나 그는 정보를 듣는 순간 한 치의 망설임도 없이 조개 일당이 저지른 일을 의로운 일로 단정하고 그들을 살려 낼 궁리를 하게 된다.

작가는 송강을 덕망 있는 인의의 지도자로 설정하여 더없이 거칠고 난폭한 산적들의 모임인 양산박 의군을 통솔하게 만들었다.

초기에 그의 출현도 더디게 나왔지만 출현한 이후에도 관군에 잡혀 가서 귀양살이를 할지언정 스스로 양산박에 오르려고 하지 않았다. 그가 사형언도를 받고 처형당하기 직전 양산박 군사들에게 구출되어서야 비로소 더 이상 아무런 말 없이 양산박에 올랐으니 이 또한 핍상양산의 전형이 될 것이다.

송강의 양산 입산이 늦어지는 과정은 그가 염파석을 살해하고 도주하여 강호에 들어선 이후 수많은 영웅호걸을 직접 만나 교감하도록 하는 작가의 안배라고 할 수 있다. 그의 명성은 이미 널리 퍼져 있었지만 구체적으로 어떤 과정을 거쳤는지는 보여 주지 않는다. 그러나 그가 행한 의로운 일의 일부만으로도 미루어 짐작할 수 있다. 조개와 오용을 비롯한 생신강 탈취의 주범들은 그의 은혜로 무사히 양산박에 들어가게 되었다. 이윽고 그는 강호를 떠돌면서 시진의 장원에서는 무송을 만나 의형제를 맺었고 청풍채의 화영을 만나러 갔다가 붙잡혔으나 청풍산의 연순에게 구출된다. 토벌군으로 온 진명을 계략으로 잡아서 영입하고 이들은 양산박으로 향한다. 송강은 집에서 온 아버지의 부고 편지를 받고 따로 떨어져 집으로 돌아갔으나 이는 생존해 있던 부친이 그를 도적의 소굴에 들여보내지 않으려는 노력이었다. 관군에 자수하여 강주로 유배를 가는데 도중에 양산박을 지날 때 입산을 거절하고 강주에서 귀양살이를 한다. 이후 이준과 장횡 등을 만나고 강주에서는 대종과 이규, 장순 등과 깊이 교류한다. 이들 모두는 송강의 강력한 추종자가 되었고 후에 양산박에 올라 108영웅으로 자리를 잡는다. 송강은 조개를 정점으로 하는 양산박에서 두 번째 자리를 차지하고 양산박 의군을 통솔하지만 조개의 사망 이후 결국 양산박의 두령으로서 황제의 초안을 받아 내고 조정에 귀순한다. 이후 관군이 되어 요나라와 싸우고 전호, 왕경, 방랍의 반란을 진압하는 공을 세운다. 하지만 여전히 조정의 간신들은 그를 가만두지 않았고 독주를 내려 죽도록 한다. 그는 흑선풍 이규를 불러서 함께 독주를 마시고 죽는다. 『수호전』의 비극적 결말은 이렇게 마무리된다.

조개는 생신강 탈취의 주역이다. 송강의 도움으로 관에 잡히지 않고 무사히 양산박으로 탈주한 뒤에 앞서 입산한 임충에 의해 왕륜 두령이 살해되자 양산박의 총두령으로 추대된 인물이다. 별칭이 탁탑천왕이니 지도자로서의 위상도 확고하였던 인물이다. 하지만 그의 사후 송강이 두령이 된 후에 비문을 통해 석갈의 천문이 드러나 108명의 명단이 확정되었으므로 유감스럽게도 조개의 이름은 그에 포함되지 않는다. 그렇다고 『수호전』의 주요인물에 넣지 않을 수는 없다. 조개는 동계촌의 보정(保正)이다. 마을의 촌장이나 이장에 해당한다. 서계촌의 탑을 들어서 옮겨 왔다는 이유로 탁탑천왕이란 별명을 얻었다. 탁탑천왕은 『서유기』와 『봉신연의』에 나오는 유명한 인물이다. 본래 불교의 수호신 사대천왕 가운데 보탑을 손에 받쳐 들고 있는 다문천왕을 가리킨다. 『서유기』와 『봉신연의』에서 당나라 역사 인물 이정(李靖)에 부회하여 탁탑이천왕이라고 부른다. 여러 가지 정황을 보면 적어도 그쪽의 인물이 『수호전』에서 영향받은 것은 아닐 것이며 오히려 『수호전』을 창작할 무렵 이미 널리 알려진 이 칭호를 조개에게 붙인 듯하다. 장편소설은 거의 같은 시기에 동시진행으로 형성되었으므로 설화인들 사이에 공유되었고 이를 적절하게 활용하였을 것이다.

멀쩡하게 보정노릇을 잘하고 있던 조개가 산적의 두령으로 변신하게 된 계기는 적발귀 유당이 양 중서의 생신강 탈취계획을 갖고 찾아왔기 때문이었다. 불의한 재물이니 빼앗아 오자는 말에 선뜻 동의하고 오용을 통해 완씨 삼 형제를 끌어들이는데 하등의 망설임이 없다. 본래부터 부패한 조정과 불의한 관리에 대한 불만으로 가득 차 있었던 것이다. 그러나 보물 탈취에 성공한 이후 어떻게 하겠다는 장기 계획은 없었다. 쥐도 새도 모를 것이라고 안이하게 생각하고 황니강에서 대추장수로 위장하여 빼앗은 보물을 싣고 조개의 집으로 돌아와 의기양양한 채 쉬고 있었다. 만약 송강이 제때 알려 주지 않았다면 동평부 포도대장 하도에 의해 전원 체포되었을 것이다. 결국 송강에게 의로운 일을 하여 공을 이루도록 했던 셈이다. 양산박에 들어갔을 때도 왕륜이 꺼림칙하게 대접하여 난처한 입장이었는데 상황을 판단한 임충의 재빠른 손놀림으로 왕륜을 단칼에 처단하고 곧바로 전권을 장악할 수 있었다. 왕륜의 입장에서 보면 고생하며 구축한 자신만의 아성을 참으로 허망하게 내어 주고 목숨마저 잃게 된 것이다. 주인공의 등장을 위한 것이니 주변인물의 억울함 따위는 돌아볼 겨를도 없었을 것이다. 서생 출신인 왕륜은 별칭도 백의수사다. 그는 과거시험에 실패한 후에 산적이 되었는데 본래 서생 기질이 남아 있어서 강호의 호걸들 입장에서는 좀스럽고 비겁하게 보였다. 임충이 입산했을 때 선뜻 받아 주지 않으려고 누구든지 지나가는 한 놈의 목을 베어 바치라고 하여 양지와 대결하게 만들었다. 두 사람의 승부가 나지 않자 싸움을 멈추었으나 임충으로서는 언짢은 기억으로 남았다. 조개 일당이 들어올 때도 그런 낌새를 보이자 임충이 나서서 단칼에 처단했다.

조개는 양산박 두령이 되어 세력을 키워 나갔고 많은 호걸을 끌어모아 양산박의 군사력을 확충하였다. 송강에게 도움을 받아 감사의 뜻으로 황금덩이를 보냈다가 송강도 살인자로 강호에 떠돌게 됐는데 그가 처형될 위기에 처하자 형장을 습격하여 구출하였다. 이 때야말로 조개가 이끌던 양산군의 역량이 가장 돋보였을 때였다. 송강이 입산 이후 2인자가 되었고 작전을 짜는 오용도 송강과 생각이 맞아 많은 작전을 함께 성공리에 수행했다. 조개는 송강의 만류를 뿌리치고 증두시를 공격하다가 사문공의 화살을 맞고 돌아왔다. 그는 분명 송강이 다음 두령이 되어야 함을 알고 있었지만 임종 때는 굳이 사문공을 사로잡는 자를 두령으로 삼으라고 하였다. 조개의 유언 때문에 송강은 곧 새로운 인물을 물색하여 노준의를 끌어들이고 최고의 두령에 오르는 일에 우여곡절을 겪게 된다.

노준의는 북경 대명부의 부호로서 창봉술과 박도의 활용에 달인인 호걸이었다. 그는 조개 사후에 송강에 의해 은밀히 선정되어 양산박에 특별히 영입된 인물이었다. 원래 그는 양산박의 산적으로 전락할 만한 인물이 아니었지만, 책사인 오용의 계략으로 핍상양산의 과정으로 몰리게 된 것이다. 아내와 집사의 사통으로 인해 일이 더욱 꼬여서 끝내 집안이 몰락하고 자신은 투옥되는데 이때 양산박 호걸들이 그를 구출하여 데려온다.

오용은 점쟁이로 변장하여 노준의를 만나 불길한 점괘를 알려준다. 또 남쪽으로 가야 살길이 나온다고 말하고 은밀히 벽에 반시를 적어 두고 나온다. 송강이나 노준의가 모두 반시로 인해 죽을 지경에 이르는 것은 두 사람의 위상을 동등하게 하기 위한 책략이다. 노준의는 양산박 도적들과 만나 치열하게 싸우며 대적하는데 양산박 두령들은 일부러 지면서 계속 유인하고 끝내 그가 탄 배를 뒤집어 생포한 후 송강의 앞에 데려간다. 송강은 그를 설득하며 잘 대접하고 집사 이고를 먼저 집으로 돌려보낸다. 이고는 반시를 근거로 노준의가 양산박에 들어가 조정에 반역하였다고 관청에 알렸다. 노준의는 집으로 돌아오자 곧 체포당해 구금된다. 노준의를 구하려던 석수마저 잡히자 양산박에서 대거 군사를 보내 대명부를 공략하고 노준의를 구출한다. 풀려난 노준의는 집으로 돌아가 배신한 아내 가씨와 집사 이고를 참살하고 어쩔 수 없이 양산박으로 들어가 두령이 된다. 송강과 오용의 입장에서는 계획대로 이루어진 것이지만 노준의의 개인적인 인생은 완전히 망가져 버린 것이니, 그의 입산 과정은 독자들로 하여금 자못 씁쓸함을 자아내도록 한다. 증두시의 장수 사문공을 사로잡자 송강은 조개의 유언에 따라 그에게 총두령 자리를 양보한다. 그러나 입산 초년생인 노준의가 덥석 자리를 차지할 리 만무하였다. 다시 편을 갈라서 동창부와 동평부를 치는 것으로 우여곡절을 겪다가 결국 송강과 노준의가 총두령에 공동으로 오른다. 제71회의 석갈에 나타난 명단의 맨 위에는 천괴성(天魁星) 호보의 송강과 천강성(天罡星) 옥기린 노준의가 나란히 적혀 있었고, 새로 만들어 산꼭대기에 세운 행황기에는 체천행도 네 글자를 써넣었으며, 충의당 앞에는 붉은 바탕에 수를 놓은 깃발 둘을 세웠는데 각각 산동호보의와 하북옥기린이었다. 결국 양산박 의거 집단이 산동과 하북을 대표하는 두 인물의 연합체임을 보여 주기 위한 것이라고 볼 수 있다.

『수호전』에서 활약하는 108명의 호걸 하나하나에게 특징이 있지만 그중에서도 독자들에게 특히 인상적인 인물을 골라 보면 출현 순서에 따라 노지심, 임충, 양지, 무송, 이규, 연청 등일 것이다. 이들은 대부분 양산박에 입산하기 이전의 활약이 좀 더 파란만장하다. 다만 연청은 이사사와의 관계를 설정하여 황제를 알현하고 송강의 본뜻을 전달하여 초안을 받아 내는 데 공을 세운다.

노지심은 중국 전통 협객의 면모를 갖춘 인물이다. 등에 꽃그림을 문신으로 넣어서 화화상이라고 불린다. 본래는 제할이라는 치안 담당의 하급 벼슬아치였으나 김취련 부녀가 백정인 정도의 압박에 괴로워한다는 것을 알고 곧바로 정도의 푸줏간을 찾아가 혼내 주려다가 그만 죽이고 만다. 길을 가다가 공평하지 못한 일을 보면 곧 칼을 빼 들어 도와준다는 옛말을 그대로 따랐던 것이다. 이후 김취련의 남편이 된 조원외의 도움으로 오대산 문수원에서 머리 깎고 중이 되고 또 법명도 받는다. 그러나 술 마시고 행패 부리는 일은 여전하여 동경 대상국사로 보내지는데 여기서 임충과 사귀게 된다. 귀양 가는 임충을 호송인이 죽이려 하자 임충을 구출하여 귀양지까지 잘 데려가도록 한다. 다시 유랑하던 중 도화산의 산적과 억지 혼례를 하려는 신부를 대신하여 신방에 누워 있다가 산적을 잡아 혼쭐을 내 준다. 『서유기』에서는 저팔계가 써먹은 기법이었다. 노지심은 이룡산의 산채를 빼앗아 양지, 무송과 함께 두령으로 있다가 나중에 양산박에 들어간다. 그는 평생 삭발하고 스님으로 살았으나 싸움에는 고수였다. 마음은 순박하였고 따뜻한 인간미가 있었다. 방랍의 반군을 토벌할 때 직접 방랍을 잡은 사람도 바로 노지심이었다. 그러나 조정의 상을 받을 생각이 없었고 결국 항주 육화사에서 바닷물 조수 소리를 듣고 깨달아 목욕재계하고 가부좌로 앉은 채 입적하였다.

임충은 관핍민반의 대표적인 인물이며 기존 왕륜 두령의 체제하에서 가장 먼저 외부로부터 진입한 인물이다. 그의 별칭은 표자두였고 동경 팔십만 금군의 창봉교두였다. 고 태위의 아들 고아내가 그의 처에게 눈독을 들이면서 그의 불행한 인생행로가 시작되었다. 고 태위는 그에게 혐의를 씌워 귀양을 보냈다. 도중에 호송인에 의해 살해당할 뻔했지만 뒤를 밟아 온 노지심에 의해 구출되었다. 배신한 친구 육겸은 그의 뒤를 따라와 초료장에 불을 질러 태워 죽이려고 했다. 눈 때문에 무너진 초료장을 나와 산신묘에서 잠을 자던 임충은 구사일생으로 살아나서 원수가 된 친구 육겸을 처단하고 눈 덮인 산을 넘어 도주를 시작했다. 시진의 추천으로 양산박으로 가서 겨우 일신의 안전을 도모할 수 있었다. 조개 일당이 관의 수색을 피하여 양산박으로 왔을 때 두령 왕륜을 처단하고 그들을 맞아들이도록 한다.

양지는 얼굴에 푸른 반점이 있어서 청면수라고 불린다. 임충이 투명장을 가져오라는 왕륜 두령의 명에 따라 길목을 지키다 만난 인물이다. 임충은 살기 위해 그의 목을 베려고 했지만 양지 또한 만만치 않아 결국 결투는 무승부로 끝난다. 양지는 양산박에 남으라는 권유를 거절하고 개봉으로 간다. 그는 휘종황제가 좋아하는 돌을 운반하는 화석강의 인솔책임을 맡았다가 배가 침몰하는 바람에 죄를 받을까 두려워 도주하여 떠돌고 있었다. 마침 사면령이 내려서 개봉으로 가는 중에 임충을 만난 것이었다. 그러나 복직에 실패하고 돈이 떨어져 가보로 내려온 보도를 팔려다가 우이라는 망나니를 살해하여 자수하고 대명부로 귀양 간다. 그곳에서 양 중서의 눈에 들어 장인인 채 태사에게 보내는 생신강의 호송책임을 맡는다. 그는 이번에도 재수가 없어서 생신강을 조개 일당에게 탈취당하고 하릴없이 떠돌다가 노지심을 만나 이룡산 산채의 두령이 된다. 후에 양산박에 들어가 보니 출셋길을 막은 조개와 오용 등의 인물이 있었다. 속으로 원망하는 마음이 없을 수 없었다. 방랍 토벌 초기에 병사한다.

무송의 이야기는 전체 10회에 걸쳐 흥미롭게 진행되어 무십회(武十回)라는 말이 있을 정도다. 그는 경양강에서 호랑이를 맨손으로 때려잡아 천하에 이름을 알렸다. 그 바람에 양곡현의 도두가 되어 형인 무대와 해후하고 그의 집으로 옮겨 와 살았다. 그러나 형수인 반금련의 유혹을 거절하고 동경으로 출장을 떠난 뒤에 반금련은 서문경과 사통하고 무대를 독살한다. 무송이 돌아와서 형을 살해한 두 사람을 고발했으나 사또는 뇌물을 받고 제대로 처리하지 않았다. 울분을 참지 못한 그는 직접 두 사람을 죽여서 제단 앞에 놓고 제사를 지내고 자수하여 귀양을 간다. 귀양 간 맹주에서 시은을 위해 장문신으로부터 쾌활림을 되찾는 싸움에 얽히고, 자신을 속인 장도감 등을 찾아 원앙루에 있던 모든 인물을 몰살하고 도주한다. 이후 장청 부부를 만나 대발수행승의 행자가 되어 이룡산에 들어가 노지심, 양지와 더불어 산적이 된다. 무송은 억울하게 죽은 형의 원수를 직접 갚고 자신을 철저하게 속인 장도감 등을 처참하게 살해한다. 그는 격정의 인물이지만 수행하는 행자의 차림을 지속하는데 방랍의 토벌에서 한쪽 팔을 잃었다. 남들은 조정으로부터 상을 받으라고 하였으나 무송은 노지심과 함께 항주의 육화사에 출가하였다. 본래 삭발 스님이었던 노지심은 그곳에서 곧 좌화하였고 본래 행자로 지냈던 무송은 선종했으니 그나마 만년의 운은 좋았다고 할 수 있다.

이규는 흑선풍이라는 별명처럼 거칠고 무식한 인물이지만 또한 표리부동하지 않고 간교한 계략을 쓰지 않아 순진하고 직설적인 면이 있어 사람들의 호오가 완전히 갈린다. 송강이 강주에서 귀양살이를 할 때 옥졸로 등장하는데 대종과 송강을 끔찍이 따르지만 곧은 소리도 곧잘 한다. 싸움이 벌어지면 쌍도끼를 휘두르며 사람을 가리지 않고 죽인다. 송강의 처형장을 급습한 양산박 두령들도 이규의 그런 모습을 처음 보고 다들 놀랐을 정도다. 송강이 고향에서 가족을 데려오자 그도 홀어머니를 모셔 오겠다고 떠난다. 산길을 가다가 가짜 흑선풍을 만나 죽이려는데 그가 홀어머니를 모신다는 말을 듣고 순간 감동하여 돈까지 얹어 주며 살펴 보낸다. 그러나 산길에 요기를 하려고 찾아든 집에서 가짜 흑선풍을 다시 만나자 그를 죽이고 그 살점까지 베어 반찬으로 식사한 후 집을 태우고 나온다. 집에서 어머니를 업고 나와 고개를 넘다가 목마르다는 하소연에 계곡의 물을 떠 오느라 시간을 지체했는데 어머니는 호랑이에게 당한 뒤였다. 격분한 그는 호랑이굴을 찾아 새끼 두 마리를 포함하여 네 마리를 모두 죽였다. 호랑이를 때려잡은 사실이 사람들에게 알려져 접대받는 사이에 가짜 흑선풍의 아내가 그를 고발하여 체포되는데 뒤를 따라온 고향사람 주귀에 의해 구출된다. 이규는 후에 여인을 찾아내 죽이고 만다. 또 주동을 양산박으로 끌어들이려고 그가 돌보는 상관의 어린 아들을 잔인하게 죽이는 만행도 저지른다. 송강이 유 태공의 딸을 납치

했다는 말을 곧이듣고 송강에게 달려와 행황기를 찢고 행패를 부린 이규는 그것이 송강의 이름을 쓴 가짜 송강의 짓임을 확인하고 가시나무를 등에 지고 죄를 청한다. 이 유명한 부형청죄(負荊請罪)는 『사기열전』에 보이는데 전국시대 조나라의 인상여와 염파의 고사에서 나온 전고다. 이규의 경거망동은 보는 이들로 하여금 조마조마하여 손에 땀을 쥐게 하는 긴장감을 일으킨다. 그러나 천진난만하고 직설적인 이규의 본심을 이해할 필요가 있다.

연청(燕靑)은 노준의의 하인이다. 노준의를 충실히 따르는 충직한 인물이다. 노준의가 양산박 두령의 정교한 계략에 의해 입산하게 되었을 때 그도 노준의를 따라 입산하여 언제나 주인의 곁에서 수호천사의 역할을 맡았다. 그는 미남자이며 무예에도 능하여 활도 잘 쏘았다. 오용이 점쟁이로 와서 노준의에게 남쪽으로 가야 한다고 하자 연청은 말렸다. 이고가 노준의를 따라가고 자신은 집을 지키고 있었는데 이고가 돌아와 그를 내쫓았다. 노준의가 돌아와 계략에 걸려 체포되고 귀양 갈 때 뒤를 밟아 주인을 해치려는 호송인을 죽이고 구출했다. 양산박에 입산한 후에는 노준의와 함께 사문공을 생포하는 것을 돕고 이규와 함께 가짜 송강을 잡았으며 풍류에 능한 재주로 동경의 명기 이사사의 환심을 샀다. 그곳에서 황제를 만나 양산박 두령 송강의 진정한 뜻을 전달하여 초안을 받아 귀순하도록 하는 데 결정적인 역할을 하였다. 방랍의 토벌이 끝난 후 노준의에게 공성신퇴(功成身退)를 권유했지만 받아들여지지 않자 스스로 자취를 감추었다. 그의 별명인 낭자(浪子)는 아마도 그렇게 방랑하는 그의 모습을 대변하는 것으로 보인다.

3) 『수호전』의 의의와 영향

『수호전』은 위정자들은 싫어하고 민간에서는 좋아하는 소설이다. 관리의 부정과 부패, 돈 있고 권력 있는 자들이 선량한 양민에게 행하는 잔혹한 행패를 도저히 그냥 보고 넘길 수 없는 재야의 협객들이 활약하는 이야기이기 때문이다. 전근대에 이 소설은 강도질을 가르치는 회도(誨盜)소설로 분류되었고 음란함을 가르치는 회음(誨淫)소설의 대표작인 『금병매』와 더불어 반드시 금서명단에 들어가곤 했다. 소설의 작가는 무능하고 부패한 정치로 사회가 혼란스러워 민초가 삶을 제대로 영위하기 어려운 시기에 직접 자신의 무예능력으로 이를 타개하고 주변의 어려운 이웃을 도와주려는 의협정신을 최대한 부각시키고자 하였다. 그러나 이들의 선량한 도움이나 불의를 참지 못하는 정의로움 속에 숨겨진 과격한 행위와 범죄에 대해서는 한 눈을 질끈 감아 준다. 관군을 막아 낸다고 하면서 사람을 구분하지 않고 민간인을 함께 죽이는 흑선풍 이규의 만행이나, 사통현장이 발각 났다고 하여 죄의 경중을 묻지 않고 격정의 감정만을 앞세워 살인을 예사로 저지르는 행위는 오늘날의 입장에서 보면 소름 끼치는 극악무도한 범죄이기 때문이다. 다만 사람의 생명을 빼앗는 행위에 비하면 재물을 빼앗는 것은 그나마 도덕적이라고 할 수 있다. 생신강은 양 중서가 장인인 채 태사에게 보내는 선물 행렬인데 조개 일당은 그것이 백성들의 고혈을 짜낸 불의한 재물이라고 판단한다. 그리하여 10만 관을 백주 대낮에 몽혼약을 써서 빼앗고도 전혀 양심의 가책을 받지 않는다. 즉 이들은 스스로 정의로운 일을 한다는 자기최면에 빠져 있다고 보아야 한다. 이는 부패한 정치와 탐욕스러운 관리들의 치하에서 민관의 입장이 천양지차의 거리로 갈라져 있음을 보여 준다.

중국 출신의 문예비평가 류짜이푸[劉再復]는 『쌍전(雙典): 삼국지와 수호전은 어떻게 동양을 지배했는가』에서 중국고전의 최고 경전이 된 『삼국지』와 『수호전』을 비판하였다. 그는 두 작품이 사람들에게 노회한 권모술수를 가르치고 잔혹하고 비인간적인 폭력을 익숙하게 받아들이게 했다고 갈파하였다. 그 자신이 천안문 사태 이후 중국의 핍박을 피해 자유세계로 이주하여 활동하고 있으므로 오늘날 중국인의 심성에 남아 있는 부정적인 요소의 근원을 이들 작품에서 찾아보고자 한 것이다.

4) 현대 중국의 송강 비판

단지 고전소설로 읽히고 있던 『수호전』이 현대 중국에 와서 큰 사달을 일으키는 요인이 되었으니 그 까닭이 무엇인지 독자들은 궁금해할 것이다. 사회주의적 문학관에 입각하여 일부 학자들은 이미 송강의 모순적인 성격을 간파해 냈다. 이들은 송강의 모순적인 성격 노정은 양산박 호걸의 반항투쟁에 존재하는 한계점을 보여 주는 것이며 이는 실제로는 『수호전』의 반항정신이 내포하고 있는 사상적 모순점이라고 주장한다.

중국의 현대사에서 지울 수 없는 최악의 혼란기인 문화대혁명 말기 1975년, 홀연 『수호전』의 주인공 송강 비판이 불거졌다. 이미 앞서 1950년대에 『홍루몽』 비판운동이 전 사회적으로 전개된 바 있고 문혁기간 중에도 비홍(批紅)운동은 지속되었으니 고전문학의 주제와 경향을 문제 삼아 정치투쟁으로 이용하는 것이 생소한 일은 아니었다. 송강 비판운동은 『수호전』의 주제에 대한 전 국민의 관심을 일으키기에 족했다.

앞서 보았듯이 송강은 양산박에 올라 두령이 되었을 때 기존의 취의청을 충의당으로 바꾸고 갖은 노력을 기울여서 황제의 초안을 받아 조정에 귀순하였다. 송강으로서는 양산박의 호걸이 영원히 반역자의 이름으로 전락하기를 바라지 않았다. 그러나 진정한 혁명의 입장에서 보면 이는 변절이다. 당시 흑선풍 이규 등이 극렬하게 반대했지만 송강은 이를 관철시켰다.

당시 언론에서는 마오쩌둥의 애독서로 알려진 『수호전』을 정당한 농민봉기를 교묘히 진압하려는 지배층의 필요에 의해 만들어진 것이라고 비판했다. 송강은 농민봉기의 정당한 혁명성을 은폐하고 정의의 실현을 위한 혁명보다는 봉건 통치자인 황제에게 충성을 다하려고 했다는 것이다. 충에 의를 종속시킨 충의당의 정신은 유교사상에 물든 수정주의이며 투항파라고 비판했다. 이는 당시 류샤오치나 린뱌오와 같은 인물을 염두에 두고 한 말이었다. 현실적인 정치투쟁에 저명한 고전문학의 틀을 대신 가져온 송강 비판은 일견 황당하지만 또한 신중국 이래 고전문학을 바라보는 시각이 이처럼 정치도구화했음을 보여 주기도 한다.

3. 『서유기』의 환상 탐험기: 기상천외의 발상

인도에서 발생한 불교는 한나라 때 중국에 전해졌다. 위진남북조를 거치면서 크게 번성하였고 당나라에 이르러서 대승불교가 성했다. 인도의 불경을 구하고자 하는 간절한 염원을 가진 현장(玄奘)법사는 허가받지 않고 국경을 넘어 서역을 향하였다. 온갖 고초를 겪으면서 사막을 지나 서역의 중앙아시아 여러 나라를 거쳐 천축국 각 지역을 찾아보고 불경을 구하여 돌아왔다. 그는 무려 138개국을 경유하였으며 왕복 5만 리 길을 지나 17년 만에 장안으로 왔다. 이때는 당태종 정관 19년이었다. 그의 명성은 이미 천하에 널리 알려졌고 황제는 그를 불러 만나 보고 역경사업을 주도하도록 명했다. 현장은 자신의 인도여행 과정을 구술하여 제자로 하여금 받아 적게 했는데 이 책이 바로 『대당서역기(大唐西域記)』다. 『서유기』는 바로 이 책으로부터 연유하였다.

1) 『대당서역기』의 이역체험

『대당서역기』에는 현장법사가 직접 보고 들은 서역 각국의 민족과 생활, 건축, 혼인, 종교, 지령, 음악, 미술 등 다양한 내용이 풍부하게 담겨 있다. 중원에 사는 당나라 사람으로서는 서역과 인도 사람들의 모습이나 생활습관이 이상하고 신비롭게 느껴지지 않을 수 없었을 것이다. 사람들은 새로운 이야깃거리로 만들어 갔고 송나라 때 설창 연예인들이 이러한 호재를 넘겨 버릴 까닭이 없었다.

비록 『서유기』가 현장법사의 인도여행이라는 역사적 사실에서 유래했다고 하지만 그것은 주인공 삼장법사의 유래에만 해당되고 소설의 대부분은 중국 민간에 널리 전해 오는 도교와 불교의 요소를 담았으며 민간신앙 속의 요마를 끌어들이고 있다. 불계에서는 석가여래와 남해 관음보살, 아미산 보현보살, 오대산 문수보살과 미륵불 등이 등장하고 천궁에서는 옥황상제와 왕모낭랑, 태상노군, 태백금성, 이랑진군, 탁탑천왕, 나타태자, 묘일성관, 월궁항아가 나온다. 지하에서는 최판관과 염라대왕이 나오고, 바다에서는 동해, 서해, 남해의 용왕이, 강물에서는 경하와 홍강의 용왕이 각각 등장한다. 그야말로 당시까지 중국인들이 알고 있었던 모든 신들이 총출현한다고 해도 과언이 아닐 것이다. 요마의 경우에도 기상천외한 온갖 요괴를 등장시키고 있는데 혼세마왕, 우마왕, 흑풍괴, 황미대왕, 육이미후, 홍해아, 호력대선, 각력대선, 독각시, 백골정, 금각대왕, 은각대왕, 철선공주, 전갈요정 등등 이루 헤아릴 수 없이 많다. 이들은 삼장법사 일행의 서천취경길을 막고 방해하여 손오공, 저팔계, 사오정과 온갖 술법으로 대결을 펼친다. 그러므로 『서유기』는 신마소설이라는 유형에 속하게 되었다. 신성한 신불과 괴이한 요마의 대결을 주요 내용으로 담고 있는 『서유기』, 『봉신연의』, 『삼수평요전』 등이 대표적인 작품으로 루쉰의 『중국소설사략』에서 처음으로 이러한 분류명칭을 썼고 지금까지 이용되고 있다.

송나라 설화 중에 설경(說經), 강사(講史), 소설의 영괴류(靈怪類) 등의 영향을 받아 서유고사의 초보적인 내용이 정리되었다. 남송 때 장편화본으로 『대당삼장취경시화』가 나와 비로소 이야기의 기본적인 줄거리가 형성되었으며 원나라 때는 설창 작품으로 『서유기평화』(실전), 희곡으로 『서유기잡극』이 나타나서 한층 더 서유고사를 발전시켰다.

명 초에 이뤄진 『영락대전』에는 「몽참경하룡(夢斬涇河龍)」이란 대목이 실려 있다. 경하의 용왕이 천제의 노여움을 얻어 참수될 위기에 처하자 당 태종을 찾아와 구원을 요청한다. 이를 허락한 당 태종이 위징을 불러 바둑을 두면서 시간을 끌려고 했지만 잠깐 눈을 감고 조는 사이에 용왕을 참수하였노라고 하였다. 약속을 어긴 당 태종은 용왕의 항의로 염라대왕에게 끌려가 재판을 받게 됨으로써 지옥여행을 하고, 최판관의 도움으로 환생한 후 불법의 전파에 힘을 쏟아 삼장법사를 발탁하여 서천취경에 나서도록 한다는 내용이다. 당 태종의 지옥여행 대목은 『서유기』 제10회에 들어 있는데 이 대목의 원전이 남아 있었던 것이다.

고려 말에 한어(漢語)교재로 만들어진 『박통사(朴通事)』에도 연경의 길거리에서 서유고사의 이야기를 듣는 대목이 있는데 그중 「차지국투승(車遲國鬪勝)」은 『서유기』 제46회에 기록된 고사로 원말명초의 시기에 이미 한반도에 전해져 기록으로 남아 있었던 셈이다. 이 밖에도 고려 말에 세워진 경천사지 10층 석탑의 아래층 부조에 삼장법사와 손오공의 구법여행 모습이 조각되어 있으니 서유고사의 광범위한 영향을 알 수 있다. 경천사지 석탑은 흔적이 모호하나 그와 똑같이 복제한 조선 초기의 원각사지 10층 석탑에서는 지금도 확인할 수 있다. 따라서 오승은의 『서유기』가 나오기 이전에 이미 '고본서유기'가 존재했을 것으로 여겨지고 있다. 오늘날 가장 이른 판본은 1592년 남경의 세덕당에서 간행된 『서유기』다. 곧이어 이탁오의 이름에 가탁한 『비평서유기』가 나왔다.

오승은의 『서유기』 100회는 대체로 3단계의 구성으로 이루어졌다. 첫째는 손오공의 내력(1-7회), 둘째는 삼장법사의 유래(8-12회), 셋째는 손오공 일행의 81난의 과정(13-100회)이다. 역사에서는 현장법사의 구법여행이었지만 소설은 그러한 외피에 실질적으로는 손오공의 활약상으로 점철되어 있으므로 당연히 손오공의 내력을 처음에 안배하여 흥미를 이끌고 있다. 그는 천지의 정기를 받아 화과산의 돌에서 태어난 원숭이다. 안하무인의 자존심으로 천궁소동 등의 과정을 겪은 후에 여래부처님의 손아귀에 잡혀 오행산에 갇혀 있다가 삼장법사의 제자가 되어 서천취경의 길을 따라간다. 삼장법사는 태어나자마자 강류에 버려져서 금산사의 주지에 의해 길러졌으므로 강류화상이라고 불리게 되었다. 정식 법명을 현장이라고 하였고 당 태종에 의해 삼장법사의 호칭을 받고 어명으로 서천취경을 떠나게 된다. 역사에서는 현장이 인도에서 돌아와서야 당 태종의 환영을 받지만 소설에서는 지옥여행을 다녀온 이후 불법의 수호에 염원을 세운 당 태종에 의해 발탁되어 경전을 가지러 출국하는 것으로 되어 있다. 그러나 혈혈단신 삼장법사 혼자의 몸으로 요마가 가득한 험난한 길을 갈 수는 없었기 때문에 관음보살이 미리 안배한 대로 오행산에서 손오공을 구출하여 제자로 삼는다. 이어서 저팔계와 사오정까지 얻어 세 제자를 데리고 서해용왕의 삼 태자가 변신한 용마를 타고 서역길을 떠나는 것이다.

역사 속의 현장법사를 소설의 모티프로 가져온 것은 사실이나 소설에서는 다양한 장치를 통해 삼장법사의 초반 인생을 온갖 수난 속에 기적같이 살아남은 과정으로 그려 내고 있다. 그리고 작품의 마지막에 이르면 그의 고난의 역사 또한 부처님이 사전에 안배해 놓은 운명으로 드러난다. 그는 전생에 부처님 제자인 금선자(金蟬子)였으며 불법을 게을리 듣는다는 이유로 동토에 다시 태어나 불법을 널리 펼치게 되었던 것이다. 『서유기』 속 삼장법사의 출신에 관한 이야기는 훌륭한 한 편의 전기소설이다.

그의 아버지는 해주 출신의 장원급제자 진광예(陳光蕊)였고 어머니는 당시 재상인 은개산의 딸 은온교(殷溫嬌)였다. 장원이 되면 사흘 동안 유가(遊街)를 하는데 이때 온교가 다락방 위에서 던진 비단공이 진광예의 오사모에 맞아 곧 재상의 사위가 되었다. 진광예는 어명을 받고 부임지인 강주를 향해 떠났다. 신부 온교를 데리고 우선 고향에 들러서 인사를 한 뒤 노모를 모시고 함께 길을 가다 주막에서 쉬게 되었다. 노모가 와병하자 며칠 더 묵기로 하고 금빛 잉어를 사서 노모를 봉양하려고 했는데 잉어가 눈을 껌뻑거려 예사 물고기가 아님을 알고 홍강에 가서 방생하였다. 사흘이 지나도 노모의 병이 차도가 없자 방세와 노잣돈을 충분히 드리며 노모가 뒤에 천천히 오시도록 하고 진광예 부부는 부임일자를 맞추기 위해 서둘러 떠났다. 그들은 홍강을 건너기 위해 배를 탔는데 뱃사공이 음흉한 도적이었다. 중국의 큰 강물에는 예로부터 수적(水賊)이 적지 않았다. 온교의 미모에 홀린 도적은 시종을 해치우고 진광예까지 죽여서 그 시신을 물속에 쳐 넣고 광예의 의관을 입고 강주에 부임했다. 온교는 남편의 죽음을 목도하고 따라 죽으려 했으나 배 속의 태아를 생각하여 참고 견뎌 냈다. 진광예의 시신이 가라앉자 홍강의 순찰야차가 급히 보고하였는데 용왕이 자신을 살려 준 은인임을 알고 시신에 정안주를 물려 후일 살아날 수 있도록 조치했다. 은온교는 치욕을 견디며 도적을 따라 강주로 가서 무사히 아이를 낳아 강물에 띄워 보냈다. 떠내려온 아이는 금산사의 스님에게 구출되어 강류화상으로 불리며 자랐다. 후에 현장이란 법명을 얻었다. 나이가 들자 자신의 출신에 대해 궁금하여 스님에게 물었다. 스님은 강물에 떠내려올 때 보자기에 함께 싸여 있던 혈서를 꺼내 보여 주였다. 아이의 새끼발가락을 깨물어 표시를 해 둔 것도 나중에 모자가 서로 확인하기 위한 것이었다. 그는 자신의 내력을 확인하고 강주로 가서 은밀히 모친을 찾는다. 곧 금산사에서 다시 만난 모친은 현장에게 주막집에 남겨 두고 온 할머니를 찾도록 하고 또 장안의 외조부에게 도움을 청하는 편지를 주어 떠나보낸다. 할머니는 그사이에 거지가 되어 눈이 멀어 버렸지만 현장이 할머니를 만나 그간의 사연을 이야기하고 눈을 핥아 주니 눈을 뜨게 되었다. 할머니는 아들의 죽음 소식을 듣고 대성통곡하였다. 주막에 다시 할머니를 맡기고 장안으로 외조부를 찾아가 편지를 전하고 인사를 드리니 은 재상 부부는 외손자를 안고 통곡하였다. 곧 황제에게 보고하고 병력을 파견하여 가짜 관직을 차지한 강도를 붙잡아 홍강의 강가로 가서 처형하고 간을 꺼내 제단에 제사를 지냈다. 그때 진광예의 시신이 온전한 상태로 떠오르고 정신이 돌아와 환생하였다. 용왕이 살려 보낸 것이다. 가족들은 감격의 재회를 하게 되었는데 온교는 안타깝게도 도적에게 몸을 더럽혔다는 자괴감에 스스로 목숨을 끊어 유교적 도덕관의 결말을 보여 주고 있다. 덕망 높은 스님이 된 현장은 당

태종에 의해 삼장법사로 존칭되고 장안에서 설법회를 열게 된다. 설법 중에 대승경전이 없음을 한탄하니 관음보살이 나타나 서천취경의 임무를 부여하고 당 태종에 의해 공식적으로 파견되는 형식을 취하고 있다.

진광예가 봉변을 당하고 강류화상이 복수하는 이야기는 가장 이른 세덕당 판본에는 들어 있지 않다. 소설의 완전한 줄거리를 갖추기 위해서 강류화상의 이야기는 필수불가결한 대목이므로 처음부터 만들어져 있었겠지만, 어떤 이유에선가 후기 판본에만 전해져 온 것으로 보인다. 현대 판본에서는 제8회와 제9회의 사이에 부록의 형식으로 「진광예부임봉재, 강류승복수보본(陳光蕊赴任逢災, 江流僧復讎報本)」의 회목과 내용을 보존시키고 있다.

역사인물 현장법사와 소설인물 삼장법사의 이동(異同)을 잠시 살펴보면 소설에서도 똑같이 법명은 현장이고 존칭으로 삼장법사가 되지만 『서유기』 원본에서는 당승(唐僧, 당나라에서 온 스님)으로 불리고 한국어 번역에서는 주로 삼장법사로 호칭하고 있다. 역사에서는 하남 낙양 출신으로 본명은 진위(陳褘)라고 했는데 소설에서는 그의 부친 진광예가 해주 사람이라 했으며 강주에서 태어났고 이름도 없이 강물에 떠내려온 아이라고 하여 강류화상이란 별칭이 있었다. 나이가 들어 금산사 주지에 의해 현장이란 법명을 얻었고 당 태종에 의해 삼장법사로 명명된다. 경장, 율장, 논장에 모두 통달한 고승에게 붙여주는 존칭이 삼장법사였다. 역사상 삼장법사의 존칭을 받은 사람이 여러 명 있지만 『서유기』의 영향으로 삼장법사는 곧 당나라의 현장을 지칭하는 것으로 통용되었다. 역사에서는 현장 일행이 출국허가를 받지 않고 사사로이 출발하였지만, 소설에서는 성대한 송별의 과정을 거치고 당 태종이 손수 흙을 넣은 술을 권하며 고향을 잊지 말라는 당부도 한다. 황제와 의형제를 맺어 어제(御弟)로도 불리고 서천취경의 과정에서 여러 나라를 지나는 동안 당승으로 불리게 된다.

당 태종 지옥여행의 원인과 과정도 흥미진진한 이야기로 구성되어 있다. 자체적으로 흥미로운 이야기이므로 따로 전해지기도 하는데 일찍이 돈황사본에서 발굴된 「당태종입명기」가 있다. 이러한 이야기는 송원 이래 서유고사의 형성에 영향을 끼쳤을 것이다.

우리나라에서는 이 대목을 따로 정리한 『당태종전』이란 고전소설이 전하고 있는데 지금 남아 있는 것은 20세기 초의 목판본, 필사본, 활자본 등이다. 이 작품은 『서유기』 제10-12회의 번안 작품으로 알려져 있다. 원전에는 어부와 초부의 이름이 있지만 번안본에서는 이름을 드러내지 않고 그냥 어부와 초부라고만 소개한다. 지옥의 최판관은 본래 이름이 최각(崔珏)이다. 그러나 번안본에서는 어려운 글자 대신에 최옥(崔玉)이라고 고쳤다. 이야기꾼들이 그렇게 읽었을 수도 있다. 다른 등장인물도 이름을 바꾸고 있는데 당 태종이 지옥에서 돈을 빌린 사람인 상량(相良)을 번안본에서는 장익덕의 후손 장상(張相)이라고 고쳤다. 상씨를 설정하기가 수월하지 않기 때문이다. 『서유기』에서는 빚진 돈을 울지경덕으로 하여금 상량에게 돌려주게 하였지만 받지 않자 살아 있는 상량 부부를 위한 사당을 짓도록 하고 '칙건상국사'라고 했다. 지금 개봉의 대상국사가 그곳이다. 『수호전』에서 노지심과 임충이 만난 곳이기도 하다.

또 지옥에 수박을 가져가는 인물도 유전에서 이춘영으로, 그의 처도 이취련에서 한씨로 바꾸고 있다. 옥영공주도 창원공주로 바꾸었으니 등장인물의 이름을 바꾸는 것도 번안 작품의 한 특징이다. 시간이나 장소, 명칭 등을 바꾸기도 했는데 어부와 나무꾼이 대화를 나눈 시간이 원전에는 없었으나 번안본에서는 정관 13년으로 설정하였고, 점쟁이 원수성은 원천강의 숙부인데 번안본에서는 점쟁이가 원천강의 당숙이라고 설정했다. 또 과룡대를 참룡대라고 하였고, 호경덕을 지경덕이라고 하였다. 당 태종의 사망시간과 장소도 원전에서는 시간 언급 없이 백호전에 관을 안치하였다고 했지만 번안본에서는 7월 병인시에 오작궁이라고 고쳤다. 또 원전에서 염라대왕이 지부에 동과와 수박은 충분하지만 호박이 없다고 한 것을 번안본에서는 지부에는 사과와 수박이 없다고 하였다. 따라서 당 태종이 환생한 후에 보내 주는 것도 사과와 수박이다.

소설의 묘사는 당 태종이 지옥에서 환생하는 대목에서 크게 차이가 난다. 번안본에서 최판관은 동으로 가면 짐승으로 환생하는 우마의 길이고, 남으로 가면 금강산으로 통하는 길이며, 동북으로 가면 인간세계로 가는 길이니 절대 길을 잃지 말라고 당부하고 인간세계로 가는 길에서도 각종 난관을 만날 것이라고 재차 경고한다. 최판관의 경고대로 여러 가지 난관이 이어지는데 이는 『서유기』에 없는 대목이다. 염라대왕에게 사과와 수박을 가져갈 사람의 처도 죽음의 방식이 달리 묘사된다.

숫자가 달라지는 대목도 적지 않다. 천제가 용왕에게 내리도록 하는 비의 양은 석 자 세 치 사십팔 점에서 석 자 세 치로 단순화하였고, 최판관이 사생부에서 고친 당 태종의 재위연한은 정관 삼십삼 년을 이십삼 년으로 바꾸었으며(실제 역사는 정관 23년이 맞음), 당 태종이 지옥에 머문 시간은 사흘인데 십여 일 정도로 바꾸었다. 당 태종이 현장법사를 청하여 사십구 일 동안 수륙대회를 거행했는데 이를 칠 일 동안 천 번의 수륙대회를 거행했다고 고쳤다. 상량은 개봉부 사람으로 지부에 열세 개의 금은 곳간을 가졌다고 했는데 이름을 장상으로 바꾸고 도성 장안의 십 리 밖에 사는 것으로 고쳤다. 『당태종전』의 지옥묘사는 『전등신화』「영호생명몽록」의 내용과 유사하여 영향관계를 추정할 수 있다.

서사무가인 「세민황제본풀이[世民皇帝本解]」도 『당태종전』과 유사하게 『서유기』의 영향하에 형성된 민가다. 굿으로 불리는 가사이므로 무불(巫佛)의 복합화로 이루어진 작품이다. 지극히 존귀한 세민황제(당 태종)가 백성을 착취하고 포악한 짓을 하다가 저승에 갔다. 염라대왕은 매일장상의 저승 곳간에서 돈을 꾸어 주면서 이승에 돌아가면 돈을 갚고 적선을 베풀라고 하였다. 당 태종이 마침내 환생하여 매일장상에게 꾼 돈을 갚고자 했더니 그는 짚신장사와 술장사로 번 돈의 절반을 적선하고 있었다. 당 태종은 홍인대사를 시켜 팔만대장경을 구해 오도록 하고 불법을 펴서 적선의 도를 실천하였다.

『서유기』에서는 이렇게 삼장법사의 유래와 당 태종의 지옥여행이 나온 후에 마침내 서천취경의 장대한 사업이 시작된다. 그리하여 여든한 번에 걸쳐 요마와 대결하는 험난한 역정이 이어지는데 이를 81난이라고 한다. 그 모든 과정을 무사히 마치고 서방정토의 불경을 구해서 돌아와 당 태종에게 바친 취경단 다섯(백마까지 포함)이 모두 정과를 얻고 부처가 되는 것으로 이야기가 마무리된다.

2) 남방에서 전래된 손오공

『서유기』의 핵심인물은 손오공이다. 소설의 역사적 유래는 삼장법사의 서천취경에서 왔으나 흥미를 자아내기 위하여 천지의 정기를 받아 태어난 원숭이 손오공의 이야기로 시작하는 것이다. 이는 반고신화에서 유래한다. 중국신화에서 반고는 천지창조의 신이다. 인류를 창조한 여와와 더불어 중국신화를 대표한다. 여와 신화는 『홍루몽』의 첫대목에서 활용되고 있는데 이 또한 『서유기』를 참고한 것으로 보인다.

동승신주의 오래국 화과산에 신성한 돌이 천지의 신령한 기운으로 잉태하여 돌알을 하나 낳았다. 그 속에서 신령스런 원숭이 한 마리가 태어났다. 그는 수렴동을 발견하고 남들보다 용감하게 폭포의 물줄기 속으로 뛰어 들어가서 미후왕으로 추대되었다. 비록 하늘이 낳은 특별한 존재였으나 그는 안주하지 않았고 스스로 배우고 익히며 쟁취하고 확보하기에 노력하였다. 그는 남섬부주의 땅으로 건너가 수보리조사로부터 72가지 술법을 익혔다. 손오공이란 이름도 수보리조사로부터 얻은 것이었다. 그는 용궁으로 가서 갑옷과 투구와 신발을 얻었고 여의봉까지 확보하였다. 뜻대로 줄였다 늘였다 할 수 있는 거대한 쇠몽둥이였다. 여의봉을 휘두르는 손오공의 모습은 『서유기』에서 가장 인상적인 장면이다. 뛰어난 무술을 몸에 익히고 제 마음에 쏙 드는 무기까지 확보한 손오공은 이제 남부러울 것이 없이 자신만만해졌다. 그러나 세상에 누구든 영원히 살 수는 없다는 사실을 깨닫고 크게 낙심하다가 이 거대한 장벽마저 깨부수기 위해 염라왕부의 살생부에서 자신의 이름을 지워 버린다는 기상천외의 생각을 과감히 실행한다. 전국을 제패하고 천하를 통일하였던 진시황조차도 감히 흉내 내지 못한 위대한 일을 손오공은 결행했던 것이다. 세상의 누구든 한 번쯤 이와 같이 해 보고 싶지 않겠냐마는 나약한 인간은 그저 운명 앞에, 죽음 앞에 고분고분하며 순응할 뿐이다. 그러나 그의 과감한 행동이 낳은 후과가 어찌 가벼우랴. 용왕과 염라대왕의 상소를 받고 천상의 옥황상제가 그냥 지나칠 수는 없었다. 그가 저지른 죄를 처벌하지 않는다면 세상의 질서를 유지하기 어렵기 때문이다. 마침내 수렴동의 미후왕 손오공은 하늘과 대결하고 화해하고 다시 충돌하는 과정으로 점점 진입하게 된다. 천궁대소동이 전개되는 것이다.

손오공의 천궁소동은 『서유기』의 특징을 가장 단적으로 보여주는 명장면이다. 지상의 원숭이 왕이 감히 천상의 신령계에 저항하여 옥황상제와 왕모낭랑의 궁전을 두들겨 부수며 난동을 부리는 일이 과연 소설이 아니고 가능할 것인가. 손오공이 아니고 그 누가 그러한 엄두조차 낼 수 있을 것인가. 세상의 모든 권위에 대항하는 손오공의 강인한 기개와 빛나는 활약에 독자들의 갈채가 쏟아지는 것은 당연한 일이다. 대소동은 동서고금의 이야기에서 언제나 빠지지 않고 나오는 소재이기도 하다. 복잡하고 다양한 인간관계 속에서 갈등과 대결은 필연코 일어나며 축적된 울분과 불만은 끝내 터지고 마는데 이것이 대소동으로 표출되는 것이다. 그리고 대소동을 통하여 새로운 변화가 일어나고 관계가 재정립되며 재조정된다. 『서유기』는 첫 회에서 곧바로 주인공 손오공이 출현하고 그의 이야기가 상당 부분 진행된다는 점에서 확실히 『수호전』과는 다른 구성이다. 송나라 설화인들의 연출에서도 이처럼 전혀 다른 유형과 전혀 다른 구성을 가진 두 작품이 팽팽하게 경쟁하고 있었을 것이다.

천상의 신령 중에 손오공에게 절대적인 우호감을 나타내는 인물은 태백금성이다. 손오공의 질못을 책망하고 징벌하려는 옥황상제에게 적극 변호하여 오히려 그에게 필마온이라는 낮은 벼슬을 내려 천궁에서 살도록 안배한다. 손오공은 땅에서 태어난 존재이므로 천궁의 초청을 받아 하늘나라에서 벼슬을 한다는 것만으로도 대단한 자부심을 느끼며 열심히 직무에 충실하였다. 마치 시골 출신의 선비가 황제의 부름을 받아 조정에서 미관말직이라도 차지하였을 때와 마찬가지로 그는 어깨를 으쓱대며 수렴동의 원숭이 백성을 떠나 천궁에 들어섰던 것이다. 그러나 누군가가 필마온이 보잘것없는 낮은 벼슬이라고 이실직고를 했다. 손오공은 자신이 보잘것없는 존재로 멸시받은 것으로 생각하고 화를 내며 화과산으로 돌아왔다. 수렴동의 미후왕으로 지내는 것이 더 좋을 것 같아서였다. 그리고 제천대성의 이름을 내걸고 자신만의 왕국을 꾸리며 살고자 했다. 하지만 천궁에서는 그 이름의 사용조차도 허용할 수 없었다. 사소한 이름마저도 하늘의 권위에 대한 도전이라면 용서할 수 없는 것이 위계질서이기 때문이다. 탁탑천왕과 나타태자가 천군을 끌고 내려왔으나 이길 수 없었다. 제천대성 손오공이 천군을 물리치자 우마왕이나 봉마왕 등 의형제를 맺은 마왕들이 몰려와 축하했다. 그들도 평천대성이니 복해대성이니 이름을 붙였다. 하늘의 권위는 땅에 떨어졌다. 이번에도 태백금성이 나서서 사태를 수습했다. 차라리 허울 좋은 이름뿐인 제천대성을 인정하고 천궁으로 불러들여 벼슬을 내려 주자는 것이었다. 두 번째 초안을 받아서 천궁으로 올라간 손오공은 새로 지은 제천대성부에서 신선들과 왕래나 하며 별달리 일도 없이 지냈다. 그의 위상은 이제 최고의 신선계에 이른 듯했다. 옥제는 그에게 반도원(蟠桃園)의 관리를 맡겼다. 그는 반도복숭아의 특별한 효능을 알아내고 제 마음껏 따 먹었다. 게다가 왕모낭랑이 신선들을 불러 반도대회를 열려고 하는데 자신이 초청되지 않았음을 알고 속이 뒤틀려 훼방을 놓았다. 자신은 최고의 신선 반열에 오른 것으로 여기고 있었는데 남의 눈에는 여전히 미미한 존재임을 확인하게 되었기 때문이다. 그는 요지에서 선주(仙酒)를 훔쳐 마시고 도솔궁에서는 금단(金丹)을 모조리 훔쳐 먹었다. 천궁의 반도대회와 단원대회를 모두 망치게 했으니 큰 난리를 일으킨 것이었지만 화과산으로 돌아와 자신의 무용담을 신나게 떠벌렸다. 옥황상제는 다시 천군을 파견했다. 반도대회에 갔던 관음보살이 이랑진군을 추천했다. 이랑진군이 손오공과 맞붙었을 때 태상노군의 금강탁이 그의 정수리를 맞추었고 이랑진군의 개가 뒷다리를 물고 늘어졌다. 손오공은 붙잡혀서 다시 천궁으로 압송되었다. 세 번째 입성이었지만 이번에는 죄를 물어 그를 처형하려는 것이었다. 하지만 손오공은 죽으려야 죽을 수도 없는 몸이었다. 염라대왕의 살생부에서도 이름을 없애 버렸고 영생불멸한다는 반도복숭아를 수도 없이 따 먹었으며, 요지의 보각에서 신선의 술을 모조리 훔쳐 먹었을 뿐만 아니라 태상노군이 만든 단약까지 다 먹어 버렸으니 그가 죽는다면 그가 먹은 선도와 선주와 선단이 모두 가짜라는 얘기가 되는 것이었다. 처형하려는데 칼날도 들어가지 않고 불에도 타지 않으며 벼락을 쳐도 소용이 없었다. 도솔궁의 팔괘로에 넣었는데 49일이 지나도 녹지 않았고 눈만 익어 화안금정이 되어 나왔다. 이제 본격적인 천궁대소동의 정점에 이르렀다. 손오공은 더 이상 사정을 봐줄 입장이 아니었다. 자신을 죽이려고 한 천궁을 두들겨 부수기 시작했다. 여의봉을 휘두르며 난동을 부리자 사대천왕도 겁을 먹고 구요성도 숨어 버렸다. 누구도 당해 내지 못했고 나서서 대적하려고 하지 않았다. 통명전과 영소보전으로 쳐들어오자 옥황상제는 다급하여 여래부처님에게 도움을 요청했다. 옥황상제보다도 여래부처님이 한 수 높다는 의미로 보인다.

여래는 손오공과 대화를 시도했다. 허심탄회하게 그 속마음을 물었다. 손오공은 "황제노릇이란 돌아가면서 하는 법인데, 어찌하여 혼자 독차지하고 있는가?"라고 항변했다. 또 그 자리를 내주면 난동을 그치겠노라고 했다. 대담하고 도발적인 언사가 아닐 수 없다. "황제도 돌아가면서 하는 법[皇帝輪流做]"이란 말은 『수호전』에서 가장 급진적이고 도발적인 흑선풍 이규도 했던 말이다. 진시황의 폭정에 맞서 반란을 일으킨 진승(陳勝)이 "왕후장상에 어찌 씨가 따로 있는가?[王侯將相寧有種乎]"라고 내뱉은 이래 혁명가의 생각은 언제나 기존의 권위와 질서를 뒤집고 새로운 체제를 만드는 것이었다.

여래는 손오공에게 자신의 손바닥을 벗어나면 옥황상제에게 말해서 그 자리를 내어 주도록 하겠다고 약속한다. 자신만만한 손오공은 은근히 기뻐하며 손바닥을 벗어나는 일이야 식은 죽 먹기라고 생각하고 근두운을 타고 십만 팔천 리를 날아간다. 세상의 끝에 있는 오봉산 아래 이르러 제천대성이 이곳에 다녀간다는 글자를 적고, 또 동물적 흔적을 남기느라 오줌까지 갈기고는 돌아왔는데 그게 여전히 부처님 손바닥이었다. 아차차 깨닫고 튀어 올라 달아나려는데 손바닥이 뒤집히며 손오공은 오행산 바닥에 깔려 버린다. 여래는 손오공보다 뛰어난 신통력과 술수를 지니고 있었던 것이다. "뛰어 봤자 부처님 손바닥"은 여기서 나온 말이다.

깨달은 자, 그가 바로 부처님이다. 붓다(Buddha)의 원의가 그러하다. 원숭이 손오공은 천방지축으로 움직이는 인간의 마음을 상징한다. 심원의마(心猿意馬)는 바로 제자리를 가만히 지키고 있지 못하는, 흔들리고 달려가는 우리의 마음을 말하는 성어다. 손오공은 이제 도저히 뛰어넘을 수 없는 새로운 절대적 존재인 부처님을 만나게 된 것이다. 그리하여 불법의 수호에 앞장서고 서천취경의 험난한 모험을 헤쳐 나가 결국 자신도 부처가 되는 길로 가게 된다.

손오공에게 붙여진 이름을 다시 한번 살펴보면 화과산 돌알에서 태어나 돌원숭이[石猴]라고 했고 수렴동에서 원숭이 왕이 되어 미후왕(獼猴王)이라 불렸으며 황금빛 털을 가진 원숭이란 의미로 금모원후(金毛猿猴)로도 불렸다. 천상의 직책으로 필마온(弼馬溫)의 칭호를 받았고 천궁을 뿌리치고 내려와서 스스로 제천대성(齊天大聖)의 칭호를 붙였는데 태백금성의 도움으로 옥황상제도 인정하게 된다. 다시 천군과의 싸움에서 잡혀 태상노군의 팔괘로에 들어갔다가 살아난 후에 눈이 벌겋게 익었으나 신비롭게 요괴를 알아내는 화안금정(火眼金睛)을 갖게 되었다. 석가여래의 손바닥에 잡혀 오행산 아래 눌려 있다가 오백 년 만에 삼장법사에게 구출되어 제자로서 서천취경을 수행할 때는 손행자(孫行者)로 불리기도 했다. 81난을 모두 겪으며 임무를 완수한 후에는 투전승불(鬪戰勝佛)이라는 부처의 이름을 얻었다.

한편 손오공의 유래에 대해서는 중국의 전통에서 형성되었다는 고유설과 인도의 신화로부터 영향을 받았다는 외래설로 나누어 볼 수 있다. 고유설은 중국고전에 나오는 신비한 능력을 지닌 무지기(無支祁)가 그 연원일 것이라고 보아 손오공의 유래를 굳이 해외로부터 들어올 필요가 없다고 보는 입장이다. 무지기는 전설 속 회하(淮河)의 수신(水神)인데 우임금의 치수사업을 방해하자 우임금이 신들과 협력하여 쇠사슬로 묶어 강소의 구산(龜山) 아래에 가두었다. 이로부터 회하의 물이 조용히 흘러 동해바다로 나갔다고 한다. 이 괴물은 거대한 원숭이의 모양을 하고 있는데 목이 자유자재로 늘어났고 힘은 아홉 마리의 코끼리보다도 셌다. 후에 당나라 때 무지기가 큰 강의 밑바닥에서 발견되었다. 쇠사슬에 묶여 있는 무지기를 소 쉰 마리가 끌어올렸는데 한 번 힘을 써서 다시 소들을 그대로 끌고 물속으로 들어가고 말았다. 무지기의 신화는 『태평광기』, 『고악독경(古岳瀆經)』 등에 단편적으로 실려 전한다. 『서유기』의 손오공의 원형이 중국의 무지기 신화에서 유래했을 것이라는 주장은 일찍이 루쉰이 언급한 이래 많은 학자들이 뒤를 잇고 있다.

당대 초기의 전기소설 「보강총백원전(補江總白猿傳)」에서도 천 년 된 흰 원숭이의 뛰어난 능력을 보여 준다. 그는 온몸에 흰색 털이 났고 무리가 없이 혼자서 움직이며 평소에는 전서 글자가 쓰인 목간을 읽었다. 쌍검을 휘두르는데 온몸에 번갯불이 일 듯했고 둥근 빛이 감쌌다. 한나절에 수천 리를 왕복했고 학식이 뛰어나며 논리도 밝고 예리했다. 구양흘은 실종된 아내를 흰 원숭이로부터 구출하여 집으로 돌아온다. 아내는 일 년 후에 아들을 낳았는데 그 모습이 원숭이를 닮아 있었다. 아들은 강총의 집에서 길러 멸문의 화를 면하였고 이후 당나라에서 크게 이름을 떨치게 되니 바로 구양순이었다. 이 소설은 구양순이 비범한 괴물 원숭이의 아들이라고 비방하는 글이므로 다른 전기소설과는 달리 작가의 이름이 전해지지 않는다. 괴이한 일을 그리고 있어 지괴류로 분류된다. 원숭이 이야기는 명 초의 『전등신화(剪燈新話)』「신양동기(申陽洞記)」나 『전등여화』「청경원기(聽經猿記)」에도 있으니 비교적 익숙한 소설의 소재라고 할 수 있겠다.

외래설의 핵심은 손오공의 원형이 인도의 고대 서사시인 『라마야나(Ramayana)』의 등장인물 하누만(Hanuman)으로부터 유래되었다는 설이다. 이 학설은 일찍이 후스로부터 제기되었고 후에 여러 학자들에 의해 상세히 논증된 바 있다. 하누만은 힌두 신화에 나오는 인물로서 숲속에 살고 있는 원숭이 종족인 바라나족의 장군이다. 『라마야나』는 라마(Rama) 왕자가 잡혀간 아내 시타(Sita)를 구출하는 험난한 과정을 그리고 있는데 라마를 숭배하는 하누만이 남다른 능력과 지략으로 라마를 도와 시타를 마왕 라바나로부터 구출한다. 하누만은 바람의 신의 아들이며, 이름의 문자적 의미는 '적을 무찌르는 힘을 가진 자'라고 한다. 하누만은 본래 천상계에 있었지만 태양신을 괴롭히다가 인드라 신에 의해 지상으로 추방되었다. 하누만의 무기는 망치이며 산을 통째로 뽑아 옮기고 바다를 뛰어넘는 힘을 갖고 있었다. 몸을 크고 작게 변신할 수 있으며 천둥처럼 소리치고 구름 사이를 날아다녔다. 여러 가지 면에서 손오공과 비교될 만한 요소를 갖고 있어 주목된다. 그러나 중국학계에서는 손오공의 유래를 전적으로 외래설로 보려고 하지는 않고 중국 고유의 원숭이 신화에 불교의 전래로 인한 영향이 일부 가미되었을 것으로 보고 있다.

역사적으로 현장법사의 서천취경 노선은 장안을 떠나 돈황과 서역을 지나서 중앙아시아 여러 나라를 거치는 길인데 야생 원숭이가 살지 않는 곳이다. 어떻게 해서 서천취경의 길에 원숭이가 수호신으로 등장하게 된 것일까. 초기 서유고사에서는 삼장법사의 수호신으로 호랑이가 등장한다.

그래도 남방의 원숭이 이미지가 북방의 서천취경길에 등장한 것은 오래된 일이다. 북송시대에 해당하는 서하(西夏, 탕구트) 때 조성된 유림굴(楡林窟) 벽화에 〈당승취경도(唐僧取經圖)〉가 있는데 삼장법사의 뒤에서 말을 끌고 가는 원숭이가 나오기 때문이다. 학계에서는 이 원숭이를 손오공으로 본다.

중국 남방 지역인 복건 천주(泉州)에 있는 불탑에는 일찍부터 손오공의 모습이 보인다. 남방으로부터 유입된 신비로운 원숭이의 형상이 자리 잡게 되었음을 의미한다. 『서유기』 취경단은 스승인 삼장법사, 제자인 손오공, 저팔계, 사오정 그리고 백마로 이루어져 있다. 취경단의 서역행에는 그들을 가로막고 위협을 가하는 요마와 어려움을 극복하도록 도와주는 신령스러운 신불의 존재가 있다.

3) 『서유기』의 작가 오승은

『서유기』의 작자는 오승은(吳承恩)이다. 회안부의 산양 사람이며 자는 여충(汝忠)이고 호는 사양산인(射陽山人)이다. 그는 폭넓게 독서를 했고 시를 잘 지었다. 과거에는 합격하지 못하고 지내다 말년에 장흥(長興)의 현승(縣丞)이 되었지만 오래지 않아 벼슬을 그만두고 낙향하여 시주를 즐기며 살았다. 그는 기본적으로 유생이자 재주꾼이었다. 다양한 소재를 참조하여 만력 초기에 『서유기』를 편찬한 것으로 알려졌다. 천성이 해학을 좋아하였고 그의 잡기 몇 종은 일세를 풍미했다. 『서유기』도 독자들에게 해학소설과 신화소설로 읽혔다. 당대 정치와 사회를 풍자하는 이른바 완세주의(玩世主義)의 발현이라고 할 수도 있다.

오승은은 천성이 거만한 거친 사람을 원수처럼 미워했으며 또한 아첨하여 출세하는 것을 특히 싫어했다. 그는 재능이 있으나 펼칠 기회를 얻지 못하여 지방의 현승이란 낮은 벼슬로 인생을 마쳤다. 일생 동안 분노와 좌절을 달랜 탓에 현실의 정치사회에 큰 불만을 갖고 있었다. 그런 까닭에 관리를 묘사할 때 풍자적이고 신랄하며 매몰찬 비판을 가하기도 하였다. 그의 문체는 생동적이고 상상력이 뛰어나며 익살적인 특징이 있다. 작품 속에는 주로 속세를 풍자하고 세인들에게 경고하려는 의미를 담았다.

7장

소설의 혁신:
사랑과 탄식의 이야기

1. 『금병매』의 남자와 여자: 끝없는 욕망의 추구

『금병매』는 명대 사대기서의 일종이지만 앞서의 세 작품과는 그 유형과 관점을 전혀 달리하고 있는 작품이다. 소설의 작가는 누군지 알 수 없지만 다만 필명 '소소생(笑笑生)'으로 불리는 인물이었는데 그는 『수호전』의 한 대목을 빌려 와서 완전히 새로운 작품 100회를 창작하는 놀라운 재주를 보여 주었다. 사건의 배경과 핵심인물은 『수호전』에서 왔으나 실질적인 배경은 작가가 살았던 명대 가정(嘉靖) 연간의 사건과 분위기를 그대로 재현하였고 수많은 인물과 사건을 새로 만들어 냈다. 앞서 삼대기서가 크든 작든 모두 역사적 사실을 근거로 하고 송나라의 설화인들에 의하여 무대에서 구연되다가 뛰어난 작자에 의해 재정리된 장편소설이라고 한다면 『금병매』는 한 작가에 의하여 완전히 새롭게 창작된, 그래서 엄밀한 의미에서 진정한 창작 장편소설의 효시라고 볼 수 있는 작품으로 평가되기도 한다.

1) 『금병매』는 어떻게 만들어졌을까

『금병매』의 혁신은 그 명명에서부터 시작된다. 기본 줄거리의 시작이 『수호전』 제23회에서 제27회까지의 무송살수 이야기에서 왔으니 안일한 작가라면 그냥 수호의 한 속서로 이름 붙일 수도 있었을 것이지만 작가는 과감하게 남자주인공 서문경(西門慶)을 둘러싼 세 명의 여자 이름에서 제목을 따왔다. 본래 수호의 영웅인물 무송을 그려내기 위한 다양한 장치로서 엑스트라인 그의 형 무대, 형수 반금련, 그리고 형수와 간통한 서문경이 등장한 것이지만 작가는 영리하고 교활하게도 바로 그 엑스트라의 불륜 이야기를 핵심으로 삼아 서문경을 주인공으로 두고 그의 처첩들의 이야기를 그려 나간 것이다.

작가는 소설이란 장르의 특징을 너무나도 분명하게 인식하고 있었다. 이야기를 허허실실의 방법으로 이끌어 가며 분명 거짓임을 알면서도 천연덕스럽게 그 이야기를 진짜처럼 풀어 가는 이야기꾼(설화인)의 수법을 충분히 갖추고 있었던 것이다. 소설의 첫머리에서 무송의 이야기가 전개되고 반금련이 서문경과 왕파네 찻집에서 밀회를 할 때 독자들은 '이게 뭐야, 다 아는 얘기잖아?' 했겠지만, 서문경이 한창 열애 중이던 반금련을 제쳐 두고 맹옥루를 셋째 첩으로 맞이하는 대목을 보면서는 '엥? 서문경 집안 이야기로 들어가고 있네' 하면서 흥미를 보이기 시작했을 것이다. 그러다가 무송이 청하현에 돌아와 형 무대의 억울한 죽음을 알게 된 후 원수를 갚기 위해 술집에 찾아가면서 이야기가 슬슬 다른 방향으로 흘러감을 느끼게 되었을 것이다. 독자는 이제 완전히 서문경의 뒷이야기에 매달려 책을 손에서 떼지 못하게 되리니, 과연 서문경은 뇌물을 먹여 무송을 아주 멀리 귀양 보내고 반금련을 다섯째 첩으로 삼아 두 다리 뻗고 편한 잠을 자게 된다. 사실 이때 청하현 지현은 뇌물을 받고 무송의 사형을 청구했으나 동평부 부윤이 그 억울한 사정을 알아차리고 귀양 처분으로 감해주었던 것이다. 『수호전』에서는 귀양 간 사이에 지속적으로 이야기가 만들어져 무송의 영웅화를 북돋웠지만, 『금병매』에서는 귀양 간 사이에 서문경의 활약이 이어진다. 그나마 서문경이 반금련에 의해 과도하게 음약을 먹고 죽음에 이르게 되고, 반금련이 오월랑에 의해 쫓겨나 다시 왕파네 집에 와 대기 중일 때 마침내 귀양에서 돌아온 무송의 손에 죽임을 당하니 완전히 원작과의 끈을 놓지는 않았던 것이다. 좌우간 독자들의 흥미는 이제 완전히 서문경과 그의 처첩들에게로 쏠리게 되었다. 영문 번역 제목은 음역하여 'Chin P'ing Mei', 'Jin Ping Mei'라고 하지만, 금련(金蓮)의 이름을 따와서 'The Golden Lotus'라고도 하고 또 서문경과 여섯 아내의 대담한 이야기임을 내세워 'The Adventurous History of Hsi Men and His Six Wives'라고도 하니 바로 핵심 내용을 반영한 것이다. 사실 이 책의 제목은 번역할 수 없는 조합어다. 반금련, 이병아, 춘매 이름의 한 글자씩을 따왔기 때문이다. 이러한 명명법은 역사적 흔적을 남기려는 기존 소설의 명명방식을 완전히 뒤집는데, 온전한 창작소설이라는 선언과 같다.

이처럼 작가는 형의 죽음에 격분한 무송이 찾아가 때려죽인 것이 서문경이 아닌 다른 인물이었다고 슬쩍 바꿔치기를 하고 무송을 멀리 귀양 보낸다. 그사이에 서문경이 반금련을 맞아들여 다섯째 첩으로 삼게 하고 여섯째 첩 이병아, 반금련의 시녀 춘매 등 수많은 새로운 인물을 창조함으로써 완전히 새로운 진용을 짜내었던 것이다. 게다가 청하현의 건달 출신으로 적잖게 돈을 벌고 조그만 권력까지 거머쥔 서문경에게는 아홉 명의 졸개 건달까지 달라붙어 이른바 열 명의 의형제가 만들어진다. 이들은 온갖 비리와 못된 짓을 일삼으면서도 일가를 이루어 점점 활동범위를 넓혀 간다. 그의 세력은 중앙 관청의 채 태사라는 후원자까지 끌어들임으로써 정점에 이르게 되는데 당연히 수많은 뇌물이 오가며 이로써 서문경에게 무소불위의 권력이 주어지게 되는 것이다. 사실 의형제 이야기에도 내막이 있다. 당초 열 명이 모여 의형제를 맺었는데 그중 하나가 죽어서 이웃집 화자허를 새로운 의형제로 맞아들인다. 바로 그의 아내가 이병아다. 이병아의 등장은 소설의 중심에서 상당 부분을 차지하고 또 그녀가 낳은 관가의 탄생과 죽음은 서문경의 흥망성쇠를 반영하는 대목이기도 하다.

『금병매』의 가장 큰 단점이 과도한 성애의 묘사라고 하지만, 또한 가장 큰 장점은 일상생활의 단면을 세세하고 생생하게 그려 내었다는 것이니 역설적이다. 성애묘사 또한 삶의 일부로서 그려 낸 것이라고 변호할 수도 있을 것이다. 좌우간 후에 이 소설의 영향으로 나온 본격적인 음란소설들이 오로지 성애장면의 묘사에만 집중하고 있다는 점을 보면 분명 『금병매』의 성애묘사는 옥의 티끌이라고 할 수 있지만 그것으로 인해 작품의 창작성이나 예술성이 감소될 수는 없다. 『금병매』는 기존의 영웅을 주인공으로 하는 소설유형이 평범한 인물을 주인공으로 하는 소설유형으로 변화하는 매우 중요한 전환단계를 보여 준다. 또한 일상생활의 묘사로서 기록된 매우 현실적이고 구체적인 경제활동이나 물가의 양상은 심지어 명나라 후기 미시적 역사연구의 자료로 제공되기까지 한다. 집안의 처첩과 시녀를 중심으로 한 가정소설이므로 정원이나 대청에서 술과 차를 마시고 각종 요리와 다양한 놀이를 즐기며 수많은 연회를 여는 모습이 실감 나게 그려지고 있는데 이 또한 생활의 단면을 잘 반영하고 있다. 훗날 『홍루몽』에서 대관원의 다양한 활동은 비록 결혼하지 않은 젊은 여성을 중심으로 그려지지만 기본적으로 『금병매』의 묘사에서 큰 도움을 받았다고 할 수 있다.

『금병매』의 주인공 서문경은 『수호전』 제24회의 다음과 같은 대목에서 유래한다.

> 그는 본시 양곡현에 있는 영락한 부호로서 현청 앞의 거리에 건재약방을 차려 놓고 있었다. 어릴 적부터 위인이 간사한 데다 권법과 몽치 쓰기에 능하였다. 근자에 들어 갑자기 출세할 운이 트이면서 현청공사에도 제법 참견하게 되었고 한편 간계를 꾸며서 사람을 붙잡기도 하고 놓기도 하였는데 그때마다 말 한마디씩 거들어 돈을 받아먹을 뿐만 아니라 때로는 관속들까지도 걸어 넣었으므로 현 내의 사람들은 누구나 그를 홀대하지 못했다. 그는 복성으로 서문(西門)이라 하였고 이름은 외자로 경(慶)이라고 불렀으며 항렬로는 첫째였다. 그래서 사람들은 서문

대랑이라고 불렀는데 근자에 벼락부자가 되었으므로 서문대관인이라고 칭했다.

서문경의 기본적인 소개는 이와 같아서 본래 양곡현 사람이었다. 그러나 『금병매』에서는 작품의 배경을 청하현으로 삼고 있으므로 청하현 사람으로 바꾸고 무대랑과 동생인 무송도 양곡현에서 청하현으로 옮겨 오도록 안배하였다. 만력 연간의 『금병매사화』(사화본)에서는 제1회를 「경양강무송타호(景陽岡武松打虎)」로 시작하는데 서문경에 대한 기본사항은 『수호전』의 앞 대목을 그대로 가져와서 인용하고 이어서 다음의 내용을 덧붙이고 있다.

그는 양친이 모두 죽고 형제도 없으며 첫 번째 부인도 일찍 세상을 떠서 슬하에는 딸 하나만 있었다. 최근에 청하좌위 오천호의 딸을 후처로 맞아들였는데 너댓 명의 시녀와 어멈들이 딸려 있었다. 기원에 있는 기녀 이교아와 뜨거운 사이였는데 지금 첩으로 맞아서 집에 데려다 놓았고, 또 남쪽 거리의 사창가에서 탁이저를 사귀었는데 이름은 탁주아라고 하였고 한동안 데리고 있다가 역시 첩으로 맞아 집에 데려다 놓았다. 오로지 놀고먹으면서 선량한 부녀자나 꼬여서 자기 여자로 만들었고 마음에 들지 않으면 사람을 시켜 팔아 버렸다. 한 달에도 중매인이 스무 차례나 오가니 누구도 감히 그의 비위를 건드리지 못했다.

한편 숭정 연간의 『신각수상비평금병매』(수상본)에서는 제1회를 「서문경열결십형제(西門慶熱結十兄弟)」로 시작하는데 이는 『삼국지연의』의 도원결의를 흉내 낸 것이다. 여기서 서문경을 소개하고 동시에 그와 의형제를 맺은 인물을 함께 등장시킨다. 서문경의 가문과 가족에 대한 소개가 다음과 같이 약간 달리 펼쳐진다.

> 북송 휘종 정화 연간에 산동 동평부의 청하현에는 내력 있는 한 자제가 있었다. 생김새가 훤칠하고 성격이 시원시원하며 집안에 재산도 있는 스물 예닐곱 살 난 사내로서 성은 복성으로 서문이라 하였고 이름은 외자 경으로 썼다. 부친 서문달은 사천과 광주 지방을 오가며 약재를 팔다가 이곳 청하현에 큰 생약포를 내고 대저택을 지어 살았는데 노비를 두고 말과 노새를 부렸으니 비록 부귀영화를 누린다고 할 정도는 아니라도 청하현에서는 제법 알아주는 집안이었다. 다만 서문달 부부가 일찍 세상을 떠난 뒤에 홀로 남은 아들은 남의 말을 듣기 좋아하여 공부는 않고 온종일 밖에서 방탕한 나날을 지내다가 아예 기생집에 머물며 온갖 일을 저지르고 다니는 인간이 되었다. 무술도 약간 배웠고 도박이나 바둑, 마작 등 잡기에도 능하였다. … (의형제 명단 소개) … 서문경은 태어나기를 성격이 강하고 일을 잘 꾸몄는데, 속이 깊고 상당히 교활했으며 관리들에게 돈을 잘 빌려주어 당시 조정의 간신배인 고구, 양전, 동관, 채경 등과도 적당히 선을 대고 있었다. 이 때문에 현의 사소한 송사나 관청 사람들을 꽉 잡고 있어서 사람들이 모두 서문경을 두려워했다.

서문경은 무리들 중에서 첫 번째이므로 서문대인이라 불렸다.

이 판본에서는 서문경의 처첩에 관한 내용도 약간 달리 묘사되어 보다 구체적인 인물과 내용이 덧붙여지고 있다.

그는 일찍 맞이한 진씨 부인이 먼저 세상을 떠나고 서문대저로 불리는 딸이 하나 있었다. 애초 동경 팔십만 금군 양 제독의 친척인 진홍(陳洪)의 아들 진경제의 아내가 되기로 했으나 아직 혼례를 치르지는 않았다. 서문경은 첫째 부인이 죽은 후에 집안을 돌볼 사람이 없어 얼마 전 청하현 좌위인 오천호의 딸을 새 부인으로 맞았다. 나이는 스물다섯이고 팔월 보름날 태어났다고 하여 어려서는 월저로 불리다가 시집온 후에는 월랑으로 불렸다. 오월랑은 성품이 온후하고 어질어서 남편의 말에 순종했다. 방 안에 시녀와 어멈들이 서너 명 있었으나 모두 서문경의 손을 거친 이들이었다. 그는 또 기녀인 이교아와 정분이 나서 둘째 첩으로 들이고 또 다른 화류계에서 탁이저도 맞아들여 셋째 첩으로 삼았다.

2) 『금병매』의 인물, 서문경의 여인들

서문경의 새로운 애정행각은 이러한 바탕 위에서 계속되는데 바로 이 순간 반금련과 눈이 맞았지만, 정작 셋째 탁이저가 죽자 그 대신 돈 많은 과부인 맹옥루를 맞아서 셋째 첩으로 삼고, 전 부인의 시녀 출신인 손설아를 넷째 첩으로 삼은 다음에야 비로소 반금련을 다섯째로 들이게 된다. 반금련이 서문경을 만나는 것은 첫 회에 시작되었지만 이 집에 정식으로 들어오는 것은 제9회에 이르러서이다. 그 사이에 왕파의 집에서 밀회가 이어졌고 무대를 독살하였다. 무송이 돌아와 형의 원수를 갚으려고 했지만 이외전을 잘못 죽이고 되레 귀양을 가게 되었다. 반금련이 들어와서 처첩들이 부용정에 모여 즐거운 잔치를 열 때 곧바로 이병아의 이야기가 시작되는 것은 이 두 주인공의 경쟁이 머지않아 전개될 것임을 보여 주는 복선이다. 제13회부터 제19회까지는 이병아의 영입 과정을 그리는데 역시 일사천리로 실행되지 못하고 천당과 지옥을 오가는 단절이 있다. 개봉에서 사돈인 진홍이 중대한 정치사건에 연루되어 서문경까지 이름이 올라가게 되었던 것이다. 가까스로 위기를 벗어난 서문경은 비로소 이병아와의 혼인을 다시 추진하여 여섯째 첩으로 맞아들이게 된다.

이때부터 반금련과 이병아의 경쟁은 시작되었지만, 매번 반금련이 강한 성격을 드러냈고 이병아는 본래의 독하고 음란한 모습이 크게 변하여 온순하고 얌전한 부인으로 탈바꿈하고 있었다. 그것은 사실 알기지나 다름없는 반금련에 비하여 거대한 재산을 가시고 시집온 이병아의 여유로움에서 기인하는 것일 수 있으며, 실제로 매번 처첩들이 추렴할 때 이병아가 특별히 더 많은 기금이나 재물을 내면서 은연중 사람을 제압하는 분위기가 연출되기도 한다. 이에 대하여 반금련은 매번 한 번도 주눅 들지 않고 이병아를 몰아치는데 이러한 경향은 이병아가 아들 관가를 낳고 나서 더욱 심해진다. 본처인 오월랑에게서 아직 임신 소식이 없고 여러 첩들 중에서도 유독 마지막으로 들어온 여섯째 이병아에게서 아들이 나오니 서문경의 애정은 더욱 깊어진다. 부러워하고 은연중 질투하는 다른 처첩들의 마음은 당연지사이기도 하다. 그러나 반금련의 질투심은 너무나 노골적이어서 평소에도 서문경이 다른 방에 가는 것을 끝끝내 막아 내고 자신이 독차지하려 하였으며, 관가의 출생 이후 이병아에 대한 질투와 미움은 더욱 커졌다. 마침내 어린 관가는 몇 차례 경기를 일으키고 끝내 요절하니 얼마 후 이병아마저 죽음을 맞게 된다. 이병아는 제10회에서 제62회까지의 화려하고 복잡한 인생을 마감한다. 관가의 탄생과 죽음은 서문경에게는 승진과 부귀의 정점에서 몰락으로 치닫는 짧은 인생의 곡선을 미리 보여 주는 조짐이지만 그는 이를 깨닫지 못하고 어지러운 음행은 계속된다.

서문경은 이병아 영입 이후 새로운 첩을 들이지는 않았지만, 이미 반금련의 시녀인 춘매와 관계를 하고 있었고, 하인 내왕의 처인 송혜련과도 깊은 관계를 이어 가고 있었다. 그러나 남편인 내왕을 도둑으로 몰아 관가에 잡혀가도록 하는 상황에서 부끄러움을 느낀 송혜련은 스스로 자결하고 만다. 서문경으로서는 체면이 구겨지는 일이었지만 개의치 않고 새로운 대상을 찾아 불나방처럼 날아든다. 심지어 이병아가 죽자 관가의 유모로 있던 여의아와도 사통하고 임씨부인, 분사의 처, 내작의 처, 왕육아 등과 끊임없이 관계를 이어 간다. 반금련은 경쟁자인 이병아가 사라지면 서문경이 온전히 자신의 차지가 될 것으로 여겼지만 그는 허전한 마음 때문이었는지 아니면 본래가 그러한 천성인지 거리낌 없이 새로운 돌파구를 찾아낸다. 반금련도 그냥 독수공방을 하며 얌전하게 기다릴 사람이 아니었다. 그녀는 결국 진경제와의 관계를 시작하고 춘매와 더불어 이중생활을 꾸려 간다. 이는 후반부 춘매와 진경제의 새로운 형국을 만드는 기반을 제공한 셈이 되었다.

『금병매』의 주인공은 서문경이지만 그가 죽은 이후의 이야기도 20회나 지속된다. 미망인 오월랑이 집안을 이끌어 가는 내용, 진경제가 철저하게 몰락하여 유랑하고, 시집간 춘매가 손설아를 사들여 구박하거나 진경제와 관계를 이어 가는 내용, 맹옥루가 새로운 남편을 만나 재가하는 내용 등이 이어진다. 장편소설의 후반 20회는 적지 않은 분량인데 주인공이 사라진 이후에 남은 인물들의 이야기를 이만큼 지속하는 이유는 사실 제2의 반금련, 제2의 서문경의 이야기를 부각시켜 그려 내고자 한 의도일 것이다. 그것은 바로 춘매와 진경제의 몰락과정이다. 이들은 앞서 반금련과 서문경의 도를 넘는 음행과 그에 따른 비참한 결말을 지근거리에서 직접 보았음에도 불구하고 전혀 교훈을 얻지 못했으므로 거의 똑같은 혹은 더욱 극심한 극단적 난륜으로 역시 비참하게 죽어 가는 결말에 이르게 되는 것이다. 진경제는 춘매와 사통하다가 하인에게 죽임을 당하고 춘매는 또 다른 하인의 아들과 사통하다가 음행이 지나쳐서 폭사하는 것으로 마무리된다. 참으로 흔치 않은 극단적인 경우를 이 소설의 마지막 처절한 장면으로 장식하고 있는 것이다.

작가는 소설의 외면에 인과응보와 윤회환생의 껍데기를 만들어 씌우면서 열다섯 살 난 유복자 효가를 출가시켜 아버지의 업보를 갚도록 하고 오월랑이 천수를 다하도록 하는 것으로 조용히 끝을 맺고 있다. 이 소설의 후속으로 만들어진 많은 음사소설에서 불교적 외형을 씌운 것은 대체로 그 영향이라고 할 수 있다.

『금병매』 간행본의 권두에는 네 가지를 탐하지 말라고 경고하는 「사탐사(四貪詞)」가 들어 있다. 사탐은 인간의 건전한 삶을 망치는 네 가지 사항인 주색재기(酒色財氣)를 말하는 것이다. 이에 대한 지식인들의 언급은 이미 원나라 희곡에서 여러 번 등장했고 풍몽룡의 화본소설에서도 나타났지만 장편소설에서 노골적으로 등장한 것은 이 책이 가장 대표적이다. 따라서 연구자들은 『금병매』의 주제를 바로 이와 연결시켜서 설명하기도 한다. 서문경과 진경제, 반금련과 춘매 등의 주인공을 통해서 독자들에게 주색재기의 폐단을 강력하게 경고하는, 반면교사로서 만들어진 작품이라는 것이다. 『금병매』의 인물은 거의 주색으로 점철된 생활을 이어 가고 있으며 사사건건 재물의 향방에 관심을 기울인다. 언제나 주색에 빠져 있다는 점에서 서문경과 진경제는 다를 바가 없지만 서문경이 그러한 와중에서도 재산을 불려 나가고 권력과 결탁하여 재물을 지키는 재주를 가진 반면 진경제는 아무런 대책 없이 방탕한 생활을 이어 가다가 상당한 재산을 탕진하여 알거지가 된다는 점에서 차이가 난다. 주인인 서문경이 돌연사하자 그의 통제하에 있던 첩이나 하인들은 곧바로 재물을 빼돌려 제 살길을 위해 흩어지는데 그야말로 "큰 나무가 쓰러지면 그곳에 살던 원숭이들이 흩어진다[樹倒猢猻散]"라는 격언과 다를 바 없다고 하겠다. 둘째 첩 이교아는 돈을 갖고 기원으로 돌아갔다가 금세 새 남자를 찾아 시집가고 넷째 첩 손설아는 재물을 훔쳐 내왕과 함께 도망쳤다가 붙잡힌다. 집사 한도국은 아내 왕육아와 함께 천 냥 돈을 챙겨서 동경의 딸네 집으로 가 버린다. 의형제로 맹세했던 응백작 등도 곧바로 등을 돌려서 새로운 물주를 찾아 뿔뿔이 떠난다. 재물의 허망함과 인심의 각박함은 참으로 탄식을 자아내게 한다. 중국어에서 기(氣)는 화를 지칭한다. 주색에 빠지고 재물에 연연하다 보면 화를 낼 일도 적지 않게 된다. 불같은 화는 사람의 목숨을 단축시키는 첩경이다. 구체적으로 울화를 참지 못하고 죽음에 이르는 인물은 화자허다. 화 태감의 재물을 이어받고 절색인 이병아를 아내로 데리고 사는 화자허는 근심걱정 없는 사람이었지만 서문경의 의형제가 되고 그가 자신의 아내에게 눈독을 들이면서 인생이 꼬이기 시작했다. 사촌들이 화태감의 재물을 나누자고 소송을 걸었고 서문경은 문제를 해결해 준답시고 막대한 돈을 챙긴다. 몸과 마음이 서문경에게 넘어간 이병아는 빼앗길 수도 있는 재물을 미리 지키기 위해 서문경네 집으로 금은보화를 옮겨 놓고 잡혀갔던 화자허가 돌아오자 남은 돈이 없다고 발뺌한다. 화자허는 돈도 사랑도 다 잃었음을 감지하고 울화를 참지 못해 죽는다. 공교롭게 이병아 자신도 결국 반금련이라는 전생의 원수이자 야차 같은 경쟁자를 만나 귀한 아들을 잃게 되고 울화를 풀지 못해 죽음에 이르는데 비몽사몽간에 죽은 전남편이 나타나 책망까지 하니 결국 명이 다할 수밖에 없었다. 인생을 망치는 요소로서 울화를 내세우는 경우는 많지 않지만 가만히 생각하면 그만큼 위험한 것도 없으니 『금병매』의 작자는 이를 최대한 강조하였던 것이다.

『금병매』의 여주인공은 서명에서 드러난 세 명, 즉 반금련과 이병아 그리고 춘매다. 주인공의 이름자 하나씩을 뽑아서 책의 이름으로 삼는 전통은 이 책에서 시작되었다. 그렇게 함으로써 소설의 유래가 『수호전』이 되었든, 그 내용이 북송 말기의 청하현을 무대로 하였든 그러한 조건은 상관하지 않고 핵심 여성인물 셋의 이야기를 합전한 듯이 하여 기존의 전통에서 벗어난 진정한 창작소설을 만들어 낸 것이다.

『금병매』의 남자주인공은 단 한 명 서문경이지만 여자주인공은 서명에 나타난 세 명이 핵심이다. 그리고 서문경 생전 애정 쟁탈전의 핵심은 아무래도 반금련과 이병아의 양파전이다. 춘매는 아직 여기 끼어들지 못하고 그녀의 활약은 서문경 사후에야 드러난다.

반금련은 사실 길게 소개할 필요가 없다. 『수호전』에서 이미 익숙히 알던 그 인물이기 때문이다. 그러나 또한 그녀의 배경과 묘사를 그대로 옮겨다 쓴 것은 아니다. 새 작품의 주인공으로 등장하는 중요한 인물이 되었기 때문에 훨씬 더 공을 들여서 다양한 장치를 덧붙이고 충분한 묘사를 더하여 살을 붙이고 있다. 당초 『수호전』 제24회의 그녀의 출현 대목은 이러했다.

청하현의 떵떵거리는 한 부잣집에 반금련이라는 계집종이 있었다. 나이는 20여 세인데 얼굴이 매우 예뻤다. 주인 양반이 이 여종에게 자주 집적거리니 여종은 순종하지 않고 그 마누라에게 고해 바쳤다. 그러자 주인은 앙심을 품고 되레 집칸과 세간살이까지 주면서 여종을 못생긴 무대랑에게 주어 버렸다. 무대랑이 이 여종을 얻게 되면서부터 청하현의 난봉꾼들은 이 집에 무시로 드나들면서 시끄럽게 굴었다. 무대랑은 키가 작고 인물도 초라한 데다 여인을 다룰 줄도 모르는 위인이었다. 반대로 계집은 매사를 능수능란하게 처리하였고 그중에서 서방질에 제일 능하였다. … 무대랑은 청하현에서 더는 살 수 없게 되자 양곡현 성내의 자석가로 이사하여 셋방을 빌려 전과 같이 떡장수를 하면서 살았다. 이때 호랑이를 때려잡아 양곡현 도두가 된 무송을 만나게 된 것이다.

이러한 기본 줄거리는 『금병매』에서 다음과 같이 바뀌고 좀 더 상세하게 묘사된다. 양곡현과 청하현도 뒤바꾸어 무대와 무송은 본래 양곡현 사람인데 청하현으로 옮겨 오게 만들고 청하현에 살고 있던 서문경을 중심으로 이야기를 전개하는 것이다.

양곡현 사람 무대는 동생 무송과 헤어져 청하현으로 이사한 후 죽은 전처가 남긴 12살짜리 딸 영아를 데리고 장대호네 집에 세를 들어 여전히 떡을 팔고 있었다. 무대는 키가 작고 못생겼지만 사람이 좋아 장대호는 방세도 받지 않았다. 장대호는 나이 예순이 넘어도 슬하에 자식이 없자 부인에게 하소연하여 계집아이 둘을 사서 시중들게 했다. 그중 하나가 바로 반금련이었다. 반금련은 아버지가 죽은 후 아홉 살 때 왕초선네 집에 팔려 가서 악기와 노래를 배우고 화장법도 익혔다. 본성이 영리하여 곧 그림과 자수를 배우고 피리와 비파도 다룰 줄 알게 되었는데 왕초선이 죽자 금련의 어머니는 은자 서른 냥에 다시 장대호 집으로 팔게 된 것이었다. 장대호는 마침내 열여덟이 된 금련을 자기 여자로 만들었지만 여색을 가까이하면서 몸의 이곳저곳에 병세가 나타났다. 아내의 등쌀에 견디지 못하자 장대호는 금련에게 살림살이를 마련해 주고 무대에게 시집보냈다. 장대호는 무대가 떡 장사를 나가면 금련을 몰래 만나곤 했다. 그러던 장대호가 죽자 무대와 금련은 쫓겨나서 자석가에 셋방을 얻어 살게 되었다. 금련은 못생긴 남편에게 불만을 품고 문 앞에 기대서서 지나는 남자들에게 추파를 던지곤 하였다. 그러던 중에 무대는 호랑이를 때려잡고 청하현 도두가 된 동생 무송을 만나 집으로 데려오게 되었다.

작자는 반금련에게 이러한 우여곡절을 덧붙이고 마침내 늠름한 무송에게 마음을 두고 유혹의 손길을 뻗게 한다. 그러나 무송의 마음은 요지부동이고 반금련은 오히려 핀잔만 받게 된다. 무송이 개봉으로 출장을 가기 직전에 마치 예견이나 한 것처럼 형과 형수를 불러 앉혀 놓고 단단히 이르고 떠났지만 이 층 창문의 받침대 나무토막을 떨어뜨리는 바람에 서문경과의 운명적인 만남이 시작된 것이다. 제2회의 이 대목에서 작자는 서문경의 눈에 비친 아리따운 반금련의 모습을 온갖 미사여구를 동원하여 이렇게 그려 낸다.

칠흑같이 윤기 흐르는 머리카락, 초승달처럼 동그랗게 굽은 짙은 눈썹, 맑고 서늘한 살구 같은 눈, 향기를 뿜어내는 앵두 같은 입술, 오뚝하게 솟아오른 옥처럼 아름다운 코, 붉게 물든 요염한 볼, 애교 넘치는 은쟁반 같은 얼굴, 연약한 꽃송이처럼 호리호리한 몸매, 섬섬옥수 가는 파와 같은 손, 버드나무 가지 같은 하늘하늘한 허리, 약간 부풀어 오른 듯한 아랫배, 작고 뾰족한 앙증맞은 발, 적당히 살이 붙은 말랑말랑한 젖가슴, 하얗고 탱탱한 장딴지, 그리고 또 한 가지 단단히 조이며 검붉고 하얗고 까무잡잡한 그것까지 어느 한 군데 예쁘지 않은 곳이 없었다.

반금련의 몸 전체를 머리에서 발끝까지 비유를 써서 그린 것인데, 사실 창문 받침대 나무토막에 머리를 맞고 걸음을 멈춘 그가 이층 창문에서 웃음 띠며 미안해하고 있는 반금련을 바라보기만 해서 할 수 있는 묘사는 결코 아니다. 이어서 그녀의 옷차림과 장식 치장까지 한바탕 묘사를 하고야 다음 이야기를 전개하고 있는데 여주인공의 등장을 작자가 그만큼 세심하게 신경 썼다는 말이 된다. 서문경은 이웃 왕파의 찻집에서 밀회를 거듭하면서 반금련을 그의 여인으로 만들었고 이어서 무대를 독살하고 무송을 귀양 보내고 나서는 마침내 집안의 다섯째 첩으로 맞아들이게 되는 것이다.

반금련과 이병아의 숙명적 대결은 제10회에서 새로 의형제에 가입한 화자허를 정식으로 소개하면서 그 서막이 열린다. 작자는 이때 화사허에 곁들여 그의 아내 이병아를 슬쩍 소개한다.

원래 화자허의 부인은 성이 이씨로 정월 보름날 태어났다. 태어난 날에 어떤 사람이 한 쌍의 물고기 모양을 그린 화병을 보내왔기에 어려서 이름을 병저(甁姐)라고 했다. 나이가 들어서 처음에는 대명부 양 중서의 첩이 되었다. 양 중서는 동경 채 태사의 사위로서 부인이 질투가 아주 심한 성격이라 노비나 첩들을 때려죽여 후원에 묻고는 하였다. 이씨 부인은 바깥채에 있는 글방에서 머물며 유모의 시중을 받았다. 그러던 중 정화 3년 음력 정월 대보름날 밤에 양 중서가 부인과 함께 취운루에 올라 등불놀이를 구경하고 있을 때 양산박의 흑선풍 이규가 쳐들어와 전 가족을 몰살시켰는데 양 중서와 부인만 겨우 목숨을 건져 도망쳤다. 이때 바깥채에 살던 이 부인은 서양 진주 백 개와 두 냥이 넘는 푸른 비취옥 한 쌍을 가지고 유모와 함께 동경의 친척집으로 도망쳤다. 그때 화 태감은 황제의 총애를 받는 측근으로서 광남 진수로 승진하였다. 화 태감은 조카 화자허가 부인이 없음을 알고 매파를 통해 혼담을 성사시켜 이 부인을 조카의 정실부인으로 맺어 주게 되었다. 화 태감이 광남으로 가면서 두 사람도 함께 가서 반년 남짓 머물렀다. 화 태감이 병이 들어 사직하고 고향인 청하현으로 돌아와 살게 되었다. 지금 화 태감은 죽고 그가 남긴 재산은 모두 화자허의 손에 넘어갔다. 화자허는 매일 친구들과 기생집에 드나들다가 서문경 등과도 사귀게 되어 마침내 그 모임의 친구가 된 것이다.

새로운 의형제로 가입한 화자허의 소개와 함께 자연스럽게 이병아의 출신 유래도 제공하고 있다. 『수호전』에 나오는 대명부의 양 중서나 양산박의 흑선풍 이규 등을 함께 거론한 것은 이 작품이 시종일관 연관관계를 잊지 않고 있다는 것이지만 실질적인 영향은 없다. 다만 화 태감의 재산이 모두 이 집안으로 오게 되었다는 것이 핵심이며 이는 또한 서문경이 이병아에게 손을 대는 중요한 이유가 되기도 한다.

서문경은 화자허를 의형제에 가입시키고 가까이 오가다가 그의 아내 이병아를 탐하게 된다. 처음에는 화자허와 술집에 가서는 그를 만취시켜 그곳에 머물도록 하고 서문경은 돌아와 이병아와 밀회를 하였다. 나중에는 담을 넘어 만남을 이어 가는데 화자허가 재산문제로 화병이 심해 죽게 되자 이병아는 본격적으로 서문경에게 매달리며 혼인 날짜까지 잡게 된다. 하지만 사돈집 진홍이 개봉의 큰 사건에 연루되어 사위 진경제와 딸 서문대저가 짐을 싸 들고 친정으로 돌아오자 아연 긴장한 서문경은 즉시 집안의 공사를 중단하고 아무 말 없이 이병아와의 왕래도 중단한다. 이병아는 영문을 몰라 원망하며 기다리다 엉뚱하게도 의원인 장죽산에게 시집을 가고 서문경은 은밀히 요로에 돈을 써서 연루된 자신의 이름을 고쳐 무사히 빠져나온다. 태풍이 지나간 다음 한숨을 돌린 서문경은 이병아가 시집갔다는 말을 듣고 불같이 화를 내며 사람을 동원하여 장죽산을 흠씬 두들겨 패고 이병아도 곧 그를 내쫓고 만다. 그리하여 이병아는 서문경의 여섯째 첩으로 들어오게 되지만 서문경의 꽁한 마음은 이병아를 사흘 동안 독수공방하게 만든다. 이병아가 참지 못하고 목을 매달아 자진 소동을 벌인 후에야 서문경이 찾아가 한바탕 매질과 훈계를 하였고 비로소 꽁한 마음이 풀려 다시 찰떡궁합으로 합쳐졌다.

춘매는 본래 오월랑의 시녀였지만 새로 반금련이 들어오자 그녀의 시중을 들도록 하사되었다. 반금련에게는 두 시녀 춘매와 추국이 있는데 거의 상반된 성품과 능력을 가졌다. 추국은 사사건건 반금련의 화를 돋우어 매와 야단을 맞는다. 춘매는 입속의 혀처럼 반금련의 심복으로서 충실한 역할을 수행하며 결국 잠자리의 남성도 공유하게 되어 서문경과 진경제의 여인으로 발돋움한다.

서문경 사후 작중의 중심은 미망인으로 남아 있는 오월랑과 새로 시집간 집에서도 여전히 진경제와의 관계를 이어 가는 춘매다. 성씨가 방이므로 방춘매이지만 시녀였으므로 주로 그냥 춘매로 불렸다. 춘매와 진경제는 결국 반금련과 서문경의 그림자 내지 후계자라고 볼 수도 있을 것이다. 본래 진경제는 귀족의 자제로서 서문경 아래에서 온전하게 사업수완이라도 배울 수 있었을 것이지만 철저하게 무능하고 음행에만 빠진 파락호로 전락했다. 서문경의 장점이라곤 하나도 배우지 못하고 단점만 오롯이 이어받은 셈이었다. 장인과 비교하면 사위는 훨씬 모자라는 인물이었던 것이다.

진경제와 반금련의 사통이 알려지자 오월랑은 시녀인 춘매를 먼저 팔았다. 춘매는 운이 좋게도 주 수비의 첩으로 들어갔는데 곧이어 아들을 낳고 본처마저 죽자 정실로 인정되어 『금병매』의 인물 중에서 가장 운이 트인 사람이 되었다. 그녀는 의리도 있어서 왕파에게 팔려 간 반금련을 구출하려 노력하였고 그게 무산되어 반금련이 무송에게 죽임을 당한 후에는 그 시신을 수습하여 장례를 치르고 제사를 지내 주었다. 또 몰락한 오월랑네 집에 선물을 보내거나 도움을 주기도 했다. 그러나 그녀 역시 굴러 들어온 복을 스스로 차 버리는 우를 범했다. 반금련의 아래서 배운 음행이 바로 그의 복을 차 버리고 스스로 무덤을 파도록 했다.

3) 『금병매』의 냉혹하고 추악한 현실

『금병매』는 추악한 현실을 냉철하리만치 공정하게 그려 내고 있는 현실 고발소설이다. 소설사에서는 인정세태(人情世態)를 그려 내고 있다는 점에서 세정소설로 분류하고 있다. 역사를 그리는 『삼국지연의』나 강호의 영웅을 그리는 『수호전』, 신불과 요괴의 싸움을 그린 『서유기』와는 완연히 다른 유형이다. 사실 시정의 인물을 내세워서 삶의 다양한 현실을 드러내는 소설은 화본에서 시작되었다. 송원 이래 강창화본은 장편소설과 백화단편소설을 탄생시켰다. 장편에서는 강사화본이 주를 이루었지만 『금병매』는 그 전통을 일부 이어받으면서도 또한 단편화본의 우여곡절이 많은 현실인물의 실생활 묘사에 집중하여 전혀 신비스럽거나 영웅답지 않은 시정잡배 같은 인물을 형상화했던 것이다.

『금병매』의 추악한 현실묘사는 성적인 장면뿐만 아니라 권력과 결탁하고 돈을 갈취하며 거리의 무뢰배 짓을 서슴지 않는 인간상 등 다방면에서 나타난다. 인간으로서 가질 수 있는 온갖 추악한 욕망과 사악한 인간성이 주인공 서문경을 비롯한 대부분의 등장인물에게서 나타나고 있다.

남녀의 관계에서 유교적인 윤리도덕을 완전히 무시하고 유부녀와 음행하고 살인교사를 저지르는 행위는 서문경이 반금련을 유혹하고 무대를 독살하는 대목에서 나타난다. 이어서 의형제로 가입한 화자허의 아내 이병아를 한번 본 순간 눈이 맞아 남편 몰래 밀회를 하는 대목도 마찬가지다. 재산을 빼돌리며 급기야 남편을 죽음에 이르도록 하는 이병아의 행위도 물론 추악한 인간성을 드러낸 경우다. 이병아가 소식을 끊은 서문경을 기다리지 못해 장죽산에게 시집을 갔을 때, 후에 이 소식을 접한 서문경은 질투심에 솟구치는 화를 참지 못하고 돈으로 불량배를 매수하여 흠씬 두들겨 주도록 한다. 무뢰배의 짓이었다. 이병아도 서문경이 다시 나타나고 장죽산의 무능함이 드러나자 주저 없이 내쫓고 만다. 의리나 정리를 따질 사람이 아니었었다.

서문경은 애초 조그만 생약방을 운영하는 사람이었지만 돈을 버는 일에는 누구 못지않게 열심이었고 또 수단과 방법을 가리지 않았다. 반금련과 한창 열애에 빠져 있을 때 새로운 중매가 들어왔는데 돈 많은 과부 맹옥루였다. 그는 반금련과의 교류를 잠시 중단하고 온갖 수를 써서 맹옥루를 셋째 첩으로 들여 자연스레 그녀의 재산을 차지한다. 반금련은 돈 없는 여자였으므로 오로지 타고난 몸과 교태로운 말로 서문경을 잡으려고 했다. 서문경이 이병아의 미모에 빠진 것도 사실이지만 더 중요한 것은 그녀의 막대한 재산이었다. 이병아 자신은 채 태사의 사위인 양 중서의 첩이었다. 양산박 군사가 대명부 북경성에 쳐들어왔을 때 불길 속 혼란한 틈을 타서 서양 진주 백 개를 챙기고 두 냥이나 나가는 푸른 비취옥도 가지고 달아났다. 또 남편 화자허가 궁중의 환관이었던 화 태감으로부터 물려받은 재산이 수천 냥이었다. 다른 사촌형제들이 소송을 걸어 화자허가 압송, 투옥되자 이병아가 서문경에게 구원을 요청하며 충분한 돈을 제공했다. 서문경이 수를 써서 도와주어 풀려나게 하였는데 그사이에 이병아는 상당수의 보물을 이웃한 서문경의 집으로 옮겨다 놓은 상태였다. 화자허가 화병으로 죽은 것은 소송을 당하여 고초를 겪은 일과 더불어 아내가 재산을 빼돌리고 쌀쌀맞게 대한 것이 주요 원인이었다. 서문경의 전처 딸인 서문대저는 진경제에게 시집갔는데 진경제의 부친 진홍과 조정대신 양전(楊戩)에게 화가 미치게 되자 재산을 빼돌려 서문경 집으로 보냈다. 이는 이병아의 재물보다도 많은 수였다. 후에 서문경은 그대로 꿀꺽 삼켰고, 서문경 사후 오월랑이 반금련과 사통한 진경제를 내쫓을 때 그냥 빈 몸으로 내보냈다. 서문경은 사사로이 뇌물 1,700냥을 받고 묘청(苗靑)을 석방하였으며 고리대금을 놓아 매월 높은 이자를 뜯어냈다. 또한 장사꾼으로서 기발한 생각을 발휘하여 불법 사업으로 돈을 벌기도 했다. 그는 임종 때 가쁜 숨을 몰아쉬며 오월랑에게 돈을 받아 내야 할 곳을 일일이 거명하기도 했다. 서문경에 비하면 사위인 진경제는 돈을 관리하거나 벌어들이는 능력은 거의 없는 무능력자다. 후반부 20회에서 귀족 자제의 처참한 몰락을 보여 주는데, 거지의 몰골이 되어 기녀에게 빌붙어 살더니 결국에는 춘매와 사통하다 하인에게 맞아 죽는 불행한 결말에 이른다.

서문경의 여성편력은 특별한 호색한 기질로 인한 것이지만 온갖 음행기구를 사용하면서 상대 여성을 괴롭히는 것 또한 추악한 현실의 폭로라고 할 수 있다. 호승으로부터 받은 음약을 활용하여 즐기다가 결국은 반금련에 의해 과도하게 복용하여 33세의 젊은 나이에 죽음에 이르게 된 것이다.

『금병매』에서 왜 이렇게 추악한 현실을 노골적으로 드러내려고 했는지 작가는 자신의 뜻을 보여 주지 않았다. 그러나 곳곳에서 보이는 경구와, 명 말 도덕과 윤리가 무너지고 망국의 위기에 처한 사회적 현실을 감안하면 세상을 풍자하고 세상의 진실을 폭로하려는 의도를 가진 것으로 생각할 수 있다.

『금병매』는 출현 당시부터 논란에 휩싸였으며 금서가 되어 오랫동안 제약을 받았지만 여전히 유통되었다. 초기에 만주어로 번역되어 간행된 바 있고 일본이나 독일에서도 일찍이 번역되었다. 유교적 문인사회였던 조선시대에는 그 이름을 거론하기조차 어려웠지만 20세기 중엽 해방 이후에 번역되어 신문연재가 시작되었다.

2. 『홍루몽』의 사랑과 진실: 진솔한 사랑과 운명

『홍루몽』은 청대 건륭 연간에 나온 120회의 장편소설이다. 사대기서를 비롯하여 명말청초를 거치면서 발달된 소설의 양식과 기법을 모두 종합하여 중국소설 최고의 작품으로 자리매김하였다. 작가인 조설근(曹雪芹)의 선조는 한족(漢族)이었지만 청나라 건국 초기에 만주팔기(滿洲八旗)의 귀족으로 득세하여 그의 조부와 부친 등이 강희제의 총애를 받아 60년간 강녕직조를 지냈다. 하지만 그가 어렸을 때 옹정제로 정권이 교체되었고 이때 정치적 원인으로 가문이 몰락하여 북경으로 돌아와 젊은 시절을 보내게 되었다. 중년에 이르러 더욱 궁핍해지자 북경 서산(西山) 아래로 이주하여 그림 그리고 시를 지으면서 어렵게 지냈다. 그러나 가난 속에서도 부귀와 영합하지 않고 고고한 정신을 지키며 술과 벗하고 지냈다고 한다. 이 무렵 불후의 명작 『홍루몽』을 지은 것으로 알려져 있지만 구체적인 창작 과정은 알려지지 않았고 최후의 완성을 보지 못한 채 48세의 나이에 안타까운 죽음을 맞이했다.

1) 『홍루몽』은 어떻게 최고의 명작이 되었나

그의 작품은 당초 『석두기(石頭記)』라는 필사본으로 주변 친지들에게 전해졌으며 가까운 친척인 지연재(脂硯齋)와 기홀수(畸笏叟)가 평을 단 80회본의 『지연재중평석두기』가 초기 판본으로 남아 있다. 사람들은 미완성의 필사본을 다투어 읽으며 새로운 명작의 탄생을 환영

했으며 시장에서는 필사본 한 부가 수십 금을 호가하며 팔리기도 했다. 그가 사망한 후 30년 가까이 되어 정위원(程偉元)은 이 책의 가치를 알아보고 지인인 고악(高鶚)을 불러 필사본의 부족한 부분을 보충하고 전체적으로 수정한 후에 목활자로 120회본 『홍루몽』을 간행하였다. 이때가 건륭 56년(1791)이었다. 이때까지 북경 지역을 중심으로 조금씩 전해지고 있던 『홍루몽』은 하루아침에 전국적으로 퍼져 나갔고 명대 사대기서를 능가하는 새로운 수작으로 인정되었다. 급기야 경향 각지에서 『홍루몽』의 다양한 판본과 평점본이 나타났으며, 작품의 부분 내용을 새로 개편한 희곡 작품이 나왔다. 또 『홍루몽』의 뒷이야기로 이어지는 속서도 여러 종류가 등장했다. 『삼국지연의』나 『수호전』의 경우 오랜 기간에 걸쳐 꾸준히 형성된 다양한 판본, 속서 등이 『홍루몽』의 경우에는 단시일 내에 일시적으로 나타난 것이다. 청대 후기에는 『홍루몽』에 대한 시를 모은 제홍시집이나 비평을 모은 평론집, 인물이나 사건의 그림을 모은 삽화집 등이 광범위하게 나타났고 문인들은 만나면 이 책에 관해 열띤 토론을 벌이기도 했다. 청나라 때 경도죽지사(京都竹枝詞)에서는 "이야기 시작에 홍루몽을 말하지 않으면, 시서를 다 읽었다 해도 허망할 뿐이네[開談不說紅樓夢, 讀盡詩書是枉然]"라고 했다. 당시 많은 사람들이 이미 『홍루몽』을 일상적인 화제로 삼고 있었음을 말해 준다.

정위원의 간행본 『홍루몽』이 나올 때 이미 북경 지역에서는 필사본을 구하려는 독자들의 열화 같은 호응이 있었다고 했다. 정갑본과 정을본이 간행되자 중국의 남북 각지에서 유행하였고 "선비들 집안에는 대부분 한 질씩 이 책을 비치했다", "집집마다 아이들까지 이 책을 모르는 이가 없었다"라고 했다. 홍루인물의 인품을 품평하다 의견이 안 맞아 서로 주먹질을 하는 일까지 벌어졌다. 비평가인 지연재가 작자의 창작 과정에서 이미 출현한 것을 생각하면 『홍루몽』을 연구하는 '홍학'은 작품의 탄생과 함께 생겨난 것으로 보아도 좋다. 그러나 실제 '홍학'의 이름은 청 말 화정(華亭, 지금의 상해 송강)의 학자인 주자미(朱子美)에 의해 처음 발설되었다. 당시 문인들은 대부분 경학에 몰두하고 있었다. 더구나 당시에는 경학이 여러 학파로 나눠져 있어서 어떤 경전을 전공하는지에 모두 관심을 기울이고 있을 때였다. 그러나 주자미는 당시 『홍루몽』에 한껏 매료되어 있었다. 어느 날 친구가 찾아와 왜 경전을 공부하지 않느냐고 물었다. 그는 대답이 궁해지자 기지를 발휘하여 농담을 섞어 비유적으로 대답했다. "나도 경학을 공부하고 있지만 내가 공부하는 경이 다른 사람과 조금 다를 뿐이라네." 친구가 의아해하자 "내가 공부하는 경학은 일횡삼곡(一橫三曲)이 모자라는 것뿐이지"라고 덧붙였다. 친구가 눈을 크게 뜨며 더욱 궁금해하자 주자미가 대답했다. "홍학이라고 하는 것이네. 경(經) 자에서 일횡삼곡을 제히고 나면 홍(紅) 자가 되지 않는가." 그렇게 농담처럼 선비의 입에서 홍학이란 말이 나왔고 그때부터 차츰 『홍루몽』을 연구하는 학문으로 이 용어를 쓰기 시작했다.

그렇다면 이 소설은 왜 이렇게 갑작스러운 인기를 얻게 되었을까. 『홍루몽』의 그 무엇이 당시의 독자들을 이토록 감명받게 만들고 심지어 일부 지식인들까지 동조하게 만들었을까. 그 내막을 들여다볼 필요가 있다.

청 말에 시작된 '홍학'의 열기는 뜨거웠다. 당대 최고의 석학이었던 왕궈웨이를 비롯하여 오사(五四)운동 시기의 차이위안페이[蔡元培], 후스, 루쉰 등 중국의 대표적인 학자들이 정색을 하고 연구의 대상으로 삼았던 데에는 분명 이유가 있을 것이다. 민족적 배경을 다루는 색은파나 작가 가문의 배경을 다루는 고증파의 내용은 일단 접어두고 순수한 문학적 우수성만을 가지고 살펴본다면 다음의 몇 가지 특징을 지적할 수 있다.

『홍루몽』은 청춘남녀의 진실된 사랑과 혼인을 핵심적인 내용으로 하면서 귀족 가문의 흥망성쇠를 다루고 있다. 이러한 인정소설의 유형은 사대기서 중에서 『금병매』의 전통을 어느 정도 이어받은 것이다. 다만 성인남녀의 주색재기를 다루고 노골적인 성(性)의 문제를 드러내는 『금병매』와 달리 『홍루몽』은 미성년 청춘남녀의 진솔한 정(情)의 구현과 사랑의 추구를 보여 주어 좀 더 차원 높은 품격을 보인다. 소설의 문체는 이미 사대기서와 재자가인류 소설의 장점을 본받아 시사곡부(詩詞曲賦)의 고전을 자유자재로 구사하며 백화체의 서술과 대화를 능란하게 다루고 있다. 소설의 구상에서도 신화와 전설을 적재적소에 활용하여 첫머리에서 여와보천의 신화를 쓰는데 하늘을 때우다가 남은 한 개의 돌을 대황산 무계애에 버린 것으로부터 주인공 가보옥의 탄생을 이끌어 내고 있다. 또한 태허환경을 창안하여 경환선녀의 주재하에 있는 여신들의 세상을 그려 내고 강주선초와 신영시자의 인연을 먼저 제시하여 이승에서 임대옥과 가보옥이 목석전연(木石前緣)의 깊은 관계임을 보여 주고 있다. 『서유기』의 신화세계를 또 다른 방식으로 엮어 놓은 듯한 이러한 서두는 분명 독자들의 눈길을 강렬하게 잡아끄는 역할을 한다.

뛰어난 소설이라는 평가는 이야기의 완전한 구상과 등장인물의 세밀한 묘사, 구체적인 심리묘사 등을 관건으로 한다. 사대기서 중에서 『삼국지연의』, 『수호전』, 『서유기』는 애초에 역사적 사실에서 발원하였으며 오랜 기간 축적된 내용을 다시 정리한 것으로 한 작가의 개인적 창작품으로 보기는 어렵다. 『금병매』는 노골적인 남녀의 모습과 사회적 부정부패 등을 기탄없이 드러내는 과감성을 발휘했으나 소소생이라는 작가의 필명만 전해질 뿐 실제 작자를 알 수 없다. 따라서 창작 과정에 어떠한 배경이 있었는지 가늠하기 어렵다. 『홍루몽』도 처음에는 작가를 알 수 없었으나 조설근에 해당하는 조점이란 인물이 실존인물임을 밝혀낸 후 그의 가문과 생애를 적극 추적하여 상당 부분 밝혀진 상태다. 재자가인류 소설에 대한 비판은 『홍루몽』의 등장인물인 사태군(史太君)의 입을 통해서도 잘 드러난다. 인물의 관계와 사랑의 과정이 천편일률적이라는 것이다. 말하자면 작가의 경험적 체득이 없는 지상담병(紙上談兵)과 같은 관념적 창작이기 때문에 생생하게 살아 숨 쉬는 인물의 창조에 실패하였고 실제 상황을 직접 체험하거나 깊이 생각하지 못하였으므로 곳곳에 비현실적이고 비이성적인 하자가 드러난다고 했다. 『홍루몽』은 바로 이러한 허점이 보이지 않게 인물과 인물의 관계, 사물의 형태, 사건의 구성과 전개 등을 철저하게 사실적으로 묘사하고 있다는 것이다. 또한 신선이나 도사의 신비로운 사적이 나오고 태중에서 옥을 물고 태어나는 어린아이의 이야기를 자연스럽게 전개하는 등 낭만적인 묘사가 있지만 충분히 소설적 진실을 보여 준다. 이를 통해 독자의 가독성을 더욱 제고할 수 있기 때문에 사실과 허구의 적절한 혼합은 이 소설의 문학성을 더욱 높이고 있다. 『홍루몽』의 위상이 높아진 것은 남녀의 애틋한 사랑을 다루는 소재 때문이라거나, 조설근 가문과 청나라 황실에 대한 남다른 역사적 흥미, 반청복명의 색은파 주장에 대한 관심 때문이라고 할 수는 없다. 무엇보다 가장 중요한 것은 『홍루몽』 작품 자체의 뛰어난 문학성과 예술성이라고 보아야 한다. 그러한 위대한 작품이기에 어떠한 주제와 사상의 틀에 맞추고 싶어 하는 여러 학파의 아전인수격 주장이 우후죽순처럼 나타났다고 본다.

북경대 총장이었던 차이위안페이와 교수로 부임한 젊은 후스는 본래 신문학운동의 전개에서 한 사람은 강력한 후원자로, 한 사람은 강력한 추동자로 일약 세계인의 주목을 받은 사람들이었다. 오사운동의 성공은 그들을 비롯하여 북경대학의 지식인들이 공동으로 노력한 결과였다. 후스는 백화문학의 우수한 모델로서 고전 장편소설을 제시했고 그중에서 『홍루몽』은 가장 훌륭한 백화문학의 모범이었다. 그러나 전통적으로 무시당한 통속소설의 문학적 위상은 여전히 낮았고 이를 만회하는 방법은 과학적이고 실증적인 방법으로 작품과 작가를 밝히고 작품의 창작의도와 예술성을 고찰해 내는 일이었다. 후스는 「홍루몽고증」을 통해 작가를 조설근으로 확정 짓고 그가 강희제 때 총애를 받아 강녕직조를 지낸 조인(曹寅)의 손자임을 밝혀냈다. 그전까지는 작자의 실명을 확인하지 못하여 조설근이란 이름은 공매계나 오옥봉과 마찬가지로 허구의 화명(化名)일 것으로 치부하였는데 이제 조설근의 본명이 조점(曹霑)이며 당시 황실의 종친인 돈민(敦敏), 돈성(敦誠) 형제와 가깝게 지내며 시를 주고받았다는 사실도 찾아냈다. 후스의 작자 연구와 이를 통해 밝혀낸 창작의 과정은 앞서 차이

위안페이에 의해 쓰인 『석두기색은(石頭記索隱)』과는 완전히 기본 전제를 달리하는 것이었다. 『석두기색은』은 이 소설이 반청복명을 주제로 하고 한족에 의해 쓰였으며 가보옥이 청나라의 옥새를 의미하고 붉은색은 주명(朱明, 주원장의 명나라)을 좋아하고 명나라로 돌아가려는 유민들의 오랜 생각을 담은 것이라는 주장이었다. 후스에게 차이위안페이는 자신을 북경대학으로 불러들인 은인이었지만 실증적 학문의 입장을 양보할 수는 없었으므로 대대적인 논쟁이 시작되었다. 이 세기적인 논쟁은 『홍루몽』을 일약 최고의 관심사로 만들고 수많은 사람들이 홍루애독자가 되도록 하였다. 민국 시절 홍학논쟁은 계속 이어졌지만 적어도 문학적 작품으로서의 위상만큼은 달라지지 않았다. 고증파에서 위핑보[兪平伯]와 저우루창[周汝昌] 등의 학자들이 구체적 자료의 발굴과 상세한 연구로 뒤를 이었다.

신중국이 되자 후스 비판운동이 일어나고 후스의 고증파를 대신 잇고 있는 위핑보에게 화살이 겨누어졌다. 새로운 교육을 받은 신세대 젊은 학자는 『홍루몽』 연구의 패러다임이 바뀌어야 한다고 강조하고 작품에 내재된 정치적 반봉건성과 기존 예교사상에 대항하는 주인공의 혁명적 경향을 폭로해야 한다고 주장했다. 작가가 젊은 날의 사랑을 회고한 참회록으로서 이 작품을 바라보는 위핑보 등 기존 학계의 시각을 통렬히 비판한 것이다. 이러한 학풍은 처음 기존 학계에서 무시되었으나 곧이어 권력의 최고 정점에 있는 마오쩌둥의 적극적 개입과 노골적 지시에 의하여 후스와 위핑보 비판운동이 광풍처럼 전국을 강타했다. 신중국 이후 홍학연구는 문화대혁명을 거치면서 더욱더 정치적으로 기울었고 왜곡된 관점이 난무했다. 하지만 사상적 평가와는 별개로 당시 다른 고전문학 작품을 읽기 어려운 환경에서 유일하게 전 국민이 마음껏 『홍루몽』 원전을 손에 접할 수 있었다는 점이 오히려 행운의 기회가 되었다. 이는 개혁개방 이후 신시기에 접어들면서 홍학이 크게 번성하고 세계적인 관심을 받는 데 적잖은 도움이 되었다.

신시기 이후 중국홍루몽학회가 성립되었고 중국예술연구원 산하에 홍루몽연구소가 개설되었으며 공식적인 학술지 『홍루몽학간』이 창간되면서 홍학연구의 새로운 단계에 접어들었다. 국내외에서 대규모 국제회의 및 전국 규모의 회의가 속속 개최되었고 수많은 단행본 연구서가 출판되어 학계의 관심을 이끌었다. 수차례 영화와 대형 TV드라마가 만들어져 대중적 인기를 모았고 해외 각지에서도 홍학연구의 붐이 형성되는 등 고전문학 작품 중에서 『홍루몽』은 가장 각광받는 아속공상(雅俗共賞)의 최고 작품이 되었다.

2) 목석인연과 금옥인연, 그리고 흥망성쇠

현실과 판타지를 적절하게 융합한 멜로드라마가 가장 큰 감동과 동조를 불러일으킨다는 일반론을 잘 따른 『홍루몽』은 기본적으로 환상과 판타지의 바탕 위에서 현실에 기초한 구체적이고 실제적인 삶의 소소한 현장을 디테일하게 그려 내고 있다. 낭만주의와 사실주의를 결합하여 위대한 스토리를 창조했다는 점에서 오로지 현실의 냉혹함과 추악함만을 여실하게 그려 낸 『금병매』와는 또 다른 결을 지닌 작품으로 인식되고 있다.

『홍루몽』의 작가는 120회에 이르는 작품 전체의 구성을 비교적 정교하게 안배하고 있다. 전체적인 줄거리를 살펴보도록 하자.

제1회 첫머리에서 여와 신화로부터 유래한 여와보천의 유석(遺石)을 이야기의 단서로 삼아 제5회까지 작품의 전체적인 도입부로서 서술한다. 태허환경의 강주선초(絳珠仙草), 일승일도의 출현과 대황산 여와유석이 환생한 가보옥, 진사은과 가우촌의 인연과 진사은의 은둔 및 가우촌의 득세, 가우촌과 냉자홍의 대화를 통한 영국부(榮國府)의 가문 소개, 임대옥의 상경, 설보차의 상경 등의 내용이 있고 이어 영국부에서 가보옥과의 만남이 이루어진다. 그리고 제5회에서 가보옥이 꿈속의 태허환경에서 본 금릉십이차의 인물 예언시를 통해 주요 등장인물의 운명을 독자의 눈앞에 제시한다. 제6회에서 비로소 이 가문의 소소한 일상 묘사가 시작되며 그것은 시골노인 유 노파의 눈을 통해 전개된다. 전체적인 줄거리는 가보옥의 사랑과 혼인이라는 한 줄기에 가씨 가문 흥망성쇠의 전개라는 또 하나의 줄기가 병행된다. 흥성을 말하기 전에 먼저 쇠퇴의 조짐을 보여 주는 것이 『홍루몽』의 독특한 기법 중 하나이기도 하다. 진가경의 죽음이라는 애사 뒤에 원춘의 귀비책봉이라는 경사가 이어지기 때문이다. 전체적으로는 흥성에서 쇠퇴로 진행되지만 그 큰 포물선은 자체적으로 흥과 쇠의 과정이 작은 물결의 상태로 이어지고 있어 흥미를 자아낸다. 온 집안이 귀비의 성친으로 기쁨이 충만할 때 보옥은 지기인 진종을 잃고 슬퍼한다. 또한 왕희봉 생일잔치로 떠들썩할 때 보옥만이 홀로 수선암을 찾아 죽은 금천아를 위해 조용히 제를 지낸다. 한편 귀비의 성친으로 만들어진 대관원은 이 집안의 젊은 청춘들에게는 지상낙원과 같았다. 가보옥이 이홍원에 들어가고 임대옥은 소상관, 설보차는 형무원에 자리 잡는다. 영춘, 탐춘, 석춘 등의 자매들도 모두 대관원에 거처를 잡으면서 가보옥은 여러 자매들과 수많은 시녀들에 둘러싸여 천진무구한 동심의 세계, 따뜻하고 안락한 정원 속에서 지내게 된다. 시녀인 습인, 청문, 사월 등이 항상 곁에서 시중을 들지만 보옥은 주종관계가 아닌 진정한 지기(知己)처럼 그들과 어울린다. 대관원의 바깥세상은 풍파가 가득하고 남성적인 질서와 엄격한 예교가 지배하는 사회다. 가보옥은 대관원에서 안주하며 과거시험을 위한 공부라면 질색하고 사랑이 충만한 세상에서 살고 싶어 한다. 유교적 세상질서에 맞춰 입신출세하려는 무리들을 저속한 인간으로 평가하면서 극도의 혐오감을 나타낸다. 가보옥과 임대옥의 사랑하는 마음은 점차 깊어지지만 노골적으로 드러내지 못하고 사사건건 갈등과 말다툼으로 서로의 마음에 상처를 주기도 한다.

> 개국공신으로 녕국공(寧國公)과 영국공(榮國公)의 작위를 받은 가씨 가문은 사대째가 되자 차츰 질서가 무너지고 특히 가문 내의 불륜으로 인한 예교의 와해가 시작된다. 가진과 진가경 이외에도 우이저, 우삼저의 사건은 가족구성원 사이의 심각한 갈등을 유발한다. 집안의 내부 살림을 왕부인으로부터 위임받은 왕희봉은 젊은 나이에 권세를 남용하며 자신의 이익을 채우고 위로는 사태군의 신임을 받았으나 아랫사람에게는 지나치게 엄하여 인심을 잃고 자신의 건강이 위태로울 때 아무런 도움도 받지 못한다. 대관원에서 수춘낭이 발견되자

야간에 불시의 수색이 벌어지는데 결국 청정무구의 지상낙원인 대관원이 수색당하는 사건은 훗날 금의부의 가택 수색이라는 실제 위기를 초래하는 단초로 작용한다. 이제 대관원은 더 이상 깨끗하고 아름다운 곳이 아니었다. 설보차는 떠나가고 임대옥은 병이 심해진다. 가문의 든든한 배경이 되었던 원춘 귀비의 돌연한 죽음은 정신적 타격은 물론이고 경제적인 타격으로 이어져서 가문 몰락의 직접적인 도화선이 되었다. 가보옥이 실성하여 와병하자 혼인을 통해 일시적으로 병을 호전시키려는 의도에서 극비리에 설보차와의 혼례를 준비한다. 혼례는 왕희봉에 의해 주도되었는데 병약한 임대옥보다는 원만한 설보차 쪽이 훨씬 낫겠다는 주장이 사태군과 왕부인의 동의를 얻었다. 공교롭게도 바보 시녀에 의해 이 소식이 임대옥에게 알려지고 크게 낙담하여 병은 급격히 악화된다. 보옥과 보차가 혼례를 치르는 그 순간 대옥은 사랑의 시가 적힌 손수건을 불태우며 피를 토하고 절명한다. 정신이 혼미한 가운데 혼례를 치른 보옥은 붉은 보자기를 쓴 신부가 보차인 것을 확인하고 다시 기절한다. 대옥에게 장가간다고 들었던 보옥은 어떤 까닭으로 신부가 뒤바뀌게 되었는지 알지 못한다. 와병 이후 한 달이 지나 비로소 대옥이 이미 죽었다고 듣고 꿈에서조차 보이지 않는 대옥을 원망한다. 함께 있던 자매들도 뿔뿔이 흩어져 영춘은 시집가서 박해를 받아 죽고 탐춘은 멀리 해안가로 시집갔으며 석춘은 언니들의 불행한 결말에 깨달음을 얻고 출가하여 여승이 되었다. 쓸쓸하게 방치된 대관원에서는 귀곡성이 들리는 등 쇠퇴의 모습이 현실화된다. 집안의 가장 어르신인 사태군의 장례 때는 도둑이 들기도 하였고 왕희봉은 어린 딸을 유 노파에게 부탁한 후 죽고 만다. 가보옥은 진보옥을 만나고 실망하여 돌아온다. 기절해 있는 동안에 태허환경을 찾아가서 그동안 자신이 만났던 인물의 운명을 다시 살펴보고 깨달음을 얻어 깨어난다. 가보옥은 전에 잃어버린 옥을 스님이 가져다주어 겨우 제정신이 돌아올 수 있었다. 마침내 새로운 결심을 한 가보옥은 과거시험을 치르고 나와 집으로 향하는 대신, 뱃머리에서 부친에게 하직인사를 한 후 눈 덮인 벌판을 가로질러 대황산으로 돌아가 돌이 되었다.[07]

『홍루몽』 제1회에서는 이 책의 유래를 장황하게 서술하는 과정에서 '석두기', '정승록(情僧錄)', '풍월보감(風月寶鑑)', '홍루몽', '금릉십이차(金陵十二釵)' 등의 여러 가지 제목을 제시하고 있는데 곧 이 책의 주제를 상징적으로 보여 준다. 청 말 『홍루몽』이 금서가 되었을 때 출판사에서 새로 덧붙인 '금옥연(金玉緣)'이나 '대관쇄록(大觀瑣錄)' 등의 이름까지 포함하면 이 책이 참으로 여러 가지 이름으로 불리고 있었음을 알 수 있다. 『홍루몽』 갑술본[08] 제1회에서 작가가 스스로 밝히고 있는 내

07 한글 표기는 영(寧)과 견(甄)으로 해야 하나, 『홍루몽』 번역에서는 동음이자의 구분을 위해 녕국(寧國)으로 쓰고, 진짜의 의미를 담기 위해 진사은(甄士隱), 진보옥(甄寶玉)으로 표기한다.

08 건륭 19년(1754) 갑술년의 초기 필사본은 총 16회(1-8, 13-16, 25-28회)의 분량이 남아 있다. 작자 생전 가장 이른 시기의 것으로 지연재 등의 평점이 담겨 있고 작자 조설근에 대한 귀중한 기록도 포함되어 있다.

력은 이러하다.

> 이로부터 공공도인은 공(空)을 통해 색(色)을 보고 색에서 정(情)이 일어나 다시 정을 전하면서 색으로 들어가고 색에서 공을 깨닫게 되었으니 이름을 정승으로 바꾸고 『석두기』를 『정승록』이라 하였다. 동로(東魯)의 공매계(孔梅溪)는 이 책의 제목을 『풍월보감』이라 하였고, 또 오옥봉(吳玉峰)은 『홍루몽』이라 하였다. 훗날 조설근이 도홍헌(悼紅軒)에서 십 년간 다섯 차례나 내용을 더하고 빼고 하여 목록을 편성하고 장회를 나누어 제목을 『금릉십이차』라고 하였다. 오언절구 한 수가 있다. "책 속엔 온통 황당한 말이지만, 쓰라린 한 줄기 눈물뿐이라네[滿紙荒唐言, 一把辛酸淚]. 모두들 지은이가 어리석다지만, 그 누가 진정 참맛을 알리오[都云作者癡, 誰解其中味]." 그러나 지연재가 갑술(甲戌)년에 초열(抄閱)하며 재평(再評)할 때 여전히 『석두기』의 이름을 썼다.

'석두기'는 돌에 기록된, 돌의 환생 이야기라는 뜻으로 쓰인 제목이다. 여와보천의 신화에서 남은 한 개의 돌이 대황산에 떨어져 있었는데 영성을 가진 돌이 적막함과 쓸쓸함을 견디지 못하고 인간세상의 부귀영화를 누리고자 일승일도에게 부탁하여 영롱한 옥으로 변하였다. 이것이 가보옥으로 환생하여 살다 간 일대기를 대황산 청경봉 아래에서 다시 돌이 되어 자신의 몸통에 적어 둔 것을 공공도인이 기록한 것이 바로 '석두기'다. '정승록'은 정승이 기록한 책이란 뜻이다. 정승은 사랑의 진리를 깨우친 스님이다. 공공도인이 정을 깨우쳐 이름을 정승이라고 고쳤다. 색공설은 일체 만물의 현상을 색이라 고 보고 이를 깨우쳐 공으로 돌아가라고 하는데 여기서 작자는 정이야말로 가장 중요한 핵심이라고 본 것이다. 정은 단순히 남녀 사이의 사랑만이 아니라 일체 만물의 관계에서 일어나는 모든 감정의 흐름을 포함한다고 할 수 있다. 가보옥은 친정(親情)과 애정(愛情), 우정(友情) 같은 정의 다양한 유형을 모두 경험하고 마침내 출가하여 붉은 가사를 두른 스님으로서 백설의 광야를 간다. 그 모습이 또한 바로 정승이라고 할 수도 있을 것이다. '풍월보감'은 남녀의 풍월문제를 경계하는 보배로운 거울인데 구체적으로는 왕희봉을 짝사랑하다가 죽음에 이르는 가서(賈瑞)에게 도사가 가져다준 거울의 이름이다. 그러나 더 나아가 이 작품의 불륜과 풍월사건 전체에 대한 경고의 의미를 갖고 있다. 최초에 책 이름을 '풍월보감'으로 했다고 평에서도 밝히고 있으니 가문의 몰락에 내부에서 일어나는 풍월의 문제가 결정적인 타격을 주었음을 알 수 있다. '홍루몽'은 일반적으로 여성들이 사는 아름다운 저택의 부귀영화가 한갓 꿈이나 물거품이 되는 이야기를 지칭하니 이 소설의 전반적인 주제에 해당한다고 할 수 있으며 후에 독자들이 가장 선호하는 제목이 되었다. 소설 속 가보옥이 꿈에 태허환경에서 경환선녀로부터 듣게 되는 곡이 「홍루몽곡」으로, 12곡조를 아우르는 전체 곡명이다. '금릉십이차'도 역시 태허환경에서 보이는 금릉십이차 예언시에 나오는데 금릉의 열두 여성을 지칭한다. 예언시 정책에는 11수의 시가 나오지만 임대옥과 설보차에 관한 구절을 합하여 한 수가 되었으므로 모두 열두 명에 이르며, 부책에 1명, 우부책에 2명이 나오지만 실제로 각각 12명씩을 이루어 총 36명의 인물이 있었을 것으로 여겨진다. 사실 『수호전』의 천강성 36명의 명단을 보여 주는 듯한 상투적인 수법이지만 고의로 전체를 보여 주지 않고 일부분만 보여 주어 새로운 혁신을 시도한 것이다.

『홍루몽』의 키워드라고 할 수 있는 목석인연과 금옥인연은 도대체 무엇이며 어떻게 만들어진 것인가. 『홍루몽』의 사랑과 혼인의 구도는 가보옥과 임대옥, 가보옥과 설보차로 이루어진다. 보옥과 대옥은 각각 고종, 외종사촌의 관계이고, 보옥과 보차는 서로 이종사촌의 관계이다. 명명의 방식에서도 보차의 보(寶)와 대옥의 옥(玉)을 합하여 보옥을 이루니 상호 불가분의 긴밀한 관계임이 분명하다. 보옥과 대옥은 전생의 인연을 맺은 상태였고 보옥과 보차는 이승에서 맺을 인연을 타고난 것이니 운명적으로 어쩔 수 없이 한쪽과는 생사이별을 해야 했고 한쪽과는 함께 부부가 되는 과정을 거쳐야 했다. 전생의 인연이란 다음과 같다. 태허환경에서 신영시자와 강주선초로 둘이 만났는데 신영시자가 감로수를 열심히 뿌려 준 덕분에 무럭무럭 자라난 강주선초는 신영시자가 인간으로 환생하여 하계에 내려갔다는 말을 듣는다. 자신도 뒤를 따라가 평생의 눈물로 감로수의 은혜를 갚고자 하여 경환선녀에게 사정해 인간세상에 내려가게 되었으니 바로 아리따운 여자아이로 환생한 임대옥이었다. 신영시자는 본래 대황산의 돌이었으나 영롱한 옥으로 변하여 하계로 내려가는 중이었으니 둘의 관계는 초목과 완석의 관계, 즉 목석의 인연으로 지칭된다. 가보옥이 잠꼬대로 목석의 인연을 따르겠다고 중얼거리기도 했지만 안타깝게도 현실에서는 다시 이루어질 수 없는 인연이었던 것이다. 한편 설보차는 전생의 사연은 나타난 것이 없고 그 대신 어려서 스님이 준 금쇄(金鎖) 목걸이를 갖고 있었다. 가보옥이 태어나면서 입에 물고 나온 통령보옥(通靈寶玉)과 한 쌍을 이루어 사람들은 금옥의 인연이라고 말하곤 했다. 두 사람은 제8회에서 서로의 물건을 자세히 살펴보고 새겨진 구절이 천생의 대구를 이루고 있음을 확인하였다. 보옥에는 "잃지도 말고 잊지도 말라, 신선의 나이 언제나 누리리라[莫失莫忘, 仙壽恒昌]"라고 하였고, 금쇄에는 "떠나지 말고 버리지 말라, 꽃다운 나이 영원히 이어지리[不離不棄, 芳齡永繼]"라 하였으니 과연 멋진 대구가 되어 두 사람이 훗날 짝이 될 운명임을 사람들이 은연중 짐작하게 되었다. 이 구절은 또 진시황 이래 전해 오던 전국옥새(傳國玉璽)에 쓰인 "하늘의 명을 받았으니, 수명은 길이 창성하리[受命于天, 旣壽永昌]"와도 닮아 있어서 홍학계에서는 많은 사람들의 다양한 추측과 색은의 주장이 펼쳐지기도 하였다. 보옥은 대옥을 깊이 마음에 두고 있었지만 끝내 공식적으로는 아무것도 이루어진 것이 없었다. 보차는 매사에 은인자중하면서 보옥과의 관계에도 불가근불가원의 신중한 입장을 유지하고 있었는데 어른들의 결정에 다소곳이 따르고 신부로서의 역할도 말없이 수행했다. 하지만 보옥이 혼례식 때 붉은 보자기를 걷어치워 자신의 얼굴을 보고는 놀라면서 왜 신부가 대옥이 아니냐고 따지다가 끝내 기절하고, 후에도 노골적으로 소상관의 대옥을 찾아가겠다고 나서는 것에는 더 이상 참을 수 없었다. 신부로서 보차는 남편인 보옥을 깨우치기 위하여 냉정하게 대옥의 죽음을 알려 준다. 그녀는 이제 남편이 성혼한 남자로서 가정을 돌보고 가문을 생각하여 과거급제에 전력투구하기만을 내심 바랐다. 하지만 보옥이 과거시험장에서 행방불명이 되었다고 했을 때 그녀의 희망은 모두 사라졌다.

보옥은 과거시험 7등 합격이라는 헛된 명예만 남긴 채 대황산의 돌로 돌아갔던 것이다.

임대옥과 설보차의 관계는 어떠한 것이었을까. 대옥이 보옥을 좋아하는 사실은 대관원에서 공공연한 비밀이었다. 대옥의 시녀 자견은 하루라도 빨리 보옥과 대옥의 관계가 할머니인 사태군의 인정을 받고 공식화되기를 간절히 바라면서 은연중 사람들에게 하소연을 하였다. 설보차의 어머니 설부인도 자견의 말을 듣고 그렇게 되기를 바란다고 답하였다. 그러나 결과적으로 대옥의 편에 선 유력인사는 없었다. 부모를 일찍 여의고 외가에 얹혀사는 신세였던 대옥으로서는 어머니와 오라버니가 있는 보차가 늘 부러웠다. 보차는 대옥의 신세를 동정하면서 틈만 나면 찾아와 동무가 되어 주고 연약한 몸을 보신하도록 값비싼 제비집 요리도 보내 주곤 하였다. 그러나 마지막 순간에 두 사람의 운명은 갈라질 수밖에 없었다. 대옥은 외롭고 쓸쓸하게 죽어 가고 보차는 어른들의 비호 아래 남편 보옥을 눈속임하면서 혼례를 치렀다. 작가의 입장에서 대옥과 보차의 우열은 어떠했을까. 태허환경의 금릉십이차 정책 첫 번째 예언시는 바로 설보차와 임대옥을 함께 읊고 있다.

베틀 멈춰 격려한 부덕이 안타깝고	可嘆停機德
버들솜 노래 부른 재주가 가련하다	堪憐詠絮才
옥 허리띠 숲속에 걸려 있고	玉帶林中掛
금비녀는 눈 속에 묻혀 있네	金簪雪裏埋

'정기덕(停機德)'은 남편을 깨우치기 위하여 베틀을 멈추고 짜 놓은 베를 잘라 버렸다는 악양자(樂羊子)의 아내 고사에서 왔다. 설보차가 남편인 보옥을 사람 되도록 권면하는 부덕을 갖추었다는 의미를 담고 있다. '영서재(詠絮才)'는 버들솜 휘날리는 모습을 펄펄 내리는 눈송이에 비유하여 뛰어난 재주를 보여 준 여성 사도온(謝道韞)의 전고를 쓴 것인데 임대옥의 시 짓는 재주가 뛰어남을 나타낸다. 두 사람 각각의 특징을 보여 준 것인데 부덕과 재주의 차이가 있다. 당사자는 재주를 가진 대옥을 좋아했으나 가문의 선택은 부덕을 가진 보차였던 것이다. '옥대임(玉帶林)'과 '금잠설(金簪雪)'은 각각 임대옥과 설보차의 이름을 달리 표현한 것이다. 일종의 문자유희인데 한자문화권에서는 한자의 뜻과 음과 형태를 자유롭게 환치시켜서 다양한 의미를 재창출한다. 두 사람의 운명은 마지막 구절에서 보여 준다. '숲속에 걸려 있다'는 것은 대옥의 죽음을 의미하고 '눈 속에 묻혀 있다'는 것은 보차가 버림받은 것을 의미한다. 적어도 작가에게 있어서 두 사람은 모두 불행하고 가련한 여성이었다. 그는 누가 더 행복하고 누가 더 불행했는가를 구분하는 것이 불가능하다고 보았다. 또한 우열을 나눌 수가 없는 동전의 앞면과 뒷면 같은 존재였으므로 하나의 시 속에 두 사람을 함께 기록한 것으로 보인다. 이른바 차대합일론(釵黛合一論)이란 것인데 사랑하였지만 쓸쓸하게 죽은 사람이나 아내가 되었지만 버림받아 쓸쓸하게 살아가는 사람이나 그들에 대한 연민의 정은 매한가지라고 볼 수 있기 때문이다.

가보옥은 이 소설의 주인공이지만 작가는 홀연 그와 똑같이 생기고 어려서 똑같은 버릇과 말투를 가진 진보옥이란 인물을 따로 만들어 넣고 있다. 제1회에서 곧바로 나타나는 진사은과 가우촌의 관계와 마찬가지로 각각 진씨(甄氏, 견씨)와 가씨(賈氏)라는 성씨가 주어지는데 사실 진짜와 가짜의 미묘한 관계를 드러내려는 의도다. 태허환경의 입구 양쪽 대련이 바로 그 점을 분명히 보여 준다.

가짜가 진짜 되면 진짜 또한 가짜요　　假作眞時眞亦假
무가 유가 되면 유 또한 무가 된다　　無爲有處有還無

진보옥과의 비교를 통해서 가보옥의 인생관이나 여성관을 더욱 분명하게 확인할 수 있다. 진보옥에 관한 언급은 소설의 초반과 중반 그리고 후반 끝부분에서 세 차례에 걸쳐 나온다. 작자의 원대한 구도에 의해 창조된 인물임을 증명한다. 첫 부분에서 냉자흥이 가우촌에게 서울의 가씨 집안에 옥을 물고 태어난 아이가 어려서 온갖 특이한 행동을 한다고 이야기할 때 가우촌은 자신이 보았던 진씨 집안의 아이가 똑같은 언행으로 사람들의 주목을 받았다고 전한다. 여기서 두 아이의 언행은 거의 모두 하나의 이미지로 남아 가보옥의 독특한 행태로 인식된다. 가보옥은 "여자는 물로 만들었고 남자는 진흙으로 만든 골육이라, 여자아이를 보면 마음이 상쾌하지만 남자를 보면 더러운 냄새가 진동한다"라고 하였고, 진보옥은 하인들에게 "여자아이란 지극히 존귀하고 청정한 존재로서 저 아미타불이나 원시천존보다 더 귀하기 그지없으니 너희들 더럽고 냄새나는 입에 담아서는 절대 안 된다. 만약 부득이한 경우에는 맑은 물이나 향기로운 차로 양치를 하고 말해야만 한다"라고 했다. 두 아이의 언행이 완전히 일치함을 드러낸 것이다. 그러다 소설의 중반에서는 진씨 댁 사람들의 증언이 나오고 가보옥은 꿈에 자신과 완전히 똑같이 생긴 진보옥을 만난다. 꿈은 신비롭게 전개된다. 강남의 진씨 댁 정원에 들어갔는데 시녀들에게 둘러싸여 있는 한 소년이 경성에 자신과 똑같이 생긴 사람이 있다고 하여 찾아갔더니 침상에 빈껍데기만 누워 있더라고 말했다. 그 말을 들은 가보옥은 "내가 바로 여기에 와 있다"라고 말하고는 진보옥의 두 손을 잡고 반가워하며 "이게 꿈은 아니겠지?"라고 했지만 대감마님(아버지)이 찾는다는 말이 전해지자 화들짝 놀라 손을 떼고 그만 꿈에서 깨어났다. 시녀들은 침실에 거울이 있으면 그런 꿈을 꾼다고 하며 거울을 치워야겠다고 했다. 여기까지 두 사람은 같은 모습, 같은 언행으로 같은 생각과 감정을 지니고 있던 것으로 이해된다. 마지막 세 번째는 현실에서의 만남이다. 과거시험을 치르기 위해 상경한 진보옥은 잠시 가씨네 집에 들러 인사를 하고 양가 가족의 비상한 관심하에 마침내 가보옥과 만난다. 두 사람은 이전에 잘 알던 사람처럼 첫 대면을 하고 이야기를 나눴지만 점점 서로 다른 길을 걷는다는 느낌을 받았다. 두 사람은 이제 어린아이가 아니었으므로 성인남자들의 상투적인 어투로 대화를 했다. 진보옥은 철없던 어린 시절 분수를 모르고 살았으며 이제야 세상 이치를 조금 깨달았다고 고백했다. 가보옥은 그의 말이 자신이 혐오하던 국록이나 도적질하는 무리들과 같았으므로 금방 역겨움을 느꼈다. 함께 자리한 조카 가란(賈蘭)은 진보옥과 죽이 맞아 같은 어투로 동조하며 대꾸를 한다. 가보옥의 언짢은 느낌을 알아챘는지 진보옥은 마침내 자신이 어릴 적에는 진부하고 케케묵은 생각들을 싫어했지만 나이가 들고 풍진 세상을 겪으면서 저술을 남기고 덕을 세워 공명을 이루어야 비로소 부모님의 은혜와 스승의 가르침을 저버리지 않는다는 걸 깨달았다고 고백했다. 그래서 어릴 적의 바보 같은 생각이나 어리석은 치정을 점점 없애려고 했다는 것이었다. 가보옥은 더 이상 듣기가 거북했지만 그렇다고 노골적으로 내색할 수도 없어서 적당히 응대하다 돌아왔다. 꿈에서 본 자신의 지기라고 생각하고 기대를 갖고 만났지만 막상 진보옥은 이미 다른 사람이 되어 있었던 것이다. 아내인 보차가 느낌을 물었을 때 "그저 국록을 축내는 버러지에 불과할 뿐"이라고 하고 진심은 하나도 말하지 않았다고 폄하했다. 보차는 오히려 사내대장부로 태어나 입신양명해야 마땅하지 않겠느냐고 다시 한번 가보옥에게 권하다가 그가 지병이 도져 정신 나간 사람처럼 멍청해진 모습을 발견한다. 그로 인해 한바탕 소동이 일어나고 기절한 사이에 가보옥의 영혼은 태허환경을 다시 보고 더 큰 깨달음을 얻게 된다.

가씨 가문의 구성은 녕국부와 영국부로 이루어졌고 작은댁인 영국부에는 할머니 사태군 아래 두 아들, 며느리가 있는데 가사(賈赦)와 형부인은 살림에서 손을 떼고 아우인 가정(賈政)과 왕부인을 중심으로 진행된다. 안살림은 왕부인의 손에 맡겨졌지만 실제로 친정 조카이면서 시집에서는 조카며느리인 왕희봉에게 실권을 넘겨주고 자신은 여유롭게 지내고 있었다. 가정과 왕부인의 둘째 아들이 바로 가보옥이니 인물 구성의 핵심은 둘째 아들로 계속 이어지고 있음을 알 수 있다. 왕희봉은 가사의 아들 가련(賈璉)의 처인데 가보옥에게는 사촌 형수이지만 외사촌 누나이기도 하여 그들의 친밀감은 남달랐다. 왕희봉은 젊은 나이에 막대한 권한을 장악하였고 힘에 부치더라도 또한 일을 겁내지 않고 자신을 드러내기 좋아하는 성격이라 대대적인 활약을 한다. 특히 진가경이 죽은 뒤 녕국부 장례식의 살림을 대리하면서 강력한 권한을 보여 주었고 또 그 기회에 권력을 남용하여 상당한 사리사욕을 채우기도 한다. 훗날 가택 수색을 당할 때 상당량의 고리대 영수증을 증거로 잡히며 빌미를 제공한다. 가서가 짝사랑을 하여 추근댈 때는 그를 죽음으로 몰아 압박하는 매몰찬 모습을 보인다. 대관원의 낙성 이후 보옥과 여러 자매들이 시사를 만들어 활발한 활동을 할 때 적극 후원하여 인심을 사기도 하지만 남편 가련이 몰래 맞아들인 우이저를 발각하고 녕국부를 찾아가 일으킨 풍파는 그녀의 악독하고 무서운 면모를 유감없이 드러낸다. 하지만 유산을 하고 병약해지면서 그녀도 나약한 면모를 보인다. 대관원의 수색사건은 마침내 집안의 큰 사건으로 이어지고 가족구성원 간에 불신과 불만이 팽배해진다. 가사, 가진, 가련, 가용 등으로 이어지는 불의와 불륜의 연결고리는 전체 가문의 존속을 위협한다. 급기야 금의부의 가택 수색이 이어지고 몇몇 인물이 구속되며 작위도 박탈되는 가문 최대의 위기에 봉착한다. 얼마 후 황제의 특별한 조치로 일부 복원되었지만 이미 가세는 날개 꺾인 형세가 되고 말았다. 왕희봉의 한때의 노력도 그녀의 사사로운 불의에 의해 빛을 잃고 모든 잘못의 화살은 그녀에게 향한다. 사태군의 사망 이후 왕희봉이 머지않아 죽게 되는 것은 이 가문의 쇠락을 예견하게 한다. 작가는 훗날 약간의 회복이 있는 것으로 묘사하지만 가보옥의 출가 이후 소설은 끝을 맺는다.

3) 조설근의 사상과 오늘날의 『홍루몽』 읽기

『홍루몽』은 사대기서와 달리 작자의 이름을 본문 속에서 여실히 드러내고 있다. 마치 거짓인 듯 혹은 진실인 듯 허허실실의 방법으로 이 소설의 유래를 밝히는 과정에서 조설근이란 이름을 보여 주는 것이다. 조설근의 이름은 제1회에 등장한다.

> 훗날 조설근이 도홍헌에서 십 년간 다섯 차례나 내용을 더하고 빼고 하여 목록을 편성하고 장회를 나누어 제목을 『금릉십이차』라고 하였다.

처음의 독자들은 이곳에 나오는 조설근이 앞에 언급한 공매계나 오옥봉과 같이 허구의 인물이라고 여겼고 심지어 석두나 공공도인, 정승이나 다를 바 없는 환상 속의 이야기 서술자라고 생각하여 굳이 고증을 시도하지 않았다. 처음 120회본 간행본을 낸 정위원도 "작가는 전하는 바가 일정치 않아 대체 누구의 손에서 나왔는지 알 수 없다"라고 적고 있을 정도다. 조설근 사후 근 30년 만에 그가 생존했던 실체는 까맣게 잊혀졌다. 작가의 실체는 20세기에 이르러 비로소 밝혀지기 시작했던 것이다.

작품 속에는 작가의 입장에서 밝히는 다양한 이야기가 있다. 그중 하나는 석두의 입을 통해 전한 그의 독특한 소설관이다.

첫째, 이 소설에서는 시대적 배경과 공간적 배경을 드러내지 않는다고 했다. 만약 필요하다면 아무 왕조나 연대를 넣으면 되겠지만 역대 야사나 소설의 천편일률적인 상투적 수법에 빠지지 않겠다는 것이 작가의 뜻이었다. 작가는 청나라 강희 연간에 태어나 옹정 연간을 거쳐 건륭 연간까지 살았다. 그가 반영한 시대는 분명 청나라 때이지만 굳이 시대를 밝히지 않았고 남방의 금릉, 소주, 양주의 이름은 밝혔지만 북경은 경성, 경사 등으로만 대신하고 있는데 굳이 청나라 서울 북경을 드러내지 않으려고 한 것이다.

둘째, 이 소설에는 위대한 현인이나 충신이 선정을 베푸는 일이 없다고 했는데, 역대 소설에서처럼 임금이나 재상을 비웃고 비방하거나 남의 아내나 딸들을 욕보이고 흉보는 짓을 하지 않겠다는 것이다. 일부 풍월을 읊은 소설처럼 음란하고 추악한 글로 남의 자제가 잘못되게 해를 끼치는 일은 삼가겠다고 했다. 그가 지적한 역대 소설은 주로 재자가인 소설이다. 언필칭 시골의 서생이 장원급제하였는데 재상의 딸이 등장, 한눈에 반하여 먼저 동침하고 후에 부모나 황제의 사혼을 받아 정식 부부가 되는 이야기가 얼마나 비현실적이고 허구적인가 하고 비판한 것이다.

셋째, 특히 재자가인 소설의 인물은 무조건 조자건(曹子建)이나 반악(潘岳) 같은 미남자와 서시(西施)나 탁문군(卓文君) 같은 미녀이고 남녀주인공 사이에 염정시를 끼워 넣으며 제삼의 인물을 만들어 억지로 갈등과 곡절의 한바탕 소동을 일으키는데 이와 같은 천편일률적인 구성과 묘사에서 벗어나서 참신한 이야기를 쓰겠다고 했다. 『홍루몽』의 인물도 물론 각각 뛰어난 미모를 갖고 있지만 천편일률적은 아니고 뚜렷한 개성을 가지고 있으며 전체적으로 재자와 가인의 만남처럼 되어 있다. 도식적인 만남이 아닌 실제 현실처럼 오랜 시간 동안 마음이 움직이는 과정을 보여 주고 있다.

넷째, 실제 경험과 사실적인 근거에 의하여 인물의 신분이나 상황에 맞는 적절한 언어사용을 강구한다고 했다. 시녀의 입에서 걸핏하면 자야지호(者也之乎)와 같은 고상하고 고리타분한 어투가 나오는 예전의 소설과는 달리 완전히 현실적 상황에 맞는 소설을 쓴다는 것이다. 한문 투에 능숙한, 고문을 쓰는 사람의 입에서나 자, 야, 지, 호 같은 글씨가 나오게 마련인데 글도 모르는 하녀의 입에서 맹자왈, 공자왈 같은 말투가 나오니 얼마나 엉터리 같은 탁상공론으로 만든 소설인지 알 만하다고 했다. 작가는 등장인물이 실제 자신이 겪은 인물임을 거듭 강조하고 있으며 결코 함부로 날조하지 않았음을 자신하고 있다.

다섯째, 이 소설의 진정한 주제는 정(情)이며 작가 자신이 보고 들었던 사실 그대로 일군의 뛰어난 여자의 이야기를 밝히려는 것일 뿐, 정치적으로 세월을 비난하거나 세상을 풍자하려는 뜻이 없음을 분명히 밝히고 있다. 작가가 제1회에서 거듭 상시매세(傷時罵世)의 뜻이 없음을 강조하는 것은 후세의 학자들이 지적하는 것처럼 당시 심각했던 문자옥(文字獄, 필화사건)을 염두에 둔 것이라고 볼 수 있다. 오로지 정을 말하는 소설이며 결코 정치적 의도는 없다는 천명은 황실과 귀비, 조정과 귀족의 일을 언급하고 있는 이 책으로서는 나름대로 미리 조심한 면도 있었을 것이다. 그러나 이를 더욱 확대 해석하여 『홍루몽』을 인정소설이 아니고 순전히 민족적, 정치적 의도를 가진 소설로 보고자 하는 색은파의 주장을 쉽게 받아들이기에는 무리가 있다.

『홍루몽』의 작가는 자신이 젊은 시절 직접 보고 들은 뛰어난 여자들의 이야기를 가감 없이 드러내어 역사적 진실을 보여 주겠다고 하였지만, 또한 소설가의 상상과 허구의 힘을 빌려 다양한 환상세계를 구축하고 이를 융합하였다. 그것은 소설적 진실의 세계를 보여 주기 위한 장치다. 따라서 상당 부분 허구적 설정이 들어 있음에도 불구하고 『홍루몽』의 디테일한 묘사는 사실적이고 현실적인 느낌을 주기에 충분하다. 시공간을 뛰어넘는 사랑의 이야기는 그만큼 동서고금 공통의 주제가 되기에 적절하며 그렇기에 수백 년이 지난 오늘날 해외에서 읽는 『홍루몽』 이야기도 똑같은 감동과 이해를 자아낼 수 있는 것이다.

21세기 홍학은 다양하게 전개되고 있지만 언제나 유효한 것은 작품 자체라고 할 수 있다. 해외에서도 번역을 통해 원전의 이해가 가능하며 동등하게 감상할 수 있다. 오늘날 새로운 세대는 문학의 성찬이자 문화의 보고로서 『홍루몽』의 가치를 재평가하고자 한다. 가장 중요한 것은 중국 전통생활의 의식주행(衣食住行)에 관련된 다양한 문화현상을 『홍루몽』 속에서 찾았다는 것이다. 주거문화와 정원문화로서의 영국부와 대관원의 각종 건축물 묘사와 정원의 구도와 설비, 음식문화와 차문화, 주(酒)문화를 보여 주는 가부의 대소 잔치와 대관원의 연회, 복식문화를 보여 주는 등장인물의 다양한 의복과 장식 등은 그 하나하나가 백과사전의 주요 항목으로 제시될 수 있을 만큼 세부적이고 전문적이다. 관혼상제의 장면이나 매 절기에 관련된 세시풍속과 놀이문화, 속담과 속어의 활용 등에서도 세심한 묘사를 보여 준다. 그러나 소설의 전개와 더불어 각각의 내용은 독특한 방식으로 다른 정서를 품게 된다. 진가경의 장례식이 지극히 상세하게 묘사되는 것과 달리 사태군의 장례는 조촐하게 묘사되고 심지어 절도사건까지 겹치게 되어 가문의 흥망성쇠 선상에서 전반과 후반의 분위기를 대비하고 있다. 가보옥과 설보차의 혼례식은 갑자기 준비되어 남들에게 널리 알리지 않은 채로 은밀하고 신속하게 진행되었고 묘사 자체도 매우 소략한데 소설의 전개상 급박한 전환의 단계임을 상징한다. 정월 대보름의 원소절은 새봄이 시작되는 절기로서 작중에서는 이때를 배경으로 기쁜 내용을 담았으며 팔월 보름의 중추절 배경으로는 수확의 기쁨보다 서늘한 기운과 함께 쓸쓸하고 적막한 슬픈 분위기를 연출했다.

현대의 홍루문화는 여전히 다양하게 전개되고 있으며 고전의 현대화라는 목표하에 새로운 방식으로 개편, 변형되어 새로운 독자 혹은 시청자를 맞이할 준비를 하고 있다.

3. 근대의 충격과 지식인: 풍자에서 견책으로

청대 소설은 명대 사대기서의 특징에서 더욱 세분화되어 풍자소설, 인정소설, 협의공안소설, 재학소설 그리고 견책소설 등으로 다양하게 발전하였다. 그중에서 인정소설의 대표작인 『홍루몽』의 영향으로 그 아류작 혹은 그와 대조적인 작품이 나오기도 했는데 『경화연』, 『아녀영웅전』, 『청루몽』 등과 같은 것이다. 그러나 청대 지식인의 실상과 고뇌를 담고 있는 『유림외사』와 같은 풍자소설과, 망국의 위기에서 탄식하고 책망하는 『노잔유기』, 『관장현형기』 등의 견책소설이 이 시기의 특징을 잘 드러낸다고 할 수 있다.

1) 청대 소설의 유형과 풍자소설

청대 지식인들에게 가장 문제가 되었던 것은 과거시험의 불합리한 시행이었다. 공평하지 못한 시험과 공정하지 못한 선발은 부조리한 사회를 조성하는 중요한 원인이었다. 과거제도는 수당 때 시작되어 북송 때 정착된 중국의 지식인 선발제도다. 우리나라에서도 고려 때부터 시행되어 19세기 말까지 지속되었다. 세습 귀족의 권력 장악을 지양하고자 뛰어난 실력을 갖춘 사람이라면 빈부귀천을 가리지 않고 누구에게나 응시자격이 있었다. 당송 전기소설에도 과거시험을 통해 입신양명하려는 젊은 수험생에 관한 이야기가 많이 있지만, 명청대에 이르면 그 부작용에 대한 이야기가 많이 전해 온다.

명청대 과거시험은 각 지역의 동생시(童生試)에서 시작된다. 동생시에는 지방 행정단위에 따라 현시(縣試), 부시(府試), 원시(院試)가 있고 이에 통과하면 학교에 들어가 공부한다. 어린아이 동(童) 자를 썼지만 나이가 들어서 합격하는 수도 많았다. 학교에 들어가면 생원(生員)이라 했으며 향시(鄕試)에 참가할 자격을 갖추었으므로 수재(秀才)라고도 했다. 각 성에서 시행하는 향시는 3년에 한 번 열리며 대비(大比)라고 했고 가을에 열리므로 추위(秋闈)라고도 했다. 향시를 통과하면 거인(擧人)이 된다. 회시(會試)는 향시의 이듬해 봄에 경사(북경)의 예부(禮部)에서 시행하는데 춘위(春闈)라고 불렀다. 이때 진사 2, 3백 명을 선발했다. 마지막으로 회시 한 달 후에 궁중에 들어가 황제의 면전에서 전시(殿試)를 치르는데 이때 진사급제 3명을 순서에 따라 장원(狀元), 방안(榜眼), 탐화(探花)로 구분하였다. 이들은 황제가 내리는 연회에 참가하며 한림원에 임명된다. 당대에서 청 말까지 천 년이 넘는 세월 동안 중국의 고위 관료가 이런 방식으로 탄생하였다.

그러나 중국의 과거시험은 치열한 경쟁 속에 극소수의 인물이 최종 합격하였으므로 그야말로 하늘의 별을 따는 것만큼이나 어려운 일이었다. 진사가 되거나 장원급제자가 되면 가문을 빛내는 불후의 영광은 물론이고 해당 지역의 뛰어난 영예가 되기 때문에 각 지역에서는 집중적이고 대대적으로 인재를 후원하여 지역을 빛내고자 하였다. 명청대에는 경제적으로 충분한 지원능력이 있는 강소, 절강, 안휘 등의 강남 지역에서 진사를 다수 배출하였다. 급제자가 많은 강남 지역에서는 그만큼 고위 관리가 양산되어 다시 후배를 발탁하였고 지역발전 효과도 거두게 되었다.

한편 당시의 심각한 시험 경쟁률을 감안할 때 한 명의 거사나 진사 급제자 뒤에는 헤아릴 수 없이 많은 낙제자가 양산되고 있었다. 대다수의 시험 낙제자들은 다음 기회를 기약하며 노력했지만 여전히 계속 떨어지는 사람이 나왔으며 이들은 실낱같은 희망을 가지고 평생을 올인하지만 결국 아무짝에도 쓸모없는 고시 폐인이 되어 갔다. 가족과 지인이 모두 손가락질하는 천한 인물이 되는데 그러다가 천행으로 향시에 합격이라도 하면 거의 미친 사람이 되고 사람들의 대접도 180도 바뀌게 된다. 이러한 상황을 여실히 그려 내고 있는 것이 『유림외사』 같은 소설이다.

명청대 과거시험은 팔고문으로 선발하였는데, 이것은 경전의 내용을 기승전결의 형태로 원용하고 여덟 단계로 정형화하여 체계적으로 기록하는 문장이었다. 서로 대구를 맞추어야 했고 고정된 형식을 따랐는데 여덟 개의 넓적다리[股]를 늘어세운 것 같다고 하여 팔고문(八股文)으로 지칭하게 되었다. 이러한 형식주의는 수험생이 독특한 경륜이나 사상을 표현하게끔 돕는 것이라기보다는 채점자의 편의를 제공하기 위한 것이었다. 따라서 천편일률적인 문장의 양산에 대해 의식 있는 젊은 지식인으로서는 비판을 하지 않을 수 없게 된 것이다. 명청대 과거시험의 폐단이 이로써 더욱 확산되었다.

이러한 자체적인 제도와 형식의 문제점 이외에도 시험장 안팎에서의 부정행위로 인해 과거시험이 더욱 신뢰받지 못하는 지경에 이르게 되었다. 수험생을 바꿔치기하여 대리시험을 치르거나, 속옷에 경전의 구절을 깨알같이 써넣어 입고 들어가거나, 바깥에서 쪽지를 넣어 주기도 하는 등 다양한 방법이 총동원되었다. 더구나 적당한 뇌물을 주고 이러한 부정행위가 무마되도록 하거나 아예 시험관을 매수하는 일까지 있었다.

과거시험에 낙방한 수재들은 서당 훈장이 되어 사람들의 멸시와 가난한 환경 속에서 어렵게 지냈다. 그중에서 글재주가 있었던 사람들은 자신의 시문집을 내기도 하였고 특별히 소설을 남기기도 하였는데 『요재지이(聊齋志異)』의 작가 포송령이 그러한 사람이었다. 『요재지이』는 포송령이 틈틈이 엮은 문언단편소설의 총집으로 명 초의 『전등신화』, 『전등여화』 등에 이어 청대를 대표하는 문언소설이다.

『유림외사』를 지은 오경재도 과거시험에 실패한 지식인이었다. 시험에서 실패한 것이 자신의 부족한 실력 때문이라기보다 불합리한 제도와 사회적으로 만연한 폐단 때문이라고 인식하면 결국 커다란 불만을 품게 되고 이를 폭로하고 풍자하거나 비판하게 된다.

2) 『유림외사』와 전통 지식인의 삶

오경재(吳敬梓, 1701-1754)는 안휘성 전초(全椒)의 유복한 가문에서 태어났다. 어려서 총명했지만 가세가 급격히 기울고 그 자신이 과거시험 준비에 남은 재산을 탕진하면서도 시험에 낙방만 거듭하다가 결국 관직에 오르지 못하였다. 남경에 거주하며 명사들과 교유하며 지내다가 53세에 양주에서 돌연 객사했다. 만년에 호를 문목노인(文木老人)이라고 했고 또 남경 진회하 근처에 거주하였다고 하여 진회우객(秦淮寓客)이라고도 했다. 그는 세상 염량세태의 괴로움을 모두 맛보고 만년까지 빈궁하게 지내면서도 글쓰기를 계속하여 소설 『유림외사』와 『문목산방시문집』 등을 남겼다. 그가 소설에서 비판한 것은 스스로 체득한 불합리한 과거제도의 모순을 비롯한 사회 전반의 부정적이고 불합리한 현상이었다. 특히 그가 몸담았던 지식인 사회의 구린내 나는 속사정을 파헤쳤으니, 곧 돈과 출세를 위해 온몸을 바치는 속된 인물들의 뒷이야기였다.

『유림외사』는 오경재가 거의 20년의 시간을 들여 써 내려간 사회풍자소설로서 49세(1750)경에 완성하였다. 완성된 시기로 본다면 『홍루몽』보다 앞서지만 오랫동안 필사본으로만 전해지다가 가경(嘉慶) 21년(1816)에 간본이 나왔고 함풍(咸豐), 동치(同治) 연간에 황소전(黃小田)의 평본, 동치 8년(1869)에 활자본이 나오면서 널리 전해졌다. 1920년 첫 번째 현대 표점본이 나왔다. 55회본, 56회본, 60회본이 있으나 근년에 나온 『회교회평본(會校會評本)』에서는 56회본을 따르고 있다.

마지막 제56회에는 등장인물 전체의 운명을 보여 주며 인품을 석차로 평가하는 유방(幽榜) 부분이 실려 있다. 제일갑(第一甲)의 제일명에 우육덕(虞育德), 제이명에 장상지(莊尙志), 제삼명에 두의(杜儀) 등으로 기록하였다. 학계 일부에서는 후세의 위작이라고 보고 삭제하기도 하였으나 이러한 안배는 당시 통속소설의 결말방식을 반영한 것이라고 할 수 있다. 『수호전』에서 양산박 108명 영웅의 명단을 기록한 석갈의 석차(席次)가 대표적인 예이다. 현행 『홍루몽』 판본에는 없으나 지연재 평에 따르면 이 소설의 끝에도 정방(情榜)이 있었다고 하며 보옥은 '정부정(情不情)', 대옥은 '정정(情情)'이라고 했다고 하므로, 당시 『홍루몽』보다 다소 앞서 완성된 『유림외사』에도 유방이 있었다고 보는 것이 합리적일 것이다.

『유림외사』는 지식인들로 대표되는 유림세계의 바깥 이야기다. 외사란 정상적이지 않은 숨겨진 이야기 혹은 뒷이야기란 의미를 담고 있다. 이 소설은 통합적으로 이어지지 않는 개별적인 열전형식으로, 단편고사들이 이어진 장편의 형식을 취하고 있는데 고리를 이어 가는 연쇄식 구성이라고도 한다. 『수호전』의 전반 70회까지 등장인물이 양산박으로 모여드는 과정이 바로 이 형식이다.

작가는 소설의 시대배경을 명대로 잡고 있지만 실제로는 자신이 보고 들은 당시의 상황을 염두에 두고 반영하였다. 등장인물로는 과거에 급제하여 출세하려는 탐욕스러운 지식인들과, 일반 백성들을 괴롭히고 착취하는 벼슬아치와 부자들, 그리고 마지막으로 그러한 와중에서도 정도를 걷고 옳은 일을 하려는 관리와 지식인 등 세 가지 부류를 그려 내고 있다.

『유림외사』는 훗날 신문화운동 시기에 후스가 백화소설의 모델로 삼을 만큼 생동감 있고 소박한 백화를 사용한 장편소설이다. 고사성어와 더불어 당시 사회에서 유행하던 속어, 속담을 자유롭게 활용하여 백화문학의 전형적인 작품이 되었다.

작가는 소설 제1회 설자(楔子)와 제56회의 유방을 제외한 54회 편폭에서 청대 지식인의 다양한 면모를 드러내고 있다. 주진(周進)과 범진(范進)은 팔고문으로 과거시험을 치르는 인물로서 팔고문을 신봉하는 인물군이다. 사실 주진과 범진은 늦게나마 출세하게 되는 만학도다. 그들의 인생역정은 과거시험의 합격을 전후하여 극적으로 바뀐다. 제3회에서 범진이 수재가 된 뒤에 향시를 보러 갈 때 노잣돈을 얻으려고 장인인 호 도호(胡屠戶)를 찾아가니 그는 이렇게 빈정대며 타박한다.

자네 주제를 알게나. 상공이 되고 나니 주제넘게도 미꾸라지 국을 먹고 용트림하려 드는구만! 내 듣자니 수재가 된 것도 자네의 문장이 훌륭해서가 아니고 학정대감이 자네 나이가 많은 것을 보고 불쌍히 여겨 마지못해 은혜를 베푼 것이라 하더만!

장인으로부터 문전박대를 당한 범진은 동기생의 도움으로 여비를 마련하여 장인 몰래 향시를 보러 갔다. 시험을 끝내고 곧장 집으로 돌아와 보니 식구들은 벌써 이삼 일째 배를 곯고 있었다. 그러나 머지않아 그의 합격소식이 집으로 날아들었다. 범진은 광동에서 7등으로 향시에 합격했다. 소식을 들은 그는 거의 미친 모습으로 날뛰었다. 미친 광기를 잠재우려면 그가 무서워하는 장인을 불러다 호되게 빰을 후려치며 정신 차리게 하는 수밖에 없다고 누군가 말했다. 한바탕 연극이 벌어졌다. 큰소리치던 장인 호 도호는 사위가 거인(擧人) 나리가 되었는데 빰을 치라고 하니 어쩔 수 없이 그렇게 하긴 했지만 벌써부터 손이 부들부들 떨려 왔다. 그때부터 달라진 세상은 참으로 볼만하게 변해 가고 있었다.

지식인 사회에서 행세하는 가짜 명사들은 시가나 문자유희를 통하여 헛된 명성을 추구하며 혼란한 사회에 빌붙어 살아가는데 바로 경본혜(景本蕙)와 누봉(婁琫) 형제 같은 인물이다. 이들은 또 유림에서 기생충 같은 인물이었다. 유가사상 본연의 가르침을 온전하게 실천하려는 진정한 학자인 우육덕, 장상지 같은 인물이나 강인한 개성으로 자존심을 지키며 살아가는 두의(두소경) 같은 인물은 작가가 긍정하는 이상적인 인물이며 바로 유방의 첫 번째 인물유형에 자리매김된 사람들이다.

제55회에서 작가는 과거시험의 합격여부에 따른 평가, 재산의 유무에 따른 처신, 문장과 덕행의 유무에 따른 대우 등을 논하면서 유생들이 입신양명을 위해 어떻게 하는지 폭로한다.

> 벼슬길에 나아가고 물러남을 논할 때는 과거시험에 합격만 하면 재능이 있는 자요, 낙방하면 어리석고 못난 자로 치부되었다. 호탕한 기개를 논하자면 형편이 넉넉한 이들은 그저 자기 사치만 부리고, 어려운 이들은 그저 쓸쓸하고 초라하게 지낼 뿐이었다. 이백과 두보의 문장에 안연과 증삼의 덕행을 갖춘 인물이 있더라도 찾아가는 사람은 하나도 없었다. 그러나 한다 하는 대갓집의 관혼상제나 향신들의 집에는 사람이 모이는데 그 술자리에 나오는 얘기란 승진이니 좌천이니 전근이니 강등이니 하는 온통 관계(官界)의 소문들뿐이었다. 가난한 유생들은 또 그저 시험관에게 잘 보이기 위해 온갖 아부와 아첨을 떨 뿐이었다.

작가는 소설에서 뿌리 깊게 병든 사회가 과거제도의 폐단과 지식인의 타락에서 기인한 것으로 진단하고 이러한 사회풍조를 풍자하고 나아가 강력하게 비판하고자 하였다. 소설 속에는 앞에서 언급한 과거제도의 다양한 용어가 수도 없이 쏟아져 나온다. 가히 과거제도를 객관적으로 살필 수 있는 살아 있는 교과서라고도 할 수 있을 것이다.

3) 망국의 위기에 나온 견책소설

아편전쟁(1840) 이후 중국의 국력은 급격하게 쇠하기 시작하였다. 서양의 해양제국들은 오랫동안 동양으로 팽창하기 위해 노력하였고 종이호랑이로 판명 난 중국대륙에 여러 가지 이권을 위해 달려들기 시작했다. 19세기 중엽 이후 지식인들은 쇠망하는 나라의 현실 앞에서 무기력하게 무너지거나 아예 외면하고 무관심을 보이기도 했다.

청 말에 이르러 소설은 신문이나 잡지에 연재로 발표되었지만 여전히 장회소설의 형식을 띠고 있었다. 망국의 위기 앞에서 나라와 사회를 제대로 다스리지 못하는 관리나 지식인들을 노골적으로 비난하고 책망하는 내용이 주류를 이루었으며 따라서 이러한 소설을 견책소설이라고 불렀다. 관련된 수많은 작품 중에서 네 작품이 사대견책소설로 지칭되는데 이보가(李寶嘉, 1867-1906)의 『관장현형기』, 오욕요(吳沃堯)의 『이십년목도지괴현상』, 유악(劉鶚)의 『노잔유기』, 증박(曾樸)의 『얼해화』이다. 그중에서 이보가의 『관장현형기』를 구체적으로 살펴본다.

『관장현형기(官場現形記)』는 글자 그대로 관계(官界) 주변의 추악한 모습을 그대로 드러내어 재현한 소설이다. 작가 이보가는 자를 따서 이백원(李伯元)으로 불리기도 하는데 강소 무진(武進, 지금의 상주) 사람으로 동시에 합격하여 수재가 되었지만 이후 뜻을 이루지 못했고 상해로 가서 기자가 되었다. 내우외환으로 망국의 위기에 빠진 중국의 정치적, 사회적 현실을 폭로하기 위해 상해에서 『지남보(指南報)』(후에 『유희보』로 개칭), 『번화보(繁華報)』 등을 창간하고 관청의 불합리한 이야기,

기루나 찻집의 에피소드 등을 발표하였다. 또 예문사(藝文社)와 해상문사(海上文社) 등의 문예사단을 창립하여 활동했다. 그는 이러한 활동으로 견책소설의 기초를 확립하고 소설 발표의 지면을 제공하였다. 그가 지은 소설로 『관장현형기』 외에 『문명소사』, 『활지옥』, 『중국현재기』, 『해천홍설기』 등이 있으며 희곡과 필기류 등 많은 저술이 있지만 아쉽게도 40세를 일기로 단명했다.

『관장현형기』 전 60회는 청 말 전통적인 양식의 장회소설이지만 20세기 초(1903-1906) 잡지연재의 방식으로 발표되었다. 과거 필사본으로 전해지다가 간행된 장편소설과는 탄생 과정이 다른 과도기적인 작품이다. 관청의 이야기 30여 가지를 담고 있는데 전국 11개 성과 시에서 발생한 사건으로, 중국 전체의 절반 이상 지역이 포함되었다. 이처럼 다양한 소재의 이야기를 나열한 고리연결의 방식으로 구성되었지만 주제는 모두 관청의 주변에 존재하는 불합리하고 부정적인 암흑의 세계를 폭로한다는 일정한 방향으로 연결되어 있다. 소설의 구성방식은 『유림외사』의 영향을 받았다고 할 수 있다.

작가는 관청의 주변에서 일어나는 각종 이권 탐욕과 사리사욕의 행태는 대부분 상부 관원의 방관이나 종용으로 발생한다고 인식하였다. 의화단(義和團) 사건(1900) 이후 청 말의 국가와 사회 정세, 관계의 타락 양상이 유감없이 드러나며 군기대신(軍機大臣)으로부터 하급관리에 이르기까지 모든 관리가 누구를 막론하고 뇌물수수, 매관매직, 협잡과 독직 등을 서슴지 않고 있으니 마땅히 비판받고 견책받아야 한다고 강력한 탄핵의 의사를 보이고 있다. 거의 동시대의 사건을 충실히 묘사하고 있으므로 소설이지만 실록으로서의 가치를 지닌다고 할 수 있다. 다만 노골적인 비난과 비분강개의 언사가 절제되지 않고 강조되다 보니 소설로서의 은은한 풍자를 뛰어넘어 문학으로서의 예술적 효과는 떨어진다고 할 수 있다.

당시의 관리 행태에 대해서 작가가 서태후(자희태후)의 입을 통해 지적하는 부분이 제18회에 나온다.

> 전국 열여덟 개의 성을 통틀어 보아도 어디에 청렴결백한 관리가 있겠는가? 그러나 어사가 말하지 않으면 나도 제대로 알 수가 없다. 설사 어사가 탄핵을 하여 조정 대신을 파견해 그중 몇 사람을 처벌한다고 해도 이런 일은 한 번으로 그치는 일이 아니므로 또 나타날 것이다. 앞의 일이 마무리되어도 뒤에 다시 나타나곤 하는 것이니 어찌 일벌백계가 통하겠는가.

등장인물은 다양한 계층에서 골고루 나타나며 모두 위선적인 가면을 쓴 채 뒤로는 돈을 갈취하고 뇌물을 받으며 온갖 추악한 짓을 자행한다. 군기대신 화 중당(華中堂)은 최고의 지위에 있는 관리로 겉으로는 절대로 돈을 받지 않는다고 공언하지만 실제로는 현찰 대신 자신이 차려 놓은 골동품 가게에서 값비싼 골동품을 사서 바치도록 유도한다. 스스로 고상한 취미를 가진 인물로 포장했지만 결과적으로 아랫사람들은 골동품을 뇌물로 바쳐야 했던 것이다. 절강의 흠차대신 서리 부 서원(傅署院)은 청렴하기로 이름이 나서 누구도 함부로 뇌물을 들고 찾아갈 엄두를 내지 못했다. 그는 회색 무명 두루마기에 색이 바랜 남빛 외투를 입고 떨어진 신발을 신었으며 낡은 모자를 썼다. 차를 마실 때에도 찻잎을 아껴서 근검절약의 모범을 보여 청관의 이름을 얻었지만 부하직원의 실토에 따르면 겉으로는 청렴한 척해도 남몰래 수많은 돈을 긁어모아 경성으로 가져간 파렴치한이었다. 호통령(胡統領)은 관병을 이끌고 절강 동쪽 지역의 비적을 토벌하러 가는 도중에 배에서 흥청망청 술잔치를 벌이고 연도 백성들의 집을 함부로 약탈하거나 불 질렀다. 그는 현지에 창궐하는 비적을 일망타진하여 소탕했다는 과장된 보고를 상부에 보내서 큰 상을 받는다. 하지만 실제로는 조그만 강도사건일 뿐이었다. 게다가 대군이 몰려오자 도망치는 무고한 백성들을 토비로 간주하여 살해하고 겁탈하였다. 백성들이 지현에게 찾아가 하소연하였지만 상황을 짐작하고도 윗사람을 비호하면서 백성들을 오히려 무고죄로 잡아넣겠다고 협박할 뿐이었다.

도대(道臺)나 지주(知州) 혹은 지현 같은 관리들은 백성을 학대하고 돈을 갈취하여 사리사욕만 채웠다는 것이 작가의 냉철한 비판이었다. 제60회에서 작가는 관계의 세계를 약육강식의 금수의 세계에 비유한다. 봉건사회 말기 관리들의 비열한 작태를 짐승의 행태로 묘사하여 폭로한 것이다.

> 들개는 사람을 만나면 달려들어 물어뜯었다. 그러나 호랑이에게 잡아먹히는 것이 두려운지라 호랑이 앞에 서기만 하면 곧 머리를 떨구고 꼬리를 흔드는 모습이 정말 가련할 지경이었다.

한마디로 청 말의 관리들은 고위직이나 하급직을 막론하고 모두 제 살길에만 혈안이 되어 있었으며 나라의 장래나 사회의 안정 혹은 백성의 삶에는 일체 관심이 없었으니 이른바 미친 듯이 돌아가는 요지경 속이었다. 작가 이보가는 이러한 현상을 일상생활의 세밀한 필치로 그려 나갔던 것이다. 한국어 번역에서는 이 소설의 이러한 혼란스럽고 어지러운 시대적 특징을 파악하여 제목을 『난세』라고 명명하였다. 작가가 이 소설을 완성했을 때, 청나라의 망국까지 불과 수 년의 시간이 남아 있었을 뿐이었다.

청 말의 혼란스러운 세상은 인심을 극도로 흉흉하게 만들어 갔다. 결국 오로지 자신이 살기 위해 남을 헐뜯고 잡아 누르고 중상모략하며 끝내 죽음으로 몰아가는 극도의 도덕불감증 시대가 되고 말았다. 민국 초기 리쭝우[李宗吾](1879-1943)는 마침내 사람들의 뻔뻔하고 두꺼운 낯짝과 음흉하고 시커먼 마음을 그대로 반영하여 『후흑학(厚黑學)』이란 책을 만들었다. 그의 서문에 의하면 민국 원년(1912)에 글을 쓰기 시작하여 여러 해 동안 모아 민국 25년(1936)에 단행본으로 간행하게 되었다고 하는데 비록 고대의 인물에게서 다양한 실례를 찾아온 것이지만 돌이켜 보면 청 말 견책소설 속의 부정적 인물형상이 그대로 전하여 널리 퍼져 있었음을 알 수 있다. 중국 역사상 사리사욕을 위한 파렴치한 작태와 치열한 생존경쟁 속에 살아남을 수 있었던 처세의 도를 보여 주는 책이라고 하겠다.

8장

변화의 시대:
새로운 중국의 이야기

20세기 초 중국문학은 비로소 변화의 시대에 접어들었다. 만주족의 청나라가 멸망하고 한족의 중화민국이 건국된 이후에도 사회적, 문화적 변화는 지지부진하였다. 이에 후스[胡適]의 「문학개량추의(文學改良芻議)」가 베이징대학에서 발행하는 『신청년』에 발표된 것을 계기로 중국 전역에 문학과 문화의 혁신운동이 일어났으니 이른바 오사(五四)운동이다. 그 명칭은 1919년 5월 4일 베이징대학 학생들의 반일반제(反日反帝)운동에서 비롯되었지만 시발은 1917년 시작된 백화문학(白話文學)운동이라고 볼 수 있다. 그 중심에는 베이징대학의 차이위안페이[蔡元培] 총장, 『신청년』의 발행인 천두슈[陳獨秀], 백화문학운동을 제창하고 이론적 기반을 다진 후스, 중국인의 각성을 촉구하는 새로운 소설을 쓴 루쉰 등이 포진하고 있었다.

1. 신문학의 이론과 혁신: 후스와 루쉰

신해(辛亥)혁명이 성공하고 난징[南京]에서 중화민국의 건국을 선포한 것은 1912년 1월 1일이다. 왕조시대를 마감하고 아시아 최초의 공화국을 설립한 것이었다. 임시대총통을 맡은 쑨원[孫文]은 베이징의 청나라 조정 대권을 장악한 위안스카이[袁世凱]와 타협하여 마지막 황제 선통제(宣統帝)를 퇴위시키고 대총통의 자리를 그에게 양보했다. 이후 위안스카이의 독재정치에 맞서 국민당 세력의 2차 혁명이 시작되었으나 패배하고 쑨원은 일본으로 망명하였다. 위안스카이가 황제가 되려는 꿈을 실현하려다 실패하고 사망하자 군벌 간의 알력으로 나라는 혼란에 빠지고 쑨원이 귀국하여 이를 수습하려고 애썼다. 실질적인 공화정은 제대로 이루어지지 않았다.

1) 신문학운동

민국 초대 교육부 장관인 차이위안페이는 1916년 베이징대학 총장이 되어 혁신적인 정책을 펴 나갔고 천두슈, 후스 등을 교수로 초빙하여 적극 지원하였다. 1915년 천두슈에 의해 창간된 『신청년』 잡지는 그가 베이징대 문과대학장이 됨에 따라 신문화운동의 선두에서 중요한 기수가 되었다. 1916년 미국에서 유학 중이던 후스는 「문학개량추의」를 써서 『신청년』에 투고했다. 이 글은 이듬해 1917년 1월에 발표되었다. 백화로 글을 써야 한다는 이 주장은 곧 중국의 신문학운동으로 전개되었다. 곧이어 천두슈의 「문학혁명론」이 발표되고 후스의 「건설적문학혁명론」과 루쉰의 첫 번째 백화소설 「광인일기」도 발표되었다. 이처럼 베이징대학에서 발행하는 『신청년』 잡지를 중심으로 새로운 문화건설의 움직임이 활발하게 진행되었으며 차이위안페이는 적극적 후원자가 되었다. 일본에서 돌아와 고향인 사오싱에 있던 루쉰은 차이위안페이 장관의 요청으로 베이징으로 가서 교육부 관리로 지내다가 새로운 개혁그룹에 참여하게 되었다. 미국에 유학한 후스와 일본에 유학한 루쉰은 여러 가지 면에서 차이가 났지만 신문학의 건설에 각각 중요한 역할을 담당했다. 1918년 발표된 루쉰의 「광인일기」는 중국 최초의 현대소설이 되었고 1921년에 발표된 「아큐정전」은 그의 대표작으로서 중국 현대문학 100년의 첫 번째 금자탑이 되었다. 후스는 실험적인 백화시를 짓는 등 문학을 창작하기도 했지만 결과적으로 이론가의 역할을 하였고 루쉰은 소설가로서 깨어 있는 지식인의 역할을 담당하여 민족적 각성을 촉구했다. 1920년대 다양한 문학단체가 출현하여 문학의 활성화에 힘을 보탰다. 그중에서 문학연구회와 창조사가 대표적 그룹이며 현대시의 유파인 신월파도 있다. 좀 더 구체적으로 살펴보면 다음과 같다.

문학연구회(1921-1923)는 저우쭤런[周作人], 정전둬[鄭振鐸], 마오둔[茅盾](선옌빙[沈雁冰]), 궈사오위[郭紹虞], 예사오쥔[葉紹鈞](예성타오[葉聖陶]), 쉬디산[許地山] 등이 발기인이며 후에 셰완잉[謝婉瑩](빙신[冰心]), 주쯔칭[朱自清], 수칭춘[舒慶春](라오서[老舍]), 쉬즈모[徐志摩] 등도 참여하여 영향력이 컸던 단체였다. 외국문학을 소개하고 신문학을 창작하여 『문학연구회총서』를 발간했다. 주로 인생을 위한 예술을 주창하여 인생파로 불리기도 했다. 마오둔이 편집하던 『소설월보』의 정간 이후 활동이 정지되었다. 창조사(1921-1929)는 궈모뤄[郭沫若], 위다푸[郁達夫], 장쯔핑[張資平], 톈한[田漢] 등 일본 유학생이 중심이 되어 발기하였고 예술을 위한 예술을 주창하며 유미주의, 낭만주의를 표방하였으나 점차 좌익으로 변질하여 혁명문학을 주장하였다. 궈모뤄의 『여신』, 위다푸의 『침륜』 등이 창조사 총서로 간행되었다. 창조사는 문학연구회, 신월파 등과 격렬한 논쟁을 벌였으나 갑자기 해산되었고 1930년 루쉰을 중심으로 한 좌익작가연맹(左翼作家聯盟)이 성립됨에 이르러서 통일되었다.

신월파(1923-1930)는 베이징에서 서구 유학생을 중심으로 이뤄진 현대시 유파다. 타고르의 『신월집(新月集)』 영향으로 명명되었다. 베이징에서 후스, 쉬즈모, 원이둬[聞一多] 등이 시모임을 결성하고 새로운 격률시를 제창하며 이성으로 감성을 절제해야 한다고 강조했다. 원이둬는 시의 음악성(음율), 회화성(수식), 건축성(형식)을 고루 갖춘 것을 삼미(三美)라고 했다. 1927년 상하이에서 『신월』 잡지를 발행하며 후스, 량스추[梁實秋] 등이 가입하였고 천멍자[陳夢家], 볜즈린[卞之琳] 등이 추가로 들어와 순수시를 옹호하고 시가 창작의 순수함과 기교의 엄밀함 등을 추구했다. 이들의 노력으로 현대시의 내용과 형식이 균형 있게 발전할 수 있게 되었다.

2) 후스의 「문학개량추의」

후스[胡適](1891-1962)는 안후이성 지시[績溪] 출신으로 본명은 쓰미[嗣糜]이지만 진화론에 나오는 '적자생존(適者生存)'의 구절을 염두에 두고 후스로 바꾸고 자를 스즈[適之]라고 했다. 1910년 경자(庚子)배상금[09]

에 의한 도미유학생에 선발, 미국 코넬대학에 유학하여 처음에 농학을 전공하였고 후에 컬럼비아대학에서 존 듀이(John Dewey)의 지도로 철학박사를 받았다.

1916년 미국 유학 중에 백화시를 실험적으로 짓기 시작하고 1917년 「문학개량추의」를 『신청년』(2권 5호)에 투고하였다. 이해 5월 박사학위 논문 「선진제자의 진화론」을 완성하고 9월에 차이위안페이 총장의 초빙으로 베이징대학 교수가 되었다. 이듬해 「건설적문학혁명론」을 역시 『신청년』(4권 4호)에 발표했다. 이로써 오사문학운동의 이론적 기틀을 탄탄히 다지게 된 것이다. 1919년 반일반제의 기치를 내건 오사운동이 문화운동으로 확산된 데는 차이위안페이와 천두슈를 비롯하여 후스의 신문학이론이 큰 역할을 했다. 1921년 「홍루몽고증」의 발표로 인해 차이위안페이의 『석두기색은』을 대표로 하는 색은파와 대대적인 홍학논쟁이 일어났다. 후스의 신홍학은 고증파의 대표가 되어 후에 위핑보, 저우루창 등의 지지를 받고 새로운 학풍으로 형성되었다. 1927년 상하이로 옮겨 갔다가 1932년부터 다시 베이징대 문과대학장을 지냈다. 1938년부터는 주미대사로 있다가 1946년 베이징대학 총장에 부임하기도 했지만 곧이어 베이징이 공산화됨에 따라 미국으로 망명하였다. 중국대륙에서 반우파 투쟁으로 후스비판운동이 한창이던 1958년, 중화민국(타이완)으로 귀환하여 중앙연구원장으로 재직하다가 1962년 타이베이에서 사망했다.

09 경자배상금은 의화단 사건(1900)에 참전한 8개 연합국(러시아, 일본, 독일, 영국, 미국, 이탈리아, 프랑스, 오스트리아-헝가리)에 청나라 정부가 배상한 돈인데 미국이 이를 돌려주어 유학생 선발 및 칭화대학과 산시대학의 건립에 지원하게 된다.

그가 남긴 저술은 다양하고 방대하다. 문학과 철학, 사학, 고증학, 교육학 및 홍루몽연구 등에 관하여 중요한 업적을 남겼다. 『중국철학사대강』(상), 『백화문학사』(상), 『호적문존(胡適文存)』(4집), 『상시집(嘗試集)』 등이 있다. 백화문학을 주창하던 그는 고전문학에서 면면히 전해 온 백화문의 전통을 역사적으로 살펴보기 위하여 『백화문학사』를 저술했지만 안타깝게도 후반부를 완성하지 못하였다. 『백화문학사』의 후반부에는 대량의 민가, 산곡과 희곡, 단편소설 및 장편소설이 들어가게 될 것이지만 이를 체계적으로 정리하기는 쉽지 않은 일이다. 현대적인 백화시의 실험작을 모아 『상시집』을 엮은 것도 특기할 만하다. 그는 실증주의 철학을 신봉하여 "대담한 가설과 상세한 고증"이라는 캐치프레이즈를 내걸고 고전소설의 고증연구를 진행하였다. 구체적으로는 『수호전』, 『홍루몽』, 『경화연』, 『삼협오의』, 『노잔유기』, 『아녀영웅전』, 『해상화열전』, 『관장현형기』 등의 작품을 연구했다.

20세기 중국문학사에서 그의 가장 큰 공헌은 백화문학운동과 신홍학 연구로 압축할 수 있을 것이다. 백화문학운동의 포문을 열어 준 그의 첫 번째 글 「문학개량추의」에서는 다음의 여덟 가지 사항을 강조했다.

1. 반드시 내용이 있는 글을 써야 한다[須言之有物].
2. 옛사람의 글을 모방하지 않는다[不模仿古人].
3. 문법에 잘 맞추어 써야 한다[須講求文法].
4. 병 없이 신음하는 글은 쓰지 않는다[不作無病之呻吟].
5. 낡고 상투적인 수식을 버려야 한다[務去濫調套語].

6. 전고를 활용하지 않아야 한다[不用典].
7. 대구를 쓰는 데 신경 쓰지 않는다[不講對仗].
8. 속어나 속자를 피하지 않고 쓴다[不避俗字俗語].

이상 여덟 가지 항목 중에는 아니 불(不) 자가 여럿 나오므로 이른바 팔불주의(八不主義)라고 한다. 이 글에 대한 반응으로 곧 천두슈가 「문학혁명론」을 발표하였는데 요점은 다음과 같다.

1. 꾸며 대고 아첨하는 귀족문학 타도하고 평이하고 서정적인 국민문학 건설한다.
2. 진부하고 장황한 고전문학 타도하고 신선하고 성실한 사실문학 건설한다.
3. 애매하고 까다로운 산림문학 타도하고 명료하며 통속적인 사회문학 건설한다.

후스는 곧이어 1918년 4월 「건설적문학혁명론」을 발표하여 "국어의 문학, 문학의 국어"가 문학혁명의 요지임을 제창했다. 그가 백화운동을 시작한 지 10개월 만이었다. 그사이 그의 위상은 크게 바뀌었다. 28세의 후스는 베이징대학의 교수이자 새로운 시대를 이끌어 갈 새로운 기수로서 온몸에 주목을 받고 있었다. 그는 「문학개량추의」에서 주장한 여덟 가지 항목의 문구를 조정하여 모두 불(不) 자로 시작하도록 바꾸고 순서도 약간 다르게 하여 공식적인 팔불주의로 명명했다.

1. 내용 없는 글을 쓰지 않는다[不作'言之無物'的文字].
2. 무병신음의 글을 쓰지 않는다[不作'無病呻吟'的文字].
3. 전고를 사용하지 않는다[不用典].
4. 상투적인 수식을 쓰지 않는다[不用濫調套語].
5. 대구를 쓰지 않고 변문과 율시를 폐기한다[不重對偶, 文須廢駢, 詩須廢律].
6. 문법에 맞지 않는 글은 쓰지 않는다[不作不合文法的文字].
7. 옛사람의 글을 모방하지 않는다[不模仿古人].
8. 속어나 속자를 피하지 않고 쓴다[不避俗字俗語].

그리고 스스로 이 팔불주의가 소극적이고 파괴적인 면에서 착상되었음을 파악하고, 건설적이고 긍정적인 쪽으로 새롭게 수정, 네 가지 사항을 정리하여 주장했다.

첫째, 할 말이 있으면 곧 할 말을 한다.
둘째, 무슨 말을 어떻게 하든지 하고 싶은 대로 말한다.
셋째, 남의 상투적 말을 빌리지 않고 자신의 어조로 말한다.
넷째, 시대에 걸맞는 말을 한다.

이러한 변화는 천두슈의 「문학혁명론」으로 인한 자극과 자신의 수차 강연에서 느낀 새로운 생각의 결과였다.

후스는 전통적인 고전문학에서 가치 있고 사랑받은 문학은 모두 백화 혹은 백화에 가까운 문학이었다고 단언했다. 그는 죽은 문언으로 쓰인 문학은 살아 있는 문학이 아니라고 여겼다. 물론 백화로 쓰였다고 해서 모두 가치가 있고 생명력이 있다고 말한 것은 아니지만 근세에 나온 위대한 소설 『수호전』, 『서유기』, 『유림외사』, 『홍루몽』 등은 살아 있는 백화로 쓰였기 때문에 훌륭한 고전문학의 대표가 되었다고 강조했다. 죽은 문언으로 살아 있는 문학을 만들 수는 없다고 하면서 서양의 문학은 살아 있는 백화로 쓰여 위대한 문학을 이루었다고 했다.

후스의 주장은 예로부터 유교 지식인은 어렵고 난해한 문언문(文言文)을 사용하여 일반 백성들의 자유로운 의견 개진이나 권리 요구를 막아 왔다는 것이었다. 그는 이제 공화국이 건설된 민주주의의 시대에 돌입하여 마땅히 누구나 말하는 대로 적을 수 있는 구어문, 즉 백화문으로 새로운 문학을 창조해야 한다고 주장했다. 이러한 까닭으로 기존의 전고나 대구, 난해한 구절 등을 일체 쓰지 않고 용이하게 소통할 수 있는 백화를 연구하였고 이에 따라 전통시기의 백화문학을 찾아내 사적으로 검토하며 또 백화문학의 보고라고 할 수 있는 고전소설에 다시 주목한 것이었다. 후스의 주장으로 중국문학은 완전히 백화문학의 시대로 진입하여 새로운 백 년을 열었다.

3) 루쉰의 현대소설

루쉰[魯迅](1881-1936)의 원명은 저우장서우[周樟壽]이며 개명하여 저우수런[周樹人]이 되었다. 자는 예산(豫山)에서 후에 예재(豫才)로 바꾸었고 저장 사오싱 출신이다. 일본에 유학하여 처음에는 의학을 배웠으나 이른바 환등기 사건으로 자퇴하고 도쿄에서 동생 저우쭤런과 함께 문예활동에 투신하여 잡지에 평론을 쓰고 소설을 번역했다. 센다이[仙臺] 의학전문학교 실험실에서 러일전쟁 교육 영상을 보던 그는, 환등기 영상 속 일본 헌병에게 처형당하는 중국인의 모습을 아무 생각 없이 물끄러미 바라만 보는 주위의 같은 동포를 보고, 낙후된 국민의 의식을 일깨우는 일이 한 사람의 신체를 고치는 일보다 시급하다는 사실을 깨닫게 되었다. 그는 글을 통해 민족정신을 깨우치는 일이야말로 무너진 민족과 국가를 다시 바로 세우는 일이라고 느꼈다. 고향으로 귀국하여 잠시 교편을 잡았고 중화민국 건국 이후 교육부의 하급관리로 일하기도 했다. 동향인이었던 차이위안페이 교육부 장관의 요청에 의한 것이었다. 정부가 옮겨 감에 따라 베이징으로 이주하여 활동을 시작한 그는 베이징대학의 『신청년』 잡지에 「광인일기」를 투고하면서 루쉰이라는 필명을 널리 알리게 되었다. 이어서 「공을기(孔乙己)」, 「약(藥)」, 「고향(故鄕)」을 발표하고 1921년 바런[巴人]이란 필명으로 중편소설 「아큐정전」을 발표하여 문학사적 위상을 공고히 했다. 1923년 재직 중이던 베이징여자대학이 강제 해산될 때 강력하게 항의하며 시위에 참여하였고 이에 교육부 첨사직에서 파면되었다. 이 무렵 베이징대학에 출강하면서 『중국소설사략』을 강의하고 중국 최초의 소설사를 엮어 냈다. 체계적인 분류와 공평하고 엄정한 작품비평으로 지금까지 가장 권위 있는 소설사로 자리 잡고 있다. 1927년 광저우의 중산[中山]대학에서 상하이로 돌아와 쉬광핑[許廣平]과 재혼하고 문필생활에 전념했다. 이후 그는 주로 촌철살인의 비판을 담은 사회평론을 발표했다. 중국에서는 이를 잡문(雜文)으로 분류한다. 1936년

신화전설의 세계를 다시 고쳐 쓴 『고사신편(故事新編)』을 출판했다. 그의 초기 작품은 1923년 『납함(吶喊, 외침)』과 1926년 『방황(彷徨)』으로 묶어서 간행되었고, 이 밖에도 『야초(野草)』, 『조화석습(朝花夕拾)』, 『분(墳)』, 『열풍(熱風)』, 『화개집(華蓋集)』, 『이이집(而已集)』, 『남강북조집(南腔北調集)』, 『위자유서(僞自由書)』, 『화변문학(花邊文學)』, 『차개정잡문(且介亭雜文)』 등이 있으며 1938년 『루쉰전집』이 나왔고 1981년 『루쉰전집』의 주석본이 간행되었다.

루쉰은 1936년 55세의 나이로 생을 마감했으나 이미 많은 중국인의 우상이 되어 있었다. 당시 항일통일전선을 조직하는 문제로 논쟁 중이던 문인들도 그의 죽음을 애도하여 문단의 통합을 위해 잠시 노력했다. 루쉰의 작품은 대개 단편소설이었고 후기에는 잡문을 주로 썼으며 간략하고 핵심적인 글로 사람의 마음을 움직였다. 이데올로기에 편향되지는 않았지만 기존의 권력과 부조리한 사회에 대한 비판정신이 담겨 있었다. 천두슈나 후스가 제창한 중국의 근대화와 백화문학운동을 실질적으로 실천에 옮겨 성공한 사람이 루쉰이라고 할 수 있다. 따라서 그의 소설은 무지몽매한 봉건주의 사회의 부조리와 불합리한 현상을 드러내는 것이었다. 그는 전통적 유교 권위주의뿐만 아니라 마르크스주의에도 비판적이었다. 한마디로 그는 특정한 사고에 매몰되지 않고 끊임없이 자신의 사유 경계를 확장하고 변화하는 인물이었다. 모든 허위와 과장에 정면으로 부딪치는 그의 용기와 혜안에 젊은이들은 환호하며 추종했다.

루쉰은 사망 이후에 마오쩌둥에 의해 신격화되었다. 루쉰은 공산당원이 아니었지만 철저하게 공산당의 편에 선 위대한 사상가이자 혁명가로 이미지화되었다. 루쉰의 생전 의지와는 상관없이 신중국 이후 오랜 기간 동안 루쉰의 위상은 감히 다른 평가를 내릴 수 없는 신성불가침의 위치에 있었다. 우리는 루쉰이 좀 더 살아서 중국대륙의 공산화 이후를 보았다면 어떻게 반응했을지 예상해 볼 수도 있을 것이다. 신시기 이후에 비로소 좀 더 솔직하고 공정한 문학적 평가를 추구하려는 시도가 시작되었다. 다행스럽게도 2018년 『루쉰전집』 20권이 우리나라에서도 번역, 간행되어 그의 모든 글을 직접 읽어 볼 수 있게 되었다.

4) 「광인일기」

「광인일기(狂人日記)」는 1918년 4월에 쓰였으며 5월 호 『신청년』(4권 5호)에 발표되었다. 한때 광인이었던 어떤 이의 일기를 공개하여 옮기는 형식으로 소설을 전개하였다. 소설의 연기(緣起)에 해당하는 서문은 의도적으로 문언문으로 기록하였고, 광인의 일기는 백화로 적었다. 자신이 잡아먹힐지도 모른다는 피해망상증에 걸린 광인의 심리가 잘 나타나 있다.

> 며칠 전 이리마을의 소작인이 찾아와서 흉년이 들었다고 우리 형에게 말했다. 자기 마을의 못된 놈이 사람들에게 맞아 죽었는데 사람들이 그의 간을 꺼내 기름에 튀겨 먹었다는 것이다. 그러면 대담해진다면서…. 그들이 사람을 잡아먹었다면 나를 잡아먹지 못하리라는 법도 없을 것이다.

자기는 사람을 잡아먹고 싶으면서 다른 사람에게 잡아먹히는 것은 두려워 모두 의심의 눈초리로 서로를 훔쳐본다. 이런 생각을 버리고 마음 놓고 일을 하고 길을 가고 밥을 먹고 잠을 자면 얼마나 편안할 것인가. 그것은 단지 문지방 하나, 관문 하나의 차이일 뿐이다.

사천 년 동안 늘 사람을 잡아먹어 온 곳, 나도 오랫동안 그 속에 섞여 살아왔다는 것을 오늘에야 깨달았다. 형이 집안일을 보고 있을 때 마침 누이동생이 죽었으니 그가 음식에 섞어 몰래 우리에게 먹였을지도 모른다. … 이제는 내 차례가 된 것이다. … 이제는 알겠다. 진짜 사람을 만나기가 어렵다는 것을! 사람을 먹어 본 적 없는 아이가 혹시 아직 남아 있을까? 어서 아이들을 구하라!

어느 날 달을 보고 이제까지 30년 이상 전혀 제정신이 아니었다는 사실을 깨닫는 광인의 이상 심리를 통해 어두운 암흑을 벗어나지 못하고 있는 중국사회를 고발한다. 광인은 깨어나지만 여전히 유교의 이념적 사슬에 얽매여 살고 있는 정상인들은 오히려 깨치지 못하기 때문에 광인과 정상인 사이 인식의 괴리가 생긴다. 광인의 입장에서 보면 세상 사람들은 서로를 잡아먹으려고 한다. 광인은 수천 년의 중국역사가 결국 식인의 역사였음을 발견하고 아직 인간을 잡아먹어 본 일이 없는 순수한 아이들을 식인의 사회에서 구출해야 한다고 호소한다. 그가 본 역사책에는 연대가 없고 어느 쪽에나 인의도덕이라는 글자가 쓰여 있었는데 자세히 들여다보니 글자와 글자 사이에 "식인(食人)"이란 글자가 가득 적혀 있었다고 한다. 그는 인육을 약용으로 썼다는 의학서도 거론하는데 작가는 이시진의 『본초강목』을 들었지만 실제로 당나라 때 『본초습유』에 그런 내용이 나온다고 한다. 또 춘추시대 진문공(晉文公)에게 자신의 아이를 죽여 대접한 간신 역아(易牙)의 이름도 나온다. 소설에서는 역아가 걸주(桀紂)에게 바쳤다고 했지만 일부러 비틀어 말한 것이다.

루쉰은 정신병 환자의 입장에서 세상을 보고 중국 전통사회의 부조리하고 불합리한 체제와 사람이 사람을 잡아먹어 온 병폐를 고발하고자 하였다. 봉건사회를 철저히 개혁하여 새로운 사상과 문학을 세워야 한다고 강하게 주장한 이 소설은 중국 현대소설의 첫 번째 작품이 되었다.

5) 「아큐정전」

「아큐정전(阿Q正傳)」은 1921년 12월부터 1922년 2월까지 주간지 『신보부간(申報副刊)』에 연재된 중편소설이다. 신해혁명을 배경으로 당시 무지몽매한 중국 민중과 혁명의 허구성을 신랄하게 비판한 작품으로 평가된다. 중국 남부 한 가상의 농촌마을에 사는 날품팔이꾼 아큐를 주인공으로 삼고 있다. 이름 앞에는 중국어에서 친근감 있게 부르는 아(阿) 자를 붙였다. 영어의 큐(Q)는 청 말 중국인의 변발 모양으로, 뒤로 늘어뜨린 댕기 머리를 상징한 글자다. 이 소설은 그의 어리석고 흐리멍덩한 삶과 죽음의 과정을 그리고 있다.

아큐는 망국의 사회, 도덕과 규율이 무너지고 혁명의 실패에 빠진 혼돈의 세상에서 아무런 목적의식과 희망도 없이 살아가는 무기력하고 비겁한 노예근성 소시민의 형상을 대표하는 인물이다. 부질없이 혁명의 소용돌이에 휘말리지만 결국 아무것도 이루지 못한다. 공연한 자존심만 강하며 보수적이고 무지몽매한 다혈질의 인물이다. 현실사회에서 부딪치는 실패와 손해에 대해서도 그는 특유의 정신승리법으로 아무 일 없었다는 듯이 지나간다. 비겁한 성격의 아큐는 자기보다 강한 놈에게는 혼이 나고 두들겨 맞아도 대항하지 못하며 아무리 놀림을 당해도 돌아서서 중얼거릴 뿐 상대조차 하지 않는다. 하지만 자신보다 약한 놈에게는 거들먹거리며 마구 욕을 해 댄다. 아무 저항력이 없는 젊은 여승을 괴롭히고, 힘없는 약한 녀석에게는 주먹을 휘두르기도 한다. 그는 날품팔이꾼에 불과했지만 하늘을 찌를 만큼 자존심이 강하여 조 대감이나 지주들에게 존경의 빛을 나타내지 않는다. 병을 앓으면서도 의사를 찾아가지 않고 남의 뒤를 따라 부화뇌동하며 약자에게는 잔인하고 강자에게는 아첨한다. 스스로의 책임을 남에게 전가하고 지난날의 영광에 젖거나 환상에 빠져 현실을 바로 보려고 하지 않는다. 공허한 영웅주의와 무력한 패배주의에 빠져서 자기만족에 함몰되어 있고 민족적 위기 앞에서도 대국의식을 버리지 못하는 당시의 일반 시민을 대변하고 있다. 나아가 서양열강의 침략 앞에서 무기력하게 대처하며 위기의 현실을 애써 외면하는 국가에 대한 신랄한 비판이라고도 할 수 있다.

루쉰의 「아큐정전」은 신해혁명 시기의 농촌생활을 소재로 삼았으며 날품팔이로 살아가는 아큐라는 인물의 비극적 운명을 묘사하여 중국민족의 나쁜 근성을 폭로하고 국민성 개조의 필요성을 강조한 작품이다. 이 작품에서 작가는 중국의 현실을 절망적으로 그리고 있으며 궁지에 몰려 소외되고 짓눌린 자들의 모습을 냉정하고 노골적으로 드러내고 있다. 20세기 초 중국의 현실에 대한 지식인의 절망적인 인식을 반영하였다고 할 수 있다.

루쉰의 작품은 당시의 사회적 현실을 반영하여 어둡고 절망적이지만 철저한 자기비판과 검증 속에서 발전적 의지로 승화되고 있어서 강력한 문학적 메시지를 발한다. 루쉰의 많은 명언 중에 소설 「고향」에 나오는 다음의 구절이 유명하다.

> 희망이라는 것은 원래 있는 것이라 할 수도 없고 또 없는 것이라 할 수도 없다. 그것은 마치 땅 위의 길과 같다. 땅 위에 본래부터 길이 있던 것은 아니며 다니는 사람이 많아지면 곧 길이 되는 것이다.

이 밖에도 몇 가지 명언을 더 살펴본다.

> 나는 하나의 종착점을 확실히 알고 있다. 그것은 무덤이다. 이것은 누구나 알고 있으며 길잡이가 필요하지 않다. 문제는 그곳까지 가는 길에 있다. 물론 길은 한 가닥이 아니다.

> 자유란 진정 돈으로 살 수 없는 것이지만 그러나 돈을 위해 팔아 버릴 수는 있는 것이다.

침묵 속에서 폭발하거나 아니면 침묵 속에서 멸망한다.

인생에서 가장 큰 괴로움은 꿈에서 깨어났을 때 갈 길을 찾지 못한다는 것이다.

누군가 남의 마음속에 살아 있지 않다면 그는 죽은 목숨이나 마찬가지다.

루쉰은 현대 중국의 백 년을 시작하는 지점에서 봉건사상에 찌들고 전통의 억압으로부터 벗어나지 못한 무지몽매한 민중을 깨우치고 지식인의 각성을 일깨우면서 혜성같이 등장하였다. 그가 단순히 뛰어난 소설가나 문학가의 위상을 뛰어넘어 현대 중국을 이끌어 온 사상가와 혁명가로 자리매김되고 수많은 중국 청년들에게 새로운 희망의 길을 열어 준 스승으로 평가되고 있는 것은 그의 문학이 지향하는 끊임없는 자기 성찰과 부단한 자기 개조의 정신 때문일 것이다.

2. 신시기 문학의 백화제방: 왕멍과 류신우

현대 중국의 가장 치욕스러운 암흑시대로 기록된 문화대혁명(1966-1976)은 마오쩌둥이 사망하면서 비로소 막을 내리고 1978년 덩샤오핑의 등장과 함께 본격적인 개혁개방의 시대가 시작되었다. 사회경제 분야는 물론 문화예술계에서도 큰 변화가 일어났다.

1) 상흔문학과 반사문학

그 첫 단계에 나타난 사조는 '상흔(傷痕)문학'이었다. 지난 시간의 상처를 다시 보듬는 작업이었다. 이때의 작가들은 문혁기간에 청소년기를 보내고 새로운 시기를 맞이하여 문학활동을 시작한 젊은 세대들이었다. 그들은 문혁의 상황에서 벌어진 다양한 일들을 들춰내어 묘사했다. 상흔문학이란 명칭은 루신화[盧新華]의 단편소설 「상흔」에서 유래했는데 혹자는 폭로문학이라고 하는 것이 좋겠다는 의견도 냈다. 첫 번째 작품은 1977년 발표된 류신우의 「반주임」이다. 내용은 한 중학교 교사가 사인방의 박해로 배우지 못하고 기술도 없는 한 학생을 도와 온전하게 구하는 이야기다. 이듬해 루신화의 「상흔」이 발표된다. 상하이의 어느 중학교 교장이었던 어머니가 문혁기간에 반역자로 몰리자 주위의 학대를 못 이긴 외동딸이 어머니와의 인연을 끊고 농촌으로 들어가 9년간 고통의 세월을 지내고 돌아오니 어머니는 이미 사망한 다음이었다는 비참한 사연을 다루고 있다.

다음 단계는 '반사(反思)문학'의 출현이었다. 정치사회적으로 문혁의 만행을 반성하고 다시 생각해 본다는 의미다. 그 작가들은 반우파운동의 과정에서 숙청당했거나 문혁 때 주자파로 몰렸던 사람들로, 자신의 명예를 회복하는 일에 관심을 가지고 있었다. 그들은 신중국 성립 초기의 열정적이고 희망적이었던 시대를 다시 회고하는 입장이었다. 주요 작품은 왕멍의 『변신인형[活動變人形]』과 장셴량[張賢亮]의 『녹화수(綠化樹)』, 『남자의 절반은 여자[男人的一半是女人]』 등이었다.

1984년 무렵까지 신시기 초기의 문학은 문혁기간의 야만적이고 비이성적인 행태를 강하게 비판하면서 문혁 이전 시기로 돌아가고자 하는 생각을 갖고 있었다. 개혁개방에 환호하던 사회 전반적인 분위기와 어울려서 새로운 주류로 부상하여 대중의 높은 관심을 끌었다. 그러나 아직 낡은 이데올로기적 전체주의의 틀을 벗어나지는 못하였다. 이 시기 주류문학의 중국 농촌에 대한 묘사는 상당히 성공적이었다는 평가를 받고 있다. 이들은 덩샤오핑의 개혁을 적극 지지하는 그룹이었다.

신시기에는 서구의 모더니즘에 해당하는 현대주의가 다시 부활하기도 하였다. 문혁의 억압적인 이데올로기에 의해 인간성이 훼손되고 개인의 자유와 권리가 제약당하여 최소한의 사생활까지 보장받지 못하던 상황을 회고하면서, 1930년대 한때를 풍미하였던 현대주의가 다시 대두된 것이다. 개혁개방 이후 중국사회에서는 잠재되어 있던 개인의 욕망과 자유에의 갈망이 부상하였고 개혁이 가속화될수록 개인에게 폭넓은 자유가 부여될 것이라고 기대하게 되었다. 작가들은 도시민들의 의식과 정서를 반영하여 개인의 사생활과 잠재의식을 주제로 드러내기 시작하였다. 현대주의는 문학과 예술을 다시 조명하고 새롭게 정립하기 위해 노력하면서 발전하였다.

개혁개방 초기의 시는 '몽롱시(朦朧詩)'의 형태로 나타나기 시작했는데 주류문학과는 약간 입장을 달리하는 일탈적인 움직임이라고 할 수 있다. 시인들은 억눌렸던 잠재적 정서를 사회적 잠재의식의 표출로 드러내고자 했다. 베이다오[北島]의 「회답(回答)」은 몽롱시 중에서 대표적인 작품이다.

이어서 자신의 뿌리를 찾아보려는 문학사조가 등장했는데 이른바 '심근(尋根)문학'이라고 했다. 한사오궁[韓少功], 자핑와[賈平凹]가 주류이고 후에 왕안이[王安憶], 스톄성[史鐵生] 등도 포함된다. 이들은 개인성의 자각과 인도주의적 가치를 중시하였으며 정서적이고 미학적인 시각에서 일상생활을 분석하고 묘사하고자 했다. 역사적 입장에서 심근문학은 매우 중요한 의미를 지니지만 대중적으로 크게 주목받지는 못했다. 신시기를 대표하는 작가로 여기에서는 왕멍과 류신우 두 작가의 문학세계를 살펴본다.

2) 류신우의 「반주임」

류신우[劉心武](1942-)는 쓰촨성 청두[成都] 출신으로 1950년 이후 베이징에 거주하였으며 1958년부터 작품을 발표했다. 그는 중학교 교사와 출판사 편집장을 역임했다. 신시기 첫 번째 문제소설 「반주임(班主任, 담임선생)」으로 문단의 주목을 받고 급부상하였다. 이 작품은 상흔문학을 이끈 대표작으로 여겨지고 있다. 그의 장편소설 『종고루(鐘鼓樓)』는 마오둔문학상[茅盾文學賞]을 수상했고 최근에는 장편소설 『표창

(飄窓)』을 발표했다. 1993년부터는 『홍루몽』 연구에 몰입하여 새로운 색은파로서 활발한 활동을 전개하며 『유심무게비홍루몽(劉心武揭秘紅樓夢)』 등을 저술하여 인기를 얻었다. 그는 소설 속의 인물 진가경이 강희제 폐태자의 숨겨 놓은 딸이었을 것이라고 주장하여 대중적 인기를 끌었지만 정통 홍학가들은 확실한 증거 없는 막연한 추측으로 일반인의 홍학인식을 왜곡시킨다고 반발하였다. 홍학계에서는 그를 현대에 다시 부상한 신색은파로 분류하고 있다.

그의 대표적인 작품인 단편소설 「반주임」은 1977년 『인민문학(人民文學)』 제11기에 발표되었다.

> 베이징의 광밍[光明]중학교 3학년 3반의 담임교사인 장쥔스[張俊石]는 공안국에 구류되었다가 석방된 불량배 출신의 전입생 쑹바오치[宋寶琦]를 자신의 반에 받아들인다. 학교 당지부의 차오[曹] 서기가 이 학생의 처리문제를 상의했을 때 장 선생은 두말없이 받아들이기로 허락했다. 쑹바오치의 전입허용 문제로 시끄러웠는데 수학교사인 인다레이[尹達磊] 선생은 극력 반대했다. 인 선생은 학생들의 성적을 최대한 끌어올려야 하는 순간에 불량배 출신 학생을 받아들이려는 장 선생의 처사를 이해할 수 없다고 했다. 장 선생이 아직 제대로 일을 시작하기도 전에 학생회 당간부 셰후이민[謝惠敏]이 찾아와서 학생들이 쑹바오치의 전입을 극력 반대한다고 보고했다. 장 선생은 반의 간부회의를 소집했다. 셰후이민은 장 선생이 공안국에서 가져온 쑹바오치의 물품을 근거로 이튿날 그를 대

대적으로 비판하는 대회를 열겠다고 했다. 그의 물품 중에는 장편소설 『우맹(牛虻)』도 들어 있었다. 셰후이민은 그 책이 야한 소설이라고 단정하고 비난했지만 장 선생은 괜찮은 작품이라고 여기고 있었다. 책은 표지가 찢겨졌고 삽화에 나오는 여주인공의 얼굴에는 팔자수염이 어지럽게 그려져 있었다. 장 선생은 쑹바오치의 집을 찾아가서 그와 면담을 했다. 그는 험악한 표정과 자세로 장 선생과 마주 앉았다. 싸우다 맞아 입술은 터져 있었다. 장 선생의 관찰 결과 그는 정치적 깨달음도 없었고 지식수준도 낮았다. 소설의 제목도 뉴멍[牛虻]이 아니라 뉴왕[牛亡]으로 잘못 읽었다. 훔친 책이고 봐도 모르겠다고 했지만 그는 이 책이 야한 책이라고 여기고 있었다. 장 선생은 그가 유해한 책을 읽고 중독된 것이 아니라 반대로 오히려 아무것도 읽지 않아 무지의 상태에 빠졌다고 생각했다. 셰후이민과 간부학생인 스훙[石紅]의 논쟁이 있었다고 하여 장 선생은 스훙네 집으로 찾아갔다. 스훙은 당간부의 가정에서 자라며 책벌레라고 할 만큼 많은 책을 읽은 학생이었다. 그녀는 친구들을 집으로 불러 함께 책을 읽기도 했다. 그러나 셰후이민은 스훙이 추천하는 외국소설이 신문의 추천도서에 나오지 않는다는 이유로 독소가 있는 작품으로 단정하고 초청에도 응하지 않았으며 말다툼까지 벌였다는 것이었다. 스훙도 쑹바오치를 비난하며 수업거부를 주장하는 다섯 명의 여학생 중 하나였다. 장 선생이 방문했을 때 스훙은 러시아 소설 『시계[錶]』를 친구들 앞에서 낭독하고 있었다.

한 단락을 읽고 나서 곧 토론이 시작되었다. "셰후이빈은 우리가 독소가 들어 있는 작품을 읽는다고 하는데 과연 이 책이 독소라고 할 수 있을까?" "쑹바오치가 불량배라고 하지만 이 소설의 주인공보다 더 악독하다고 할 수 있을까?" 그들은 자신의 느낌을 솔직하게 드러내어 독후감을 발표했다. 그리고 장 선생에게 "내일 수업거부의 시위는 취소하겠습니다"라고 말했다. 스훙의 집을 나온 장 선생은 셰후이민 집으로 자전거를 몰았다. 그는 소설『우맹』을 셰후이민에게 주어 읽게 하고 올바른 분석과 평가를 하도록 할 참이었다. 그렇게 해서 '사인방'으로부터 받은 독소를 걷어 내도록 하려는 것이었다. 그는 자신이 담임을 맡은 반 전체 학생들에게 독서활동을 전개하고 새로운 시대를 맞이하도록 지도할 생각이었다. 당연히 쑹바오치도 포함한 모든 학생들에게 말이다.

작가 류신우는 1961년부터 베이징에서 13년간 중학교 교사를 지냈다. 이때의 경험과 오랫동안 적체된 사회문제에 대한 생각을 버무려서 1977년 남몰래 이 작품을 썼다. 소재가 민감한 정치문제이기 때문에 주저하다가 그해 가을 원고 약속을 했던『인민문학』에 제출하게 된다. 편집부에서는 이 작품의 등재여부로 고민에 빠졌다. 민감한 정치문제를 담은 폭로문학이므로 발표할 수 없다는 의견과, 작품 속의 장 선생은 '사인방'을 공개적으로 비판하는 긍정효과가 있으므로 마땅히 발표해야 한다는 의견이 팽팽히 맞섰다. 최종적으로 작가에게 약간의 수정 기회가 주어지고 편집자의 수정보완이 더해져서 마침내 그해 『인민문학』 제11기에 발표되었다.

주인공 장쥔스 선생은 엄격하고 진지한 담임교사로서 학교 당지부의 신임뿐만 아니라 학생들의 신망도 한 몸에 받고 있다. 불량배 출신의 학생을 받아들일 때도 교육적 견지에서 망설임 없이 전입을 허용하고 직접 학생을 방문하여 면담을 하며 반 내 학생들이 독서활동을 통해서 사회적 이해를 넓혀 갈 수 있도록 적극 권한다. 문혁기간 사인방의 해독을 입은 아이를 구출한다는 사회적 대의명분을 실천하는 인물이다.

쑹바오치는 가정환경이 나쁘지 않으나 가정교육을 제대로 받지 못했고 문혁의 십 년 동안 정규 학교교육에도 소홀하여 불량배들과 어울리는 소년 범죄자가 되었다. 신체는 건장했지만 정신은 피폐하여 무지하고 어리석은 상태였다. 셰후이민은 학생회 당간부로서 품행이 단정한 모범학생이지만 극렬한 좌익사상에 경도되어 완고하고 융통 없는 학생이었다. 스훙은 당간부 가정 출신으로 어려서부터 동서양의 명저를 많이 읽어 비교적 올바르게 작품을 분석하고 현실을 바라보는 안목이 있었다.

소설은 문화대혁명이 자라나는 청소년에게 끼친 해악을 노골적으로 폭로하고 있다. 문혁은 십년호겁(十年浩劫, 십 년간의 참화)이라는 평가처럼 사회발전을 심각하게 역행시켰다. 특히 새로운 지식을 넓히고 지혜를 길러야 하는 청소년들에게는 돌이킬 수 없는 심각한 정신적 상처를 남긴 저주받은 세월이었다. 이러한 현실을 구체적인 사안으로 보여 준 것이 바로 이 소설이라고 할 수 있다. 혹자는 이것이 '사인방'에 의해 박해받은 아이들을 구출하라는 시대적 호소라고 보고, 오사시기에 루쉰이 「광인일기」에서 봉건예교에 얽매여 억압받은 아이들을 구출하라고 호소한 것과 맞먹는 심오한 역사의식과 강렬한 계몽정신이 담긴 작품이라고 분석하였다.

3) 왕멍의 『변신인형』

왕멍[王蒙](1934-)은 베이징에서 태어나 1950년대에 작품활동을 시작하여 장편소설 『청춘만세』(1953)와 단편소설 「조직부에 새로 온 젊은이[組織部新來的青年人]」 등을 썼지만 1957년 반우파 투쟁 때 우파분자로 몰려 낙인찍히는 바람에 절필하였다. 1963년 이후 문혁이 끝날 때까지 신장[新疆] 이리[伊犁]에서 살았다. 1978년 베이징으로 돌아온 이후 단편소설과 장편소설 『변신인형[活動變人形]』(1987), 『연애의 계절』(1993), 『실태의 계절』(1994), 『암살3322』(1994) 등을 발표하고 1989년 톈안먼 사건 시기까지 중국작가협회 부주석을 지냈으며 문화부 장관까지 역임했다. 창작 소설 이외에도 많은 글을 써서 『왕멍문집』 등이 있고 『홍루몽』에 관련된 평론서 『홍루계시록(紅樓啓示錄)』이 널리 전해지고 있다. 2007년에는 한국을 방문하여 공개강연을 진행하고 한국 독자와 만남도 가진 바 있다. 그의 대표작인 『변신인형』을 살펴본다. 작품의 배경은 1940년대 일본 점령하 베이징의 한 가정이다.

> 니우청[倪吾誠]은 몰락해 가는 지주 가문에서 태어나 신식교육을 받고 유럽 유학도 다녀온 지식인으로 대학 강단에서 학생들을 가르치는 강사다. 니우청은 서구문명을 동경하고 중국

의 봉건적 문화와 풍속을 혐오한다. 그러나 그가 동경하고 추구하는 이상은 실제로 실현될 수 있는 방법이 없었으며 현실에서의 삶은 고통으로 이어진다. 니우청의 아내 장징이[姜靜宜]도 몰락한 지주 가문 출신으로 신식교육을 받았지만 니우청이 가정을 제대로 돌보지 않자 큰 고통을 느낀다. 이상주의자 니우청과 달리 현실주의자인 아내 장징이는 친정어머니 자오씨[趙氏]와 청상과부가 된 언니 장징전[姜靜珍]을 집으로 데려와 함께 살게 된다. 그들은 고향의 토지로부터 소작료를 받으며 여전히 봉건적 삶을 이어 가고 있었다. 니우청과 아내의 다툼은 끊임없이 이어지고 장모 및 처형까지 합세하여 싸움을 키운다. 장징이는 니우청의 절제 없는 소비가 낭비라고 여기며 크게 반발한다. 반면 니우청은 자신 같은 문명인의 신분을 제대로 유지하기 위해 필요한 경비는 마땅한 지출이라고 여기고 봉급으로 부족한 액수는 남으로부터 빌려서 쓰기도 한다. 수많은 빚을 지고 있는 니우청을 아내는 참지 못한다. 니우청이 가정 내에서 유일하게 애정을 쏟는 부분은 아이들이다. 아이들에게 필요한 값비싼 물건을 아낌없이 사 주고 문명인으로서 위생관념을 강하게 교육시키며 매일 섭취해야 할 영양소까지 챙겨야 한다고 강조한다. 그는 현실적 가정상황에 상관없이 자신의 이상적 생활을 무작정 추구할 뿐이다. 그는 세상을 바꿀 거대한 이론을 이야기하지만 실제로는 가정생활도 제대로 꾸리지 못하는 무능력자였다. 그는 아내의 친정 식구들과 제대로 소통할 수 없었으며 그들의 봉건적 악습이 그대로 다음 세대인 자신의 두 아이, 니짜오[倪藻]와 니핑[倪萍]에게 전수되고 있다는 사실에 분노한다. 어느 날 니우청은 사흘간이나 귀가하지 않았다. 아내 장징이와 장모, 처형은 사흘간 봉급을 몽땅 탕진하고 돌아온 니우청을 공격하였고 대판 싸움이 벌어져 니우청은 쫓겨났다. 빗속에 폭음을 하고 폐렴에 걸려 돌아온 니우청은 어쩔 수 없이 집에서 요양하게 되었는데 아내가 다른 남자와 관계하여 임신한 사실을 알게 된다. 니우청은 이혼을 결심하고 은밀히 변호사와 상담을 하는데 장징이는 친지를 모아 놓고 한바탕 니우청의 잘못을 일일이 열거하며 비난했다. 그날 밤 니우청은 낙담 끝에 나뭇가지에 목을 매고 자살을 시도하였지만 기적적으로 숨이 돌아와 회생하고 혼자 쓸쓸하게 베이징을 떠나게 된다.

이야기는 니우청의 아들인 니짜오가 부친인 니우청을 회고하며 묘사하는 방식으로 진행된다. 그는 언어학자가 되어 유럽으로 출장을 간 기회에 부친의 옛 유학 시절 친구를 찾아 당시 니우청의 일을 회고하게 된다. 이 소설은 중국현대사 수십 년의 풍파와 사회적 변화를 조망하면서 형형색색의 모습으로 드러난 삶의 다양하고 모순된 현실을 반영하고 있다.

표면적인 이야기는 가정에서 일어나는 한 남자와 세 여자의 악다구니 같은 싸움이지만 그 배경을 파고 들어가면 경제적 문제, 성격적 문제 외에 심층적인 문화의 충돌이 문제라는 것을 알 수 있다.

제목이 소재로 삼은 변신인형이란 일본에서 만든 그림책의 일종인데 머리와 몸통과 다리의 세 부분이 각각 독립적으로 움직여 조합에 따라 여러 가지 인형의 도안을 만들어 낼 수 있는 책이다. 원제를 인형으로 썼기 때문에 번역에서도 인형이라고 한 것이지 사실은 책의 일종이다. 니우청은 스위스제 손목시계를 전당포에 잡히고 받은 돈으로 기분 좋게 두 아이에게 줄 변신인형 그림책을 샀다. 그는 중국의 아이들은 어려서 갖고 놀 수 있는 장난감이 거의 없어 단순하고 건조하게 어린 시절을 보낸다고 탄식했다. 변신인형 그림책은 아들이 앞으로 지혜롭고 다양하게 변신하는 문명의 삶을 살아가길 기원한다는 의미였다. 이 소설은 현대화가 진행되는 과정에서도 서구문명이나 현대문명에 반감을 가지고 있는 고질적인 봉건문화의 벽이 강하게 자리 잡고 있는 현실을 가족 간의 심각한 격차를 통해 보여 주고자 하였다. 그러나 완전히 서구화된 삶이 이상적이란 기대만 갖고 있는 주인공의 현실감은 매우 떨어졌으며 따라서 충돌은 불가피한 것이었다. 작가는 현실을 도외시한 이상에 대해서도 긍정하지 않았다. 그는 다만 미래의 세대가 더욱 행복하고 선량하고 우아한 삶을 살기를 바라며 대변혁을 기대하였다. 작가는 새로운 시대에 걸맞는 변화의 철학을 강조하고자 했던 것이다. 왕멍이 이 책의 서문에 쓴 다음의 구절은 음미할 만하다.

이상은 현실을 개조하지만, 이상은 반드시 현실의 노력을 통해 현실을 개조해야 하고, 그렇기 때문에 현실도 이상을 개조한다. 이 과정은 비록 고통스러운 것이지만 그래서 오히려 큰 의

미가 있는 것이다.

왕멍이 묘사한 주인공 니우청은 그의 부친 왕진디[王錦第]를 모델로 한다. 실제 왕진디는 베이징대 철학과 출신으로 도쿄제대에 유학하고 귀국하여 직업학교의 교장을 역임한 신지식인이었다. 그는 전통적인 구식생활에 염증을 느끼고 현대적 생활을 영위하기 위하여 돈을 물 쓰듯 썼다. 커피를 마시고 철학을 논하며 고향을 비난하고 과학을 숭배했다. 이를 근거로 논자들은 소설 주인공의 성격이나 생활방식이 작가의 부친으로부터 유래했다고 보았다.

3. 현대 중국의 새로운 문학: 모옌과 옌롄커

신세기가 시작된 2000년에 중국인으로서 최초의 노벨문학상 수상자가 나왔다. 그리고 2012년 중국 현지에 있는 중국문인으로서 모옌이 다시 노벨문학상을 받았다. 중국인으로서 노벨상을 탄 사람은 1957년 물리학상을 받은 중화민국 국적의 재미학자가 있었지만 오랫동안 문학상에는 근접하지 못했는데 100년 만에 마침내 수상자를 보유한 국가가 된 것이다. 본래 아시아인으로서 노벨문학상을 받기는 쉽지 않다. 문학이란 모국어로 썼을 때 가장 적절하고 절절한 감성을 드러낼 수 있으며 번역을 통해 새로운 문자로 전환된 이후에는 본래의 면모를 유지하기 어렵기 때문이다. 또한 서구인의 안목에서 아시아의 전통적인 사고와 정감을 제대로 이해한다는 것 자체가 어려운 일이기도 하다. 노벨문학상이 아시아인에게 주어진 전례는 1913년 인도의 라빈드라나트 타고르(Rabindranath Tagore), 1968년 일본의 가와바타 야스나리[川端康成], 1994년 오에 겐자부로[大江健三郎]가 전부였는데 2000년에 프랑스에 망명한 가오싱젠[高行健]이 받고 2012년 중국의 모옌, 그리고 2017년에는 일본계 영국인 작가 이시구로 가즈오[石黑一雄]가 받아 총 6명에 이르게 되었다.

21세기 이후 중국문학은 노벨문학상 수상작을 중심으로 살펴볼 수 있다. 중국인으로서 망명작가인 가오싱젠의 작품도 사실상 중국어로 쓴 작품이니 당연히 중국문학의 중요한 성과로서 언급되어야 할 것이다. 중국에서 이탈한 망명작가라고 해서 정치적 입장으로만 편견을 가질 일은 아니다. 중국대륙에서는 일견 중국인으로서 최초의 수상자가 되었다는 점에서 반가움이 있었음에도 불구하고 중국정부와 정치적 견해를 달리한다는 이유로 선뜻 받아들이지 못하는 면이 있었다. 일반 대중이나 독자들로서는 아쉽고 안타까운 일이다. 가오싱젠을 초청하여 대중과의 만남을 주선하거나 출판기념회를 여는 일은 다행히 타이완과 홍콩을 중심으로 꾸준히 진행되어 왔다. 한국에도 2011년에 강연차 방문한 바 있다. 그는 문학만이 유일한 과제라고 여기지 않고 영화나 연극 각본, 회화 전시 등의 다양한 예술활동에도 적극 참여하고 있다.

1) 가오싱젠의 『영산』

가오싱젠[高行健](1940-)은 중국인으로서 첫 노벨문학상을 받은 작가다. 중국 장시성 간저우[贛州] 출신으로 베이징 외국어대학 프랑스어과를 졸업하고 극작가와 소설가로 이름이 있었지만 중국정부의 통제로 조국을 떠날 생각을 굳히게 되었다. 1978년부터 작품을 발표하였고 양쯔강을 따라 긴 여행을 하면서 『영산(靈山, 영혼의 산)』을 집필하기 시작했다. 1987년 프랑스로 이주하였고 1990년 타이완에서 『영산』이 간행되었다. 1992년 스웨덴어로 먼저 번역이 되었고[10] 이어서 1995년에 프랑스어로 번역되어 주목을 받으면서 2000년에 노벨문학상 수상작이 되었다. 프랑스에서 문필활동을 하면서 1992년 프랑스

10 스웨덴어본은 스웨덴의 한학자 예란 말름크비스트(Göran Malmqvist, 중국명 馬悅然, 1924-2019)에 의해 번역되었다. 그는 베른하르드 칼그렌(Bernhard Karlgren, 중국명 高本漢, 1889-1978)의 제자로서 스웨덴의 한학계를 대표하는 인물이다. 스웨덴 한림원 원사로 노벨문학상 종신평의원의 한 사람이었으며 부인은 타이완 출신의 화가 천원펀[陳文芬]이다.

문예훈장을 받았고, 노벨상 수상 이후 2001년에는 프랑스 최고 명예인 레종 드뇌르 훈장도 받았다. 그의 작품으로는 작가의 자전적 일대기라고 할 수 있는 『나 혼자만의 성경[一個人的聖經]』이 있으며 희곡 데뷔작 〈절대신호(絶對信號)〉에 이어 부조리극인 〈버스 정류장[車站]〉이 베이징에서 공연되었지만 곧 반체제 작품으로 낙인찍혀 공연이 금지되었다. 1987년 중국을 떠났고, 1989년 톈안먼 사태를 소재로 한 희곡 〈도망(逃亡)〉을 발표하자 중국정부는 그를 반체제 인사로 규정하고 모든 작품을 금서로 지목했다. 그는 극작가로서 많은 희곡 작품이 있으며, 단편소설도 다수 지었으나 장편소설은 불과 몇 편인데 그중 하나가 노벨상을 받게 된 것이다.

노벨문학상 수상작인 『영산』은 여행을 통한 작가의 자아 찾기와 정체성 확립의 과정을 기본 구성으로 하며 7년간 집필한 작품으로 알려졌다. 주인공은 작자 자신이며 중국의 실제 지도에는 나오지 않지만 신화적 자료에 등장하는 영혼의 산이라는 곳을 찾아가는 여정을 그리고 있다. 영산을 찾아가는 길은 사실 자신의 영혼, 마음속의 심연을 찾아가는 여정이라고도 할 수 있다. 소설의 문체는 다양한 장르를 혼합하여 복합적인 형식을 띄고 있다.

> 작가인 '나'는 아내와 헤어진 후에 폐암선고를 받았으나 그것이 오진으로 밝혀진다. 이를 계기로 새로운 인생을 살아야겠다고 다짐하고 있는데 불행히도 당국의 사찰을 받게 되어 작품 발표도 거절당하자 지난 삶을 반성하고 새로운 삶을 구상하기 위해 먼 여행을 떠난다. 도중에 기차에서 우연히 영산

에서 암을 고칠 수 있다는 말을 듣는다. 그는 중국대륙을 가로지르며 흐르는 양쯔강을 거슬러 올라가면서 방대한 원시림 깊은 곳의 원주민들을 만나 그들의 무속과 풍속을 체험하고 민요나 전설을 수집하기도 한다. '나'는 여행을 통해 찾아보려는 새로운 삶의 방식과 자신과의 거리를 좁히기 위해 상상 속의 '당신'을 만들어서 영산을 찾아가도록 해 본다. 그러나 이윽고 현실에는 영산이 존재하지 않는다는 것을 깨닫는다. 나와 당신은 결국 둘이면서 또 하나인 관계다. 주인공은 여정에서 끔찍한 전투를 목격하고 산적의 습격을 받기도 하며 다양한 비극을 목도한다. 고전소설에 나오는 것처럼 여자들은 적에게 잡혀가거나 산적에게 몸을 더럽히기도 한다. 그러한 여자들도 사랑과 자유의 쟁취를 위해 온몸으로 저항하고 투쟁한다.

소설에서는 신화와 전설 그리고 민간에 유전되는 샤머니즘을 활용한다. 복잡하고 다양한 구성으로 거대한 스케일을 보이며 중국의 오랜 역사와 문화, 사회와 개인의 문제까지 통찰하고 있다. 지리적 무대인 판징산[梵淨山]은 구이저우성에 있는 세계자연유산의 생태보호 지역이다. 사실 한나라 때부터 판징산은 원주민들이 숭상하는 신산 혹은 영산으로 일컬어졌으며 송나라 때 불교가 들어온 이후 명초에 불교적 이름을 얻게 되었다. 오늘날에도 샤머니즘의 관습이 남아 있고 민요와 전설이 풍부하게 전해지는 곳이다.

가오싱젠은 한국 강연에서 중국을 떠난 후에 한 번도 대륙으로 돌아가지 않았다고 했다. 마오쩌둥 시대의 현실과 톈안먼 사태 등을 정면으로 다루었다는 이유에서 그의 소설과 희곡이 금서가 되었는데, 중국의 경제 발전이 지속되고 있음에도 불구하고 자유로운 문학 발표 분위기는 요원한 듯 보인다고 밝혔다. 한편 경제적 위기에서도 사람이 사람답게 살아갈 수 있는 환경과 여건을 만드는 것은 여전히 문학이라고 강조했으며 정치사회적 어려움이나 경제적 난관을 조금이라도 덜어 내는 것은 문학이 가진 하나의 임무라고 했다. 그는 세상의 아름다움이 점점 소실되어 간다는 생각에 고뇌하고 있다고 밝혔으며 또 21세기의 새로운 사상과 새로운 가치관을 만들어 가는 것, 그것이 인류가 당면한 근본적인 문제라고 갈파했다.

2) 모옌의 『홍고량가족』

모옌[莫言](1955-)은 우리에게 영화 〈붉은 수수밭[紅高粱]〉의 원작을 쓴 작가로 많이 알려진 인물이다. 2012년 마침내 노벨문학상을 수상하여 중국정부와 중국 문학계의 체면을 세워 준 중국 문단의 대표 작가이기도 하다. 본명은 관모예[管謨業]이며 모옌은 그의 필명이다. 그의 이름자를 파자하여 만든 것이다. 그는 산동성 가오미[高密]에서 농부의 아들로 태어나 문혁 때 학업을 중단하고 공장에서 일했으며 1981년 인민해방군의 신분으로 문학활동을 시작했다. 후에 베이징 사범대학을 졸업하고 루쉰문학원에서 석사학위도 마쳤다. 1987년 『홍고량가족(紅高粱家族, 붉은 수수의 가족)』으로 문단의 주목을 받기 시작했고 이듬해 이를 영화화하기 위해 시나리오로 고쳤다. 장이머우[張藝謀]

감독에 의해 만들어진 〈붉은 수수밭〉은 1988년 베를린영화제 황금곰상을 수상하여 세계적으로 유명해졌다. 그는 현실적 이야기에 다양한 민담을 삽입하여 황당한 이야기로 풀어내는 타고난 이야기꾼의 역량을 유감없이 보여 주고 있다. 그는 전업 작가로서 꾸준히 문제작을 발표하여 장편소설만 보더라도 『홍고량가족』 이후로 『천당산대지가(天堂蒜薹之歌, 천당마을의 마늘종 노래)』(1988), 『십삼보(十三步, 열세 걸음)』(1988), 『주국(酒國, 술의 나라)』(1993), 『식초가족(食草家族, 풀 먹는 가족)』(1993), 『풍유비둔(豐乳肥臀, 풍만한 가슴과 비대한 엉덩이)』(1995), 『홍수림(紅樹林, 붉은 나무 숲)』(1999), 『단향형(檀香刑, 단향목 형벌)』(2001), 『사십일포(四十一炮, 마흔하나의 허풍 이야기)』(2003), 『생사피로(生死疲勞, 인생은 고달파)』(2006), 『와(蛙, 개구리)』(2009) 등을 발표했다. 그는 2008년 『생사피로』로 홍콩 침회대학의 홍루몽상을 받았고 2011년 『와』로 마오둔문학상을 수상했으며, 또한 2012년에 역시 『와』로 노벨문학상을 수상했다. 2019년에는 단편소설 「등대마서(等待摩西, 모세를 기다리며)」로 시월(十月)문학상과 백화(百花)문학상을 수상했다.

『홍고량가족』에는 일련의 연작소설 5편이 담겨 있다. 「홍고량(紅高粱)」, 「고량주(高粱酒)」, 「고량빈(高粱殯)」, 「구도(狗道)」, 「기사(奇死)」가 그것이다. 그중에서 첫 작품 「홍고량」이 영화화되어 이름을 날리게 되었다. 작품은 1930, 40년대 항일전쟁이 치러지던 산동 가오미 지역을 배경으로 농민의 고달픈 삶을 그리고 있다. 이야기는 당시 남녀주인공의 손자 입장에서 서술된다. 항일투쟁 중에 나타난 민족 영웅과 사악한 인물의 전형을 보여 준다.

주인공 다이펑롄[戴鳳蓮]은 가난한 농부의 아홉 번째 딸로서 주얼[九兒]이라 불리며 양조장 집의 문둥이 노인에게 팔려서 시집간다. 시집가는 도중 산적의 습격을 받지만 건장한 가마꾼 위잔아오[余占鰲]의 도움으로 목숨을 건진다. 며칠 후 친정집에 근친 가던 날 두 사람은 수수밭에서 격정적인 사랑을 나눈다. 며칠 후에 늙은 남편은 살해되었고 양조장의 새 주인이 된 주얼은 막무가내로 찾아오는 건달패의 두목 위잔아오를 새 남편으로 맞아들여 함께 산다. 평화로운 마을에 일본군이 쳐들어오고 양조장에서 일했던 나이 든 인부가 일본군에 잡혀 고문을 받다 공개처형을 당하는 모습을 마을사람들이 치를 떨며 함께 본다. 주얼과 위잔아오는 양조장 인부들과 함께 일본군에게 복수를 계획하지만 전투 중에 주얼은 총에 맞아 죽고 남편과 그 아들이 대를 이어 땅을 지킨다.

「홍고량」은 산동의 벌판에 끝없이 펼쳐지는 수수밭과 수수로 담그는 고량주 양조장을 배경으로 약동하는 야성과 강인한 생명력을 보여 주는 작품이다. 중국 농촌의 지역적 특징과 시대적 상황을 교차시켜 일본군의 침략과 이에 대항하는 중국 민중의 모습을 통해 애국주의를 고취하는 작품이기도 하다.

『와』는 중국 산아제한 정책의 실무자로 농촌마을을 돌아다니며 강제로 임신중절수술을 하게 되는 산부인과 의사의 끔찍한 이야기다. 모옌은 중국에서 가장 많은 부작용과 논란을 일으킨 이 정책에 최초로 공식적인 문제제기를 하여 큰 반향을 일으켰다. 폭력적이고 비인도적인 인구제한 정책의 부작용으로 야기되는 인물 간의 갈등을 보여 주는 작품이다. 형식은 4통의 긴 편지글로 되어 있으며 끝에는 9막짜리 극본이 덧붙여졌다. 작품의 풍격은 작가 고유의 향토문학 특징을 보여 주고 있다. 소설은 극작가인 커더우[蝌蚪](올챙이, 원명 완쭈[萬足])의 편지로 시작된다.

> 60세 가까운 조카 커더우가 70세 넘은 고모가 살아온 지난날의 곡절 많은 삶을 회상한다. 고모 완신[萬心]은 산부인과 의사로서 젊어서 생보살이나 삼신할미와 같이 지역민의 존경을 한 몸에 받았지만 공군 조종사인 약혼자가 타이완으로 망명하면서 반역자의 약혼자로 지탄받고 또한 정부의 산아제한 정책을 일선에서 수행하는 직접적인 하수인이 되어 본의 아니게 악행을 저지른다. 마을사람들은 아들을 낳으려는 욕심에 몰래 임신을 감행하고 고모는 무장 군인을 동원하여 임신부를 잡아가 낙태시키는 폭력적 일을 자행한다. 커더우의 아내도 중절수술을 받다가 수술대에서 절명한다. 고모는 임신 7개월의 왕단[王膽]을 잡으려고 가족을 감금하고 추격전을 벌이다가 과일운송 뗏목에 숨은 왕단을 찾아냈다. 조산하려는 기미를 알고 아이를 낳도록 도와주었지만 안타깝게도 아이를 출산한 직후 왕단은 숨을 거둔다. 고모는 뒤늦게 후회하고 은퇴 이후 자신이 낙태시킨 아이들의 모습을 점토인형으로 빚으며 속죄한다.

작가는 중국 전역에서 강력하게 시행된 산아제한 정책의 구체적인 모습을 당시 가오미 둥베이향[東北鄕]의 실례를 들어서 여실하게 폭로하고 있다. 중국정부는 폭발하는 인구수를 심각한 문제로 생각하고 개혁개방이 시작된 1978년부터 '한 가정 한 자녀 정책'을 강력 시행하였지만 여러 가지 부작용이 속출하고 또한 오늘날 결혼과 출산율이 급격히 떨어짐에 따라 2016년에 이를 폐지했다.

『생사피로』는 신중국 건국 이후 50년간 토지를 둘러싸고 일어난 일들을 중심으로 농민과 토지의 여러 가지 관계를 생사윤회의 입장에서 그려 본 작품이다. 이를 통해 작가는 중국 농민의 고달픈 삶과 억세고 완강하지만 낙천적이고 자연에 순응하는 정신을 보여 주고 있다. 작품은 고전소설의 형식을 차용하여 제4부까지 전 53장으로 나누어 칠언 혹은 팔언의 대구로 회목을 넣었으며, 제5부에는 5절에 각각 사언의 제목을 넣었다. 제1부 여절등(驢折騰, 나귀의 고충), 제2부 우강경(牛犟勁, 쇠고집), 제3부 저살환(猪撒歡, 날뛰는 돼지), 제4부 구정신(狗精神, 개의 정신), 그리고 제5부의 3절 광장후희(廣場猴戲, 원숭이 놀음) 등의 제목에서 환생한 동물의 상황이 드러난다.

산동성 가오미 둥베이향의 지주였던 시먼나오[西門鬧]는 토지개혁 때 악덕 지주로 몰려서 공개총살을 당했다. 그는 염라대왕 앞에 불려 가서 자신의 억울한 사연을 토로하여 환생시켜 주겠다는 약속을 받아 낸다. 그러나 시먼나오는 계속 여러 가지 동물로 환생하여 생전의 가족 주위를 맴돌며 온갖 고통을 두루 맛보게 된다. 이른바 육도윤회(六道輪廻)를 겪게 되는 것이다.

그는 처음 나귀로 변해 자신이 죽은 이후 집안이 격변하는 모습을 지켜본다. 둘째 부인 영춘은 자식인 시먼진롱[西門金龍]과 시먼바오펑[西門寶鳳]을 데리고 하인이었던 란롄[藍臉]에게 개가하고 곧 란제팡[藍解放]을 낳는다. 셋째 부인은 자신을 총살한 민병대장에게 개가하여 황후주[黃互助]와 황허쭈어[黃合作] 두 딸을 낳는다. 본부인은 자신이 숨겨 놓은 재산 때문에 곤욕을 치른다. 나귀는 부상을 당한 후에 죽어서 이번에는 소로 환생하는데 란롄에게 팔려 다시 이 집에 들어와서 문화대혁명이 시작된 이후 란롄 부자의 괴로운 상황을 목도하고 그들을 도우려다가 끝내 죽음을 맞이한다. 세 번째, 돼지로 환생한 그는 본처의 보살핌을 받고 종돈으로 자라지만 새로 들어온 다른 돼지들과 갈등을 겪기도 한다. 돼지 돌림병이 돌아 대다수 돼지가 죽어 나가자 그가 선동하여 다른 돼지와 함께 탈출한다. 모래섬에 왕국을 차려 돼지왕이 되었지만 향수병을 못 이겨 고향으로 돌아온다. 본처는 자신을 겁탈하려는 자를 피해 목을 매어 죽고 돼지는 물에 빠진 어린아이를 구하다가 죽는다. 네 번째, 개로 환생한 그는 란제팡의 집에서 자라며 그의 아들 란카이팡[藍開放]과 친하게 지낸다. 란카이팡은 바람이 나서 연인 팡춘먀오[龐春苗]와 사랑의 도피를 하다 훗날 돌아와 정식 부부가 된다. 늙은 란롄과 개는 함께 죽음을 맞는다. 그는 다시 원숭이로 환생하는데 팡펑황[龐鳳凰](팡춘먀오의 조카, 생부는 시먼진롱)과 시먼환[西門歡](시먼진롱의 양자)이 데리고 다니며 공연을 하다 시먼촌에 들어온다. 시먼환이 동네 건달들에게 죽임을 당하고 란카이팡은 팡펑황을 돌보다 마침내 구애를 한다. 팡펑황의 출생의 비밀을 알게 된 란카이팡은 분노하여 원숭이를 죽이고 자신도 자살한다. 새천년이 시작되는 해 팡펑황은 란카이팡의 아이를 낳다가 죽고 그때 태어난 란첸스[藍千世]는 다섯 살이 되었을 때 남다른 능력으로 자신이 겪은 윤회의 이야기를 친구에게 전한다. 시먼나오는 마침내 여섯 번째에 인간으로 환생한 것이며 그간의 과정을 소상하게 기억하고 있었던 것이다.

『생사피로』는 역사의 소용돌이에 휘말린 시먼 가문과 윤회를 거듭하는 시먼나오의 이야기를 다룬다. 고전소설 『금병매』의 주인공 서문경의 윤회를 염두에 두고 패러디한 것이다. 동양의 환상적 신비주의인 육도윤회의 불교적 구도에 현대사의 굴곡과 함께 긴박하게 변천하는 농촌의 현실을 융합하여 덧없고 고달픈 인간 삶의 현실을 풍자적으로 그려 냈다. 인간과 영혼, 삶과 죽음, 고난과 자비를 함께 드러내면서 역사 속의 폭력과 황당한 권력에 대해 심사숙고하게 만든다. 전통적인 민간전설과 설창문학을 활용한 작품으로 평가된다.

3) 옌롄커의 『정장몽』 등

옌롄커[閻連科](1958-)는 21세기 이후 중국 문단에서 세계적으로 주목받는 새로운 작가로 부상했다. 그는 허난성 쑹현[嵩縣]의 가난한 농민의 아들로 태어나 해방군에 입대하였고 군인으로 근무하다 작가가 되었다. 1982년 베트남과의 전쟁에 참전하였고 후에 허난대학과 해방군예술학원을 졸업했다. 1997년 중편소설 『연월일(年月日)』이 문단의 주목을 받기 시작하여 루쉰문학상과 마오둔문학상 등을 수상했다. 2006년 장편소설 『정장몽(丁莊夢, 딩씨 마을의 꿈)』으로 해외에 이름이 알려지고 『풍아송(風雅頌)』(2008), 『사서(四書)』(2011) 등으로 광범위한 논쟁을 일으키기도 했다. 이어서 『작렬지(炸裂志)』(2013), 『일식(日熄)』(2016), 『심경(心經)』(2020) 등을 발표하였고, 단편소설집과 수필집 및 평론집 등을 다수 출판했다. 그의 일부 작품은 중국정부에 의해 금서로 지정되었다.

『정장몽』은 정부가 주도하는 매혈운동이 딩씨 마을에 시행되자 결국 에이즈가 만연하게 된다는 비참한 이야기다. 참담한 느낌이 드는 것은 마을사람들이 행복한 삶의 이상을 실현하지 못하고 돈과 탐욕에 의해 오히려 처참한 죽음을 맞기 때문이다.

> 딩씨 마을[丁莊]은 가난한 동네다. 상부의 지시로 전국적인 매혈 정책이 진행된다. 현의 교육국 가오[高] 국장은 마을사람의 매혈을 독려하기 위하여 초등학교에서 종 치는 소사 딩수이양[丁水陽]을 앞장세워 설득에 들어간다. 그가 이 마을에서 가장 존경받는 지식인이었기 때문이다. 그는 마을의 친지들에게 피는 샘물처럼 뽑아내도 계속 만들어져 더욱 왕성해진다고 설명하며 설득했다. 이 말을 들은 가난한 마을사람들은 조금이라도 돈을 벌기 위해 너도나도 매혈행위에 달려들게 된다. 딩수이양의 아들 딩후이[丁輝]는 건장하여 가장 많은 매

혈을 했고 원근에 매혈왕으로 소문이 날 정도였다. 피를 팔아 돈을 번 사람들은 마을에 새로운 번화가를 조성하였고 집집마다 이층집을 짓게 되었다. 딩씨네는 삼 층짜리 양옥집을 세웠다. 딩후이는 돈을 벌기 위해 위생이 엉망인 채혈소를 설치하고 주사기와 탈지면을 몇 번씩 다시 쓰며 마을사람을 속여 결국 에이즈가 만연하도록 했다. 십 년이 지나 갑자기 열병이라 불리는 에이즈가 돌아 마을사람들이 수없이 죽어 나가게 되었다. 딩후이는 자신의 잘못을 반성하기는커녕 돈독이 올라서 이때 국가에서 죽은 사람에게 지급하는 관을 몰래 빼돌려 돈을 받고 팔기도 하고 죽은 사람의 영혼결혼식을 주재한다면서 돈을 갈취하기도 했다. 마을사람들은 마침내 원망이 극에 달하여 딩후이의 열두 살 난 아들과 그 집의 돼지를 독살해 죽이고 말았다. 죽은 아이의 할아버지 딩수이양은 아들의 죗값을 덜어 보려고 열병에 걸린 사람들을 학교에 모아 그들과 함께 생활하는데 그 속에서도 인간의 탐욕은 계속되었다. 딩수이양은 더 이상 화를 참지 못하고 아들을 몽둥이로 때려죽였다. 그리고 집집마다 찾아다니며 사죄를 하려고 했지만 마을사람 상당수가 이미 죽어 나간 뒤였다.

이야기는 마을사람들에 의해 독살되어 할아버지 집 뒷담 아래 묻혀 있는 소년인 '나'의 입을 통해 전지적 관점에서 서술된다.

이 작품은 중국의 개혁개방 이후 팽배해진 인간의 물질적인 욕망이 빚어낸 비극적인 이야기다. 작가는 한 마을에서 비위생적인 헌혈 바늘을 사용해 에이즈에 집단 감염된 실제 사건을 바탕으로 인간 본성의 어두운 면을 고발하고 있다. 사람들이 이상향으로 생각하는 자본주의의 환상이 처절하게 붕괴되는 현실을 드러낸 것이다. 피를 사고파는 과정에서 마을 전체가 에이즈에 점령당하는 참혹한 현실을 이미 죽어서 땅에 묻힌 열두 살짜리 소년의 눈으로 그려 낸 이 작품은 리얼리즘과 판타지가 결합된 문제작으로 거론되고 있다.

작가는 1996년 민간 에이즈 예방의 공헌자 가오야오제[高耀潔] 노인의 집을 방문하였다가 부자가 함께 병에 걸린 사연을 들었다. 아이는 겨우 12살도 채 안 되었다. 노인은 당시 농민들이 밭에서 쟁기질을 할 때 채혈 담당자가 찾아와 500cc를 불과 5, 60위안에 사 갔다고 했다. 피를 뽑고 어지러워하면 그들은 농민의 다리를 번쩍 들어 잡아 흔들어 다리의 피를 머리로 가게 함으로써 어지럼증이 없어지도록 했고 농민은 다시 일어나 쟁기를 잡고 일했다고 말했다. 작가는 이때 큰 충격을 받고 이 일에 대해 무언가 써야겠다고 결심하여 마침내 『정장몽』을 완성했다고 한다.

『풍아송』의 체제는 특이하다. 전 12권으로 나누었는데 각 권에 순서대로 풍, 송, 아, 풍아송, 풍, 아, 송, 풍아송, 아, 송, 풍, 풍아송으로 제목을 붙이고 각각 몇 개의 절을 나누어 싣고 있다. 분명 『풍아송』은 『시경』에서 제목을 차용했는데 각 권의 내용에서는 허허실실의 기법으로 황당하지만 그럴듯하게 다양한 이야기를 꾸며 낸다. 첫째 절은 '관저'로 시작하고 각 절에 제목을 넣고 있다. 『시경』 전문가를 주인공으로 삼아 『시경』의 구절과 사실적이며 환상적인 내용을 교차로 엮으면서 능란하게 이야기를 꾸려 가는 작가의 솜씨가 돋보인다.

양커[楊科]는 허난의 시골마을 바러우[耙耬]산맥 첸쓰촌[前寺村] 출신으로 해방 후 수십 년 만에 이 마을에서 처음으로 대학생이 되었고 경성에 올라온 이후에 시골의 순박한 약혼녀인 푸링전[付玲珍]을 버리고 지도교수의 딸 자오루핑[趙茹萍]과 결혼하였다. 양커는 경성의 최고 대학인 칭옌[清燕]대학의 교수가 되어 고전문학자로서 『시경』 연구의 전문가가 된다. 그가 오 년의 시간을 들여 노력 끝에 완성한 전문연구 『풍아지송』의 원고를 들고 집으로 돌아온 날, 동료교수인 아내와 대학의 부총장 리광즈[李廣智]는 자신의 침실에서 불륜을 저지르고 있었다. 영화영상학을 엉터리로 공부하여 교수가 된 아내는 대중적 인기를 얻어 유명교수가 되었고 양커가 전공하는 고전문학은 썰렁한 분야가 되어 학생들이 외면하고 있었다. 그는 황사폭풍을 막는 방풍작업을 요구하는 학생들의 시위에 참여했는데 하필이면 그날이 톈안먼 사태가 있었던 6월 4일이었다. 대학의 임원들은 사건이 커지는 것을 막고 이를 무마하기 위해 거수표결로 결정하여 양커를 정신병원으로 보냈다. 그는 그곳에서 원장의 배려로 환자들에게 『시경』을 강의하기도 했는데 환자들은 그의 강의에 열렬히 환호했다. 하지만 양커는 기회를 틈타 병원을 탈출하여 고향인 바러우산의 마을로 돌아왔다. 다시 만난 옛 약혼자 푸링전은 나이 많은 쑨린[孫林]에게 시집갔다가 남편을 교통사고로 여의고 과부가 되어 식당에 취직했는데 돈 많은 식당 사장의 잠자리 시중을 들던 중 그가 급사하는 바람에 재산을 물려받아

지금은 음식점의 여주인이 되어 있었다. 고향사람들은 돌아온 양커가 경성의 유명대학 교수라는 사실에 호기심과 존경의 뜻을 보인다. 링전은 어린 접대부 싱얼[杏兒]을 양전에게 보내지만 양전은 동침하지 않고 그냥 돌려보낸다. 그러나 그는 차츰 천당거리의 온갖 접객업소 아가씨들을 교화하려는 마음으로 특별한 방식의 왕래를 계속하였다. 12명의 아가씨들에게 마치 대학 강단에서처럼 『시경』을 강의하고 존중을 받았는데 그들과 혼숙하며 설날 밤을 함께 보내기도 한다. 한편 마음속으로 오랫동안 그리워하던 양커가 20년 만에 고향으로 돌아왔지만 그와 결합할 수 없는 현실에 푸링전은 절망하고 또한 병에 걸린 몸을 비관하여 어린 딸을 남기고 자살한다. 그녀의 방은 20년 전과 같은 벽지와 등불로 장식되어 있었고 그녀는 양커가 사용하던 가구도 가져와서 그대로 쓰고 있었다. 모진 세월 동안 푸링전을 견디게 한 진정한 힘은 그녀의 가슴속에 간직한 한 줄기 사랑이었다. 장례는 그녀의 유언대로 양커의 의관을 넣은 관과 합장을 하게 되는데 눈 내리는 장례식에서 홀연 관 위에 예쁜 나비 떼가 날아드는 신비로운 일이 벌어진다. 양커는 차츰 정신착란의 이상한 행동을 보이며 푸링전의 딸 쑨샤오민[孫小敏]에게 특별한 감정을 지닌다. 제 엄마를 쏙 빼닮은 쑨샤오민을 푸링전으로 착각하여 이제라도 결혼하자는 생각까지 하게 된다. 그러다가 그녀가 촌스럽고 거친 젊은 목수한테 시집가는 날 신혼방으로 쳐들어가 신랑을 죽이는 만행을 저지른다. 이미 정신분열의 상태로 빠진 것이다. 고향을 떠난 양커는 산중에서 공자가 선별하고 남은 사라진 시를 돌에 새겨 놓은 '시경 고성(古城)'을 발굴한다. 의기양양하게 경성으로 돌아와 위대한 발굴을 세상에 알리겠노라고 하였지만 그가 학교에 돌아왔을 때 상황은 완전히 변해 있었다. 아내는 이미 총장으로 승진한 전날의 연인과 더 넓은 아파트로 옮겨 새로운 삶을 시작하였고 또 자신의 연구성과를 도용해 『가원지시(家園之詩)』로 개제하여 출판함으로써 뛰어난 학술성과로 학계의 주목을 받고 있었다. 대학에서 다시 축출된 양커는 이미 쇠락한 고향의 천당가로 돌아왔지만 그 자신 또한 완전히 타락한 볼품없는 인물이 되어 있었다.

이 소설은 지식인의 타락을 노골적이고 풍자적으로 보여 주는 작품이다. 작가는 황당무계하지만 사실적인 묘사방법으로 교묘하게 고전과 현실을 뒤섞어 농촌 출신의 지식인 교수인 양커의 일생을 그려 낸다. 양커는 도피형의 지식인으로 묘사되었다. 그의 학식과 수양은 자신의 나약함과 권력에 대한 굴복을 위장하는 데 활용되었다. 그는 끝내 상아탑에서 머물지 못하고 도피하여 고향으로 내려온다. 고향의 소도시 다방이나 술집 아가씨들만이 그를 추종하는 학생이 되고 그를 이해하는 진정한 지기(知己)가 된다. 그들에게서 따뜻한 인간적 정을 느끼는 것이다. 그곳은 그가 자신의 가치를 드러낼 수 있는 유일한 곳이기도 했다. 그는 경성에서 직업과 아파트와 아내와 아이를 모두 가지고 있는, 겉으로는 매우 성공한 인물이었다. 그러나 그곳은 자신이 끝내 머물러 있을 곳이 못 된다고 생각했다. 그는 기름과 물처럼 도시에서 겉돌고 있었던 것이다. 그는 바러우산이 여전히 자신이 태어나고 성장한 고향이라고 생각하고 돌아갔지만 그곳 또한 그가 생각하던 본래의 모습은 전혀 아니었다.

『풍아송』의 한국어판 서문(2013)에서 작가는 솔직하게 자신의 창작의도를 드러냈다. 수년 전 중국에서 이 책이 출판되고 수많은 비평과 비판이 일어났을 때 작가 자신은 감히 노골적으로 드러내지 못하고 그저 자신에 관한 비판이라고 변명했다고 한다.

> 오늘날 대학과 교수로 대표되는 지식인의 나약함과 무력함, 비열함과 불쌍함에 대해서 쓴 글이다. 물질과 금전, 권력에 대한 그들의 타협과 숭배, 이상과 욕망의 이율배반, 저항과 탈피의 불화, 기개와 교태의 갈등과 같은 것을 쓴 것이 바로 이 작품이다.

그는 본래 원저의 후기(2008)에서 제목도 '귀향'으로 하려고 했다면서 극히 개인적인 일로 썼다고 밝혔다. 누군가 이 책의 초고를 읽고 비난의 말을 하자 그는 "아닙니다. 저는 그저 저 자신의 얘기를 쓸 뿐입니다. 저 자신의 겉돌고 있는 속마음을 묘사할 뿐입니다. … 제가 『풍아송』에서 쓰고자 한 건 '나의 대학', '나의 시골'이었습니다"라고 했다. 그는 이 책의 출간이 불러오게 될 엄청난 매도와 욕설을 예감하고 있었던 것이다. 출간 당시 작가의 대처는 다소 소극적이었지만 수년 후 한국어 번역본이 나올 무렵에는 상당히 당당한 태도를 보여 주고 있다. 할 말을 제때 하였다는 느낌이었을 것이다.

옌롄커의 소설은 물질만능 시대의 인간성 말살 현상을 고발하는 데 초점을 맞추고 있다. 그는 끊임없는 고통과 재난이 일어나는 소설 속 무대로서 쑹산 바러우산맥을 그린다. 그의 고향 땅에 있는 곳이다. 그는 토박이 농민작가로서의 고뇌와 체험을 고스란히 보여 준다. 개혁개방 이후 수많은 농민들은 빈곤으로부터 탈출하기 위하여 고향 땅을 버리고 농촌을 떠나 도시로 몰려들었다. 그들은 현대문명과 서구문명을 동경하면서 도시에서 버티기 위해 안간힘을 쓰며 발버둥 쳤다. 하지만 그들에게 남은 것은 절망과 상처뿐이었다. 고향의 집과 고향의 땅으로 돌아가는 귀향은 하나의 꿈이었지만, 돌아간 고향조차도 이미 자신이 알고 있었던 본래 모습의 고향은 아니어서 결국 다시 방황하게 된 것이다.

나가며

이 책은 '학문의 이해' 시리즈의 일환으로 쓰였다. 일반 독자를 위한 '중국문학의 이해'는 어떻게 서술해야 하는지를 생각하며 원고를 완성했다. 중국문학은 오랜 역사를 갖고 있으며 수많은 시인과 작가들이 주옥같은 작품을 남겼으므로 세계문학 속에서도 거대한 산맥을 이루고 있다. 곤륜산맥과도 같은 방대한 중국문학의 세계에는 드높은 영봉이 즐비하고 그 사이사이에 깊은 골이 형성되어 있어 마침내 양자강과 황하강의 거대한 물줄기를 만들어 낸다. 그 물줄기는 드넓은 중원대륙을 적시며 대양을 향해 흘러 들어간다. 고대문학이 중세를 거쳐 근대에 이르고 마침내 중국문학으로서의 특징적 모습을 담은 채 서양 문학과 만나 이를 수용하고 융합하여 현대의 중국문학에 이르게 되는 것이다.

본서에서 다루지 못한 주옥같은 문학 작품이 이 순간 여전히 눈에 밝힌다. 본서의 차례 순서에 따라 생각나는 몇 가지를 그 이름만이라도 거론해 보고자 한다.

『시경』과 『초사』의 일부를 살펴보았지만 여전히 볼만한 작품이 많다. 『시경』에서 사랑하는 임을 그리워하는 「야유사균(野有死麕)」, 사랑의 기쁨을 노래한 「습상(隰桑)」, 은밀한 사랑의 심적 갈등과 격정을 노래한 「장중자(將仲子)」, 폭정을 일삼는 유왕을 풍자한 「곡풍(谷風)」, 백성을 수탈하는 관리를 비판한 「석서(碩鼠)」 등은 모두 읽을 만한 가치가 있다. 『초사』에는 「이소」와 「천문」 이외에도 뛰어난 작품이 많다. 우아하고 아름다운 시편으로 이루어진 「구가」는 신들에게 제사지내는 노래였으며 작가는 운중군 같은 천신과, 하백과 산귀 같은 지신 등을 다양하게 묘사했다. 한부는 사마상여의 「자허부(子虛賦)」나 「상림부(上林賦)」 등의 영향으로 많은 작품이 나와서 일세를 풍미했다. 한대 산문에서는 역사산문으로 불리는 사마천의 「사기열전」이 볼만하고 악부시는 후세에 영향이 오래 지속되었다.

위진남북조 때는 문학비평도 크게 발전했는데 유협의 『문심조룡(文心雕龍)』과 종영의 『시품(詩品)』을 따로 소개하지 못해 아쉽다. 산수시를 많이 쓴 시인으로 사령운도 따로 살펴봐야 한다. 당대에는 고문운동을 전개한 한유와 유종원이 있는데 변려체 산문을 질박한 고문체로 되돌린 공이 있다. 이들의 뒤를 이어 고문운동을 전개한 북송의 구양수(歐陽修), 왕안석(王安石), 증공(曾鞏), 소순(蘇洵), 소식(蘇軾), 소철(蘇轍) 등을 통칭하여 당송팔대가라고 불렀다. 여덟 명 중에 소동파 삼부자가 있어 눈길을 끈다. 그들의 글은 고전산문 글쓰기의 모범을 만들어 원명청 이후 문인들의 가장 중요한 텍스트가 되었다. 조선도 또한 예외가 아니었으니 정조(正祖)는 당시의 대신이나 문인들이 명 말의 소품체에 빠져 글의 품위가 떨어지자 특별히 문체반정을 제창하면서 당송팔대가 문장 100편을 선별하여 『당송팔자백선(唐宋八子百選)』이란 책을 간행하기도 했다.

본서에서는 『시경』에서 당시까지의 주요 작품을 서술하다 보니 송원명청의 장구한 세월 동안 부지기수로 나온 시가에 대해 많이 다루지 못했다. 북송 때에는 소동파 외에도 구양수와 왕안석, 그리고 소문사학사(蘇門四學士)로 알려진 황정견(黃庭堅), 진관(秦觀) 등의 시인이 있었다. 남송 시인으로 가장 많은 시를 쓴 육유를 비롯하여 범성대(范成大)가 있었고 신유학의 대표적 사상가인 주희(朱熹, 주자)도 역시 시인이었다. 송원 사이에 금나라가 있었는데 원호문(元好問)이 거의 유일하게 주목되는 시인이다. 그가 엮은 『중주집(中州集)』에는 당시 금나라 시인 200명의 전기와 작품이 함께 실렸다. 또 금나라와 몽골의 전쟁이 지속되는 과정에서 많은 사료를 기록으로 남겨 훗날 역사편찬에 큰 도움이 되었다. 원나라는 정치사회적 조건에 따라 희곡인 잡극을 제외한 대부분 시문이 발달하지 못했지만 산곡(散曲)에는 뛰어난 작품이 많았다. 한 편 한 편을 멋진 번역문과 대조하여 읽으면 지금 보아도 미소를 자아내는 구절이 적지 않다. 사(詞)에서 한 단계 발전한 곡(曲)은 원대 문학의 핵심이었으며 이러한 바탕에서 잡극이 발전할 수 있었던 것이다. 사와 곡은 형식상 매우 유사하여 구분하기 어렵지만 우아하고 아름다운 심미안적 작품을 사라고 한다면, 곡은 통속적이고 현실적인 소재를 다룬다는 차이가 있다. 사는 멋쟁이 상남자에 비유되고 곡은 터프가이에 비유된다고 하는 이도 있었다.

본서는 명청대에서 소설과 희곡을 주로 다루었다. 하지만 명대에는 몽골족의 원나라를 물리치고 다시 한족의 나라를 만들어 전통문화를 복원하려는 노력이 있었으므로 시문이 모두 부흥했다. 처음에는 국가 창업의 공적을 칭송하고 태평세월을 기원하는 대각체 시문이 잠시 유행했지만 곧 이몽양(李夢陽) 등의 전칠자, 이반룡(李攀龍) 등의 후칠자로 일컬어지는 일군의 문인들이 “문은 진한의 것을 본받고 시는 성당의 것을 본받아야 한다[文必秦漢, 詩必盛唐]”라고 주장하며 복고주의를 제창했다. 그러다 명대 중기 이후에는 원굉도(袁宏道) 등의 공안파 문인들이 작가 개인의 자유로운 표현을 주장하여 성령파(性靈派)로 분류되었다. 이들은 성리학에 반대하는 이탁오의 동심설 영향을 받아 자신의 생각과 느낌대로 글을 써야 한다는 반복고주의를 강조했다. 명대 시문의 창작과 문학적 변천의 흐름에도 관심을 기울일 만하다. 청나라는 만주족이 통치하였지만 원나라의 전철을 밟지 않고자 자신들이 보유하지 못한 문화는 고대로부터 내려온 전통문화를 계승하고 발전시키고자 마음먹었다. 중원에 들어온 이후 과거제도를 비롯한 모든 정치, 사회적 제도를 명나라로부터 그대로 이어받았으며 문학에서도 모든 장르가 다시 활성화되도록 하여 이른바 봉건왕조의 마지막 불꽃을 피워 올린 시대가 되었다. 따라서 전통의 시와 산문, 사와 산곡, 희곡과 소설 및 민간의 탄사와 고사 등의 강창문학까지도 발전하였다. 우선 시에서는 당시를 따르자는 종당파, 송시를 따르자는 종송파, 개인적 성령에 충실하자는 성령파 등이 나왔다. 왕사정(王士禎), 옹방강(翁方綱), 사신행(查愼行), 원매(袁枚), 황경인(黃景仁), 장문도(張問陶), 공자진(龔自珍), 황준헌(黃遵憲) 등이 모두 대표적인 시인인데 본서에서 유일하게 황경인의 시 한 수만 보게 되었으니 안타깝다. 산문대가로는 청 초 삼대가인 고염무(顧炎武), 황종희(黃宗羲), 왕부지(王夫之)와 동성파의 고문가인 방포(方苞), 유대괴(劉大魁), 요내(姚鼐), 증국번(曾國藩) 등이 있었다. 청대는 복고문학의 움직임이 강하여 변문을 다시 좋아하였고 명나라 때 거의 사라진 사를 짓는 풍조가 활기를 띠었다. 청대에 주이존(朱彛尊)과 진유숭(陳維崧)이 복고풍으로 사를 지었는데 사풍을 일으킨 인물은 만주 귀족의 자제인 납란성덕(納蘭性德)이다. 그의 『음수사(飮水詞)』는 귀족 청년의 다정다감한 슬픔과 고뇌를 잘 담아내어 많은 독자들의 공감과 동정을 불러일으켰다. 그 분위기가 『홍루몽』의 주인공 가보옥과 유사하였으므로 혹자는 그를 모델로 소설이 쓰였다고 주장하기도 했다. 변려문도 잘 지었던 장혜언(張惠言)은 상주사파의 중심이었다. 청 말에는 역대 사 작품의 선집 간행이 많이 이루어졌고 특히 사의 본질을 논한 왕궈웨이의 『인간사화(人間詞話)』가 나와서 주목받았다.

이상 추가로 거론해 본 작가와 작품은 필자가 좋아하지만 다루지 못하여 아쉬움이 남은 것이기도 하거니와 문학사적으로도 중요한 항목임에 틀림없으니 독자 여러분들이 언젠가 기회가 있을 때 한 번쯤 눈여겨보면 좋을 것이다.

중국의 인문학은 기본적으로 문학과 역사와 철학으로 구성된다. 중국의 문사철은 중국문화를 이해하는 기본 요소로서 거의 동시에 시작되었고 병행하여 진행되었다. 따라서 고대에는 문사철이 분리되지 않았고 광의의 문학이나 학술이라는 이름으로 불리기도 했다. 근대 서양의 학문 분류체계가 전해지고 학문의 세분화가 진행되면서 문학은 독립적인 분야로 따로 구분되었다.

본서에서 다루는 중국문학은 고대성을 온전하게 보존하고 있던 고대 주나라 초기부터 현재까지 3천여 년의 장구한 시기를 대상으로 하여 고전문학과 현대문학을 아우르고 있다. 오사운동 이후 지난 백 년의 현대문학기의 문학은 마지막 장에서 기술되었다. 중국문학의 커다란 흐름을 여덟 장의 큰 줄기를 중심으로 서술하였고 각 장에서 다시 세 부분으로 나누어 비교적 일목요연하게 중국문학의 시기별, 장르별 특징을 드러내고자 노력하였다. 독자 여러분의 중국문학 이해에 도움이 되기를 기대한다.

후기

이제 와서 돌이켜 셈을 해 보면 대학에서 중국문학사를 공부하기 시작한 지 반세기에 이른다. 그동안 쉬지 않고 학생들과 더불어 토론하고 논의하며 오랜 세월을 보냈으니 다시 말하면 한평생 중국문학의 테두리에서 벗어나지 못한 꼴이 된다. 어지간하면 '중국문학'의 이름만 들어도 지겨울 정도가 되련만 내 나름대로의 '중국문학사'를 한번 써 보리라 마음먹은 지가 아주 오래되었다. 사실 그러한 꿈은 비단 필자만의 꿈이 아니라 교단에서 중국문학사를 가르쳐 본 모든 중문학자들의 꿈이라고 생각된다. 앞서 이 길을 걸어가신 선생님들도 다들 그렇게 생각하셨으므로 '중국문학사'의 저술을 필생의 과업으로 삼고 업적을 내신 것이었다. 그러나 시대는 변하여 이제는 '중국문학사' 강의가 필수가 아닌 선택이 되었고 어딘가 낡고 고리타분한 공부라는 느낌마저 들게 되었다. 하지만 교육 현장과는 달리 일반 사회에서는 오히려 중국문학에 대한 관심이 넓어지고 또 깊어지는 느낌이다. 중국은 유구한 역사만큼이나 문학의 역사도 길고 다양하며 찬란하다. 단 한 마디로 말하기 어려운 복잡함과 우여곡절의 사연도 있다. 필자는 중국문학 애호가들을 위한 최소한의 입문서 정도의 평이하고 일목요연한 책을 집필해야 한다는 의무감을 느끼게 되었다. 그러나 막상 그 집필을 쉽게 실행에 옮기지 못했던 것은 우유부단한 성격으로 어떤 유형의 문학사를 쓸 것인지 결정하지 못하고 차일피일 시간을 보내고 말았기 때문이다. 문학사의 각 시기별, 장르별 연구도 턱없이 부족했던 데다 개별 작가와 작품에 대해서는 더더욱 섭렵할 기회가 없었으므로 감히 용기를 내기 어려웠다. 그러나 세월은 기다려 주지 않고 물처럼 바람처럼 흘러가고 세상 또한 많이 달라지고 있는데 무작정 기다리는 것도 올바른 답이 아니었다. 기회가 오면 운명으로 알고 순응하는 것이 바람직하리란 깨달음으로 세창출판사의 제안을 덜컥 수락하였다. 막상 그러고 나니 새로운 두려움으로 다가왔다. 그래도 용기를 낸 이유는 더 이상 물러설 곳이 없기 때문이기도 하거니와 그냥 내가 지금 알고 있는 대로, 내가 평소 하고 싶었던 대로 이른바 '나의 중국문학'을 쓰면 될 게 아니냐는 근거 없는 자신감이 은연중 생겨났기 때문이다. 글을 쓸 때마다 글의 결과에 대해 남의 눈치를 살피다가는 궁극적으로 엉뚱하게 배가 산으로 가고 말 것이다.

'내가 그만큼만 알고 있다고 한들 어쩌랴. 그게 내 느낌이고 내 생각이고 나의 사고의 끝인데' 하는 생각으로 용기를 내어 집필하였다. 이 작은 『중국문학, 서사로 다시 읽기』에서 중국 고전문학의 모든 것을 보여 줄 수는 없을 것이다. 내가 보여 주고 싶은 것을 골랐고 내가 느낀 것을 드러냈으니 독자들은 그중에서 다시 스스로 듣고 싶고 보고 싶은 것을 받아들이면 그만이다. 저자와 독자의 소통은 억지로 하는 게 아니다. 그렇게 코드가 맞으면 절로 이어지는 것이다. 다만 한우충동과 같이 방대한 중국문학 중에서 이야기가 얽혀 있는 재미있는 것을 골라서 그 진미를 함께 맛보고 즐거운 느낌을 가질 수만 있다면 저자의 작은 바람은 조금이나마 이루어지는 것이다. 지난날 중국문학을 함께 공부하고 토론하였던 나의 동학들과, 교단 아래에서 경청해 준 수많은 제자들에게 고마운 마음을 전하고 싶다. 그들 자신에게는 이 책이 더 이상 필요하지 않을 수도 있겠지만 그들의 성원과 호평이야말로 이 책이 오래 살아갈 수 있게 만들어 주는 양약이 될 것이므로 역시 아직은 젊은 그들에게 이 책을 바친다. 거기에 세대를 이어 새로운 젊은 그들이 또 기다리고 있을 것이기에 용기를 내어 기다린다.

당초의 집필 기한이 지나고도 필자를 꿋꿋하게 기다려 주고 또 멋진 책으로 꾸며 주신 세창출판사의 여러분들께 깊이 감사드린다.

2022년 11월, 내제(奈堤) 만곡당(晩谷堂)에서

최용철

참고문헌

가오싱젠[高行健] 저, 『영혼의 산』, 이상해 역, 북폴리오, 2005.

간보(干寶) 찬, 『수신기』(1-3), 임동석 역주, 동서문화사, 2011.

공상임(孔尙任) 저, 『도화선』, 이정재 역, 을유문화사, 2008.

관한경(關漢卿) 저, 『두아 이야기/악한 노재랑』, 하경심 역, 지식을만드는지식, 2013.

김문경(金文京) 저, 『삼국지의 세계』, 송완범 외 역, 사람의무늬, 2011.

김원중 평석, 『당시감상대관』, 까치, 1993.

김준연 저, 『중국, 당시의 나라』, 궁리, 2014.

김학주 저, 『중국의 희곡과 민간연예』, 명문당, 2002.

________, 『중국문학사』, 신아사, 2013.

김학주 역저, 『시경』, 명문당, 2002.

________, 『청대시선』, 명문당, 2013.

김학주 편역, 『원잡극선』, 명문당, 2001.

나관중(羅貫中) 저, 『정본 삼국지』(1-6), 연변대학 번역조 역, 청년사, 1990.

루쉰[魯迅] 저, 『阿Q正傳/朝花夕拾』, 이가원 역, 동서문화사, 1978.

________, 『중국소설사략』, 정범진 역, 학연사, 1999.

________, 『중국소설사』, 조관희 역주, 소명출판, 2004.

________, 『루쉰전집』(1-20), 루쉰전집번역위원회 역, 그린비, 2010-2018.

류융창[劉勇强] 저, 『서유기, 즐거운 여행』, 나선희 역, 차이나하우스, 2008.

린위탕[林語堂] 저, 『소동파 평전』, 진영희 역, 지식산업사, 2012.

모옌[莫言] 저, 『홍까오량 가족』, 박명애 역, 문학과지성사, 2007.

________, 『개구리』, 심규호·유소영 역, 민음사, 2012.

________, 『붉은 수수밭』, 심혜영 역, 문학과지성사, 2014.

박성훈·문성재 편역, 『중국고전희곡 10선』, 고려원, 1995.

선정규 저, 『중국신화연구』, 고려원, 1996.

________, 『장강을 떠도는 영혼』, 신서원, 2000.

________, 『여와의 오색돌: 중국문화의 신화적 원형』, 고려대학교출판부, 2013.

소소생(笑笑生) 저, 『금병매』(1-10), 강태권 역, 솔, 2002.
시내암(施耐庵) 저, 『신역 수호지』(1-6), 연변대학 번역조 역, 청년사, 1990.
안희진 저, 『시인의 울음』, 돌베개, 2016.
옌롄커[閻連科] 저, 『딩씨 마을의 꿈』, 김태성 역, 아시아, 2010.
_______________, 『풍아송』, 김태성 역, 문학동네, 2014.
오경재(吳敬梓) 저, 『유림외사』(상, 하), 홍상훈 외 역, 을유문화사, 2009.
오승은(吳承恩) 저, 『서유기』(1-10), 서울대학교 서유기번역연구회 역, 솔, 2004.
왕궈웨이[王國維] 저, 『송원희곡사』, 권용호 역주, 학고방, 2001.
왕멍[王蒙] 저, 『변신 인형』, 전형준 역, 문학과지성사, 2004.
왕실보(王實甫) 저, 『서상기』, 양회석 역, 지식을만드는지식, 2016.
위안커[袁珂] 저, 『중국신화사』(상, 하), 김선자 외 역, 웅진지식하우스, 2010.
유의경(劉義慶) 찬, 『세설신어』(1-3), 김장환 역주, 신서원, 2008.
장영 역주, 『경본통속소설』, 지영사, 1998.
정범진 편역, 『앵앵전』, 성균관대학교출판부, 1994.
정재서 역주, 『산해경』, 민음사, 1996.
조관희 저, 『유림외사연구』, 보고사, 2014.
조설근(曹雪芹)·고악(高鶚) 저, 『홍루몽』(1-6), 최용철·고민희 역, 나남, 2009.
주조모(周祖謨) 편, 『송사삼백수』, 이동향 역주, 문학과지성사, 2011.
지영재 편역, 『중국시가선』, 을유문화사, 1981.
진기환 저, 『수호전 평설』, 명문당, 2010.
__________, 『금병매 평설』, 명문당, 2012.
차주환 저, 『중국신문학평론선』, 신아사, 1993.
최용철 저, 『홍루몽의 전파와 번역』, 신서원, 2007.
__________, 『사대기서와 중국문화』, 고려대학교출판문화원, 2018.
최용철 외 저, 『붉은 누각의 꿈』, 나남, 2009.
최용철 역, 『전등삼종 역주』(상, 하), 소명출판, 2005.
탕현조(湯顯祖) 저, 『모란정』, 이정재·이창숙 역, 소명출판, 2014.
포송령(蒲松齡) 저, 『요재지이』(1-6), 김혜경 역, 민음사, 2002.
풍몽룡(馮夢龍) 저, 『정사』(상, 중, 하), 유정일 역, 학고방, 2015.
_______________, 『유세명언』(1-3), 김진곤 역, 민음사, 2020.
허세욱 저, 『중국근대문학사』, 법문사, 1996.
__________, 『중국고전문학사』, 법문사, 1997.
홍승(洪昇) 저, 『장생전』(상, 하), 이지은 역주, 세창출판사, 2014.
후스[胡適] 저, 『호적문선』, 민두기 편역, 삼성문화재단, 1972.

찾아보기

인명

작품

용어